Rachel Covington ist 24, sexy, erfolgreich und – schwanger. Doch ihr Traummann Nick, ein Kollege, mit dem sie eine kurze, heiße Affäre hatte, hat sie sitzen lassen. Dann erfährt Rachel auch noch, dass er verheiratet sein soll. Dumm nur, dass sie keine Erfahrung damit hat, verlassen zu werden. Bisher war immer sie es gewesen, die ihren zahlreichen Freunden den Laufpass gegeben hat. Und was jetzt?

Zum Glück gibt es Hector, den geheimnisvollen Fremden, der sein Handy in ihrem Einkaufswagen liegen ließ. Er ist der Einzige, dem Rachel ihr Herz ausschüttet. Schließlich kennt sie ihn überhaupt nicht und wird ihm sicherlich auch nie wieder begegnen … Doch wer ist dieser »einfühlsame Freund« wirklich? Kann er ihr helfen, Nick zurückzugewinnen? Und will sie ihn überhaupt noch zurückhaben?

Debbie Carbin lebt mit ihren beiden kleinen Kindern in Kent. »Alles oder Nick?« ist ihr erster Roman.

Unsere Adresse im Internet: www.fischerverlage.de

Debbie Carbin

Alles oder Nick?

Roman

Aus dem Englischen
von Andrea Fischer

Fischer Taschenbuch Verlag

2. Auflage: September 2008

Deutsche Erstausgabe
Veröffentlicht im Fischer Taschenbuch Verlag,
einem Unternehmen der S. Fischer Verlag GmbH,
Frankfurt am Main, Juni 2008

Die englische Originalausgabe erschien unter dem Titel
»Thanks for nothing, Nick Maxwell«
im Verlag Transworld Publishers, London.

Satz: ottomedien, Darmstadt
Druck und Bindung: CPI – Clausen & Bosse, Leck
Printed in Germany
ISBN 978-3-596-18055-4

1

Letztes Jahr war ich glücklich. Mein Leben war ein Wirbelsturm, eine aufregende Mischung aus heißen Dates, scharfen Klamotten und Dirty Dancing, aus schicken Autos und angesagten Läden. Meine Lippen glänzten cool, mein Haar war topaktuell gestylt, Lichtreflexe spielten in meinen Strähnchen. Ich war umgeben von umwerfend aussehenden Männern, die bereit waren, alles für mich zu tun. Ich war beliebt, begehrt, sinnlich, sexy und verführerisch. Ich war ganz oben. Überall.

Dann war es plötzlich vorbei.

Mein Leben ging genau in dem Augenblick zu Ende, als ein anderes begann.

Es war ein wirklich heißer Juliabend, ein Freitag, eine dieser Nächte, in denen es einfach nicht kühler werden will, selbst wenn man nackt ist und alle Fenster offen stehen. Da bin ich, im Wohnzimmer meines kleinen Apartments. Kann man mich sehen? Ich liege auf dem Boden. Da, auf dem Teppich vor dem Sofa. An der Kante vom Couchtisch, das sind meine Füße. Meine Hände liegen unterm Kopf, man sieht nur die seitlich ausgestreckten Ellbogen. Der Rest von mir ist unter Nick Maxwell aus der Personalabteilung begraben.

Kann man mich jetzt erkennen? Ich weiß, viel ist von mir nicht zu sehen, das kommt später. Zuerst schaue man sich nur mein Gesicht an, diesen Ausdruck. So, das halten wir jetzt mal fest. Einfach nur zusehen. Meine Augen sind schmale Schlitze. Nein, ich glaube, sie sind sogar geschlossen, nicht wahr? Und wenn man meinen Mund betrachtet, der lächelt, aber nur mit leicht geöffneten Lippen, zartrosa, verführerisch glänzend. Ich habe wunderschöne Lippen. Und, was denkt man da? Woran denkt man bei diesem Gesichtsausdruck? Ich finde, wenn man das Gesicht sieht, kommt einem das Wort »glückselig« in den Sinn. Dieses Gesicht ist doch wirklich selig vor Glück, nicht wahr? Und wie so oft war dieses Glück damals die Frucht absoluter Ahnungslosigkeit.

Oh, es geht weiter. Sieht aus, als würden sich Nicks Bewegungen ihrem Ende nähern. Das merkt man daran, dass ich meine Hände auf seinen Rücken gelegt habe. Wenn wir Nicks hübsches Gesicht sehen könnten, würden wir darin einen ernsten, konzentrierten Ausdruck lesen. Der Rest von ihm ist auch keine Beleidigung fürs Auge, was? Obwohl er durch die Anstrengung einigermaßen schwitzt, ist sein Körper ziemlich männlich, ja geradezu sexy. Oh ja, Nick Maxwell war der begehrteste Typ in der ganzen Firma, und das war mir völlig bewusst, als ich unter ihm lag.

Okay, jetzt ist es vorbei. Lassen wir den beiden ihre Würde, und gönnen ihnen einen Moment Ruhe. Es gibt nicht viel, was unbeholfener wirkt, als sich nach leidenschaftlichem Sex vom Fußboden zu erheben. Während sich die Liebenden voneinander lösen, ergreife ich die Gelegenheit und erzähle ein wenig über mich selbst.

Ich heiße Rachel Covington. Ich bin fünfundzwanzig, aber was man da gerade sehen konnte, ist ein Jahr her, da war ich noch vierundzwanzig und Single. Ich finde, ich sehe klasse aus, meistens jedenfalls. Ich habe kurzes blondes Haar mit hübschen Strähnchen in Gold und Kupfer. Ich bin ziemlich schlank und habe lange Beine. Und tolle Lippen, wie gesagt. Meine Nase finde ich nicht ganz so gut, aber manche haben schon gesagt, es wäre eine niedliche Stupsnase. Irgendwann will ich auch mal heiraten und mich häuslich niederlassen, aber damals auf keinen Fall, nicht in jenem Moment, an diesem heißen Juliabend, als sich der große, verschwitzte Nick Maxwell, lediglich mit weißen Tennissocken bekleidet, seinen Weg durch unsere abgelegte Kleidung zur Dusche bahnte.

Ich arbeite bei Horizon Holidays in der Abteilung Telesales. Ich verkaufe Reisen am Telefon, falls das jetzt nicht klar wurde. »Guten Tag, Horizon Holidays, mein Name ist Rachel, was kann ich für Sie tun?« Nicht gerade Weltraumtechnik, aber ich bin schließlich keine Weltraumingenieurin.

Wow, man schaue sich Nick an, wie er in seinen Boxershorts vom Duschen kommt! Sieht er nicht aus wie der Typ aus der Rasierwasser-Werbung? Wie er sich mit den Fingern durchs feuchte Haar fährt und gedankenverloren vor sich hin blickt! Diese glatte, leicht gebräunte Brust! Seine babyblauen Augen – man möchte darin ertrinken. Oh, und jetzt! Er hat sich auf den Boden gelegt, um direkt vor mir ein paar Liegestütze zu machen. Einhändige sogar! Er hat einen Bizeps wie der Hintern von Brad Pitt. Wahnsinn!

Also, es macht mir echt Spaß, Kreuzfahrten, All-inclusive-Ferien und Kurzreisen zu verkaufen. Tag für Tag kann ich in den Urlaubskatalogen herumblättern, das ist doch herrlich. Horizon knausert nicht mit Papier wie manch andere Firma, das macht wirklich was aus. Unsere Kataloge sind aus festem, satiniertem Papier, sie wirken schwer und eindrucksvoll, man hält sie einfach gerne in der Hand. Auch wenn man noch so schnell darin blättert, die Seiten reißen nicht ein – manchmal muss das nämlich sein, wenn das Apartment, das der Kunde haben möchte, zu den gewünschten Terminen belegt ist und man umgehend eine Alternative vorschlagen muss, bevor der Kunde auflegt und unsereins in die Röhre guckt.

»Von diesem Katalog werden eine Million Exemplare gedruckt«, erklärt Jean, unsere Chefin, »und zwei Drittel davon werden mit nach Hause genommen. Hunderttausende von Menschen sehen sich die Broschüre an, aber nur 1,79 Prozent

davon haben so viel Interesse, dass sie tatsächlich zum Telefonhörer greifen. Lediglich 32 Prozent dieser 1,79 Prozent Anrufer buchen dann tatsächlich eine Reise. Daher kann es sich niemand leisten, sich auch nur einen Anrufer durch die Lappen gehen zu lassen! Studiert den Katalog, lernt die Angebote auswendig, bietet Alternativen an und macht die Buchung klar.«
Zum ersten Mal hörte ich diese Predigt von ihr, als ich mit siebzehn meinen Lehrgang machte. Damals war Jean für mich so was wie ein Präsident oder Premierminister, redegewandt beeindruckte sie auf dem Podium mit ihrem knallroten Haar, obwohl sie auf die fünfzig zuging, mit ihrem chronischen Raucherhusten und dem unerschöpflichen Vorrat an engen T-Shirts und Miniröcken, die sie sommers wie winters zu schwarzen Strumpfhosen trug. Überall an den Wänden hingen Urkunden mit Jeans Leistungen: »Verkäuferin der Woche«, »Verkäuferin des Monats«, »Beste Verkäuferin Kreuzfahrten«, »Rekordverkäuferin Langstreckenflüge«, »Rekordhalterin Jahresumsatz« –, eine Jahresbestleistung, die noch niemand geschlagen hat, bis heute nicht. Wir haben es versucht. Es gibt eine Tabelle, auf der alle Mitarbeiter mit ihren jeweils monatlichen Abschlüssen verzeichnet sind. Jeans Name steht immer an oberster Stelle. Sie hält den Rekord, obwohl sie gar nicht mehr verkauft. Damit hat sie aufgehört, als sie vor acht Jahren zum Supervisor aufstieg. Aber ihr vor acht Jahren aufgestellter Rekord war noch nicht geknackt, als ich in der Firma anfing, und das ist bis heute so geblieben. Unglaublich, oder? Jean muss einen eindrucksvollen Anblick geboten haben, wenn sie im Katalog blätterte, als stünde er in Flammen, wenn sie auf der Tastatur Namen und Adressen eintippte und den Anrufer mit allen erdenklichen Extras überfiel, zum Beispiel einer Außenkabine, damit er aus dem Fenster schauen konnte, einem Hotelzimmer mit Meerblick oder einem All-inclusive-Urlaub, obwohl der Kunde nur Halbpension wollte. In unserer Ausbil-

dung (ich habe gleichzeitig mit zwei anderen Mädels angefangen, Chrissie und Val) nahm sie mehrmals Anrufe entgegen, um uns zu demonstrieren, was sie mit »Extras« meinte. Ich hatte es vorher nicht für möglich gehalten, dass man jemanden überreden konnte, für etwas zu zahlen, das er eigentlich gar nicht haben wollte, aber sie schaffte es.

»Die tun nichts, was sie nicht wirklich wollen«, erklärte Jean, nachdem sie eine Frau, die zu ihrem vierzigsten Hochzeitstag eine dreitägige Städtereise nach Prag hatte buchen wollen, dazu gebracht hatte, für zwei Wochen in die Dominikanische Republik zu reisen. »Oh ja«, sprach sie in ihr Mikrofon, nickte uns zu und schloss die Prag-Seite auf dem Computer, »Prag ist wunderschön – eine hübsche, überschaubare Stadt. Ein ideales Reiseziel – wenn man fünfzehn Jahre verheiratet ist. Aber vierzig Jahre sind doch ein ganz anderes Kaliber, nicht wahr? Die Kristallpaare glauben, sie wüssten, wie man eine Ehe am Laufen hält, aber die haben doch nicht den leisesten Schimmer, oder? Die haben keine Vorstellung davon, was es heißt, zusammen *alt* zu werden. Dafür braucht man Entschlossenheit und Kraft. Und Geduld. Mein Gott, wie viel Geduld braucht man, um vierzig Jahre durchzuhalten! Es gibt schon einen guten Grund dafür, dass man zum Vierzigsten einen Rubin bekommt und die anderen nur Weingläser! Ein Rubin! Das ist ein wertvoller Edelstein, kein billiger Modeschmuck. Hört sich das für Sie nach Prag an? Für mich nicht. Ich finde, dass ein Paar, das in guten wie in schlechten Zeiten treu zusammengehalten hat, dass so ein Paar eine richtige Gelegenheit zum Entspannen verdient, um mal wieder so richtig romantisch zu sein. Da sind wir doch wohl eher in der Karibik.« Zwinkernd drehte Jean sich zu uns um und öffnete auf ihrem Bildschirm die Seite für die Dom-Rep. »Wenn der Kunde es nicht wirklich wollte, würde er nicht buchen.« Das war ihre Maxime. So was hatte ich noch nicht erlebt. Bis heute nicht.

Zu meinem Arbeitsplatz kommen wir später. Aber werfen wir noch einen Blick auf die Bestleistungs-Tabelle. Sie hängt hinten bei Jeans Schreibtisch an der Wand. Mein Name ist immer unter den ersten drei, Woche für Woche. Alles, was Jean mir gezeigt hat, was sie mir erzählte und beibrachte, habe ich umgesetzt, verfeinert und perfektioniert. Von allen Mitarbeitern war ich am nächsten dran, Jeans acht Jahre alten Verkaufsrekord zu brechen. Ich lag nur zweiunddreißig Abschlüsse dahinter. Nur zweiunddreißig! Das ist wirklich nicht viel, echt nicht, aufs ganze Jahr gerechnet, wo man auf über dreitausend Abschlüsse kommt. Oh ja, ich bin eine von zwei Mitarbeitern in der Geschichte von Horizon Holidays, die in einem Jahr über dreitausend gekommen sind. Und deshalb weiß ich, dass ich Jeans Rekord eines Tages knacken werde. Sie muss schon über vierzig gewesen sein, als sie ihn aufstellte, und ich bin gerade mal vierundzwanzig, habe also noch Jahre vor mir, um mich immer weiter zu verbessern. Wenn Jean zum Feierabend die Statistiken schreibt und meine Abschlüsse addiert, sehe ich manchmal einen besorgten Gesichtsausdruck bei ihr. Sie weiß nicht, dass ich es merke, es huscht auch nur kurz über ihr Gesicht, aber er ist mir nicht entgangen, und ich weiß, dass ich es schaffen werde.

So, jetzt ist wieder alles sauber und ordentlich, wenn man nun wieder schauen möchte. Steht mir Nicks Hemd nicht einfach fantastisch? Ich sehe darin wie ein Bond-Girl aus, nicht? Als er es eben auszog, habe ich mir die Stelle gemerkt, wo er es fallen ließ, damit ich es jetzt überziehen kann und wie ein sexy Bond-Girl aussehe. Gut, dass eben keiner zugeschaut hat, denn das war nicht besonders sexy, als ich wie eine Irre nackt über die Sofalehne geklettert bin. Aber es hat sich gelohnt, gleich wird Nick mich erblicken. Moment, er will etwas sagen.

»Du bist wunderschön, Rachel«, sagt er mit Blick auf mein Haar, das wirklich klasse aussieht, ganz verwuschelt, als hätte ich gerade Sex auf dem Teppich gehabt. Ich grinse und fahre mir verführerisch mit der Zunge über die Lippen.

»Bist du froh, dass du mit mir ausgegangen bist?«

Ich antworte nicht sofort. Klar bin ich froh, dass ich mit ihm ausgegangen bin, wer wäre das nicht? Man muss ihn ja nur ansehen: eine Mischung aus Enrique Iglesias und Hugh Jackman, ohne Hemd. Mannomann, ist das heiß hier! Aber man darf sich nicht zu begeistert zeigen, oder? Man muss mitspielen. Schließlich ist Nick Maxwell der heißeste Typ der ganzen Firma, von allen begehrt, selbst von Jean, der Abteilungsleiterin, und ihrem Assistenten Graham. Und wenn es jemanden gibt, der nicht heiß auf Nick Maxwell ist, kann man darauf wetten, dass er was von Rachel Covington will. Wir sind wie füreinander gemacht.

Ich arbeite jetzt seit rund sechseinhalb Jahren bei Horizon. Nick ist seit zwei Monaten da. In den sechseinhalb Jahren war ich mit Sicherheit die schönste Mitarbeiterin im Telefonverkauf, wenn nicht im ganzen Haus. Ich bin echt nicht eingebildet, es ist eben einfach so. Und dann kam Nick, und ich wusste, ich hatte einen Ebenbürtigen gefunden. Als ich ihn das erste Mal erblickte, war mir klar, dass wir zusammenkommen würden. Chrissie meinte das auch. Val und Jean ebenfalls. Und Martin und Mike, die Unzertrennlichen, die man nie ohne den anderen sieht, sodass keiner genau weiß, wer nun Martin und wer Mike ist, denen war auch sofort klar, dass wir ein Paar werden würden.

»Rachel, du musst dir unbedingt diesen Typen angucken, der in der Personalabteilung angefangen hat«, hatte Chrissie zu mir gesagt. »Der ist echt göttlich. Du würdest perfekt zu ihm passen.«

Ich zuckte mit den Achseln. Chrissies Geschmack in Bezug auf Männer ging mir ziemlich auf den Geist. Sie hat einen deutlich niedrigeren Standard als ich, trotzdem versucht sie dauernd, mich mit irgendwem zu verkuppeln. Mum meint, sie erlebe durch mich alles aus zweiter Hand, will sagen, weil sie ziemlich, nun ja, sagen wir mal »beleibt« ist, stehen die Chancen nicht sehr gut, dass sie selbst irgendwann mal einen Kerl abbekommt, weshalb sie versucht, mich mit allen möglichen Männern zu verkuppeln. Ist fast so, als wäre sie es selbst. Eigentlich ziemlich traurig.

Egal, das hatte ich schon mehrmals mitgemacht und keine Lust, mir wieder ihre Tipps anzuhören. Sie liegt mir immer in den Ohren: »Oh, du musst unbedingt meinen Cousin/meinen Nachbarn/meinen Badmintontrainer kennenlernen, warte, bis du den gesehen hast, der sieht rattenscharf aus, der würde total zu dir passen.« Und dann kommt so ein schlaksiger blonder Freak in Supermarktjeans daher, der immer nur grinst und ständig den Mund aufmacht, ohne ein Wort von sich zu geben. Also, echt!

Damals kam sie zu mir rübergelaufen, und ihr orangefarbenes Top wurde mit jedem Schritt größer und greller. Ich musste die Augen zusammenkneifen. »Nur mal gucken, ja?«, hatte sie gedrängt und mich sogar am Arm gepackt. »Guck ihn dir nur kurz an. Wirst schon sehen.«

»Na, gut!« Ich tat, als würde ich resignierend die Arme fallen lassen. Tatsächlich wollte ich nur, dass sie endlich ihre teigige Hand von meiner Haut nahm. »Ich seh ihn mir an, aber ich verabrede mich nicht mit ihm. Verstanden?«

Na ja, sie hatte natürlich recht. Aber man kann mir nicht verübeln, nicht gleich drauf angesprungen zu sein.

Ganz schön still in meiner Wohnung, oder? Man hört lediglich Nicks Atem durch zusammengebissene Zähne, während er die zweiten fünfzig Sit-ups vollendet. Er macht die Übung so, dass die untere Körperhälfte höher als der Kopf liegt, so als würde er verkehrt herum am Hang sitzen. Ist nicht ganz dasselbe, wenn man die Beine gegen einen beigen Kunstleder-

Beanbag stemmt. Ehrlich gesagt, ist es ein gefälschter Beanbag. Keine einzige Bohne drin.

Das ist jetzt ein bisschen langweilig, nochmal fünfzig Sit-ups, gefolgt von fünfzig weiteren Liegestützen. Wir können bis zum Ende vorspringen, als Nick die letzten Liegestütze macht. Er absolviert sie beidhändig, klatscht aber am höchsten Punkt in die Hände, zuerst einmal, dann zweimal, dann dreimal. Ich sitze grinsend auf der Couch und starre wie gebannt auf seinen Oberkörper. Auf einmal ändert sich mein Gesichtsausdruck, ein fast unmerkliches Zucken, es dauert nur einen Sekundenbruchteil. Konnte man das sehen? Schauen wir noch einmal hin. Da! Für einen kurzen Augenblick habe ich den Blick abgewandt, nach unten geschaut, die Stirn gerunzelt. Offenbar ist mir etwas eingefallen, habe ich an etwas gedacht, an etwas Wichtiges, enorm Wichtiges, doch dann gelingt es Nick, viermal in die Hände zu klatschen, und ich habe sofort wieder vergessen, was mir gerade durch den Kopf ging. Ich applaudiere, lache und vergesse vor Freude und Überschwang, was drohend über meinem Kopf schwebt.

An einem anderen Ort, den ich nicht sehen kann, nehmen die Veränderungen bereits ihren Lauf. Es ist ein Kampf, ein Wettstreit mit nur einem Gewinner und einem Preis. Ein Teilnehmer beginnt bereits, sich von den anderen abzusetzen. Dies ist die wichtigste Disziplin, die es für das Überleben des Stärkeren gibt. Dieser eine drängt zielstrebig voran, kennt nur ein Ziel. Die Legionen seiner Kameraden um ihn herum fallen, aber das hält ihn nicht auf, er trauert nicht um ihr Ende, denn es ist ein Kampf auf Leben und Tod, und die Schwachen werden eliminiert. Schließlich spürt er, dass seine Belohnung nahe ist. Jetzt steht ihm die schwerste Prüfung bevor, er kämpft gegen die Besten der Besten. Mit letzter Kraft nähert er sich seiner Trophäe, kann sie endlich sehen. Da ist sie, lockt ihn, ruft ihn zu sich: *Komm zu mir, komm zu mir!* Es sind nur noch wenige übrig, jetzt lediglich zwei. Aber er beachtet seinen Gegner nicht. Immer schneller drängt er voran, dann ist er endlich an ihrer Seite, und sein letzter Rivale lässt sich zurückfallen. Er bleibt neben ihr stehen, und sie umarmt ihn, flüstert: »Du bist der Einzige, du bist es.« Die beiden geben ihr eigenes Ich auf und verschmelzen für alle Zeiten zu einem fantastischen Gebilde.

Diese Geschichte handelt davon, wie das mit Nick Maxwell und mir – und etwas anderes – seinen Anfang nahm. Es gab einen Schokoladenkuchen, Wein, ein wenig Romantik, ganz viel Lust und jede Menge Spermien. Nun ja, eigentlich nur ein Spermium.

2

Ja, richtig verstanden. Okay, nicht sehr helle von mir. Aber ich habe ja gesagt, dass ich keine Weltraumingenieurin bin. Übrigens erstklassige Familienplaner, die Weltraumingenieure. Nun, müssen sie auch sein, oder? Man kann nicht am Abend vor einer lange vorbereiteten fünfjährigen Mars-Expedition feststellen, dass man einen Braten in der Röhre hat. Da würden all die brillentragenden Streber bei der NASA ihre Klemmbretter zu Boden werfen und zum Abreagieren erst mal eine Zigarette rauchen gehen.

Das Schlimmste an der ganzen Sache war, dass ich eigentlich ahnte, was ich gerade getan hatte. Man erinnere sich an den Augenblick, als die kleine Sorgenfalte auf meiner Stirn erschien, während ich in Nicks Hemd auf dem Sofa Bond-Girl spielte. In dem Moment ging mir durch den Kopf: »Moment mal, welches Datum ist heute eigentlich?« Aber dann klatschte Nick viermal in die Hände, und es war um mich geschehen. Da war es eh fast schon zu spät.

Man kann sich gut vorstellen, dass ich kaum schlafen kann. Um drei Uhr morgens liege ich im Bett, die Augen weit aufgerissen, ein Grinsen im Gesicht. Nick ist nicht da, wie man sieht, und das ist auch gut so. Ich mag das nicht, wenn ein Mann direkt bei mir übernachtet.

Ich denke, es ist langweilig, sich anzusehen, wie ich stundenlang dort liege. Wir können stattdessen am nächsten Tag weitermachen.

Ach, nein, eines wäre da noch aus der letzten Nacht, was ich zeigen muss, damit man besser versteht, wie sich alles weiter entwickelt. Geht ganz schnell.

Kehren wir noch einmal zu dem Moment zurück, als Nick in die Hände klatschte. Ich sitze lächelnd auf der Couch und schaue zu ihm hinüber. Er setzt sich neben mich und fährt mit dem Finger über den Kragen seines Hemdes (das ich trage, schon vergessen?), dann hinunter bis zum obersten Knopf. Der ist natürlich nicht geschlossen – wozu soll man ein Herrenhemd anziehen, wenn man darin aussieht, als wolle man ins Büro? Nick schiebt den Stoff mit den Fingerspitzen beiseite. Der zweite, dritte und vierte Knopf sind natürlich auch nicht geschlossen, sodass das Hemd über meine Schultern nach hinten rutscht. Ich lehne mich zurück, und da ist er wieder, der glückselige Gesichtsausdruck. Erwartungsvoll schließe ich die Augen.

Da sagt Nick: »Hör mal, Rachel, ich brauch mein Hemd zurück.«

Entsetzt reiße ich die Augen auf. Sieht nicht gerade toll aus, nicht mal im Nachhinein. Wir retuschieren das besser ein bisschen, ist mir peinlich. Es muss genügen zu wissen, dass ich ihm sein Hemd zurückgab und stattdessen ein enges T-Shirt überstreifte, das fast so schick aussah wie das Hemd.

Einige Minuten später steht Nick komplett angezogen im Flur, und ich lehne mich sexy gegen die offene Tür. Ich bin meistens sexy. Mum sagt immer, dass manche es einfach draufhätten, und ich gehörte dazu. Nicht, dass ich mich dafür nicht anstrengen müsste, das schon. Bloß wenn ich es versuche, gelingt es mir immer relativ mühelos. Ich bin echt nicht eingebildet, es ist einfach so. Manchmal gebe ich mich sexy, ohne es überhaupt zu wollen, zum Beispiel wenn ich nur mit Mädels unterwegs bin. Die regen sich dann ein bisschen auf, aber schlimmer ist es, wenn ihre Männer/Verlobten/Freunde dabei sind. Ich kann einfach nicht anders, es ist eine Art Tick von mir.

Jetzt kann man auch sehen, dass Nick in vielen Situationen ebenfalls verdammt sexy ist. Die obersten vier Knöpfe seines Hemdes hat er offen gelassen, sodass man seine Brust sieht. Die Jacke hat er lässig über die Schulter geworfen, wie ein Fotomodell im Katalog. Es ist für längere Zeit die letzte Möglichkeit, seine nackte Haut zu sehen, also sollte man es genießen, solange es noch geht. Sein Haar, immer noch feucht vom postkoitalen Duschen, hängt jetzt herunter, bezaubernd unfrisiert, dazu ein schwacher Bartschatten. Er ist mir so nah, dass ich sein Axe-Deo zusammen mit dem Duschgel riechen kann: Schweiß und Sex.

Jetzt kommt er mir näher. Ich spüre seine Körperwärme. Nicks warmer Duft ist dunstig und betörend. Er beugt sich noch ein wenig weiter vor und nähert sich mit seinen Lippen meinem Ohr. Seine Sandpapier-Wange kratzt sanft über meine Haut, ich erschaudere leicht. Meine Sinne werden überwältigt von dem Gefühl, seine Bartstoppeln zu spüren. Stärker als alles bisher Erlebte nehme ich seine absolute, unverwässerte Männlichkeit wahr. Dann spüre ich seinen heißen Atem an meiner Wange und am Ohrläppchen. Ich bekomme Gänsehaut am gesamten Körper.

Nick bleibt so stehen, die Lippen an meinem Ohr, sanft atmend, drei, vier, fünf Sekunden lang, dann berühren sie ganz leicht, quälend leicht, mein Ohr. Also, eigentlich gar nicht mein Ohr, sondern den kleinen Knorpel, der von der Wange ins Ohr ragt und hinter den man die Ohrstöpsel klemmt. Das ist definitiv mehr Wange als Ohr, egal, was Chrissie meint. Woher will sie das überhaupt wissen? Sie wird niemals so einen Kuss bekommen! Wahrscheinlich ist sie immer noch Jungfrau.

Tut mir leid. Das war ein bisschen giftig. Ich hab's nicht so gemeint, besonders das mit der Jungfrau, sie ist nämlich auf jeden Fall keine mehr. Es hat mich nur echt geärgert, wie sie darauf reagierte, als ich ihr von dem Kuss erzählte.

»Aufs *Ohr*?«

»Anatomisch gesehen, gilt das, glaube ich, noch als Wang–«

»Herrje, das habe ich ja noch nie gehört: ein Abschiedskuss aufs Ohr! Was meinst du, wieso er das gemacht hat? War ihm dein Gesicht nicht mehr gut genug? Vielleicht hattest du so eklige schwarze Popel um die Augen, und er musste jedes Mal würgen, wenn er die sah?«

Popel um die Augen, Herrgott nochmal! In Chrissies Welt sind Augen-Popel die schmierigen Klümpchen aus Wimperntusche, die sich in den Augenwinkeln sammeln, wenn man abends lange unterwegs ist. Chrissie hat sie ständig und geht deshalb wohl davon aus, dass sie jeder bekommt. Nun, *ich* nicht. Hängt doch alles von der Wimperntusche ab, die man benutzt. Wenn man die in der Drogerie kauft, hat man die Arschkarte in Bezug auf Augen-Popel gezogen. Ich persönlich gebe lieber etwas mehr als 3,99 für meine Pflegeprodukte aus. Außerdem lasse ich meine Wimpern eh alle drei Monate färben, sodass das Tuschen der Vergangenheit angehört.

Chrissies blasiertes Gerede verwirrte mich ein wenig. Schließlich war sie diejenige, die mir Nick überhaupt vorgeschlagen und mich praktisch gezwungen hatte, ihn kennenzulernen. Warum freute sie sich so darüber, einen Makel an unserem atemberaubenden Stelldichein gefunden zu haben? Mum meint, Chrissie wäre neidisch auf mich, deshalb würde sie solche Sachen sagen. Dabei war es gar kein Makel. Wer schon mal so geküsst wurde, der weiß, was ich meine.

Zurück in meinen Flur. Man sieht, dass Nick sich an mich drückt, in mein Ohr atmet und mir auf die Wange küsst, die Autoschlüssel in der einen Hand hält und die Finger der anderen durch die Schlaufe seiner Jacke über der Schulter geschoben hat. Er berührt mich lediglich mit den Spitzen seiner Lippen, wenn es so was gibt. Ich will damit sagen, er drückt nicht seinen Mund auf mich, presst nicht seine Lippen auf meine

Haut, er schlingt nicht die Arme um mich und versucht, mich zu erdrücken, auch stopft er mir nicht die Zunge in den Hals. Es ist ein süßer, intensiver Augenblick mit dem knisternden Versprechen zukünftiger Wonnen.

So, jetzt geht er. Weg ist er. Ganz leise schließe ich die Tür. Dann hüpfe ich durch die Wohnung wie ein hyperaktiver Junge am Weihnachtsmorgen auf einem Pogostab, der seine Medizin vergessen hat und schon vor dem Frühstück Unmengen von Cola und künstlich gefärbten Süßigkeiten vertilgt hat.

Meinen Bruder werden wir später noch kennenlernen. Er ist zehn.

Da wären wir also wieder: Ich liege im Bett und starre mit großen Augen an die Decke. Dabei ist das gar nicht so gut, wenn ich hoffe, Nick morgen wiederzusehen. Dann hätte ich nämlich ganz rote, blutunterlaufene Augen. Und er würde auch ohne Augen-Popel würgen müssen.

Ich mache die Augen zu. Ja, gute Idee. So schlafe ich zwar nicht, aber meine Pupillen bleiben feucht.

Also, da ich offenbar eh keinen Schlaf bekomme, kann ich genauso gut erzählen, wie es dazu kam, das wir uns wie Aale auf meinem Teppich wälzten, obwohl ich Chrissie gesagt hatte, ich würde nicht mit Nick ausgehen.

Ich war ja einverstanden gewesen, ihn mir einmal anzusehen, nicht wahr? Gut. Also, ich ging davon aus, dass es wie immer zu meinen Bedingungen ablaufen würde, aber Nick Maxwell kam mir zuvor und erwischte mich auf dem falschen Fuß.

Es war so: Martin und Mike, die beiden Freunde von unschlüssiger Sexualität, von denen ich eben schon sprach, hatten mich versetzt. Gegen zwei Uhr bringen mir die beiden jeden Tag einen Kaffee aus dem Automaten neben den Aufzügen – das ist ein jetzt zwei oder drei Jahre altes Ritual. Wenn sie von der Datenverarbeitung zurückkommen, gehen sie an dem Automaten vorbei, deshalb ist es nicht besonders umständlich für sie, kurz stehen zu bleiben und mir im Vorbeigehen einen leichten Moccacino zu holen. So brauche ich nicht den ganzen Weg selbst zu laufen, sondern kann am Telefon bleiben und verkaufen. Schließlich bildet die Verkaufsabteilung die Säulen, die die Kuppel von Horizon Holidays tragen, wie Jean immer sagt. Ohne uns Verkäufer gäbe es kein After-Sales-Geschäft, keine Daten zu verarbeiten, kein Personal zu führen, kein Produkt zu vermarkten. Wenn die Jungs vom Marketing sich also einbilden, sie wären schlau und wichtig, oder wenn die teigig-blassen Streber aus der EDV einen Anfall kriegen, weil irgendwelche Zahlen beim ersten Mal nicht zusammenpassen, dann müssen sie sich mal in Erinnerung rufen, wo ihre Arbeit anfängt: da, wo unsere aufhört. Die Abteilung Telesales ist der Sauerstoff von Horizon.

Bis um zwölf Uhr sammeln Martin und Mike die Zahlen des Vormittags, dann machen sie Pause. Das ändert sich nie, die Pause ist immer um zwölf. Um Viertel vor eins kommen sie vom Essen zurück und fangen dann an, die Zahlen vom Vormittag zu verarbeiten. Besser gesagt, einer von ihnen fängt damit an, während der andere die fünfundvierzig Minuten zurückverfolgt, die sie durch das Mittagessen verloren haben, und den Computer für den Nachmittag anwirft. Das weiß ich nur, weil einer von ihnen mir das mal erklärt hat. Ist schon Jahre her, als mir auffiel, dass sie immer zur gleichen Zeit ins Büro zurückkehrten und dabei am Kaffeeautomaten vorbeikamen.

Also, wenn sie die Statistik vom Vormittag zusammengestellt haben, bringen sie sie hinunter zu den lichtlosen EDV-Knilchen im Keller. Der Ausflug dauert rund vierzig Minuten, inklusive die zwei Minuten, um meinen Kaffee zu besorgen, sodass sie immer um zwei Uhr mit einem dampfenden Becher in der Hand vor meinem Schreibtisch stehen.

Bloß an diesem Tag, dem 28. Juli, dem Tag, als ich Nick Maxwell kennenlernte, dem Tag, an dem ich versehentlich die revolutionäre Kette von Ereignissen in Gang setzte, die mein Leben komplett und unwiderruflich verändern sollten, an jenem Tag taten sie das nicht. Um fünf nach zwei machte ich mir langsam Sorgen. Na ja, »Sorgen« ist vielleicht ein bisschen übertrieben. Sicher ist es ein langer Weg vom dritten Stock bis hinunter in den Keller, aber es handelte sich ja um erwachsene Männer, die zu zweit unterwegs waren. Ein wenig verwirrt war ich jedoch schon. Bisher waren sie nie auch nur eine Minute zu spät gewesen – weder bei der Arbeit, beim Essen, bei Besprechungen, bei der Fortbildung noch beim Kaffee. Nie. Um das sicherzustellen, hatten sie ihre Armbanduhren nach der Wanduhr gestellt. Mehrmals schaute ich zu ihr hinauf, sah prüfend auf meine Uhr, kontrollierte die Zeit auf dem Bildschirm. Überall wurde eine andere Zeit angezeigt, aber es war definitiv nach zwei Uhr.

Schließlich stellte ich mein Telefon auf »B« wie »Besetzt«, nahm den Kopfhörer ab und stand auf. Val neben mir bekam es mit und schaute automatisch auf die Uhr und dann in Erwartung des pünktlichen Pärchens zur Tür, aber es kam niemand. Ich merkte, dass sie mich erwartungsfroh ansah, und hatte das untrügliche Gefühl, dass sie durch M&M's Fernbleiben gefolgert hatte, wo ich hinwollte, und mich nun bitten wollte, ihr etwas vom Automaten mitzubringen. Bedeutungsschwer hob sie die Augenbrauen, griff nach der Handtasche neben ihren Füßen und zog sie zu sich heran, konnte mich aber nicht ansprechen, da sie gerade einen Anrufer in der Leitung hatte. Plötzlich hörte ich sie sagen: »Oh, könnten Sie bitte kurz warten, mein Bildschirm ist gerade abgestürzt«, aber als sie sich nach mir umblickte, war ich schon durch die Tür verschwunden. Auf dem Gang hörte ich sie noch traurig sagen: »Ah, nein, schon gut, er ist wieder da.«

Natürlich hätte ich ihr ohne Probleme etwas mitbringen

können; ich bin nicht faul oder unaufmerksam. Aber sie will leider immer Kakao trinken, und der braucht rund vierzig Sekunden länger als Tee, Kaffee oder Brühe, und diese vierzig Sekunden sind eine Menge Zeit. Das ist das A und O beim Verkaufen.

Also schlüpfe ich in den Gang wie Kelly Holmes auf Stilettos und rechne damit, dass M&M jeden Augenblick auf mich zukommen, aber sie sind nicht auf dem Flur. Sie sind nicht im Fahrstuhl, der mit einem *Pling* hält, während ich auf hohen Absätzen daran vorbeihaste. Kurz bleibe ich vor den Türen stehen, vielleicht sind die Kollegen ja dort drin, aber es kommt nur ein großer Herr in einem dunklen Anzug heraus. »Guten Tag«, sagt er, lächelt breit und neigt mir den Kopf zu. Ich habe ihn schon oft genug gesehen, um zu wissen, dass er mich nicht interessiert, und hetze weiter.

»Freut mich auch, angenehm«, sagt der Typ freundlich. Ich ignoriere ihn und laufe weiter den Gang entlang. Dieses Benehmen musste ich mir regelrecht antrainieren – man ist nicht von Natur aus so unhöflich. Solche Männer versuchen ständig, mich anzusprechen. Entweder ist man ungemein höflich und verbringt den Rest seines Lebens mit langweiligem Smalltalk mit Immobilienmaklern und Web-Designern, oder man wird ein bisschen unhöflich und ignoriert sie einfach. Ist bekannt, dass man in jeder Sekunde erzwungenen Smalltalks hunderttausend Hirnzellen verliert? Habe ich in einer Zeitschrift gelesen. Ich habe wirklich weder die Zeit noch genug Hirnzellen, um auf jeden einzugehen, der sich mit mir unterhalten will. Das ist reiner Selbsterhaltungstrieb.

»Bis dann, wir sehen uns!«, ruft er mir nach. Tja, vielleicht sieht *er* mich, ich werde ihn auf keinen Fall beachten.

Am Getränkeautomaten steht ein Mann. Er hat mir den Rücken zugewandt, trägt ein weißes Hemd mit aufgerollten Ärmeln. Selbst aus der Entfernung und von hinten weiß ich, dass er zu der Sorte Männer gehört, die mir auffallen. Ich bremse ab – wenn man schnell geht, ist man nicht sexy – und befeuchte meine Lippen, eine Art Not-Lipgloss. Zu viel mehr bleibt keine Zeit, da er sich plötzlich umdreht, sodass ich fast in ihn hineinlaufe.

»Oh, ’tschuldigung«, sage ich ein wenig aufgeregt, was mir gar nicht ähnlich sieht, aber ich habe gerade den ersten Blick in diese atemberaubend babyblauen Augen geworfen und gerate gehörig ins Schwimmen. Es sind die klarsten, hellsten, blausten Augen, die ich jemals gesehen habe – bis heute –, umrahmt von unglaublich langen, schweren, schwarzen Wimpern. Gebannt sieht er mich an. Sein Blick durchbohrt mich. Er lächelt mir zu, und in seinen Augenwinkeln bilden sich kleine Fältchen. Ich starre ihn einfach nur an. Genau wie diese armseligen Loser, mit denen Chrissie mich immer verkuppeln will, die in dem Moment, wenn sie mich erblicken, offenbar verlernen, zusammenhängende Sätze von sich zu geben.

»Hallo«, sagt er und strahlt zu mir hinunter wie die Sonne.

»Hi!« Mehr bekomme ich nicht heraus. Mein Hirn liegt brach. Ich bin nicht gerade berühmt für meine funkelnde Intelligenz und meine Schlagfertigkeit, aber normalerweise gelingt mir beim ersten Kennenlernen immer eine mehrdeutige Anspielung.

»Ich bin Nick«, stellt er sich vor und hält mir die Hand hin. Ich habe nur noch den Gedanken im Kopf, wie sich diese Hand auf meiner Haut anfühlt.

»Klar bist du das«, sage ich, und meine kleine Hand verschwindet in seiner. Sie ist kühl, aber nicht feucht. Stark, aber nicht aufdringlich. Er lässt nicht sofort los, sondern drückt sanft meine Finger.

»Was soll das heißen?«, fragt er fast lachend. Ich habe mich vollkommen in dieser Unterhaltung verloren und weiß nicht mehr, was ich gerade gesagt habe, kann ihm also keine Antwort geben. Na los, ihr grauen Zellen, lasst euch was einfallen! Irgendwo da drinnen bellt ein einsamer Hund.

Ich zucke mit den Achseln. Er kauft es mir ab. »Und du bist Rachel Covington«, sagt er mit weicher Stimme.

»Ja.« Mir kommt nicht in den Sinn, ihn zu fragen, woher oder warum er das weiß.

»Du arbeitest im Telefonverkauf, stimmt's?«, fragt er, immer noch meine Hand haltend.

»Ja, im Telefonverkauf. Stimmt.« Der Wind weht über die Prärie.

»Und du bekommst jeden Tag um zwei einen Kaffee.«

»Ja.« Ich stehe da wie ein Kind vor dem Weihnachtsmann. Ich konzentriere mich nicht mal mehr auf meine Körperhaltung. Irgendwo im Hinterkopf ist der Gedanke, dass dieser Nick anscheinend viel über mich weiß: wo ich arbeite, wann ich Kaffee trinke. Aber wenn er heute um zwei Uhr zum Getränkeautomaten gegangen ist, um mich kennenzulernen, hat er wirklich Glück gehabt, weil ich ja normalerweise gar nicht hier bin. An jedem anderen Tag hätte er jetzt mit Mike oder Martin Händchen gehalten.

»Also, Rachel Covington vom Telefonverkauf, man hat mir gesagt, ich sollte dich kennenlernen, und das habe ich jetzt getan. Worüber ich sehr froh bin. Die hatten alle recht in Bezug auf dich.«

»Aha.«

»Aber dass du *so* aussiehst, das habe ich nicht erwartet.« Er beäugt mich unverfroren von oben bis unten und schüttelt scheinbar staunend den Kopf. »Du bist wunderschön.«

Ich nicke, und er hebt die Augenbrauen. Falsche Bescheidenheit finde ich wirklich unattraktiv. Wenn ich immer sagen würde: »Mann, bin ich hässlich, keiner beachtet mich«, würden alle denken, dass ich bloß Komplimente hören will oder einfach einen an der Waffel hätte.

»Also, alle sagen, Rachel Covington und Nick Maxwell müssten mal zusammen ausgehen.«

»Wirklich?« Das kommt etwas krächzend heraus, weil sich meine Stimme verabschiedet hat. Die Flüssigkeiten fließen jetzt in andere Bereiche meines Körpers.

»Doch. Alle sagen, Nick und Rachel könnten Brad Pitt und Angelina Jolie von Horizon Holidays werden.«

»Aha.«

»Ich persönlich denke, sie haben recht, man sollte diese Stimmen nicht ignorieren.«

»Außerdem erwarten das ja jetzt alle.« Endlich! Ich habe meine Stimme wiedergefunden. Nick neigt lächelnd den Kopf, eine bewundernde Geste.

»Du hast vollkommen recht. Wir dürfen sie einfach nicht enttäuschen, oder?«

Ich schüttele den Kopf. »Das wäre gemein. Wir schulden es ihnen.«

»Sehe ich auch so. Aus Rücksicht auf die anderen lade ich dich hiermit nach Feierabend ein.«

»Und weil ich so ein einfühlsamer, guter Mensch bin, nehme ich an.«

Ich kehrte ohne Kaffee an meinen Schreibtisch zurück. Solchen Eindruck hatte er auf mich gemacht.

So, dies ist der Morgen danach. Zum allerersten Mal im Leben denke ich, dass *ich* gestern Abend Glück gehabt habe. Aber jetzt ist Samstagmorgen, und ich schwebe durch meine Wohnung. Nichts da mit siebtem Himmel: Ich bin im siebten Himmel hoch sieben.

Ach, das ist übrigens mein Kater: Cosmo. Ist das nicht ein klasse Name? Ich habe ihn nach der Zeitschrift benannt. Mum findet das total cool, weil es sich wie ein richtiger Name anhört. Ich habe Cosmo als kleines Kätzchen bekommen. Ist er nicht süß? Ich liebe Katzen. Man muss sich nicht groß um sie kümmern, und sie sind viel sinnlicher als Meerschweinchen. Nichts mit dem Wort »Schwein« im Namen kann jemals sinnlich sein.

An diesem besonderen Morgen fühle ich mich körperlich nicht sehr gut, da ich nicht viel geschlafen habe. Aber mein mentales Hoch gleicht das mehr als aus. Kann man mein Gesicht sehen? Ich grinse wie eine Irre, obwohl ich gerade diese penetrant riechenden, glänzenden Geleebrocken aus der Dose mit Katzenfutter in Cos' Napf schaufele. Die ganze Wohnung stinkt danach. Ich mache die Terrassentür auf.

Dieser Garten da hinten, das ist meiner. Das heißt, er gehört zu dieser Wohnung, deshalb darf nur ich ihn benutzen. Als ich einzog, fragte mich die Frau in der Wohnung über mir, ob ich ihn mit ihr teilen würde, aber das habe ich direkt im Keim erstickt. Ich habe die Erdgeschoss-Wohnung mit Garten, weshalb meine Miete mit Sicherheit höher ist als ihre, warum also sollte ich eine dralle, blasse Mittdreißigerin ertragen, die mich mit ihrem Gequatsche über eine einheitliche europäische Währung nervt, während ich mich einfach nur mit einem Buch und einem Glas Weißwein auf der Gartenliege fläzen könnte?

Cosmo kommt und geht durch die Terrassentür. Er kennt sich gut aus im Garten, kennt all seine verborgenen Geheimnisse. Genau genommen sind die meisten Geheimnisse da draußen von ihm selbst versteckt worden, weshalb ich mich lieber auf die gepflasterte Fläche nahe der Tür beschränke.

An diesem herrlichen, sonnigen Morgen habe ich folgendes Dilemma: Soll ich mich direkt duschen und anziehen oder lieber warten, falls Nick anruft? Es ist warm, obwohl die Terrassentüren offen sind und die wunderbaren Gerüche und Geräusche des Gartens hereinströmen – nein, Cos, das ist kein herrliches Geräusch –, wenn ich mich also dusche und anziehe und Nick dann anruft, muss ich erneut duschen und mein Haar nochmal machen, und das ist nervig. Besonders wenn ich das Haar beim ersten Mal gut hinbekomme und dann wieder von vorne anfangen muss.

Ich könnte noch ein, zwei Stunden im Schlafanzug verbringen, nur so lange, bis er anruft, und mich dann anziehen. Aber was ist, wenn der Briefträger ein Paket bringt? Erwarte ich ein Paket? Nein.

Also mache ich mir Frühstück und nehme es mit einer Zeitschrift – heute die *Elle* – ins Wohnzimmer. Diesen Raum, das Wohnzimmer, mag ich am liebsten in der ganzen Wohnung. Nun ja, viel mehr ist nicht da, um ehrlich zu sein: nur das Schlafzimmer, das hat man ja schon gesehen, ein kleines Bad, was man nicht sehen muss, und die Küche da hinter der Theke. Mum meint, das Apartment sei perfekt für einen Single, und das finde ich auch. Allzu begeistert war sie nicht, als ich ihr sagte, ich würde ausziehen, aber am Ende hat sie mir doch geholfen. Die Wände sind ziemlich schlicht gehalten, obwohl mir ein wenig Farbe ganz lieb wäre, aber in meinem Mietvertrag steht, dass ich nur mit Erlaubnis des Vermieters streichen darf, und dafür stören mich die beigen Wände nicht genug, als dass ich mich bei ihm erkundigen würde, ob er meine Farbwahl gutheißt. Also bleiben sie beige. Der Vermieter ist ganz in Ordnung, aber manchmal ist er etwas gruselig. Woran das wohl liegt? Vielleicht an … ihr wisst schon. Ich meine, kümmert er sich genauso um die Mitdreißigerin über mir? Nach der Sache mit dem Garten hat sie nicht mehr mit mir geredet, daher werde ich es wohl nie erfahren. Wie schade!

Mum ist ziemlich gut darin, ein Zimmer mit nur wenigen Ideen bunter und freundlicher zu gestalten. Die alte Stehlampe habe ich aus einem Secondhandladen, sieht man nicht, oder?, und Mum hat den roten Lampenschirm dafür gekauft. Sie findet ihn schick. Auf jeden Fall wirkt die Wohnung dadurch nicht mehr so schlicht. Gestern Abend sah es hier aus wie im

Rotlichtbezirk, dazu die beiden Nackten, die sich auf dem Boden wälzten … Kann man meinen Gesichtsausdruck erkennen, als ich die Stelle auf dem Teppich inspiziere, wo es passierte? Als ob ich innerlich über einer schwachen Flamme schmelzen würde.

Samstags erledige ich normalerweise die Hausarbeit und gehe dann joggen oder Fahrrad fahren. Ich habe eine Liste von Aufgaben, die jeden Tag, jede Woche und jeden Monat erledigt werden müssen. Die Liste ist laminiert – Mum hat sie auf der Arbeit für mich gemacht –, damit ich jeden Punkt mit einem wasserlöslichen Stift abhaken und anschließend alles abwischen und von vorne anfangen kann. Vormittags Hausarbeit, ein kleines Mittagessen, wenn mir danach ist, und nachmittags Sport. Manchmal gehe ich samstags abends mit Chrissie und Susan etwas trinken und anschließend in einen Club. Susan arbeitet nicht bei Horizon, aber wir sind zusammen zur Schule gegangen und haben noch immer Kontakt. Ja, ich kannte Chrissie schon, bevor wir zusammen bei Horizon anfingen. Wir kennen uns ungefähr seit unserem sechsten Lebensjahr. In der Grundschule waren wir nicht besonders eng befreundet, aber auf der weiterführenden Schule haben wir uns mit Susan und Sarah zusammengetan und wurden die »vier süßen Früchtchen«. Damals war Chrissie deutlich schmaler als heute.

Sarah kommt samstags abends nicht mehr mit. Ihr werdet sie bald kennenlernen.

An diesem besonderen Samstag zerfällt mein in Fels gemeißelter Tagesablauf zu Staub. Ich kann mich auf nichts konzentrieren. Ich habe nicht mal die Liste aus der Schublade geholt. Wenn Mum vorbeigekommen wäre und gefragt hätte: »Rachel, warum arbeitest du nicht deine Liste ab?«, hätte ich gesagt: »Wer sind Sie denn?« Man sieht schon, wie Nick Maxwell mein straff organisiertes, effektives Leben zerstört, nicht wahr? Der Same ist gesät. Wie jeder weiß.

Springen wir einige Stunden vor. Ich bin immer noch hier, auf dem Sofa, blättere im Schlafanzug in einem Magazin. Es ist jetzt halb zwölf, und das Telefon steht immer noch still. Es ist zum Verrücktwerden, zum Durchdrehen. Ich habe es neben mich aufs Sofa gestellt, falls ich es auf dem Couchtisch nicht höre. Mir gehen völlig irre Gedanken durch den Kopf, obwohl es so aussieht, als würde ich ganz normal und friedlich dasitzen. Ich rede mir Dinge ein wie: »Kann jetzt nicht Rad fahren, könnte von der Sonne geblendet werden und vor einen Bus fahren« oder »Kann jetzt nicht staubsaugen, könnte über den Teppich stolpern und mir den Knöchel brechen«. Purer Selbstbetrug ist das. Ich will mir einfach nicht eingestehen, dass ich um halb zwölf noch im Schlafanzug herumsitze, anstatt etwas zu erledigen oder meine bewährte Samstagsroutine zu befolgen, denn ich tue nur eins: auf Nicks Anruf warten. Ich will mir nicht eingestehen, dass ich neben dem Telefon hocke, dass ich keinen Laut von mir gebe für den Fall, ich könnte das Klingeln des Telefons nicht hören, dass ich nicht mal angezogen bin, damit ich mir nicht zweimal die Haare machen muss. Es ist undenkbar, vor mir selbst zuzugeben, einer von Chrissies jämmerlichen Möchtegern-Casanovas geworden zu sein, die wochenlang auf meinen Rückruf warten. Ich kann mir nicht eingestehen, dass zum ersten Mal in meinem Leben nicht mehr ich bestimme, sondern jemand anders.

Mannomann, was bin ich eben zusammengezuckt, als das Telefon klingelte! Ich machte ein Gesicht, als wäre Weihnachten, ich sei gerade aufgewacht, und das Christkind hätte mir das Geschenk gebracht, auf das ich seit Jahren warte. Warum gehe ich nicht dran, fragt man sich. Also, ich will schon dran, ich muss mich nur erst darauf vorbereiten. Ich rutsche auf dem Sofa nach unten, damit ich mich sexy fühle; wenn man steif und aufrecht wie eine Arzthelferin sitzt, sieht man nie im Leben sexy aus. Halb schließe ich die Augen, wuschel mein Haar zurecht und fahre mir mit der Zunge über die Lippen, auch wenn mich keiner sehen kann. Ich muss mir vorstellen können, wie ich aussehe, dann fühle ich mich sexy. Mit Sicherheit stellt Nick am anderen Ende sich ebenfalls vor, wie ich aussehe, es wäre also total daneben, wenn ich hier wie die letzte Schlampe sitze.

Endlich bin ich so weit. Ich greife nach dem Hörer, ziehe die Hand dann aber plötzlich zurück. Nicht sofort drangehen! Niemals den Hörer abheben, ehe das Telefon mindestens drei oder ... ach, scheiß drauf! »Hallo?«, melde ich mich mit rauer Stimme. Es soll sich anhören, als trüge ich ein schwarzes Negligé.

»Hast du dich erkältet?«

Das ist nicht Nick. Es ist eine Frauenstimme, aber nicht die von Mum. Kurz überlege ich, dann höre ich im Hintergrund ein Kreischen. Mit fallendem Herzschlag und sinkendem Mut wird mir klar, dass Sarah am Apparat ist. Diejenige, die samstags nicht mehr mit uns ausgeht.

»Hi, Sarah. Wieso fragst du?«

»Du hörst dich komisch an. Hast du was am Hals?«

Ich schiebe mich auf dem Sofa hoch. »Nein, nein, mir geht's gut. Und dir?«

»Mir auch. Jakey war die letzten Tage ein bisschen erkältet, Donnerstagabend hatte er sogar 38,5 Grad Fieber, aber seit heute Morgen ist er schon wieder ganz munter. Hörst du ihn? Seit sechs Uhr tobt er durchs Haus, ich bin total erledigt. Wenn er krank war und es ihm wieder besser geht, dreht er immer besonders auf.«

Ich verliere das Interesse an diesem Gespräch in einer Geschwindigkeit, die sich umgekehrt proportional zu seiner Dauer verhält. Den Spruch habe ich von M&M. Er bedeutet, dass etwas im gleichen Maße abnimmt, wie etwas anderes zunimmt. Aber ich sage nicht: »Echt, Sarah, es langweilt mich bis zur

Selbstverstümmelung, mir jedes Mal Jakes Heldentaten anzuhören, wenn du anrufst. Meine Beine zu wachsen finde ich weitaus interessanter, und danach hätte ich wenigstens glatte Haut.« Dafür bin ich viel zu nett. Stattdessen greife ich wieder zu der Zeitschrift, die ich beim Klingeln beiseitegelegt hatte, und blättere darin herum.

Sarah McCarthy, geborene Lincoln, ist die vierte von den »vier süßen Früchtchen«: Sarah, Chrissie, Susan und ich. Früher machten wir alles zusammen – Saufen, Kotzen und das J.G. – das Jungfräulichkeitsgeschenk (»Wir haben sie nicht verloren, wie haben sie verschenkt!«). Damals verließen wir uns mehr oder weniger auf Sarah und ihre Ideen. Zum Beispiel schlug sie mal vor, dass wir alle oben ohne nachts durch das Stadtzentrum laufen sollten – ein unglaubliches, aber lustiges Abenteuer, nach dem wir beinahe auf dem Rücksitz eines Streifenwagens landeten. Sarah war die Erste von uns, die sich von ihrer Jungfräulichkeit trennte. Für dieses einschneidende Erlebnis in ihrem Leben wählte sie den romantischen Ort vor der Haustür meiner Eltern, im Stehen, während ich leider nicht ganz außer Hörweite war und in den Garten starrte, fast gelähmt vor Angst, meine Eltern könnten aufwachen. Sarah trank uns alle unter den Tisch, sie soff noch weiter, wenn wir längst auf anderer Leute Rasen reiherten. Sarah hatte Dope geraucht. Doch nur ein Jahr nach dem Schulabschluss lernte sie Glenn McCarthy kennen, und alles änderte sich. Sarah konnte nicht mit uns in den Pub, sie traf sich mit Glenn. Sie konnte nicht bei uns schlafen, Glenn wartete auf sie. Sie konnte nicht mitkommen zu einem Mädchenwochenende im Holiday-Park Butlins, Glenn wollte sich mit ihr ein Haus ansehen. Sie fing an, Geld für ein Haus und die Aussteuer zur Seite zu legen, und dann geschah das Undenkbare: Sie heiratete. Ich erinnere mich an den Tag mit bitterem Bedauern. Ein trauriger Tag für unsere Freundschaft. Ich trug Schwarz (na gut: tiefes

Dunkelblau. Schwarz ist total unmodern). Bei ihrer Hochzeit war Sarah gerade achtzehn Jahre alt. Welch sinnlose Verschwendung!

Ein Jahr später verkündete sie freudestrahlend bei einem hastig getrunkenen alkoholfreien Drink nach Feierabend, dass sie ihr erstes Kind erwarte. Wenn ich schon der Meinung war, Sarah als zukünftige Braut wäre schlecht, war eine schwangere Sarah noch hundert Mal schlimmer. Jetzt hörten wir: »Kann nicht mitkommen, mir ist schlecht«, dann: »Bin zu müde«, gefolgt von »Bin zu dick« bis zum unvermeidlichen »Mir ist schlecht, bin zu müde und zu dick«. Der alten Zeiten zuliebe bezogen wir sie weiterhin in unsere Verabredungen ein, obwohl wir wussten, dass sie nicht mitkommen würde. Als das Baby schließlich geboren wurde, empfanden wir alle ein plötzliches Gefühl der Leere, wenn etwas lang Erwartetes wie erwartet eintrifft. So wie man weiß, dass auf Dienstag Mittwoch folgt. Auch wenn wir es behaupteten: Wir waren weder aufgeregt noch begeistert. Nur Susan war im Krankenhaus in Tränen ausgebrochen.

Das ist jetzt fünf oder sechs Jahre her. Seither ist Sarah nicht mehr mit uns unterwegs gewesen. Und als die »vier süßen Früchtchen« nur noch drei waren, mussten wir feststellen, dass die Veränderung unserer Clique nicht besonders guttat. Unsere abendlichen Unternehmungen flauten ab, zuerst nur noch wöchentlich, dann vierzehntäglich, schließlich monatlich. Inzwischen weiß ich nicht mal mehr, wann ich mich zum letzten Mal mit den anderen beiden abends getroffen habe. Auch Chrissie hat sich mit den Jahren sehr verändert und hat nicht mehr so viel Pfeffer wie früher. Zumindest nicht im positiven Sinn. Und Susan macht einen auf esoterisch. Sie arbeitet in einem Miederwarengeschäft und passt alten Omis Korsette an.

Oje, Sarah ist verstummt. Das sieht man an meinem panischen Gesichtsausdruck. Das bedeutet, Sarah erwartet eine

Antwort, einen Kommentar oder etwas Ähnliches von mir, womit ich aber nicht dienen kann, weil ich nicht zugehört habe. Ich improvisiere.

»Ähm, 'tschuldigung, Sarah, was hast du gerade gesagt? Cosmo hat mir das Telefon aus der Hand geschlagen.«

»Schon wieder? Das macht er ständig! Findest du nicht, dass er sehr dominant ist?« Kleine Pause. Dann klingt Sarahs Stimme weiter entfernt und gedämpft. »Nein, jetzt nicht, Jakey, Mummy telefoniert. Warte kurz, habe ich gesagt. *Warte bitte, ja?*«

»Alles in Ordnung, Sarah?«

»Ja, ja, ist nur Jake. Er kann es einfach nicht leiden, wenn ich telefoniere. Ausgerechnet dann muss er immer unbedingt aufs Klo oder etwas trinken oder so.«

»Oh.« Ich finde es wirklich furchtbar, wenn Mütter sich im Gespräch mit ihren Kindern »Mummy« nennen.

»Egal, bist du nun da oder nicht? Ich muss wissen, wie viele kommen.«

»Kommen?« Hm, der Fingernagel meines linken Mittelfingers könnte ein bisschen mehr Pflege gebrauchen.

Es folgt ein langer, genervter Seufzer. »Zu Jakes Geburtstag. Am neunzehnten, heute in drei Wochen. Lass mich bitte nicht im Stich, Rachel! Du bist schließlich seine Patentante.«

Allerdings, und Sarah lässt keine Gelegenheit aus, mich daran zu erinnern! Kaum vorstellbar, oder, ich als Patentante? Ich weiß, ich habe damals nicht richtig nachgedacht. Als Sarah mich darauf ansprach, war Jake drei Monate alt, ein süßes, weiches, kleines Bündel, das in meinen Armen lächelte, rülpste und schlief und für alles andere postwendend zu seiner Mum zurückkehrte. Im Laufe der Jahre musste ich voller Schrecken feststellen, wie er sich in einen großen, blonden, vorlauten, anspruchsvollen, lärmigen, ungehorsamen, egoistischen Jungen verwandelte, der nichts anderes tut, als seine Eltern unglücklich zu machen. Ich habe nicht die geringste Vorstellung, was ich mit ihm reden und wie ich mit ihm umgehen soll. Das hatte ich nicht bedacht, als er noch ein winziges, bewegungsunfähiges, sprachloses Würmchen war. Wahrscheinlich bin ich die schlimmste Patentante, die es je gegeben hat. Ich kenne nicht mal Jakes Geburtstag, obwohl das jetzt schon sein vierter oder fünfter sein muss. Am liebsten würde ich von dem Amt zurücktreten, besonders in Momenten wie diesem, wenn sich ein entspannter Samstagnachmittag vor meinen Augen in Luft auflöst.

»Klar komme ich, Sarah. Für was für eine Patentante hältst du mich eigentlich?«

»Ich weiß ganz genau, was für eine Patentante du bist, Rachel, und ich bedaure es täglich.«

Obwohl sie zweifellos recht hat, tut es doch weh. »Vielen Dank auch.«

»Ach, hör mal, Rachel, so meinte ich das nicht. Ist nur weil ...«

Langsam mache ich mir Sorgen, dieser Anruf könnte das Telefon blockieren. Was ist, wenn jemand anders versucht, mich zu erreichen? Wenn derjenige das Besetztzeichen hört, wird er es dann in ein paar Minuten erneut oder erst wieder heute Abend versuchen? Oder noch schlimmer: Wartet er vielleicht bis morgen? Ich werfe einen kurzen Blick auf die Uhr. Mir wird schmerzhaft bewusst, dass dieses Gespräch jetzt schon über fünf Minuten dauert und es so aussieht, als würde es sich nochmals mindestens so lange hinziehen. Wenn ich bloß von Anfang an zugehört hätte, dann könnte ich sie jetzt schneller abwimmeln.

»... deshalb haben sie ihn zum Glück schließlich eine Gruppe höhergestuft«, erzählt Sarah. Ich streue hin und wieder ein »Aha« ein, bin aber aufgestanden und steuere aufs Schlafzimmer zu. Ich habe einen Plan.

»Ich habe ihr gesagt, dass er es langweilig findet. Dass es viel zu leicht für ihn ist. Ich habe ihr gesagt: Er langweilt sich. Sie können doch nicht erwarten, dass er still sitzt, wenn er Langeweile hat! Da war sie anderer Meinung, deshalb habe ich gesagt …«

»Aha.«

Im Schlafzimmer gehe ich zu meiner Handtasche auf der Kommode und hole mein Handy heraus. Keine neuen Nachrichten, keine Anrufe in Abwesenheit. Gut, das ist enttäuschend, aber nicht der Grund, warum ich es geholt habe. Mit einer Hand gehe ich durch das Menü und suche die Klingeltöne. Ah, gefunden. Wählen. Jetzt kommt die Liste mit den verfügbaren Klingeltönen. Ach, du Güte, welchen habe ich denn momentan eingestellt? Ich weiß es nicht mehr.

»… ist er seiner Altersgruppe weit voraus. Man kann ihn gar nicht mit den anderen Kindern vergleichen …«

»Aha.« Ist doch egal, welchen ich eingestellt habe. Sarah weiß nicht oder weiß nicht mehr, wie mein Handy klingelt. Ich wähle eine Melodie namens »Ibiza Party«, und sofort spielt es los.

»… braucht nur die richtige Herausforderung. Was war das?«

»Oh, Sarah, mein Handy klingelt. Ich muss Schluss machen. Das ist mit Sicherheit Mum. Wenn das Telefon besetzt ist, versucht sie es immer auf dem Handy.« Das stimmt sogar.

»Ach, hast du denn einen neuen Klingelton?«

»Nein, nein, das ist bloß der von Mum. Sag kurz, um wie viel Uhr ist Jakes Feier?«

»Um drei Uhr, zum dritten Mal.«

»Gut. Und am –?«

»Am neunzehnten«, unterbricht sie mich. »Heute in drei Wochen. Vergiss es nicht!«

»Tu ich nicht, versprochen. Muss aufhören. Tschüss!«

Sie hat aufgelegt. Erleichtert werfe ich mich mit dem Gesicht aufs Bett. Ach, du Scheiße. Jetzt habe ich gerade zugesagt, in drei Wochen zu Jakes beknackter Geburtstagsfeier zu kommen. Oder war das in zwei Wochen? Ich springe auf. Muss ich mir in den Kalender schreiben, bevor ich es vergesse. Neunter August.

Über dem Wasserkessel in der Küche hängt ein Kalender an der Wand, damit ich morgens beim Kaffeekochen einen Blick drauf werfen kann und sicherstelle, dass ich keine wichtigen Termine oder Treffen verpasse. In den meisten Feldern stehen lediglich Männernamen, daneben Uhrzeiten. Nicht, dass man das jetzt falsch versteht. Ich gehe halt mit vielen verschiedenen Männern aus. Ich tue nichts anderes, als nach dem »Richtigen« zu suchen, und jetzt meine ich, ihn gefunden zu haben.

Ich nehme den Kalender von der Wand und blättere vor bis zum August. Hm, der neunte kann es nicht sein. Sarah hat definitiv gesagt, es wäre heute in soundso viel Wochen, also an einem Samstag, und der neunte ist ein Mittwoch. War es denn der neunte September? Ich blättere nochmals um. Nein, das ist ein Sonntag. Was hat sie bloß gesagt, verdammt nochmal? Ich schlage zurück und lande versehentlich im Juli. Mit breitem Grinsen schaue ich auf das gestrige Datum und schreibe »Nick Maxwell, 19 Uhr« hinein, obwohl der Termin schon hinter mir liegt. Beim Blick auf das Datum stelle ich fest, dass ich es dick und schwarz angekreuzt habe, ebenfalls die beiden Tage davor und danach. Oh, Scheiße, das heißt …

Ich habe eine wunderbare Idee: Wie wäre es, wenn ich Nick zu Jakes Geburtstag mitbringen würde? Ich lege den bei Juli aufgeschlagenen Kalender zur Seite. Ja, das wäre super. Dann wäre der Samstagnachmittag doch nicht ganz für die Katz. Es wäre sogar besser, als den Tag zu zweit zu verbringen, weil ich vor allen Leuten mit meinem neuen Freund angeben könnte. Anschließend könnten wir irgendwo hingehen und uns vorstellen, wie es wäre, ein Kind zu haben, aber dann heilfroh sein, keins zu haben, und zum Schluss gäbe es jede Menge heißen Sex. Eine erstklassige Idee, und noch genau drei Wochen Zeit, um Nick zu überreden.

Ah, genau, drei Wochen, das war's. Schnell schreibe ich »Jake« auf den 19. August.

Springen wir ein bisschen weiter vor. Der Tag vergeht furchtbar langsam. Um halb neun bin ich wirklich mit den Nerven am Ende. Man sieht: Ich habe endlich geduscht und mich angezogen. Weil mir nämlich plötzlich der furchtbare Gedanke kam, Nick könnte unerwartet mit einem riesigen Blumenstrauß und irgendwelchen Eintrittskarten vor der Tür stehen. Er wäre bestimmt nicht begeistert, wenn ich noch im Schlafanzug wäre. Gut, vielleicht schon begeistert, aber um drei Uhr nachmittags auch ein bisschen angewidert.

Ein bisschen habe ich aufgeräumt, aber ich kann mich auf nichts richtig konzentrieren. Ich habe einen Teil von einem Film gesehen, dann mehrere Ratesendungen, aber nichts interessiert mich so recht. Ich habe versucht, draußen auf der Sonnenliege eine Zeitschrift zu lesen und dabei Weißwein zu trinken, weil ich fand, es wäre schick, das gerade zu tun, wenn er anruft. Ich hatte aber keinen Weißwein, nur noch einen kleinen Rest roten, und die Auflage des Liegestuhls war klatschnass, sodass ich mich direkt auf das kalte Plastik setzen musste. Genau drei Minuten hielt ich es aus, dann war ich wieder drinnen, kippte den ekelerregenden Inhalt des Glases in die Spüle und stellte den Wasserkessel an.

Mum rief an, aber ich konnte sie ziemlich schnell abwimmeln. Normalerweise esse ich mindestens einmal am Wochenende bei meinen Eltern, aber heute sagte ich ihr, ich hätte an beiden Tagen Termine. Sie wunderte sich nicht. Sie erzählt all ihren Freundinnen, wie begehrt ich bei den Männern bin. Echt peinlich.

Zum Abendbrot gibt's zwei Scheiben Toast. Sicher, meine Wohnung ist klein, aber ich kann mich einfach nicht überwinden, längere Zeit vom Telefon getrennt zu sein, deshalb nehme ich es mit in die Küche. Mittlerweile summt es nur so in meinem Kopf, alle möglichen dummen Gedanken schwirren darin umher, versuchen verzweifelt die Möglichkeit auszublenden, dass er heute nicht mehr anruft. Ob Sarah wohl wieder einen Clown engagiert? Ich muss ein Geschenk für Jake besorgen. Aber wie alt wird er überhaupt? Ob Glenns geheimnisvoller Bruder wohl diesmal kommt?

Sonderbar, dass ich mich in Gedanken mit Jake und seinem bevorstehenden Geburtstag beschäftige. Aber ich weiß nicht mehr weiter. Dieses Warten ist wirklich nervötend. Musste ich bisher noch nie, deshalb beherrsche ich es nicht besonders gut. Normalerweise geht es mir auf den Geist, mit welcher Vorhersehbarkeit die Kerle genau in dem Moment anrufen, wenn die Sonne hinterm Horizont versinkt. Manchmal melden sie sich sogar schon in derselben Nacht, kurz nachdem wir uns verabschiedet haben. Das ist jämmerlich, und um ehrlich zu sein, läutet es meistens das Ende unserer Beziehung ein, jedenfalls was mich angeht. Es wirkt einfach so … so verzweifelt.

Hier sitze ich nun. Es ist nach zehn Uhr, und noch immer habe ich nichts gehört. Das ist doch nicht normal! Vielleicht aber doch? Kann doch sein, dass unzählige Frauen so was ständig erleben.

Als er sich schließlich meldet, putze ich mir gerade die Zähne. Nein, nicht im Badezimmer, sondern hier, im Wohnzimmer. Kaum hatte ich mir die Zahnbürste in den Mund geschoben, wurde mir klar, dass ich das Telefon im Wohnzimmer vergessen hatte, deshalb kehrte ich zurück. Nun hatte ich schon den ganzen Tag gewartet, da wollte ich den Anruf nicht verpassen, nur weil ich gerade in einem anderen Zimmer war.

Ich habe mein orangefarbenes Frotteenachthemd an und den

ganzen Mund voll Schaum. Ausgerechnet in diesem Moment muss das Telefon klingeln. Da stehe ich, wie erstarrt, und glotze es mit weit aufgerissenen Augen an. Der weiße Schaum läuft mir am Arm herunter und tropft vom Ellenbogen. Geistesabwesend wische ich mir mit dem Arm über den Mund, wodurch ich den Schaum übers ganze Gesicht verteile. Ich bin gebannt, kann mich nicht entschließen, wie um alles in der Welt ich mit einem Mund voll Schaum ans Telefon gehen soll. Ich weiß, ich weiß, natürlich könnte ich ihn einfach in die Küchenspüle spucken, ist ja nur ein paar Schritte entfernt. Der Apparat hat bereits dreimal geklingelt – wenn ich in die Küche gehe, ausspucke und zurückkomme, ist er vielleicht schon verstummt. Ich überlege kurz, auf den Boden zu spucken, aber das ist eklig. Außerdem würde ich, wenn ich bei Nick einziehe, vielleicht die Kaution für die Wohnung verlieren, weil auf dem Teppich ein hässlicher weißer Fleck prangt.

Jetzt hat es viermal geklingelt und will gerade aufhören, das habe ich im Gefühl. Ein letztes Mal schaue ich mich um, finde aber kein angemessenes Behältnis, sodass ich aus purer Panik und Verzweiflung den Schaum hustend herunterschlucke und dann zum Telefon stürze. Meine Kehle brennt, ich reiße mich zusammen, damit mir nicht schlecht wird. Als ich zum Hörer greife, erblicke ich mein Gesicht im Spiegel über dem Regal im Wohnzimmer und lächle mich an.

Nick Maxwell weiß nur zu gut, wenn er einen Fisch am Haken hat. Da steht er vor dem Spiegel in seinem Zimmer und prüft sein Aussehen ein letztes Mal, bevor er geht. Die Frisur ist wirklich ein Kunstwerk, nicht wahr? Muss auch, es hat lange genug gedauert.

Er kommt sich toll vor, man sieht es seinem Gesicht an. Das Mädchen, mit dem er jetzt geht – ich –, sieht extraklasse aus und saß am Samstagabend um Viertel nach zehn allein zu

Hause und wartete auf seinen Anruf. Er grinst sich selbst im Spiegel an. Er weiß, dass sie verrückt nach ihm ist und zur Verfügung stehen wird, wann immer er will. Besonders aufregend findet er, dass sie ein ganzes Stück älter ist als er. Laut Personalakte ist sie vierundzwanzig, Nick ist erst neunzehn und macht ein Überbrückungsjahr, bevor er nächstes Jahr zur Uni nach Hull geht. Aber er hatte noch nie Probleme, das Mädchen zu bekommen, das er wollte. Und hier läuft es nicht anders. Er hatte gehört, sie sei ein Knaller, aber anders als die meisten Männer schüchterte ihn das nicht ein. Er konnte es kaum erwarten, sie in die Finger zu bekommen, daher hatte er am Nachmittag zuvor dieses Treffen arrangiert. Er hatte dafür gesorgt, dass die beiden Trantüten, die ihr sonst um zwei Uhr den Kaffee bringen, zu genau diesem Zeitpunkt mit einer anderen Aufgabe im Personalbüro beschäftigt waren. Es war besser gelaufen, als er in seinen kühnsten Träumen erwartet hatte, und jetzt würde es in die zweite Runde gehen. Es machte ihm großen Spaß, mit älteren Frauen auszugehen. Sie verfügten meistens über eine eigene Wohnung.

»Nicky! Willst du was vom Apple Crumble?«, ruft eine Stimme von unten herauf. »Ich kann dir welchen warm machen!«

»Nein, danke, Mum«, gibt er zurück und läuft leichtfüßig die Treppe hinunter in die Küche. »Bin gleich weg.«

»Wirklich nicht, Schätzchen? Ich habe Eis dazu.«

Er beugt sich vor und küsst seine Mutter auf die Wange, dann geht er zur Tür. Er wirft die Autoschlüssel in die Luft und fängt sie auf. »Nacht, Mum.«

3

»Rachel! Wart mal kurz!«

Es ist Chrissie, die mich da ruft, aber wie man deutlich sehen kann, habe ich es gerade ein bisschen eilig. Ich greife nach meinem Mantel und fahre gleichzeitig den Computer runter. Ich habe echt keine Zeit, mit ihr zu sprechen. Obwohl ich genau weiß, was sie von mir will.

»Rachel, willst du mich nicht hören?«

Am liebsten nicht. »Doch, Chrissie, natürlich, ich hab's nur eilig.« Es ist der nächste Freitag, eine Woche später, und ich bin wieder mit Nick verabredet. Wir haben uns jeden Tag gesehen. Langsam glaube ich, dass ich auf dem besten Weg bin, mich in ihn zu verlieben. Ich weiß, dass ich dieses Gefühl bisher bei keinem hatte. Und ich habe auch noch nie derart körperlich auf jemanden reagiert. Wenn ich nur an ihn denke, wird mir schwindelig – also so gut wie immer.

Ich sehe mich nach Chrissie um. Sie hat eine Hand in die Hüfte gestützt und eine Zigarette in der anderen und wartet darauf, dass sie ihr jemand anzündet. Heute ist Chrissie eine fruchtige Erscheinung in schulterfreiem Kirschrot und ausgestellter weißer Hose. Sie weigert sich schlichtweg, durch gedämpfte Farben wie Schwarz oder Marineblau ein bisschen von ihrer Figur abzulenken. Ihre Lippen sind immer grellrot oder -rosa geschminkt, ihr Haar ist eine Mähne gefärbter kastanienroter Locken, die ihr auf die nackten Schultern fallen.

»Was ist los mit dir?«, fragt sie, wie vorherzusehen war. »Die ganze Woche bis du nicht in der Kantine gewesen. Hast du eine neue Stelle?«

Ich lache. Sie weiß, dass ich Horizon niemals verlassen werde. »Nein, natürlich nicht.«

Da wir gerade im Verkaufsraum sind, könnte man kurz einen Blick auf die Tafel mit den Verkaufszahlen über Jeans Schreibtisch werfen. Ich habe doch erzählt, dass ich immer unter den ersten drei bin, oder? Na, dann schauen wir jetzt mal genauer hin. Kann jemand meinen Namen finden? Ein bisschen weiter unten! An sechster Stelle. Das Komische daran ist: Es ist mir völlig egal. Ich habe wichtigere Dinge im Kopf, als jeden Moment meines Lebens darüber nachzudenken, wie ich Jeans alten Rekord brechen kann.

Am Mittwoch sprach Jean mich darauf an. M&M hatten ihr offensichtlich gesteckt, dass meine Zahlen nachlassen würden, obwohl sie das mit Sicherheit schon selbst bemerkt hatte.

»Alles klar bei dir, Kleine?«, hatte sie gefragt und mich in eine Wolke schalen Rauchs gehüllt. Bei Horizon Holidays herrscht Rauchverbot, aber Jean stinkt einfach immer nach Zigaretten. Wenn sie rauchen will, muss sie mit dem Aufzug runter ins Erdgeschoss fahren und auf den Parkplatz gehen. Das macht sie natürlich nicht oft, aber wenn sie geht, qualmt sie gleich drei auf einmal, alle hintereinander. Wenn im Telefonverkauf besonders viel zu tun ist, kann sie manchmal stundenlang nicht fort. Dann sinkt ihre Laune umgekehrt proportional zu ihrer Verweildauer in der Abteilung.

»Doch, sicher, Jean«, erwiderte ich und schluckte den Speichel herunter, der sich in meinem Mund sammelte. Mit jeder Faser meines Körpers kämpfte ich gegen den Drang zu würgen. So hatte mich Jeans Atem noch nie gestört. Musste am Schlafmangel liegen.

»Wirklich, Süße?«, hakte Jean nach. Sie ist nicht gerade der mütterliche Typ – das war schon ihr Maximum an Einfühlung.

»Deine Zahlen sind etwas schlechter geworden. Sollte ich irgendwas wissen?«

Ich warf einen Blick auf die Tabelle. Aktuell war ich auf dem fünften Platz. Ich schaute Jean an. »Weil ich nicht dritte, sondern fünfte von fünfundvierzig bin? Hast du ein Problem damit? Meinst du, ich drücke mich, engagiere mich nicht richtig, strenge mich nicht an? Warum redest du nicht mal mit Val?« Als Val ihren Namen hörte, hob sie den Kopf und sah nervös zu mir herüber. »Val kann schon von Glück reden, wenn sie fünfzehnte ist. Wahrscheinlich verkaufe ich doppelt so viele Reisen wie sie, Woche für Woche, selbst wenn ich nur fünfte bin. Wenn du also eine anmachen willst, weil sie sich nicht anstrengt, dann geh zu ihr.« Ein wenig zu spät wurde mir klar, dass Val das vielleicht ein bisschen gemein fand. Ich schaute sie an. Sie war ganz weiß geworden, ihr Mund stand auf. Schockiert starrte sie zu uns herüber. Sie war erschüttert.

Mum meint, die Leute würden auf meine Sprüche manchmal überreagieren, weil sie nicht damit klarkommen, dass ich besser aussehe. Vielleicht war das jetzt auch so. Val unterbrach ihr laufendes Gespräch, riss den Kopfhörer herunter und stürzte aus dem Raum.

Schweigend sahen Jean und ich ihr nach, dann wandte Jean sich wieder mir zu und musterte mich einige Sekunden lang. Ich wünschte mir nur, sie würde mich endlich in Ruhe lassen mit ihrem Zigarettendunst. Schließlich sagte sie: »Okay, ich geh eine rauchen. Graham!« Der arme Graham zuckte auf seinem Stuhl zusammen, stand widerwillig auf und fing an, durch den Raum zu patrouillieren. Anstelle von Jean vergewisserte er sich nun, dass niemand auf »Besetzt« stellte, der eigentlich »Frei« sein sollte.

Ich wollte zurück an meinen Schreibtisch und stellte plötzlich fest, dass es sehr still geworden war. Im Hintergrund hörte man das gedämpfte Gemurmel der Telefonierenden, die sich bemühten, sehr leise zu sprechen. Alle, die gerade nicht telefonierten, hatten sich umgedreht und starrten mich an. Ich erwiderte die Blicke.

»Was ist?«

Nach und nach wandten sich alle wieder ihrer Arbeit zu, manche mit traurigem Kopfschütteln, andere mit stark gerunzelter Stirn. Ich streckte die Hände aus, als wollte ich sagen: *Wo ist das Problem?* Schließlich kam Chrissie zu mir.

»Das war ein bisschen gemein, Rach. Du weißt doch, dass Val momentan Probleme hat.«

»Was für Probleme?« Ich meine, ich sitze vielleicht neben Val, bin aber nicht mit ihr verheiratet.

Chrissie führte mich an meinen Platz, wartete, bis ich saß, und zog Vals Stuhl heran, um ihre schwere Gestalt darauf abzuladen. »Ihre Mutter liegt im Sterben. Das hast du doch gewusst, oder? Sie ist im Hospiz. Val geht es furchtbar schlecht. Sie kann nicht schlafen, bekommt fast nichts mehr herunter, aber geht trotzdem jeden Tag zur Arbeit und versucht, so gut es geht zu funktionieren. Und du läufst hier rum, der Inbegriff von Jugend und Gesundheit, kennst keine Sorgen und kannst dich ganz darauf konzentrieren, deine Verkaufszahlen zu steigern.« Kopfschüttelnd sah sie mich an. »Manchmal bist du wirklich richtig gemein, Rachel.«

»Na, klar, als ob du eine Heilige wärst.« Mir braucht keiner einen Vortrag zu halten, schon gar nicht Chrissie, die immer darauf bedacht ist, alle Neuigkeiten und jeden Klatsch im Büro zu erfahren und es an jeden weiterzutratschen, der gerade ein Ohr frei hat. Sie übersieht leider, dass man mir tatsächlich zugutehalten muss, nicht jedes Kinkerlitzchen über das Privatleben meiner Kolleginnen und Kollegen zu wissen. Aber das sagte ich ihr nicht. Sie war nämlich schon weg.

Als Val ungefähr zwanzig Minuten später mit geschwollenen

roten Augen zurückkam, versuchte ich, ihr zuzulächeln, doch sie wich meinem Blick aus.

Egal, das war Mittwoch. Heute ist Freitag, und ich versuche, schnell Feierabend zu machen. Um halb acht bin ich mit Nick zum Essen verabredet, und jetzt ist es zehn nach fünf. Wenn ich eine Viertelstunde für die Heimfahrt und anderthalb Stunden zum Fertigmachen brauche, bleiben mir noch rund vierzig Minuten, um mit dem Taxi ins Restaurant zu fahren, also eigentlich zu viel. Aber die Zeit werde ich zum Fertigmachen brauchen, weil ich noch nicht weiß, was ich anziehen soll.

»Und?«

Ah ja. Ich hatte Chrissie ganz vergessen. Sie steht noch immer vor mir, die ungerauchte Zigarette zwischen den Fingern mit den scharlachroten Nägeln.

»Chris, können wir uns im Gehen darüber unterhalten? Ich bin heute Abend verabredet und muss mich noch fertig machen.«

»Gut.«

»Schön.« Ich zögere noch einmal kurz, dann steuere ich auf die Aufzüge zu. »Tschüss, Val.«

Val bewegt lediglich den Kopf, um zu signalisieren, dass sie mich gehört hat. Ich zucke mit den Achseln. Auf kirschroten Stilettos trippelt Chrissie hinter mir her.

»Und? Wo geht's heute Abend hin?«

»Essen mit Nick. Im *La Bougie.*«

Kurz schweigt sie. Ich wusste es vorher: Sie würde enttäuscht sein. Aus irgendeinem Grund will sie unbedingt, dass meine Beziehung mit Nick schiefgeht. So wie sie sich über den Kuss an meinem Ohr lustig gemacht hat. Mum meint, sie wäre gerne ich und hätte gerne mein Leben, aber weil das nicht geht, hofft sie halt, dass mein Leben in den Eimer geht. An den Aufzügen drücke ich auf alle drei Abwärtstasten gleichzeitig und blicke dann hoch zur Anzeige, versuche, die Fahrstühle durch reine Willenskraft schneller eintreffen zu lassen.

»*La Bougie*. Wirklich schön da, Rach.«

»Ich weiß.«

»Ziehst du was Hübsches an?«

Langsam drehe ich mich zu ihr um und schaue sie an. »Ja.« Nicht dass sie es beurteilen könnte. Sie hat ungefähr so viel Geschmack wie Hänsel und Gretel.

Draußen auf dem Bürgersteig bleibt Chrissie kurz stehen. Sie hat das Feuerzeug schon in der Hand und braucht keine drei Sekunden, um sich die Zigarette anzuzünden, einen tiefen Zug zu nehmen und das Feuerzeug wieder in der Tasche verschwinden zu lassen. Ich versuche, ihr zu entwischen. Sie eilt mir nach.

»Bist du nächste Woche auf Jakes Geburtstag?«

Ich bleibe stehen. »Nächste Woche? Ich denke, der ist am neunzehnten!« Herrje, das heißt ja, dass ich morgen das Geschenk besorgen muss und dadurch womöglich den Anruf von Nick verpasse.

»Ja, klar, stimmt. Gehst du hin?«

»Ich bin seine Patentante, Chris. Würde ein bisschen komisch aussehen, wenn ich nicht hinginge, oder? Wieso? Kommst du auch?«

Sie nickt. Ihre Lippen umschließen den weißen Filter ihrer Zigarette. Sie nimmt sie aus dem Mund, und das Ende ist mit rosa Lippenstift beschmiert. »Ist schöner, wenn du auch da bist. Können wir mal ein bisschen reden. Mit etwas mehr Zeit.« Sie zieht wieder an der Zigarette, wir stehen neben meinem Auto.

Ich fahre einen süßen, kleinen bordeauxroten Clio. Als ich ihn gekauft habe, war er ein Jahr alt, und ich pflege ihn gut. Dad hat mir eine Liste mit Wartungssachen zusammengestellt, die ich einmal im Monat machen muss, zum Beispiel Öl, Wasser und Reifendruck kontrollieren, Wasser für die Scheibenwaschanlage und im Winter Frostschutzmittel nachfüllen. Mum hat auch diese Liste laminiert, sie liegt zusammen mit meinen Haushaltsaufgaben in einer Schublade in der Küche.

Mit kaum verhohlener Geringschätzung mustert Chrissie meinen Wagen, dann lächelt sie. »Hast du schon mein neues Auto gesehen? Hier, da drüben, der graue.« Ich folge der von ihr gewiesenen Richtung, begreife aber nicht, welches sie meint. »Der BMW«, erklärt sie.

»Seit wann hast du *den* denn?« Chrissie fährt seit Jahren einen Polo, den sie, soweit ich weiß, sehr gerne mag.

»Och, seit ein paar Tagen. Hab mir mal was gegönnt. Wie findest du ihn?«

Ich nicke geistesabwesend. »Ja, echt schön.« In Gedanken bin ich bei der Uhrzeit und bereits auf dem Heimweg, überlege mir, was ich anziehe und was wir nach dem Essen machen. Deshalb beschäftige ich mich nicht länger mit Chrissies neuem Wagen. Eigentlich müsste ich mich wundern, wie sie sich mit unserem Gehalt so ein Auto leisten kann.

»Alles klar, wir sehen uns, Chris. Schönes Wochenende!« Ich steige ins Auto, schlage die Tür zu und fahre nach Hause.

Wir sind im La Bougie. Mum hat mir erzählt, dass es das französische Wort für Kerze ist. Finde ich total klasse an dem Laden, dass er nur mit Kerzen beleuchtet wird. Sie hängen an der Wand, stecken in den Lampenfassungen, stehen auf den Tischen. Tausende von Kerzen. Nirgendwo elektrisches Licht. Das dauert jeden Tag bestimmt Stunden, die alle anzuzünden. Mum meint, die könnten gar nicht alle echt sein, in Wirklichkeit wären das Gaslampen an der Wand, die man an- und ausschalten kann. Aber auch in dem Fall wäre es immer noch eine richtige Flamme, oder? Macht also nichts.

Da ist Nick. Begeistert sägt er an einem dicken Steak. Ich habe Caesar's Salad bestellt, esse aber so gut wie nichts. Ich bestaune nur den Mann mir gegenüber. Selbst mit dem Mund voller Pommes ist er sexy. Er grinst und zwinkert mir zu. Auf seiner Unterlippe ist ein Ketchupfleck. Ich verspüre das starke Bedürfnis, ihn wegzuküssen. Aber so was geht hier nicht. Der Laden ist ein wenig zu schick dafür.

Ehrlich gesagt, hat Nick mich heute Abend ein bisschen überrascht. Er will anschließend fahren, hat aber schon zwei Bier getrunken. Ist ja seine Sache – wenn er das verträgt …

Es ist einfach herrlich. Wir reden nicht viel, fühlen uns aber so wohl in der Gesellschaft des anderen, dass wir gar nicht sprechen brauchen. Das sieht man uns an, nicht? Harmonie, die ist wirklich wichtig in einer Beziehung.

Ich verzichte auf den Nachtisch, Nick nimmt ein Dessert mit Erdbeeren. Ich hätte gedacht, er würde Käsekuchen wählen, aber da habe ich mich geirrt.

Als er aufgegessen hat, teilen wir uns die Rechnung und brechen auf. Nick ist ein richtiger Gentleman, er bringt mir meine Jacke und hilft mir hinein. Draußen beugt er sich über meine Schulter, schnüffelt an meinem Hals und zieht die Luft ein. Ich schließe die Augen.

»Du riechst herrlich«, flüstert er auf meine Haut. Ich atme seinen Duft ein, genieße seine Wärme in meinem Rücken, seine leichten Hände auf meinen Schultern. Wir gehen ein paar Schritte.

»Hey, Alter, was geht ab?«, ertönt plötzlich eine laute, heisere Stimme. Ich reiße die Augen auf. Nick nimmt die Hand von meinen Schultern und weicht einen Meter von mir zurück. Ich sehe mich suchend um und entdecke einen jungen Mann von etwa achtzehn Jahren. Breit grinsend schaut er abwechselnd mich und Nick an.

»Hey, altes Scheißhaus! Was hat dich denn hierher verschlagen? Alles klar, Süße?«, begrüßt er mich.

Dieser Typ gefällt mir ganz und gar nicht. Wie sein Haar

aussieht! So kurz, dass man die Kopfhaut sehen kann. Eine Augenbraue ist gepierct, seine grüne Jacke erinnert an einen Fußball-Hooligan. Ich mache einen Schritt nach hinten und sehe zu Nick auf. Sein Gesichtsausdruck beunruhigt mich ein wenig. Er wirkt sehr nervös, runzelt die Stirn, seine Augen zucken von links nach rechts.

»Hi, Sean«, sagt er ruhig. »Alles klar bei dir?«

»Logisch, Junge, alles im grünen Bereich. Mit wem bist du denn hier? Mit deinen Al–?«

»Nein, nicht mit meinen Kumpels«, unterbricht Nick ihn schnell. »Ich bin mit einer Bekannten hier. Wenn du uns jetzt bitte entschuldigen würdest …«

Seans anfängliches Grinsen weicht einem verwirrten Stirnrunzeln. Er macht einen Schritt nach vorn und boxt Nick mit einem schwächeren, weniger überzeugten Grinsen gegen die Schulter. Nick weicht ihm aus, dreht sich ab und nimmt meine Hand. Es scheint ihm jetzt wirklich unangenehm zu werden, und das macht mich nervös. Vielleicht gehört dieser Sean zu einer Bande und glaubt aus irgendeinem Grund, Nick wäre auch dabei? Seit Seans Auftauchen hat Nick mich kaum noch angesehen, aber er fasst meine Hand fester. Ich stelle mich hinter seinen breiten Rücken.

»Hör mal, Sean, wir wollen jetzt weiter. Man sieht sich, ja?« Ich schaue mich noch einmal nach Sean um. Sein Gesicht ist wutverzerrt.

Wir gehen zurück zum Auto. Nick holt weit aus, es ist ziemlich schwer für mich, mit ihm Schritt zu halten. Am Wagen bin ich ein klein wenig genervt und runzele die Stirn. Er schließt mir die Tür auf. Kaum hat er sich gesetzt, wendet er sich mir zu und streichelt mein Gesicht. Ich vergebe ihm auf der Stelle.

»Das tut mir total leid«, sagt er. »Hat das den ganzen Abend ruiniert?«

Ich schüttele den Kopf, lasse das Kinn in seine Hand sinken. »Wer war das denn?«

Nick zieht die Hand fort und schaut aus dem Fenster. »Sean wohnt in der Nähe meiner Eltern. Wir sind sozusagen zusammen aufgewachsen.«

Spontan schüttele ich wieder den Kopf. Da stimmt irgendwas nicht. »Aber er ist doch höchstens …«

»Nein, nein, er ist achtzehn. Er ist ein paar Jahre jünger als ich.«

»Aha.«

»Aber er wohnte bei uns in der Nachbarschaft. Wir haben zusammen gespielt. Der arme Kerl hatte nicht viele Freunde, deshalb hab ich mich ein bisschen seiner angenommen, verstehst du?« Er lacht, aber es klingt gezwungen. »Er war ein nerviger kleiner Knirps, wollte immer nur in die Spielhalle und Geld verschleudern oder mit dem Fahrrad durchs Gelände fahren, Rampen und so bauen, wo man drüberspringen kann, aus Ziegelsteinen und Wellblech und so. Einmal haben wir einen alten Reifen gefunden, den haben wir …«

»Das hast du mit ihm gemacht?«

Nick hält inne und sieht mich an. Er nickt.

»Wie alt warst du denn damals? Ich meine, wenn er sechs, sieben Jahre jünger ist als du.«

Er zuckt mit den Achseln. »Also, so war das nicht … ich meine, eigentlich ging das meistens von mir aus, verstehst du? Er war ja noch ein Kind. Ich war wahrscheinlich so siebzehn, achtzehn, und er nur zehn oder elf. Oder so ähnlich.« Nick weicht meinem Blick aus.

Ich nicke. »Aha.« Aber irgendetwas stimmt hier nicht. Nicks Stimme ist anders, er ist nervös, hektisch. Stellt dieser Sean eine Bedrohung für ihn dar? War ihre Freundschaft doch anders und Nick nicht der »große Bruder«, so wie er behauptet? Haben sie Schlimmeres ausgefressen, als zusammen Rampen für die Fahrräder zu bauen? Irgendetwas Kriminelles oder etwas Gefährliches?

Ich weiß, dass es albern und kindisch ist, aber irgendwie machen mich diese Gedanken an. Auf einmal hat Nick eine Seite, die ich nicht kenne, eine dunkle Seite, die mich erregt. Ich lege ihm die Hand aufs Bein, er sieht mich endlich an. »Fahren wir«, flüstere ich mit dunklen Augen und schwerem Atem. Das muss ich ihm nicht zweimal sagen.

Machen wir am nächsten Morgen weiter. Was als Nächstes passiert, braucht niemand sehen. Es muss genügen, wenn ich sage, dass er nicht bei mir geschlafen hat. Tut er nie. Ich weiß auch nicht, warum. Eigentlich wäre es logisch, da er momentan die Handwerker in der Wohnung hat. Deshalb fahren wir immer zu mir, und deshalb muss er nachts zurück nach Hause, sich vergewissern, dass alles abgeschlossen und ordentlich ausgeschaltet ist. Und am nächsten Morgen muss er den Handwerkern wieder aufmachen. Er sagt, dass er ihnen zusätzlich Geld gibt, damit sie das Wochenende über arbeiten, bald fertig sind und ich mir die Wohnung ansehen kann.

Es ist wieder Samstag, und ich erledige meine Hausarbeit. In der Küche liegt die Plastikliste auf der Theke. Das erste Drittel habe ich schon abgehakt, wie man sieht. Das ist nicht schlecht, wenn man bedenkt, dass es erst kurz nach eins ist. Aber man vergleiche das einmal mit letztem Samstag! Was für ein Unterschied! Ich bin wieder ich selbst, nun da Nick und ich definitiv zusammen sind. Außerdem empfinde ich meine Wohnung jetzt irgendwie als eine Art Übergangslösung, weshalb ich nicht mehr ganz so gründlich putze wie früher. Ich glaube, es ist nur eine Frage der Zeit, bis ich mit ihm zusammenziehe, deswegen sehe ich die Plastikliste nun etwas lockerer. Ein paar Sachen habe ich einfach so durchgestrichen, ohne sie zu erledigen. Ich kann nicht einsehen, warum ich jede Woche die Küchenuhr sauber machen muss. Mum ist eh die Einzige, die da oben nachguckt. Das mache ich fünf Minuten vor ihrem nächsten Besuch.

Oh, das Telefon klingelt: Das wird Nick sein! Obwohl wir jetzt schon offiziell eine Woche zusammen sind, bin ich immer noch total aufgeregt, wenn er anruft. Ich werde ganz hektisch und nervös, sogar mit Gummihandschuhen.

»Hallo?« *Bitte, bitte, bitte!*

»Hallo!« *Ja!!!*

»Hi, Nick.«

»Hi, meine Hübsche. Wie geht's dir heute Morgen?«

Heute Morgen? Ich sehe auf die Uhr, weiß aber eigentlich genau, wie spät es ist. »Mir geht's gut, auch wenn es schon Mittag ist, Nick. Viertel nach eins.«

Kurz herrscht Schweigen, und ich prüfe alle Uhren in der Wohnung. Vielleicht habe ich mich ja geirrt.

»Viertel nach eins? Echt?«

»Ja, klar! Du hast bestimmt verschla–«

»Scheiße! Das ist mein Ende. *Scheiße!*« Es folgt ein unterdrücktes Rascheln, als würde Nick etwas mit der anderen Hand machen. »Hör mal, Rachel, tut mir leid, ich muss auflegen. Ich dachte ... ich muss ...«

»Ist was passiert?«

»Nein, alles klar.« Er atmet schwer und scheint sich hektisch zu bewegen. Irgendetwas stimmt nicht. »Wir sehen uns später, ja?«

»Okay«, sage ich, aber er hat bereits aufgelegt.

Kurz betrachte ich das Telefon in meiner Hand. Das war ein wirklich seltsamer Anruf. Wie kann man nur so die Zeit vergessen? Nicht den blassesten Schimmer haben, ob es Vormittag oder Nachmittag ist? Entweder muss er den gesamten Vormittag irgendwo gewesen sein, wo es kein Telefon, keine Uhr, kein Radio und keinen Fernseher gab, was höchst unwahrscheinlich ist, oder er ist wirklich erst gerade aufgewacht und hat ohne weiteres Nachdenken als Erstes meine Nummer gewählt.

Die Erklärung gefällt mir. Sie verrät mir zwei wichtige Dinge. Zum einen: Wenn er morgens die Augen aufschlägt, denkt er zuerst an mich. Zum anderen: Er kennt meine Nummer auswendig, denn wenn er sie hätte nachschlagen müssen, hätte er bestimmt irgendwo die Uhrzeit gesehen.

Ich muss grinsen. Aber dann legt sich meine Stirn wieder in Falten. Wieso, um alles in der Welt, schläft er bis Viertel nach eins? So lange waren wir gestern Abend doch gar nicht auf. Er ist gegen ein Uhr bei mir losgefahren, wenn er also, sagen wir mal, eine halbe Stunde für den Heimweg braucht, kann er um zwei Uhr im Bett gelegen haben. Ein gesunder junger Mann von fünfundzwanzig Jahren braucht doch wohl keine elf Stunden Schlaf, oder?

Mir kommt eine interessante Idee: Vielleicht ist er gestern Nacht nicht direkt nach Hause gefahren. Das ist die einzig mögliche Erklärung. Die Begegnung mit diesem komischen Sean hat ihn echt durcheinandergebracht, deshalb bin ich mir jetzt sicher, dass er anschließend dahin gefahren ist. Er musste diese Sache klären. Und jetzt kommt er zu spät zu einem Treffen, das lebenswichtig für ihn ist. Ich habe genau gehört, wie er sagte: »Das ist mein Ende«, als ihm klar wurde, wie spät es war. Ich bekomme eine Gänsehaut, wenn ich mir nur vorstelle, in welcher Gefahr Nick sich möglicherweise in diesem Moment befindet.

Ich habe das Telefon noch in der Hand. Aus einem Impuls heraus wähle ich 1471, den Service, der mir die Nummer des letzten Anrufers durchgibt. Es ist die von Nick, und er hat definitiv um 13:13 Uhr angerufen, ich hatte also recht mit der Zeit. Schnell notiere ich mir die Nummer. Man kann ja nie wissen.

Nick zu Hause ist total durch den Wind. »Mum, hast du mein Fußballtrikot gesehen?«, ruft er die Treppe herunter, während er sich hektisch etwas überzieht. Seine Mutter hat ihn nicht, wie gebeten, um zwölf Uhr geweckt, obwohl sie genau weiß, dass er samstags *immer* Fußball spielen geht. Nick ist richtig sauer. Er schüttelt den Kopf und fährt sich mit den Fingern durchs Haar. Das muss reichen. Nach dem Spiel wird er eh duschen.

Sean wird ihn umbringen. Er hätte ihn vor knapp einer halben Stunde abholen sollen, und Sean wird schon stinkig genug sein, weil Nick ihn letzte Nacht im Restaurant so dumm stehen lassen hat.

Er läuft nach unten, wo seine Mutter mit Trikot und Hose wartet, alles sauber und gebügelt. Erleichtert lächelt er sie an. »Danke, Mum.«

Während er seine Fußballschuhe einpackt, beschließt er, dass unsere Beziehung vorbei ist. Aber wenn man sein Gesicht betrachtet, ist davon nichts zu erkennen. Absolut cool. Mir ist das natürlich nicht klar, aber das war es jetzt. Wegen mir hat er Ärger mit seinem besten Kumpel Sean, und jetzt kommt er wegen mir auch noch zu spät zum Fußball. Wenn ich gewusst hätte, dass er so drauf ist, hätte ich ihn gestern vielleicht nicht gefragt, ob er in zwei Wochen mit zu Jakes Geburtstag kommen will. Ich konnte ja nicht wissen, dass Nick samstags nachmittags immer Fußball spielt und anschließend ein paar Stunden mit seiner Mannschaft in der Spielothek rumhängt.

Jakes Geburtstag war nur der Tropfen, der das Fass zum Überlaufen brachte, wie sich später herausstellen sollte.

4

Acht Tage später. Sonntag, der 13. August, Sainsbury's.

Ich gehe über den Parkplatz. Ich hasse Einkaufen am Sonntag. Supermärkte sind sonntags total deprimierend. Dort versammeln sich all die Einsamen und kaufen zwei Hühnerbrüste, drei Äpfel und sieben Dosen Katzenfutter. Die Familien, die glücklichen Menschen, sitzen mit ihren Lieben zu Hause und spielen Monopoly, während das Huhn im Ofen gart.

Ich bin nur hier, weil ich gestern zu müde und kaputt war. Ich bin immer noch schlapp, so als hätte ich eine Woche lang nicht geschlafen, aber mir ist das Katzenfutter ausgegangen, deshalb konnte ich das Einkaufen nicht länger vor mir herschieben. Meine Müdigkeit liegt mir wie Blei in den Knochen. Mit schweren Füßen schleppe ich mich über die leeren Behindertenparkplätze und schimpfe vor mich hin. Ich glaube, ich musste zwei Meilen bis zum Eingang laufen, und hier sind fünf, sechs oder sieben Plätze frei.

Der Einkaufswagen, den ich ausgesucht habe, will sich einfach nicht von den anderen lösen, als ich daran ziehe. Ich habe schon eine Münze in den Schlitz geschoben, deshalb will ich ihn nicht aufgeben. Mehrmals ruckel ich heftig daran, meine Wut steigert sich direkt proportional zum Herumgezerre. Ich verstehe einfach nicht, wieso sich der Einkaufswagen nicht bewegt. Entweder wurde er als kranker Scherz an den Wagen davor geschweißt, oder ein Geist will ihn einfach nicht loslassen. Mit der anderen Hand drücke ich den Wagen dahinter zurück, in den meiner nach der letzten Benutzung geschoben wurde, und zerre am vorderen. Vor Anstrengung verziehe ich das Gesicht, beiße die Zähne aufeinander, lege mein ganzes Körpergewicht hinein, stemme die Füße in den Boden, kneife die Augen zusammen, knurre.

»Hier, nehmen Sie meinen«, sagt eine Stimme direkt hinter mir. Ich halte inne, entspanne mich und sehe mich um. Dort steht ein großer Mann in einem dunklen T-Shirt mit seinem Einkaufswagen und schiebt ihn mir lächelnd zu. Dann geht er zu den beiden anderen Wagenschlangen, drückt eine Münze hinein, zieht den Wagen problemlos heraus und schlendert ins Geschäft.

»U … und Ihr Geld?«, rufe ich seinem Rücken nach.

»Melden Sie sich täglich und verlassen Sie nicht die Stadt!«, grinst er zurück, dann verschwindet er im Gebäude. Ich werfe dem störrischen Einkaufswagen noch einen bösen Blick zu, dann gebe ich auf. Ich bin geschlagen.

Im Supermarkt wird es nicht besser. Bei alten Leuten ist der Sonntag ebenfalls sehr beliebt zum Einkaufen, schon mal festgestellt? Ist für sie so was wie ein gesellschaftliches Ereignis. Manchmal kaufen sie nicht mal was, sondern holen sich lediglich einen Wagen, stellen ihn mitten im Gang ab, bleiben daneben stehen und unterhalten sich eine Dreiviertelstunde.

»… Ruth, meine Tochter, die wohnt in Australien. Sie bringt die Kinder vorbei …«

»… der Arzt war ein Pakistani mit so schönen braunen Augen …«

»… Countdown ist einfach nicht mehr dasselbe, seit Richard Whiteley es nicht mehr moderiert …«

Ich bin immer noch am Anfang des ersten Ganges und frage mich, ob ich überhaupt eine Chance habe. Auf dem Weg zur Milch am Ende stehen zahllose Wagen im losen Zickzackmuster herum, geradeaus geht hier gar nichts. Ich brauche auch noch Nudeln, aber die sind im untersten Regal, und davor ist wieder so ein Einkaufswagen geparkt. Ich bin müde und genervt, mir ist schlecht, mir geht es nicht gut.

»Entschuldigung«, rufe ich und gehe schnurstracks den Gang hinunter, ramme dabei Wagen, Beine, Füße, Handtaschen. Wie durch Zauberhand tut sich ein Pfad durch den vierrädrigen Urwald auf. Die Leute springen zur Seite, einige fluchen, andere bluten, sie wundern sich, dass sie sich so schnell bewegen können. Der Einkaufswagen bei den Nudeln bleibt stur stehen. Der Besitzer telefoniert gerade mit dem Handy.

»Ja, ja, ich denke dran. Habe ich auf dem Zettel ... mache ich, meine Liebe ... ja ... also, wie wär's denn mit Nudeln?«

»Habe ich auch gerade gedacht«, unterbreche ich ihn barsch und pralle gegen seinen Wagen, der mir pflichtschuldig Platz macht.

Leider habe ich übersehen, dass es sich um den Mann handelt, der mir gerade vor der Tür seinen Einkaufswagen geschenkt hat. Ist ein bisschen peinlich. Im Weggehen höre ich ihn sagen: »Doch, ich bin noch dran. Tut mir leid. War gerade kurz abgelenkt.« Mein Gesichtsausdruck sagt alles, oder? Männer, die nur einkaufen können, wenn ihre Frau am anderen Ende des Telefons sie herumdirigiert, sind doch nicht besser als dressierte Delphine! Wahrscheinlich sagt die Frau gerade: »Jetzt reck dich und nimmt die weiße Flasche mit dem Spülmittel auf die Nasenspitze! Fein gemacht! Hier, bekommst einen Fisch!«

Bin schon längst um die Ecke und hole Milch und Eier. Bei dem geringen Appetit, den ich momentan habe, könnte ich die ganze Woche damit auskommen, aber ich brauche noch Katzenfutter und sollte noch etwas Obst und Gemüse mitnehmen. Sonst benötige ich nicht viel, deshalb können wir ein bisschen vorspringen, bis ich in der Kassenschlange stehe.

Das ist die größte Prüfung überhaupt. Vor mir ist eine tattrige alte Dame mit einem beigen Filzhut, die fast in ihren Wagen klettern muss, um die Ware herauszuholen. Sie hat nur ganz wenig eingekauft, deshalb liegt alles tief unten. Ich frage mich, warum sie nicht so einen flachen Wagen genommen hat, der extra für Menschen wie sie erfunden wurde. Sie braucht fast drei Wochen, um jeden Gegenstand aus dem Wagen zu holen, packt alles mit beiden Händen an, arrangiert es hübsch ordentlich auf dem Band und gibt jedem Stück einen liebevollen Klaps.

Oh, Mann, wenn Blicke töten könnten, würde ich jetzt über ihren leblosen Körper hinwegsteigen und meinen Kram aufs Band packen. Man sieht, wie genervt ich bin: Ich tappe mit dem Fuß, stütze die Hand in die Hüfte und seufze. Leider ist Meister Yoda mit dem Hut wohl ein bisschen taub, die Alte bekommt überhaupt nichts mit von meinen ungeduldigen Geräuschen. Oder aber sie nimmt mich aus irgendwelchen Gründen auf den Arm. Ich werfe einen kurzen Blick auf ihre Waden: Eine verräterische Verletzung durch einen Einkaufswagen würde diese Kassenfolter hier erklären. Leider sind die Beine der Alten so weit unten, dass ich sie nicht erkennen kann.

Irgendwann werden ihre drei, vier Lebensmittel und die Toilettenartikel mit Lavendelduft doch noch vorantransportiert und geben zehn Zentimeter Band für mich frei. Mit beiden Händen wühle ich in meinen Sachen, packe sie drei, vier Etagen hoch auf das Band, stopfe alles auf kleinsten Raum, Dosenfutter auf die Tomaten, Brot unter das Bleichmittel. Das hilft aber alles nicht, weil ich meinem Ziel immer noch nicht näher bin. Meister Yoda verpackt die Sachen in den Tüten, als gebe es dafür einen Ingenieurspreis. Es dauert unendlich lange, ich stehe kurz vor einer Anzeige wegen körperlicher Nötigung. Um mich von der Marter vor meiner Nase abzulenken, sehe ich zur Seite und mustere die Kunden an den anderen Kassen.

Zwei Reihen weiter steht der Mann mit dem Handy. Er plaudert locker mit der kleinen Kassiererin, die kichert wie eine

Jugendliche. Es *ist* eine Jugendliche. Sie fixiert ihn mit ihren strahlenden Augen. Er beugt sich ein wenig zu ihr vor, gestikuliert, erzählt scheinbar eine Geschichte, die das Mädchen zuerst zum Grinsen und am Ende laut zum Lachen bringt. Während ich die beiden beobachte, kann ich einige Worte verstehen, ich höre: »Wie wär's denn mit Nudeln« und dann »Habe ich auch gerade gedacht«, und da wird mir klar, dass der Typ von mir spricht. Bei den letzten Worten tut er so, als würde er einen Einkaufswagen rammen, dann lachen die beiden, vereint in ihrer Freude am Spotten. Ich bin knallrot geworden, wie man sehen kann. Nicht ersichtlich ist, ob aus Wut, Demütigung oder beidem.

In genau diesem Augenblick dreht sich der Typ aus irgendeinem Grund um, fast so als könnte er meinen Blick spüren. Unvermittelt sieht er in meine erschrockenen Augen, und wir schauen uns an, Ankläger und Angeklagte. Er besitzt genug Anstand, um einen zerknirschten Eindruck zu machen. Dann wende ich den Blick ab und konzentriere mich darauf, mich und meinen Einkauf so schnell wie möglich nach Hause zu bugsieren. Unerklärlicherweise habe ich einen Kloß im Hals und Tränen in den Augen. Nicht schon wieder, sage ich zu mir. Ich werde nicht schon wieder heulen.

Zehn Minuten später bin ich wieder auf dem Parkplatz und packe meine Einkäufe in den Kofferraum. Den Rücken habe ich den anderen Autos zugekehrt, deshalb sehe ich nicht, dass der Handy-Mann mit leerem Einkaufswagen an mir vorbeigeht, um ihn zurückzubringen. Er erblickt mich und wird langsamer, bleibt beinahe neben mir stehen, will anscheinend etwas sagen, überlegt es sich aber im letzten Moment anders und geht weiter.

Wen ich indes bemerke, ist der Mann da hinten am Geldautomaten, der in der roten Weste. Das Rot zieht meine Aufmerksamkeit auf sich, kurz muss ich grinsen. Also, das steht ihm echt nicht, oder? Ich will mich wieder meinen Einkäufen zuwenden, aber irgendetwas an dem Mann lässt es bei mir klingeln. Sein Gang kommt mir extrem bekannt vor, auch sein Haarschnitt und sein Gesicht, obwohl ich es aus der Ferne nicht genau erkennen kann. Ich schaue genauer hin, kneife die Augen zusammen, zermartere mir das Hirn. Ich kenne ihn, bloß woher?

Er geht über den Parkplatz zu einer Frau neben einem dunkelgrauen Auto. Als er sie erreicht, fällt es mir ein: Der Mann in der roten Weste, der seine Arme um diese Frau schlingt und sie direkt auf dem Parkplatz zu einem leidenschaftlichen Kuss eng an sich zieht, ist Glenn McCarthy, Sarahs Ehemann und Jakes Vater. Aber das ist nicht sein Auto, dessen Tür er öffnet, und die Frau, die sich auf den Beifahrerplatz setzt, ist ganz bestimmt nicht Sarah.

Das ist wirklich unglaublich. Ich habe das Gefühl, als würden meine Augen an Spiralen einen Meter aus dem Kopf fallen und wie im Comic »BOOOING« machen. Ich muss mehrmals blinzeln, um mich zu vergewissern, dass ich das nicht alles nur träume. Während ich noch überlege, fährt das Auto rückwärts aus der Parklücke und die nächste Reihe entlang. Ich kann genau erkennen, dass es sich wirklich um Glenn handelt. Die Beifahrerin sitzt jedoch im Dunkeln. Sosehr ich mich bemühe, bekomme ich sie nicht zu sehen.

Glenn McCarthy und eine Affäre? Als Nächstes fliegen Schweine ins Weltall. Geistesabwesend schließe ich den Kofferraum meines Wagens. Dies ist ein unumstößlicher Beweis, dass mindestens *zwei* Frauen auf diesem Planeten diesen Mann attraktiv finden. Das heißt, falls Sarah nach sechs oder sieben Jahren Ehe noch auf diese sehr kurze Liste gehört. Vielleicht ist er mit dem Alter besser geworden. Ich schüttele den Kopf. Unglaublich.

Beim Unterstand für die Einkaufswagen will sich meiner

nicht weit genug in den anderen schieben lassen. So kann ich nicht die Kette in den Schlitz stecken und mein Geld herausholen. Zornig ramme ich ihn mehrmals hinein – man sehe sich mein hässlich verzerrtes Gesicht an: Wenn ich mich so sehen könnte, würde ich es mir bestimmt zweimal überlegen –, aber die Kette passt nicht. Ich komme auf die Idee nachzuschauen, ob es irgendeinem Grund dafür gibt, und beuge mich vor, um den letzten angeketteten Einkaufswagen zu untersuchen. Na klar, da hängt ein kleines schwarzes Handy an der Stahlschlaufe unter dem Griff. Ich hake es los und betrachte es. Es ist ein hübsches Modell, ganz flach und mit Sicherheit teuer. Es ist ausgeschaltet. Das leere Display erinnert mich an ein schlafendes Gesicht. Was mir wieder klarmacht, wie hundemüde ich bin. Eine Welle der Erschöpfung rollt über mich hinweg, haut mich fast um. Der Einkaufswagen lässt sich nun ganz hineinschieben, ich hole meine Münze heraus und gehe zum Wagen.

Ich setze mich hinein und betrachte das Handy genauer. Stelle es an. Wahrscheinlich hätte ich es an der Kundeninformation abgeben sollen, aber dafür müsste ich nochmal zurück ins Geschäft, und das sind mindestens zwei Meilen zu laufen. Na ja, kommt mir jedenfalls so vor. Ist jetzt sowieso egal, weil ich nicht die Absicht habe, dieses Telefon zu behalten. Ich weiß, ich habe so manchen Fehler, aber Unehrlichkeit gehört nicht dazu. Ich gehe ins Menü und durchsuche die Adressenliste, suche einen Eintrag, der irgendwie auf »Zuhause« oder »Ich« verweist. Ich finde »Ich«, aber als ich dort anrufe, erreiche ich nur die Mailbox des Handys. Was für ein Idiot programmiert seine eigene Handynummer ins Handy, das wüsste ich gerne mal!

Ich suche weiter. So was wie »Zuhause« ist nicht dabei, deshalb gehe ich die ganze Liste alphabetisch durch. Vielleicht finde ich ja etwas Vielversprechendes. Eigentlich sind es nur viele Namen. Unzählige. Dieser Mensch hat mehr Einträge in seinem Handy als ich, und das will schon was heißen. Zugegeben, die meisten bei mir sind Eintags-Bekanntschaften, aber ich habe halt gerne viele Namen gespeichert. Man weiß ja nie, ob man irgendwann mal Lust hat, sich nochmal bei jemandem zu melden. Jetzt bin ich bei C. Es gibt Castle, Carlos, Chester, Cray. Weiter mit D. Design (*Design?* Ist das ein Name?), Danny, Debs, Darlington. Dasselbe bei E. Eigentlich ist es im ganzen Adressbuch so, massenweise Namen, einige davon wohl Nachnamen, manches Ortsnamen, anderes gar keine Namen.

Aber ich habe eine Idee. Unter I entdecke ich den Eintrag »ICE«, davon habe ich schon mal gelesen. Nach den Attentaten von London riet man den Leuten, sie sollten sich eine Nummer für den Notfall – »In Case of Emergency« – ins Handy programmieren, sodass Freunde oder Verwandte schneller zu erreichen sind, wenn man in irgendetwas verwickelt wird. Ich rufe ICE, den Notfall, auf und sehe mir die Nummer an. Sie gehört ebenfalls zu einem Handy. Muss reichen. Ich drücke auf »Anrufen«. Auch diese Nummer ist abgeschaltet, die Mailbox springt an. Ich habe nicht überlegt, was ich sagen soll, und bin total unvorbereitet, als der Pfeifton kommt: »Oh, ähm, hi! Will nicht stören. Ähm, Sie kennen mich nicht, aber ich habe hier ein Handy, das jemandem gehört, der Sie kennt. Ich rufe Sie gerade damit an. Ich habe es heute gefunden, auf dem Parkplatz von Sainsbury's. Hing am Einkaufswagen. Wenn, ähm, wenn der Besitzer sein Handy zurückhaben will, muss er mich anrufen, um einen Termin auszumachen oder so.« Ich überlege. Was ich hier sage, hört sich total bekloppt an. Ob dieses Handy wohl ein Bedienungselement hat, bei dem man nur auf eine Taste drücken muss und alles wird rückgängig gemacht, sodass ich nochmal von vorn anfangen kann? Aber eigentlich ist es ja egal, wie ich mich anhöre, denn dieser Mensch kennt mich nicht und wird mich wohl auch niemals kennenlernen.

Mir kommt der Gedanke, es könnte ja sein, dass dieses Handy dem Mann gehört, der im Supermarkt telefoniert und sich an der Kasse über mich lustig gemacht hat. Wenn das der Fall sein sollte, hat er eh keine besonders hohe Meinung von mir. Ich hinterlasse meine Telefonnummer und lege auf, dann stelle ich das Handy ab und stopfe es in meine Handtasche. Das wäre erledigt.

Als ich auf dem Heimweg über die Umgehungsstraße fahre, klingelt mein Telefon zu Hause. Da steht es auf dem Couchtisch in der leeren Wohnung, die, wie man vielleicht sieht, nicht so sauber und gepflegt aussieht wie sonst. Schmutzig kann man sie nicht nennen, nur ein bisschen unaufgeräumt. Neben dem klingelnden Telefon auf dem Couchtisch stehen mehrere Kaffeetassen, ein paar offenbar schon seit ein oder zwei Tagen. Ebenfalls sind da zwei schmutzige Teller, auf denen einmal Toast gelegen haben könnte. Die Zeitschriften sind nicht mehr säuberlich auf dem Tisch gestapelt, sondern kreuz und quer auf dem Sofa und dem Boden verteilt. Es liegt noch mehr herum, was vorher nicht da war: die Kitten Heels, die ich immer zur Arbeit anziehe, eine blassviolette Strickjacke, ein Paar Socken. Wie gesagt: Es ist nicht das große Chaos, aber tadellos sieht es auch nicht aus.

Jetzt hat das Telefon schon zum dritten Mal geklingelt. Es hört sich an, als sei ich vor der Tür und wolle aufschließen. Mit einer Einkaufstüte in jeder Hand stürme ich hinein, um noch rechtzeitig am Telefon zu sein. Man darf nicht vergessen, dass es jetzt acht Tage her ist, seit ich zum letzten Mal etwas von Nick gehört habe. Der einzige Mensch, der mich in dieser Zeit angerufen hat, ist meine Mum.

Mit dem Türschlüssel im Mund und den Einkaufstüten im Arm schiebe ich mich durch die Haustür. »Hopp, hopp, hopp!« Ich lasse den Einkauf draußen im Flur fallen und fummele wie eine Verrückte an meiner Wohnungstür herum, damit ich drin bin, bevor das Klingeln aufhört. So, da bin ich! Ich sehe jetzt ganz anders aus als die erschöpfte Frau auf dem Parkplatz. Da, meine Wangen sind gerötet, meine Augen funkeln hoffnungsvoll, voller Erwartung hebe ich die Augenbrauen und lächle. Ich bin überzeugt, dass Nick mich jetzt endlich anruft und eine abgefahrene, aber völlig einleuchtende Erklärung abgibt, warum ich über eine Woche lang nichts von ihm gehört habe.

Ich bin in der Wohnung, laufe, stolpere, schlittere zum Telefon und strecke die Hand aus. Gerade in dem Moment, als meine Fingerspitzen das Plastik berühren, hört es auf zu klingeln. Ich reiße den Hörer trotzdem hoch und halte ihn ans Ohr.

»Hallo? *Hallo!*«, rufe ich eindringlich und fordernd, auf dass die Person verdammt nochmal zurückkommt und mit mir spricht. »*Nick?!*«

Ich kann einem wirklich leid tun. Auf seinen Anruf zu warten war schon einen Tag lang schlimm genug, aber jetzt dauert es bereits eine Woche. So was kenne ich nicht. Ich bin es gewöhnt, solche Sachen unter Kontrolle zu haben. Wenn ich weiß, wie es läuft, kann ich sehr cool sein, sogar kühl und unnahbar. Aber in diesem Fall tappe ich völlig im Dunkeln, stolpere hilflos herum und warte darauf, dass Nick kommt und das Licht anmacht. Während ich das schleichende Gefühl verdränge, dass er es nicht tun wird.

Bitte jetzt nicht hinsehen! Ich bin an meinem Tiefpunkt angelangt, liege auf dem Boden, schluchze in den Teppich, rufe pathetisch immer und immer wieder seinen Namen. Ich bin nicht stolz auf mich in diesem Moment. Zum Glück dauert er nicht allzu lange.

Während ich auf dem Boden liege, kommen mir drei Gedanken, und jeder trägt gleichermaßen dazu bei, dass ich mich wieder erhebe. Erstens: Die Wohnungstür steht weit auf. Zweitens:

Das gefrorene Hühnchen taut auf dem Teppich. Drittens: Ich war zwar nicht rechtzeitig am Telefon, aber immerhin hat er angerufen, und das ist eine unendliche Erleichterung und ein Grund für überschäumende Freude. Ich knie mich hin und stürze mich wieder auf den Apparat, wähle 1471, um zu sehen, ob es wirklich Nick war. Inzwischen kenne ich seine Handynummer und seinen Anschluss zu Hause auswendig. Jedoch passt die Nummer, die mir angesagt wird, zu keiner von beiden. Stirnrunzelnd reiße ich den Hörer vom Ohr, unterbreche schnell die Verbindung und knalle das Telefon auf den Boden, als habe es mir etwas getan. Wütend starre ich es an, kämpfe gegen den Kummer, der sich erneut in mir breitmachen will, dann greife ich wieder zum Apparat und wähle abermals 1471 in der Überzeugung, dass entweder die Ansagerin oder ich einen Fehler gemacht haben.

Haben wir aber nicht. Höchstens ich natürlich, weil ich gehofft und mir eingebildet habe, es sei Nick. Nur für den Fall, dass er mich von einem anderen Apparat aus angerufen hat und das später beweisen muss, schreibe ich mir die Nummer in den Block unter seine Festnetznummer. Eine Zeit lang bleibe ich so knien, die Hände flach auf dem Boden, und lasse den Kopf hängen. Ich versuche, Kraft oder Begeisterung aufzubringen, irgendetwas, damit ich aufstehe, meinen Einkauf einsammele und verstaue. Schließlich erhebe ich mich müde und fange an.

Eine weitere Woche vergeht, und wieder ist Freitag. Bei der Arbeit treffe ich Nick nie, obwohl ich jeden Tag absichtlich zum Getränkeautomaten laufe und mir meinen Kaffee hole. Nick ist nie da. Er weiß, dass ich um zwei Uhr Kaffee trinke, deshalb geht er wahrscheinlich um halb zwei oder um drei Uhr hin, irgendwann, nur nicht um zwei.

Wenn ich nur einen Funken Verstand im Kopf hätte, wäre

mir längst klar geworden, dass Nick seinen Kaffee aus einem identischen Automaten im sechsten Stock holt, wo er arbeitet. Darauf komme ich aber nicht. Hier habe ich Nick vor zwei Wochen kennengelernt, hier, denke ich, werde ich ihn mit größter Wahrscheinlichkeit wiedertreffen.

Er ruft mich nicht an. Die ganze Woche kann man sehen, wie ich jeden Tag nach der Arbeit zum Telefon laufe und 1471 wähle, um zu hören, ob seine Nummer angesagt wird. Die Nummer von Sonntag hat sich noch dreimal gemeldet, es ist also durchaus möglich, dass Nick ein paar Tage unterwegs ist und versucht, mich von einem anderen Telefon aus zu erreichen, aber so richtig glaube ich das nicht. Seit zwei Wochen haben wir nun nichts mehr miteinander zu tun gehabt, und wenn er weggefahren wäre, hätte er es mir doch wohl vorher erzählt, oder? Von seinem Handy habe ich auch keine Anrufe oder SMS erhalten.

Nein, ich weiß ganz genau, was hier läuft, und ich bemühe mich, damit fertig zu werden. Oft genug habe ich auf der anderen Seite gestanden, ich weiß, wenn man fallen gelassen wird wie eine heiße Kartoffel, und ich weiß aus eigener Erfahrung, dass es am allerwichtigsten ist, seine Würde zu bewahren.

Es gab Männer, die haben mich drei-, viermal am Tag angerufen, heulten am Telefon, wollten wissen, was sie falsch gemacht hatten. Ich bekam Blumensträuße, Pralinen, Parfüm, Morddrohungen, jeweils begleitet von einem »Warum?«. Einmal musste ich zwei Wochen zu meinen Eltern zurückziehen, weil ein Typ immer wieder vor meiner Wohnung stand und hereinwollte, auch wenn ich gar nicht da war. Unzählige Male habe ich erlebt, wie sich erwachsene Menschen in derart jämmerliche Häufchen aus Tränen und Schleim verwandelten, dass man sich schaudernd abwandte. Ich bin entschlossen, das mit mir nicht machen zu lassen. Deshalb bin ich auch nicht hoch in die Personalabteilung gegangen, habe nicht zu einem anderen

Zeitpunkt meinen Kaffee geholt, habe Nick nicht angerufen oder angesimst. Nicht dass ich nicht gewollt hätte, aber dass das gesamte Büro Bescheid weiß, hat auch so seine Vorteile. In den Augen der anderen habe ich eindrucksvoll meine Würde behalten. Die Kollegen wissen nicht mal, wer der Sitzengelassene und wer der Sitzenlasser ist.

Außerdem kämpfe ich gegen diese Krankheit. In der letzten Woche habe ich das konzertierte Unternehmen gestartet, auf der Tabelle wieder weiter nach oben zu klettern. Meine zweiwöchige Affäre mit Nick (ja, ich weiß, eigentlich war es nur eine Woche, aber ich zähle die zweite Woche mit, weil es da ja noch nicht unbedingt vorbei war, da hielt er sich ja womöglich nur ein bisschen bedeckt) hat schlechte Auswirkungen auf meine Verkaufszahlen gehabt, ich bin jetzt Neunte. Immer noch nicht schlecht bei fünfundvierzig Angestellten, aber ich habe noch nicht erwähnt, dass fünfzehn von diesen fünfundvierzig nur Teilzeit und abends arbeiten. Die zählen also nicht richtig.

Ich konnte einen Platz zurückerobern, aber es fiel mir nicht so leicht wie früher. Diese tiefe, absolute Erschöpfung ist nicht besser geworden. Ich habe auch nicht gut geschlafen, weil ich so viel geheult habe, und ich weiß, dass ich depressiv bin. Mum sagt, dann ist man immer müde. Mein Kopf funktioniert nicht richtig, es fällt mir sehr schwer, mich längere Zeit zu konzentrieren. Ich merke, wie ich schnell durch den Katalog blättere und dann langsamer werde, weil mir auf einmal klar wird, dass ich null Ahnung habe, was ich vorschlagen wollte. Ich kann mich nicht mal erinnern, wonach der Kunde überhaupt gefragt hat.

»Entschuldigung, sagten Sie Isle of Wight oder Isle of Man?«

»Ich möchte nur eine Auskunft über Reiseversicherungen, Schätzchen.«

Solche Erwiderungen bringen mich fast zum Weinen, was gar nicht meine Art ist.

Freitag beschließe ich, dass ich dringend zum Arzt muss. Vor zwei Wochen, ein oder zwei Tage, bevor ich Nick traf, bat Jean mich, hinunter zum Empfang zu gehen und mit Kunden zu sprechen, die gerade von einem Urlaub in Nairobi zurückgekehrt waren und eine Beschwerde einreichen wollten. Wegen meines Auftretens muss ich ständig solche Sachen erledigen. Ich meine nicht nur mein Aussehen, ich meine auch meinen Stil, mein Gefühl für schicke Klamotten, meine gepflegte Art. Normalerweise sehen wir unsere Kunden nicht persönlich, dennoch ziehe ich mich immer gut an mit Rock und Bluse und frisiere mir täglich das Haar. Val trägt immer Jeans und ein altes T-Shirt und bindet sich das Haar mit einem Gummiband zusammen. Deshalb wird sie auch nie für so was ausgewählt.

Jedenfalls fühle ich mich ungefähr seit der Zeit komisch, plus/minus zwei Tage, ich habe mir von diesen Nassauern bestimmt eine eklige afrikanische Krankheit eingefangen. (Man stelle sich vor: Die haben sich beschwert, weil sie auf der Safari keine großen Raubtiere gesehen haben! Sie wollten Löwen und Nashörner sehen, und haben nur ein paar große Vögel vor die Linse bekommen, deshalb fanden die beiden, sie müssten entschädigt werden! Als ob Horizon Holidays persönlich verantwortlich ist für die Beinahe-Ausrottung des weißen Nashorns.) Diese tropischen Krankheiten verbreiten sich ja superschnell, besonders in engen Büros mit Klimaanlage, ich muss also davon ausgehen, dass ich die gesamte arbeitende Bevölkerung von Horizon Holidays angesteckt habe. Ehrlich gesagt habe ich ganz schön Angst. Solche Symptome hatte ich noch nie.

Deshalb tue ich etwas, was ich, seit ich bei Horizon bin, nur zweimal getan habe: Ich telefoniere nach draußen. Ich gehöre nicht zu den Leuten, die so was in Ordnung finden. Ich weiß, dass Val ständig raustelefoniert, aber wir wissen ja alle, dass sie einen guten Grund dafür hat. Dieses Mal habe ich das Gefühl, ebenfalls einen guten Grund zu haben. Ich muss dringend einen

Termin beim Arzt vereinbaren. Falls nötig, gehe ich sogar tagsüber hin und nehme mir dafür frei.

»Nächsten Donnerstag, am Nachmittag, meine Liebe?«, fragt die Arzthelferin.

Ich überlege. Bis dahin ist es noch fast eine Woche. »Aber es ist dringend, haben Sie das nicht gehört?«

»Das habe ich gehört.« Ich habe das unerklärliche Gefühl, dass sie beim Telefonieren in einen Taschenspiegel schaut.

»Die Sache ist, ich hatte mit Leuten zu tun, die gerade aus Afrika zurückgekommen sind, und jetzt ist mir schwindelig und übel ...«

»Wann war das?« Ich bin dankbar zu hören, dass ihr Interesse steigt.

»Ähm, vor rund drei Wochen.«

Sie atmet hörbar aus und lässt sich auf ihrem Stuhl zurücksinken. »Na, wenn das ein afrikanischer Erreger war, wären Sie inzwischen tot. Haben Sie wunde Stellen?«

»Wunde Stellen? Ähm, nein.«

»Schleim? Eiter?«

»Ähm, hm, nein, nicht in dem Sinne.«

»Also, dann kann ich Ihnen Viertel nach drei oder halb sechs anbieten.«

Ich horche auf. »Wie, heute?«

»Nein, meine Liebe, nächsten Donnerstag, wie schon gesagt. Viertel nach drei oder halb sechs, was nehmen Sie?«

Ich entscheide mich für den späteren Termin und lege auf.

Zwei Stunden später ist es fünf Uhr, Feierabend und Wochenende. Morgen feiert Jake seinen Geburtstag, und ich habe noch kein Geschenk. Morgen Nachmittag auf dem Weg zu Sarah könnte ich bei einem Zeitschriftenhändler vorbeigehen, eine Glückwunschkarte holen und einen Zehner reinstecken. Das müsste reichen. Christine steuert auf mich zu, aber ich bin so müde und lustlos, ich will einfach nur nach Hause. Ich verstecke mich hinter Grahams Tisch. Chrissie geht hinüber zu Val und fragt, ob ich schon weg sei. Val zuckt mit den Achseln. Es ist ihr offensichtlich völlig egal, wo ich bin. Nach einem Blick auf meinen verlassenen Schreibtisch zieht Chrissie von dannen.

Ich zockel so langsam zurück zum Auto, dass fast alle anderen Wagen bereits fort sind, als ich dort ankomme. Von Chrissie ist nichts zu sehen. Müde fahre ich nach Hause. Ich habe nur eine Hand am Lenkrad, weil ich einfach zu kaputt bin, die andere zu heben. Ich schalte so selten wie möglich. Meine Augen brennen und sind so schwer, dass ich sie nicht zwingen kann, sich auf den vertrauten Weg zu konzentrieren. Der Clio findet bestimmt auch allein nach Hause. Mein Kopf fällt rückwärts gegen die Stütze, meine Hand rutscht zum tiefsten Punkt des Lenkrads. Plötzlich kommt etwas Großes, Rotes auf mich zu. Ich steige auf die Bremse und komme wenige Zentimeter vor dem Postauto zum Stehen.

Nun mache ich wirklich die Augen zu. Mein Herz klopft mir bis zum Halse, laut rauscht mir das Blut durch die Ohren, Tränen treten mir in die Augen. Mann, war das dumm, schimpfe ich mit mir, richtig dumm und auf Messers Schneide. Der Lieferwagen von der Post fährt weiter, aber ich bleibe noch eine Weile stehen, atme tief durch, um mich zu beruhigen. Los, komm, konzentrier dich!

Den Rest des Weges bin ich ganz vorsichtig, setze früh den Blinker, bremse oft. »Besser spät ankommen als nie«, sagt Mum immer. »Besser schnell bei einem Unfall sterben, als langsam und qualvoll ersticken«, gibt Dad dann zurück.

Als ich zu Hause bin, reiße ich mich zuerst einmal zusammen, nicht sofort die 1471 zu wählen. Fünf Minuten halte ich es aus, dann sehe ich nach, das sind dreißig Sekunden mehr als gestern. Die Stimme sagt, ich sei um 13:52 Uhr angerufen worden, aber der Anrufer habe seine Nummer unterdrückt. Ich weiß nicht, was ich davon halten soll. Plötzlich keimen Freude und Hoffnung in mir auf, Nick könne sich endlich gemeldet haben, aber gleichzeitig schieben sich die zwei Wochen dazwischen, in denen ich nicht mit ihm gesprochen habe.

Ich beschließe, mir keine Meinung zu bilden, sondern in dieser Hinsicht offen zu bleiben. Ich könnte Nick aber auch anrufen und einfach fragen, ob er es war.

Ich setze mich aufs Sofa und lege mir meine Tasche auf den Schoß, suche den kleinen Notizblock, in den ich Nicks Nummer geschrieben habe. Mir fällt das schlanke schwarze Mobiltelefon in die Hand, das ich bei Sainsbury's gefunden habe. Ich hole es heraus und wiege es auf dem Handteller. Ups. Ich hatte es vollkommen vergessen. Jetzt hat der Besitzer schon sechs Tage lang darauf verzichten müssen. Wenn mich einer beobachtete, würde er meinen, ich wollte es behalten, aber ich schwöre, das stimmt nicht. Ich habe es wirklich einfach vergessen.

Ich stelle es an. Bestimmt hat der Besitzer ununterbrochen angerufen und geht nun davon aus, dass ich es mir unter den Nagel gerissen habe, insbesondere da es die ganze Woche ausgestellt war. Wahrscheinlich denkt er, dass ich die SIM-Karte rausgenommen und meine eigene eingesetzt habe. Als es eingeschaltet ist, wundere ich mich, dass ich keine Mitteilung vom Netzwerkbetreiber bekomme, es seien soundsoviele Nachrichten eingegangen. Komisch.

Nun verlässt mich auch noch die letzte Kraft. Das Handy rutscht mir aus den Fingern, mein Kopf fällt nach hinten. Ich schließe die Augen, nur für ein paar Minuten.

Ich werde von einem unbekannten Trällern geweckt. Zuerst denke ich, es wäre mein Wecker, aber der kann es nicht sein, heute ist doch Samstag, oder? Nein, Moment, es ist noch nicht Samstag, es ist Freitagnachmittag, und ich liege auf dem Sofa. Ich bin eingeschlafen. Was ist das für ein Lärm? Mein Handy ist es nicht, das Festnetz auch nicht. Ich rappele mich auf, öffne die verquollenen Augen, schaue mich um, klopfe auf die Couch, als würde ich den Quell dieses Geräusches dadurch schneller finden.

Tue ich tatsächlich. Meine Finger streifen das fremde Handy, es vibriert beim Klingeln. Überrascht ziehe ich die Hand fort, dann nehme ich es und melde mich.

»Hallo?« Zu spät wird mir klar, dass dieser Anruf mit ziemlicher Sicherheit nicht für mich bestimmt ist.

»Aha!«, sagt eine Männerstimme. »Da sind Sie ja endlich!«

Ich räuspere mich, schüttele den letzten Schlaf ab. »Oh, nein, tut mir leid, hören Sie, ich bin nicht der, den Sie sprechen wollen. Ich meine, ich bin es nicht. Nein, ähm, natürlich bin ich es. Ich meine, ich bin nicht die Person, die ich sein sollte. Ich bin nicht die Person, die eigentlich an dieses Handy gehen sollte.« Ich seufze. Warum kann ich mich nicht deutlich ausdrücken?

»Da möchte ich widersprechen. Sie sind genau die Person, die an das Handy gehen sollte, weil es ja in Ihrem Besitz ist.«

Hm, das leuchtet mir ein. »Ähm, kann sein. Aber Sie müssen …«

»Kein Aber, bitte. Kommen wir zur Sache! Also: Wie lauten Ihre Forderungen?«

Jetzt sehe man sich mein Gesicht an! Völlige Verwirrung, wie im Comic. Ich stehe sogar auf, damit ich besser verstehe, was hier vor sich geht. »Entschuldigung?«

»Ja, entschuldigen Sie sich ruhig. Wegen Ihnen ist mir ein Geschäft in Höhe von fast zehn Millionen Pfund durch die Lappen gegangen. Was haben Sie zu Ihrer Verteidigung zu sagen?«

Er glaubt anscheinend, mit der Besitzerin des Telefons zu sprechen, lässt mich aber nichts erklären. Und die Besitzerin hat nun zu verantworten, dass er viel Geld verloren hat.

»Es tut mir leid, aber ich bin da die falsche Ansprechperson. Hören Sie, ich habe dieses Handy …«

»Ja, ich weiß, Sie haben es gefunden. Es gehört mir. Ich möchte es zurück, und zwar so schnell wie möglich. Deshalb möchte ich wissen, welche Forderungen Sie stellen.« Es hört sich an, als würde er grinsen.

Voller Panik wird mir klar, was er gerade gesagt hat. Ich habe dieses Telefon völlig vergessen, es hat fast eine Woche untätig in meiner Handtasche gelegen, sodass diesem Mann ein millionenschwerer Schaden entstanden ist ... Ich lege die Hand auf den Mund. Du liebe Güte! Das ist meine Schuld. Ich war einfach zu faul, um das Handy in den Supermarkt zu bringen und es an der Information abzugeben, und aus diesem Grund ...

»Oh, mein Gott! Das tut mir furchtbar leid. Das ist ganz allein meine Schuld. Wissen Sie, in letzter Zeit ging es mir nicht besonders gut, und als ich Ihr Handy fand, war ich einfach zu müde und krank, um es zur Information zu bringen, deshalb habe ich nur die Notfall-Nummer angerufen, aber dann habe ich nicht mehr dran gedacht, und das Telefon liegt seit Sonntag in meiner Handtasche.«

»He, schon gut, das ist in Ordnung. So was passiert ständig. Wirklich.«

»Echt?«

»Ja, natürlich. Einmal habe ich meinen Autoschlüssel verloren, da lief gar nichts mehr in unserem Geschäftsbereich Ost. Tut mir leid zu hören, dass es Ihnen nicht gut ging.«

Macht sich der Kerl über mich lustig oder was? Will der mich vielleicht veräppeln? Ich bin mir da nämlich nicht sicher. Seine Stimme klingt nett, freundlich und warm. Außerdem hört es sich an, als würde er die ganze Zeit grinsen, deshalb habe ich den Verdacht, dass er versucht, mich auf den Arm zu nehmen.

»Ähm, ja, danke.« Was soll man auch sonst sagen?

»Keine Ursache. So, jetzt sagen Sie mir bitte, was Sie wegen der Handy-Sache vorhaben! Ich bin nämlich gewillt, sehr weit zu gehen, um es zurückzubekommen. Ganz ehrlich. Ich würde durch Flüsse waten, auf Berge klettern, die Wüste durchqueren, was Sie wollen.«

Jetzt lächle ich auch. Er zieht mich auf, kann gar nicht anders sein. Zehn Millionen Pfund darauf. Kurz überlege ich. »Das ist aber sehr lobenswert. Sind Sie denn auch bereit, ins ... ins Gewerbegebiet Ashton zu fahren?«

Er überlegt ebenfalls. »Meinen Sie etwa ... zum ›Gemetzel‹?«

Ich grinse breit. »Allerdings.«

Laut vernehmlich zieht er die Luft ein. »Hm, da verlangen Sie aber viel von mir. Datum und Uhrzeit?«

Wenn man von der Autobahn in unsere Stadt abfährt, gelangt man in einen Industriepark mit vielen Geschäften, Restaurants, Freizeiteinrichtungen und Firmen: Möbelläden, Computerfachgeschäfte, Schuhgroßhandel, solche Sachen. In der Mitte ist eine Art Platz, auf dem ein riesiger Brunnen steht. Dieser Brunnen hat der Stadt viele Probleme bereitet, weil er angeblich fast zwei Millionen Pfund gekostet hat. Letztes Jahr wurde zwei Monate lang fast über nichts anderes mehr diskutiert, aber nicht wegen der unglaublichen Geldverschwendung. Inzwischen ist der Brunnen eine berühmte Sehenswürdigkeit, weil er der hässlichste und ekligste ist, den man je gesehen hat: Angeblich wurde er von einer örtlichen Künstlerin gestaltet, die offensichtlich ein großer Fan von Fuchsjagden ist, denn sie hat sich für ein sieben Meter hohes, gusseisernes Tableau entschieden, auf dem ein Fuchs von einer Meute geifernder Hunde in drei Stücke gerissen wird. Man muss schon ziemlich genau hinsehen, um den Fuchs oder das, was noch von ihm übrig ist, zu erkennen, aber das eigentlich Furchtbare sind die Hunde. Sie sind stark stilisiert, haben große, hervortretende Augen, lange Schnauzen und riesengroße Fangzähne, von denen Speichel oder Blut tropft, vielleicht auch beides. Das Ganze ist ein Brunnen, deshalb läuft den Tieren ununterbrochen Wasser aus den Schnauzen. Er heißt »Das Gemetzel«.

Die Geschäfte rund um den Brunnen, insbesondere die Restaurants, haben lautstark protestiert, sogar einen Antrag gestellt, diese Monstrosität entfernen zu lassen. Passierte aber nichts. Sie waren nämlich in der Minderheit. Alle anderen Geschäfte hatten festgestellt, dass der Brunnen ihnen mehr Kunden brachte, weil er Neugierige anzog, und diese Leute dachten offenbar, wenn sie schon einmal da seien, könnten sie genauso gut ein Sofa oder neue Schuhe kaufen. Und so blieb der Monsterbrunnen stehen und bekam jede Menge öffentlicher Aufmerksamkeit, schaffte es sogar in die BBC-Nachrichten.

So, ich denke also an diesen Brunnen, und das hat der Handy-Mann wohl kapiert. Ohne es zu merken, habe ich mich also mit ihm verabredet. Aber irgendwie muss ich ihm ja sein Telefon zurückgeben, und zu mir nach Hause einladen werde ich ihn ganz bestimmt nicht.

»Rufen Sie morgen um drei Uhr diese Nummer an. Und keine Tricks!« Die Sache macht mir langsam Spaß, obwohl ich diesen Typ überhaupt nicht kenne. Aber ich mag ihn.

Er lacht schnaubend durch die Nase. »Alles klar. Morgen um drei rufe ich diese Nummer an.«

»Hervorragend. Dann bis morgen.«

»Bis morgen.«

Das ist also Hector McCarthy. Er sitzt auf seinem Sofa im Arbeitszimmer und plaudert mit mir auf seinem Handy. Ich hatte recht, er grinst tatsächlich, und zwar das ganze Gespräch lang. Offenbar freut er sich, wie es gelaufen ist – man sieht's ihm an, er kann gar nicht aufhören zu lächeln. Dieser kleine, unvorhergesehene Spaß hat ihm einen schwachen Sonnenstrahl in das trübe Elend geschickt, das ihn in letzter Zeit umgibt, und das ist ein schönes Gefühl.

Er steht auf und streckt sich, amüsiert sich noch über unser

Gespräch. Wie die Frau am Handy auf seinen Scherz mit dem Lösegeld reagiert hat, war wirklich erfrischend. Seine Ex-Freundin Miranda hätte das niemals getan. Sie hätte nicht mal den Witz verstanden.

»Sie hat das Telefon doch nicht entführt«, hätte Miranda gesagt. »Sie hat's nur gefunden. Das ist doch albern.« Ja, klar, es war albern, da hätte sie recht gehabt. Aber es war lustig, und gerade das war Miranda nicht.

In dem Moment stellt Hector fest, dass es ihm überhaupt nicht wehtut, an Miranda zu denken. Das kann sich doch nicht gerade in der letzten halben Stunde geändert haben, oder? Er fragt sich, wie lange das schon so ist. Es hat so lange wehgetan, dass er sich einfach an den Schmerz gewöhnt hatte. Aber jetzt ist er anscheinend fort.

Hector genießt das schwindelnde Gefühl von Freiheit. Da hört er plötzlich einen Knall im Nebenzimmer, gefolgt von unterdrücktem, angsterfülltem Wimmern.

Er zuckt zusammen und läuft ins Esszimmer. Was er dort sieht, lässt sein gerade fröhliches Herz wieder in tiefe Verzweiflung sinken.

Auf dem Boden breitet sich inmitten der Scherben einer zersprungenen Blumenvase eine Wasserlache aus. Der Tisch, auf dem die Vase stand, ist umgekippt, ebenso drei der vier Stühle. Daneben liegt ein Durcheinander aus Porzellan- und Glasscherben. Hector erkennt die abgetrennten Glieder der geliebten Porzellanfiguren seiner Mutter – es gleicht einem grausigen Massaker.

Schnell schaut er sich um und macht den Quell der Verwüstung aus. Seine Mutter hockt mit bleichem, verschwitztem Gesicht oben auf der Kommode. Wild suchend blicken ihre Augen im Zimmer umher, bis sie schließlich Hector entdecken.

»Die sollen abhauen, Charlie, bitte, guck, die sind auf dem Boden. Bitte, Charlie, bitte, die sollen weg!« Stille Tränen der

Angst laufen ihr die Wangen hinunter. Hector ist mit zwei Schritten bei ihr und schließt sie in die Arme.

»Schhhh, ganz ruhig, ist alles gut, pssst.«

Sie zittert. »Bitte, Charlie, mach, dass sie weg sind. Die sind überall.«

»Schon gut, ich kümmer mich drum. Mach dir keine Sorgen.« Schnell holt er Besen und Kehrblech, fegt die Scherben zusammen und schüttet sie in den Mülleimer in der Küche. Erst danach kann er seine Mutter überreden, von der Kommode zu steigen und sich von ihm nach oben ins Bett bringen zu lassen.

Er setzt sich neben sie auf die Bettkante und nimmt ihre Hand.

»Sind jetzt alle weg, Hector?« Ihre dunklen Augen schauen ihn an, und diesmal erkennt sie ihn, sieht nicht seinen Vater in ihm.

»Ja, meine Liebe, sie sind alle weg. Für immer.«

Erkennbar entspannt sie sich. »Du bist ein guter Junge, Hector«, sagte sie, und ihre Augen fallen zu. »So ein guter Junge. Ich frage deinen Vater, ob er mit dir am Wochenende angeln geht. Das machst du doch so gerne.«

Hector lächelt traurig. Seine Augen werden feucht. »Ja, natürlich. Aber jetzt schläfst du ein bisschen, ja?«

Sie hat die Augen geschlossen. »Ja. Gute Nacht, Hec.«

Er geht zur Tür und dreht sich noch einmal lächelnd um. »Nacht, Mum.«

5

Samstag, der neunzehnte August. Ein Tag später. Der Tag, an dem mein grässliches Patenkind seinen dusseligen Geburtstag feiert. Da bin ich: Vorsichtig schlage ich die Decke zurück und quäle mich langsam aus dem Bett. Ich sehe aus, das muss ich leider selbst sagen, wie eine lebende Leiche. Allein mein Gesicht: fahle Haut, eingefallene Augen, schlaffes Haar. Als ich durchs Schlafzimmer stolpere, strecke ich sogar die Hände aus wie ein Zombie.

Normalerweise werfe ich morgens einen Blick in den Spiegel, um zu sehen, was die Nacht mit meinem Gesicht angestellt hat. Meistens sehe ich so aus, dass ich direkt ausgehen könnte, aber in den letzten beiden Wochen habe ich nicht so fest wie sonst geschlafen, und die Herumwälzerei in der Nacht fordert ihren Tribut. Im Badezimmer traue ich mich, in den Spiegel zu schauen, und bin schockiert: Überall auf dem Glas sind Zahnpastaspritzer. Nicht so große, die das Bild im Spiegel verzerren, deshalb stören sie mich nicht besonders. Ich wundere mich nur, dass sie überhaupt da sind. Fürs Erste ändere ich nichts daran.

Manche Leute kümmern sich nicht groß um die Bereiche des Hauses, die nicht von Gästen betreten werden, beispielsweise Schlafzimmer und Bad, doch das halte ich für den Gipfel der Schlampigkeit. Ich gebe zu, dass ich bei all dem Stress, den ich in letzter Zeit hatte, mein hohes Ideal von Sauberkeit nicht mehr ganz einhalte, aber ich bemühe mich immerhin.

Ich beuge mich vor, bis die weißen Flecken auf dem Spiegel verschwimmen und mein Gesicht dahinter scharf wird. Sofort bedaure ich es und schaue fort. Ironie des Schicksals, dass ich ausgerechnet heute aussehe wie eine Patentante, was?

Patentante zu sein hat keinerlei Vorteile und hört sich nach alter Oma an, deshalb hat jeder das Bild einer herzensguten, grauhaarigen alten Dame im Kopf. Oder einer dicken kleinen Fee, die ständig »Bibbidi, Bobbidi, Boo« singt. Ich bin da ganz anders – ist ja inzwischen bekannt –, »herzensgut« ist nicht das erste Wort, das den Leuten in den Sinn kommt, wenn sie an mich denken. Aber heute, da mein Patenkind Geburtstag hat, einer von zwei Tagen, an denen man von mir erwartet, die Rolle der Patentante zu spielen, da kann ich es auch ruhig tun. Als ich meinen verschwommenen, geisterhaften Umriss zwischen den Zahnpastaflecken betrachte, verachte ich mich fast. Warum reagiere ich so heftig auf eine schweigende Abfuhr? Weil es das erste Mal ist?

Plötzlich muss ich an diesen Craig Soundso denken, mit dem ich vor zwei Jahren mal zusammen war. Es dauerte keine drei Wochen, dann musste ich mich von ihm trennen. Mit meinem lautlosen Rückzug kam er nicht besonders gut klar.

»Bis morgen dann«, hatte er am Ende unserer letzten Verabredung gesagt. Natürlich wusste er nicht, dass es die letzte war. Schweigend hatte ich genickt, ein letztes Mal das feuchte, saugende Schmatzen ertragen, das er für einen Gute-Nacht-Kuss hielt, und war erleichtert nach Hause gegangen, weil endlich alles vorbei war.

Fünf Minuten später rief er vom Bürgersteig aus an. »Wollte dir nur noch sagen, wie lieb ich dich hab«, flötete er und schickte mir feuchte Schmatzer durch die Leitung. »Du bist wunderschön, weißt du das?« Na klar weiß ich das, ich bin ja nicht blind. »Melde mich morgen, Süße.«

Acht Stunden später war er wieder am Apparat. »Guten Morgen, mein Sonnenschein«, rief er ins Telefon. »Wie geht's dir an diesem schönen Morgen? Freu mich schon, dich zu sehen, Süße. Hab eine riesengroße Überraschung für dich. Das rätst du nie!« Ich legte den Hörer aufs Kopfkissen, drehte mich im Bett um und schlief wieder ein.

An dem Tag rief er noch dreimal an und hinterließ Nachrichten auf dem Anrufbeantworter. Er flehte mich an, ihn zurückzurufen, bat mich, ihm zu vergeben, was auch immer er getan hätte, versprach, sich zu ändern, genau so zu sein, wie ich es wollte. Am nächsten Tag rief er siebenmal an, gestand seine unvergängliche, immerwährende Liebe, seine pure Leidenschaft, seine niemals endende Zuneigung. Am Tag darauf schmierte er mir Hundescheiße an die Fenster und sprühte mit roter Farbe »NUTTE« an meine Wohnungstür.

Aber, ich meine, Craig war ein Spinner. Am Tag nach der Sache mit der Hundescheiße kam die Polizei und trennte ihn von dem Laternenpfahl, an den er sich über sechs Stunden gefesselt hatte. Splitternackt. Abwechselnd hatte er aus einer Sammlung eigenhändig für mich verfasster Liebesgedichte und aus einer Liste vorgelesen, in der er die unterschiedlichen Arten beschrieben hatte, mich mit Messern zu verletzen.

»Zarte, sanfte Rachel, geschwungen wie eine Blüte,
Ich liege in deinen Armen, meine Seele hat Frieden,
du bist mein Leben, mein Alles, meine Sonne, mein Mond,
Das Licht meines Lebens, das zu schnell erlosch.
Ich schnitze dir meinen Namen ins Gesicht, du kleine Nutte.«

Rührend, nicht wahr? Ein paar Tage später las ich das in unserer Lokalzeitung – bei dem Vorfall selbst war ich einkaufen, glaube ich.

Craig war wohl etwas labil, als ich mit ihm ging. So reagiert schließlich nicht jeder, und ich schon gar nicht.

Ich werde jetzt duschen und mich anziehen, also lassen wir mich eine Weile in Ruhe und sehen uns an, was Sarah an diesem schönen, sonnigen Vormittag so macht. Heute ist der freudige Jahrestag des Datums, als sie neues Leben gebar, als die

Frucht ihrer Liebe zu Glenn, die Krönung ihres Bundes, ihr erstgeborenes Kind, der wunderbare, perfekte Jake, in einem bewegenden, magischen, unglaublichen Moment das Licht der Welt erblickte.

»*Verfluchte Scheiße!*«, schreit Sarah, als ihr das heiße Backblech, das sie gerade aus dem Ofen gezogen hat, aus den Fingern rutscht und auf den Boden fällt. Überall Würstchen im Schlafrock. »*So eine Scheiße, Scheiße, verfluchte Kacke!*« Fast genauso schnell wie die Würstchen im Schlafrock geht sie zu Boden und sammelt sie rasch wieder auf, als wollte sie den Bakterien auf dem Boden keine Möglichkeit geben, auf das Gebäck zu klettern.

Arme Sarah, wie sie schwitzend in der Gluthitze ihrer Küche hockt – es ist Mitte August, und der Ofen läuft seit zwei Stunden – und dort die Reste zusammensucht, wobei sie genau weiß, dass sie sich auf eine zweistündige Höllenfahrt zubewegt, die ihr absolut keine Freude, sondern nur noch mehr Arbeit, Stress und Erschöpfung bereiten wird. Und wieder staune ich über die unerschütterliche, bedingungslose und unvergleichliche Kraft mütterlicher Liebe. Garantiert dir einen beschissenen Samstag.

Meiner Meinung nach gibt es zwei Sorten von Menschen auf dieser Welt: die mit Kindern und die ohne. Diese beiden Menschenschläge können sich gegenseitig nicht verstehen, jeder glaubt, es besser zu haben. Außer denen, die Kinder haben und sich heimlich wünschen, zu der anderen Gruppe zu gehören. Alle tun so, als wären sie grenzenlos glücklich mit dem süßen kleinen Paulemann oder mit der Lillimaus, dem Schnuckelschatz, weil die Behauptung des Gegenteils einem Geständnis gleichkäme, am Wochenende Experimente an lebenden Kuschelhasen durchzuführen.

Doch wem ist es ernsthaft lieber, an einem Samstagabend bis zu den Ellbogen in Kinderkacke und Kotze zu stehen, als sich hübsch und sexy anzuziehen, in einen schicken Nachtclub zu gehen, ein bisschen zu trinken und sich mit interessanten, aufregenden neuen Freunden zu amüsieren?

Niemandem. Und das ist die Wahrheit. Aber ich wette, wenn man Eltern fragt, was ihnen lieber ist, sagen sie alle mit müder, monotoner Stimme: »Eltern sein.« Das heißt, wenn man sie bei dem ganzen Geschrei überhaupt verstehen würde. Nie würde jemand das Gegenteil zugeben, denn wenn es einer täte, würden die anderen ihm sofort beipflichten: »Eigentlich würde ich auch lieber zu den anderen gehören«, und ehe man sich versähe, würden Millionen Menschen abtrünnig werden. Das wäre das Ende der Menschheit.

Hat das gerade jemand gesehen? Sarah hat zwei von den Würstchen gegessen, die auf den Boden gefallen sind. Bah! Das würde ich nicht mal bei mir zu Hause tun, obwohl ich mich dort darauf verlassen kann, dass der Boden in den letzten sechs Monaten gewischt und mit Bleichlauge bearbeitet wurde. Zum Glück wirft sie jetzt den Rest in den Mülleimer, Gott sei Dank! Ich hatte befürchtet, sie würde das noch auf der Feier servieren. Ich darf auf keinen Fall was vom Buffet essen, wenn ich gleich komme.

War nur ein Scherz. Auf Feiern esse ich nie etwas.

Im Namen des Fortbestehens der Menschheit trägt Sarah jetzt einen strampelnden, kreischenden Jake zum Auto, damit sie seinen Geburtstagskuchen abholen kann. Ist schon aufgefallen, dass sie heute Morgen allein ist? Es ist Samstag, arbeiten tut Glenn also bestimmt nicht, oder? Schauen wir uns nochmal den frühen Morgen an, was da passierte.

O Gott, nein, springen wir besser eine Stunde vor, ich glaube, ich kann den Anblick nicht ertragen, wie Sarah und Glenn mit breitem Grinsen und Papierhüten auf dem Kopf in Jakes dunkles Zimmer schleichen, um ihn mit einer schiefen, überlangen Version von »Happy Birthday« zu wecken.

Gut, schon besser: Glenn steht im Mantel in der Küche, Sarah legt fünfundsiebzig gefrorene Würstchen im Schlafrock auf dem Backblech aus. Die beiden sehen sich nicht an.

»Los, komm, Sar, du weißt, dass wir das Geld gut brauchen können«, sagt Glenn.

»Das bestreite ich ja gar nicht«, gibt sie ruhig und freundlich zurück, »ich habe nur gesagt, dass es nicht immer ums Geld gehen muss und du zumindest einmal auf die Überstunden verzichten könntest, nur heute, weil dein sechsjähriger Sohn heute *Geburtstag hat, VERDAMMT NOCHMAL!*« Die letzten Worte schreit sie ihm ins Gesicht. Glenn zuckt zusammen – konnte man das sehen? Gut gemacht, Sarah!

»Wenn du dich so aufführst, rede ich nicht mit dir«, sagt Glenn. »Ich komme rechtzeitig zur Feier zurück.« Und mit diesen Worten verschwindet er.

Wohin er wohl will? So naiv kann sie doch nicht sein zu glauben, dass er tatsächlich zur Arbeit geht.

Oh, jetzt weint Sarah. Hoffentlich fallen die Tränen nicht auf die Würstchen. Ach, eigentlich ist das egal, wir wissen ja, dass sie sowieso im Mülleimer landen. Wenn wir ihr nur sagen könnten, dass sie sich das Backen sparen kann!

Zurück zu meiner Wohnung, wo ich geduscht und mich angezogen habe und jetzt in der Küche frühstücken will. Das Haar habe ich nass gelassen, damit es nicht ständig geföhnt wird. Mum sagt, das soll man öfter mal machen, also das Haar schonen, damit es nicht so spröde wird. Meistens mache ich das, wenn ich keine Verabredung habe, sondern zu Hause bleibe und keinen Besuch bekomme, aber heute kann ich einfach keine Kraft aufbringen.

Cosmo geht mir auf die Nerven, er schleicht mir ständig um die Füße. Normalerweise versuche ich, ihm nicht auf die Pfoten zu treten und weiche ihm aus – ich liebe ihn wirklich –, aber heute trampele ich einfach vor mich hin. Wenn er ein bisschen

Grips besitzt, geht er mir aus dem Weg. Ein- oder zweimal spüre ich etwas Weiches unter meinen Füßen, aber es scheint ihn nicht zu stören, er verzieht sich einfach. Schließlich kommt er in die Küche, setzt sich vor den Schrank mit seinem Futter und fixiert ihn mit hypnotischem Blick. Es ist so, als wollte er mir nur mit den Augen zu verstehen geben, was er will, so wie Lassie oder Flipper. *Was ist denn, Cosmo? Sind Kinder in der alten Silbermine eingeschlossen, und sie haben nur noch Sauerstoff für drei Stunden?*

Scheiß auf die Kinder, sagt sein Blick. Gib mir Kit-e-kat!

Na, gut, ich habe auch Hunger. Ich hole eine Schale aus dem Schrank und gebe Cornflakes und Milch hinein. Cosmo ist wieder unterwegs, und man ahnt schon, was als Nächstes passiert, oder? Ich will die Milch wieder in den Kühlschrank stellen, aber Cos zwängt sich zwischen meine Beine. Ich habe so viel Schwung, dass ich nach vorne stolpere, weil ich mich mit dem anderen Fuß nicht abstützen kann. Ich pralle gegen den Schrank, taumele eine schreckliche Sekunde lang und falle dann der Länge nach fluchend auf den Boden. Die herumspritzende Milch macht Sarahs Würstchen Konkurrenz.

»Verdammt, du bescheuerte Katze!«, schreie ich und trete unwillkürlich nach Cosmo. Unerwarteterweise treffe ich ihn sogar. Verwundert verfolge ich in Zeitlupe, wie Cosmo mit gespreizten, rudernden Tatzen und vor Schreck geweiteten Augen quer durch die Küche rutscht. Mit angelegten Ohren schleicht er von dannen, den Bauch auf den Boden gepresst.

Ich muss sagen, dass mir so ein Verhalten eigentlich überhaupt nicht ähnlich sieht. Noch nie habe ich Cosmo etwas angetan, normalerweise würde ich einen Riesenschreck über mich selbst bekommen.

Aber heute ist es mir irgendwie egal. Cosmo geht's gut, er ist höchstens ein bisschen erstaunt, aber immerhin hat er ein Zuhause und bekommt zwei Mahlzeiten pro Tag, worüber beschwert er sich also? Wenn er nicht so penetrant verlangt hätte, gefüttert zu werden, wäre das alles gar nicht passiert. Und ich darf jetzt die ganze Milch aufwischen.

Ach, später vielleicht. Ich bin so müde, ich muss mich erst mal hinsetzen. Ich nehme die Schale mit den Cornflakes mit auf die Couch und frühstücke dort.

Dann denke ich nochmal gründlich und ohne Unterbrechung über Nick nach. Dieses Schwein. Was soll ich eigentlich getan haben, dass er mich sitzen lässt? Ich dachte, ich wäre die perfekte Freundin: sexy, pünktlich und begeisterungsfähig. Ist daran irgendwas falsch? Bis jetzt hat diese Kombination immer super funktioniert, was stimmt also nicht mit dem beschissenen Nick Maxwell? Warum bildet er sich ein, etwas Besonderes zu sein?

Wer kurz erfahren möchte, was Nick Maxwell an diesem Samstagvormittag im August so treibt, das können wir einrichten: Er steht, lediglich mit einer Unterhose bekleidet vor dem Spiegel, seitlich, und hält eine Bürste in der Hand. Sie gehört seiner Mutter – Nick benutzt ausschließlich den Kamm –, er hat sie sich heute Morgen zu einem besonderen Zweck ausgeliehen. Er steht ganz still, blickt tief in seine schönen blauen Augen, hält die Bürste in der Faust seitlich am Körper. Dann setzt der CD-Spieler auf seiner Kommode ein. Nick hebt die Bürste an den Mund, senkt das Kinn, sieht stirnrunzelnd in den Spiegel und beginnt:

»A little less conversation, a little more action, please«, singt er mit vorgeschobenem Kinn und gekräuselter Oberlippe. Seine Brustmuskeln hüpfen im Takt der Musik.

Zum Glück sitze ich auf meinem Sofa und kann seinen Auftritt nicht verfolgen. Mir fällt es auch so schon schwer genug, über ihn hinwegzukommen. Wenn ich ihn singen sehen würde, würde ich wahrscheinlich in ein Lustkoma fallen.

Trotzdem verstehe ich noch immer kein bisschen, warum er

mich abserviert hat. Es gibt einfach keine einleuchtende Erklärung dafür. Ich versuche, mich an unser letztes Gespräch, an unsere letzte Begegnung zu erinnern, obwohl ich aus eigener Erfahrung weiß, dass man jemanden selten nur wegen einer bestimmten Unterhaltung sitzen lässt. Es sei denn, es handelt sich um Sätze wie: »Morgen ziehe ich nach Australien« oder »Ich finde deine Freundin besser als dich«. Aber davon war nicht die Rede, als ich das letzte Mal mit Nick zusammen war. Ich weiß noch, dass ich ihn zu Jakes Geburtstag eingeladen habe, er grinste und sagte, er müsse nachsehen, ob er da Zeit habe.

O Gott, Jakes Geburtstag! Wäre das nicht einfach wunderbar, wenn ich dort mit Nick auftauchen würde? Das wäre ein äußerst ansprechender Löffel Zucker für die grässliche Medizin. Dann wäre der Nachmittag nicht schlichtweg vergeudet, und ich wäre bis spät in die Nacht mit Nick zusammen. Wenn ich nur dran denke, bekomme ich eine Gänsehaut.

Wo ich das gerade überlege: Nick hat nie gesagt, dass er heute nicht mitkommen würde. Ob ich ihn anrufen soll, um auf Nummer sicher zu gehen? Nein, das ist albern. Wenn er mitkommen würde, hätte er mir Bescheid gesagt. Aber der eigentliche Grund für meinen Anruf wäre ja nicht, nach seiner Teilnahme an der Geburtstagsfeier zu fragen, sondern ihn an mich zu erinnern, ihn meine Stimme hören zu lassen, damit er an andere Körperteile von mir denkt und ihm wieder einfällt, warum er sich mal mit mir verabredet hat. So wäre es zumindest, wenn ich ihn anrufen würde. Was ich aber nicht tue.

Andererseits: Warum nicht? Das macht mich doch nicht gleich zu einem Craig Soundso, wenn ich einfach nur anrufe und ihn ganz beiläufig frage, ob er heute mit mir zu diesem Geburtstag geht. Ich würde sowieso nie freiwillig in Hundescheiße greifen.

Ich werde es tun. Es geht um die Feier eines kleinen Jungen, meines Patenkinds, und ich muss wissen, ob ich hingefahren werde oder selbst sehen muss, wie ich hinkomme. Gut. Aber wo habe ich Nicks Nummer aufgeschrieben?

Ich suche in der ganzen Wohnung nach meinem Adressbüchlein. Es ist in meiner Handtasche, direkt hier auf dem Sofa, wo ich eben noch gesessen habe. Irgendwann wird mir das wieder einfallen.

In letzter Zeit mache ich mir Sorgen um mein Gedächtnis. Ich kann Informationen nicht mehr so gut speichern wie früher. Das liegt mit Sicherheit an diesem Virus, den ich mir eingefangen habe, oder am Schlafmangel in den letzten Tagen. Ich bin total vergesslich geworden! Hoffentlich werde ich nicht so eine alte Schrulle, über die sich die Leute das Maul zerreißen, weil sie wieder mal in Unterwäsche auf der Landstraße entdeckt wurde. Ich trage immer passende BHs und Slips von Jasper Conran, wenn ich also jemals in der Gegend umherirre, wird es nicht ganz so peinlich.

Ah, da sind wir wieder: Ich sitze auf dem Sofa und wühle in meiner Tasche herum. Dabei fällt mir das Mobiltelefon in die Hand. Geistesabwesend frage ich mich, ob der Besitzer heute anrufen wird. Na, klar tut er das, wenn er sein Handy nochmal wiedersehen will. Ah, da ist ja das Adressbuch.

Die Telefonnummer ist von Herzchen umgeben, das Wort »Nick« ist in blumigen, verschnörkelten Buchstaben geschrieben. Hoffentlich guckt niemand zu genau hin, sonst könnte man nämlich eventuell die Wörter »Rachel Maxwell« darunter erkennen. Ehe ich es mir noch einmal anders überlege, greife ich zum Telefon und wähle die Nummer.

Wir sind wieder bei Nick, ungefähr eine halbe Stunde nach diesem irren Auftritt in seinem Zimmer. Leider hat er sich inzwischen angezogen und ist nach unten gegangen.

»Nicky! Das Telefon klingelt!« Das ist Helen Maxwell. Sie steht in der Küche und gießt kochendes Wasser auf ihren

Kaffee. Das klingelnde Telefon mit mir am anderen Ende steht in einem anderen Zimmer, irgendwo hinter ihr.

»Mum, ich kann gerade nicht.« Das war Nicks Stimme, sie kommt aus der gleichen Richtung wie der klingelnde Apparat. Es hört sich an, als wäre er im selben Zimmer.

»Ja, ich auch nicht, du faule Socke. Dann bring es mir her, bitte.«

»Das geht nicht, das ist gerade ganz wichtig hier.«

»Dann unterbrich es.«

»Das geht nicht, ich habe noch keine Save-Game-Kristalle. Kannst du nicht eben ...?«

»Mensch nochmal!«, ruft sie, stellt wütend den Wasserkessel ab und legt die qualmende Zigarette vorsichtig auf den Rand des Aschenbechers. Vor sich hin schimpfend stürmt sie ins Esszimmer. »Ist doch eh nicht für mich, wieso mache ich mir überhaupt die Mühe?« Nick merkt nichts davon: Er ist gerade auf der Jagd nach einem T-Rex.

»Ich bin nicht deine Sekretärin, hast du verstanden?«, sagt sie und greift zum Hörer. »Ja, bitte? Hier ist die persönliche Assistentin von Nick Maxwell, wie kann ich Ihnen ...?« Nick blickt kurz zu ihr hinüber, während sie dem Anrufer lauscht.

»Oh nein, das war nur ein Witz, ich bin nicht ... Ich bin Mrs. Maxwell, und wer sind Sie? ... Ja, der ist hier, soll ich ihn ...? Oh. Ja, gut.« Wieder schaut Nick auf, jetzt interessierter. Helen hört zu, den Blick auf ihren Sohn gerichtet. »Nun, das können Sie ihm doch selbst ... Ja, in Ordnung ... Moment mal, da müssen Sie nicht gleich ... Nein, das glaube ich nicht. Ja, gut, auf Wiederhören.« Sie legt den Hörer zurück auf die Gabel.

»Wer war das?«, fragt Nick und spielt weiter.

»Keine Ahnung. Ein Mädchen, das mit dir sprechen wollte.«

Nick schaut auf. »Hat sie gesagt, wie sie heißt?«

»Nein, aber sie war total durcheinander. Hat sich hundert Mal entschuldigt und gesagt, es wäre nicht so gemeint.«

»Kanntest du sie?«, fragt Nick, verliert aber bereits das Interesse an der Antwort.

»Nein.« Helen geht zurück in die Küche. »Ich soll dir etwas ausrichten. Sie hofft, dass du dir eine ekelerregende Krankheit fängst und daran stirbst.« Kurz überlegt sie und nickt dann. »Ja, genau so war es.«

Nick kichert. Sein Freund Sean auf dem Sofa kichert mit.

Helen wendet sich an Sean: »Hey, hallo, hab dich gar nicht gesehen.«

»Kein Problem, Helen.«

Zurück zu mir auf dem Sofa. Ich starre das Telefon in meiner Hand an. Auf die Idee, Nick könnte verheiratet sein, bin ich überhaupt nicht gekommen, als ich mich fragte, warum er sich nicht meldet. Ungläubig schüttele ich den Kopf. Andererseits: Warum wundert mich das so sehr? Schließlich ist er ein unglaublich toll aussehender Kerl, dem mit Sicherheit alle Frauen nachlaufen. Nein, ich hätte misstrauischer sein und mich fragen sollen, warum so ein Typ immer noch Single ist.

Ich werde von Ekel überwältigt, nicht von Selbstmitleid. Ich habe mit einem verheirateten Mann geschlafen. Mehrmals. In seinem *Auto*. Was ist, wenn er auch mit seiner Frau im Auto gebumst hat? Wenn er seine Kinder in dem Auto ans Meer fährt? Kein Wunder, dass er mich nie mit nach Hause genommen hat. Die Handwerker – am Arsch! Jetzt ergibt alles einen Sinn.

Ich fahre hoch. Mein Gesicht hat eine sonderbare Färbung angenommen. Rasch laufe ich in Richtung Toilette, die Hand vor dem Mund. Kotzend hänge ich über der Schüssel, mein Magen zieht sich zusammen, treibt seinen Inhalt hinaus, aber es sind lediglich ein paar Cornflakes. Mein Körper wird von

Krämpfen geschüttelt, Speichel läuft mir aus dem Mund, die Augen tränen. Es kommt mir wie eine Ewigkeit vor, bis es schließlich aufhört und ich mich geschwächt auf den Boden gleiten lasse, die Arme um mich schlinge und wie ein Embryo im Badezimmer zusammenrolle.

6

Tut mir leid, das ist ein ziemlich langweiliger Anblick, nicht wahr? Das ist meine Badezimmertür von außen. Ich bin immer noch dahinter, und es geht mir nicht besonders gut. Aber wenn mich jetzt auch noch einer sehen würde, ginge es mir noch schlechter. Ich wurde ja mit einem schönen Körper und hübschem Gesicht geboren, mit perfekten Zähnen, von Natur aus glänzendem Haar und fast ohne Sommersprossen, aber ich habe viel mehr zu bieten als das. Ich wäre dumm, wenn ich mir einbildete, ich käme nur mit meinem angeboren guten Aussehen durchs Leben.

Zuerst mal muss ich alle sechs Wochen zum Frisör, um meine Strähnchen auffrischen zu lassen. Wenn ich unter der Wärmelampe sitze, wachst Shanelle mir die Augenbrauen, und bei jedem zweiten Besuch färbt sie mir die Wimpern, wenn sie mit dem Haar fertig ist. Ich lasse mir auch andere Körperpartien wachsen, zum Beispiel die Beine, und eins kann ich sagen, es tut höllisch weh. Einmal die Woche gönne ich mir eine Gesichtsbehandlung, alle vierzehn Tage eine Maniküre und einmal im Monat eine Pediküre. Ich treibe regelmäßig Sport und nehme nur jeden zweiten Dienstag Kohlenhydrate zu mir. Zusätzlich muss man die Stunden einrechnen, die für die Auswahl schicker Klamotten draufgehen, wenn ich total coole, umwerfende Outfits zusammenstelle und die passenden Schuhe dafür suche – dabei geht's nicht nur um die Farbe, auch der Stil ist wichtig. Das Ganze peppe ich mit einem Schal hier oder einem Armreif dort auf, dazu eine harmonierende Tasche, Ohrringe,

Gürtel, Jacke. Dann das Make-up. Buchstäblich Jahre habe ich vor dem Spiegel verbracht, habe getupft, gerieben, geglättet und meinen Look bis zur Vollendung perfektioniert. Das war nicht einfach.

Meine Klamotten, mein Haar und mein Make-up sind also perfekt. Aber das ist alles für die Katz, wenn ich einen missmutigen, unsicheren Eindruck mache. Ich habe Haltung, Eleganz und Glamour, alles gewonnen aus dem Rohmaterial, das Gott und meine Eltern mir zur Verfügung stellten. Das werde ich nicht opfern, indem ich mich in diesem Zustand beobachten lasse. Nein, die Badezimmertür bleibt geschlossen.

Dieses Verhalten sieht mir gar nicht ähnlich. Normalerweise habe ich es gerne, wenn man mir zusieht, egal was ich gerade mache. Normalerweise habe ich mich unter Kontrolle. Jetzt ist das anders.

Aber eines kann ich sagen, auch wenn mich gerade niemand sieht: Diese heftige Reaktion wundert mich ziemlich und macht mich gleichzeitig stolz. Mein Ekel vor der Situation, die »andere« zu sein, ist wegen meiner tiefen moralischen Überzeugungen so heftig, dass es zu diesem Ausbruch kam. Ich bin ganz schön stolz auf mich.

Die Geräusche hinter der Badezimmertür verraten uns, dass ich aufgestanden bin und dusche. Okay, jetzt kann man reingehen. Wie gesagt, ich habe heute bereits geduscht, aber ich werde nicht in der Kleidung zu Jakes Geburtstag gehen, in der ich mich übergeben habe.

Während ich mir unter dem heißen Wasser kräftig den Kopf schrubbe, denke ich wieder über Nick nach. Es wäre wohl passender zu sagen, dass ich immer noch über ihn nachdenke. Über ihn und seine Frau. Ob Chrissie gewusst hat, dass er verheiratet ist, als sie mich drängte, mit ihm auszugehen? Ich rufe mir den Moment ins Gedächtnis, als sie mir die Hand auf den Arm legte. Benahm sie sich irgendwie verdächtig, oder machte sie den Eindruck, mir etwas zu verheimlichen? Ich schließe die Augen und spüle das Shampoo aus. Dabei versuche ich mich an Chrissies Gesicht zu erinnern, als sie mir von Nick erzählte. So, jetzt habe ich sie: voluminöses rotes Haar, starkes Parfüm, orangerotes Top. Gut, aber was machte sie für ein Gesicht? Verschlossen und wissend? Komplizenhaft? Hinterlistig? Ich zoome auf sie, betrachte sie von ganz nah, versuche, einen winzigen Anhaltspunkt zu finden … aber nichts: voluminöses rotes Haar, starkes Parfüm, orangerotes Top.

Na gut, ich bin nicht der aufmerksamste Mensch der Welt. Jedenfalls nicht der weiblichen Welt. Aber eines weiß ich sicher: Für Chrissie ist gar nichts verboten oder unantastbar, nicht mal verheiratete Männer. Ganz im Gegenteil: Ich weiß, dass ein verheirateter oder gebundener Mann für sie eine besondere Herausforderung und eine wertvolle Eroberung darstellt.

»Singles sind doch nicht schwer zu kriegen«, sagt sie immer. »Die haben es nötig. Wenn die eine Nummer mit dir machen können, glaubst du, da lehnen die ab? Natürlich nicht! Die nehmen alles, was sie kriegen können, keine Frage. Das ist doch keine Herausforderung – die können es doch kaum erwarten! Nein, eine richtige Herausforderung, das ist ein Mann, der zu Hause eine Frau oder eine Freundin hat und daher theoretisch immer kann, wenn er will. Den muss man erst mal überzeugen, dass er nicht mehr jeden Abend sein Steak isst, sondern stattdessen zur Abwechslung einen schönen, großen, saftigen Burger bekommt, oder dass das, was er zu Hause für ein Steak hält, in Wirklichkeit ein durchweichter alter Burger ist und er stattdessen jeden Abend ein schönes, saftiges Steak haben könnte, wenn er mal auswärts isst.«

»Und wenn er Vegetarier ist?«, fragte Susan einmal zurück und zog an ihrem Strohhalm.

»Schwul, meinst du?«, sagte Chrissie mit selbstgewissem Lächeln. »O Susan, das ist die größte Herausforderung überhaupt.« Dann zwinkerte sie, als wäre sie in der Lage, jeden Schwulen, den sie je kannte, hinüber auf die dunkle Seite zu ziehen.

Als wir sechzehn waren, versuchte sie uns weiszumachen, sie hätte es getan. Mit einem Schwulen geschlafen. Ich war damals schon sehr skeptisch, und Chrissie war vor acht Jahren noch deutlich attraktiver als jetzt.

»Brian McManus«, verkündete sie stolz einige Tage nach dem angeblichen Ereignis. Klar, an Brians pinkfarbener Hose war leicht abzulesen, dass er vom anderen Ufer war, aber ich wollte nicht glauben, dass sie ihn wirklich eines Besseren belehrt hatte. Drücke ich mich deutlich genug aus? Einen Schwulen ins Bett zu bekommen war damals die höchste Auszeichnung und sicherte einem in den Augen der Mitschüler den Titel als verführerischstes, begehrtestes Mädchen.

Susan runzelte die Stirn. »Aber wenn ein Typ auf dich steht, der sonst nur was von anderen Typen will, heißt das nicht, dass du am wenigsten …?«

»Willst du es auch mal versuchen, Sue?«, unterbrach Chrissie sie schnell.

Tat Sue nicht, aber ich vergewisserte mich einige Wochen später, dass Brian McManus nicht im Geringsten schwul war, nie gewesen. Er sah nur so aus. In so einer Hose hätte selbst George Clooney schwul ausgesehen. Das Dumme war: Ich konnte Chrissie nicht widerlegen, ohne mich selbst zu verraten. Brian war nicht sonderlich attraktiv, er hatte riesige gelbe Zähne und roch sonderbar teigig, aber er erzählte, dass relativ viele hochkarätige Mädels wie ich mit ihm schlafen wollten, solange er hinterher nichts davon erzählte.

Wir wissen also, dass Chrissie niemals mit einem Schwulen im Bett war, egal was sie sich einbildet. Ich weiß aber mit Gewissheit, dass sie nicht abgeneigt ist, es mit einem verheirateten

Mann zu versuchen, dass sie mehr als einmal an der verbotenen Frucht genascht hat. Aber Chrissie ist nicht die Einzige gewesen, die mich aufforderte, mit Nick auszugehen. Glauben Jean, Val und M&M ebenfalls, dass es in Ordnung ist, mit einem Ehemann zu vögeln?

Nein, bestimmt nicht. Val auf gar keinen Fall. Val hat sich nämlich von ihrem Mann getrennt, weil er vor ein paar Jahren eine Affäre hatte. Sie ging offenbar davon aus, dass er im Gästezimmer die Buchhaltung machen würde, stattdessen bumste er oben auf dem Treppenabsatz die Buchhalterin. Darüber habe ich allerdings nie mit ihr persönlich gesprochen. Das gehört zu den wirklich intimen Dingen, über die ohne Ausnahme jeder im Büro Bescheid weiß. Daher glaube ich, dass Val mich auf keinen Fall ermuntert hätte, wenn sie gewusst hätte, dass Nick verheiratet ist.

Und, was sagt mir das jetzt? Dass niemand Nick besonders gut kennt? Genau. Und dass ich Val nicht besonders gut kenne, aber von ihrem fremdgehenden Ehemann weiß. Wenn Nick seine Ehe nicht verheimlichen würde, wüsste es jeder im Büro. Und das kann nur eins bedeuten: Er gibt sich als Single aus, als Mann, der noch zu haben ist, um hübsche, junge, unschuldige Mädchen ins Netz zu locken. In sein Lügennetz. In sein Netz aus Sex.

Als mir das klar wird, halte ich inne. Gerade will ich aus der Dusche steigen. Könnte ich mal eben kurz allein sein, bitte? Ich habe auch meine Würde. Gleich geht's weiter.

So, gut, jetzt habe ich mich ins Handtuch gewickelt.

Es ist ungewöhnlich, dass ich heute nur alte Sachen anziehe, oder? Ja, das stimmt. Normalerweise würde ich mindestens eine Stunde brauchen, um mich fertig zu machen, wenn nicht anderthalb. Allein auszuwählen, was ich anziehen soll, dauert erfahrungsgemäß schon fast eine Stunde, aber heute greife ich einfach nur nach einer kurzen Hose und einem Shirt, auf dem in ganz kleinen Buchstaben über der Brust steht: »Wenn du das lesen kannst, bist du zu nah dran.« Mein Haar habe ich mit dem Handtuch trocken gerubbelt, heute gönne ich ihm einen Tag Pause, wie schon gesagt, das ist also erledigt. Ich mache mir auch nicht die Mühe, mich zu schminken – keinen müden Handschlag. Wozu auch? Der einzige Typ auf der Geburtstagsfeier ist Glenn.

Das sieht mir überhaupt nicht ähnlich. Normalerweise schminke ich mich und mache mir das Haar, selbst wenn ich nur schwimmen gehe.

Die Luft draußen kommt mir unheimlich kühl und frisch auf der Haut vor. Sie weckt die Lebensgeister. Mein Gesicht kribbelt. Mir wird klar, dass ich seit meinem fünfzehnten Lebensjahr erstmals ohne Make-up vor der Tür bin. Daran muss es liegen.

Als ich zwanzig Minuten später bei Sarah eintreffe – vorher habe ich noch schnell an der Tankstelle eine Geburtstagskarte für Jake geholt –, blinzelt sie mich an, als würde sie merken, dass etwas mit mir nicht stimmt, ohne sagen zu können, was es ist. Dann fällt es ihr ein:

»Du siehst krank aus.«

Obwohl ich offensichtlich angeschlagen wirke, bittet mich Sarah, die Hüpfburg in den Garten zum Schuppen zu tragen, weil da ein Stromanschluss ist. Ich erkläre mich einverstanden. Großer Fehler. Ich dachte: Eine Hüpfburg, voller Luft, die ist leicht zu tragen, wie ein riesiger Luftballon. Die kann ich problemlos in den Garten runterstupsen.

Wir sind also im Garten. Kann man diesen riesigen Hügel schweren, strapazierfähigen Vinyls sehen, der wie ein schlafender orange-weißer Dinosaurier aussieht? Das ist die noch nicht hüpfende Hüpfburg. Man kann nämlich erst darauf hüpfen, wenn Luft drin ist, und das geht erst, wenn man sie an den Strom angeschlossen hat. Und der ist im Schuppen.

Genau in dem Augenblick bekomme ich Kopfschmerzen. Keine Ahnung, ob sich die Schmerzen durch die schreckliche mir zugewiesene Aufgabe verschlimmern oder ob die schreckliche Aufgabe durch die Kopfschmerzen schlimmer wird. Es fühlt sich an, als würde jemand in meinem Schädel eine Hüpfburg aufblasen und einfach nicht mehr aufhören.

Springen wir zehn Minuten vor. Bisher war mein Tag richtig scheiße, und er wird nicht besser, wenn man sich ansieht, wie ich schwitzend an einem Seil ziehe. Langsam kommt der Schuppen in Sicht. Man merkt, dass mein Gesicht ein, zwei Nuancen bleicher ist als zuvor, und ich fühle mich wirklich ziemlich schlecht. In meinem Kopf stoßen Eisenträger aneinander, donnern abwechselnd links und rechts gegen den Schädel, sodass mir richtig übel und schwindelig wird. Kurz bleibe ich im Schatten eines Baumes stehen und reibe mir die Schläfen.

»Alles in Ordnung, Rachel?«

Ich öffne die Augen. Vor mir steht ein grinsender Glenn in gelbem Hemd und kurzer beiger Hose. Er sieht echt nicht schlecht aus, was? Ist natürlich nicht mein Typ – würde sich jetzt ein dunkler, verführerischer Nick Maxwell in einem frischen weißen T-Shirt und schwarzen Jeans neben Smiley-Glenn mit dem Bananenhemd stellen, würde Glenn, ehrlich gesagt, ganz schön affig aussehen –, aber er ist normal, ein stinknormaler Ehemann und Familienvater eben. Ja ja, grins du nur, dir wird das Lachen schon vergehen, du verlogenes Stück Schifferscheiße. Hoffentlich fault dir der Schwanz ab!

»Soll ich weitermachen?«, fragt er freundlich. Als Antwort entferne ich mich einfach. Normalerweise wäre das eh heute Morgen seine Aufgabe gewesen, aber der Herr musste ja »Überstunden« machen. Genau, und ich habe mit der Queen in einem Heißluftballon Tequila getrunken.

Um zehn vor drei taucht das erste Kind auf – eine giftige Ameise auf Erkundungstour für den Rest ihres Volks, der erste

Regentropfen auf der Windschutzscheibe vor einem heftigen, sintflutartigen Gewitter, das leichte Kratzen hinten im Hals, das eine Grippe ankündigt, oder der erste kleine Krampf im Bauch, von dem man ahnt, dass er zu heftigem, schmerzhaftem Erbrechen führen wird.

Das Timing ist eigentlich ganz gut, denn nachdem ich mich heftig und schmerzhaft erbrochen habe, sagt Sarah, ich könne mich für die gesamte Dauer der Feier in ihr Ehebett legen. Nun, eigentlich sprach sie von »einer Zeit lang«, aber für mich bedeutet es: »bis die Feier vorbei ist«. Während ich hier liege und mich zu entspannen versuche, geht mir zweierlei auf: Zum einen liege ich in dem Bett, in dem Glenn und Sarah es miteinander treiben, zweitens höre ich lautes Geschrei, nervig aufgedrehte Musik und gezwungenes Erwachsenenlachen von unten.

Schließlich blendet der erste dieser Gedanken den zweiten aus. Ich richte mich auf, werfe einen Blick auf die Nachttischuhr – es ist kurz nach vier – und schaue dann schnell wieder weg. Irgendwie möchte ich nicht, dass ich mir irgendetwas in diesem Zimmer genauer ansehe – es könnte ja etwas Peinliches sein.

Von unten breitet sich eine unheimliche Stille aus. Nein, ganz leise ist es nicht, oder? Es ist etwas zu hören, sonderbare saugende, glucksende Geräusche, die schwer zuzuordnen sind. Ich tappe zur Haustür und bleibe stehen. Sehnsüchtig schaue ich durch das Riffelglas auf den verzerrten Umriss meines Autos am Straßenrand. Ob ich mich verdrücken und wegfahren kann, ohne dass Sarah es merkt? Ich mache einen Schritt Richtung Freiheit, da fällt mir ein, dass meine Handtasche in der Küche ist, wo es momentan nur so wimmelt von Sprösslingen. Ich sitze in der Klemme.

Ich gehe ins Wohnzimmer. Hat schon mal jemand so einen schrecklichen Teppich gesehen? Dunkelblau mit rosa Blumen.

Der war schon in der Wohnung, als Sarah und Glenn vor sechs oder sieben Jahren einzogen. Sie haben die Wände damals gestrichen, glaube ich, machten sich aber keine Mühe mit dem Teppich. Das finde ich schlimmer, als gar nichts zu tun. So glauben die Leute, sie hätten den Teppich extra behalten, weil er ihnen so gut gefällt. Entweder hätten sie das ganze Zimmer im Originalzustand belassen sollen, dann hätte man gedacht, sie hätten nicht genug Geld oder Zeit, es zu renovieren, oder sie hätten alles ändern sollen, den Teppich inklusive.

Durch die doppelte Glastür am anderen Ende des Wohnzimmers sehe ich ins Esszimmer und erkenne den Grund für die unnatürliche Stille: Raubtierfütterung. Zwanzig bis dreißig Kinder sitzen an Sarahs großem Esstisch, der mit dem Mittelteil verlängert wurde. Mit beiden Händen stopfen sie sich das Essen in den Mund. Von wegen kauen oder genießen – nein, das Essen wird einfach nur reingestopft. Ohne Unterbrechung wird geschaufelt, speckige kleine Arme greifen wie Tentakel quer über den Tisch, als gehörten sie alle zu einem Wesen. Besorgt huscht Sarah um den Tisch herum, versucht zu verhindern, dass etwas auf den Teppich fällt. Und wenn schon, denke ich. Wäre wohl eher eine Verbesserung.

»Leg das zurück auf den Teller, wenn du es nicht willst, Joshua. Oh, Chelsea, pass auf deinen Becher auf, ja? Braves Mädchen. Robert, jetzt ist aber Schluss, mein Schatz. Iss zuerst mal deinen Teller leer, ja?«

Drüben neben dem Durchgang zur Küche stehen Chrissie und Susan. Zur Begrüßung nicken wir uns lächelnd zu, an weitere Unterhaltung ist nicht zu denken. Wir wollen die Aufmerksamkeit der gefütterten Raubtiere nicht auf uns lenken. Nein, wir beobachten einfach das Schauspiel, bis sich die Kinder plötzlich alle auf einmal erheben, als hätten sie untereinander eine telepathische Botschaft ausgetauscht. Dann laufen sie nach draußen, um auf der hüpfenden Hüpfburg zu hüpfen, bis sie von ihren Eltern abgeholt werden. Diese Flucht geht so rasch vonstatten, dass am verlassenen Tisch noch gefährlich die Limonade im Glas bebt.

So etwas Sonderbares habe ich noch nie erlebt.

Nach und nach verschwinden die Kinder mit ihren Eltern aus dem Garten, bis nur noch eins übrig bleibt, das unermüdlich weiterhüpft. Der Kleine hat sich anscheinend zur Aufgabe gemacht, seine letzte Mahlzeit wieder nach draußen zu befördern. Es ist mindestens Viertel nach fünf, offiziell war die Feier um fünf Uhr vorbei. Ich finde es extrem unhöflich von den Eltern, Sarah als Gratis-Babysitter zu vereinnahmen. Je länger ich das kleine hüpfende Balg da hinten im Garten beobachte, desto wütender werde ich. Wenn ich mich nicht so schwach fühlen würde und nicht diese Kopfschmerzen hätte, würde ich jemanden darauf ansprechen.

»Ist Jake nicht groß geworden?«, sagt Susan, als sie sich zu mir aufs Sofa setzt. Da geht mir auf, dass der Junge draußen auf der Hüpfburg Jake ist, na klar. Er muss ja nicht abgeholt werden. Für mich sehen halt alle Kinder gleich aus.

»Hmm.« Ich liege mit geschlossenen Augen da und mache mir nicht die Mühe, sie zu öffnen. Von den Kopfschmerzen mal abgesehen, kann ich so tun, als hätte ich die ganze Zeit gewusst, dass es Jake ist.

»Alles in Ordnung?«, fragt Susan.

»Was is' los?« Chrissies Stimme kommt ins Zimmer. Sie spricht mit vollem Mund, hört sich an, als esse sie ein Würstchen im Schlafrock. Ich stelle mir vor, wie ein Schneesturm aus Blätterteig aus ihrem Mund prustet.

»Der armen Rachel geht's heute nicht so gut«, erklärt Susan und streicht mir über den Handrücken. Ja, das hilft meinen Kopfschmerzen ganz bestimmt.

»Ich hole ihr eine Tablette«, sagt Chrissie und verlässt das Zimmer wieder, geht zurück zum Essen in der Küche.

»Nein, nein, nicht immer gleich Tabletten«, ruft Susan, »sie muss einfach mal zehn Minuten Ruhe haben. *Sarah!*«, ruft sie über meinen Kopf hinweg, »könntest du Rachel ein Glas Wasser bringen?«

O Gott, ich muss schon wieder kotzen. Himmel, nein, es geht los. Nein, Moment, nochmal gut gegangen.

»Mensch, Rach, du bist ja ganz blass im Gesicht! Ist dir schlecht? Dann hast du vielleicht Migräne.«

»Ich hatte mal eine Migräne«, sagt Chrissie, die wieder näher kommt. Ich mache die Augen nicht auf, ich weiß, dass sie heute Türkis trägt. »Ich bin bei Woolworth umgekippt und habe danach zwei Tage lang gebrochen.«

»Oje«, erwidert Susan. »So schlimm ist das bei mir nicht. Ich muss nur ein, zwei Tage im Bett bleiben, aber ohnmächtig werde ich nicht.«

»Einmal«, sagt Sarah, die gerade das Zimmer betritt, »bin ich mitten in der Nacht mit so schlimmen Bauchschmerzen aufgewacht, dass ich dachte, es würde mich zerreißen. Glenn hat mich sofort ins Krankenhaus gebracht.«

»Ach, du liebe Güte!«, sagt Susan. Ihre Stimme verrät mir, dass sie die Augen weit aufgerissen hat. »Was war denn?«

»Im Krankenhaus haben sie mir den Bauch aufgeschnitten und ein lebendes Menschenwesen herausgeholt.« Sarah stößt mir ein kühles Glas in die Hand und stapft davon.

Wer kennt das, wenn man sich etwas ganz stark wünscht, und wenn es endlich da ist, will man es nicht mehr? Nein, das kannte ich auch noch nicht. Wenn ich mir etwas wünsche, dann gehört es normalerweise wenige Minuten später mir, aber dann wird es mir auch ziemlich schnell langweilig. Nur heute ist das komischerweise anders. Seit drei Wochen, seit ich die Einladung angenommen habe, freue ich mich darauf, von dieser Feier nach Hause zu fahren, aber da ich nun endlich aufbrechen will, kann ich mich nicht überwinden. Wenigstens nicht zum Autofahren. Die Vorstellung, nach Hause zu fahren, ist wie das Aufwachen aus einem richtig schlimmen Alptraum mit lauter bösen, kleinen, fleischfressenden Trollen mit spitzen Zähnen, wenn man erkennt, dass man nur geträumt hat und draußen die Sonne scheint.

Da kommt Glenn. Er ist ein gemeiner Kerl, nicht? Ich kann einfach nicht das Bild von ihm und dieser Frau auf dem Parkplatz aus meinem Kopf verbannen, zusammengeschweißt wie zwei Lagen vakuumverpackter Schinken. Keine gute Vorstellung, wenn man bedenkt, wie es meinem Magen geht.

»Chrissie hat gesagt, sie fährt dich nach Hause, Rachel«, spricht Glenn gegen meine geschlossenen Augen, ganz der besorgte Ehemann der Freundin. Ich nicke schweigend und frage mich, wie ich diesen türkisen Kaftan auf dem Heimweg ertragen soll.

Fünf Minuten später sitzen wir im Auto. Jetzt sieht man, was ich mit der Farbe meinte, oder? Sie ist grell und schrill, besonders aus der Nähe. Chrissie steht fast in Flammen, ihr Kopf ist lediglich ein dunkler Umriss. Überraschenderweise geht es mir besser, als ich den Kopf gegen die kalte Fensterscheibe lehne. Es könnte natürlich unterstützend hinzukommen, dass die dreißig Kinder jetzt viele Meilen und ein Jahr entfernt sind.

»Jakes Freunde sind süß, nicht?«, fragt Chrissie plötzlich, als habe sie meine Gedanken falsch verstanden.

»Och, ganz in Ordnung. Aber er hat ja unglaublich viele Freunde, findest du nicht?«

»Ja, meinst du? Ich finde elf gar nicht so viel.«

»Elf? Red keinen Quatsch, es saßen doch mindestens dreißig Kinder am Tisch.«

Chrissie schaut zu mir herüber. »Nein. Es waren zwölf mit Jake.«

Ich bin baff. Nur zwölf Kinder und so ein Chaos. Mum

würde wahrscheinlich sagen, dass das Ganze größer ist als die Summe seiner Bestandteile. Das bedeutet, dass man mehr erreicht, wenn man zusammenarbeitet, als wenn jeder für sich ist. Die zwölf Kinder sind der beste Beweis dafür.

»Weißt du, dass dein Handy geklingelt hat?«, fragt Chrissie. »Als dir so schlecht war und du auf dem Sofa lagst. Ich habe in der Küche ein Telefon klingeln hören, das in einer Tasche lag, und Sarah sagte, es war deine.«

»Oh, danke.«

Sie wirft mir einen Seitenblick zu. »Meinst du, es war vielleicht Nick?«

In dem Augenblick habe ich eine Erkenntnis, so als würde plötzlich ein blendender Lichtstrahl in mich fahren. Nur dass es für mich eher ein blendender Strahl Türkis ist. Jetzt weiß ich, was ich zu tun habe.

Chrissie war diejenige, die mir von Vals Mann und der Buchhalterin erzählt hat, Chrissie war diejenige, die mir erzählt hat, dass M&M einmal mit zwei Frauen Badminton spielen waren, sie hat mir von Sians Depression erzählt, von Marions Schuldenberg und von der lesbischen Frau von Keith aus der Marketingabteilung. Vor ein paar Jahren erzählte sie mir sogar von Jeans Angst, sie könne Krebs haben. Chrissie kennt den ganzen Tratsch und Klatsch. Was noch wichtiger ist: Chrissie trägt ihn weiter. Nick hat die ganze Zeit vorgegeben, Single zu sein. Das muss ein Ende haben. Ich schaue auf, blinzele leicht und sehe Chrissie an. Kann man meinen Gesichtsausdruck erkennen? Er zeigt pure Entschlossenheit.

Oder doch eher Rache? Schwer zu sagen, beides ist neu für mich.

»Ganz bestimmt nicht«, sage ich als Antwort auf ihre Frage nach dem Anruf.

»Wirklich nicht? Wieso bist du dir da so sicher, hast du nachgesehen?«

»Ich sage es dir, Chrissie, er war es nicht.« Jetzt ist die Zeit des Säens gekommen. »Und selbst wenn er es gewesen wäre – ich will nichts mehr mit ihm zu tun haben.«

Sie runzelt leicht die Stirn. »Hör mal, ich weiß, dass er sich in den letzten Tagen nicht oft gemeldet hat …«

»Seit dreizehn Tagen.«

»Okay, seit dreizehn Tagen. Aber vielleicht gibt es eine einleuchtende Erklärung dafür. Vielleicht war er im Krankenhaus, oder es ging ihm nicht gut oder so. Es könnte doch sein, dass er einen Unfall hatte und bei dir angerufen hat, um es dir zu erklären …«

»Er ist verheiratet, Chris.«

Chrissie erstarrt mit offenem Mund. Sprachlos schaut sie mich an.

Ich weise mit dem Kinn auf die Windschutzscheibe. »Pass auf, wo du hinfährst, ja?«

So, wir kommen zu Hause an. Chrissie bringt mich zur Couch, dann will sie gehen. Sie ist schon halb fort, als sie sich noch einmal umdreht: »Kann ich noch irgendwas für dich tun?«

Mit einem Fuß steht sie bereits auf dem Teppich im Hausflur. Ich bin stark versucht, sie zu bitten, mir noch etwas zu trinken einzuschenken, aber schüttele schließlich den Kopf und entlasse sie. »Ich lege mich gleich in die heiße Wanne und heule mich so richtig aus, dann verdrück ich noch ein Tränchen beim Fernsehen und weine mich anschließend in den Schlaf.«

»Na gut«, sagt sie geistesabwesend. »Dann erhol dich wieder. Gute Nacht!« Und fort ist sie.

Genau in diesem Moment klingelt wieder das Telefon in meiner Handtasche. Heute Nachmittag muss der Handy-Mann angerufen haben, als Chrissie das Klingeln hörte. Das ist er bestimmt wieder. Lächelnd hole ich es hervor, dann zögere ich, weil ich nichts zu sagen weiß. Ist ja alles schön und gut, so herumzualbern, aber langsam muss Schluss sein damit. Ich muss mit der Spielerei aufhören und die Übergabe verabreden.

Ich drücke auf die grüne Taste und sage mit tiefer Stimme: »Sie sind zu spät.«

»Sie auch«, kommt es postwendend zurück. »Ich habe mich zur verabredeten Zeit gemeldet, zumindest kurz danach, aber Sie haben nicht …«

»Kurz danach? Kurz danach ist in meinen Augen zu spät. Das kann ich nicht akzeptieren.«

»Verdammt. Wie haben Sie das herausbekommen?«

»Vierhundert Mini-Kameras. Sie zeichnen jede Ihrer Bewegungen auf, und das berichten mir dann meine vierhundert Mitarbeiter.«

»Junge, Junge, Sie sind offensichtlich eine sehr gut organisierte und erfahrene Handy-Entführerin.«

»Man kann davon leben.«

»In dem Fall geben Sie mir doch bitte noch eine Chance, ja? Für mich ist es das erste Mal.«

Ich schweige, damit es wirkt, als dächte ich ernsthaft nach. Diesen Trick wende ich auch in richtigen Unterhaltungen an. »Sind Sie der Meinung, Sie hätten noch eine Chance verdient?«

»Ja.«

»Aha. Na gut, eine Chance bekommen Sie noch.«

»Das ist nett, danke.«

»Gern geschehen.«

»So, was fordern Sie denn nun?«

»Ach, ja, ich muss etwas fordern, nicht wahr?« Ich zerbreche mir den Kopf, versuche verzweifelt, mir etwas Lustiges einfallen zu lassen. »Sagen Sie mir, wie Sie heißen!« Ja, ich weiß, nicht sehr geistreich, aber schließlich habe ich einen furchtbaren Tag hinter mir.

Lange höre ich nichts am anderen Ende. »Wie ich heiße?

Hm, das hat noch niemand von mir gefordert. Normalerweise verlangt man Schmuck oder Knete, wenn man Lösegeld haben will.«

»Tja, ich muss aber wissen, was ich auf den Umschlag schreiben soll, in den ich die Lösegeldforderung stecke.«

Der Mann muss lachen. »Da haben Sie allerdings recht, Miss Entführerin. Also, wenn Sie so fragen: Ich heiße Hector.«

»Hector.« Ich muss grinsen, der Name kann nicht echt sein. »Gut.«

»Sie geben mir Ihre Forderungen also schriftlich, ja? Da Sie jetzt wissen, wie ich heiße.«

»Das ist nicht nötig. Ich teile sie Ihnen jetzt mit.«

»Schießen Sie los!«

»Gut. Aber seien Sie vorsichtig: Das ist nicht gerade die beste Wortwahl, wenn Sie über die Freigabe einer Geisel verhandeln.«

Wieder lacht er. Es hört sich nett an. »Oh ja, da haben Sie völlig recht. Wahrscheinlich ist es deshalb bisher immer schiefgegangen.«

»Oh nein! Ging es daneben?«

»Ganz übel.«

»Das tut mir leid.«

»Danke.«

»Gern geschehen.«

Schweigen an beiden Enden. Ich warte, dass er weiterspricht. Schließlich sagt er: »Und? Was sind Ihre Forderungen?«

Das ist ja albern. Er hat jetzt bestimmt schon fünf, sechs Mal danach gefragt.

»Ach ja. Gut. Hmm. Also, zuerst fordere ich … ähm … Gleichheit für alle und das Ende jeglicher … ähm …«

»Unterdrückung?«

»Ja, genau, jeglicher Unterdrückung. Ja. Zweitens fordere ich … ähm … Gerechtigkeit für alle.«

»Oh, schön gesagt! Bin ganz Ihrer Meinung. Noch was?«

»Meine dritte Forderung lautet … ähm … Frieden in der Welt.«

»Frieden in der Welt. Gut.« Er spricht langsam, so als notiere er es sich.

»Und als Letztes fordere ich reelle Preise.«

»Reelle Preise.« Ich höre, dass er vor sich hin grinst. »Sie möchten also, dass alle Völker der Welt harmonisch zusammenleben, dass sich jeder frei äußern kann, ohne Angst vor Vergeltung haben zu müssen, dass alle Menschen gleichermaßen gerecht und fair behandelt werden und …« er macht eine kurze, effektheischende Pause »… dass sie etwas für ihr Geld bekommen. Ist das richtig?«

»Genau. Und wenn Sie Ihr Handy nochmal lebend wiedersehen möchten, sollten Sie sich das merken.«

Der Mann schmunzelt. »Verstanden. Wann und wo soll der Austausch stattfinden? Immer noch im Gewerbegebiet Ashton?«

»Ja, am Gemetzel, Donnerstag, sechs Uhr abends.« Die Praxis meines Arztes liegt ebenfalls im Gewerbegebiet, so kann ich den Besuch dort mit der Übergabe an den Handy-Mann verbinden.

»Donnerstag, ja? In Ordnung.«

»Gut, dann also bis Donnerstag …«

»Nein, Moment noch! Ich muss wissen, wie Sie heißen. Sie können mich doch nicht so quälend im Ungewissen lassen!«

Oh. Das habe ich mir selbst eingebrockt, nicht wahr? Jetzt bekomme ich ein wenig Panik. Schließlich ist mir der Typ völlig fremd, und ich habe gerade ein Treffen mit ihm vereinbart. Jetzt will er auch noch meinen Namen wissen. Plötzlich habe ich das Bild einer bluttriefenden Axt vor Augen, an deren grausiger Klinge noch Haare kleben, das silbrige Metall blitzt im Licht, der schwere Holzgriff wird von einer großen blutbespritzten Hand gehalten. Sie gehört einem Mann mit einer

Kapuze, der vor meinem Mietshaus steht, die Namen an den Türklingeln liest und sich fragt, ob ich Laura, Leslie oder Rachel bin.

»Ich heiße Ruth«, sage ich hastig nach einer sehr langen Pause.

»Ruth. Hört man nicht oft.«

»Na, ich bitte Sie! Sie haben behauptet, Sie würden Hector heißen!«

Der Mann schweigt kurz. »Aber ich heiße wirklich Hector«, sagt er dann.

Wir müssen noch einmal kurz zurück zu Sarah. Nur zum Zuschauen – ich werde in den nächsten Lichtjahren erst mal nicht wieder bei ihr auftauchen. Zurück in ihr Wohnzimmer, das immer noch ein Bild der Zerstörung ist. Ehrlich gesagt ist es bei ihr nie richtig sauber, nicht in meinen Augen und nicht in denen meiner Mutter, aber heute ist es noch viel schlimmer. Überall fliegen Pappteller herum, auf den meisten liegen noch halb gegessene Sandwiches oder Würstchen im Schlafrock. Es ist traurig. Die Essensreste sind nicht nur auf den Tellern, sondern an mehreren Stellen in den Teppich getreten. Das sieht man aber nicht auf den ersten Blick, weil der Teppich im Moment von unzähligen Bällen und grellbuntem zerknülltem Papier, Pappschachteln und Klamotten verdeckt wird. Offenbar hat Jake alle Geschenke aufgerissen und sie mit dem Geschenkpapier an Ort und Stelle liegen lassen.

Von der Couch erhebt sich ein Mann. Er scheint äußerst zufrieden zu sein. Es ist Hector, der Handy-Mann. Gerade eben hat er mit mir telefoniert.

»Danke, Sarah«, ruft er und arbeitet sich durch den herumliegenden Müll. Das erinnert mich an Nick, der über unsere abgestreifte Kleidung stakste.

»Hat alles gut geklappt?« Sarah kommt ins Zimmer. Sie

zieht einen riesigen schwarzen Müllsack hinter sich her. Jetzt sieht sie besser aus, oder? Oh, Moment mal, hat sie da ein großes Glas Wein in der Hand? Ja. Kein Wunder, dass sie sich langsam entspannt.

»Ja, danke, gut«, antwortet Hector und nimmt ihr den Plastiksack ab. Er hockt sich auf den Boden und stopft den Müll hinein. »Setz dich doch hin und leg die Füße hoch, Sarah! Glenn und ich erledigen das hier. Das ist das Mindeste, was ich tun kann.«

Es klingt, als hätte er Schuldgefühle. Gehen wir fünf Minuten zurück, vielleicht finden wir den Grund dafür.

Da ist Hector, fünf Minuten früher: Er dreht den Korkenzieher in eine Weinflasche. Sarah steht neben ihm, ein leeres Glas in der Hand. »Oh, Sarah«, sagt er beiläufig, »kann ich mir mal kurz euer Telefon leihen?«

»Klar«, sagt sie und hält ihm das Glas hin.

»Ah, super, danke. Ich muss noch einen wichtigen Anruf erledigen, im Büro hatte ich einfach keine Zeit dafür.«

Sarah zuckt mit den Achseln. »Schon gut.«

»Es war mir wichtig, so früh wie möglich zum Geburtstag meines Neffen zu kommen. Ich dachte, ich würde bestimmt euer Telefon benutzen dürfen.«

Trägt er nicht ein wenig dick auf? Ich meine, schließlich hat sie es ihm sofort erlaubt, oder? Es gibt keinen Grund, sich so daran festzubeißen.

Sarah fällt es aber offensichtlich nicht auf. Mit geschlossenen Augen führt sie das Glas an den Mund und trinkt einen großen Schluck Chardonnay.

Springen wir wieder vor, zurück zu dem Augenblick eben. Hector hat also vorgegeben, einen wichtigen geschäftlichen Anruf zu tätigen, obwohl er in Wirklichkeit mit mir telefoniert hat, einer völlig Fremden. Er darf sich also einen Spaß leisten. Und auch ein bisschen flirten. Schon vom Büro aus muss er versucht haben, mich zu erreichen, aber ich bin natürlich nicht drangegangen, deshalb musste er sein Vorhaben auf den frühen Abend verschieben. Kein Wunder, dass er voll innerer Unruhe ist. Gelegentlich hält er beim Aufräumen inne und blickt lächelnd in die Ferne.

»Was gibt's denn zu grinsen?«

Glenn kommt herein, schließlich ist jetzt ein Großteil der Arbeit erledigt. »Scheint dir ja echt Spaß zu machen, hinter den Kindern herzuräumen.«

Hector schaut zu seinem Bruder auf. »Nee, eigentlich nicht. Ich habe nur gerade einen Termin für Donnerstag gemacht, der mir sehr vielversprechend zu sein scheint.«

»Herrgott, du kannst nie abschalten, was? Selbst am Geburtstag meines Sohnes machst du Termine und Geschäfte. Was ist bloß mit dir los?«

Hector hält inne. »Tut mir leid, Junge. Ich weiß ja, dass er Geburtstag hat, aber diese Sache war wirklich wichtig. Ich konnte nicht vom Büro aus anrufen, weil ich hier bei euch …«

»Ach, ist ja auch egal.« Glenn schaut zu seiner Frau hinüber, die ein zerdrücktes Stück Buttercremetorte von der Couch kratzt. Dann sagt er beiläufig: »Ah, Hector, kommst du mal kurz mit in die Küche?«

Hector kippt gerade einen Teller offenbar unberührten Essens in den Müllbeutel. »Ja, gleich, warte eben …«

»Bitte, Hector!«

Glenns Tonfall lässt Hector aufhorchen. »Ich möchte dich etwas fragen.« Glenn wirft Sarah einen kurzen Blick zu. Mit ausdruckslosem Gesicht trinkt sie noch einen großen Schluck Wein. Glenn flüstert: »Unter vier Augen.«

Er geht in die Küche. Hector folgt ihm. »Möchtest du einen Tee, Sarah?«, fragt er in der Tür.

»Nein, danke«, erwidert sie und hält ihm ihr leeres Glas hin. Lächelnd nimmt er es ihr ab.

Sarah und Glenn haben eine große Küche. Aber auch hier herrscht ein furchtbares Durcheinander. Auf den Arbeitsflächen stehen noch mehr gebrauchte Pappteller, manche sind kaum angerührt. Überall liegen Chips: auf dem Boden, auf dem Tisch, auf der Theke. Becher mit Saft stehen herum, mehr als einer ist umgekippt. Der Inhalt bildet eine rosa Pfütze auf dem Boden. Mitten auf dem Tisch ist die Geburtstagstorte – eine riesige Festung aus Schokostäbchen und weißem Mäusespeck –, sie sieht jetzt eher wie ein großer Haufen Zündholz aus. An der Wand neben dem Tisch sind braune Flecken, die verdächtig nach Fingerabdrücken aussehen. Hoffen wir, dass es Schokolade ist. Glenn steht an der Spüle und schaut in den Garten.

»Was ist los, Junge?«, fragt Hector und greift zur Weinflasche.

»Tut mir leid, Hector, aber ich muss mir Geld von dir leihen.«

Glenn kommt schnell zur Sache, was?

Hector hält inne und dreht sich zu seinem Bruder um. »Was?«

»Hey, ich weiß nicht mehr weiter. Ich brauche dringend Geld, und du hast Massen davon. Ich würde dich nicht fragen, wenn es nicht wirklich wichtig wäre.«

Hector schaut auf die Flasche hinunter. »Ja, sicher, Glenn, aber wofür brauchst du es?«

Glenn ballt die Fäuste. »Wofür ich es brauche, ist ja wohl meine Sache, oder? Ich bin ein bisschen in die Miesen gerutscht und wäre echt dankbar für deine Unterstützung, wenn das nicht zu unverschämt ist.«

Hector schenkt Sarahs Glas nach. »Und was sagt Sarah …?«

»Hec, ich wäre dir echt dankbar, wenn Sarah nichts davon erfährt. Das ist ziemlich wichtig.«

»Warum?«

Glenn blickt auf die Arbeitsfläche. »Gut, ich sag's dir: Ich habe Mist gebaut. Ich habe mehr ausgegeben, als da war, und Sarah gegenüber behauptet, es wäre alles in Ordnung. Ich will nicht, dass sie sich Sorgen macht, ja? Außerdem …«

»Was?«

Glenn zuckt mit den Achseln. »Außerdem soll sie nicht wissen, dass ich es nicht ohne die Hilfe meines großen Bruders schaffe, meine Familie zu ernähren.«

Hector stellt die Flasche auf den Tisch. »Nimm das doch bitte mit ins Wohnzimmer!«, sagt er und hält seinem Bruder das gefüllte Weinglas hin. Glenn zögert, dann greift er zu und verlässt die Küche. Hector stützt die Hände auf den Tisch und lässt den Kopf hängen. Er hört, wie Sarah im Wohnzimmer ihrem Mann für den Wein dankt. Fast unmerklich schüttelt Hector den Kopf.

Glenn kommt zurück zur Tür. »Ach, los, Hec, so schlimm ist es doch nicht! Ich bin nur ein armseliger Beamter mit einem Hungerlohn, mehr nicht. Ich hab doch nicht alles verzockt oder so. Du musst nicht wegen mir verzweifeln.«

»Ich verzweifle nicht, Glenn, überhaupt nicht. Bloß kommen andere Leute mit ihrem Lohn zurecht. Warum fällt dir das so schwer?«

Glenn zuckt mit den Schultern und holt sich ein neues Glas aus dem Regal. »Du müsstest mal eine Zeit lang in meinen Schuhen stecken, dann würdest du ja sehen, ob du immer noch so nett und freundlich wärst.«

Hector beobachtet, wie Glenn sich den Rest des Weines einschenkt, ohne ihm etwas anzubieten. »Was ist denn so furchtbar an deiner Lage? Du hast doch alles: eine tolle Frau, einen gesunden, pfiffigen Sohn, ein schönes Haus …«

Glenn schnaubt verächtlich. »Du müsstest dich mal hören! Ein schönes Haus! Ha! Verglichen mit deinem ist das hier die letzte Bruchbude.«

Hector runzelt die Stirn, nicht vor Wut, sondern vor Bestürzung. »Nein, ist es nicht, du Spinner. Ja, mein Haus ist größer – na und? Dafür bist du derjenige, der eine Familie hat. Weißt du denn gar nicht, wie gut du es hast? Dass du jeden Tag von der Arbeit heimkommst, zu deiner Frau und deinem Kind? Wenn ich nach Hause komme, ist da bloß ... na ja, das weißt du ja selbst.«

»Jetzt geht das wieder los!«

Hector schüttelt den Kopf. »Nein, nein, Glenn, es geht *nicht* wieder los. Ich beschwere mich nicht, das weißt du genau. Ich werde mich nie, niemals darüber beschweren, dass Mum bei mir wohnt. Genau so habe ich es gewollt. Es geht ja gar nicht anders, du musst dich schließlich um Jake und Sarah kümmern. Aber manchmal, da wünsche ich mir einfach, dass auf mich zu Hause auch jemand warten würde und mich voller Wärme empfängt. Ich würde wirklich alles Geld der Welt dafür geben, um so etwas ...« Er spricht nicht weiter.

»Das brauchst du mir nicht zu erzählen, ja?«, faucht Glenn. »Spar dir deine Aufheiterungsversuche. Du hast ein erfolgreiches, millionenschweres Unternehmen, und ich habe ...« Er wirft einen Blick zur Tür. »Ich habe Sarah und Jake. Ja, gut, auch wenn die mir viel bedeuten, trotzdem.« Er trinkt einen großen Schluck Wein. »Ich habe dich nur um Hilfe gebeten, Hector. Soll ich vielleicht vor dir auf die Knie fallen? Würde ich nämlich tun. Mir ist alles egal.«

»Nein«, sagt Hector leise. »Das will ich nicht. Ich habe gesagt, dass ich dir helfe, und das tue ich auch. Natürlich. Wie viel brauchst du?«

Glenn entspannt sich sichtbar. Seine Schultern fallen nach vorn, ein schwaches Lächeln der Erleichterung erscheint auf seinem Gesicht. Er klopft seinem Bruder auf den Arm. »Vielen Dank, Hector. Das rechne ich dir hoch an, Kumpel.« Kurz wirkt er betreten. »Tut mir leid, dass ich so schnippisch war – das kommt von den Sorgen.«

Hector nickt. »Also, wie viel …?«

»Mit fünf Riesen müsste ich hinkommen.«

»Gut.« Hector holt sein Scheckbuch hervor und füllt einen Scheck aus, reißt ihn ab und reicht ihn Glenn.

»Danke, Bruder«, sagt Glenn und lässt den Scheck in seiner Tasche verschwinden. »Aber bitte kein Wort davon zu Sarah, ja?«

Hector nickt, doch als sein Bruder zurück ins Wohnzimmer geht, hat er das vage Gefühl, dass Sarah und er betrogen werden.

7

Die nächsten Tage bleibe ich zu Hause. Im Teppich entsteht ein richtiger Trampelpfad, wie die Wege der Schafe in den Bergen. Er führt vom Sofa ins Schlafzimmer und von dort ins Bad. Um ehrlich zu sein, glaube ich schon nicht mehr daran, dass es eine Grippe oder Migräne ist, aber ich will es vor mir selbst nicht zugeben. Ich warte darauf, dass der Arzt am Donnerstag die endgültige Diagnose stellt.

Die Wohnung ist nicht im besten Zustand. Überall liegen schmutzige Klamotten herum. Ein Fremder würde denken, hier wohnt jemand, dem es kalt am Arsch vorbeigeht, wie es aussieht. Wenn man genauer hinschaut, erkennt man, dass der riesige Kleiderhaufen am Ende der Couch Hände und Füße hat. Ja, das bin ich. Ich schwelge in Selbstmitleid. Wenn ich aufstehen würde, könnte man sehen, dass ich ziemlich blass bin und dass mir schlecht ist. Das ist nicht allein auf die Übelkeit zurückzuführen. Kann man die kleinen Sorgenfalten sehen? Sie werden langsam größer.

Ich bleibe also zu Hause und gucke den halben Tag fern. Größtenteils Talkshows mit dummen Mädchen, die versehentlich schwanger geworden sind und nun einem Studiopublikum etwas über ihre miese Situation vorheulen. Nichts ist so hilfreich, wie die eigene Notlage mit vier Millionen gesichtslosen, gleichgültigen Fremden zu teilen.

Kaum zu glauben, dass ich vier Tage nicht zur Arbeit gegangen bin, was? Seit ich bei Horizon bin, habe ich keinen einzigen Tag krankgefeiert. Hin und wieder denke ich an meinen Platz auf der Tabelle, aber schnell habe ich wieder anderes im Sinn. Im Moment kann ich mir nicht vorstellen, jemals wieder dorthin zurückzukehren. Im Moment kann ich nur den heutigen Tag bewältigen. Es kommt mir vor, als stünde mein Leben bis zum Arzttermin am Donnerstag auf »Pause«.

Am Mittwochnachmittag kommt Sarah mit Jake und einem Kuchen vorbei. »Den habe ich selbst gebacken«, verkündet sie stolz. »Ich wollte ihn nicht an die undankbaren Kinder auf der Feier verfüttern und habe ihn versteckt. Hier, probier mal!«

Sarah schlägt eine Papierserviette auseinander, zieht sie vom klebenden Kuchen und hält ihn mir hin wie einen kostbaren Schatz. Zu sehen ist eine braune, mit orangem Zuckerguss überzogene Teigmasse, auf der willkürlich einige grüne Knubbel mit dicken gelben Augen verteilt sind.

»Sieht super aus«, sage ich. Ich bekomme feuchte Augen, das Wasser läuft mir im Mund zusammen. Ich werfe Jake ein schwaches Lächeln zu.

»Das ist Bisasam«, sagt er ausdruckslos.

Ich nicke lächelnd, das ist bestimmt Kindersprache.

»Ich hatte den Rankenhieb«, fährt er fort.

»Oha«, mache ich. Soll er mir leidtun, oder soll ich mich für ihn freuen? Hat er sich auf seiner Geburtstagsfeier mit irgendwelchen ekligen Bakterien angesteckt?

»Und Bisasam wird zu Bisaknosp, und der wird dann zu Bisaflor, aber nur wenn er ganz viele Kämpfe gewinnt.«

»Aha.«

»Und in der Safari-Zone 1 kann man ein Nidorino fangen, das ist schon entwickelt. Eigentlich muss man erst ein Nidoran fangen und warten, bis es sich entwickelt, aber das dauert ewig. Aber man kann es auch mit Mondstein entwickeln.«

Während er das verkündet, schaut er mich nicht an, was mich nur noch mehr verwirrt. Meiner Meinung nach ist er von einem bösen Geist aus Sarahs Siedlung besessen und spricht jetzt in Zungen.

»Ist alles in Ordnung mit ihm?«, flüstere ich Sarah zu.

Sie nickt ungerührt. »Das ist Pokémon«, erklärt sie knapp. Entweder ist er nicht besessen, oder sie ist es auch. »Jake geht's gut. Los, probier mal was!« Sarah weist mit dem Kinn auf den Kuchen in ihrer Hand. »Im Zuckerguss ist frischer Orangensaft.«

Nachdem ich einen Bissen probiert und ihn postwendend wieder ausgekotzt habe, greift Sarah nach Jakes Hand und verschwindet.

Hier hocke ich nun im Wartezimmer meines Arztes. Es ist Viertel vor sechs am Donnerstag. Versteht sich fast von selbst, dass sie in der Praxis den Terminen hinterherlaufen. Das Wartezimmer ist voller alter Leute in Pantoffeln – bandagierte, geschwollene Beine, schmerzhaft um Gehstöcke und Handtaschen gekrümmte Finger. Durch zusammengekniffene Augen sehe ich die Leute böse an. Mit Sicherheit brauchen die meisten nur einen heißen Tee und ein bisschen gutes Zureden. Die letzte Patientin, die in Richtung Behandlungsraum schlurfte, wurde seit einer Viertelstunde nicht mehr gesehen. Langsam frage ich mich, ob sie da drin gestorben ist. Das wäre echt frustrierend. Dann hätte sie dem Arzt ganz umsonst seine Zeit gestohlen. Hätte sie doch gleich zu Hause bleiben können und nicht das Behandlungszimmer belegt.

Um fünf vor sechs bin ich dran. Dr. Kanthasinapillai ist wirklich nett. Ich habe immer das Gefühl, dass er sich tatsächlich für mein Problem interessiert, lange darüber nachdenkt und sich die Zeit nimmt, es für mich zu lösen, obwohl er mich in Höchstgeschwindigkeit abfertigt. Er schaut von seinem Schreibtisch auf, wo er gerade mit einem Finger etwas getippt hat, und lächelt.

»Dauert nicht lange, Rachel«, sagt er. In Wirklichkeit dauert es drei Minuten, bis er alles über seinen letzten Patienten notiert hat. Am liebsten würde ich seinen dämlichen lahmen Finger zur Seite schlagen und es selbst erledigen, aber ich widerstehe dem Drang. Schließlich ist er für mich da. »So, Rachel, Sie sehen ein bisschen blass aus. Was ist los?«

Während ich ihm von der Übelkeit, der Müdigkeit und den Schwindelanfällen berichte, versuche ich zu verdrängen, auf was das alles hinausläuft. Es muss Stress oder Depression sein. »Außerdem habe ich mich von meinem Freund getrennt«, füge ich noch hinzu, nur um die Möglichkeit zu erwähnen.

»Aha, verstehe«, sagt er. »Sie hatten einen Freund.« Verdammt. Sofort pickt er sich den Teil heraus, der so schön zum Rest passt. Wahrscheinlich weil er Arzt ist. »Und wann war Ihre letzte Periode?«

Ich wusste, dass das kommen würde. Bis jetzt habe ich keinen Gedanken daran verschwendet, das auszurechnen. Obwohl ich mich genau erinnere: Ich war mit Susan schwimmen. »Hab meine Tage«, hatte ich verkündet, »wird nix mit Schwimmen.« Susan war allein geschwommen, das war ärgerlich, weil ich im Café auf sie warten musste. Danach waren wir zum Essen zu ihr gefahren und hatten uns eine DVD angeschaut. Wenn ich einen Abend mit einer Freundin verbracht habe, so war das in der Zeit vor Nick. Jetzt dämmert es mir langsam.

»Hier, könnten Sie bitte ein wenig Wasser lassen?«, fragt Dr. Kant und händigt mir einen kleinen Plastikbecher mit einer sehr schmalen Öffnung aus. »Sie können die Toilette benutzen.«

Ich betaste den Becher und frage mich kurz, ob der Arzt vielleicht einen Trichter in der Schublade hat.

Fünf Minuten später zeigt er mir lächelnd ein kleines weißes Rechteck aus Plastik. »Dies ist das Anzeigenfeld, daran kann man sehen, ob der Test korrekt durchgeführt wurde.« Ich beäuge das Ding in seiner Hand. In dem Feld ist ein kleiner blauer

Punkt. Mein Blick springt zu dem anderen Anzeigenfeld, noch bevor der Arzt etwas sagt. Meine Augen zoomen es heran, wie ein Mikroskop, vergrößern das, was zu sehen ist, sodass ich nur noch ein riesiges weißes Feld wahrnehme, und genau in der Mitte dieses Feldes befindet sich zusammengerollt und schlafend ein scheinbar harmloser, aber aussagekräftiger fetter blauer Punkt.

»Dies ist das Ergebnisfeld. Herzlichen Glückwunsch, Rachel! Sie sind schwanger!«

Stopp! Direkt hier anhalten, in diesem Moment! Wenn man sich umschaut, merkt man, dass sich nicht ein Haar, nicht ein Molekül bewegt. Eine Sekunde lang habe ich das Gefühl, als sei der dicke Panzer aus Gleichgültigkeit, der als Puffer zwischen mir und der Welt steht, abgefallen, als seien all meine Sinne verstärkt und intensiviert. Ich nehme alles wahr. Selbst den grinsenden Arzt im Behandlungszimmer, der schweigt und sich nicht regt. Millionen winziger Dinge geschehen gleichzeitig: Ich entdecke eine bisher unbemerkt gegen das Fenster brummende Fliege – sie steht still in der Luft, vor dem Gesicht des Arztes. Ein Schweißtröpfchen auf der Wange von Dr. Kant bleibt stehen. Sein Stift trotzt der Schwerkraft, kippt von der Schreibtischkante und schwebt dort. Meine Herzklappen, die sich bisher unermüdlich öffneten und schlossen, halten inne, als diese Worte ausgesprochen werden.

Während der Arzt und ich nach Eröffnung dieser Neuigkeit starr auf unseren Stühlen sitzen, werde ich weder ohnmächtig, noch berge ich den Kopf in den Händen wie in einem schlechten Film. Nur mein Herz hoppelt ein wenig, als sich alles wieder in Bewegung setzt. Ein, zwei Sekunden später nimmt es seine Arbeit wieder auf. Ich habe das Gefühl, als sause alles an mir vorbei, als sei der Boden unter meinen Füßen ein gähnendes schwarzes Loch. Aber das Gefühl hält nicht an. Ziemlich schnell kehrt die schleichende Taubheit zurück.

Dr. Kant ist glücklich, mir die freudige Nachricht mitteilen zu können. Grinsend reicht er mir einen Kalender, damit ich meine letzte Periode ausrechnen kann. Mein blutleeres Gesicht und das schockierte Schweigen nimmt er offenbar gar nicht wahr. Ich starre auf die Zahlen, zwinge mein Hirn zum Arbeiten. Ich kann mich nicht an meine Regel erinnern, weiß aber noch das letzte Mal, als ich Sex hatte. Das erzähle ich dem Arzt. Es war der Abend, als wir vor dem Restaurant diesen Sean trafen. Wir machten es auf dem Heimweg im Auto in einer Haltebucht und dann nochmal bei mir zu Hause.

»In einer Haltebucht«, wiederholt der Arzt langsam, gibt es in den Computer ein. »Und wann war das?«

»Am vierten August. Einem Freitag.«

»Gut. Und Sie wissen genau, dass Sie einen Monat davor und danach keine anderen Sexualpartner hatten?«

Ich nicke. Jetzt ist es offiziell: Nick wird Vater.

Sobald ich die Praxis verlasse, wird mein Kopf ein wenig klarer. Ich kann mich wieder an alles erinnern. Das letzte Mal hatte ich meine Tage am 14. Juli. Deshalb habe ich vierzehn Tage später schwarze Kreuze in den Kalender gemalt, am Wochenende des 28. Juli und fünf Tage davor und danach. Das mache ich immer. Aus dem Grund zog sich meine Stirn ein wenig in Falten, als Nick im Wohnzimmer Liegestütze machte. Ich wusste es. Ich wusste es damals, hatte es aber zugunsten von Nicks Schauturnen verdrängt. In dem Augenblick ließ ich alles ins Schlingern geraten. Genau genommen den Rest meines Lebens.

Als ich die Praxis verlasse, ist es fast zwanzig nach sechs. Langsam gehe ich zurück zum Parkplatz. Der Vorteil an einer Arztpraxis in einem Gewerbegebiet ist, dass man immer einen Parkplatz findet, egal was für deprimierende, schreckliche Neuigkeiten man gerade erhalten hat. »Es tut mir sehr leid, Mr. Smith, Sie haben nur noch zwei Wochen zu leben.« – »Oh, nein, wie furchtbar! Zum Glück habe ich ganz in der Nähe geparkt.«

Es ist ein vollkommener, herrlicher Sommerabend. Das Licht ist warm und golden, und eine leichte Brise trägt den Geruch geschnittenen Grases vom Kreisverkehr an der Umgehungsstraße heran. Sie spielt in meinem Haar und fegt meinen Rock sanft über meine Beine, streichelt die Haut mit seidiger Hand. Sonne fällt durch das Laub der Bäume, sprenkelt den Bürgersteig, taucht ihn in ein bezauberndes Hell-Dunkel-Muster.

Ich bemerke nichts davon. Blind stolpere ich voran, unempfänglich für all die Schönheit. Vor mir ist der Brunnen. Wasser tropft aus den sabbernden Lefzen der zähnefletschenden Hunde, es wirkt kühl und erfrischend. Ich steuere darauf zu und setze mich auf den Brunnenrand. Das Geräusch des plätschernden Wassers hinter mir ist sehr entspannend. Kurz schließe ich die Augen.

»Ist alles in Ordnung?«, fragt jemand.

Ich schlage meine roten Augen auf und schaue überrascht in ein warmes braunes Augenpaar, das mir fast vertraut vorkommt. Der Mann, dem es gehört, ist groß und hat sich ein dunkles Jackett über die Schulter geworfen. Er beugt sich über mich, sein Gesicht ist ganz nah. Ich lehne mich ein wenig zurück. Mein Kopf ist voll eindringlicher, beunruhigender Bilder, die sich auf das gründen, was ich je über Geburten gehört habe: Gestocher und Gestoße, Menschen, die in jede denkbare Körperöffnung spähen, Ausschabungen, Abstriche und Schwangerschaftsstreifen, Zangen, Tränen und Nähte. Mental hänge ich in einem furchtbaren Wachtraum fest, habe Beklemmungen wie noch nie, schwanke am Rande einer ausgewachsenen Panikattacke. Körperlich ist mir unglaublich schlecht, und außerdem bin ich so müde, dass ich kaum den Kopf hochhalten kann. Gleichzeitig quält mich ein heftiger Kopfschmerz, der mein Denkvermögen begrenzt und mein Hirn schrumpfen lässt.

»Alles in Ordnung, danke.«

»Na, gut«, sagt der Mann und geht zwei Meter weiter, setzt sich ebenfalls auf den Brunnenrand und schaut auf seine Uhr. Ich ignoriere ihn und schließe wieder die Augen. Nach einer Weile wird das Plätschern und Tröpfeln zu einem beruhigenden Hintergrundgeräusch, das meinen Kopf erfüllt. Ich denke an gar nichts.

Der Fremde neben mir blickt immer wieder zu mir hinüber. Ich bin momentan nicht gerade in der besten Verfassung, wie man sehen kann, aber dennoch hübscher als bestimmt fünfundsiebzig Prozent der Menschen, die dieser Mann kennt, also soll er ruhig gucken. Zum Glück habe ich immer noch die Augen geschlossen.

»Ganz bestimmt?«, fragt dieselbe Stimme einige Minuten später.

Ich schlage die Augen wieder auf. Es hat sich zu mir umgedreht.

»Ja«, beteuere ich, sehe ihn kurz an und wende den Blick wieder ab.

»Na, dann«, sagt er. Wieder schaut er auf die Uhr, dann holt er ein Handy hervor und wählt eine Nummer. Ich höre auf zu dösen und beschließe, jetzt besser in die Gänge zu kommen, da ertönt ein ungewöhnliches Geräusch aus meiner Handtasche. Ich hebe sie auf und schaue hinein. Auf dem Boden leuchtet ein grünes Licht. Na klar, das Handy! Schlagartig wird mir bewusst, dass ich die Verabredung verschwitzt habe. Ich hole das Telefon hervor und nehme das Gespräch an.

»Hallo?«

»Hallo«, sagt die Stimme neben mir.

Mit dem Handy am Ohr drehe ich mich um. »Oh!«

Mehr bekomme ich nicht heraus.

Der Mann lächelt freundlich. »Hallo«, sagt er noch einmal. Ich höre seine Stimme und eine halbe Sekunde später dann die elektronische Wiedergabe aus dem Gerät. »Sie sind bestimmt Ruth.«

»Ähm, ja, Ruth, ja, das bin ich. In dem Fall müssen Sie Hector sein.«

Er nickt. »Sie können jetzt auflegen«, sagt er, und seine Worte fliegen zu den Sternen und zurück zu mir.

Noch immer habe ich das Telefon am Ohr. Ich lege es beiseite und schalte es ab. »Na, dann nehmen Sie es mal besser an sich«, sage ich und überreiche es ihm. Er nimmt es nicht sofort. Nein, er nimmt es überhaupt nicht.

»Darf ich Sie zu einer Tasse Kaffee einladen?«, fragt er schlicht.

So etwas passiert mir oft. Im Laufe der Jahre habe ich mir angewöhnt, unterwegs nicht stehen zu bleiben, denn wenn ich das tue, und sei es nur für wenige Minuten, werde ich sofort zu einer Art Zielscheibe. Nur wenige Männer treten direkt auf mich zu und laden mich ein, die meisten kommen aus dem Nichts wie Asseln und drängen mir ein Gespräch auf. Meistens verläuft es nach dem Muster: »Alles in Ordnung?« Sicher, mir geht's gut. »Hervorragend.« An diesem Punkt versiegt es gerne mal, und der Typ grinst dämlich.

Heute verläuft es jedoch ein wenig anders. Zum einen scheint der Kerl nicht die Fähigkeit verloren zu haben, sich verständlich auszudrücken. Außerdem grinst er nicht wie ein Idiot, sondern betrachtet mich mit einer schmalen Falte zwischen den Augenbrauen und einem schwachen, besorgten Lächeln. Fast schon väterlich. Ich schaue auf die Uhr. Es ist kurz nach halb sieben. Den Parkplatz habe ich bis sieben Uhr bezahlt, das geht also. Und wenn es nur dazu gut ist, den Moment der Heimkehr und des Grübelns um eine halbe Stunde nach hinten zu verschieben.

Ich nicke. »In Ordnung.«

»Danke«, sagt er, als hätte ich mich gerade damit einverstanden erklärt, ihm eine Niere zu spenden. Er steht auf und streckt die Hand aus. Mir wird klar, dass er mir aufhelfen will. Ich ergreife sie, er zieht mich sanft hoch. Sobald ich stehe, lässt er mich los, dann macht er eine schwungvolle Geste mit dem anderen Arm in Richtung eines kleinen Cafés namens Cream Tease.

Ich habe den Laden schon oft von außen gesehen, war aber noch nie drin. Diese Art von Cafés sind nicht so ganz mein Ding, um ehrlich zu sein. Aber ich sage nichts, als er mir die Tür aufhält. Zuerst nehme ich den Geruch wahr. Es ist ein schwerer, warmer, schokoladiger Duft mit einer Spur Vanille und etwas anderem, das ich nicht zuordnen kann. Hector führt mich zu einem Tisch in der Ecke. In einer schmalen Glasvase auf dem weißen Tischtuch steht eine gelbe Rose. Das ist sehr schlicht und einfach, aber nicht unangenehm.

»Ich hole etwas zu trinken«, sagt Hector mit beruhigendem Lächeln. Ich nicke, ohne mir im Moment etwas aus einem Getränk zu machen. Ich will nur die Zeit totschlagen, ehe ich über das nachdenken muss, was ich gerade erfahren habe.

Er kehrt mit zwei dampfenden Bechern zurück, auf denen je ein Berg Schlagsahne wippt.

»Probieren Sie mal!«, sagt er, stellt einen Becher vor mir ab und setzt sich mir gegenüber. »Das macht Sie wieder munter.«

Ich schaue zu ihm auf. »Woher wissen Sie, dass ich Aufmunterung brauche?«

Er beugt sich vor, streckt die Hände aus und legt sie zwischen uns auf den Tisch. »Ruth«, sagt er freundlich, »wir kennen uns zwar nicht, aber ich habe, glaube ich, noch nie jemanden gesehen, der dringender eine Aufmunterung brauchte als Sie. Ist alles in Ordnung?«

Schwach lächle ich. »Ja, alles klar.«

Er schüttelt den Kopf. »Das nehme ich Ihnen nicht ab, und wenn Sie es noch so oft sagen. Was ist los?«

Ich schaue ihn an. In mir ist dieses winzige, gewaltige Ding, von dem ich noch niemandem erzählt habe, und ich muss es dringend loswerden. Warum nicht bei diesem Typ? Ich kenne ihn nicht, ich muss also nie wieder mit ihm reden. Ich kann völlig frei sprechen und muss mir keine Sorgen machen, was er wohl von mir denkt. Das könnte ich nicht, wenn ich mit einer Freundin reden würde. Ich glaube nicht, dass ich momentan mit Mum sprechen könnte. Sie würde mit Sicherheit abartig gefühlsduselig reagieren, weil sie Oma wird. So weit will ich gar nicht denken. Nein, mit einem Fremden zu reden ist die beste Lösung. Vielleicht hilft er mir sogar bei meiner Entscheidung, was ich tun soll. Dann müssen meine Verwandten und Bekannten niemals erfahren, dass ich je schwanger war.

Ich probiere ein wenig von dem Sahnehäubchen. Darunter ist heiße Schokolade, eine sonderbare Wahl an so einem herrlichen Sommertag, aber seltsamerweise ist sie tröstlich. Erwartungsvoll hebt Hector die Augenbrauen.

»Vielleicht kann ich ja helfen«, sagt er aufmunternd.

Ich lecke mir Sahne von den Lippen und stelle den Becher ab. »Na, das weiß ich nicht. Höchstens wenn Sie von Beruf Frauenarzt sind. Sind Sie aber nicht, oder?«

»Leider nicht.«

»Ist auch egal. Ich habe nur gerade eine schlechte Nachricht bekommen, mehr nicht. Ich bin schwanger.«

»Aha. Und das ist eine schlechte Nachricht?«

»Ja. Eine sehr schlechte.«

»Das tut mir leid.«

Mist, jetzt bildet er sich ein Urteil über mich. Ich greife zu meiner Handtasche. »Hören Sie, es war falsch von mir, mit Ihnen zu gehen. Sie haben Ihr Handy zurück, danke für die Schokolade …«

»Warten Sie bitte! Wo ist das Problem?«

»Tja, ich bin momentan in keiner besonders guten Verfassung. Was ich am wenigsten gebrauchen kann, ist jemand, der sich ein Urteil über mich bildet. Wenn Sie zu diesen Abtreibungsgegnern oder so gehören, die überzeugt sind, dass jedes Kind das Recht zum Leben hat und daher jede Schwangerschaft etwas Wunderbares, Freudiges ist, dann tut es mir leid, dann habe ich kein …«

»Oh nein, nein!« Er schüttelt den Kopf. »Das wollte ich damit überhaupt nicht sagen. Es tut mir wirklich leid.«

Ich zögere. »Was meinten Sie denn damit? Als Sie sagten, es täte Ihnen leid, dass die Schwangerschaft eine schlechte Nachricht für mich ist?«

»Na, genau das. Es tut mir wirklich leid, dass es für Sie eine schlechte Nachricht ist. Da stellt sich mir die Frage, ob …«

»Was?«

»Ach, egal. Das geht mich wirklich nichts an.«

Na, das ist ja vielleicht mal frustrierend! Ich schaue ihm in die Augen. »Sagen Sie es bitte!«

»Aber ich bin nicht …«

»Hören Sie, Hector, ich komme direkt vom Arzt, ich habe also noch niemandem davon erzählt. Nicht mal meiner Mutter. Sie, ich und der Arzt sind die Einzigen, die Bescheid wissen, also geht es Sie auf gewisse Weise schon etwas an. Sie fragten mich, ob Sie mir helfen könnten, und ich entschied mich dafür, mich Ihnen anzuvertrauen, und zwar aus dem einfachen Grund, dass Sie mir völlig fremd sind und mir deshalb einfach Ihre Meinung sagen können, ohne die Verkomplizierung, mich zu kennen. Außerdem muss ich mir von Ihnen kein Mitleid und keine Kritik anhören. Ich meine, können Sie sich meine Mutter vorstellen? Die wird als Erstes sagen: ›Mensch, Rachel, konntest du nicht besser aufpassen? Du hättest doch was dagegen tun können!‹ Ja, vielen Dank, Mum, super Tipp, aber wie soll mir das jetzt weiterhelfen?«

»Sie sind also …?«

»Ja, ich bin schwanger, und das ist eine Katastrophe. Genau das. Was mir jetzt helfen könnte, wäre, mit jemandem darüber zu sprechen, der sich kein Urteil über mich bildet und kein Mitleid heuchelt, jemand, den ich nicht kenne, sodass es nichts macht, wenn ich etwas ganz Intimes erzähle, weil wir das schon heute Abend beide vergessen haben werden.«

Der Handy-Mann sieht mir in die Augen. »Tut mir leid, aber das ist nicht sehr wahrscheinlich.« Er zuckt mit den Achseln. »Ich meine, ich habe gerade die Frau kennengelernt, die mein Handy entführt hat, und es stellt sich heraus, dass sie gerade von ihrer Schwangerschaft erfahren hat und meinen Rat will. Das werde ich wohl nicht so schnell vergessen, oder?«

»Na gut, vielleicht nicht. Aber Sie verstehen doch, was ich meine, oder? Es ist völlig egal, was Sie mich fragen und was ich Ihnen erzähle, denn wir kennen uns nicht, und Sie können mich deshalb mit keiner Frage und ich Sie mit keiner Antwort beleidigen. Stimmt's?«

»Stimmt.«

»Gut. Also sagen Sie jetzt, was Sie sagen wollten!«

»Ah, ja. Also …«

»Sie können mich nicht beleidigen. Versprochen!«

»Gut.« Er räuspert sich. »Ich wollte eigentlich nur sagen: Dass die Schwangerschaft für Sie eine Katastrophe ist, heißt für mich, dass der Vater kein Faktor in der Gleichung ist. Ich meine, Sie sind demnach in keiner Beziehung, oder?«

»Das war alles? Ich dachte, jetzt kommt was richtig Persönliches.«

»Das ist doch richtig persönlich!«

»Heutzutage nicht mehr. Also: Nein, ich bin in keiner Beziehung. Aber ich war es, dachte ich wenigstens, als das hier passierte.«

»Gut. Sie sind also allein?«

»Ja.«

»Das heißt, Sie müssen sich entscheiden, nicht wahr?«

Fragend sehe ich ihn an.

»Ich meine, Sie müssen sich ziemlich schnell entscheiden, ob Sie das Kind bekommen und Ihr Leben für immer verändern wollen oder ob Sie jetzt abbrechen und genauso weiterleben möchten wie bisher.«

Ich denke eine Weile über seine Worte nach. Da hat dieser Mann einfach so, in weniger als zehn Minuten, das gewaltige Dilemma analysiert, in dem ich mich befinde. Doch durch seine prägnante Zusammenfassung wirkt es auf einmal nicht mehr so gewaltig. Auf einmal ist es sehr einfach geworden. Ich nicke lächelnd. Durch die Wolke der Verzweiflung fällt ein kleiner Lichtstrahl.

»Übrigens«, sagt Hector, als ich wieder an der heißen Schokolade nippe. »Da ist Zimt drin. Tun sie hier zusätzlich hinein. Dadurch wird es irgendwie tröstlicher, nicht?«

»Ja, stimmt. Ist wirklich lecker.«

»Schön. Ich habe gehofft, dass es helfen würde.«

Schweigend trinken wir eine Weile. Dann sagt er: »Sie sprachen eben von Ihrer Mutter.«

»Ja.«

»Ist sie manchmal ein bisschen vergesslich? Hat sie öfter Unfälle mit dem Auto? Oder hatte sie in jüngster Zeit eine Kopfverletzung?«

Ich runzele die Stirn. »Nein. Warum fragen Sie?«

Er grinst. »Also, als Sie eben von ihr sprachen, nannte Ihre Mutter Sie Rachel. Kann es sein, dass sie Sie mit jemandem verwechselt, Ruth?«

Hier sehen wir Hector, später am Abend, als er nach Hause kommt. Die Nervosität, die er sonst immer beim Betreten des Hauses spürt, ist ein wenig gewichen. Alles scheint ruhig zu sein. Er schleicht die Treppe hinauf. Seine Mutter schläft tief und fest, zusammengerollt wie ein kleines Kind, die Füße schauen unter der Bettdecke hervor. Hector zieht die Decke unter ihr fest, gibt ihr einen zärtlichen Kuss auf die Stirn und geht wieder nach unten in die Küche.

Er holt sich ein Glas aus dem Schrank und geht damit ins Nebenzimmer, sein Büro, wo er sich einen Whisky aus der Bar einschenkt. Er fühlt sich zufrieden, ausgeglichen. Zum ersten Mal seit vielen Monaten kann er sich eine Zukunft vorstellen. Er weiß nicht, wie sich diese Freundschaft zu dem Handy-Mädchen – Rachel, nicht Ruth, er muss wieder grinsen – entwickeln wird, wenn überhaupt, aber sie hat sein Interesse geweckt. Enorm. Selbst ihre momentane Situation ändert nichts daran. Ganz im Gegenteil. Wegen des Babys will er sie nur noch mehr beschützen und umsorgen. So sehr, dass er ihr angeboten hat, das Handy zu behalten. Er hatte sich eh ein neues besorgt und die alte Nummer auf dem Briefpapier ersetzt, sodass der Apparat für ihn nun so gut wie wertlos geworden war. Natürlich hat sie protestiert – sie hätte bereits ein Handy, was sollte sie mit einem zweiten? Aber er hatte sie überredet, dass es hilfreich sein könnte, nur für den Fall, dass in ihrem eigenen Mobiltelefon der Akku leer oder die Karte gesperrt wäre. Außerdem könnte er sie darauf anrufen, ohne dass sie ihm ihre eigene Nummer geben müsste. Und sie könnte ihn damit erreichen, wann immer sie mit jemandem sprechen wollte. Schließlich hatte Rachel sich einverstanden erklärt, es »fürs Erste« zu behalten. Hector wusste nicht, wie viel Zeit ihm das gab, aber er hoffte, es würde reichen.

8

Ich durfte also Hectors Telefon behalten. Ich habe es noch immer. Am Anfang war ich mir nicht sicher. Ich meine, es ist superschick, ein ganz modernes kleines Teil, und er sagte, er würde die monatlichen Rechnungen übernehmen, was mir echt unangenehm war.

»Nein, das muss Ihnen nicht unangenehm sein«, sagte Hector, als wir zu meinem Auto gingen. »Ich muss es ohnehin bis zum Vertragsende zahlen, und das sind noch zehn Monate. Und Sie werden ja keine exorbitanten Rechnungen auflaufen lassen, oder? Nehmen Sie es einfach, falls Sie mich anrufen wollen. Vielleicht fühlen Sie sich dann besser. Und ich kann Sie ebenfalls darauf erreichen.«

Das war mal eine süße Art, an meine Nummer zu gelangen, nicht? Ich meine, eigentlich war es natürlich seine Nummer, und er hatte sie schon. Mir sollte es recht sein. Ich konnte gut mit ihm reden, und überraschenderweise hatte mir das Gespräch wirklich geholfen. Auch wenn ich ziemlich lange brauchte, um herauszufinden, welchen Weg ich einschlagen würde – das wird man noch sehen –, traf ich an jenem Abend eine Entscheidung. Ich beschloss, niemandem etwas zu sagen, bis ich wusste, was ich machen würde. Also waren allein Hector und ich eingeweiht. Das war ein Grund, warum ich einverstanden war, das Handy zu behalten. Fürs Erste.

Jetzt versuche ich, mein Leben wieder so normal wie möglich zu führen. Natürlich kann ich am Wochenende nicht mehr so viel erledigen wie früher, ich habe auch nicht mehr so viel

Kraft, um die Wohnung sauber zu halten – um ehrlich zu sein, stört mich der Staub auf einmal nicht mehr so sehr –, aber ich gehe wieder zur Arbeit.

Hier sitze ich am Telefon und verkaufe eine Reise. Kann man die Leistungstabelle über Jeans Schreibtisch sehen? Ja, genau: Ich bin auf Platz zwölf. Nicht besonders gut, was? Aber schließlich war ich eine geschlagene Woche fort, also keine große Überraschung. Jetzt strenge ich mich an, um wieder nach oben zu kommen, aber ehrlich gesagt bin ich momentan nicht so ganz bei der Sache.

»Haben Sie vielleicht Interesse, eine Außenkabine zu buchen, Mrs. Whitehead? Nun, das bedeutet, dass sie auf der ganzen Kreuzfahrt ein Fenster haben, Sie können also das Tageslicht genießen … Ja, die ist teurer … Nein? Na gut. Also eine Innenkabine auf der Caribbean Princess, Abfahrt von Southampton am 15. Mai nächsten Jahres …«

Unglaublich, dass ich mir das durch die Lappen gehen lasse, was? Außenkabinen verkauft man normalerweise mit links. Die Sache mit dem Tageslicht kann man so richtig breittreten. Man kann auf die innere Uhr abheben – Sonnenauf- und -untergang helfen unserem Körper bei seinem Zeitgefühl –, dann auf den gesundheitlichen Vorteil mit dem Vitamin A, außerdem die wunderschönen exotischen Horizonte, die man vom Kabinenfenster aus sieht, wenn man dort zu zweit isst, und wie romantisch das sein kann. Fast ein Selbstläufer. Aber selbst das kostet mich im Moment zu viel Anstrengung. Es gibt noch eine zweite Tabelle über die verkauften Zusatzleistungen, aber die ist allen eigentlich ziemlich egal. Ich meine, klar, dadurch wird die Reise teurer, und der Gewinn und die Provision des Verkäufers steigen, aber ich finde das Ganze inzwischen so langweilig, dass ich lieber jedes Gespräch so kurz wie möglich halte, damit ich mehr Zeit habe, eine neue Reise zu verkaufen.

Außerdem bin ich natürlich nicht so ganz bei der Sache.

Ich bin schon in der zehnten Woche. Es ist bald Ende September, und ich habe das Gefühl, mir läuft die Zeit für die furchtbare Entscheidung davon. In meinen Albträumen taucht das Gesicht meiner Mutter auf, die Sätze von sich gibt wie: »Steh auf, Rachel, du kommst zu spät zum Bus« und »Wie findest du Gelb?«

Die heftige Übelkeit, unter der ich anfangs litt, hat sich in ihr genaues Gegenteil verkehrt, sodass mir jetzt nur übel wird, wenn ich Hunger habe, und das ist fast immer. Und es ist das heftigste Hungergefühl, das ich je verspürt habe. Es fühlt sich an, als wäre in meinem Bauch ein riesengroßes Loch, eine gewaltige, gähnende Leere. Ich habe gemerkt, dass Val mich beim Essen beobachtet. Das ist für sie etwas Neues, weil ich bisher nie auf der Arbeit gegessen habe. Jedenfalls nicht jeden Tag. Wahrscheinlich wundert Sie sich über die Einsicht, dass auch ich Nahrung aufnehme und verdaue, nicht anders als sie. Jetzt sieh mich einer an: Zwischen den Telefonaten schlinge ich Vanilleplätzchen hinunter. Sogar während der Telefonate.

M&M bringen mir um zwei Uhr keinen Kaffee mehr. Das ist ein kleiner Schlag ins Gesicht. Nicht dass ich im Moment Kaffee wollte – allein beim Gedanken daran dreht sich mir der Magen um –, aber darum geht es gar nicht. Sie könnten mir ja auch einen Kakao oder eine Brühe oder etwas aus dem Süßigkeitenautomaten bringen. Aber damit hörten sie auf, als ich eine Woche lang selbst dorthin lief, in der Hoffnung, Nick zu treffen. An den ersten beiden Tagen machten sie noch den Umweg zum Kaffeeautomaten – er steht direkt rechts neben den Aufzügen, und meine Abteilung ist links davon, also ist es kaum ein Umweg, eigentlich nur zwei, drei Schritte –, wo sie dann jedoch mich sahen, die sich sehr viel Zeit bei der Zubereitung ihres Getränks ließ. Am dritten Tag machten sie sich die Mühe nicht mehr. Außerdem laufe ich eh so oft zur Toilette, dass ich mir das, was ich will, selbst aus dem Automaten holen kann.

Hectors Handy ist in meiner Tasche, wohin auch immer ich gehe. Dass keiner da etwas hineininterpretiert – mein eigenes Mobiltelefon habe ich auch immer dabei. Es kommt mir nur wie eine Art Nabelschnur zu Hector vor, als ob er selbst bei mir wäre, so in der Art. Seit unserem Gespräch bei der heißen Schokolade habe ich ihn mehrfach angerufen, nur um ihm zu sagen, wie übel mir ist. Also, mir ging es wirklich elend, und ich konnte mit niemandem sonst reden. Ein wenig Mitleid konnte ich gut gebrauchen.

»So richtig übel? Auf der Toilette?«, wollte er wissen.

»Mmh, ja.«

»Getroffen?«

»Fast.«

»Sie armes Ding! Und dann alles wieder sauber machen ... Kann ich Ihnen irgendwie helfen?«

»Na, Sie könnten vorbeikommen und ...«

»Abgesehen vom Aufwischen natürlich. Das muss ich nicht extra sagen. Auch wenn wir uns nicht kennen, aber da ist für mich Schluss.«

Er ist witzig. Er wusste, dass mir nicht sehr wohl dabei sein würde, ihm meine Adresse zu geben, und tat deshalb so, als würde er sich dagegen wehren.

Und dann ist da natürlich noch Nick.

Er ist jetzt ebenfalls in der zehnten Woche. Hier bei uns im dritten Stock habe ich ihn nicht mehr gesehen, nicht seit unserem ersten Treffen am Kaffeeautomaten damals im Juli. Endlich komme ich auf die Idee, mich zu fragen, warum er damals überhaupt aus der Personalabteilung im sechsten Stock zum Telefonverkauf im dritten runterkam, nur um einen Kaffee zu holen. Jeder weiß, dass oben ein identischer Automat steht, nicht wahr? Mir gefällt die Vorstellung nicht, dass er in den Aufzug stieg und lieber drei Etagen nach unten fuhr. Wollte er mich gezielt kennenlernen? Es sieht ganz danach aus. Das stinkt mir gewaltig. Okay, das mag einen wundern, zu Recht. Normalerweise fände ich so einen Umweg ungeheuer schmeichelnd. Aber in diesem Fall nicht.

Das Problem ist, dass ich nicht wusste, was Nick im Schilde führte. Ich war nicht eingeweiht. Ich meine, er hatte die ganze Sache inszeniert, hatte sich zuerst ein wenig nach mir erkundigt, M&M um Punkt zwei Uhr anderweitig beschäftigt, damit ich mir selbst etwas zu trinken holen musste. Er wusste, dass ich kommen würde. Ich fühle mich kontrolliert, und das passt mir gar nicht.

Wer seine Augen wieder mit dem knackigen Body verwöhnen möchte, der kann Nick in der Mittagspause auf den Gängen im fünften Stock beobachten. Zweifellos hofft er, dort eines der aufgetakelten Mädels aus der kreativen Abteilung zu treffen. Im Moment steht er im Aufzug mit Veronica Stapleton vom Produktdesign.

»Wie sieht's aus bei dir, Vee?«, fragt er, die Hände in den Taschen, und lehnt sich gegen die Wand.

»Gut, danke, Nick«, antwortet sie und drückt auf die Taste für das Erdgeschoss.

Er nickt langsam. Dann lächelt er und mustert sie mit Schlafzimmerblick ungeniert von oben bis unten. »Ich wette, die Jungs aus dem Marketing senden täglich Dankgebete nach oben, wenn du reinkommst.«

Guck sich einer diese blöde Kuh an! Die wird auch noch rot!

Aber warum juckt mich das? Bin ich sauer, weil mein Nick andere Frauen anmacht? Schließlich ist es über einen Monat her, dass wir zusammen aus waren, was erwarte ich also? Dass er nach einem einwöchigen Techtelmechtel mit Rachel Covington vom Telefonverkauf findet, es sei völlig sinnlos, anderen Frauen hinterherzulaufen? Dass er ihnen für immer abschwört, denn weil er ja die Beste hat, deprimieren ihn die anderen nur mit ihrer Mittelmäßigkeit?

Nun ja …

Nein, natürlich nicht.

Er führt sein Leben also weiterhin so, als sei nichts geschehen. Ist es für ihn ja auch nicht. Abgesehen von einer kurzen, aber heftigen Affäre mit dem Mädchen seiner Träume, für die er seine Frau verlassen hätte, wenn er nur die Möglichkeit gehabt hätte.

Aber die Affäre hat Folgen, die er nicht kennt. Eines Nachts hat er etwas hinterlassen, etwas Winziges. Nun ja, Hundertmillionen winziger Dinger. Aber eins davon wollte bleiben, wie ein ungebetener Gast, ein Hausbesetzer. Ich finde, es führt sich da drin wirklich schlecht auf.

Aber die Frage bleibt. Muss ich Nick in die Entscheidung mit einbeziehen? Ein Teil von mir, ein großer Teil, will es ihm unbedingt sagen, auf der Arbeit, im sechsten Stock, in seinem Büro vor allen Kollegen, ganz laut. Ich will die Glasglocke zerschmettern, unter der er lebt.

Aber wenn ich hingehe und es ihm so sage, dass es alle anderen da oben mitbekommen, dann weiß es auch jeder. Und das möchte ich nicht so gerne, auch wenn mich sein Gesicht einen Moment lang befriedigen würde. Denn ich muss eine Entscheidung treffen, und wenn ich mich am Ende dagegen entscheide, warum soll ich ihn dann überhaupt einbeziehen? Wenn ich die Schwangerschaft abbreche, wird niemals jemand etwas erfahren. Nie.

Außer Hector natürlich.

Ich habe einen Plan: Ich werde Sarah besuchen und mit ihr über die Geburt von Jake und über das Muttersein im Allgemeinen sprechen. Keine Ahnung, warum mir das nicht eher eingefallen ist. Sie redet so gerne darüber, ohne Luft zu holen, nun schon seit sechs Jahren, aber bisher habe ich ihr nie richtig zugehört. Ich weiß noch, dass Jake mit Kaiserschnitt geboren wurde, weil Glenn immer den Witz macht, Jake sei übers Schiebedach aus dem Auto geklettert, aber sonst weiß ich so gut wie nichts darüber.

Es ist Samstag. Ich sitze im Auto und fahre zu Sarah. Heute habe ich ein bisschen lila Lipgloss aufgelegt, aber abgesehen davon mir keine Mühe mit dem Schminken gemacht. Mein Haar ruht sich immer noch aus. Ist viel bequemer als das tägliche Föhnen.

Ich fahre extra am Samstag rüber, damit Jake auch da ist. Ja, ich weiß, das ist eine 180-Grad-Wendung für mich, da ich ihm normalerweise total aus dem Weg gehe. Aber ich brauche so viele Informationen wie möglich, vielleicht auch von dem Kleinen.

Glenns Auto steht nicht in der Auffahrt. Auf dem Beton vor dem Garagentor ist ein großer schwarzer Ölfleck, der mich momentan nur an eine gewaltige Blutung erinnert. Ein albernes, jedoch verstörendes Bild erscheint in meinem Kopf: Nervös läuft Glenn in einem Wartezimmer auf und ab, während ein Mechaniker mit grüner Schutzmaske und weißen Latexhandschuhen vorsichtig die Motorhaube öffnet und zwei Finger einführt.

»Hi, Rachel!«

Plötzlich steht Sarah neben mir. Gewaltsam reiße ich den Blick vom Ölfleck los.

»Oh, hi, Sarah!« Flüchtig registriere ich ihr fettiges Haar, das schlabbrige graue T-Shirt, die dehnbare Hüfthose und, was vielleicht am verstörendsten ist, einen kleinen roten Fleck auf ihrer Wange. Ich sehe nicht das Gummiband der Hose, aber ich weiß, dass es da ist.

»Wen hast du erwartet? Madonna?«

Am liebsten würde ich sagen: »Vor einer Doppelhaushälfte in einer zweitklassigen Vorstadtsiedlung, wo in jedem Garten ein Fahrrad liegt und man aus den ganzen Jerseyhosen Vorhänge für die Royal Albert Hall machen könnte?« Aber ich halte mich zurück und sage stattdessen: »Ich habe sie schon überall gesucht. Ist sie nun da oder nicht?«

Die Andeutung eines Lächelns huscht über Sarahs Gesicht, dann ist es wieder fort. »Komm rein«, sagt sie matt und schlurft durch den Flur ins Wohnzimmer.

Das Haus ist ein wenig unordentlich, so wie immer, aber wie gesagt, in den letzten zwei Monaten ist mein Standard in dem Bereich ebenfalls stark gesunken. Vielleicht gehört das zu den Veränderungen, an die ich mich gewöhnen muss, wenn ich die Sache durchziehe: ein unordentliches Zuhause. Ich betrachte Sarah, die vor mir hergeht. Natürlich freue ich mich auf die Vorstellung, dass Trainingsanzüge und Turnschuhe als durchaus akzeptabler Aufzug außerhalb der Sporthalle gelten.

»Wo ist Glenn?«

Sarah lässt sich in den Sessel neben dem Fernseher sinken, der lautlos läuft. »Macht Überstunden.«

»Am Samstag?« Es ist heraus, bevor ich es hinunterschlucken kann. Ich meine, der Mann arbeitet im Sozialamt, das ist doch am Wochenende gar nicht geöffnet, oder? Ich beobachte Sarah, aber anscheinend nimmt sie es ihm ab.

»Doch. Samstag ist keine Sprechstunde, und das Telefon klingelt nicht, weil ja niemand am Empfang sitzt, deshalb haben sie Zeit für Aktenarbeit und so.« Sie zuckt mit den Schultern. »Ich verstehe auch nicht richtig, was die da machen, aber ehrlich gesagt, finde ich das zusätzliche Geld ganz praktisch.«

Ah. Es kommt also zusätzliches Geld rein? Kurz frage ich mich, woher Glenn das bekommt, denn für mich liegt es auf der Hand, dass er heute keine Überstunden macht, selbst wenn ich ihn damals nicht auf dem Parkplatz gesehen hätte. Offensichtlich hat er Sarah praktisch eingeimpft, dass sie ihn nicht unangemeldet im Büro besuchen oder anrufen darf.

Chrissie hat mir erzählt, dass Val erst von ihrem Mann und der Buchhalterin erfuhr, als sie beim Finanzamt anrief, um sich über die gewaltigen Steuerforderungen zu beschweren, die ständig eintrafen. Ihr Mann hatte behauptet, die Buchhalterin komme jede Woche, weil sie wöchentliche Steuerzahlungen berechneten, damit sie am Jahresende nicht so eine große Forderung bekämen.

»Das ist nicht richtig«, hatte Val zu dem Mann vom Finanzamt gesagt. »Diese Rechnung wird bereits in Raten gezahlt. Das machen mein Mann und die Buchhalterin jede Woche.«

Am anderen Ende der Leitung herrschte kühles Schweigen, sodass Val das Echo ihrer eigenen Worte hörte, und da hatte sie so eine blitzartige Erkenntnis wie ich im Auto. Sie verließ ihren Mann, nachdem sie den Hörer aufgelegt hatte.

Mit Sicherheit lag für alle Freunde von Val auf der Hand, was da ablief – wieso also hatte sie selbst nichts davon gemerkt? Insbesondere wo nach Chrissies Auskunft ihr Mann und die Buchhalterin es im selben Haus trieben, während Val unten im Fernsehen Verkaufssendungen guckte. Offenbar bumsen sie über ein halbes Jahr. Kann man jemanden nicht mehr subjektiv beurteilen, wenn man mit ihm verheiratet ist? Ich meine, man sehe sich Sarah an, wie sie an diesem sonnigen Samstagnachmittag zusammengesunken auf der Couch hockt, ohne etwas von ihrem flirtenden Mann auf dem Parkplatz von Sainsbury's zu ahnen, obwohl es so viele Anhaltspunkte gibt.

Dennoch bin ich der Meinung, dass es nicht meine Aufgabe ist, ihr von seinen Umtrieben zu erzählen. Wer weiß, vielleicht macht er mit der anderen gerade Schluss, und Sarah wird es nie erfahren.

»Wo ist denn Jakey?«, frage ich, als ich mich aufs Sofa fallen lasse. Sofort springe ich wieder auf, um einen großen Stegosaurus unter meinem Hintern hervorzuziehen.

»Ich habe ihn auf sein Zimmer geschickt. Dieser kleine

Scheißkerl. Oh Mann, manchmal bringt er mich so zur Weißglut, dass ich ihn erwürgen könnte!«

Das ist kein guter Anfang. »Wirklich?«

»Allerdings! Er hat gesagt, ich wäre eine dumme Kuh, nur weil ich nicht das Old-Trafford-Stadion aus Lego bauen kann. Ich habe mich echt angestrengt, aber offenbar wurden vor kurzem zusätzliche Sitzplätze in den Ecken eingebaut, und davon wusste ich nichts. Da hat der kleine Mistkerl die Legosteine nach mir geworfen und gesagt, ich wäre eine dumme Kuh.« Sarah betastet den Kratzer an ihrer Wange. »Dabei hab ich es doch versucht, so wie er es wollte, ja? Und natürlich ist er nicht ein kleines bisschen dankbar. Ich musste ihn nach oben in sein Zimmer schleppen, und die ganze Zeit hat er rumgeschrien, ich sollte sterben, damit er mit Daddy allein sein könnte, ohne mich. Er ist so böse und gemein, manchmal habe ich das Gefühl, ihn regelrecht zu hassen.«

»So ein Mistkerl. Dass er so eine miese kleine Ratte sein kann, Sarah. Mein Gott, was will er denn? Blut sehen?«

Ups. Ich habe gerade einen großen Fehler gemacht. Hat es jemand mitbekommen? Ich habe das zutiefst komplizierte Regelwerk missachtet, auf das man bei Gesprächen mit Eltern über ihre Kinder Rücksicht nehmen sollte. Erstens: Nie, niemals etwas Schlechtes sagen. Zweitens: Niemals zustimmen oder unterstreichen, wenn die Eltern erzählen, wie furchtbar ihr Kind ist. Besser nicht mal nicken! Selbst wenn Klein-Susi einem mit einem Ziegelstein auf den Kopf haut, muss man noch ausgelassen lachen, wenn die Sanitäter einen auf der Trage rausrollen, und besser so etwas murmeln wie: »Die Kleine hat ganz schön Kraft, was?« Und wenn Johnny-Schatzi grinsend vor dem Abfluss steht, in den er gerade deine Handtasche geleert hat, dann muss man ihm die Wange tätscheln und sagen: »Was für ein einfallsreiches Kind!« Danach leiht man sich ein Telefon, um die Bank anzurufen. Und den Schlüsseldienst. Und die Taxizentrale.

Mit offenem Mund sieht Sarah mich an. »Red nicht so über ihn, Rachel. Er ist sechs Jahre alt! Eigentlich ist er noch ein Kleinkind, meine Güte!«

»Tut mir leid, Sarah. Habe ich nicht so gemeint. Jake ist wirklich ein süßer kleiner Racker …« Ups. Jetzt habe ich die dritte Regel missachtet: Wenn sie einem sagen, wie furchtbar ihr Sprössling ist, darf man das nicht verneinen und behaupten, er wäre doch ganz wunderbar und reizend, weil es dann so aussieht, als würde man den unglaublichen Stress der Eltern verharmlosen oder nicht verstehen.

»Das würdest du aber anders sehen, wenn du mit ihm leben müsstest. Ehrlich, Rachel, du hast keine Ahnung, wie das als Mutter so ist. Du hast nicht den blassesten Schimmer.«

»Nein, klar, woher auch … Ich wollte eigentlich sagen …« Ich halte jetzt besser einfach die Klappe – das wäre bei weitem die vernünftigste und sicherste Lösung, aber ich bin ja heute aus einem bestimmten Grund hier. »Er ist doch nicht immer so schlimm, oder?« Die Frage erscheint mir relativ harmlos. Ich will jetzt auch von den guten Seiten des Elterndaseins hören.

»Nein, natürlich nicht. Manchmal ist er ein kleiner Engel. Wenn er schläft, haha!«

»Das meinst du doch nicht ernst.«

»Nein, du hast recht. Ich liebe ihn über alles. Ich würde alles für ihn tun. Für ihn sterben sogar. Oder töten. Aber er macht mich wütender, als jeder andere Mensch es je konnte. Glenn eingeschlossen. In der Schule war ich doch nicht besonders jähzornig, oder? Hin und wieder bin ich mal sauer geworden, aber nicht so wie jetzt bei Jake, wo ich mich heiser schreie, mit den Fäusten gegen die Wand hämmere und alles kurz und klein schlagen könnte. Keine Ahnung. Ich glaube, dass man mit Kindern alle Gefühle irgendwie intensiver erlebt.«

»Echt?«

»Doch. Ich meine, das fängt mit der Liebe an. Als ich meinen kleinen Jake zum ersten Mal erblickte, war mir, als würde mich der Blitz treffen. Ich konnte diese Erschütterung fast körperlich spüren, wie einen elektrischen Schlag. Ich lag im Krankenhaus, total kaputt, blutete, alles tat mir weh, und dann legten sie mir dieses kleine Bündel auf den Bauch, und ich sah ihm zum ersten Mal ins Gesicht. Zuerst spürte ich nichts, und dann kam es. Ich wusste sofort, dass ich nicht mehr ohne ihn leben könnte. Im selben Moment. Und dann wird man so beschützend. Man wird total aggressiv und unvernünftig, wenn jemand etwas gegen das eigene Kind sagt. Selbst wenn man weiß, dass es stimmt. Auf dem Spielplatz zum Beispiel, wenn Jake so eine dürre kleine Zweijährige umschubst und die Mutter zu mir kommt und sagt: ›Ihr Sohn hat dies und das gemacht, bla bla bla‹, dann merke ich nur, wie diese Hitze in mir aufsteigt, und ich fletsche die Zähne und will sie am liebsten auch wegschubsen.« Sarah lächelt ein wenig. »Man ist sogar stolz darauf, dass er eine Zweijährige umgestoßen hat, und denkt: ›Gut gemacht, Jakey. Feiner Junge.‹ Und dann natürlich die Wut. So etwas habe ich vorher nicht gekannt. Ich wusste gar nicht, dass ich zu so was fähig bin. Ich liebe meinen Sohn bis zur Selbstaufgabe, Rachel, aber manchmal könnte ich …«

»Das heißt, du bist eigentlich froh, ihn zu haben?«

Fassungslos starrt Sarah mich an. »Natürlich bin ich heilfroh darüber. Was glaubst du denn?«

Ich glaube, dass sie sich insgeheim wünscht, zu der anderen Hälfte zu gehören, zu der ohne Kinder. Aber das würde sie natürlich niemals zugeben.

»Nein, ähm, natürlich dachte ich, ähm, dass du ihn liebst, Sarah. Ihr beide. Ich weiß doch, dass du nicht mehr ohne ihn sein willst.«

Fragend blinzelt sie mich an. »Worauf willst du eigentlich hinaus?«

»Auf gar nichts. Nein, nichts. Finde ich nur interessant, weißt du, diese unglaubliche Liebe und dass er dich gleichzeitig zur Weißglut treiben kann.«

Sarah sieht mich nachdenklich an, dann belässt sie es dabei. »Du siehst heute besser aus. Hast du dich von dieser Krankheit letzten Monat erholt, oder was das war?«

»Oh doch, eigentlich schon. Zwischendurch ist mir immer mal wieder übel, aber es ist nicht mehr so schlimm.«

»Was war es denn?«

»Ach, nichts Besonderes, nur so ein Parasit.«

Sarah verzieht das Gesicht. »Äh! Die hatte Jakey auch mal. Die Kleinen stecken sich im Kindergarten an. Wusstest du, dass ungefähr die Hälfte aller Kinder unter sieben so was hat, ohne es zu merken? Jakes Po hat ganz schlimm gejuckt, ich weiß wirklich nicht, wieso die anderen Kinder das nicht merken. Zum Schluss habe ich mich mit einer Taschenlampe hinter ihn gehockt und die Backen auseinandergezogen …«

»Ja, Sarah, danke.«

»Die sind wirklich kaum zu sehen, aber dann habe ich sie doch entdeckt …« Sarah hält inne und neigt den Kopf zur Seite.

»Was?«, frage ich.

Mit einer Handbewegung bringt sie mich zum Schweigen, dann ruft sie: »Warum sollte ich?«

Kurz herrscht Stille. Ich sehe mich verzweifelt um, verstehe nicht, was hier vor sich geht. Dann legt Sarah den Kopf in den Nacken und ruft: »Wie oft habe ich das schon gehört?« Wieder eine Pause, diesmal länger. Dann: »Dies ist deine allerletzte Chance, verstanden?«

Darauf folgt eine donnernde Reaktion, die selbst mir nicht entgeht. Jakes kleine Füße poltern oben über den Flur und dann die Treppe herunter. Eine Sekunde später stürmt mein Patenkind ins Zimmer und rennt in die offenen Arme seiner

Mutter. Sie nimmt ihn fest in die Arme und senkt den Kopf, sodass ihre Wange auf seinem Kopf ruht. Irgendwo aus diesem innigen Gemenge höre ich die leisen Worte: »Entschuldigung, Mummy.«

Ich bin dann gefahren. Als die beiden heulten und schmusten und küssten und sich sagten, wie lieb sie sich hätten, kam ich mir irgendwie überflüssig vor.

Da steht mein Auto, vor meiner Wohnung. Wenn man genauer hinschaut, erkennt man, dass ich noch am Steuer sitze und nachdenke. Aus der Haustür kommt die Frau mit den Cornedbeef-Beinen, die aus der Wohnung über mir. Sie hat eine Decke in der Hand, anscheinend will sie in den Park. Ihr Pech, dass sie nicht im Erdgeschoss wohnt und keinen Garten hat.

Mit Sarah über Jake zu sprechen hat mir nicht groß weitergeholfen. Es war schwer, die Informationen von ihr zu bekommen, die ich haben wollte, ohne ihr den Grund dafür zu verraten. Schließlich musste ich das Thema fallen lassen. Es ist frustrierend, dass niemand sonst Bescheid weiß. Hätte ich es ihr doch sagen sollen? Ich versuche mir vorzustellen, wie sie reagiert hätte.

»Sarah, ich bin schwanger.«

»Was hast du ges–? Nein, jetzt nicht, Jakey, Rachel möchte mir etwas erzählen. Du musst ein bisschen warten. Weil ich das sage. Dann geh auf dein Zimmer. Das ist mir egal, Jake. Na, gut, dann gib es mir, ich mach das für dich. Aber das ist das letzte Mal, verstanden? Du darfst Mummy nicht unterbrechen, wenn sie beschäftigt ist. Entschuldigung, Rachel, was hast du gerade gesagt?«

Vergessen wir's! Und wie wäre es, wenn Jake nicht da wäre?

»Sarah, ich bin schwanger.«

»Mensch, Rachel, das ist doch nicht dein Ernst! Was hast du

dir dabei gedacht! Du bist doch gar nicht verheiratet! Du hast nicht mal einen Freund, oder? Glaubst du vielleicht, das wird einfach? Eins kann ich dir sagen: Es ist schon schwer genug mit einem Partner, der einen unterstützt, aber wenn man es ganz allein schaffen muss …«

Nein, besser auch nicht. Ich muss mit jemandem sprechen, der nicht all das herunterbetet, was mir eh schon Angst macht. Jemand, der verständnisvoll und nett ist, der mir vielleicht sogar hilft, allem eine Perspektive zu geben. Der gut zuhören kann und eine angenehme Stimme hat. Wen soll ich da bloß anrufen?

War nur ein Scherz. Natürlich Hector. Es ist so eine Erleichterung für mich, jederzeit mit ihm darüber reden zu können. Es ist wirklich schwer, jeden Tag nachzudenken und sich den Kopf zu zerbrechen, ohne mit jemandem sprechen zu können.

Ich greife in meine Tasche und hole sein kleines schwarzes Handy hervor. Er hat seine Nummer von zu Hause ins Telefonbuch eingegeben, als er es mir im Café überließ, deshalb ist der Anruf kein Problem. Ich suche »zu Hause« im Menü und warte auf die Verbindung.

Die Frau aus der Wohnung über mir sieht aus, als wollte sie etwas sagen, weil ich hier mit dem Telefon im Auto sitze, während der Garten – mein Garten – leer ist. Aber ich bin so konzentriert, dass ich gar nicht merke, wie sie stehen bleibt. Konnte man sehen, wie die kleinen Sorgenfalten auf meiner Stirn sich glätteten, als ich zum Handy griff?

Bei Hector zu Hause meldet sich niemand. Ich drücke auf die rote Taste und werfe das Handy auf den Beifahrersitz. Verdammt. Jetzt runzele ich wieder die Stirn. Moment – heute ist Samstag, vielleicht arbeitet er ja am Wochenende! Ich nehme das Telefon wieder in die Hand und wähle aus der Adressenliste »Büro«. Nach dreimaligem Klingeln springt die Mailbox an. Ich höre Hectors Stimme.

»Hallo, hier ist McCarthy Systems. Das Büro ist im Moment leider nicht besetzt. Sie erreichen uns von Montag bis Freitag von acht bis sechs Uhr. Alternativ bin ich auch über mein Mobiltelefon zu erreichen. Die Nummer lautet: 07771 …«

Ich zucke zusammen. Als die Mailbox ansprang, hab ich nicht mehr richtig hingehört, denn ich habe nicht vor, eine Nachricht zu hinterlassen. Doch jetzt komme ich wieder in Bewegung, ziehe meine Handtasche vom Beifahrersitz, wühle mit einer Hand nach einem Stift, das Telefon in der anderen.

»… 068 …«

Ich krame so heftig mit der linken Hand, dass die Tasche von meinem Schoß in den Fußraum rutscht. Der gesamte Inhalt fällt heraus.

»… 4582. Sie können natürlich auch eine Nachricht hinterlassen …«

Ich beuge mich, so weit es geht, vor, aber es ist ein unangenehmes Gefühl, mich so zu krümmen. Ich bekomme keine Luft mehr. So gerade kann ich etwas erkennen, das könnte ein blauer Kuli unter der Kupplung sein. Ich taste mit der freien Hand danach, meine Fingerspitzen erreichen ihn knapp, schieben ihn aber immer weiter fort.

»Kacke, Kacke, KACKE, *KACKE*!«, schreie ich frustriert. Langsam geht mir die Luft aus. Schließlich lasse ich den Kuli liegen und richte mich wieder auf. Eine Weile muss ich mich an der Kopfstütze anlehnen, um wieder zu Atem zu kommen.

Als ich einen klaren Kopf habe, frage ich mich, warum ich hinter dem blöden Ding hertaste, wo ich es doch ohne weiteres mit dem Fuß heranziehen kann. Wie unglaublich dämlich von mir! Ich beuge mich vor und hebe den Kuli auf. Dann wähle ich nochmals die Nummer vom Büro und schreibe mir die Handynummer auf den nackten Oberschenkel.

Hektisch hacke ich die Nummer in meine Tastatur. Es klingelt einmal, dann sagt seine Stimme atemlos: »Rachel?«

»Ja, ich bin's.« Natürlich steht die Nummer des Handys, mit dem ich anrufe, im Display von Hectors Apparat. Er weiß also beim ersten Klingeln, dass ich dran bin.

»Schön. Ich meine, es ist schön, von dir zu hören. Alles klar bei dir?«

Ich nicke. »Doch. Und bei dir?«

»Blendend. Aber dir ist nicht wieder schlecht, oder?« Fast flüstert er diese Frage, als würde er etwas Verbotenes äußern.

»Nein«, flüstere ich zurück und halte das Handy näher an die Lippen. »Das ist besser geworden. Ich glaube, es ist vorbei.«

»Das freut mich zu hören. Aber warum flüsterst du?«

»Du hast damit angefangen!«

»Wirklich? Ah ja, ich bin nicht zu Hause und dachte, die anderen Leute hier möchten vielleicht nicht unbedingt von deiner ...« wieder senkt er dramatisierend die Stimme »... mangelnden körperlichen Selbstkontrolle erfahren.«

Ich muss lachen. »Das ist sehr schön ausgedrückt. Das klingt fast würdevoll.«

»Ja, wirklich, nicht? Aber außer mir hat ja niemand mit dir telefoniert, als du nicht mehr einhalten konntest, deshalb weiß ich genau, wie würdelos es war.«

»Oh nein, erinnere mich nicht daran!«

»Entschuldigung, das war nicht sehr nett von mir.«

»Schon gut, wir kennen uns ja nicht. Du kannst mich nicht verletzen.«

Hector schmunzelt. Im Hintergrund höre ich Besteck klappern.

»Oh, Hector, das tut mir leid, ich störe dich beim Essen. Du bist unterwegs ...«

Ach, du liebe Güte! Plötzlich kommt mir der Gedanke, dass er ja mit seiner Frau oder Freundin ausgegangen sein könnte. Ich lege die Hand auf den Mund und wünsche mir, dass sich in der Atmosphäre ein großes schwarzes Loch auftut und dieses Gespräch verschluckt. Oder dass ich die Zeit zurückdrehen und den Anruf ungeschehen machen kann. Hm, wenn ich eine Zeitmaschine in die Hände bekäme, könnte ich direkt zurück in den Juli gehen und darauf verzichten, mit Nick zu vögeln. Aber das Handy bei Sainsbury's finden würde ich trotzdem ganz gerne. Dann könnte ich Hector kennenlernen und wäre nicht schwanger.

»Rachel, das ist überhaupt kein Problem. Du störst wirklich nicht, ehrlich. Das ist hier eher ein Geschäftstermin als ein Essen. Ich bin wirklich froh, dass ich ein paar Minuten abgelenkt wurde, besonders von dir.«

Uns ist plötzlich, als stecke ein dickes »Hoppla« in der Leitung. Ich bekomme das Gefühl, dass Hector sich auf die Zunge beißt und die Augen zukneift, als wünsche er sich, die letzten drei Wörter nicht gesagt zu haben. Aber sie sind heraus, und ich stelle fest, dass ich lächle.

»Danke.«

»Ähm, ja. Worüber wolltest du sprechen, über …?«

»Ja, über … die … ähm …«

Ich stelle mir vor, wie er nickt, sehe die kleine Falte zwischen seinen Augenbrauen. »Über die … Entscheidung?«

Ich stoße Luft aus, von der ich gar nicht wusste, dass ich sie angehalten hatte. Es ist wunderbar erleichternd, dass Hector sofort weiß, was mir durch den Kopf geht, ohne dass ich mich groß erklären muss.

»Ja, genau. Die Entscheidung.«

»Das heißt, sie muss noch getroffen werden, ja?«

Ich nicke. »Ich kann nur nicht … Ich weiß nicht, ob ich … wie ich …«

»Hm-m.«

»Aber andererseits, wenn ich es nicht tue, ob ich dann … ob ich dann jemals … wie ich das können soll …«

»Verstehe.«

»Wirklich?«

»Ja. Du steckst in einem echten Dilemma. Egal, was du tust, beide Möglichkeiten haben enorme, weitreichende Folgen. Aber wenn du dich nicht bald entscheidest, wird es für dich entschieden, nicht wahr?«

»Ja.«

»Bist du allein?«

»Ja. Ich habe gerade eine Freundin besucht, Sarah. Sie hat einen kleinen Jungen.«

»Tolle Idee! Hat es geholfen?«

»Kein Stück.«

»Aha.«

»Na ja, sie redet so von ihm, als würde sie ihn am liebsten wieder loswerden, als ginge er ihr auf den Geist. Das tun viele Eltern mit ihren Kindern, nicht? Auf der Arbeit höre ich das ständig, die Kollegen behaupten, sie könnten es nicht erwarten, dass die Kinder endlich achtzehn sind, damit sie sie rauswerfen können. Aber dann erzählt meine Freundin von der unglaublichen Liebe, die sie im ersten Moment verspürte, als sie ihren Sohn erblickte, wie ein elektrischer Schlag oder so, und dass sie sofort in dem Moment wusste, dass sie nicht mehr ohne ihn leben könnte. Aber andererseits ist ihr Mann Glenn so ein Wichser, und ich glaube, er hat eine Affäre, deshalb hat sie …«

»Halt, warte mal kurz. Hast du eben ›Sarah‹ gesagt?«

»Ja. Wir sind schon seit der Schule befreundet. Ich kenne sie ungefähr, seit ich zwölf bin.«

»Und ihr Mann heißt Glenn?«

»Ja.«

»Und der kleine Sohn heißt Jake?«

»Ja. Ich glaube, er ist ungefähr fünf Jahre. Warte mal, woher weißt du …?«

»Jake ist sechs. Er hatte letzten Monat Geburtstag.«

Ich fand es schon immer wirklich sonderbar, wenn Schauspieler im Film das Telefon vom Ohr nehmen und es ungläubig anstarren, weil sie nicht kapieren, was vor sich geht, so als hätte der Apparat eine Macke. Ich tue das gerade auch. Dass dieser Fremde, den ich nur kennengelernt habe, weil er sein Handy bei Sainsbury's liegen lassen hat, Jake, Sarah und Glenn kennt, will mir einfach nicht in den Kopf. Es ist, als hätte eine höhere Macht die zwei entgegengesetzten Enden meines Lebens zusammengeführt.

»Rachel, bist du noch dran? Rachel?«

»Ja, ich bin da. 'tschuldigung, das kam mir gerade ein bisschen wie Akte X vor.«

»Das hätte ich gerne gesehen.«

»Haha! Könntest du mir vielleicht erklären, wieso du so gut über meine Freunde und ihr Kind Bescheid weißt? Verfolgst du mich, oder was?«

»Nein, nein, obwohl das bestimmt viel interessanter wäre als die Wahrheit, die leider nichts von Akte X hat.«

»Nämlich?«

»Sarah ist meine Schwägerin. Jake ist mein Neffe. Ich bin der Bruder von Glenn McCarthy.«

»Der ...? Dann bist du ...? Oooh!« Ich habe schon von Glenns Bruder gehört. Soll ein ätzender Unternehmer sein, der sich ständig in Glenns Angelegenheiten einmischt. Sarah lädt ihn immer zu Jakes Geburtstag ein, aber ich habe ihn dort noch nie gesehen. Bei der Taufe hat sie ihn mir gezeigt – »Der Unantastbare!« –, aber das war vor vier, fünf Jahren, und ich vergaß ihn sofort wieder. Ich hatte kein Interesse an ihm. Nicht mal den Namen habe ich mir gemerkt.

»*Die* Rachel bist du also«, sagt Hector. Ich höre ihn grinsen.

»Was soll das heißen? Was meinst du damit?«

»Ich habe von Sarah schon alles Mögliche über dich gehört. Und von Glenn, wenn ich's recht bedenke. Das meiste davon stimmt. Wie viel wohl von dem stimmt, was ich von Sarah weiß.«

»Was denn?«

»Oh, das kann ich auf gar keinen Fall ...«

»Ach, bitte! Ich muss wissen, was du für Vorurteile gegen mich hast.«

Hector lacht leise. »Ich habe keine Vorurteile, Rachel. Sarah hat ein paar nette und ein paar nicht ganz so nette Sachen gesagt, aber ich bilde mir lieber selbst meine Meinung über andere Menschen.«

»Hm. Und was hat Glenn gesagt?«

»Äh, nein, damit würde ich ein Gentlemen's Agreement verletzen. Auf keinen Fall.«

»Ach, du bist zu verschwiegen. Das ist ja zum Verrücktwerden!«

»Dagegen bist du erfrischend freimütig. Du sagtest, Glenn hätte eine Affäre.«

»Mist!«

»Ich bin ganz deiner Meinung. Erzähl mir bitte alles, damit ich mich drum kümmern kann.«

9

Am anderen Ende unserer Stadt befindet sich eine hübsche Grünanlange namens Fieldwood Park, in der es einen kleinen See, einen Cricket-Pavillon und ein ziemlich edles Restaurant gibt. Von den Tischen schaut man auf den See, wo drei oder vier Schwäne über das spiegelglatte Wasser gleiten und Weiden sich tief verneigen. Das Restaurant heißt »Madeleine's«. Normalerweise ist man dort leicht angesäuert, wenn ein Gast beim Essen telefoniert.

Hector hat jemanden zum Essen eingeladen. Sie sitzen an einem Tisch mit Seeblick, hinten im Restaurant, der beste Platz im Laden. Hector macht gerade sein Handy aus, lächelt und runzelt gleichzeitig die Stirn. Er ist zwar wütend auf seinen Bruder, hat das Gespräch mit mir aber sehr genossen – das sieht man seinem Gesicht an. Er weiß noch nicht, dass dies einer der schlimmsten Tage seines Lebens wird.

Die Bedienung kennt Hector, da er oft herkommt. Auch ist bekannt, dass er immer großzügig Trinkgeld gibt, deshalb kämpften die Kellner darum, wer ihn bedienen darf. Als sein Handy klingelte, schauten sie taktvoll zur Seite und hielten sich während des Gesprächs vom Tisch fern, damit er seine Ruhe hatte.

Hectors Begleitung ist sehr elegant in Beige gekleidet und hat tadellose Manieren, dreht sich diskret zum Fenster und zum See und genießt eine Weißweinschorle, während Hector telefoniert. Verzweifelt versucht sein Gast, nicht zu lauschen, aber er bekommt mit, dass Hector gerade eine schlimme oder zumindest ärgerliche Nachricht erhält.

Hector selbst ist bewusst, wie unhöflich er sich benimmt, aber er kann einfach nicht anders. Wegen seiner Mutter hat er sein Handy immer dabei und auf Empfang, und als es vor neun Minuten klingelte, meldete er sich wie immer mit der Angst, die Nummer von zu Hause im Display zu sehen. Doch es war seine alte Handynummer, und er wusste sofort, wer dran war.

Halten wir kurz inne und gehen neun Minuten zurück. Ich will den Augenblick zeigen, als das Telefon klingelte und er die Nummer im Display erkannte. Da sitzt Hector, die Ellenbogen auf dem Tisch, und hört seiner Begleitung aufmerksam zu. Eine vorbeihuschende junge Kellnerin lächelt er kurz an. Dann – jetzt! – klingelt das Handy in seiner Jackentasche. Er holt es heraus. Zoom auf sein Gesicht: Unsicherheit, Angst, vielleicht sogar Panik. Doch dann schaut er auf das Display – und man beachte sein Gesicht! Die Stirn wird glatt, er lächelt, entschuldigt sich hastig und dreht sich zur Seite, klappt schnell den Apparat auf. Eigentlich hatte er sich vorgenommen, alle Anrufe, die nicht von seiner Mutter kommen, bis nach dem Essen aufzuschieben. Aber aus Freude darüber, ebendiese Nummer zu lesen, wirft er seinen Plan über den Haufen.

So, nun hat er das Gespräch beendet. Einige Sekunden schaut er auf das jetzt schweigende Telefon in seiner Hand, als sei es sehr kostbar, dann lässt er es wieder in der Jacketttasche verschwinden. Seine Begleitung wendet sich ihm wieder zu.

»Wird auch verdammt nochmal Zeit«, sagt Rupert de Witter und stellt sein Glas grinsend auf den Tisch.

»Tut mir leid, Rupe. Ich musste drangehen.«

»Aha?«

Hector nickt. »Doch, doch, mein Lieber. Irgendwann erzähle ich es dir mal. Können wir jetzt bitte mit dem Geschäftlichen weitermachen? Ich habe gerade etwas erfahren, um das ich mich heute Nachmittag unbedingt noch kümmern muss.«

»Ist in Ordnung. Wenn wir uns beeilen, kann ich noch eine Partie Golf spielen.«

Man sieht, dass Hector von dieser Minute an ziemlich unkonzentriert ist. Ständig runzelt er die Stirn. Bestimmt denkt er über das nach, was ich ihm gerade über seinen Bruder erzählt habe.

Wenn er nicht die Stirn runzelt, grinst er jedoch nachdenklich in sich hinein, vielleicht in Erinnerung an das Gespräch mit mir? Freut er sich, dass ich mich wieder gemeldet habe? Oder ist er zufrieden mit dem Verlauf, den sein Geschäft mit Rupert de Witter nimmt?

Zwanzig Minuten später verabschieden sich die beiden auf dem Parkplatz und gehen getrennte Wege: Rupert zur Driving Range für schnelle achtzehn Loch, Hector zur Umgehungsstraße, um seinem Bruder den Allerwertesten aufzureißen.

Vor Aufregung fährt er viel zu schnell, konzentriert sich nicht richtig auf die Straße. Immer wieder hat er das Bild von Sarah vor Augen, die kniend die Wohnung schrubbt, während Glenn mal wieder nicht da ist, angeblich Überstunden macht, und diese Vorstellung treibt ihm das Blut in den Kopf, bis er alles ganz verschwommen wahrnimmt. Blinzelnd späht er durch die Windschutzscheibe und trommelt mit den Fingern auf das Lenkrad.

Er redet vor sich hin. Zuerst murmelt er nur leise, dann regt er sich immer mehr auf und wird lauter.

»Du bist ein selbstsüchtiges, mieses kleines Schwein, Glenn McCarthy. Du bist der letzte Dreck. Du bist die gemeinste, übelste kleine Ratte, die ich kenne. Du hast es nicht verdient, eine Frau und einen Sohn zu haben, die dich lieben. Äh, du dreckiges Schwein. Dreckschwein! *Dreckschwein!*«

Plötzlich taucht ein Moped auf, das sich aus einer Seitenstraße einfach vor Hectors heranrasendes Auto setzt. Mit aufgerissenen Augen steigt er auf die Bremse, reißt das Lenkrad nach rechts, rutscht auf die Gegenfahrbahn. Mit Mühe versucht er, seinen schlingernden Wagen unter Kontrolle zu bringen. Die Reifen quietschen über den Asphalt. Versteinert muss er zusehen, wie der Umriss eines parkenden Lkws auf ihn zugeschossen kommt. Hector schließt die Augen und birgt den Kopf in den Armen, bereit für den Zusammenstoß.

Doch es passiert nichts. Nach ein, zwei Sekunden lässt er die Arme sinken und schaut sich um. Sein Wagen ist mitten auf der Straße in einem Neunzig-Grad-Winkel zu seiner ursprünglichen Fahrtrichtung zum Stehen gekommen. Der parkende Lkw links von ihm ist unversehrt, daneben steht ein leichenblasser, entsetzter Mann auf dem Bürgersteig. Hector hebt die Hand, um dem Mann zu signalisieren, dass es ihm gut geht. Erleichtert atmet er aus.

Plötzlich klopft jemand an die Scheibe der Fahrertür. Erschrocken schaut Hector auf. Vor ihm steht ein junger Mann mit Motorradhelm, noch geschlossen, und macht Hector Zeichen, die Scheibe herunterzulassen. Es handelt sich offenbar um den achtlosen Mopedfahrer, der gerade fast überfahren wurde. Mit zitternden Händen drückt Hector auf den Knopf. Als die Scheibe unten ist, hebt der Mopedfahrer das Visier. Es ist gar kein junger Mann, sondern eine ältere Dame.

»Du liebe Güte, ist alles in Ordnung, mein Lieber?«, fragt sie. Ihre Lippen zittern, ihre Mundwinkel weisen sorgenvoll nach unten. Sie schiebt die Hand ins Fenster, als wolle sie Hector über den Arm streichen. »Ich habe geguckt, wirklich, das mache ich immer. Ich verstehe nicht, wieso ich Sie nicht gesehen habe. Harry sagt immer, ich dürfte gar nicht mehr auf die Straße, auf keinen Fall ohne meine Brille, aber wissen Sie, die kann ich unter dem Helm nicht tragen, dabei ist es so einfach, mal eben um die Ecke zu fahren, wissen Sie. Ist Ihnen ganz bestimmt nichts passiert? Wenn ich mir vorstelle, was alles hätte geschehen können …« Sie schüttelt den Kopf.

Hector lächelt. »Schon gut«, sagt er zuversichtlich. »Ist alles in Ordnung. Es ist nichts passiert. Ich wollte eh wenden.«

»Ach, du lieber Himmel, Sie sind aber nett! Ein richtiger Gentleman! So jemanden wie Sie trifft man heutzutage nicht mehr oft, das kann ich Ihnen sagen. Die Leute heute zeigen einem eher den Finger, als guten Tag zu wünschen. Hören Sie, kann ich wirklich nichts für Sie tun? Könnte ich nicht wenigstens …?«

»Nein, nein, wirklich nicht.« Hector weiß zwar nicht, was sie ihm anbieten möchte, aber er will es nicht. »Mir geht's gut, Ihnen geht's gut, dem Mann da drüben geht's gut. Allen geht's gut, Sie können sich also beruhigen und brauchen sich keine Sorgen zu machen. Wahrscheinlich bin ich eh zu schnell gefahren.«

»Na, dann sollten Sie sich schämen«, sagt die Frau mit gerunzelter Stirn. »Das ist hier schließlich ein Wohngebiet. Sie hätten einen Unfall verursachen können.«

Hector blinzelt. »Ähm, ja, sicher. Sie haben wohl recht. Ich passe in Zukunft besser auf.«

»Das hoffe ich.« Die alte Dame klappt das Visier herunter und schimpft mit gedämpfter Stimme: »Diese jungen Leute! Rasen über die Straße, ohne auch nur ein bisschen Rücksicht auf Senioren wie mich zu nehmen.« Damit trottet sie zurück zum Moped.

»Na, dann, tschüss«, ruft Hector ihr nach. Sie reagiert nicht, und er hat das beunruhigende Gefühl, dass ihr Gehör genauso schwach ist wie ihre Sehkraft.

Der Motor läuft noch. Hector schaltet in den ersten Gang und fährt vorsichtig in die Richtung, aus der er gekommen ist.

Ihm ist klar geworden, dass im Moment nicht der richtige Zeitpunkt ist, um Glenn mit seiner Affäre zu konfrontieren. Es ist Samstagnachmittag – Sarah und Jake werden zu Hause sein, und Hector möchte nicht, dass einer von beiden etwas mitbekommt. Außerdem ist er so wütend auf seinen Bruder, dass wohl nichts, was er sagen würde, richtig herauskäme. Hector schüttelt den Kopf. Nein. Er wird Glenn Montag auf der Arbeit anrufen und bitten, abends bei ihm vorbeizukommen. Dort können sie aufeinander einschlagen ohne die Gefahr, von Sarah belauscht zu werden. Mit etwas Glück wird Hector Glenn überzeugen können, Schluss zu machen. Damit wäre die Sache vom Tisch.

Als Hector sich seinem Haus nähert, steigt wie immer die kalte Furcht in ihm auf. Was erwartet ihn diesmal? Unbewusst löst sich sein Fuß vom Gaspedal. Der Wagen wird langsamer, widerstrebend steuert Hector auf die Auffahrt zu.

Als er die Haustür aufstößt, ist alles ruhig. Hector schleicht in den Flur, will seine Mutter nicht wecken, falls sie im Sessel eingenickt ist. Im Flur nimmt er einen schwachen Gasgeruch wahr, der zur Küche hin stärker wird. »Nicht schon wieder«, sagt er und stürzt hinein.

Auf der Schwelle hält er inne und schaut in den Raum, starr vor Angst.

Das Gas ist an und zischt leise. Auf dem Tisch und dem Boden sind Glasscherben, dazu Zeitungsblätter und ein paar beunruhigende Blutstropfen. Ein Küchenstuhl ist umgekippt, darunter entdeckt Hector den violetten Wildlederpantoffel seiner Mutter. Schnell dreht er das Gas ab und stürzt zum Tisch. Mit Angst und Schrecken stellt er fest, dass der Pantoffel noch am Fuß hängt, dass seine Mutter neben dem Tisch auf dem Boden liegt, das Gesicht auf den kalten Fliesen. »Mum!«, ruft er und fällt auf die Knie, greift nach ihr, dreht sie hastig auf den Rücken. Er drückt das Ohr an ihre Brust, kann aber nichts hören. »Oh nein, Mum, bitte nicht, komm, komm!«, flüstert er und rückt bis auf wenige Millimeter an sie heran. Er streicht ihr das Haar aus dem Gesicht und hält den Atem an. Schließlich spürt er einen schwachen, kaum merklichen Luftzug an seinen Lippen. »Oh danke, Gott sei Dank, danke.« Er nimmt ein Kissen vom Stuhl und schiebt es seiner Mutter unter den Kopf. Dann holt er sein Handy hervor und ruft den Krankenwagen.

Sie wird direkt in die Notaufnahme gebracht, braucht nicht Schlange stehen bei den samstagnachmittäglichen Sportverletzungen. Hector läuft neben der Trage her, bis sich die letzte Tür vor ihm schließt und er zurückbleiben muss. Hilflos steht er eine Weile da, dann wird er an den Empfang gerufen, um die Daten seiner Mutter anzugeben.

Sehen wir uns mal kurz im Wartezimmer um! Kennen wir da nicht jemanden, hinten im Raum, der sein Bein vor sich auf den Stuhl gelegt hat? Schlaffes schwarzes Haar, babyblaue Augen. Den haben wir schon mal gesehen, oder? Wenn wir etwas genauer hinschauen: Sind da Tränen auf den zarten Wangen?

Hector geht auf und ab. Sein Haar steht in alle Richtungen vom Kopf ab, er fährt sich unablässig mit den Händen hindurch. Die Falte zwischen seinen Brauen ist tiefer geworden, er beißt sich auf die Lippen. Dann zuckt er zusammen. Ihm fällt ein, dass er Glenn Bescheid sagen muss.

An der Wand ist ein Telefon hinter einer Plastikabtrennung. Hector wählt die Nummer seines Bruders.

»Was hat sie diesmal angestellt?«, fragt Glenn. »Sich wieder verbrannt?«

»Glenn, du kleines Arschloch, beweg deinen fetten Arsch hierher, aber sofort!« Einige Leute schauen von ihrem Elend auf. Hector senkt die Stimme. »Komm sofort her.«

»Ja, schon gut, ich komme. Ich brauche ungefähr eine Stunde. Ich frage Sarahs Mutter, ob sie auf Jake aufpassen kann, aber es dauert ein bisschen, ihn da rüberzubringen und …«

»Herrgott nochmal, Glenn, hör auf zu reden und fahr los! Deine Mutter liegt bewusstlos in der Notaufnahme. Momentan ist nichts wichtiger als das.«

Zwanzig Minuten vergehen. Hector läuft im Wartebereich auf und ab, reibt sich den Kopf, schaut auf die Uhr, springt jedes Mal auf, wenn sich die Tür öffnet und ein Arzt oder eine Schwester heraus- oder hereingeht. Er versucht, durch die Tür zu spähen, seine Mutter im Raum dahinter auszumachen, aber es geht nicht. Überall laufen Krankenschwestern umher, dazwischen die Angehörigen und Freunde der Kranken und Verletzten.

Die Außentür öffnet sich, und Glenn und Sarah kommen herein. Bestürzt sehen sie sich in dem überfüllten Raum um. Das dominierende Gefühl in ihren Gesichtern ist Gereiztheit.

Hector bemerkt die beiden und geht auf sie zu. »Wo wart ihr so lange? Sarah, wie geht's dir?« Wütend schaut er seinen Bruder an, dann beugt er sich vor und gibt Sarah einen flüchtigen Kuss auf die Wange.

»Wir mussten Jake bei einem Freund abgeben«, sagt Glenn abwehrend. »Sarahs Mutter war …« Er unterbricht sich und winkt ab. »Wo ist sie denn?«

Hector weist auf die Türen, durch die seine Mutter verschwand. »Sie haben sie mitgenommen. Bisher hat mir noch niemand was gesagt.«

In dem Moment kommt eine zögerlich lächelnde junge Frau auf sie zu. Schnell eilt Hector zu ihr.

»Sind Sie die behandelnde Ärztin? Was ist passiert? Wie geht es ihr?«

»Sind Sie der Sohn?«

»Ja, ich habe sie hergebracht«, sagt Hector benommen.

»Einer der Söhne«, erklärt Glenn und gesellt sich dazu. »Ich bin der andere. Was ist los?«

»Könnten Sie mir vielleicht folgen? Ich erkläre Ihnen alles, aber suchen wir uns doch einen ruhigen Platz, ja?«

Sie steuert auf eine Tür zu, hinter der sich ein Zimmer mit drei Sofas und einem Couchtisch befindet. Glenn und Sarah folgen ihr, aber Hector bleibt wie angewurzelt stehen. Er ist leichenblass und muss sich stützend an der Wand festhalten.

Auf dem Couchtisch steht eine Vase, an den Wänden hängen Bilder mit Blumen und einem Sommerhimmel. Die Wände sind fliederfarben gestrichen. In diesem Raum erklärt die Ärztin in ruhigem, sachlichen Tonfall, dass Hectors und Glenns Mutter zu Hause einen schweren Schlaganfall hatte und bei der Ankunft im Krankenhaus einen zweiten erlitt. Der zweite sei tödlich gewesen. Hector starrt auf ein gerahmtes Bild mit Sonnenblumen und hört sich an, dass man alles getan hätte, ohne dass sie noch einmal zu Bewusstsein gekommen wäre. Sie hätte nicht gelitten. Das hätte der Tod ihr erspart.

Sarah ruft: »Oh nein!« und legt die Hand auf den Mund. Dann lässt sie sich auf eines der beigen Sofas sinken. Glenn wirft Hector einen kurzen Blick zu, dann setzt er sich neben seine Frau und nimmt sie in die Arme. Hector zählt die Sonnenblumen auf dem Bild. Es sind acht, und jede hat vierzehn Blütenblätter. Nach einem Blick auf seinen Bruder und seine Schwägerin, die sich gegenseitig trösten, schlingt er die Arme um sich und geht nach draußen auf den leeren Korridor.

Zwanzig Minuten später sitzen Hector und Glenn neben ihrer Mutter und halten ihre kühler werdenden Hände. Sie liegt da, im Bett, aber sie ist so winzig, dass man sie fast übersieht. Das Laken wölbt sich kaum. Die Kabel und Schläuche, die sie mit dem Leben verbanden, wurden entfernt. Ihr Gesicht wirkt friedlich, aber es sieht nicht aus, als würde sie schlafen, dafür ist sie viel zu still. Sie ist leblos, und schon jetzt kann man sich nur schwer vorstellen, dass sie sich jemals bewegte. Es ist, als betrachte man ein Bild oder eine Wachsfigur von ihr.

Hector kann diese Reglosigkeit nicht ertragen. Er mustert ihr Gesicht, aber es bewegt sich keine Wimper, kein Puls schlägt, kein Muskel krampft, kein Nerv zuckt, kein Atem hebt die Brust. Seine Mutter ist so reglos wie ein Denkmal. Er hat Berichte von Menschen gelesen, die ihre leblosen Angehörigen anschauten und jeden Moment erwarteten, dass der Tote die Augen aufschlagen und um etwas zu trinken bitten würde, aber Hector empfindet das nicht so. Er weiß, dass sie sich genauso wenig bewegen wird wie die Geräte um sie herum.

Sarah ist nicht dabei. Sie ist vor wenigen Minuten mit dem Taxi nach Hause gefahren. Hector wirft seinem Bruder Blicke zu, als wäre er ihn am liebsten ebenfalls los, aber Glenn merkt es nicht, weil er den Kopf auf die Matratze gelegt hat.

»Ich kann das einfach nicht glauben«, sagt Glenn mit gedämpfter Stimme.

»Nein«, sagt Hector schlicht.

Glenn hebt den Kopf. »Ich meine, so wie sie in letzter Zeit war, da habe ich schon mal gedacht, dass sie vielleicht … Aber jetzt, wo es so weit ist, kann ich …«

»Ich weiß«, sagt Hector und legt seinem Bruder die Hand auf den Arm. »Du musst dich nicht schämen, so was gedacht zu haben, Glenn. Sie war nicht mehr sie selbst. Sie lebte in einer Zeit, als sie noch glücklich war. Und jetzt ist sie von ihrem Leiden erlöst.«

Nach einer guten halben Stunde treffen sie die wortlose Entscheidung, sich endgültig zu verabschieden. Die beiden Brüder sehen sich an und wissen, dass es Zeit ist zu gehen. Glenn küsst die Hand seiner Mutter und legt sie auf die Matratze, wirft einen letzten Blick auf sie, verneigt sich und verlässt das Zimmer.

Hector steht auf. Stille Tränen laufen ihm die Wangen hinunter. Er beugt sich über seine Mutter und schlingt ein letztes Mal die Arme um sie, drückt ihren Körper an seine Brust. Sie erwidert die Umarmung nicht. »Danke, Mum«, spricht er mit schmerzverzerrtem Mund in ihr Haar. »Danke für alles, was du getan hast. Ich liebe dich so. Jeden Tag wirst du mir fehlen.«

Er küsst sie auf die Wange, dann noch einmal, und verharrt so einen Moment, ehe er die Tote wieder auf das Kissen bettet. Schließlich streicht er ihr das Haar aus dem Gesicht und sagt: »Grüß Dad von mir.« Dann entfernt er sich schnell.

Glenn bringt ihn nach Hause, bleibt aber nicht lange. Er muss zurück zu Sarah und Jake. Hector hat Verständnis dafür. Er ist ohnehin lieber allein. Rasch eilt Glenn zu seinem Auto. Fast läuft er, so als könne er nicht schnell genug davonkommen.

Hector steht in der Küche und schaut auf die Stelle am Boden, wo er seine Mutter gefunden hat. Er quält sich mit Vorstellungen, was sie durchmachen musste. Hatte sie Schmerzen? Wusste sie, was passierte? Hatte sie Angst? Rief sie nach ihm? Hector schließt die Augen. Wenn sie nach jemandem gerufen hat, dann eher nach Charlie, seinem Vater, der vor achtzehn Jahren starb.

Warum musste er unbedingt mit Rupert essen gehen? Das wäre doch gar nicht unbedingt nötig gewesen. Es hätte auch bis zum nächsten Wochenende warten können. Oder sie hätten sich unter der Woche bei Rupert oder Hector im Büro treffen können. Aber die beiden sind alte Freunde, und Hector fand es angenehmer, bei einem schönen Essen Geschäfte zu machen.

Zehn Stunden zuvor hatte seine Mutter ihn am Arm festgehalten und gefragt: »Wo fährst du hin?«

»Zur Arbeit, Mum. Dauert nicht lange.«

»Zur Arbeit? Am Samstag?«

Hector schaute sie verwundert an. Es war selten, dass sie den Wochentag wusste. Vielleicht reiner Zufall.

»Bitte geh nicht, Hector«, hatte sie gesagt. »Lass mich nicht allein!«

Er hatte gelacht und ihr einen Kuss gegeben. »Du Dummerchen. Es dauert nur zwei Stunden, dann bin ich wieder da und mache dir Pfannkuchen, ja?«

Wenig überzeugt, hatte sie genickt, war Hector aber durchs ganze Haus gefolgt, als er sich zum Gehen fertig machte. Sie war ihm ziemlich auf den Geist gegangen, aber er hatte seinen Ärger hinuntergeschluckt.

In ihren letzten Minuten war sie also allein in der Küche gewesen. Was hatte sie dort getan? Die Glasscherben sehen aus, als stammten sie von einer schweren Schüssel. Hinter dem Tisch liegt ein Karton mit kaputten Eiern auf dem Boden. Außerdem brannte ja eine Gasflamme; eine große Bratpfanne stand darauf. Hector denkt über die letzten Verrichtungen seiner gebrechlichen, verwirrten Mutter nach. Es sieht aus, als hätte Celia McCarthy versucht, selbst Pfannkuchen zu backen.

Lange hält Hector den Anblick nicht aus. Er geht nach oben ins Bett. Er schläft nicht, sondern erinnert sich stundenlang an früher – Ferien, Weihnachtsfeste, Schulaufführungen, auch an schlechte Tage. Jeden Tag ihre Lebens bemühte sich seine Mutter, ihre Jungs glücklich zu machen, hatte ihnen so lange wie möglich die Hand gehalten – wortwörtlich wie im übertragenen Sinne. Er denkt daran zurück, wie sie auf der Beerdigung seines Vaters Hectors Hand so fest umklammert hatte, dass es wehtat. Damals war er erst fünfzehn gewesen. Die schockierte Blässe ihres Gesichts damals war ihm für alle Zeit im Gedächtnis geblieben. Er hatte es nicht geschafft, seine Mutter aufzuheitern.

Hector denkt an die Qualen ihrer Krankheit, erinnert sich daran, wie es war, zusehen zu müssen, wie sie allmählich ihr Leben vergaß, ihre Familie und ihre Freunde, wie sie sich am Ende in längst vergangene, tröstliche Zeiten flüchtete, als ihr Mann noch lebte.

Irgendwann schläft Hector ein. Es ist kurz nach drei Uhr. Es ist kein erholsamer Schlaf. Die ganze Nacht wirft er sich umher und wacht am nächsten Morgen um acht Uhr mit der Erkenntnis auf, dass seine Mutter tot ist.

Jetzt ist Montagmorgen, und er fährt zur Arbeit. Hector hat vierzig Minuten Verspätung. Sein Gesicht ist grau und verhärmt, die Augen sind rot. Sein Assistent Darren sieht zu, wie Hector mit gesenktem Kopf und hängenden Schultern langsam in sein Büro geht.

»Kann ich irgendwas für Sie tun, Chef?«, fragt er, aber Hector schüttelt nur den Kopf, ohne aufzuschauen. Er betritt sein Büro und schließt die Tür hinter sich. Darren kehrt zurück zu seinen Kollegen und sagt den beiden, Moira und Carl, dass irgendetwas nicht stimme. »Er ist total fertig, nicht so fröhlich wie sonst. Wir lassen ihn heute am besten in Ruhe, ja? Sieht aus, als hätte er am Wochenende nicht viel Schlaf bekommen. Wer weiß, was er hat ...«

Er hält inne, als aus Hectors Büro lautes Gelächter ertönt. Moira zuckt zusammen. Die drei drehen sich zu der Bürotür um, ratlos angesichts dieses unerklärlichen Stimmungswandels. Dann sehen Carl und Moira Darren mit hochgezogenen Augenbrauen an. Der ist so verdutzt, dass er nur mit den Schultern zucken kann.

10

Natürlich ahne ich nichts von Hectors tragischem Tag. Während er mit seinem Bruder im Krankenhaus die wächserne Gestalt der Mutter betrachtet, schleiche ich durch die Wohnung und bereite mich auf einen ziemlich einsamen Abend zu Hause vor. Ich habe eine Fressattacke, aber nichts zu essen. Nein, das stimmt nicht ganz. Es sind eine Menge Lebensmittel da, aber nur Dinge, bei denen sich mir der Magen dreht. Selbst Brot ist mir im Moment irgendwie zu … brotig. Ich habe versucht, mich mit einem Glas Wasser vor den Fernseher zu setzen – Tee und Kaffee gibt es bei mir nicht mehr –, aber ich bin zu nervös. Schon stehe ich wieder auf, laufe zum Kühlschrank, obwohl ich genau weiß, was drin ist: ein Stück Cheddar, kalter Schinken, ein Glas mit eingelegten Zwiebeln, sechs Eier und ein Becher Margarine. Ich mustere das alles, stelle mir vor, es zu vertilgen, um zu sehen, ob ich Appetit darauf habe. Habe ich ganz entschieden nicht.

Wütend und frustriert schlage ich die Kühlschranktür zu. Ich weiß, dass ich Vanilleplätzchen im Schrank habe, aber ich bilde mir ein, sie schmecken wie Sägemehl. Ich brauche etwas, das nicht so … keksig ist.

Ich gehe zurück zum Sofa und versuche, Fernsehen zu gucken. Eine Frau hat gerade 32 000 Pfund gewonnen. Wahnsinn, nur dass sie zuvor bei 125 000 war und dann behauptete, *Stolz und Vorurteil* sei von Jane Eyre. Verächtlich schüttele ich den Kopf über so viel Dummheit, habe aber keine Ahnung, wer das Buch tatsächlich geschrieben hat und wer Jane Eyre ist.

Zuletzt kommt Werbung. Manchmal ist die besser als die Sendungen selbst. Wenn ich nur so toll tanzen könnte wie dieses Auto!

Eine Supermarktwerbung fesselt meine Aufmerksamkeit. Plötzlich bin ich wach und spitze die Ohren. In der Werbung sieht man Massen von frischen, leckeren, saftigen Lebensmitteln, die gewürfelt, geschält, gepresst oder in appetitlich kleine Stücke geschnitten werden. Mit großen Augen sehe ich zu. Das Wasser läuft mir im Mund zusammen. In diesem Moment weiß ich so sicher, wie ich noch nie etwas wusste, dass einzig und allein der unmittelbare, unersättliche Genuss einer knackigen, feuchten Salatgurke meine Bedürfnisse stillen wird. Gurkenwürfel, Gurkenscheiben, riesige kalte Gurkenbrocken, die über meine Zunge in den Rachen wandern.

Keine zwei Minuten später rase ich über die Umgehungsstraße zu Sainsbury's. Samstagabends schließt der Laden um zehn Uhr, deshalb habe ich es ein bisschen eilig. Es ist erst halb neun, sodass ich alle Zeit der Welt habe, aber ich beeile mich trotzdem. Die Vorstellung einer leckeren kalten Gurke zwischen den Zähnen knipst im Moment jeden anderen vernünftigen Gedanken aus.

Während ich durch die Dunkelheit brause, bekomme ich eine Ahnung davon, wie es sich anfühlt, süchtig nach etwas zu sein – diese intensive, besessene Gier nach etwas und die heftige Vorfreude, wenn man weiß, dass das Verlangen in Kürze gestillt wird. Letztes Jahr hatte ich einen Freund – Tom Brown oder Black oder Jones –, der sehr viel rauchte. Dreißig oder vierzig am Tag. Wenn wir abends ins Bett gehen wollten und er nur noch drei oder vier Zigaretten übrig hatte, musste er nochmal schnell raus, um sich zwei Packungen zu kaufen, damit er in der Nacht oder am Morgen genug hatte. Er passte genau auf, dass sie ihm niemals, aber auch nie ausgingen. Mich hat das immer tierisch geärgert, wenn er zu jeder Tages- und Nachtzeit lossauste, denn dadurch kam ich mir zurückgesetzt vor. Hier in meinem Auto um neun Uhr am Samstagabend mit fast hundertdreißig Stundenkilometern kann ich ihn endlich verstehen.

Er war supersexy, aber wenn er bei mir war, stank die Wohnung zum Himmel. Außerdem kam ich nur an zweiter Stelle, wie gesagt. Er musste gehen.

Zu dieser Uhrzeit bin ich noch nie bei Sainsbury's gewesen. Der Supermarkt ist bevölkert von Menschen in kurzen Hosen und Strickjacken, die Milch und Wein kaufen. Ich komme mir vor, als hätte ich mich auf der Party eines Fremden eingeschlichen.

Sofort steuere ich auf den Obst- und Gemüsestand zu und greife mir zwei Schlangengurken, zögere kurz und nehme noch zwei dazu. Sie liegen hart und schwer in meiner Hand. Ihre Haut schimmert dunkelgrün. Nach dem Zahlen haste ich zum Auto. Das Gemüse in der Einkaufstüte befriedigt mich tief. Die Heimfahrt nehme ich nur verschwommen wahr, denn ich denke an nichts anderes als dunkelgrüne Haut und blassgrünes Fruchtfleisch.

Jetzt komme ich heim, schleppe mich ins Wohnzimmer, eine der Gurken bereits zwischen den Zähnen. Ich lasse Einkaufstüte, Portemonnaie und Schlüssel fallen und sinke aufs Sofa. Wässriges, kühles Fruchtfleisch und Kerne überziehen meine Lippen, füllen meinen Mund. Niemals hat etwas so herrlich geschmeckt. Wenn man meinen Gesichtsausdruck genau betrachtet – hat er nicht große Ähnlichkeit mit dem, als Nick vor mehreren Wochen auf mir lag?

Die erste Gurke ist verputzt, sofort mache ich mich an die nächste, nicht mehr so fieberhaft, aber nichtsdestoweniger voller Genuss. Das Vergnügen besteht darin, mehr abzubeißen, als ich kauen kann, mir den Mund vollzustopfen und zu schlucken, bevor es klein genug ist, damit ich die kühle Härte im Hals spüren kann.

Nach zwei Dritteln der zweiten Gurke habe ich plötzlich genug. Einfach so. Das heftige Verlangen, die Leidenschaft, ist vorbei, als hätte sie jemand abgestellt. Ganz im Gegenteil: Jetzt kann ich es kaum ertragen, die restliche Gurke in meiner Hand zu sehen. Ihr Geruch ist in meiner Nase, an meinen Fingern, an meinen Klamotten, seltsamerweise auch in meinem Haar. Ich lasse den Rest fallen und halte die Hand vor den Mund. Ich fühle mich aufgequollen. Mir wird schlecht. Schwankend erhebe ich mich, wanke vom Sofa durch den Flur zum Schlafzimmer, bekomme einen Schluckauf und hieve meinen angeschwollenen Bauch aufs Bett, wo ich fast sofort einschlafe und träume, dass meine Mutter eine glänzend grüne Haut hätte.

Decken wir den Schleier des Vergessens über das restliche Wochenende. Begnügen wir uns mit der Feststellung, dass ich am nächsten Tag, dem Sonntag, nicht gerade in Topform bin. Am Abend glänzt auch meine Haut grünlich. Wer niemals fast zwei ganze Schlangengurken in einem Zeitraum von ungefähr vier Minuten gegessen hat, kann sich nicht die Schmerzen vorstellen, die sie hervorrufen. Als ich mich an jenem Tag mit verrenktem Magen winde, muss ich an diese dämlichen Postkarten denken, auf denen die Vorzüge der Gurke im Vergleich zum Mann gelobt werden: Eine Gurke nimmt nicht die Fernbedienung in Beschlag, sie stöhnt nicht, wenn man sich neue Schuhe kauft, sie muss nicht verhätschelt werden usw. Sicher, wenn ich vor zwei Monaten statt Nick eine Gurke genommen hätte, wäre ich jetzt nicht in dieser misslichen Lage. Aber wenn ich gestern Abend einen Mann genommen hätte und keine Gurke, hätte ich mit Sicherheit heute Morgen keine Magenschmerzen. So hatte ich den ganzen Tag Sodbrennen, und es half kein Medikament, wie viel ich auch nahm.

Springen wir drei, vier Tage weiter. Ich bin bei der Arbeit an dem Mittwoch nach der Gurken-Episode. Moment – da ist mein Schreibtisch, leer. Ich bin bestimmt auf der Toilette. Oh ja, da komme ich. Ich gehe sogar relativ langsam. Das ist ein großer Unterschied zu dem lächerlichen Stilettosprint, den ich bisher auf dem Weg zur Toilette und zum Getränkeautomaten praktizierte. Ich war so darauf erpicht, keinen Kunden zu verpassen, dass ich beim Gehen resolut die Arme anwinkelte. Heute bin ich mir ziemlich sicher, dass ich nicht wirklich lief, sondern es mir nur so vorkam. Natürlich würde jede Verkäuferin, die ihr Mikrophon wert ist, am Telefon genug Verkäufe tätigen, ohne auf Toilette, Zigaretten, Essen, Trinken und e-Bay verzichten zu müssen. Will sagen, ich dampfe nicht mehr durch den Laden wie ein Nashorn in Nubuk.

Oh nein, das meinte ich nicht so. Kein Nashorn, sondern eine Gazelle. Mit diesen wunderbar langen schwarzen Wimpern. Und den herrlichen Beinen.

Piep. Meine Anlage zeigt einen eingehenden Anruf an. Ich drücke auf die I-Taste und melde mich: »Guten Morgen, Horizon Holidays, meine Name ist Rachel, was kann ich für sie tun?«

Manche von uns – beispielsweise Val – leiern nicht mehr diese lange Begrüßung herunter. Sie sagen nur noch »Horizon Holidays«, wenn sie einen Anruf entgegennehmen. Aber in unserer Ausbildung wurde es uns anders eingeimpft, weil es professioneller klingt und die Kunden gerne den Namen ihres Gesprächspartners wissen. Laut Jean steigert es die Chancen, einen Abschluss zu tätigen.

»Könnte ich bitte mit Marion sprechen?«, fragt eine Stimme. Offenbar gehört Marion noch zu denen, die ihren Namen nennen. Oder ihr Vater ist in der Leitung.

»Einen Moment, bitte. Ich schau mal, ob sie frei ist.« In genau diesem Moment beginnt das Handy – Hectors Handy – in meiner Tasche zu klingeln.

Es ist interessant zu sehen, dass ich sofort weiß, welches Gespräch wichtiger ist. Ich werfe den Anrufer einfach aus der Leitung, stelle auf »B« für »Besetzt« und schnappe mir meine Handtasche.

»Hallo?« Warum sage ich das immer noch mit fragender Stimme, als wüsste ich nicht, wer am anderen Ende ist? Es kann doch nur Hector sein.

»Rachel!« Es folgt ein tiefer Atemzug. Hector klingt erleichtert. Ich lächle, noch bevor er etwas gesagt hat. »Ich bin's, Hector.« Hört sich an, als hätte er sich übel erkältet. Am liebsten würde ich mich selbst räuspern.

»Ja, das weiß ich, du Trottel. Sonst ruft mich doch keiner auf diesem Handy an.«

»Klar. Tut mir leid. Kann nicht klar denken.«

»Dir sei vergeben.«

»Gott sei Dank. Wie geht es dir, Rachel?«

»Oh, gar nicht schlecht. Ich habe bloß eine Million zusätzliche Zellen in mir, die sich ständig teilen und zu einem völlig von mir abhängigen Menschen anordnen, der meinen Hormonhaushalt über den Haufen wirft und einen Teil von meiner Nahrung, meinem Blut und meinem Sauerstoff verbraucht, sodass mein Herz schneller schlägt und mein Hirn schrumpft. Und ich Kopfschmerzen habe.«

»Oh, es tut so gut, deine Stimme zu hören. Das kann ich gar nicht beschreiben.«

»Versuch es!« Ich grinse ein wenig zu breit, was sofort Jeans Aufmerksamkeit erregt. Beim Verkaufen von Reisen grinst niemand so breit. Sie starrt zu mir herüber. Ich ziehe den Kopf ein.

»Nein, das geht nicht. Ich erkläre es dir ... ein andermal.«

Nun fällt mir endlich auf, was jeder andere zweifellos sofort gemerkt hätte: Hectors Stimme klingt ein wenig angespannt. Er hört sich sogar ziemlich gefühlsduselig an. Ist ihm mein Wohlergehen tatsächlich so wichtig?

»Hey, mir geht's wirklich nicht schlecht«, sage ich, um ihn zu beschwichtigen. »Mir ist nicht mehr übel, nur noch wenn ich Hunger habe, ich bin noch nicht abstoßend fett und habe immer noch jede Menge Zeit, um die … ähm … Entscheidung zu treffen. Ich versuche, nicht zu viel darüber nachzudenken. Eigentlich mache ich weiter wie normal. Irgendwie hoffe ich, dass die Antwort mir eines Tages einfach so beim Fernsehen einfällt.«

»Na, wenn dir diese Serien dabei ein Vorbild sind, dann wirst du dich zuerst für einen Abbruch entscheiden, es in letzter Minute aber einfach nicht tun können, dem falschen Typen sagen, dass er Vater wird, und wenn der richtige Vater es erfährt, schlagen sich die beiden, der eine zieht dem anderen einen Aschenbecher über den Kopf, und dein unschuldiger Bruder wird für dich ins Gefängnis gehen.«

Ich muss lachen über Hectors Witz, aber irgendetwas stimmt nicht mit ihm. Ich weiß nicht, irgendwie klingt er traurig. Und obwohl er sehr leise spricht, hat seine Stimme ein Echo, als wäre er in einem Badezimmer oder im Schwimmbad. Oder in einer Höhle.

»Du hast recht, ist vielleicht nicht die beste Idee …«

»Ähm, kannst du mal bitte kurz warten, Rach? Ich muss kurz mit jemandem sprechen.«

Das ist sehr sonderbar. Ich bin ein bisschen verstimmt, um ehrlich zu sein. Ich meine, schließlich hat er *mich* angerufen, oder? Aber wie er mich gerade »Rach« nannte, das hat mir gefallen.

»Gut, aber mach schnell.«

Während ich warte, schaue ich hoch und merke, dass Jean mich stirnrunzelnd beobachtet. Es sieht sogar aus, als würde sie zu mir herüberkommen. Schnell stehe ich auf. Solange Hector mit jemandem spricht, verstecke ich das Mobiltelefon in der Hand und verlasse eilig den Raum in Richtung Korridor. Ich gehe zur Damentoilette und schließe mich in einer Kabine ein, für den Fall, dass Jean die Verfolgung aufnimmt.

Als ich das Telefon wieder ans Ohr halte, plaudert Hector offenbar immer noch mit dieser geheimnisvollen Person. Unerklärlicherweise hoffe ich, dass es keine Frau ist. Ich höre jemanden sagen: »... tut mir so leid ...«, aber mehr kann ich nicht verstehen. Sonderbare Dinge geschehen da in dieser Höhle unter der Erde.

Irgendwann ist er wieder zurück. »Bist du noch dran?«, fragt er leise. »Rachel?«

»Ja, natürlich bin ich noch da. Ich hänge hier am Telefon und warte darauf, dass du wieder mit mir sprichst.«

Ich höre, wie er langsam die Luft ausstößt. »Danke. Ich bin dir so dankbar. Es tut mir leid, dass du so lange warten musstest. Ist nur ...«

»Nein, schon gut. Ich habe mich in der Toilette eingeschlossen, das kann also lange dauern. Wir Frauen sind berüchtigt dafür.«

»Ja, das ist mir schon aufgefallen.«

Ich kann ihn natürlich nicht sehen, aber seine Stimme klingt, als würde er sich mit geschlossenen Augen über den Hinterkopf reiben.

»Was ist los, Hector? Stimmt irgendwas nicht?«

Er stottert und schnieft, dann schweigt er. Ich frage mich, ob er gerade wirklich gestottert und geschnieft hat oder ob das ein Rauschen in der Leitung war. Vielleicht wurden wir unterbrochen.

»Hector?«

Er räuspert sich. »Rachel, kann ich dich um einen Gefallen bitten? Das würde mir viel ... es würde mir wirklich helfen.«

»Du bittest mich doch jetzt nicht etwa, irgendwas Komisches mit einem unsichtbaren Pferd zu machen, oder?« Keine Ahnung, warum ich immer noch Witze reiße, sie scheinen ihn nicht aufzuheitern. Muss die Anspannung sein.

Leicht schmunzelt er. »Nein, schon gut. Heute nicht. Obwohl ich vielleicht irgendwann darauf zurückkomme. Nein, um was ich dich heute bitte – jetzt bitte –, ist einfach, nun ja, am Telefon zu bleiben. Machst du das?«

Seine Bitte ergibt für mich überhaupt keinen Sinn. Er hat mich angerufen, um mich zu bitten, am Telefon zu bleiben? Ich muss doch eh dranbleiben, solange er am anderen Ende ist, oder? Es sei denn, er will gleich etwas ganz Gemeines zu mir sagen, wonach ich normalerweise den Hörer auflegen beziehungsweise wütend auf die rote Taste drücken würde. Und jetzt soll ich ihm versprechen, es nicht zu tun.

»Na, gut, aber wenn du etwas ganz Gemeines sagst, kann ich dir nicht garantieren …«

»Nein, nein, ich werde gar nichts sagen. Das ist es ja gerade.«

»Hä?«

»Rachel, ich rufe dich aus der Kirche an. In rund drei Minuten wird meine Mutter beerdigt, und ich glaube, das schaffe ich nicht allein. Es wäre eine große Hilfe für mich, wenn du einfach … einfach dranbleiben würdest, damit ich weiß, dass jemand für mich da ist. Auch wenn wir Fremde sind und ich dich kaum kenne, habe ich irgendwie das Gefühl, dass du eine gewisse Verbindung zu mir hast, zu dieser Asche, wegen der Nachricht, die du letztens auf meiner Mailbox hinterlassen hast, als ich wirklich am Tiefpunkt war.«

Erschrocken halte ich die Hand vor den Mund. Und ich albere herum und mache Witze! »Oh, Hector, natürlich bleibe ich am Telefon. Selbstverständlich. Aber ist Glenn denn nicht …?«

»Er ist mit Sarah und Jake hier. Die drei gehören zusammen. Das ist in Ordnung für mich, wirklich. Ich will das nur einfach nicht allein durchstehen.«

»Das verstehe ich.« Da fällt mir etwas ein. »Was für eine Nachricht?«

»Oh nein, jetzt geht es los. Bleib bitte dran, Rachel. Bleib einfach dran.«

Das tue ich.

Wenn wir nun verfolgen, wie Hector den Gottesdienst erträgt, so merken wir, dass er den Ohrstöpsel seines Handys in der folgenden Stunde unablässig im Ohr hat. Abgesehen von den wenigen Minuten, in denen er am Pult steht und etwas über seine Mutter vorliest, das er zusammen mit Glenn am Morgen verfasst hat, bedeckt er den Stöpsel mit einer Hand. Das Telefon selbst steckt unsichtbar in seinem Jackett.

Ich sitze in der Toilettenkabine und lasse meinen Tränen freien Lauf, während ich Hectors schöner Stimme lausche, die von den Kostümen erzählt, die seine Mutter für Schulaufführungen und Faschingsfeiern nähte, von ihren zauberhaften Weihnachtsfesten, von dem Zwischenfall, als sein Vater sie scherzhaft mit der Gabel pikste und sie zwei Stunden lang schmollte und sich weigerte, zum Essen zu kommen. Hector sprach auch vom Tod seines Vaters und davon, wie stark seine Mutter für ihre beiden Söhne gewesen war.

»Mum«, sagt er am Ende, und ich höre seiner Stimme an, dass er vor allen weint, »du hast das gut gemacht. Wir haben es dir nie gesagt, aber du warst eine tolle Mutter, es war wunderbar mit dir. Vielen Dank für alles.«

Mit leisen Schritten kehrt Hector an seinen Platz zurück, dann höre ich seinen Atem. Hastig zieht er die Luft durch den Mund ein und lässt sie langsam wieder heraus. Er hat seine Hand am Ohrstöpsel, umklammert ihn fast, als brauche er engen Kontakt dazu. Den Kopf hält er leicht zur Seite geneigt, als würde er ihn gern an eine Schulter anlehnen.

Schließlich bewegt sich die Gemeinde nach draußen, und ich muss auch langsam los. Vorsichtig ziehe ich die Tür der Damentoilette einen Spalt weit auf und spähe hinaus, immer noch das Handy am Ohr. Vor drei Minuten wurde die Tür aufgerissen, und Jean polterte herein. Ich weiß, dass sie es war, weil sie laut rief: »Rachel, bist du immer noch hier drin?« Ich blieb mucksmäuschenstill, wie ein Kind, das einen Dinosaurierfilm im Kino sieht, wartete, dass Jean aufgab und ihre Beute woanders suchte. Zwei Minuten lang versuchte ich, nicht zu atmen, dann ging sie endlich.

Jetzt bin ich auf dem Weg nach draußen, steuere auf die Aufzüge zu. Hector ist immer noch in meinem Ohr. Er spricht mit Menschen, die ihm ihr Beileid ausdrücken und dann darauf warten, dass er etwas Aufmunterndes sagt, damit es ihnen besser geht. Warum versucht denn niemand, ihn zu trösten?

Immer wieder flüstert er ganz leise: »Noch da?«, und ich antworte: »Noch da.«

Fünf Minuten später bin ich unten am Empfang. Kann man mich sehen? Nein? Umso besser. Ich verstecke mich im Büroartikelkämmerchen am Ende des Ganges. Da geht nie jemand rein, weil es in jedem Stock ein Lager für Büroartikel gibt. Dieses Lager ist für den Empfang, bloß benutzt da niemand Briefpapier.

Oben in der Verkaufsabteilung dreht Jean langsam durch. Wie sie aussieht! Ihr Haar ist total im Eimer. Mit pochendem Fuß starrt sie die Uhr an.

»Graham, mach mal für mich weiter! Ich gehe kurz eine rauchen«, sagt sie und eilt zur Tür.

Ein Glück, dass ich auf die Idee gekommen bin, mich in diesem Kämmerchen zu verstecken, denn da kommt Jean auch schon aus dem Aufzug gestürmt. Oh, Mann, gibt das einen Ärger!

»Rachel«, höre ich aus dem Handy, und ich zucke zusammen. Irgendwie war ich hier in der Dunkelheit neben den Kartons mit drei Jahre alten Katalogen ein wenig abgedriftet.

»Ja, ich bin da.«

»Es ist vorbei. Jetzt gehen alle.«

»Aha. Wo bist du gerade?«

»Ich stehe am Grab. Sie liegt da drin, ganz tief unten. Kalt und allein. Wie soll ich sie nur allein lassen?«

»Hilft es dir, wenn ich mit dir spreche, während du weggehst?«

Er antwortet nicht, aber ich erzähle ihm trotzdem was.

»Ich bekomme hier so einen Ärger! Jean, mein Supervisor, sucht mich schon im ganzen Haus. Als ich auf dem Klo war, kam sie sogar mit einer Taschenlampe rein. Jetzt hat sie an allen Ausgängen Männer vom SEK positioniert, es wimmelt hier von Typen mit Hunden und Suchstöcken und Laternen. Der Teppich im Empfang wird gerade auf meine Fingerabdrücke untersucht. Hier ist sogar einer in einem weißen Papieranzug, der Kulis mit einer Pinzette einsammelt und in Plastiktüten steckt.«

Ich höre etwas, das ich für ein schwaches Lachen halte, so hoffe ich wenigstens, und spreche weiter.

»Das ist kein Witz. Jean wird sauer, aber so richtig, wenn wir nicht am Platz sind. Als meine Freundin Chrissie einmal ihre Wimpern nachgetuscht hat, wurde ein AMA auf sie ausgegeben, und fünf Minuten später wurde ihr ungeschminktes Gesicht über Interpol gesucht. Ich weiß noch, wie sie sich darüber aufgeregt hat.«

»Was ist denn ein AMA?«

»Ähm, ich glaube, irgend so was wie ›Alle Mitarbeiter aufgepasst‹.«

Erneutes Lachen. »Tut mir leid, dass ich dir Ärger gemacht habe.«

»Hast du ja gar nicht. Keiner hat mich gefunden, ich schleiche jetzt wieder nach oben und tue so, als wäre ich die ganze Zeit an meinem Platz gewesen.«

»Gute Idee.«

»Finde ich auch. Aber eins noch: du hast gesagt, ich hätte eine Nachricht auf deiner Mailbox hinterlassen.«

»Ha, ja. Ich musste so darüber lachen, das glaubst du nicht. Keine Ahnung, wann du die aufgesprochen hast, ich habe sie vorgestern abgehört, als ich ins Büro ging.«

»Aber ich habe gar keine …«

»Es war mein erster Tag im Büro nach einem der schlimmsten Wochenenden in meinem Leben, nur damit du dir vorstellen kannst, wie mir zumute war. Ich war total deprimiert, als ich mich an den Schreibtisch setzte, hörte aber trotzdem die aufgesprochenen Nachrichten ab. Bei der ersten ging es um einen Vertrag, der angepasst werden soll, bei einer anderen um eine Besprechung, an der ich teilnehmen muss, und dann warst da plötzlich du, völlig atemlos und aufgeregt und sagtest ›Kacke‹. Deine genauen Worte waren wohl: ›Kacke, Kacke, KACKE, *KACKE!*‹ Hector lacht, jetzt fröhlicher. »Diese vier Worte in diesem Moment fassten präzise zusammen, wie es mir ging, und als ich hörte, wie du das sagtest, ging es mir sofort besser. Auf einmal war ich nicht mehr so allein. Ich habe wirklich laut gelacht, womit ich gar nicht rechnete, als ich an dem Morgen aufwachte. Du bist so eine Wohltat für mich, Rachel Covington.«

»Danke. Freut mich, dass ich helfen konnte.«

»Hast du wirklich. Ach, und vielen Dank für die Musik. Sie war sehr beruhigend.«

»Musik? Was für Musik?« Wovon redet er da? Ich habe ihm doch keine Musik geschickt. Vor einer Stunde wusste ich ja noch nicht mal, dass heute diese Beerdigung sein würde.

»Dein Summen. Das war wunderschön. Und passte so gut.«

»Summen?«

»Rachel, hör mal, ist das wieder so ein Akte-X-Ding? Sag nicht, dass du dich nicht erinnern kannst!«

»Ich kann mich nicht erinnern.«

»Nun, du hast die ganze Zeit während des Gottesdienstes und während wir uns von meiner Mutter verabschiedeten und ich dachte, ich klappe gleich zusammen, ›Lean On Me‹ gesummt.«

11

Das ist ein bisschen peinlich, oder? Während dieses langen schweigenden Telefonats war ich derartig froh, dass Hector bei mir Hilfe suchte und sich in dieser schwierigen Situation bei mir anlehnen wollte, dass ich meinen Gedanken hörbar Ausdruck verlieh. Ohne es zu merken. Ich muss aufpassen, dass mir so etwas nicht nochmal passiert.

Trotzdem wollte ich nicht, dass unser Gespräch aufhörte. Es war ein schönes Gefühl, etwas für jemanden tun zu können, besonders wenn er eins achtzig groß ist, freundliche braune Augen und eine wunderschöne Stimme hat.

Ach, anschließend bekam ich übrigens gar keinen großen Ärger. Als das Telefongespräch mit Hector beendet war, schlich ich zurück in meine Abteilung, ohne dass Jean mich erwischte – wahrscheinlich stand sie kettenrauchend auf dem Parkplatz –, und sagte Graham, es ginge mir nicht so gut, ich hätte ein »Frauenleiden«. Er beließ es dabei. Die alten Klassiker sind einfach unschlagbar.

Etwas über eine Woche später bin ich sonntags bei Mum und Dad zum Tee. Seit ein paar Wochen gehe ich ihnen aus dem Weg, weil ich glaube, dass man mir mein Problem am Gesicht ablesen kann – wenn nicht sogar woanders – und meine Mutter es riecht, sobald sie mich erblickt. Ich habe immer noch Angst davor, es ihr zu sagen, und sehe keinen Grund, mir das anzutun, falls ich mich doch noch gegen das Kind entscheiden sollte.

Da stehe ich also, vor der Haustür meiner Eltern. Dies ist die

Stelle, wo Sarah es an ihrem sechzehnten Geburtstag mit Martin Kennedy gemacht hat. Bei jeder Heimkehr werde ich unbarmherzig an diese Nummer erinnert. Das ist so was wie Sarahs Geschenk an mich.

Mum und Dad sind in der Küche und bereiten plaudernd das Essen vor. Eigentlich macht Dad den Großteil der Arbeit. Mum steht gegen den Schrank gelehnt da und gönnt sich ein Glas Wein. Dad ist heute mit dem Kochen dran. Offenbar erzählt er ihr gerade eine witzige Geschichte.

»Hi, Mum. Hi, Dad.«

»Rachel, mein Schatz! Hallo!« Mum nimmt mich in den Arm. Schweigend bete ich an ihrer Schulter, dass ihr weder mein Bauch noch meine Brüste auffallen. Ich bin in der zwölften Woche, und ob man es glaubt oder nicht, unter dem Bauchnabel sieht man eine kleine Wölbung. Zum Glück passen mir noch alle Klamotten, aber trotzdem ist mir das deutlich bewusst. Da auf der Arbeit noch niemand etwas gesagt hat, bin ich ziemlich sicher, dass man noch nichts sieht.

Aber ich bin bei meiner Mutter. Wenn irgendjemandem auffallen sollte, dass ich zugenommen habe, dann ihr. Und sie wird es nicht nur sehen, sie wird auch nicht zögern, es mir zu sagen.

Noch immer hält sie mich umarmt. Man sieht, wie ich versuche, meinen Körper nicht zu eng an ihren zu pressen. Wenn sie mein schuldbewusstes, nervöses Gesicht sehen könnte, würde sie sofort erraten, was los ist, Brüste hin oder her. Zum Glück kann sie das nicht. Dad kann es, aber was ihn angeht, mache ich mein übliches leicht irritiertes Gesicht, wie immer, wenn Mum mich in den Arm nimmt. Er zwinkert mir zu und zieht eine Miene, die besagt: Sie liebt dich halt.

Meine Mutter war sechzehn, als sie mit mir schwanger wurde. Mum und Dad waren nicht verheiratet, aber angeblich furchtbar ineinander verliebt. Sie heirateten noch schnell, bevor ich auf die Welt kam, was Mums Eltern deutlich glücklicher machte. Vielleicht ist ›glücklich‹ nicht das richtige Wort. Ich will nicht gerade behaupten, dass sie ihre Baseballschläger an den Nagel hängten, aber sie legten sie zumindest beiseite, um auf das Brautpaar anzustoßen. Mein Vater ist zehn Jahre älter als meine Mutter, deshalb gab es einen riesengroßen Skandal in der Familie, weil dieser sechsundzwanzigjährige Kerl meine Mutter in Schwierigkeiten gebracht hatte. Als ich geboren wurde, erboten sich alle aus der Familie meiner Mutter, mich aufzunehmen, so sicher waren sie, dass Dad sich aus dem Staub machen würde. Wenn ich als Kind meine Tante oder meine Oma besuchte, sagten sie beispielsweise: »Zu dieser Jahreszeit ist es so schön in Weston! Willst du es dir nicht mal ansehen?«

Das ist nun fünfundzwanzig Jahre her, aber Oma wirft Dad immer noch den bösen Alte-Damen-Blick zu. So als wolle sie sagen: »Glaub bloß nicht, dass du davongekommen bist, Jüngelchen, du bist immer noch in der Probezeit.«

Verglichen mit den Eltern meiner Freundinnen war Mum deshalb immer sehr jung. Sie ist in diesem Jahr erst vierzig geworden. Für mich als Jugendliche war so eine junge Mutter entsetzlich. Ständig lief ich ihr in den Nachtclubs über den Weg.

Sie lässt mich los und mustert mich argwöhnisch. Jetzt kommt es, denke ich und erstarre.

»Machst du zu Hause auch immer schön sauber, Rachel?«, fragt sie aus heiterem Himmel. Von allen Dingen, die ihr auffallen können, wäre ich nicht auf die Idee gekommen, dass sie das merkt. Das ist unglaublich! Woher weiß sie, dass ich schlampig geworden bin? Rieche ich nicht mehr nach Bleiche? Ist die Haut an meinen Händen zu weich geworden? Glänzen meine Fingernägel zu stark?

»Ja, sicher. Ich habe doch deine Liste, die liegt immer schön ordentlich in der Küchenschublade. Hast du eine Gurke, Mum?«, frage ich und gehe zum Kühlschrank.

»Hm, ich glaube, da ist eine drin. Guck mal nach!«

Da kommt James, mein kleiner Bruder. »Hi, du Faulpelz, alles klar?« Und schon ist er wieder weg.

»Ja, James, vielen Dank«, sage ich in den Raum hinein. »Es geht mir sehr gut, danke der Nachfrage. Schön, dich zu sehen. Wie geht es dir?«

»Ach, kümmer dich nicht um ihn«, sagt Dad, »er hat nur das Projekt im Kopf, an dem er gerade in der Garage bastelt. Irgendwas mit Pappe und Tesafilm.«

»Schon verstanden.«

Das Essen verläuft viel besser, als ich erwartet habe. Begeistert wie ein kleines Kind erzählt Dad mir von einem neuen motorbetriebenen Werkzeug, das er sich gerade gekauft hat – angeblich kann man damit Holz in einem 45-Grad-Winkel schneiden, auch wenn ich nicht weiß, wozu das gut sein soll. Mum berichtet, dass sie jetzt dienstags abends mit Dad zum Salsa-Tanzen geht. Ich werfe Dad einen Blick zu, aber er reagiert nicht. Die Pausen in der Unterhaltung füllt James mit langweiligem Gelaber über dieses oder jenes Computerspiel. Wenn man die Ohren auf Durchzug stellt, kann man es ertragen. Ich lächle ihn zärtlich an und danke Gott, dass ich nicht mehr mit ihm in einem Haus leben muss.

Sieht also aus, als würde mein Geheimnis gewahrt bleiben. Erleichtert, meinen Pflichtbesuch abgestattet zu haben, fahre ich nach Hause. Wenn ich den noch länger hinausgezögert hätte, wäre es nicht mehr zu verheimlichen gewesen. Jetzt kann ich wieder sechs, sieben Wochen ins Land ziehen lassen, und bis dahin ... bis dahin ist alles vorbei, so oder so.

Der nächste Tag ist wieder ein Montag. Früher bin ich montags morgens immer aus dem Bett gehüpft und habe mich auf den Beginn einer neuen Arbeitswoche gefreut. Eine neue Gelegenheit, Abschlüsse zu machen, auf der Tabelle weiter nach oben zu klettern. Ich liebte meinen Job, er war für mich mehr Hobby als Arbeit. Unablässig versuchte ich, meine eigene Bestmarke zu übertrumpfen, noch mehr zu verkaufen, meine Technik zu verbessern, mehr zu erreichen, mehr zu gewinnen.

Auch heute hüpfe ich aus dem Bett und freue mich auf die vor mir liegende Arbeitswoche. Man sehe mich an, ich springe umher, als sei ich nicht schwanger und hätte keine Sorgen. Ich fühle mich heute einfach super. Nach dem Duschen mache ich mein Haar, und es sitzt schon beim ersten Mal. Es sieht sogar besser aus als sonst. Meine Haut strahlt, ich habe jede Menge Energie und fühle mich … keine Ahnung … unbelastet. Sorgenfrei kann ich nicht behaupten, weil ich weiß, dass ich schwanger bin und mir noch immer keine Meinung gebildet habe. Aber im Moment ist das irgendwie unwichtig. Man sieht es nicht, ich wirke nicht krank oder fett, warum sollte es mich stören?

Keine Cornflakes mehr zum Frühstück. Ich stehe momentan total auf Obst und esse jeden Morgen eine halbe Melone. Sie schmeckt, als hätte Gott bei ihrer Erschaffung die besten Zutaten im Himmel verwendet, um sie perfekt zu machen.

Im Auto singe ich die Lieder aus dem Radio mit – »*I get knocked down, but I get up again, you ain't never gonna keep me down*« – und ich singe noch, als ich unseren Verkaufsraum betrete. Ich tänzele sogar leicht. Oh ja, es fühlt sich gut an, wieder die Alte zu sein.

Ich wirble hinüber zu meiner Telefonkonsole, wo Val auf mich wartet, blass und still wie immer.

»Alles in Ordnung, Val? Wie geht es dir an diesem herrlichen Morgen?«, rufe ich ihr zu.

»Meine Mutter ist gestorben«, sagt sie und vermiest mir die Laune für den Rest des Tages.

»Oh nein, oh, wie schrecklich, das tut mir furchtbar leid«,

sage ich und hocke mich neben sie. Verdammt nochmal, was ist hier eigentlich los? Zwei Mütter in einer Woche? Wie groß ist die Wahrscheinlichkeit dafür? Ich verkneife mir meine Ausgelassenheit wie ein aufgeregtes Tier, das einfach nicht still sitzen kann. Vals arme Mutter war seit Wochen im Hospiz, litt unter furchtbaren Schmerzen, daher sei es eigentlich eine Erlösung für alle, sagt Val. Aber sie sieht nicht erlöst aus. Ich tätschele ihr den Rücken, stehe auf und gehe ihr einen Becher heiße Schokolade holen.

Arme Val! Während ich den Gang hinunter zum Automaten laufe, denke ich an den Tag, als sie mich fragen wollte, ob ich ihr etwas zu trinken mitbringen würde, und ich so tat, als würde ich es nicht merken. Jetzt schäme ich mich aufrichtig dafür. Ich bin so versunken in diese reuevollen Gedanken, dass ich erst im letzten Moment den vertrauten Rücken am Automaten bemerke. Mein Herz zuckt zusammen, doch nach außen hin bleibe ich überraschend ruhig. Ich werde langsamer, weil ich hoffe, dass er wieder geht, ohne mich zu entdecken.

Oder bin ich langsamer geworden, weil man nicht sexy aussieht, wenn man schnell geht? Hat irgendjemand gerade ein Déjà-vu? Ich schon.

Wem fällt die Ironie des Schicksals auf, dass Nick nie am Automaten stand, als ich hinlief, um ihn zu treffen, aber jetzt, wo er mir egal geworden ist, da steht? Nein, stimmt nicht, ganz egal ist er mir nicht. Inzwischen kennen mich alle ziemlich gut, nicht? Mein Herz schlägt schneller, und ich fahre mir mit der Zunge über die Lippen, mein Not-Lipgloss. Mittlerweile hat sich natürlich herumgesprochen, dass Nick verheiratet ist. Ob er wohl weiß, dass ich das verbreitet habe? Er dreht sich um und sieht mich auf ihn zukommen. Vor Zorn verzieht er das Gesicht.

»Du böse kleine Hexe«, sagt er mit leiser Stimme. Anscheinend weiß er also, dass ich es war.

»Hallo, Nick«, sage ich. »Freut mich auch, dich zu sehen.«

»Du hast Geschichten über mich erzählt.«

»Ach ja?« Lässig gehe ich an den Automaten – »Entschuldige bitte« – und schiebe die Münzen in den Schlitz.

»Und wie du das hast, du hinterhältige kleine Schlampe«, sagt er, macht mir aber Platz. »Überall rumzuerzählen, ich wäre verheiratet. Was soll das?«

»Tut mir leid, ich weiß nicht, was du meinst«, erwidere ich beiläufig. »Wie kommst du bloß auf die Idee, dass ich auch nur dreißig Sekunden meines Lebens auf dich verschwende?«

Die heiße Schokolade ist durchgelaufen. Ich nehme den Becher, werfe Nick ein Lächeln zu und marschiere davon. Ich bin völlig cool, aber innerlich schmelze ich dahin. Es liegt an diesen babyblauen Augen, diesen langen Wimpern. Und an diesem Körper. Und am Haar, nicht zu vergessen. Da wird mir einfach anders. Ich hoffe inständig, dass er mir nachschaut. Ich habe nämlich eine besonders enge, tief sitzende Hose an.

Verweilen wir noch kurz und sehen uns an, wie Nick auf unser Treffen reagiert. Er zieht sich kein Getränk, das heißt, er muss hier gewartet haben, um mit mir zu sprechen. Und obwohl sein Gesicht vor Zorn verzerrt ist, verfolgt sein Blick meine eng anliegende Hose den ganzen Korridor hinunter. Er setzt sich erst in Bewegung, als ich durch die Tür verschwunden bin.

In meiner Abteilung gibt Jean eine öffentliche Erklärung ab. Wir bekommen eine neue Kollegin. Karen Walker, die bisher an Konsole acht saß, ist mit ihrem Freund nach Portugal gezogen. Schon seit einem Jahr erzählt sie uns von ihren Plänen, es glaubte schon niemand mehr daran. Aber Konsole acht ist leer, das heißt, sie ist entweder in Portugal oder nur gegangen, damit es so aussieht, als wäre sie ausgewandert. So oder so, wir sind einer weniger, und das bedeutet mehr Abschlüsse für mich.

Tatsächlich habe ich heute meinen ersten Geburtsvorsorge-Termin, deshalb muss ich am Vormittag besonders fleißig sein, um die fehlenden Stunden aufzuholen. Der Termin ist um drei, Jean hat mir den Nachmittag freigegeben. Ich habe ihr gesagt, ich müsste wegen eines Frauenproblems ins Krankenhaus. Sofort hob sie abwehrend die Hand und sagte, mehr wolle sie gar nicht wissen. Hätte ich ihr eh nicht erzählt.

»Sieh zu, dass du die Abschlüsse aufholst«, knurrt sie mich an. Als müsste man mir das sagen!

Um Viertel nach zwei stelle ich auf »Besetzt«, winke Jean zu und gehe mit der Handtasche auf die Toilette. Bevor ich verschwinde, möchte ich noch etwas erledigen, und den alten Zeiten zuliebe mache ich das auf dem Damenklo. Ich schließe mich in einer Kabine ein, nehme die Handtasche auf den Schoß und suche darin nach dem kleinen schwarzen Handy. Ich gehe ins Menü und klicke auf »Büro«, aber als die Verbindung hergestellt wird, geht die Tür auf. Zwei Mädchen kommen herein und plaudern aufgeregt miteinander. Schnell unterbreche ich den Anruf.

»Oh, Mann, Lise, hast du den gesehen? Der sah ja verdammt geil aus.«

»Ja, ich weiß. Hast du die Augen gesehen? Was meinst du? Glaubst du, den kann ich mir angeln?«

»Du weißt doch, dass er verheiratet ist, oder?«

»Na und? Ich will doch kein Kind von ihm!« Ich höre ihrer Stimme an, dass sie sich die Wimpern tuscht.

»Du hast recht.«

Die beiden schweigen. Ich bekomme das unangenehme Gefühl, dass es um Nick geht. Eigentlich habe ich sie ja nur über einen gut aussehenden, verheirateten Mann sprechen hören, das könnte jeder sein. Vielleicht habe ich schon Wahnvorstellungen. Während ich warte, dass die beiden verschwinden, mache ich vorsichtshalber nochmal Pipi. Als mir einfällt, dass ich Urin zur Untersuchung mitbringen soll, ist es bereits zu spät. Mist.

»Seine Frau tut mir ehrlich leid.«

»Ja? Warum, weil sie jeden Abend mit so einem ins Bett gehen muss? Allerdings, die Arme, das muss ja wirklich hart für sie sein.«

»Nein, im Ernst. Die Frau zu sein ist langweilig. Er hat sich an sie gewöhnt, verstehst du? Deswegen hat er uns solche Blicke zugeworfen. Und sie muss doch wissen, dass er jede Frau haben kann, die er will. Hast du gemerkt, wie er mir in den Ausschnitt geguckt hat? Mann, wenn ich nur dran denke, wird mir schon ganz heiß.«

»Reg dich ab. Du sabberst ja schon!«

Die beiden kichern, dann öffnet und schließt sich die Tür. Schnell suche ich wieder die Nummer vom Büro heraus und drücke auf die grüne Taste. Während die Verbindung aufgebaut wird, verziehe ich das Gesicht, weil Nick offensichtlich mit allen im Büro flirtet, obwohl er verheiratet ist und Vater wird. Auch wenn er praktisch nichts von dem Kind weiß. Möglicherweise haben die beiden ja auch gar nicht von Nick gesprochen. Aber die Beschreibung passte perfekt.

»McCarthy Systems.«

Hat schon mal jemand irgendwo angerufen und während des Klingelns darüber nachgedacht, was der gut aussehende, aber verheiratete Scheißkerl aus der Personalabteilung so treibt, und als sich jemand am Telefon meldete, dann völlig vergessen, mit wem man überhaupt sprechen wollte? Ich auch noch nicht. Bis jetzt. Einen Moment sitze ich auf dem Klo und höre die Frauenstimme, die mir sagt, dass ich gerade eine Firma namens McCarthy Systems angerufen habe, und ich habe keine Ahnung, warum. Ich bin wieder im Reich von Akte X. Scheinbar haben mich die Aliens, die mich entführt haben, gerade zur

Erde zurückgebracht, und ich bin mitten in einem Telefonat, von dem ich nichts weiß.

»Ähm …«

»Was kann ich für Sie tun?«, fragt die Frau. Mit gerunzelter Stirn versuche ich mich zu erinnern, was ich vorhatte. Dann fällt es mir wieder ein. McCarthy Systems, klar.

»Ja, ähm, könnte ich bitte mit Hector sprechen?«

»Es tut mir leid, aber Mr. McCarthy ist im Moment nicht abkömmlich. Darf ich ihm etwas ausrichten?«

Mist! Damit habe ich nicht gerechnet. In einer halben Stunde ist mein erster Geburtsvorsorge-Termin, worüber ich wirklich gerne mit jemandem sprechen würde. Und dieser Jemand ist natürlich Hector. Oje, das bedeutet, ich muss ohne jede Aufmunterung in die Praxis gehen.

»Soll ich ihm etwas ausrichten?«, wiederholt die Frau.

Soll sie? Ich habe nur angerufen, um vor dem Termin noch eine freundliche Stimme zu hören, warum also sollte ich eine Nachricht hinterlassen? Schließlich bitte ich sie nur, ihm zu sagen, dass ich angerufen habe, und belasse es dabei.

Der Termin ist in der ersten Etage in der Praxis meines Arztes. Seit vier Jahren gehe ich hierhin, aber oben bin ich noch nie gewesen. Die Treppe ist sehr steil, die Flure sind schmal und haben niedrige Decken, wie geschaffen als Untersuchungsräume für Geburtsvor- und -nachsorge. Na super! Anämische Frauen mit zwickenden Stichen im Schritt, denen es aus allen Öffnungen läuft und die wahrscheinlich noch einen brüllenden Säugling auf dem Rücken tragen, müssen alpenähnliche Stufen erklimmen, und wenn – oder besser: falls – sie oben ankommen, sind die Flure verstopft mit fetten Frauen und Kinderwagen. Ich möchte wetten, dass es ein Mann war, der diese Räume nach oben verlegt hat.

»Rachel Covington?«

Es ist so weit. Ich versuche dreinzuschauen, als gehörte ich zu den anderen künftigen Müttern hier, auch wenn das nicht so ist. Die meisten Frauen tragen Flip-Flops. Ich folge der Krankenschwester ins Untersuchungszimmer. Sie schließt die Tür hinter uns.

»Rachel heißen Sie, nicht wahr?«

»Ja.«

»Gut. Dann neben Sie mal Platz, Rachel.« Die Frau ist blond und pummelig und trägt einen knapp sitzenden dunkelblauen Schwesternkittel, dessen Knöpfe beinahe abplatzen. Sie ist der sichtbare Beweis für die Geldknappheit unseres Gesundheitswesens. Der Kittel stammt wahrscheinlich aus dem Jahr 1980.

Ich setze mich auf den Stuhl, sie hockt sich auf die Schreibtischkante. In der Hand hält sie einen rosa Aktendeckel aus Karton, schlägt ihn auf und liest, was darin steht. »Aha. Sie sind also, hm, dreizehn, vierzehn?«

»Ich bin vierundzwanzig.«

Sie grinst mich an. »Oh, Entschuldigung, ich meine die Woche, meine Liebe. Das ist Ihr erstes Kind, nicht wahr?«

Ich schaue auf den Ordner. Jemand hat »Rachel Covington« in die Zeile geschrieben, unter der »Name der Mutter« steht. Ich werde jetzt als Mutter bezeichnet. Sehr beunruhigend. Ich fühle mich nicht wie eine Mutter, aber anscheinend haben die Leute hier entschieden, dass ich dazu in der Lage bin. Dass ich es tun sollte. Der rosa Ordner ist der Wegweiser zur Mutterschaft. Wenn ich diesen Weg einschlage, gelange ich irgendwann an einen Punkt, wo es ein Baby gibt.

Die Frau beugt sich vor, um mir in die Augen zu sehen. »Wird das Ihr erstes Kind, Rachel?«, fragt sie freundlich. Hilflos schaue ich zu ihr auf, sage aber nichts.

Sie rutscht vom Tisch und geht in den hinteren Teil des Raumes. »Haben Sie schon meine Briefe gesehen?«, fragt sie. Natürlich weiß sie, dass ich sie nicht gesehen habe, ich habe ja schließlich noch nie einen Fuß in diese Etage gesetzt. Dennoch schüttele ich den Kopf.

»Dann kommen Sie mal her und lesen Sie!«

Ich stehe auf und gehe zu ihr. An der Wand hängen Briefe, an Pinnwände, Bildleisten und sogar auf die nackte Wand gesteckt, geklebt oder geheftet. Rosa Briefe, blaue Briefe, gelbe Briefe, schlichte weiße Briefe, einige handgeschrieben, andere getippt. Manche wurden auf dem Computer gedruckt, die Seitenränder sind geschmückt mit den traditionellen Baby-Grafiken in Pfirsichfarben, beruhigendem Lila und Kornblumenblau: Schnuller, Schühchen, Bettchen, schlafende Babygesichter. Auf keinem Brief sieht man übernächtigte, genervte Erwachsene oder blutunterlaufene rote Augen.

»Die sind alle von meinen Babys. Besser gesagt, von den Müttern und Vätern der Babys, die ich auf die Welt gebracht habe.«

Ich beuge mich vor, um einen Brief zu lesen. »Liebe Katy«, steht da, »wir wollten uns nur kurz melden und Ihnen sagen, wie viel …« Dann wird geschildert, wie sich das Leben der Menschen mit der Ankunft des kleines Engels änderte, dass sie es nicht ohne Katys Unterstützung geschafft hätten, wie viel Freude der kleine Engel ihnen beschere. Da steht, sie könnten nicht in Worte fassen, was sie empfinden. Ich bin der Meinung, dass sie sich nicht schlecht anstellen, so wie sie das ganze Blatt volltexten. Unten ist ein kleines Foto angetackert. Ich muss mich vorbeugen, um es zu erkennen. Es zeigt ein winziges, schlummerndes Gesicht, eine geballte Faust von der Größe eines Marshmallows, volle Schmetterlingslippen und fedriges schwarzes Haar.

»Ist sie nicht wunderschön?«, fragt Katy, die Hebamme. »Sie heißt Annabel.«

Ich gehe zum nächsten Brief, zum nächsten Foto. Ein kleiner Junge namens Ben, ebenfalls mit süßen Bäckchen, aber ohne

Haar, dafür mit rabenschwarzen, weit aufgerissenen Augen, die die neue Welt betrachten. Ich bleibe vor jedem Brief stehen und lese die freudigen Worte, betrachte die Fotos, die winzigen Fingernägel, die langen Wimpern und die tiefen, staunenden, dunklen Augen. Während ich im Zimmer umherwandere, ist Katy an ihren Platz auf der Schreibtischkante zurückgekehrt und beobachtet mich.

Diese Fotos! Sie sind unglaublich. Die Perfektion dieser winzigen Wesen, jedes mit einem einzigartigen Gesichtchen. Ich frage mich, ob meines Nicks Augen haben wird, und erschrecke, als mir klar wird, wie weit ich in die Zukunft blicke, dass ich an ein richtiges Kind mit Augen, Nase und Haaren denke. Und zum ersten Mal wird mir klar, dass in mir ein richtiger Mensch heranwächst, der in jeder Hinsicht vollständig von mir abhängig ist, sogar mit seinem Leben. Er ist einfach da. Er hat keine Erwartungen, keine Hoffnungen. Noch nicht. Aber ich könnte sie ihm geben. Ich könnte ihm das Leben schenken. Ob das Baby wohl schon Hände und Füße hat, frage ich mich. Und ob schon feststeht, ob es ein Mädchen oder ein Junge wird?

»Was meinen Sie?«, fragt Katy auf dem Schreibtisch.

Ich drehe mich zu ihr um und lächle schwach. »Die sind unglaublich. Ich hätte nicht gedacht …«

Sie hebt die Hand. »Ich möchte nicht, dass Sie das Gefühl haben, sich sofort entscheiden zu müssen, Rachel. Das ist eine schwere Entscheidung, die sollte man nicht innerhalb weniger Minuten treffen und nicht unter dem Eindruck des Glücks anderer Menschen. Ein Kind zu bekommen ist das Verantwortungsvollste und Schwerste, was man tun kann. Dafür muss man bereit sein. Es ist besser, wenn ein Kind gar nicht erst zur Welt kommt, als wenn es eine Mutter hat, die es nicht von ganzem Herzen will. Im Moment ist es nicht viel mehr als ein Pflänzchen, das versucht, in fruchtbarer Erde Halt zu finden. Es hat kein Bewusstsein, keine Wahrnehmung, ist also in vielerlei Hinsicht noch gar kein Kind. Aber es besitzt ein enormes Potenzial.«

»Ich weiß.«

»Rachel.« Katy kommt zu mir und nimmt meine Hand. »Wie auch immer Sie sich entscheiden, ich werde Ihnen helfen. Aber die Entscheidung selbst kann ich Ihnen nicht abnehmen. Ich möchte nicht, dass Sie sich aus irgendeinem Grund unter Druck gesetzt fühlen. Niemand verurteilt sie, niemand wird etwas Schlechtes von Ihnen denken, egal was passiert, ja?«

Ich nicke stumm.

»Gut. Haben Sie den Urin dabei?«

Glücklicherweise ist direkt nebenan eine Toilette. Katy taucht einen Papierstreifen in meine Probe, untersucht ihn und schreibt dann »o. B.« auf meinen Aktenordner.

»Was heißt das: o. B.?« Das hat doch wohl nichts mit Tampons zu tun, oder?

»O. B.? Ach, das meinen Sie. Das heißt ›ohne Befund‹. Ich habe nur gerade Ihren Urin untersucht, um zu sehen, ob er einen erhöhten Protein- oder Zuckergehalt aufweist, denn das könnte bedeuten, dass irgendetwas mit Ihnen nicht stimmt und wir Sie genauer untersuchen müssten. Aber es ist alles in Ordnung.«

Ehrlich gesagt, gefällt mir das nicht. Es bedeutet ja nicht, dass wirklich alles gut ist, nur dass niemand etwas gefunden hat.

»Na gut, wo Sie schon einmal hier sind, können wir Sie auch gleich untersuchen, mein Schätzchen, nur um sicherzugehen, dass es bisher noch keine Probleme gibt, ja?«

Ich lege mich auf die Liege, und Katy drückt auf meinen Unterleib. Dann sagt sie auf einmal: »Ah ja«, erklärt sich aber nicht weiter. Ich frage auch nicht nach. Sie holt ein Instrument, das so aussieht, wie ich mir eine runden Schubladengriff vorstelle, der über Drähte mit einem größeren Kasten auf Rädern verbunden ist und vorne eine rote Digitalanzeige hat. Katy drückt den Schubladenknauf auf meinen Bauch und bewegt ihn ein wenig. Schließlich sieht man Zahlen im Digitaldisplay.

»Wofür ist das?«, frage ich.

»Oh, ich prüfe nur den Herzschlag, Rachel. Ist alles in Ordnung.«

»Sie meinen, den vom Baby …?«

»Ja, den vom Baby.«

»Es hat schon ein Herz …?«

Katy lächelt mich an und hilft mir hoch. »Gut. In vier, fünf Wochen müssen Sie einen Ultraschall machen lassen, um zu sehen, wie groß das Kind ist und ob es richtig wächst. Ich gebe Ihnen schon einen Termin dafür. Hören Sie, Rachel, ich möchte, dass Sie unbedingt dorthin gehen, ja? Es ist auch zu Ihrer Sicherheit, wissen Sie? Man kann dabei sehen, ob es irgendwelche Probleme gibt, die Sie gefährden könnten. Alles klar, meine Süße?«

»Ja.«

»Gut. Jetzt gucke ich nur noch, wie schwer Sie sind, und messe Ihren Blutdruck, damit ich weiß, dass Sie in guter körperlicher Verfassung sind, falls Sie sich für diesen Schritt entscheiden.« Ist das nicht herrlich, wie Katy diesen ganzen erstaunlichen Prozess zusammenfasst? Die implosive, höchst unwahrscheinliche Verschmelzung von Eizelle und Spermium, gefolgt von vierzig Wochen unglaublichem, niemals so recht begriffenem Wachstum bis zu den vierundzwanzigstündigen schmerzhaften Muskelkrämpfen, die damit enden, dass aus den Tiefen des eigenen Körpers auf heftige, blutige Art ein lebendes Wesen ausgetrieben wird, das alles als »Schritt« zu bezeichnen? Oh, Mann, wenn das nur so einfach wäre!

Draußen auf der Straße gerate ich in eine Art Schwebezustand. Ich betrachte das Laub an den Bäumen, das sich bereits herbstlich färbt. Eine leichte Frische liegt in der Luft, der Herbst ist nicht mehr weit. Ich liebe diese Jahreszeit. Ich mag sie am liebsten, nach Frühling und Sommer. Die Sonne steht schon tief am Himmel, obwohl es noch nicht mal vier Uhr ist. Lang fallen die Schatten auf die Straße. In nicht allzu großer Ferne höre ich das plätschernde Wasser vom Gemetzel, das mich an den Sommer erinnert. In wenigen Wochen wird die Stadt den Brunnen abstellen und das Wasser für den Winter ablaufen lassen.

Ich habe ein Kind in mir. Das ist der alles dominierende Gedanke in meinem Kopf. Wenn ich ehrlich bin, ist es der einzige Gedanke momentan. Ja, sicher, stimmt, ich weiß schon etwas länger, dass ich ein Baby im Bauch habe. Aber bis zu diesem Augenblick, als ich reglos auf dem Bürgersteig im Herbstsonnenschein stehe, war es für mich eher ein Problem als ein potenzieller Mensch.

Katy hat zwar gesagt, dass ich noch alle Möglichkeiten habe und mich niemand wegen meiner Entscheidung verurteilen wird, aber das war gelogen. Nicht viel mehr als ein Pflänzchen, so hat sie sich ausgedrückt, ohne Bewusstsein und Wahrnehmung. Das erinnert mich an diese Horrorgeschichte, die uns in der Schule erzählt wurde: Wenn man Apfelkerne schluckt, fangen sie in einem an zu wachsen, bis schließlich ein Baum oben aus dem Kopf bricht, komplett mit Äpfeln und allem.

Nun ja, Apfelkerne waren nicht beteiligt, und es wird mir auch nichts aus dem Kopf kommen, aber abgesehen davon gibt es schon gewisse Parallelen.

Plötzlich klingelt das Telefon in meiner Tasche, und ich weiß sofort, wer dran ist. Schnell hole ich es hervor. Ich kann kaum erwarten, Hector zu erzählen, was ich gerade erlebt habe.

»Hallo?«

»Hi, Rachel, ich bin's, Hector. Oh, tut mir leid, das wusstest du natürlich. Ich habe die Nachricht von dir erhalten. Ist alles in Ordnung?«

»Ach, Hector, ich weiß es nicht. Die meinen, es wäre noch

eine Pflanze, aber in Wirklichkeit ist es schon fast ein Mensch. Deshalb glaube ich denen nicht so recht, wenn sie sagen, dass ich noch genug Zeit und alle Möglichkeiten habe und dass mich keiner verurteilt.«

»Aha.«

»Die sagen, sie würden mich nicht unter Druck setzen, und ich müsste mich nicht sofort entscheiden, sie würden mir helfen, egal was ich tue, aber sie könnten mir die Entscheidung nicht abnehmen. Und dann zeigen sie mir diese unglaublichen Fotos von winzig kleinen Babys mit glänzenden schwarzen Augen und minikleinen Fingern und Zehen, alles so vollkommen, und glauben tatsächlich, mich damit nicht in eine bestimmte Richtung zu drängen. Wenn das kein Druck ist, dann weiß ich es nicht. Mum meint, so was nennt man emotionale Erpressung, wenn man versucht, jemanden zu etwas zu bringen, indem man ihm ein schlechtes Gewissen macht, falls er es nicht tut.«

»Da hat sie recht.«

»Ich weiß. Das ist total unfair.«

»Und wahrscheinlich auch unprofessionell.«

»Ja, das stimmt. Total unprofessionell.«

»Rach, kann ich dich mal kurz was fragen?«

»Was?«

»Von wem redest du überhaupt?«

»Von der Hebamme, Katy. Was hast du denn gedacht?«

»Ach, von der Hebamme. Verstehe. Zwischendurch war die Rede von deiner Mutter, das hat mich etwas durcheinandergebracht.«

»Das macht sie öfter.«

Hector lacht. Es klingt so herrlich! »Da muss ich aber auf der Hut sein.«

»Ist wohl am besten.«

Einen Moment schweigen wir, und ich überlege, wie ich auf

das Thema von seiner Mutter und der Beerdigung zu sprechen kommen soll.

»Hört sich an, als wäre deine Mutter echt nett«, sagt Hector. Seine Stimme ist etwas leiser geworden.

»Sie ist eine richtige Nervensäge. Du würdest sie mögen.«

»Was willst du damit sagen?«

»Ähm, nichts, nur dass, ähm, wenn du sie kennenlernen würdest, irgendwann mal zufällig oder so …« Scheiße. Was rede ich da für einen Schwachsinn!

Kurzes Schweigen, dann sagt er vorsichtig: »Das würde ich wirklich gerne. Ich meine, sie mal zufällig treffen. Ohne dass es abgesprochen ist oder so.«

Mensch, kann man noch deutlicher sein? »Na, dann wollen wir mal sehen, ob wir es mal irgendwann nicht absprechen können.«

»Super. Nenn mir nur den Tag, damit ich dann stark beschäftigt bin.«

»Gut.« Mir gefällt die Richtung nicht, in die sich dieses Gespräch bewegt. Ich weiß einfach nicht, ob Hector scherzt oder nicht. Das kommt bei mir nur höchst selten vor. Ich bin mir nicht einmal sicher, ob er etwas von mir will, und das hat es noch nie gegeben. Wenn ich sonst einen Typen kennenlerne, kann ich so gut wie garantieren, dass er heiß auf mich ist – es sei denn, er ist schwul –, aber bei Hector ist alles anders. Er ist der einzige Mann, den ich als Schwangere kennengelernt habe, und das verzerrt buchstäblich alles.

»Vielen Dank, dass du mir geholfen hast bei der … bei der Beerdigung meiner Mutter, Rachel. Dadurch war es nicht ganz so … unerträglich.« Seine Stimme wird ganz rau und kehlig.

»Keine Ursache, Hector. Das weißt du doch. Ich hab dir gerne geholfen.«

»Und wie du das hast. Mehr als dir bewusst ist.«

Wieder wird seine Stimme heiser.

»Was … was war denn eigentlich mit deiner Mutter?«, frage ich dann.

Er holt tief Luft und stößt sie langsam aus.

»Hey, tut mir leid, Hec, das hätte ich nicht fragen sollen. Es geht mich nichts an. Vergiss das bitte, ja?«

»Nein, nein, Rachel, ist schon gut. Ich möchte ja darüber reden. Ich möchte mit dir darüber reden. Von allen, die ich kenne, allen Freunden und Kollegen, bist du die Einzige, mit der ich darüber sprechen will. Tut mir leid. Es ist nur … ist nur so schwer, es rauszukriegen.«

Ich warte und umklammere das Telefon, als würde ich seine Hand halten.

»Als du am Samstag anriefst und dir herausrutschte, was mein lieber Bruder so treibt, da war ich gerade mit einem befreundeten Geschäftspartner essen. Das hätte ich nicht unbedingt an dem Tag machen müssen. Ich hätte auch bis zum nächsten Wochenende warten oder es unter der Woche erledigen können. Manchmal muss ich am Wochenende arbeiten, aber das versuche ich wegen Mum zu vermeiden. *Versuchte* ich. So, nach dem Gespräch mit dir bin ich losgefahren, um Glenn ordentlich die Leviten zu lesen, aber zwischendurch wurde ich abgelenkt und beschloss dann, es wäre keine gute Idee, Glenn damit zu konfrontieren, wenn Sarah und Jake im Haus sind. Die Sache ist: Ich war deshalb länger unterwegs. Ich hatte Mum gesagt, ich würde ihr Pfannkuchen machen, aber als ich nach Hause kam …« Er bricht ab. In mir breitet sich eine Kälte aus, wie brennendes Feuer. »Als ich nach Hause kam, lag sie in der Küche auf dem Boden. Sie hatte versucht, selbst Pfannkuchen zu backen, und dabei einen Schlaganfall bekommen. Ich rief einen Krankenwagen, aber es war zu spät. Im Krankenhaus hatte sie einen zweiten Schlaganfall und starb, ohne noch einmal zu Bewusstsein gekommen zu sein. Gelitten hat sie wohl nicht.«

»Du liebe Güte!«

»Ja, das habe ich auch gedacht. Seitdem quäle ich mich jeden Tag mit dem Gedanken, was gewesen wäre, wenn ich nicht essen gegangen wäre, wenn ich danach nicht in Glenns Richtung gefahren wäre, wenn ich an dem Tag einfach zu Hause geblieben wäre. Würde sie dann noch leben? War es der Stress, allein zu sein, der den ersten Schlaganfall auslöste? Und hätte der zweite verhindert werden können, wenn sofort nach dem ersten ein Krankenwagen da gewesen wäre?« Hector hält inne und zieht die Luft ein. »Ach, Rachel, tut mir leid. Ich will dich nicht mit diesen Sachen belasten. Du hast selbst genug Sorgen, da muss ich nicht noch …«

Ich weiß nicht, was ich sagen soll. Ist es in so einer Situation am besten, ein paar angemessene, taktvolle Fragen zu stellen? Oder ist es besser, vom Thema abzulenken?

»Sollen wir uns treffen?«, frage ich plötzlich, obwohl das gar nicht meine Absicht war.

Man kann sehen, wie erstaunt und erfreut Hector ist. Anscheinend habe ich erspürt, was er hören wollte. Er hatte nämlich nicht gewusst, wie er mich fragen sollte. »Ja.«

»Echt? Super. Wann und wo?«

»Wie wäre es mit dem Gemetzel? Schaffst du es in einer halben Stunde?«

Ich blicke hinüber zu den tropfenden Gestalten. »Ich schaffe es in zehn Minuten. Und du?«

»In fünf.«

»Dann also in zwei Minuten.«

»Gebongt. Bis in zwei Minuten!«

Und, habe ich noch genug Zeit, im Café Cream Tease aufs Klo zu gehen, um mir das Haar zu machen und ein bisschen Lippenstift aufzulegen, in zwei Minuten? Nein, glaube ich nicht. Und trotzdem gehe ich hinein. Von allem anderen abgesehen, möchte ich auf keinen Fall am Brunnen sitzen und dort auf Hector warten.

So, da kommt er. Von meinem Aussichtspunkt in der Tür des Cafés kann ich ihn perfekt sehen. Er ist sehr groß – größer, als ich in Erinnerung habe. Und wenn ich es recht bedenke, sieht er auch nicht schlecht aus. Ich meine damit nicht die gefährliche, dunkle, umwerfende Schönheit eines Nick Maxwell – zum Beispiel ist Hector älter –, aber irgendwie sind sein verwuscheltes braunes Haar und das stoppelige Kinn äußerst anziehend. Im Allgemeinen sieht er etwas ungepflegter aus als Nick, nicht so makellos und geschniegelt. Das Jackett hat er wieder über die Schulter geworfen, er trägt keine Krawatte, und das Hemd kriecht ihm vorne aus der Hose. Und doch muss ich bei seinem Anblick lächeln, wie er auf den Brunnen zueilt, auf die Uhr schaut und sich umsieht. Warum bloß?

Zuerst mal bleibe ich stehen, unsichtbar im Eingang. Ich will Hector ein, zwei Minuten warten lassen. Er setzt sich auf die Brunneneinfassung, an die Stelle, wo wir uns zum ersten Mal getroffen haben. Er muss wie ein Wahnsinniger gefahren sein, um so schnell hier zu sein. Allerdings weiß ich ja gar nicht, von wo er gekommen ist – vielleicht war er ja um die Ecke. Aber ich stelle mir lieber vor, dass er wie ein Irrer gefahren ist, um mich zu sehen.

So, jetzt wird's Zeit. Ich löse mich vom Eingang und gehe breit lächelnd zu Hector hinüber. Er entdeckt mich und steht auf. Die pure Freude in seinem Gesicht lässt mein Herz fast aussetzen.

»Wahnsinn, Rachel, du siehst umwerfend aus!« Er umfasst meine Arme und zieht mich an sich heran, beugt sich vor und gibt mir einen Kuss auf die Wange. Zwei Sekunden lang sind wir uns sehr nahe. In diesen zwei Sekunden wird alles langsam, bleibt fast stehen. Ich erhasche den Duft von Rasierwasser oder Aftershave und von warmem, würzigem Shampoo. Hectors

Bartstoppeln kratzen mir über die Wange. Dann löst er sich wieder von mir. Es ist vorbei, bevor einer von uns die Möglichkeit hat, darüber nachzudenken. Danach schauen wir uns leicht peinlich berührt an. Mir ist ein bisschen heiß und flau im Magen geworden, aber was hat sein Gesichtsausdruck zu bedeuten? Ich finde, Hector wirkt leicht verwirrt, durcheinander. Vielleicht sogar ein wenig besorgt? So eine Reaktion auf Körperkontakt habe ich noch nie erlebt.

Sein Wagen steht in der Nähe auf dem Parkplatz – logisch –, deshalb schlägt er vor, eine Spritztour zu machen. Er hat wirklich ein tolles Auto. Einen dicken silbernen Mercedes mit Ledersitzen und Klimaanlage. Ich lehne mich gegen die Kopfstütze und schließe die Augen, während die kühle Luft über mich hinwegstreicht.

»Und, wo sollen wir hinfahren?«, fragt Hector und schaut mehrmals hinüber zu mir auf dem Beifahrersitz. Als er den Parkplatz verlässt, würgt er den Motor ab.

»'tschuldigung«, sagt er und lässt ihn wieder an. Er versucht anzufahren und macht noch einen Hopser. »Mensch, was ist denn los mit mir?«, fragt er und dreht erneut den Zündschlüssel. »Heute habe ich zwei linke Hände.« Er weicht meinem Blick aus.

»Da liegt das Problem«, sage ich. »Du musst mit den Füßen fahren.«

»Haha«, macht Hector, dann biegt er beinahe falsch herum in den Kreisverkehr ein und stellt statt des Blinkers die Scheibenwischer an.

»Fahren wir einfach los und gucken, wo wir landen«, sage ich lächelnd.

»Du hast also nichts dagegen, im Auto zu bleiben?«

Wir fahren hinaus aufs Land. Beim Fahren erzählt mir Hector von seiner Mutter, die bei ihm gelebt hat. Er erzählt von der Krebserkrankung seines Vaters, der vor achtzehn Jahren starb.

Der fünfzehnjährige Junge, der neben seiner Mama am Grab stand und ihre Hand so fest umklammerte hielt wie ein kleines Kind, tut mir so leid. Während Hector das schildert, sieht er mich nicht an, aber ich beobachte ihn. Er hat Tränen in den Augen. Schnell verdrückt er sie, und ich zeige ihm die Schafe draußen auf der Wiese und tue so, als hätte ich nichts bemerkt.

Wir landen in einem kleinen Pub namens »Der Frosch im Nachthemd«. Als wir das entsprechende Schild über der Tür sehen, brechen wir in lautes Gelächter aus. Dann gehen wir hinein.

Hector betrachtet mich, während ich die Lachtränen fortwische. »Weißt du«, sagt er, »du bist jetzt ein ganz anderer Mensch als das kranke, blasse Ding, das ich vor zwei Monaten getroffen habe.«

»Danke. Das finde ich auch.«

Er bestellt etwas zu essen – für mich Salat, mit viel Gurke –, und ich schlinge alles herunter. Dabei muss ich an das letzte Essen mit Nick denken, als wir diesen furchtbaren Sean trafen. Ich traute mich kaum, irgendetwas herunterzuschlucken, wollte interessant und verführerisch wirken. Hector schaut mir beim Essen zu, aber es stört mich nicht. Warum sollte es, wo ich mich die ganze Zeit nicht anstrenge, so sexy wie möglich auszusehen?

Auf dem Heimweg singen wir im Dunkeln zum CD-Spieler. Hector hat so einen Sampler mit vielen alten Liedern, und ich entdecke den Song, den ich am Morgen auf dem Weg zur Arbeit gehört habe: »Tubthumping« von Chumbawamba. Während ich singe: *»I get knocked down, but I get up again«*, begleitet mich Hector mit: *»We'll be singing when we're winning«*. Im Takt wippen wir nach rechts und links, genießen die aufmunternde Musik. Ich denke daran, wie ich mit Nick im Auto saß und wie angespannt und nervös ich die ganze Zeit war. Ich war nie locker, sondern immer bedacht, toll auszusehen, mich von meiner besten Seite zu zeigen. Ich schaue Hector an, der fröhlich die Melodie von »Smack My Bitch Up« von The Prodigy mitsummt, und mir fällt auf, dass ich nicht ein einziges Mal über mein Aussehen nachgedacht habe, seitdem ich im Cream Tease Lippenstift nachlegte.

»Was guckst du so, du Zauberfee?«, fragt er plötzlich mit einem Grinsen.

»Nichts. Musste nur gerade an Nick denken.«

»Nick?«

»Ja, das ist der … ähm … der Vater«, sage ich leise.

»Ah.« Hector wirft mir einen kurzen Seitenblick zu und schaut dann wieder auf die Straße. Er singt nicht mehr.

Er fährt mich zurück zu meinem Wagen im Gewerbegebiet. Die fröhliche, heitere Stimmung ist verflogen. Hector ist still und mürrisch.

Als er den Motor abstellt, sage ich: »Vielen Dank, Hector. Das war wirklich wunderschön.« Das habe ich schon oft gesagt, aber zum ersten Mal meine ich es ehrlich.

Mit traurigem Blick sieht er mich an. »Fand ich auch, Rachel«, sagt er leise, streckt die Hand aus und streicht mir eine Haarsträhne aus den Augen. Er berührt mein Haar. »Ja, es war wirklich … wunderschön«, murmelt er geistesabwesend.

»Ich gehe jetzt besser«, sage ich und greife zu meiner Tasche. »Muss morgen früh arbeiten.«

»Ja, ich auch. Hör mal, können wir …«

»Ja?«

»Ähm, vielleicht könnten wir ja … Wenn du nicht … ich meine, falls du …« Er fährt sich mit den Fingern durchs Haar, macht es noch unordentlicher. »Was ich sagen will, ist Folgendes: Meinst du, wir könnten so was nochmal machen? Ich meine, zusammen ausgehen?«

Lächelnd nicke ich. Seine Miene erhellt sich. »Ja, gerne.«

»Oh, super«, sagt er mit einem Seufzer der Erleichterung. Er kommt näher und gibt mir einen zweiten zärtlichen Kuss auf die Wange.

Er küsst mich nicht aufs Ohr, auch nicht auf das knorpelige Stück vorn am Ohr, hinter das man den Ohrstöpsel klemmt, sondern auf die Wange. Ein leichter Kuss, ein zarter Hauch, ich spüre seinen Atem noch, als er sich schon längst wieder von mir gelöst hat.

Als ich mich von seinem Wagen entferne, drehe ich mich um und winke. Hector schaut mir nach, lächelt aber nicht. Ganz im Gegenteil: Er sieht sehr besorgt aus. Fast wäre ich auf der Stelle stehen geblieben; sein Gesichtsausdruck lässt mich innehalten. Aber Hector hat sich bereits umgedreht, um rückwärts auszuparken. So sehe ich zu, wie sein Wagen den Parkplatz verlässt.

Mit sorgenvoller Miene fährt Hector davon. Ich kann nicht wissen, dass er annimmt, ich hätte gerade eine lange Beziehung hinter mir, an deren Ende ich schwanger geworden sei. Er geht davon aus, dass ich noch immer etwas für den Vater empfinde. Hector glaubt, dass auch der Kindsvater sehr bald einsehen wird, was ihm entgeht, und mich um eine tränenreiche Versöhnung bittet. Er hatte nicht vor, mich zu küssen, er konnte einfach nicht anders. Jetzt ärgert er sich über seine Gefühle. Denn das Beste für alle wäre, wenn die Eltern des Babys wieder zusammenfänden.

12

Ich werde einfach nicht schlau aus ihm! Das ist für mich das erste Mal, das mir so etwas passiert. Ist Hector der erste komplexe, tiefgründige Mann, mit dem ich mich je getroffen habe? Sollte er mehr wollen, als mich ins Bett zu bekommen? Wenn das so ist, welche Chance habe ich dann, ihn je zu verstehen? Er freut sich offenbar, wenn er mich sieht, und wir haben großen Spaß zusammen. Aber dann wird er plötzlich wieder ganz still und wirkt total genervt und besorgt, wenn ich gehe. Zwanzig Minuten denke ich darüber nach, dann schlafe ich ein.

Seit drei Monaten habe ich nicht mehr so gut geschlafen. Am nächsten Morgen bin ich frisch, hüpfe durch die Wohnung, singe immer wieder dasselbe Lied. Ich esse die zweite Hälfte der Melone zum Frühstück. Von glücklichen Engeln im Paradies gezogen. Zögernd bleibe ich vor der Toilette stehen, aber es kommt nichts heraus. Jippie! Dadurch wird meine Laune noch besser. Ich mache mich fertig für die Arbeit – das Haar wird langsam länger, aber das gefällt mir ganz gut – und nehme Tasche und Schlüssel vom Tisch.

Wir sind im dritten Stock, der Aufzug kommt gerade an – inzwischen kennt man ihn, nicht? –, und ich stehe drin. Wer kann die schwarz gekleidete junge Frau mit der attraktiven Kurzhaarfrisur sein, die davorsteht? Die Türen öffnen sich, und ich trete heraus, erblicke die Frau, die, wie sich herausstellt, nicht auf den Fahrstuhl, sondern auf mich wartet. Sie steuert geradewegs auf mich zu, als würde sie mich kennen, aber man merkt an der Art, wie ich mich abwende und an ihr vorbeihuschen will, dass ich sie nicht erkenne. Und dann fällt es mir plötzlich wie Schuppen von den Augen.

Wer kennt das aus Filmen, wenn eine Figur jemanden ansieht und ahnungslos wieder wegschaut, ihr dann aber klar wird, dass sie nicht richtig hingesehen und wahrscheinlich etwas Wichtiges verpasst hat, und sich deshalb schnell noch einmal umdreht? Mum sagt, so etwas nennt man stutzen. Ich fand es immer total aufgesetzt, denn wenn man eine Frau anguckt, die kurz zuvor noch eine schmuddelige Lesbe in Schlabberhose und grauem Kapuzenshirt war und jetzt ein tolles Supermodel in Etuikleid und silbernen Pumps ist, dann streift man sie doch nicht mit einem Blick und schaut weg, nur um plötzlich zu begreifen, dass sie sich fast bis zur Unkenntlichkeit verändert hat, und verschlingt sie dann mit den Augen, oder?

Doch. Genau das mache ich gerade.

»Heiliger Bimbam!«, rufe ich. Es ist Chrissie – unglaublich, was? Ich meine, wie sie aussieht! Ein völlig neuer Typ! Endlich hat sie diese Obstdruck-Shirts in strahlendem Kirschrot und Zitronengelb ausgemustert und trägt jetzt eine schwarze Marlene-Hose und ein superenges schwarzes Top mit tiefem Ausschnitt. In ihrem V-Ausschnitt sehe ich sogar ein bisschen schwarze BH-Spitze blitzen. Ich bin baff. Auch ihr Haar sieht tausendmal besser aus! Die bis auf die Schultern reichende Lockenmähne ist fort. Jetzt hat Chrissie schwarzes Haar, kurz und stufig geschnitten. Kleine Locken kringeln sich in ihr Gesicht. Es sieht super aus. Ich taste sogar befangen an meinem eigenen Haar. Heute Morgen im Spiegel sah es ganz gut aus, aber nun wird mir schmerzlich bewusst, dass ich seit fast vier Monaten nicht mehr beim Frisör war und die Strähnen langsam herauswachsen. Mist – jetzt fühle ich mich schon neben Chrissie ungestylt!

Chrissie ist auch anders geschminkt. Nicht mehr dieser grellrote Lippenstift, sondern viel unauffälligere Farben im Nude-

Look. Sie wirkt schick, schlank – einfach umwerfend! Nicht dass sie dünn wäre, aber diese Klamotten unterstreichen ihren großen Busen und lenken den Blick von ihren breiten Hüften und dem dicken Bauch ab.

»Mensch, Chrissie, du siehst klasse aus!« Ich bin selbst ganz überrascht. Normalerweise kann ich es nicht leiden, wenn jemand genauso gut oder besser aussieht als ich, denn das ist bei Chrissie jetzt zweifellos der Fall. Aber das juckt mich überhaupt nicht. Ganz im Gegenteil: Ich freue mich für sie und lächle sie aufrichtig an. Sie wirkt jedoch skeptisch.

»Danke. Hör mal, ich muss dir was erzählen. Die Neue von Nummer 8 ist da. Gerade gekommen. Heißt angeblich Paris, ausgerechnet! Kommt sich toll vor, merkt man sofort. Irgendwie nuttig …«

»Wieso siehst du denn auf einmal ganz anders aus?«

Chrissie schaut mich an. »Nur so. Warum muss ich einen Grund dafür haben? Wieso kann ich nicht einfach beschließen, dass ich anders herumlaufe, wenn ich Lust darauf habe, ohne dass ich direkt tausend Fragen beantworten muss?« Sie will weggehen, dreht sich aber noch einmal um. »Schnell, da kommt die Neue. Guck sie dir an!«

Ich folge Chrissies unmerklich verdrehten Augen zu einem jungen Mädchen, höchstens achtzehn oder neunzehn, das in der Tür vom Telefonverkauf steht und sich mit M&M unterhält. Ich finde, sie sieht ganz in Ordnung aus: langes mausbraunes Haar mit Pferdeschwanz, kurzer Rock, weiße Schuhe. M&M machen einen fröhlichen Eindruck, sie lächeln und plaudern angeregt. Gerade will ich Chrissie den Rücken zuwenden, als ich etwas entdecke, das mich innehalten lässt. Die Kinnlade fällt mir hinunter. Mike oder Martin hält einen dampfenden Kaffeebecher in der Hand. Er drückt ihn dem neuen Mädchen in die Hand. Sie ist dankbar und lächelt, nestelt an ihrem Haar herum, klimpert mit den Augenwimpern. Und dann – Schreck, oh Schreck – sehe ich an M's Gesten (er zeigt mit dem Ellenbogen nach hinten zu den Liften, nickt nachdrücklich, weist auf seine Armbanduhr und auf die Wanduhr), dass er der Neuen erklärt, er würde jeden Tag gegen zwei Uhr mit dem anderen M auf dem Weg zum Aufzug am Kaffeeautomaten vorbeikommen, da könnten sie ihr gerne einen Kaffee mitbringen, wenn sie wolle.

Ich werfe Chrissie einen kurzen Blick zu. Sie mustert mich mit trauriger, mitleidiger Miene. Drüben in der Tür grinst die Neue gefällig, nickt und sagt wahrscheinlich: »Oh, vielen Dank, das wäre wirklich supernett.« Dann beugt sie sich vor und gibt jedem M einen Kuss auf die Wange. Als sie davongeht, schauen M&M ihr schweigend nach. Dann werfen sie sich verstohlen einen triumphierenden Blick zu – ist denn das zu glauben?

»Die ist doch absoluter Durchschnitt«, sagt Chrissie, als ich mit offenem Mund hinüberschaue. »Komm, du musst da rein.« Andere Kollegen gehen an uns vorbei in den Telefonraum, grüßen sich mit »Morgen« und »Hallo«. Chrissie fasst mich am Arm und führt mich durch die Tür. Drüben an Platz 8 unterhält sich die Neue freundlich mit ihren neuen Nachbarn Jim und Penny, die ihr zeigen, wie der Stuhl funktioniert, wie man den Computer einschaltet, wie die Konsole aktiviert wird.

An meinem Schreibtisch steht Val und beobachtet, was vor sich geht. Als sie mich sieht, lächelt sie. »Hallo, Rachel, alles in Ordnung?«

Ich nicke stumm und setze mich.

»Wie die aussieht, das gefällt mir nicht«, sagt Val. Sie ist jetzt deutlich gesprächiger. Wir sind fast Freundinnen geworden.

»Mir auch nicht. Möchtest du eine heiße Schokolade, Val?« Ich stehe wieder auf und gehe in Richtung Kaffeeautomat.

Was mich stört, ist, dass ich im Telefonverkauf immer einen

gewissen Status hatte. Nun ja, nicht nur in meiner Abteilung, sondern im gesamten dritten Stock. Und in weiten Teilen des Hauses, wenn ich ehrlich bin. In den meisten Horizon-Kreisen kennt man meinen Namen, man liebt oder hasst mich, aber egal bin ich niemandem. Ich bin diejenige, die die Aufmerksamkeit bekommt, die eingeladen wird, der man den Kaffee bringt, verdammt! Und jetzt versucht diese Paris, die in Wirklichkeit eine total langweilige Frisur hat, mich zu verdrängen.

Am Kaffeeautomaten muss ich fast achtzig Sekunden auf die heiße Schokolade warten.

Ist das eine Überreaktion? Schließlich bringen M&M lediglich jemandem täglich eine Tasse Kaffee. Aber früher haben sie die *mir* gebracht. Ja, das habe ich vermasselt, als ich total besessen davon war, Nick zu treffen. Aber da jetzt jeder weiß, dass Nick verheiratet ist und wir nicht mehr zusammen sind, könnten die beiden es mir doch wieder anbieten, oder? Vielleicht hatten sie es vor, kamen aber nicht dazu? Oder sie hatten einfach keine Lust mehr. In letzter Zeit habe ich ziemlich oft schlechte Laune gehabt und sah ganz schön scheußlich aus, da haben sie wohl Abstand von mir genommen. Aber wollten sie denn jemals was von mir? Die sind doch schwul, oder nicht? Ich weiß es wirklich nicht.

Piep. Die erste heiße Schokolade ist fertig. Ich werfe noch eine Pfundmünze ein.

Ich glaube nicht, dass irgendjemand die Antwort darauf weiß, nicht einmal M&M selbst. Ist eh egal. Entscheidend ist, dass sie es nicht mehr für mich tun, sondern für Paris. Na, und? Was stört mich das? Warum rege ich mich überhaupt darüber auf, wo ich doch jetzt ein Baby bekomme? Bekomme ich ein Baby? Heilige Scheiße, ich habe keine Ahnung.

Piep. Nummer zwei ist auch fertig. Mit beiden Bechern in der Hand kehre ich zurück an meinen Tisch.

Den ganzen Vormittag ertragen Val und ich das Scharwenzeln und Getue an Platz 8. Jean hält ihre Predigt über Extras, Verkaufszahlen und Tabellen. Paris sitzt da und tut so, als würde sie zuhören. Ich beobachte sie jedoch und merke, dass sie nur so tut, als lausche sie Jean. In Wirklichkeit flirtet sie mit Simon gegenüber. So etwas ist gemein, weil Simon sich offensichtlich drüber freut und glaubt, eine Chance bei ihr zu haben, während eigentlich jeder sofort sieht, dass einer wie er keinen Stich bei ihr bekommt. Er ist ein lieber Kerl und meint es gut, aber er trägt Muskelshirts. Egal, solange die Neue Jeans Vortrag über Verkaufstechnik und Kundenpflege nicht zuhört, lernt sie auch nichts, und das bedeutet mehr Abschlüsse für mich. Ich bin wieder auf Platz 6 – ist es jemandem aufgefallen?

Zum Mittag zieht Chrissie ihre Lippen nach, wuschelt ihre neue Frisur auf und verschwindet durch die Tür, ohne mich auch nur zu fragen, was ich vorhabe. Das nagt ein wenig an mir, wie man an meinem Gesicht ablesen kann. Val geht zum Mittagessen immer runter in die Kantine. Ich begleite sie. Val überlegt, ob sie ein neues Sofa kaufen soll, und spricht auf dem Weg nach unten unablässig darüber. Ich träume von dem Salat und dem Obst, das ich in der Kantine essen werde. Gelegentlich schiebt sich das Bild von M vor meine Augen, wie er Paris den Kaffee reicht, aber ich versuche, es zu verdrängen.

Als ich fünfundzwanzig Minuten später an meinen Platz zurückkehre, liegt dort eine Nachricht, jemand hätte für mich angerufen. Daneben steht die Nummer, die ich zurückrufen soll. Ich kenne sie nicht, und sofort nehme ich an, dass es Hector war. In heller Vorfreude wähle ich schnell die Nummer.

»Lacey Ladys«, sagt eine Stimme, die ich sofort erkenne. Enttäuscht sacke ich zusammen. Es ist das Geschäft, wo Susan arbeitet.

»Hi, Susan, ich bin's, Rachel. Wie geht's dir?«

»Oh, Rach, hallo! Hey, schön, von dir zu hören. Seit Jakes

Geburtstag haben wir uns nicht mehr gesehen, was? Du fehlst mir. Wie geht's dir denn, du Arme?«

Susan ist einfach so nett. Manchmal ist das richtig lästig.

»Mir geht's gut, Sue. Und dir?«

»Aber bei der Geburtstagsfeier ging es dir so schlecht. Bist du gut nach Hause gekommen?«

Wir dürfen nicht vergessen, dass Jakes Geburtstagsfeier jetzt zwei Monate her ist, wenn ich also nicht gut nach Hause gekommen wäre, ist es jetzt ziemlich spät, sich danach zu erkundigen. Helfen könnte Susan mir nun auch nicht mehr.

»Ja, danke, Sue, kein Problem. Das war keine Grippe.«

»Nein, nein, ich weiß schon Bescheid. Du Arme, so enttäuscht zu werden. Du musst ihn wirklich gern gemocht haben, dass du so krank wurdest, als Schluss war. Aber der Typ ist auch arm dran, so eine schreckliche Ehe, dass er sich woanders Trost suchen muss. Und die arme Frau, mit so was klarkommen zu müssen.« Sie seufzt dramatisch.

»Susan, man kann nicht mit beiden Mitleid haben, das geht nicht.«

»Aber das ist alles so furchtbar. Als Chrissie mir das erzählte, hast du mir so leidgetan!«

Nun, es wundert mich nicht, dass Chrissie es ihr erzählt hat – schließlich habe ich ihr absichtlich gesagt, dass Nick verheiratet sei, damit sie das Gerücht bei Horizon verbreitet. Chrissies Buschtrommel ist so wirkungsvoll, sie reicht sogar bis zum Miederwarengeschäft in der Fußgängerzone.

»Egal, Rachey, sollen wir heute Nachmittag vielleicht schwimmen gehen? Was meinst du? Es ist Ewigkeiten her.«

»Echt? Ja, gut. Treffen wir uns im Schwimmbad?«

Ich treffe vor Susan im Schwimmbad ein und nutze die Gelegenheit, um mich einmal gründlich zu betrachten. An der Wand bei den Toiletten hängt ein Ganzkörperspiegel. Vor diesem baue ich mich auf und inspiziere den Schaden. Also, meine Brüste sind mit Sicherheit gewachsen, aber wenn man bedenkt, dass sich ein zweiter Mensch in mir versteckt, ist mein Bauch gar nicht so groß. Klar, er ist nicht so flach wie sonst, aber den Grund dafür kann man nicht ahnen, wenn man nicht Bescheid weiß. Man würde denken, dass ich einfach zu viel esse.

Mist.

Susan kommt und mustert mich von der Seite, während ich in den Spiegel schaue. »Du siehst so toll aus wie immer, Rach«, sagt sie, »man merkt nur, dass du in letzter Zeit nicht so oft schwimmen warst.«

Ich schaffe vierzig Bahnen, dann taumele ich mit Pudding in den Beinen zurück in die Umkleidekabine. In der Zeit, die ich für vierzig Bahnen brauche, hat Susan sechzig geschafft. Entspannt und gut gelaunt schlüpft sie unter die Dusche. »War das nicht herrlich?«, fragt sie beim Haarewaschen. »Genau das habe ich gebraucht. Puh!«

Wir gehen ins Café, um wie üblich einen schwarzen Kaffee ohne Zucker zu trinken, aber heute gönne ich mir eine heiße Schokolade und eine Zimtschnecke.

»Die sieht aber lecker aus«, sagt Sue und trinkt ihren schwarzen Kaffee.

»Willst du probieren?«, frage ich.

»Oh nein, bloß nicht. Die vielen tierischen Fette darin ... ups ... Tut mir leid, Rach. Iss ruhig weiter! Hin und wieder hat man sich einfach so was verdient, oder? Ist doch egal, was ich denke. Wahrscheinlich fühlst du dich im Moment ziemlich angeschlagen, oder?«

Ich schaue sie an. »Was soll das heißen?«

»Ich meine nur, weil dieser Mann, den du so mochtest, verheiratet ist. Das hat dich bestimmt erschüttert.«

»Also, am Anfang schon, denke ich, aber jetzt ...«

»Ich weiß genau, wie man sich da vorkommt. Ich war nämlich auch mal in einen verheirateten Mann verliebt.«

»Wirklich? Das wusste ich gar nicht.«

Susan nickt und trinkt noch einen Schluck. »Ich habe es niemandem erzählt. Es war eine schreckliche Zeit für mich. Es tat so weh. Aber als ich es erfuhr, habe ich sofort Schluss gemacht.«

»Hm.«

»Mein Pech war nur, dass ich schwanger war.«

Fast verschlucke ich mich am Gebäck. »Was?«

»Du hast recht, das war dumm von mir. Ich war erst achtzehn. Es war eine Katastrophe.«

Kaum traue ich mich, die nächste Frage zu stellen. »Und was hast du gemacht?«

»Wusstest du, dass ich zur selben Zeit wie Sarah schwanger war?«

Ich schüttele den Kopf.

»Nein, wie auch? Was sollte ich tun? Ich war achtzehn und hatte kein Geld, und der Vater ... nun, sagen wir einfach, er hielt nicht viel von der Idee, seiner Frau zu sagen, dass er wieder Vater werden würde.«

»Ach, du liebe Güte ...«

»Aber ich habe immer wieder daran gedacht: wie alt das Kind heute wäre, wie es wohl aussähe, solche Sachen. Wenn ich Spielzeug sehe, frage ich mich, ob ich das zu Weihnachten oder zum Geburtstag gekauft hätte. Manchmal suche ich sogar etwas aus.« Geistesabwesend schaut Susan in die Ferne.

»Oh Gott, Sue, warum hast du denn nichts gesagt? Das muss ja furchtbar für dich gewesen sein, als Jake auf die Welt kam.«

Sie nickt, und Tränen treten ihr in die Augen. »Ich wollte nicht, dass jemand erfuhr, was ich getan hatte. Selbst meine Mutter weiß nichts davon.«

»Und warum erzählst du es mir jetzt?«

Sie lächelt, schnieft und wischt sich mit dem Strickjackenärmel über die Augen. »Weil ich dachte, es würde dich interessieren, Rachel.«

Ob sie es wohl erraten hat? Ich weiß es nicht. Ich sitze im Auto, fahre nach Hause und gehe immer wieder durch, was Susan gesagt hat. Ist ihr mein leicht gerundeter Bauch aufgefallen, und hat sie ihn dann mit meiner »Krankheit« auf Jakes Geburtstag in Verbindung gebracht? Susan war immer schon sehr einfühlsam, deshalb würde mich das nicht wundern. Trotzdem habe ich ihr nichts verraten.

Ich bekomme wieder so eine magenknurrende Hungerattacke und lasse die Zunge heraushängen, als würde das helfen. Ich brauche etwas zu essen. Was habe ich zu Hause? Eine ganze Parade von Bildern marschiert an meinem inneren Auge vorbei – ein großer Teller Spaghetti bolognese mit einem Riesenberg Käse obenauf, eine dampfende Portion Chili mit Reis, ebenfalls mit Massen von geriebenem Käse, ein Teller mit Bohnen auf Toast, auch hier schmilzt obenauf geriebener Käse, aber es geht viel schneller: nur fünf Minuten Zubereitungszeit statt fünfzehn. Oder noch besser: Wie wäre einfach eine Scheibe schlichter Toast mit dick Butter drauf?

Oh, Scheiße, ich habe meine Abfahrt verpasst. Erschrocken trete ich, ohne nachzudenken, auf die Bremse. Hinter mir ertönt ein lautes Kreischen von Gummi auf Asphalt, gefolgt von betäubendem Lärm und einem heftigen Ruck, der das Auto samt meinem Körper nach vorne schleudert. Mein Kopf knallt rückwärts gegen die zu kleine Kopfstütze. Sengender Schmerz fährt mir durch Nacken und Schultern, ich schreie auf. Ein Teil von mir weiß, das mir jemand hinten aufgefahren ist, aber andererseits dreht sich alles in meinem Kopf. Ich umklammere das Lenkrad, mein Herz klopft laut vor Panik. Ich schließe die Augen, um die aufkommende Übelkeit zu verdrängen, dennoch dreht sich alles, als hätte ich zu viel getrunken. Ich schaue auf und versuche, mich auf etwas Unbewegliches zu konzentrieren, um den Schwindel unter Kontrolle zu bringen. Ich sehe durch die Windschutzscheibe und richte den Blick auf einen roten Briefkasten auf der anderen Straßenseite. Das einzige Geräusch, das ich höre, ist ein schwaches Heulen, es klingt wie ein hastig drehendes Auto.

Da! Der Wagen fährt wirklich davon! Das Schwein hat nicht mal angehalten, um sich zu vergewissern, ob es mir gut geht. Bestimmt hat der keine Versicherung oder keinen Führerschein.

Was tue ich jetzt nur? Wenn ich hier ein paar Minuten stehen bleibe, klingen die Schmerzen vielleicht ab, sodass ich nach Hause fahren kann. Nachdem ich dreißig Sekunden so reglos wie möglich gesessen habe, halte ich es nicht länger aus und will aussteigen. Meine Handtasche ist bei dem Zusammenstoß auf den Boden gefallen. Wenn ich sie erreichen kann, könnte ich Hector anrufen. Oder einen Krankenwagen. Ich bin so durcheinander, dass ich nicht weiß, was dringender ist.

Plötzlich klopft es am Fenster. Ich fahre zusammen. Von außen wird die Tür geöffnet. Gott sei Dank.

»Sind Sie verletzt?«, fragt eine Stimme. Das Gesicht kann ich nicht sehen. Ohne den Kopf zu bewegen, erkenne ich nur eine beige Strickjacke mit großen braunen Knöpfen, die wie Holz aussehen. Ich versuche zu nicken, aber heiße Nadeln stechen mir durch den Nacken.

»Ja«, sage ich.

»Wo, im Nacken?«

»Hm.«

»Sonst noch etwas?«

Seit rund dreiundzwanzig Jahren reagiere ich auf Fragen mit Nicken oder Kopfschütteln. Es ist wirklich schwer, sich das abzugewöhnen. Ich will den Kopf schütteln – *autsch* – und sage dann mit schmerzerfüllter Stimme: »Nein.«

»Gut. Ich rufe jetzt einen Krankenwagen. Bewegen Sie sich nicht.« Was denkt der sich? Eigentlich wollte ich ein bisschen tanzen, um die Wartezeit zu verkürzen.

Der Mann entfernt sich, und ich kann ihm nicht hinterhersehen, weiß also nicht, was er macht. Ich höre, wie er einen Krankenwagen anfordert. Nach zwei Minuten ist er zurück.

»Alles klar, machen Sie sich keine Sorgen, der Krankenwagen ist unterwegs. Ich heiße übrigens Frank. Ich wohne da drüben, neben dem Briefkasten. Das ist einer der Gründe, warum wir hergezogen sind, wissen Sie das? Sie glauben ja nicht, wie praktisch es ist, direkt neben einem Briefkasten zu wohnen. Alles klappt bei uns doppelt so schnell. Aber Hauptsache, Ihnen geht es gut. Oh, da kommt ja schon der Krankenwagen!«

Die Sanitäter – Tom und Beth – untersuchen mich und stellen mir zahllose Fragen. Dann legen sie mir eine breite Plastikmanschette um und tragen mich vorsichtig in den Krankenwagen. Beth geht nach vorn und fährt, Tom bleibt hinten bei mir. Er ist wirklich aufmerksam, fragt mich, was die Schmerzen machen, vergewissert sich, dass ich gut atmen kann, unterhält sich mit mir.

Weil ich auf dem Rücken liege und das Gewicht des Kopfes gestützt wird, lässt der Schmerz ein wenig nach. Ich schließe die Augen. Auf einmal bin ich sehr müde.

Im Krankenhaus rollen sie mich in die Notaufnahme, wo vor nicht allzu langer Zeit Hectors Mutter ihren letzten Atemzug tat. Dieser Gedanke schießt mir zusammenhanglos durch den Kopf, als ich dort liege und unter die Decke schaue. Ich kann die Personen nicht sehen, die mit mir sprechen, es sei denn, sie schieben ihr Gesicht direkt vor meine Nase.

»Wie heißen Sie, meine Liebe?«, fragt jemand.

»Rachel.«

»Hallo, Rachel. Ich bin Schwester Clare. Also, Ihr Nacken tut weh, nicht? Nicht nicken, Rachel!«

»Gut.«

»Also, haben Sie sonst noch irgendwo Schmerzen?«

»Eigentlich nicht. Aber ich bin schwanger. Macht das dem Kind auch bestimmt nichts?«

»Nun, Sie sind offensichtlich noch nicht sehr weit, daher nehme ich an, dass alles in Ordnung ist. Aber wir machen einen Ultraschall, um auf Nummer sicher zu gehen.«

»Danke, Schwester Clare.«

»Schon gut.« Ich höre, wie sie anderen Leuten außerhalb meines Gesichtsfeldes Anweisungen gibt. Eigentlich sind alle außerhalb meines Gesichtsfeldes, wenn nicht gerade jemand horizontal über meiner Trage schwebt. Schwester Clare spricht von Unterbauch, Wirbelsäule, Nacken, Sicherheitsgurt und Druck, und mir wird klar, dass ich geröntgt werden soll.

»Schwester Clare!«, rufe ich.

»Bin da«, sagt sie, fünfzehn Zentimeter von meinem Kopf entfernt.

»Oh, ach so. Ist das in Ordnung fürs Kind, das Röntgen und so?«

»Machen Sie sich keine Sorgen, Rachel. Hier sind mehrere Ärzte, wir denken uns etwas aus, um Ihr Kind zu schützen. Das ist kein Problem.«

Ich bin mir da nicht so sicher. Auf einmal habe ich nur noch Zeitlupenaufnahmen im Kopf: wie mein Körper durch den Zusammenstoß nach vorne fliegt, wie mein Bauch gegen den Sicherheitsgurt gedrückt wird, wie der Schwung meines nach vorne katapultierten Körpers sich auf diesen kleinen Bereich konzentriert. Still liege ich da und warte, dass jemand etwas tut. Dabei habe ich eine Riesenangst, dass das kleine von mir geschaffene Leben sich ablöst und aufgibt. Ich lege die Hände auf meinen Bauch, wölbe sie schützend um die kleine Kugel und stelle mir den winzigen Körper darin vor. Wenn ich doch ein Bild davon hätte! Hat das Kind schon Hände und Zehen, oder ist es bloß ein Zellklumpen mit einem Herzen? Weil ich nicht sehen kann, ob jemand in der Nähe ist, rufe ich laut.

»Hallo? Schwester Clare? Ist jemand da?«

»Ja, meine Liebe, was ist denn?« Die Stimme ist sehr nah. Clare stellt sich neben mich, damit ich sie sehen kann. Für diese kleine Aufmerksamkeit bin ich ihr dankbarer, als ich in Worte fassen kann.

»Oh, danke sehr! Wissen Sie vielleicht, wie ein dreizehn Wochen altes Kind aussieht?«

»Meinen Sie einen Fötus, in der Gebärmutter?«

»Ja.«

»Nicht den Kopf bewegen, Rachel. Warten Sie, ich überlege. Soweit ich mich erinnern kann, ist ein Kind mit dreizehn Wochen voll ausgeformt, aber noch sehr klein.«

»Voll ausgeformt? Meinen Sie mit Armen und Beinen?«

Clare nickt. »Ja. Und mit Finger und Zehen. Ist schon alles dran.«

»Wie klein ist es?«

»Oh, lieber Himmel, jetzt wollen Sie's aber genau wissen, was? Lassen Sie mich überlegen! Etwa so groß wie – eine Pflaume vielleicht?«

»Eine Pflaume. Ein kleines Pfläumchen.« Ich lächle schwach. »Vielen Dank.«

Schwester Clare lächelt zurück und tätschelt meinen Arm. »Machen Sie sich keine Sorgen. Das ist schon alles in Ordnung. So ein Fötus ist viel widerstandsfähiger, als Sie glauben.«

Beim Röntgen legt mir jemand etwas sehr Schweres, Kaltes auf den Bauch. Ich kann den Kopf immer noch nicht bewegen, sodass ich nicht weiß, ob das Pfläumchen auch richtig abgedeckt wird. »Haben Sie darauf geachtet, dass das Kind abgedeckt ist?«, rufe ich in einen möglicherweise leeren Raum. »Reicht das wirklich als Schutz aus?«

»Ja, Rachel, keine Sorge. Wir wissen, was wir tun.«

»Aber ich habe das Gefühl, damit nicht richtig abgedeckt zu sein. Könnten Sie bitte nochmal nachsehen?«

Dann geht es weiter mit Ultraschall. Die Frau sagt, es sei schwer, etwas zu sehen, weil der Fötus noch sehr klein und meine Blase nicht voll sei, aber sie meint, es gebe keine ersichtlichen Blutungen im Uterus und auch sonst keine Blutungen, woraus sie schließe, dass kein Grund zur Sorge bestünde. Da bin ich anderer Meinung. Ich finde, es gibt reichlich Grund zur Sorge.

»Könnten Sie in ein paar Stunden, wenn meine Blase voll ist, noch einen Ultraschall machen? Nur um sicherzugehen?«

Die Frau lächelt mich an und wischt das Gel von meinem Bauch. »Das ist wirklich nicht nötig, Rachel. Zu diesem Zeitpunkt ist das Kind noch so klein, dass es normalerweise von äußerlichem Druck nicht betroffen ist, nur wenn es sehr schlimm ist. Es ist wirklich gut abgepolstert in einer großen Blase mit Flüssigkeit. Sie müssen sich wirklich keine Sorgen machen, versprochen.«

Als sie die Papiere zusammensucht, erhasche ich einen Blick auf ihren Zettel und kann die Buchstaben »o. B.« erkennen. Ohne Befund. Was nicht heißt, dass da nichts ist.

Man hat mir eine Schaumstoffmanschette umgelegt und entlässt mich damit. Ich fühle mich zu schwach, um zu gehen. Auf gar keinen Fall kann ich fahren.

»Möchten Sie vielleicht jemanden anrufen?«

Es ist fast elf Uhr abends. Wen kann ich anrufen? Mein erster Gedanke ist Hector, trotz der Uhrzeit. Vielleicht gerade wegen der Uhrzeit. Im Krankenhaus darf ich mein Handy nicht benutzen. Eine Schwester nimmt es mir weg und wählt die »Zu Hause«-Nummer auf dem Festnetz.

»Ihr Freund?«, fragt sie, als sie zurückkommt. »Der Papa?«

Schön wär's. »Oh nein, nein, nur ein Freund, mehr nicht.«

»Wirklich? Na, der hat sich aber große Sorgen gemacht, als

er hörte, was passiert ist. Ich soll Ihnen ausrichten, Sie sollen sich keine Sorgen machen, er käme sofort. Er würde sich um alles kümmern.«

»Ja? Das ist lieb.«

Beobachten wir kurz Hector bei sich zu Hause. Er legt den Hörer auf die Gabel und läuft durch den Flur zur Haustür.

»Wo hab ich nur die Schlüssel«, sagt er vor sich hin, schaut sich um, klopft seine Taschen ab, wühlt durch andere Jacken, rennt in die Küche und schnappt sich ein Schlüsselbund vom Tisch.

Er nimmt eine Jacke aus dem Flurschrank, schlägt ihn achtlos zu und reißt die Haustür auf. Auf der Türschwelle dreht er sich um, schaut die Treppe hoch und ruft: »Ich fahre nur eben …« Dann ertappt er sich selbst und verstummt. »… ins Krankenhaus zu einer Freundin«, vollendet er den Satz leise und schließt die Tür hinter sich.

Dann rast er wie ein Wahnsinniger über die dunklen Straßen zum Krankenhaus.

Der Schmerz lässt jetzt ein wenig nach, größtenteils aufgrund der Medikamente, die ich bekommen habe.

Die Schwester lässt mich allein auf der Liege dösen. Nach kurzer Zeit höre ich außerhalb meiner Sichtweite eine wunderbar tiefe, vertraute Stimme, die mit dem Arzt spricht. Ich blinzle mehrmals und sehe drei graue elefantenartige Schemen. Sie zerfließen und werden von Hectors Gesicht abgelöst, fünfzehn Zentimeter von meinem entfernt. Ich sehe direkt in seine freundlichen braunen Augen.

»Hallo, du Schlafmütze. Wie geht's?«

»Hallo, Hec.« Ich schließe die Augen wieder, atme tief durch und lasse mich treiben, da ich mich nun ganz sicher fühle.

»Was hast du bloß gemacht?«, fragt er und fährt mir mit der Hand über den Hinterkopf.

»Weiß nicht. Hatte einen Unfall.«

»Na, das hätte beinahe zu einem zweiten geführt. Auf dem Weg hierher bin ich fast hundertdreißig gefahren. Ich kann dir gar nicht sagen, was …« Er spricht nicht weiter. Ich sehe ihn an. Mit gerunzelter Stirn mustert er meine Schaumstoffmanschette.

»Du bist lieb«, rutscht es mir aus dem Mund. »Pfläumchen sagt danke.«

»Pfläumchen?«

Ich streichle meinen Bauch. »Pfläumchen. Mein Baby. Ich behalte es. Ich bekomme das Kind.«

Nun sieht Hector mir direkt ins Gesicht, musterte mich eingehend – Haaransatz, Stirn, Wangen, Nase, Lippen. Schließlich schaut er mir in die Augen und lächelt. »Du wirst bestimmt eine wunderbare Mutter.«

13

Hector fuhr mich nach Hause. Ständig musste er mich anstupsen, damit ich ihm den Weg beschrieb. Er brachte mich ins Bett und schlief auf meinem Sofa. Es ist ein Zweisitzer, und Hector ist sehr groß – habe ich das schon erwähnt? –, es kann also nicht sehr bequem gewesen sein.

Als ich am nächsten Morgen aufstehe, habe ich vergessen, dass er da ist. Ich hocke mich aufs Klo und lasse wie immer die Tür offen. Mein Nacken tut noch weh. Während ich auf der Toilette sitze, versuche ich mich zu erinnern, was gestern passiert ist. Schließlich fällt mir ein, dass Hector mich in die Wohnung getragen hat und …

Mist, er liegt auf dem Sofa, nur wenige Meter von mir entfernt, während ich auf der Toilette sitze und pinkele wie ein Weltmeister. Schnell stoße ich die Tür mit dem Fuß zu und hoffe, dass Hector noch schläft.

Wäre ich zwanzig Minuten früher wach gewesen, hätte ich gesehen, dass Hector nach einer fast durchwachten Nacht früh vom Sofa nach Hause flüchtete, um zu duschen und sich frische Sachen anzuziehen. Aber er hat mir eine Nachricht auf dem Sofa hinterlassen. Man sieht den kleinen viereckigen Zettel oben auf der gefalteten Decke. Als ich ihn später finde, lese ich, was darauf steht: »Liebste Rachel, liebstes Pfläumchen, ich hoffe, euch geht es gut heute Morgen. Es tut mir so leid, dass ich nicht da sein kann, wenn ihr aufwacht, aber ich habe heute schon früh eine Besprechung und muss meine müffelnden Klamotten wechseln und den Dreck von der Haut waschen. Ruft mich bitte, bitte an, wenn ihr etwas braucht. Ich melde mich heute Abend. H. PS: Pfläumchen, sei lieb zu deiner Mummy.«

Was für ein süßer Zettel! Ich falte ihn zusammen und lege ihn in mein Schmuckkästchen.

So, ich bin wegen des Schleudertraumas zwei Wochen krankgeschrieben, ist das nicht herrlich? Kann mal kurz jemand für mich im Büro nachgucken, bitte? Ist dort alles zum völligen Stillstand gekommen? Sind alle verschwunden, sind die Möbel fort, wehen nur noch ein paar Zettel durch Räume mit zerbrochenen Fenstern? Ragen abgeschnittene Telefonleitungen aus der Wand? Nistet in der Ecke ein Taubenpärchen?

Nein, wohl eher nicht.

Trotz meiner Abwesenheit sind alle am Telefon, verschicken Kataloge, verkaufen Reisen und Extras. Da ist Jean, es sieht aus, als wolle sie eine kurze Zigarettenpause einlegen (eigentlich ist sie immer nur eine halbe Stunde von einer Zigarettenpause entfernt), und da sitzt Chrissie und beugt sich über ihren Tisch, ganz versunken in ... Moment mal kurz! Wer spricht denn da mit Jean? Ist das Nick Maxwell? Was um alles in der Welt hat er im Telefonverkauf zu suchen? Ist er vielleicht runtergekommen, um mich zu sehen? Aber er ist gar nicht in der Nähe meines Platzes, nein, er steuert auf jemand anders zu ... Ach, du liebe Güte! Sieh sich einer Marion und Graham an, sie starren ihn an wie Kinder das Schaufenster eines Spielzeugladens. Ja, Marion, »Spielzeug«. Der ist nichts für dich! Mensch, sie muss mindestens Mitte dreißig sein.

Hector hält Wort und ruft mich am Abend an. Am nächsten Abend ebenfalls, aber danach nicht mehr. Am Tag darauf meldet er sich tagsüber, dann kauft er für mich ein und kocht mir einen Tee. In der zweiten Woche ruft er nur noch dreimal an, jeweils abends. Ich bin an die Wohnung gebunden, deshalb warte ich den ganzen Tag auf seinen Anruf.

Das erinnert schon ein wenig an den Tag, als ich mit Nick

zusammenkam, den ganzen Tag zu Hause blieb und auf seinen Anruf wartete, während ich mir einredete, ich sei völlig locker drauf, oder? Mich jedenfalls.

Nach zwei Wochen gehe ich wieder arbeiten. Ich bleibe bei meinem Entschluss, niemandem etwas zu erzählen, nicht mal Susan. Zwar bereitet mir die Geheimhaltung gewisse Schuldgefühle, aber ich kann es weder ihr noch sonst jemandem sagen. Das Kind geht sie nichts an, das ist eine Sache zwischen Hector und mir. Ach, ich meine zwischen Nick und mir. Ich Dummerchen.

An einem der ersten Arbeitstage finde ich abends bei meiner Heimkehr einen braunen Umschlag im Briefkasten. Ich drehe ihn um, untersuche Briefmarke und Schrift, kann aber nicht erkennen, woher er kommt. Als ich in der Wohnung bin, gehe ich in die Küche und lege den Brief auf die Arbeitsfläche. Ich hole mir Orangensaft aus dem Kühlschrank. Da klingelt das Telefon.

»Hi, Rachel. Ich bin's, Hector. Wie geht's dir heute?«

Ich lächle vor mich hin. »Hi, Hec. Mir geht's wirklich gut. Ich war wieder arbeiten, war ganz okay.«

»Schön. Wie geht's deinem Nacken?«

»Ist wieder elegant wie ein Schwan, danke. Das wusstest du doch, oder?«

»Aber du beschreibst es so gut, dass ich ihn fast vor mir sehe.«

»Deshalb rufst du mich an? Damit ich verschiedene Körperteile von mir am Telefon beschreibe und du dir ein Bild davon machen kannst?«

»Nicht nötig. Jeder Teil von dir ist in mein Gedächtnis eingebrannt.«

Du liebe Güte!

»Äh, natürlich nicht jeder Teil. Ich meine, ich habe ja nicht alles von dir gesehen, den Rest müsste ich mir vorstellen …

Nein, nein, ich meinte damit nicht, dass ich mir dich nackt vorstelle … Was nicht heißt, dass ich es nicht gerne tun würde … Ähm, ich meine, was ich eigentlich sagen wollte, ist, dass ich genau weiß, wie du …«

Er hält inne. Endlich.

»Soll ich besser gleich nochmal anrufen?«

»Warum nicht?«

»Wird erledigt.« Schon legt er auf.

Ich schaue ungläubig das Telefon an. Nicht unbedingt verwirrt, sondern eher mit einem gerührten, liebevollen Lächeln. Hector ist so süß, auch wenn es keinen Sinn ergibt, was er sagt. Ganz besonders dann.

Oh, das Telefon klingelt erneut. Ich warte ein wenig, ehe ich mich melde, mache es mir erst mal auf dem Sofa bequem.

Nach dem fünften Klingeln hebe ich ab. »Hallo?«, sage ich mit atemloser Stimme.

»Hi, Rachel, ich bin's, Hector.«

»Oh, hallo, Hec, schön von dir zu hören. Ich bin gerade erst reingekommen und hab das Telefon schon von der Tür aus klingeln hören.«

»Ach, ja?« Er grinst. »Wo warst du denn?«

»Habe den Zirkuskurs im Gemeindezentrum besucht. Heute sind wir Einrad gefahren.«

Er schmunzelt. »Und, wie war's?«

»Also, wenn man erst mal weiß, wie man auf etwas steigen soll, das keine Bremse hat und nicht selbständig stehen kann, dann ist eigentlich nicht mehr viel dabei.«

Wieder lacht Hector. Mir gefällt das Geräusch, ich kuschele mich noch tiefer ins Sofa. Dann räuspert sich Hector bedeutungsvoll, als wolle er einen ernsteren Ton anschlagen. Es funktioniert.

»Hör mal, Rach, ich wollte dich eigentlich um einen Gefallen bitten.«

»Was kann ich für dich tun?«

»Also, es ist so: Meine Mutter hätte heute Geburtstag gehabt. Sie wäre achtundsechzig geworden.«

»Oh nein!«

»Doch.«

»Was hast du vor?«

»Was meinst du damit?«

»Ich meine, ich finde, das solltest du eigentlich feiern. Wenigstens ein bisschen. Dich an sie erinnern, an vergangene Geburtstage.«

»Ich weiß nicht …«

»Hör mal, ich kannte sie natürlich nicht, aber ich weiß, meine Mutter würde sich wünschen, dass man sich fröhlich und lachend an sie erinnert, anstatt herumzusitzen und Trübsal zu blasen. Was hielt denn deine Mutter von Geburtstagsfeiern?«

»Ich glaube, sie mochte sie. Sie hat jedenfalls ausnahmslos jedes Jahr gefeiert.«

»Jetzt mal ehrlich, Hector. Ich meine, hat sie jemals einen Geburtstag, sei es deinen, ihren eigenen, Glenns, den von deinem Vater oder von sonst wem einfach so verstreichen lassen?«

Er überlegt kurz. »Nein, du hast recht. Wahrscheinlich würde sie ein bisschen feiern wollen.«

»Genau.«

»Und wenn es nur eine Feier zu zweit ist.«

»Ich kann mir nichts Schöneres vorstellen, als dass sich ihre beiden Söhne zusammensetzen und ein paar …«

»Ich meinte mich und dich, Rachel.«

»Ach so.«

»Was hältst du davon? Ich habe dich angerufen, weil ich irgendwie das Gefühl habe, dass du etwas damit zu tun hast. Ich meine, du hast sie natürlich nicht gekannt, und ich kannte dich auch noch nicht richtig, als sie starb, aber an dem Tag habe ich mit dir gesprochen, und dann hast du diese Nachricht auf meiner Mailbox hinterlassen und bist sozusagen mit mir zur Beerdigung gegangen. Ich weiß nur, dass ... Ich würde den Abend gerne mit dir verbringen. Es würde mich ein bisschen ablenken.«

Kann man die Veränderung in Hectors Stimme hören? Die Intensität, der belegte Klang? Und sein Atem rauscht in der Leitung, als hätte er die Lippen ganz nah am Hörer. Was sagt mir das?

»Willst du den Abend ganz bestimmt nicht mit Glenn verbringen?«

»Nee. Lieber nicht. Ich bin immer noch ziemlich sauer auf ihn wegen dieser Frau, und ich hatte noch keine Gelegenheit, ihn darauf anzusprechen. Das heißt, ich hätte das die ganze Zeit im Hinterkopf. Außerdem hat er ja Jake und Sarah, er wird den Abend mit ihnen verbringen. Das hoffe ich wenigstens.«

»Na, gut. Dann komm doch später auf ein Glas vorbei. Wir schneiden dann zusammen die Geburtstagstorte an.«

Hector stößt einen tiefen Seufzer aus. »Das wäre klasse, Rachel. Du bewahrst mich davor, in diesem schrecklich leeren Haus allein zu sein.«

Er sagt, er wäre gegen sieben Uhr da, nach der Arbeit. Mir bleiben noch anderthalb Stunden für den Weg zu Sainsbury's und zurück.

Es ist der 25. Oktober. Ich kaufe zwei Flaschen Wein und steuere auf die Bäckerei zu, für den Geburtstagskuchen. Kaum zu glauben, aber da steht tatsächlich einer mit der Aufschrift »Happy Birthday Mum«. Den nehme ich.

Ich bin wieder zu Hause. Habe ich es schon mal so eilig gehabt? Ich packe den Kuchen und den Wein aus und mache nebenbei wie eine Irre sauber. Nicht übel, aber ich konnte mich in den letzten beiden Wochen so gut wie gar nicht bewegen, deshalb liegt so einiges herum, was ich forträumen muss. Hauptsächlich Klamotten. Und schmutzige Tassen und Teller. Und Zeitschriften. Und ein paar leere Chipstüten. Und Videos. Und die Post.

Beim Aufräumen gehe ich im Kopf das Gespräch mit Hector durch. Es ist sehr aufregend, dass wir jetzt unser erstes richtiges Date haben, auch wenn das nur in meiner Wohnung stattfindet. Wenn wir uns sonst getroffen haben, hat er mir immer bei einem Problem geholfen oder umgekehrt. Bisher war unsere Beziehung die zweier Freunde, die sich in Krisen zur Seite stehen. Aber heute ist es anders. Heute haben wir eine Verabredung. Es gibt Alkohol und Kuchen, das heißt, es ist eine Feier. Eine Feier für zwei Personen. Hat er selbst gesagt!

Moment mal! Ist das heute nicht wieder eine Krise? Der Geburtstag von Hectors Mutter. Es geht ihm nicht gut, er möchte den Abend nicht allein in seinem leeren Haus verbringen, deshalb hat er mich angerufen. Ich soll ihn ablenken. Mitten im Staubwischen halte ich inne und richte mich auf. »Es würde mich ein bisschen ablenken«, hat er als Grund genannt, warum er heute Abend bei mir sein will. Oh, Scheiße! Wir sind doch nur Freunde, oder?

Auch das ist etwas Neues für mich. In diesem Jahr hagelt es Neuigkeiten. Ich hatte noch nie zuvor einen männlichen »Nur-Freund«. Jeder Typ, den ich kannte – abgesehen natürlich von Verwandten, wollte mehr oder weniger mit mir ins Bett. Das vermute ich nicht einfach nur oder hoffe es, das sagen mir die Männer, manchmal sogar geradeheraus. Bei einem stand es buchstäblich mit schwarzem Filzstift auf die Stirn geschrieben: »Willst du mit mir schlafen?«

Nick wollte es ebenfalls und entsprach insofern der Regel, wenn auch jetzt nicht mehr. Und hier ist nun Hector, der mich offensichtlich nicht in die Kiste holen will. Der überhaupt nichts von mir will. Ich nehme an, es törnt ihn ein wenig ab, dass ich das Kind eines anderen Mannes in mir trage.

Als die Wohnung vorzeigbar ist, stelle ich den Wein, zwei Weingläser und eine Kerze auf den Couchtisch. Dann nehme ich die Kerze wieder mit in die Küche und stelle sie zurück in den Schrank. Sie ist unpassend, wenn Hector mich nur als Freundin sieht. Wir können auch im Licht der Glühbirnen sitzen und uns von vergangenen Lieben erzählen.

Ist das nicht ungerecht, dass ich zum zweiten Mal im Zeitraum von drei Monaten heiß auf einen Mann bin, der nichts von mir will? Nachdem ich so viele Jahre lang Kerle verrückt gemacht habe, die heiß auf mich waren, ohne etwas von ihnen zu wollen. Mum würde wahrscheinlich sagen, das sei Ironie des Schicksals. Nein, wahrscheinlich hätte ich das gesagt, und sie würde mir zustimmen.

Ich liege zusammengerollt auf dem Sofa. Alles ist bereit. Immer wieder sehe ich zur Tür hinüber, total albern. Hector wird ja nicht plötzlich dort stehen, er muss erst mal klingeln und unten durch die Haustür gehen. Aber ich stelle mir vor, wie seine große Gestalt im Türrahmen erscheint, wie seine braunen Augen lächeln und er auf mich zukommt, um mich in die Arme zu schließen …

Ich bin auf dem Sofa eingeschlafen. Wir können ein paar Stunden vorspringen, es sei denn, es will mich jemand zwei Stunden beim Schlafen beobachten.

Besser doch nicht. Ich war mal mit einem Typen zusammen, der das bei mir machte. Es ist erstaunlich, wie stark ein Gesicht, das vier Stunden lang fünfundzwanzig Zentimeter vor deinem eigenen schwebt, den Schlafrhythmus stört.

Zwei Stunden später ist es halb zehn, und das Telefon klingelt. Ich werde wach und reiße den Kopf hoch. Dann beuge ich mich vor und greife verwirrt zum Telefon. »Hallo?«

»Hallo? Rachel? Ich bin's, Hector.«

»Hi.«

»Rachel, es tut mir unglaublich leid. Ich hatte eine Besprechung mit Rupert de Witter, die hat deutlich länger gedauert als erwartet. Dieser Mann redet wirklich ohne Punkt und Komma.«

Ich bin plötzlich hellwach. »Mit wem, hast du gesagt?«

»Was meinst du? Die Besprechung? Die war mit ein paar Bankern und Rupert de Witter. Er leitet eine …«

»Ja, ich weiß, wer das ist. Das ist mein Chef.«

Schweigen. »Du arbeitest bei …?«

»Ja, bei Horizon Holidays. Warum hast du dich mit ihm getroffen?«

»Wir entwickeln ein neues Computersystem für ihn, das ist alles. Wir mussten uns heute treffen, um die Anwendungsgebiete abzuklären.«

»Aha. Gut. Das ist ja ein Zufall!«

»So klein ist die Welt.«

»Ja, das sagt man immer, aber es stimmt gar nicht.«

»Wahrscheinlich nicht. Rachel, es tut mir leid, dass ich mich verspätet habe. Kann ich das wiedergutmachen? Ich habe den Geburtstagskuchen hier. Ich kann ihn mit rüberbringen, dann können wir …«

»Ach, hör mal, Hector, tut mir leid, aber ich bin echt müde.«

Das verwundert jetzt, oder? Jeder weiß aus erster Hand, wie sehr ich mich darauf gefreut habe, ihn heute Abend zu sehen. Ich versuche, wirklich beiläufig zu sprechen, wie eine gute Freundin. Nicht wie eine Frau, die es nicht erwarten kann, Hector zu treffen. »Können wir es an einem anderen Tag nachholen? Würde dir das was ausmachen?«

Wenn man jetzt aus dem Fenster guckt, die Straße hinunter bis zur ersten Rechtskurve, was sieht man da? Einen großen silbernen Mercedes mit Klimaanlage. Ja, so nah ist Hector meiner Wohnung bei diesem Anruf. Oh, und da: auf dem Beifahrersitz liegt ein Strauß Blumen.

Hector hält an, beugt sich vor und legt den Kopf aufs Lenkrad. »Ja, klar. Du bist bestimmt kaputt. Geh besser ins Bett, ich melde mich bald wieder.«

Ich in meiner Wohnung sitze wie zu Stein erstarrt auf der Couch. Er hat nicht einmal versucht, mich zu überreden. Das war's dann wohl. Er will mit Sicherheit nur ein guter Freund sein, mehr nicht. Und wenn ich an die Stunden denke, die wir miteinander verbracht haben, muss ich sagen, die Gesten der Zuneigung waren rein platonisch. Kleine Küsschen auf die Wange, Händchenhalten im Krankenhaus, Lächeln und Augenzwinkern, so was macht jeder bei einer schwangeren Freundin.

»Okay. Gute Nacht dann. Und alles Gute für deine Mutter.«

»Danke, Rachel. Nacht.«

Hector in seinem Wagen stellt das Telefon aus und wirft es achtlos auf den Beifahrersitz, wo es mit einem Zellophanknistern auf den Blumen landet. Er fährt sich mit den Händen durchs Haar und beugt sich wieder vor, als habe er schlimme Kopfschmerzen.

Da sitzt Hector nun also in seinem Auto, zwanzig Sekunden von meiner Wohnung entfernt, und ist total fertig. Vor lauter Ärger über sich selbst stöhnt er auf, schlägt mit den flachen Händen aufs Lenkrad, legt den ersten Gang ein, wendet den Wagen und fährt dahin zurück, woher er gekommen ist.

Als ich am nächsten Morgen den Kühlschrank öffne, wundere ich mich über den braunen, an mich selbst adressierten Briefumschlag, der neben der Margarine liegt. Ich nehme ihn heraus und starre ihn an. Wie ist der denn hier reingekommen? Cosmo schleicht schnurrend um meine Füße.

»Was meinst du, Cos? Postbote mit übersinnlichen Fähigkeiten, oder was?«

»Rrrr.«

»Ja, gut, ich mach ja schon, keine Sorge.« Im Kühlschrank steht eine luftdicht versiegelte Plastikdose, in der der Rest des Katzenfutters aus der Dose verwahrt wird, die ich gestern Abend geöffnet habe. Ich hole sie aus dem Kühlschrank, öffne sie und nehme einen Löffel aus der Schublade.

Wer ist der Meinung, der Gestank von Katzenfutter gehöre zu den ekligsten Gerüchen der Welt? Es hat einen vollen, fleischigen Duft, den man fast in fettigen Kringeln von den widerwärtig glänzenden Brocken aus der Schüssel aufsteigen sehen kann. Ohne Vorwarnung stopfe ich mir plötzlich die kalte, fleischige Masse so schnell es geht in den Mund, ohne zu kauen, ich schlucke und schaufele, ohne Pause, wie ein Roboter. Das Futter rutscht nur so über meine Zunge in den Hals.

Dann ist es auf einmal vorbei, genau wie bei den Gurken. Erschrocken lasse ich Löffel und Schüssel fallen, sehr zur Erleichterung des hungrigen Cosmo, der sich sofort über das zu Boden fallende Futter hermacht. Ich sehe ihm zu. Seine feuchten, schmatzenden Geräusche dröhnen mir plötzlich in den Ohren, und voller Entsetzen werden mir die weichen, breiigen Stückchen zwischen meinen Zähnen bewusst. Mein Hals und mein Magen krampfen sich zusammen, und ich rase zur Toilette, wo ich mir förmlich die Seele aus dem Leib kotze. Der Anblick der in der Schüssel schwimmenden, eben noch verschlungenen Katzenfutterbrocken lässt mich immer heftiger würgen, bis meine Augen tränen und meine Bauchmuskeln brennen.

Das war der nächste große Schritt fort von dem perfekten, sicheren Auftreten, an dem ich vierundzwanzig Jahre lang gefeilt habe.

Nachdem ich sehr, sehr lange geduscht und mir zehn Minuten die Zähne geputzt habe, fühle ich mich sauber und erfrischt und bin bereit, zur Arbeit zu fahren. Als ich mich kurz in der Küche umsehe, fällt mir der braune Umschlag aus dem Kühlschrank ins Auge, der immer noch auf dem Schrank liegt. Unverzüglich mache ich ihn auf. Es ist ein Termin für die Ultraschalluntersuchung im Krankenhaus, von der die Hebamme sprach. Am Dienstag, dem 14. November, um halb drei. Fast noch drei Wochen Zeit. In dem Brief steht, ich solle in den zwei Stunden vor dem Termin zwei Liter Wasser trinken. Ich muss rülpsen. Leider schmeckt es nach Lachs und Rindfleisch in Soße. Schnell hole ich mir ein Glas und kippe Wasser nach. Noch ein Tag, den ich mir freinehmen muss. Egal, ich kann es gar nicht erwarten, Pfläumchen auf dem Bildschirm zu sehen.

Als ich zwanzig Minuten später den Telefonraum betrete, merke ich, dass plötzlich alle verstummen und einige Kollegen zurück an ihre Plätze huschen. Es macht den Eindruck, als hätten sie kurz zuvor in Gruppen zusammengestanden. Ich schaue mich im Raum um. Mir fällt auf, dass so gut wie jeder den Kopf gesenkt hält und sich intensiv auf seine Arbeit konzentriert. Selbst Val sieht kaum hoch, als ich mich hinsetze. Die Uhr zeigt zwei Minuten vor neun. Das ist das Neuste, dass alle, ohne jede Ausnahme so früh anfangen – nur ich nicht.

»Hallo, Val! Was ist los?«, frage ich und hänge meine Jacke über den Stuhl.

Nach kurzem Zögern sagt sie: »Nichts. Was meinst du denn?«

Ich sehe sie ungläubig an. »Ich meine, alle sind früh da, haben den Kopf gesenkt, gucken nicht hoch. Als ich reinkam, hörten alle auf zu reden. Worum geht es?«

»Keine Ahnung. Oh, ein Anruf …«

Schon ist sie mit dem Telefonat beschäftigt. Ich sehe mich um. Selbst Chrissie arbeitet bereits, scrollt gerade durch Südfrankreich. Eine Ausnahme gibt es allerdings, nämlich Paris, die Neue von Nummer 8. Sie ist nicht an ihrem Platz. Der Computer ist aus, der Bildschirm dunkel.

Es gibt Anhaltspunkte, aber ich habe keine Chance, sie zu bemerken, so verwirrt wie ich da neben meinem Schreibtisch stehe. Ich könnte verraten, wo Paris ist, und ich könnte erklären, worüber sich alle unterhielten, als ich reinkam, aber ich finde, wenn ich es allein herausfinden muss, dann sollten alle anderen das auch.

Ich kapituliere und fange an, meinen Arbeitsplatz für den heutigen Tag vorzubereiten. Kopfhörer einstecken, Computer anschalten, Konsole auf »Empfangsbereit« stellen. Als Erstes telefoniere ich nach draußen. Ist das nicht frech, noch bevor ich den ersten Anruf entgegengenommen habe? Es ist eine Minute nach neun.

Die Nummer kenne ich inzwischen auswendig. Einmal klingelt es, dann nimmt jemand ab. »McCarthy Systems, kann ich Ihnen helfen?«

»Ja, ist Hector da, bitte?«

»Ich sehe mal nach. Wen darf ich bitte melden?«

Ich muss grinsen. Ich stelle mir eine alte Schrulle vor, die in einem zugigen Flur oder in einer Ecke des Zimmers sitzt, das Hector als Büro gemietet hat. Wahrscheinlich ist sie mit ihm verwandt, vielleicht eine Tante oder eine Cousine, die gerade mit der Schule fertig ist und als Aushilfe am Telefon sitzt, damit die Firma mehr Eindruck macht. »Wen darf ich bitte melden«! Ich nenne ihr meinen Namen und warte einige Sekunden, während sie nachguckt, wohl einfach nur über die Abtrennung späht oder mit der Hand auf dem Hörer zu Hector hinüberruft: »Hec! Bist du da? Hier will dich jemand sprechen!« Dann ist sie wieder am Apparat und sagt mir, Hector sei in einer Besprechung und könne in den nächsten Stunden nicht gestört werden.

Schon wieder so eine dämliche Besprechung! Ich wundere

mich, wie Hector überhaupt Geld verdienen kann, wenn er ständig in Meetings sitzt. Wann installiert er denn mal was?

Ich hinterlasse meine Büronummer und lege auf. Bevor ich meine Anlage auf »F« für »Frei« stelle, denke ich kurz nach. Sagte Hector nicht gestern, er habe sich mit Rupert de Witter getroffen? Ich war noch so verschlafen, als er anrief. Er hat erklärt, er wolle bei Horizon ein neues Computersystem installieren, nicht wahr? Aber das ergibt doch keinen Sinn: Man braucht keine professionelle Firma, um einen neuen Computer aufzustellen, man holt sich einfach einen aus dem nächsten Elektromarkt. Oder lässt das jemanden aus dem Verkauf erledigen. Vielleicht hat es etwas mit einem Sicherheitssystem zu tun oder so. Auf jeden Fall berät Hector seine Kunden bestimmt gut.

Kaum habe ich meine Anlage umgestellt, piepst sie, um einen eingehenden Anruf anzuzeigen.

»Guten Tag, Horizon Holidays, Sie sprechen mit Rachel, wie kann ich Ihnen helfen?«

»Wenn ich bei Ihnen eine Reise buche, kommen Sie dann mit?«

Keine Sorge, es ist alles in Ordnung: Das ist kein kranker Spaßanrufer, sondern Hector. Auch wenn es genug von der perversen Sorte gibt. Im Leitfaden ist genau beschrieben, wie man vorgehen muss, wenn man an so einen Typen gerät. Im Grunde genommen soll man sofort auflegen. Manchmal halten wir uns aber nicht daran – ist lustig, die Kerle eine Zeit lang heißlaufen zu lassen.

Nun, dies ist jedenfalls kein Perverser.

»Hector! Ich dachte, du wärst in einer Besprechung und dürftest stundenlang nicht gestört werden.«

»Ja, so war es gedacht. Aber ich bin kurz rausgegangen, damit ich dich anrufen kann. Wie geht's dir heute Morgen?«

»Super.« Im Interesse meiner geheimnisvollen weiblichen

Aura beschließe ich, ihm nichts von dem Katzenfutter zu erzählen. »Ich bin sogar ganz aufgeregt. Und mir ist etwas eingefallen, wie du das mit gestern Abend wiedergutmachen kannst.«

»Ach, Rachel, das tut mir immer noch so leid. Es war so rücksichtslos von mir. Unentschuldbar. Ich tue alles – was schlägst du vor?«

»Eigentlich ist es ein kleiner Gefallen. Ich habe nämlich einen Termin für einen Ultraschall, da gucken sie in mich rein, um zu sehen, ob das Baby die richtige Größe hat und so. Im Krankenhaus haben sie das nach dem Unfall schon einmal gemacht, um auf Nummer sicher zu gehen, aber ich konnte wegen der Manschette um den Hals nichts sehen. Es ist also das erste Mal, dass ich das kleine Pfläumchen persönlich sehe, und da dachte ich, ob du vielleicht Lust hast mitzukommen, da du ja der einzige Mensch auf der Welt bist, der von der Sache weiß, und daher der Einzige, bei dem ich nichts erklären muss, wenn er mitkommt.«

Es herrscht längeres Schweigen. Wieder habe ich Angst, dass Hector nicht gefällt, wie sich unsere Beziehung entwickelt, auch wenn die Frage nicht über das hinausgeht, um was man einen Freund bitten würde. Ich beiße mir auf die Lippe und warte auf seine Antwort.

»Ähm, wenn ich dich richtig verstanden habe – und da bin ich mir nicht ganz sicher –, dann muss ich sagen, angesichts der Tatsache, dass es ein ziemlich persönlicher Termin ist und, wenn ich irgendwas von Geburtshilfe und Ultraschall verstehe, ganz schön intim werden kann, und da wir uns praktisch gar nicht kennen und so, muss ich also sagen, dass mich keine zehn Pferde davon abhalten werden.«

Dieser Scherzkeks! Ich habe gedacht, er würde ablehnen. »Na, das heißt aber nicht viel. Auf zehn Pferde kann ich mich nicht verlassen!«

Endlich ist es so weit – der Ultraschall-Tag. Ich brauche ewig, um mich fertig zu machen, fast so wie früher. Jean habe ich gesagt, meine Oma würde beerdigt. Dafür habe ich mir vorgenommen, Oma in nächster Zeit zu besuchen und es bei ihr wiedergutzumachen. Ich weiß nicht genau, womit ich zu rechnen habe, deshalb stehe ich ratlos vor dem Kleiderschrank. Die meisten Sachen sind inzwischen zu eng in der Taille, bleiben mir also nur das Strickkleid, das Mum mir mal geschenkt hat, eher passend für einen Bußakt, und der schwarze Lycra-Rock, der immer ein bisschen weit war.

Um mich zwischen den beiden zu entscheiden, spiele ich den Ultraschall auf dem Bett durch. Das Kleid geht gar nicht. Ich müsste es hochziehen, und jeder im Raum – inklusive Hector – würde meine Unterhose sehen. Also der Rock. Nun zum Oberteil. Das ist einfacher, weil ich obenrum eigentlich genauso aussehe wie früher, nur dass meine Oberweite auf Doppel-D angeschwollen ist. Schließlich entscheide ich mich für ein rotes T-Shirt mit V-Ausschnitt, das an den richtigen Stellen eng anliegt, aber Platz für meinen vergrößerten Busen lässt. Im Schlafzimmerspiegel betrachte ich das Gesamtkunstwerk, mit und ohne Jacke, und bin rundum zufrieden. Jetzt muss ich nur noch kurz rüber ins Sportzentrum und das Schwimmbecken leer trinken, ohne zu pinkeln. Gut. Ich habe noch anderthalb Stunden Zeit, bis ich losmuss. Ich gieße mir einen Messbecher voll und blättere in einer Elternzeitschrift.

Fällt jemandem auf, was für Zeitschriften ich inzwischen lese? *Cosmopolitan* und *Elle* sind mittlerweile eher belanglos, diese Elternblätter hingegen finde ich unglaublich faszinierend. Ich kann den Blick einfach nicht losreißen von gebärenden Frauen, auch wenn ich die Zeitschriften immer zuschlage und tief durchatmen muss, um mich zu beruhigen. Das vorrangige Gefühl ist Staunen, dass jemand einverstanden ist, sich bei so was fotografieren zu lassen.

Um zwei Uhr verlasse ich mein Apartment, obwohl ich bloß eine Viertelstunde zum Krankenhaus brauche. Mein Auto ist übrigens wieder so gut wie neu – hat alles die Versicherung erledigt, als ich krankgeschrieben war. Es wurde bei mir zu Hause abgeholt und anschließend zurückgebracht. Mich hat dieser Service stark beeindruckt, obwohl ich, wie schon erwähnt, eigentlich von Männern immer gut bedient werde.

Ich habe große Angst, in der Nähe des Krankenhauses keinen Parkplatz zu finden. Hat schon mal jemand seine Blase bis an die Grenzen des Erträglichen gefüllt, sodass man das Gefühl hat, beim ersten Tritt auf jeden noch so kleinen Stein zu platzen? Tja, ist bei mir auch das erste Mal. Zu meinen besten Zeiten konnte ich in sehr komplizierten Schuhen sehr anmutig gehen, aber das war nichts, verglichen mit dem hier. Ich habe das Gefühl, als müsste ich über den Boden gleiten und die Beine ständig gebeugt halten, um jede plötzliche Erschütterung zu vermeiden. Zum Glück finde ich einen Parkplatz, der nur fünfundzwanzig Meter vom Praxiseingang entfernt ist. Besser, als ich erwartet habe.

Ich soll Hector hier treffen, aber er ist noch nicht in Sicht. Ich gehe zum Ultraschall und melde mich an. Ich bin eine Viertelstunde zu früh, und der Ultraschall hat eine Viertelstunde Verspätung. Ich muss also noch eine halbe Stunde warten.

»Aber ich muss aufs Klo!«, platzt es aus mir heraus.

»Ja«, sagt die Arzthelferin, ohne aufzusehen.

Das Wartezimmer ist voller Frauen, die entsetzt Elternzeitschriften zuschlagen. Alle haben einen Mann dabei, der ihnen fürsorglich Wasser oder Zitronensprudel aus großen Krügen auf dem Tisch reicht, sie fragt, wie es ihnen geht, und ihnen versichert, dass es nicht mehr lange dauert. Die Männer sind wie Arbeitsbienen, die der Bienenkönigin den Nektar bringen.

Wenn ich nur gewusst hätte, dass ich während der Wartezeit auch hier Wasser trinken kann! Langsam tut es richtig weh. Ich ertappe mich bei dem Gedanken, dass ich es beim nächsten Mal besser weiß.

Fünf Minuten später sagt eine vertraute Stimme, zehn Minuten zu früh: »Hallo, bin ich zu spät? Ich habe doch nichts verpasst, oder?«

Ich bin schrecklich erleichtert, Hector zu sehen, besonders als er sich einmal im Wartezimmer umschaut, mein gequältes Gesicht sieht und mir einen Kuss auf die Wange gibt. Es ist ein kurzer, routinierter Kuss. Ich stelle mir vor, dass gut aussehende, ein Meter fünfundachtzig große Männer ihre Frauen ständig auf diese Weise herzen.

»Alles in Ordnung, Hasenzahn?« Er versetzt sich so problemlos in seine Rolle, dass es mir keinerlei Schwierigkeiten bereitet, mir vorzustellen, er wäre wirklich der Vater.

»Ja, danke, Bärchen. Nur dass meine Blase gleich platzt und es noch fünfundzwanzig Minuten dauert, bis ich dran bin. Aber ich werd's überleben.«

»Also, ich bin eben an einer Damentoilette vorbeigekommen. Die ist direkt vor …«

»Oh, nein, sprich nicht weiter!«

»Was ist?«

»Ich muss eine volle Blase haben. Dadurch bekommen sie ein besseres Bild vom Baby.«

»Oh, das habe ich vergessen.« Hector sieht mich an, dann nimmt er den Wasserkrug und einen Becher, füllt ihn und trinkt ihn aus. Sofort schenkt er sich nach und leert den Becher ebenso schnell.

»Was machst du da?«, flüstere ich.

»Ich versetze mich in deine Lage«, sagt er. »Ich tue alles, was möglich ist, um zu verstehen, wie das für dich ist.« Er trinkt noch einen Becher Wasser und füllt ihn sofort wieder nach.

Hoch oben an der Wand hängt eine elektronische Tafel, über die Nachrichten laufen wie »Stellen Sie bitte Ihr Handy ab«

und »Spenden Sie Ihr Besteck!«. Hin und wieder piepst es, und ein Name wird angezeigt. Dann erhebt sich eine der Frauen und verlässt das Wartezimmer. Nach und nach verstummen alle, inklusive Hector und mir, und schauen fasziniert auf die Tafel.

Piep: Helen Roberts.

Alle Blicke suchen nach der glücklichen Helen. Sie steht auf und watschelt vorsichtig davon.

Piep: Roslyn Pike.

»Oh, Mann, Gott sei Dank!«, ruft Roslyn in breitem Australisch und rennt zur Tür.

»*Loveley, loveley lady*«, sagt Hector leise in breitem Australisch, als sie fort ist, schließt die Augen und nickt.

»Bring mich nicht zum Lachen«, warne ich ihn. In mir ist eine wacklige Staumauer. Ein Lacher, und sie bricht zusammen.

»Entschuldigung.«

Piep: Lara Croft.

»Das ist doch nicht wahr!«, sagt jemand laut. Neugierig sehen sich alle um, wer nun aufsteht. Es ist eine hochschwangere junge Frau mit Brille und einem schmutzigblonden Pferdeschwanz.

»Das ist kein Witz. Ich heiße schon viel länger so«, sagt sie in die Runde. »Das ist ein richtiger Fluch.«

»Dafür werden Sie auch noch so heißen, wenn es die andere längst nicht mehr gibt«, sagt Hector freundlich, als sie aufsteht.

»Meinen Sie? Die ist schon einmal gestorben und zurückgekommen. Wie oft wohl noch?«

Sie geht durch die Tür ins Untersuchungszimmer. Undeutlich können wir hören, wie sie dem Helfer ihren Namen nennt. Wieder Gemurmel, dann muss sie ihren Namen wiederholen, als ob der Helfer ihn nicht richtig verstanden hat. Oder er macht sich auf ihre Kosten lustig.

Piep: Rachel Covingt.

Das elektronische Display hat anscheinend nicht genug Platz für meinen vollständigen Namen. Schnell schaue ich mich um, um sicherzugehen, dass keine Rachel Covingt aufsteht, aber da sich nichts tut, machen wir uns auf ins Untersuchungszimmer.

»Sind Sie der Vater des Kindes?«, fragt der Helfer am Ultraschallgerät in den Raum, ohne den Blick vom Gerät abzuwenden. Es ist sehr dunkel hier, offenbar haben sich seine Augen in den Jahren so gut an die schlechten Lichtverhältnisse gewöhnt, dass er sogar hinter sich blicken kann.

Im Dunkeln schaut mich Hector an, und ich nicke kaum merklich. Er räuspert sich. »Ja.«

Er setzt sich auf einen Stuhl am Kopfende der Liege, nimmt meine Hand und beugt sich zu mir herunter, damit sein Kopf nicht weit von meinem entfernt ist. Sein rechter Arm und seine Schulter drücken gegen meinen Körper.

Der Arzthelfer macht ein paar Sachen mit dem Gerät, die wir nicht sehen können, dann sagt er: »Gut, hier ist das Baby.« Dann dreht er den Monitor zu uns um.

Und das ist meine Zukunft, in unterschiedlichen Grüntönen dargestellt. Unglaublich. Der Arzthelfer erklärt alles, und ich kann alles erkennen. Da ist die Wirbelsäule, das ist eine Hand mit fünf winzigen Stummelfingern, da ist ein Fuß, und das ist das Gesicht. Es ist auf der Seite und schaut uns an, als könnte es uns durch ein Fenster sehen. Ich kann zwei dunkle grüne Höhlen in einem blassgrünen Oval erkennen, den schwachen Umriss einer Nase und noch eine Höhlung darunter.

»Er sieht aus wie du«, murmelt Hector, als er dieses Schädelbild betrachtet.

»Ja, er ist wunderschön, nicht?«

»Wer ist sein Vater? Der unglaubliche Hulk?«, scherzt er, kann den Blick aber nicht vom Bildschirm abwenden. »Ich lasse mich scheiden. Das Kind ist auf keinen Fall von mir.«

»Zu diesem frühen Zeitpunkt ist es wirklich schwer zu sagen, wie das Kind aussehen wird«, wirft der Arzthelfer ein. »Die grüne Farbe, das ist nur der LCD-Schirm, auf dem das Bild dargestellt wird.«

Hector und ich sehen uns an, beide gepeinigt von unseren gefüllten Blasen.

»Möchten Sie ein Bild vom Baby?«, fragt der Arzthelfer schließlich, als sei es das Normalste der Welt.

Während das Bild ausgedruckt wird, benutzen Hector und ich die Örtlichkeiten. Es gibt nur wenige Freuden im Leben, die dem Gefühl gleichkommen, die Blase zu leeren, wenn sie zwei Stunden lang prall gefüllt war.

Als ich aus der Toilette komme, ist Hector schon fertig. Er steht neben der Tür zum Ultraschallraum. Der humorlose Arzthelfer reicht ihm gerade ein Stück Papier und verzieht sich dann wieder in sein Schattenreich. Man beachte Hectors Gesicht, als er dem Arzthelfer dankt und dann den Blick auf das Foto in seiner Hand richtet, als wäre es aus Zuckerwatte. Seine Augen weiten sich, seine Lippen lächeln leicht. Das Bild liegt auf seiner großen Handfläche. Er hebt die andere Hand, senkt die Finger vorsichtig auf das Bild und streichelt es.

14

Was hat das zu bedeuten? Liebt er mein Kind? Will er mein Baby haben? Wird er mich eine Minute nach der Geburt mit einem Kopfkissen ersticken, mir das Kleine klauen und es auf Zypern als sein eigenes aufziehen?

Ein schöner Gedanke, aber irgendwie bezweifle ich es. So gerne ich mir das auch vorstelle – Hector ist nicht der Vater des Kindes und wird es nie sein. Soweit ich weiß, gibt es keine Prozedur, die eine Schwangerschaft rückgängig machen und mit einem anderen Spermium neu auslösen kann. Aber er sieht wirklich aus wie ein Vater, nicht? Wie er da so steht, während ich mir den Mantel anziehe. Hat schon mal jemand mehr wie ein Vater ausgesehen?

Seitdem sind etwas mehr als drei Wochen vergangen. Heute Abend, am 8. Dezember, steigt die Weihnachtsfeier von Horizon Holidays.

Meistens sind das richtig gute Partys mit einer Bar und Disco, Lichterketten, Nebelmaschine und jeder Menge Kerle – manche sogar halbwegs annehmbar. Nur unter uns gesagt: Mit den meisten annehmbaren hatte ich schon was. Ich kehre nicht gerne zu abgelegten Exemplaren zurück, aber immerhin muss ich so meine Getränke nicht selbst bezahlen.

Ich stehe zu Hause im Schlafzimmer und werfe Klamotten in Größe 36 auf den Boden, da ich keinerlei Hoffnung mehr habe, hineinzupassen. Nun weiß ich, was es heißt, sich unwohl in seiner Kleidung zu fühlen. Aber ich habe ein neues Oberteil, also ist noch nicht jede Hoffnung verloren. Während ich kurz dusche, erzähle ich eben, was seit dem Ultraschall passiert ist.

Direkt anschließend lud mich Hector zum Essen ein, und das war toll. Kein feines Lokal, nicht wie das Madeleine's im Fieldwood Park, das er öfter besucht. Aber da hätte ich mich auch nicht so richtig wohlgefühlt. Er schlug La Bougie vor, aber ich sagte, dass ich meinen Fuß nicht noch einmal in diesen Laden setzen werde.

»Warum nicht?«

»Im August war ich da einmal mit Nick. Das würde mich nur daran erinnern.« Ich muss an diesen fiesen Freund von Nick denken, schließe die Augen und erschaudere ein wenig. Hector sieht mich an. Er presst die Lippen aufeinander und runzelt die Stirn.

»Also gut, dann nicht La Bougie.«

Ich schlage die Augen wieder auf und schaue Hector an, aber er hat den Blick abgewendet und klimpert ungeduldig mit den Autoschlüsseln.

»Ich weiß ja nicht, wie's bei dir aussieht, aber ich könnte einen Salat vertragen«, schlage ich vor. »Wie wär's mit Pizza Hut?«

Mit weicheren Zügen dreht er sich mir zu und lächelt. »Ach, Rach, da möchte ich nicht mit dir hingehen. Das ist doch nicht im Entferntesten …«

»Was?« Ich hatte so ein sonderbares Gefühl, dass er »romantisch« sagen wollte.

»Angemessen. Jetzt mal ehrlich! Es ist Mittag, da gibt es Buffet, das heißt, es stehen so viele superfette Leute an der Theke, dass man sich kaum bewegen kann. Da kann man Gier in Reinform studieren.«

Natürlich wollte er nicht »romantisch« sagen. Warum auch? Wir sind doch nur »gute Freunde«. Mehr nicht.

»Wenn du irgendwann mal schwanger bist, wirst du wissen,

wie es ist, wenn man etwas unbedingt will und es nicht bekommen kann«, sage ich und verschränke die Arme vor der Brust.

»Aber ich werde ja nie schwanger sein, oder?«

Verflucht. Was ist nur mit mir los? Er wird mich nicht an den Schultern packen und mir mit schmerzerfüllter Stimme beichten, welche Qualen er leide, wie sehr er sich wünsche, mit mir zusammen zu sein, dass es ihn immer völlig fertigmache, mich zu sehen, dass es ihm völlig egal sei, von wem das Kind in meinem Bauch ist, er werde es als seines annehmen, wenn es auf die Welt komme.

»… Auto holen. Rachel? Rachel, bist du noch da?«

Hector beugt sich vor. Mir wird klar, dass er etwas gesagt hat und ich Luftschlösser bauen war.

»Sorry, tut mir leid, ich habe ein bisschen geträumt. Was hast du gesagt?«

»Ich habe gesagt: Jedenfalls solange die Wissenschaft keine externe Gebärmutter erfindet, die Männer mit sich herumtragen können und die über eine Nabelschnur mit ihrem Bauch verbunden ist, um den Fötus mit Nahrung zu versorgen. Aber selbst wenn die Wissenschaft so einen Apparat entwickelt, ist es erstens unwahrscheinlich, dass der Vater dieselben Gelüste und Sehnsüchte wie eine schwangere Frau entwickelt, weil es für seinen Körper keine so gewaltige Belastung wäre, und zweitens würde ich lieber bis ans Ende der Welt laufen, als es selbst auszuprobieren. Ich gehe jetzt das Auto holen.«

Ich blinzele. »Aha. Na gut. Ich warte hier, ja?«

Und so gingen wir zu Pizza Hut. Als ich dort am Tisch sitze, hole ich das Bild aus der Tasche und lege es vor mich. Mit aufgestützten Armen beugen wir uns vor, fast berühren sich unsere Köpfe.

»Unglaublich, wie deutlich …«, beginnt Hector.

»Stimmt.«

»Und die kleinen Füße …«

»Ich weiß.«

»Hast du das Gesicht gesehen?«

»Ja! Es hat mich richtig angeguckt.«

»Und der Schluckauf!«

»Ja! Ich wusste gar nicht, dass …«

»Ich auch nicht.«

Wir lachen beide und sehen uns an. Unsere Gesichter sind sich nahe.

»Ob es wohl ein Junge ist?«, frage ich.

»Na, du musst wohl wie alle anderen bis Weihnachten warten, hm?«

»Du hast recht. Dieses Geschenk kann ich nicht früher auspacken.« Da kommt die Kellnerin mit Hectors Pizza.

»Vielen Dank«, sagt er höflich und lächelt sie warmherzig an. Er hält den Augenkontakt etwas länger, als nötig wäre.

»Ooh«, sage ich plötzlich und lege die Hand auf den Bauch. Hector wird aufmerksam.

»Was ist? Herrgott, Rachel, was ist? Ist alles in Ordnung?«

Ich nicke. »Ich glaube, es hat sich gerade bewegt.«

Ganz in der Nähe und doch in weiter Ferne veranlassten mikroskopisch kleine Nerven winzige Muskeln, sich einen Zehntelmillimeter zusammenzuziehen. Ein klitzekleines Körperteil, ähnlich einer Garnele, zuckte als Beweis dafür, dass es lebt, und auf eine unterschwellige Weise war ihm das bewusst.

»Ach, du meine Güte! Wirklich? Wie hat sich das angefühlt?«

Ich schüttele den Kopf, weil ich es nicht beschreiben kann. Wie soll man erklären, wie sich etwas anfühlt, wenn man es zuvor noch nie empfunden hat?

»Äh, das ist wie … keine Ahnung, als hätte man einen Schmetterling in der Hand. Nein, nein, warte kurz, eher so, als würde jemand Staub von deiner Jacke fegen. Ach, Hector, das ist so schwer zu ... Da! Da ist es wieder!« Ich lehne mich zurück, atemlos von diesem ungeheuerlichen Gefühl, und lege die Hände auf den Bauch.

Anderthalb Wochen später sitze ich an meinem Schreibtisch und gehe mit einer Kundin lustlos die Hotels von Sankt Petersburg durch.

»Nein, Mrs. Sullivan, das Hotel hat keinen Pool. Nein, auch keinen Fitnessraum. Nein, ich glaube, das haben die alle nicht. Ich weiß nicht, warum – vielleicht ist so was da drüben nicht gefragt.« Jetzt hätte ich die Möglichkeit, ein teureres Reiseziel vorzuschlagen, zum Beispiel Dubai, wo alle Hotels mit Swimmingpool, Fitnessraum, Klimaanlage, Sauna, Bädern und Frisören ausgestattet sind, aber ich lasse sie ungenutzt verstreichen.

Ich werde unterbrochen von Hectors Telefon, das in meiner Tasche klingelt. »Oh, Mrs. Sullivan, es tut mir furchtbar leid, aber hören Sie dieses Geräusch? Das ist Feueralarm. Ich muss leider auflegen. Rufen Sie doch in ein, zwei Stunden noch einmal an! Wenn das Gebäude dann noch steht, wird Ihnen sicherlich jemand weiterhelfen können. Ja, natürlich, ich heiße Christine. Vielen Dank, auf Wiederhören.«

Ich schiebe auf »B« für »Besetzt«, greife nach meiner Tasche und laufe zu meiner Zuflucht, der Damentoilette. Dabei wühle ich in der Handtasche herum, um drangehen zu können, bevor das Klingeln aufhört.

Als ich die Toilettenräume betrete, ist es interessant zu beobachten, dass ich nicht eine Sekunde vor dem Spiegel verweile, sondern direkt auf eine Kabine zusteuere.

»Hi«, sage ich und schließe hinter mir ab.

»Ich bin's«, sagt er.

»Hallo! Wie geht's?«

»Gut bei mir. Und bei euch beiden?«

»Auch gut. Pfläumchen versteckt sich noch, und ich finde, es hat recht. Es hat keine Lust auf all die Raterei, wer sein Vater ist, wenn es erst mal seine Gegenwart kundgetan hat.«

»Das kann ich verstehen. Der kleine Mensch hat auch ein Recht auf Privatsphäre.«

»Auf jeden Fall.« Plötzlich habe ich eine Idee. Ende nächster Woche ist die Weihnachtsfeier der Firma. Wie wäre es, wenn ich Hector bitten würde, mich zu begleiten? Hey, Chrissies Gesicht würde ich gerne sehen, wenn ich dort mit ihm auftauche. So was wie ihn hat sie bestimmt noch nie erblickt.

Irgendwie wirkt dieses Szenario vertraut, nicht wahr? Es erinnert daran, als ich Nick fragte, ob er mich zu Jakes Geburtstag begleiten wolle. Nun, damals wusste ich es noch nicht, aber das war der letzte Sargnagel unserer Beziehung. Eigentlich war es auch der einzige Nagel, dafür aber ein richtig großer.

»Hey, Hec, hat du nächsten Freitag Zeit?«

»Wann, am achten? Ich glaube schon, wieso?«

»Na, weil dann unsere Weihnachtsfeier ist, und ich dachte, du könntest vielleicht ... Na ja, ob du ...«

»Ob ich dort auftreten kann? Klar, mache ich gerne, danke für die Anfrage! Aber woher wusstest du, dass ich in einer Band spiele? Mann, das ist ja super! Das muss ich unbedingt den Jungs erzählen. Wir hatten seit Monaten keinen Auftritt mehr. Die sind bestimmt total aus dem Häuschen!«

»Ähm, Hector, ich wusste echt nicht, dass du in einer Band spielst. Was für Musik macht ihr denn?«

»Hauptsächlich Heavy Metal und ein bisschen Disco.«

»Ah. Und wie heißt die Band?«

»Die heißt ... ähm ... Dead Funky.«

»Wow! Also das Problem ist, ich kann mir nicht vorstellen, dass Rupert de Witter solche Musik auf der ...«

»Ach, das ist kein Problem! Er ist ein Freund von mir, schon vergessen?«

Scheiße. »Ach, ja, klar. Na gut. In dem Fall nehme ich an, dass du …«

»Ach, Rach, tut mir leid!« Hector lacht. »Das war ein Witz. Ich spiele in keiner Band! Das war nur ein Scherz!«

An dieser Stelle frage ich mich, warum er mich überhaupt angerufen hat. Wusste er nichts mit sich anzufangen und wollte mal wieder so richtig ablachen?

»Gut. Super. Toller Witz. Hast mich echt reingelegt.«

»Tut mir leid. Ich konnte einfach nicht anders. Was wolltest du mich denn wegen nächsten Freitag fragen?«

Aber auf einmal ist mein Interesse verflogen. Ich darf nicht vergessen, dass er nur ein Freund ist, ein Kumpel, mit dem man Spaß haben kann, mit dem man herumblödelt, nicht mehr. Hectors kleiner Witz hat mir ganz klar gezeigt, dass er in mir eine Freundin sieht, und wenn ich ihn jetzt fragen würde, ob er mich zu der Party begleiten mag, dann sähe es aus, als wollte ich mehr von ihm, was er aber nicht will. Und aus Erfahrung erster Hand weiß ich, dass so was einen verzweifelten, mitleiderregenden Eindruck macht.

»Ach, nein, schon in Ordnung. Ist schon alles geregelt.«

»Was? Du hast das geregelt, während du mit mir gesprochen hast?«

»Ja. Mir hat gerade jemand einen Zettel auf den Tisch gelegt, jetzt ist alles geklärt.«

»Wirklich? Na, gut. Okay.«

»Also gut dann.« Ich will das Gespräch beenden, denn es fällt mir ganz schön schwer, seine Stimme zu hören und dabei zu wissen, dass er in mir nur einen Kumpel sieht.

»Rach, ich wollte dich nicht ärgern.«

»Was? Hast du doch nicht. Wann?«

»Gerade eben. Mit dem kleinen Witz. Es tut mir wirklich leid, wenn ich dich verletzt habe.«

»Nein, sei nicht albern. Ist alles in Ordnung. Hör mal, Hector, ich muss jetzt aufhören. Hier kreisen schon Suchhubschrauber über dem Gebäude.«

»Oh ja, natürlich. Wir sprechen uns, ja?«

»Hoffentlich. Tschüss!«

Hier bin ich also, komme gerade auf der Weihnachtsfeier an. Ich habe das neue Oberteil an. Wie steht es mir? Einige Male habe ich das strassbesetzte Hemdchen schon drunter getragen, aber ich glaube nicht, dass es jemandem aufgefallen ist. Um mein kleines Bäuchlein zu verstecken, musste ich allerdings diese weite goldene Bluse drüberziehen. Jetzt fällt es aber nicht mehr auf, oder? Wenn man einen Liter Bier intus hat und mich hier in der verräucherten Bude sieht, merkt man keinen Unterschied.

Natürlich trinke ich nichts. Das wird ja ungeheuer lustig für mich werden, was?

In den letzten drei Wochen sind die Bewegungen recht deutlich spürbar geworden. Am Anfang habe ich nur ein- oder zweimal am Tag ganz kurz etwas gemerkt. Wenn es wieder vorbei war, wurde ich ganz traurig und wollte es noch einmal spüren. Inzwischen fühlt es sich an wie eine flackernde Kerzenflamme oder wie aufsteigende Blasen. Es ist ein ganz sonderbares Gefühl, fast so, als hätte es nichts mit mir zu tun.

Als ich auf die Weihnachtsfeier komme, kann ich mich nicht davon abhalten, den Raum nach Nick abzusuchen. Also bitte, warum habe ich wohl so lange fürs Anziehen gebraucht? Er muss hier sein – alle Abteilungen sind da –, ich kann es kaum erwarten, ihn zu sehen.

Ich will ihn nicht wiederhaben; da muss sich niemand Sorgen machen. Nicht mal wenn er, lediglich mit Boxershorts bekleidet, mit feuchter, glänzender Haut und verwuscheltem Haar vor mir auf die Knie fallen würde und diese unglaublichen babyblauen Augen flehend oder vielleicht ein wenig lüstern zu mir hinaufschauen würden, wenn seine vollen Lippen sich zu einem Kuss spitzten und sein sinnlicher Mund …

Mensch, ist das warm hier drin!

Nein, nein, nein. Ich will nur einen Blick auf ihn werfen. Seit ich Nick am Getränkeautomaten im dritten Stock traf und er mich als Schlampe beschimpfte, habe ich ihn nicht mehr gesehen. Wahrscheinlich ist er für dieses Wort extra vom sechsten Stock nach unten gewandert. Nein, in Wirklichkeit möchte ich, dass Nick einen Blick auf mich wirft, weil ich so supersexy aussehe, und dass ich ihn mit Missachtung strafe. Aber zuerst muss ich mich darauf konzentrieren, ihn überhaupt erst mal zu orten.

Er müsste leicht zu entdecken sein, da es bei Horizon nicht viele gibt, die so aussehen wie er – in der ganzen Welt gibt es nicht viele, die so aussehen –, aber ich finde ihn einfach nicht. Es sind ein paar jüngere Typen da, die Jeans und kurzärmelige Hemden tragen. Von weitem könnte einer von ihnen Nick sein. Ich muss näher heran, damit ich sie genauer betrachten kann, aber so tun, als nähme ich sie gar nicht wahr.

Chrissie und Val sind da, ich geselle mich zu ihnen. Chrissie sieht wie ein Vamp aus, nicht wahr? Kurzer roter Rock, schwarzes Top, glänzende schwarze Stiefel, die bis zu den Oberschenkeln reichen – einfach super! Val trägt ein sehr weibliches Kleid mit Blumendruck, dazu pfirsichfarbenen Lippenstift. Sie sieht verändert aus. Wir gehen hinüber zur Theke, aber keiner der Typen kommt uns nach, um mir etwas zu trinken auszugeben. Das ist ungewöhnlich.

»Wo sind die alle?«, rufe ich Chrissie zu.

»Was soll das heißen? Sind doch alle hier.«

Erst als wir an der Theke stehen, um etwas zu bestellen, wird mir klar, warum es mir vorkommt, als seien weniger Typen hier als sonst: Alle haben sich um jemanden geschart, der auf einem Barhocker sitzt. Und wer ist das?

Paris.

Oh, sie ist beim Frisör gewesen! Sie hat jetzt kurzes Haar, das sie ins Gesicht kämmt. Es sieht lächerlich aus, ehrlich. Und sie ebenfalls, wie sie herumflirtet, mit den Augen klimpert, dämlich grinst und kichert. Sich wortreich für das spendierte Getränk bedankt. Mein lieber Mann! Ich balle die Hände zu Fäusten und stelle mir vor, wie ich sie in ihrer kurzen schulterfreien Corsage und dem Satinrock vom Hocker werfe.

Es ist möglich, dass Nick unter ihren Verehrern ist, aber ich will gar nicht näher heran. Das wäre einfach zu stumpf. Ich wende mich ab und sehe eine Weile den Tanzenden zu. Meine Blicke schießen hin und her, ich halte Ausschau nach diesen Schultern, diesem Haar, diesen Augen. Da ich nicht trinke, kann ich mich angesichts der ausgelassenen Verrenkungen der Paare und Singles nur schütteln. Ich schaffe es kaum, dem einen Mann zuzusehen, der sein Hemd ausgezogen hat und vor Val herumtanzt. Ihr Blick schweift verzweifelt durch den Saal, um bloß nicht auf diese schweißglänzende nackte Brust sehen zu müssen.

Um elf Uhr habe ich genug. Anscheinend ist Nick derjenige, der mich nicht wahrnimmt, denn ich habe ihn in jeder Ecke gesucht. Ich bin maßlos enttäuscht. Mein Kopf pocht, ich bin müde, die Musik ist mir zu laut. Ich verlasse den Raum und steuere auf die Aufzüge zu, will mich verdrücken, ohne dass jemand etwas merkt. Aber als ich über den leeren Korridor gehe, erhasche ich aus dem Augenwinkel eine Bewegung. Irgendetwas ist da am anderen Ende des Ganges.

Ich stehe vor den Aufzügen, alles ist hell und vertraut. Mein Auto wartet unten, um mich nach Hause ins Bett zu bringen. Aber dann sehe ich wieder etwas am Ende des Korridors huschen und zögere. Da hinten ist es stockdunkel. Es kann doch niemand dort sein, meine Phantasie spielt mir bestimmt einen Streich. Doch dann bewege ich mich trotzdem in die Richtung. Ich trippele auf Zehenspitzen, ist das zu glauben? Als ob das irgendwas ändern würde bei dem Lärm der Feier einige Türen weiter.

Auf einmal meine ich, ein kurzes, unterdrücktes Gelächter und ein Rumpeln zu hören, als würden Möbelstücke über den Boden gezogen. Das Licht von den Aufzügen und die Geräusche der Party werden schwächer, es wird immer dunkler und stiller. In dieser Ecke war ich noch nie. Ich glaube, hier gibt es nur selten genutzte Konferenzräume. Auf jeden Fall werden sie nicht von den Leuten vom Telefonverkauf benutzt. Vielleicht sitzen dort öfter die Marketing-Fritzen oder die höheren Manager.

Beim Gehen streife ich mit den Fingern einer Hand an der Wand entlang, um mich im Dunkeln zu orientieren. Von vorne kommen deutliche Geräusche. Schließlich sehe ich etwas weiter vorne unter einer Tür links und einer rechts Licht hindurchfallen.

Ich bleibe zwischen den beiden Türen stehen, gehe dann nach rechts, lege die Hände auf das Holz und beuge mich vor, sodass ich sie fast mit dem Kopf berühre. Dahinter ist es still. Nach ein, zwei Sekunden will ich mich umdrehen, da höre ich etwas und erstarre. Es ist ein Geräusch, das meinen Herzschlag kurz aussetzen lässt: ein Schrei, ein keuchender Schrei, direkt hinter dieser Tür. Ich bin mir ziemlich sicher, dass er von einer Frau stammt.

Da stehe ich, die Hand auf der Klinke, und weiß nicht, was ich tun soll. Irgendetwas geht hinter dieser Tür vor, da könnte jemand dringend meine Hilfe benötigen. Ich schaue nach rechts und links, aber es ist niemand da. Irgendetwas muss getan werden, und der einzige Mensch, der es tun kann, bin ich. Die einsame, schwangere, schwache Rachel. Ich stemme mich gegen die Tür, umfasse den Griff fester. Dann drücke ich die Klinke hinunter und stemme gleichzeitig die Schulter gegen die Tür. Ich bin überzeugt, dass derjenige dahinter etwas vor die Tür geschoben hat, um nicht unterbrochen zu werden, aber dem ist nicht so. Weit schwingt die Tür auf, und ich stolpere schwungvoll über die Schwelle ins Zimmer.

Als ich das Gleichgewicht zurückgewonnen habe, schaue ich mich um. Und wünsche mir auf der Stelle, woanders zu sein.

Die beiden Personen, von denen die sonderbaren Geräusche stammen, starren mich erschrocken mit weit aufgerissenen Augen an. Ohne wirklich etwas zu erkennen, spüre ich, dass sie direkt vor mir auf dem Boden liegen. Instinktiv gehe ich einen Schritt zurück. Wild irrt mein Blick umher, will nirgends länger ruhen bleiben, und so setze ich mir das Geschehen aus mehreren Nahaufnahmen zusammen. Ein nackter Oberschenkel. Aufgeknöpfte Kleidung. Angewinkelte Ellenbogen. Feuchte Haut. Babyblaue Augen.

In meiner Verwirrung erkenne ich, dass eine der beiden Personen Paris ist. Etwas länger verweilt mein Blick auf ihrer Frisur. Ich registriere die fedrigen Strähnen über dem Ohr, den ausgedünnten Pony, die kurzen Locken im Nacken. Dieser hübsche Haarschnitt kommt mir sehr bekannt vor. Dann wird mir der Blick verstellt von einer glänzenden Schulter, von Knochen und Muskeln unter feuchter, karamellbrauner Haut, als sich die andere Person vorbeugt und ein Hemd aufhebt.

»Was soll der Scheiß, Rachel?«, fährt Nick mich an. Endlich wird mir klar, was jeder andere wahrscheinlich längst erkannt hat: Es ist Nick Maxwell, der hier mit feuchter Haut und zerzaustem Haar vor mir kniet, aber er fleht mich nicht an, ihn zurückzunehmen, und er stammelt auch nicht, ich solle ihm verzeihen, es sei gar nicht so, wie es aussähe. Wütend zieht er sich das Hemd über und faucht: »Mensch nochmal, hier einfach so reinzuplatzen! Brennt's irgendwo, oder was?« Nick scheint für seine sexuellen Abenteuer den Boden zu bevorzugen, nicht wahr?

Mit offenem Mund starre ich ihn an. »Was machst du denn hier?«, frage ich leise, eher eine Frage an mich selbst.

»Wonach sieht es denn aus, Süße?«, gibt Paris zurück und knöpft sich grinsend die Corsage zu.

Immer noch betrachte ich Nick – sein volles dunkles Haar, die dichten schwarzen Wimpern, den sinnlichen Mund. Mein Vorsatz, ihn zu ignorieren, ist ziemlich glorreich gescheitert, was? Entzückt verschlinge ich ihn mit den Augen.

»Herrgott nochmal, Rachel, hast du eigentlich keine Würde?«, höhnt Paris grinsend, und ich drehe mich endlich zu ihr um.

»Das sage ich dir, wenn du nicht mehr breitbeinig dasitzt, sondern angezogen und aufgestanden bist«, gebe ich schneidend zurück.

»He, he, Mädels, kommt, seid nett zueinander«, mischt Nick sich ein, obwohl ihm der Streit zu schmeicheln scheint.

»Nur damit du Bescheid weißt«, sage ich ruhig. »Er ist verheiratet.« Voller Abscheu schaut Nick zu mir hoch. »Vielleicht fragst du ihn mal danach, bevor du dir Sorgen um meine Würde machst.«

»Was?!«, rufen Nick und Paris gleichzeitig. Nick starrt mich an, Paris starrt Nick an.

Ich nicke bestätigend, zögere noch, fortzufahren. »Ist ja deine Sache, Paris, aber ich habe mich vor vier Monaten entschieden. Die Frage ist, wie gehst du damit um? Ich weiß, wie ich dazu stehe, und jetzt wissen wir beide, was *er* für einer ist.« Ich neige den Kopf in Nicks Richtung, ohne ihn anzusehen. Ich traue mir nicht.

Mein Hals schmerzt, als würde ich gleich weinen, aber es kommen keine Tränen. Ich fühle mich ruhig und stark. Als ich nach draußen auf den Gang trete, höre ich, wie er ihr mit leiser, liebevoller Stimme erklärt, dass es nicht stimme, dass ich mir das ausgedacht hätte, dass ich eine total verrückte Schlampe sei. Ich stelle mir vor, wie er ihr dabei über den Arm streicht und das Ohr küsst. Mein Hals zieht sich zusammen. Weil ich den Kopf gesenkt halte, merke ich nicht, dass sich die gegenüberliegende Tür öffnet und jemand herauskommt. Ich laufe in den Mann hinein.

»Hui, aufgepasst, Kopf hoch!«, sagt er. Ich schaue auf und sehe in das Gesicht von Rupert de Witter, Besitzer oder Manager oder Leiter oder was auch immer dieser Firma. Bisher kenne ich ihn nur von der hinteren Innenseite unserer Urlaubskataloge.

»Oh, Mr. … Entschuldigung, Sir, ähm, Mr. de Witt –«

Kann dieser Abend noch schlimmer werden? Fehlt nur noch, dass Hector mich so gedemütigt sieht, dann ist dieser Tag perfekt. Ich laufe, so schnell ich das in meinen Schuhen kann, den Korridor hinunter. Mr. de Witter schiebt die Hände in die Hosentaschen und schaut mir belustigt nach.

»Was ist da los?«, fragt eine Stimme hinter ihm. Zum Glück bin ich schon zu weit entfernt, um zu sehen, dass Hector nun ebenfalls in den Gang tritt und meiner davoneilenden Gestalt nachsieht.

Mr. de Witter zuckt grinsend mit den Achseln. »Ach, muss irgendwas mit der Weihnachtsfeier zu tun haben, denke ich. Du weißt ja, wie das ist, Hec. Der Alkohol bringt die heimlichen Leidenschaften zum Ausbruch.«

Hector späht durch den dunklen Gang in Richtung Aufzug. »Aber … das war doch …«

»Rachel!«

Hector und Rupert zucken zusammen. Die Tür gegenüber wird aufgerissen und ein junger Mann auf wilder Verfolgungsjagd kommt herausgeschossen. Im Laufschritt knöpft er sich das Hemd zu. »Warte mal kurz, Rachel!«, ruft er mir nach. »Bitte!«

Hector sieht das, hört meinen Namen und reimt sich sofort alles zusammen. Nun ist er sicher, dass das geschehen ist, was er vorhergesagt, was er befürchtet hat. Und als er traurig mit

Rupert in den Konferenzraum zurückkehrt, ist er überzeugt, dass es für alle die beste Lösung ist, auch wenn sich sein Herz anfühlt, als sei es durch die Mangel gedreht worden.

»Alles in Ordnung, Hec?«, fragt Rupert und mustert seinen Freund. »Du bist ein bisschen blass um die Nase.«

Hector nickt und zwingt sich zu einem Lächeln. »Alles klar, Junge. Bin nur müde. Können wir jetzt bitte zum Ende kommen, damit wir nach Hause können?«

Kaum haben sie die Tür hinter sich geschlossen, öffnet sich die Tür gegenüber, und Paris tritt heraus: bekleidet, anmutig, selbstbewusst. Mit hoch erhobenem Kopf und verführerisch wiegenden Hüften folgt sie Nick den Gang hinunter. In ihrer schwarzen Strumpfhose prangt ein großes Loch.

Der Gang vor dem Aufzug: Ich komme herbeigeeilt, bloß fort von diesem Schauplatz meiner Demütigung. Ich drücke auf den Knopf nach unten, sehe mich über die Schulter um und presse den Finger mehrfach auf die Taste, da ich von links dieses hinterhältige Arschloch näher kommen höre.

Da ist Nick schon und grabscht nach meinem Arm. »Was ist eigentlich in dich gefahren?«

»Lass mich sofort los!«, sage ich mit tiefer Stimme, ohne ihn anzusehen. Er gehorcht.

»Bist du völlig durchgeknallt, oder was? Was hast du dir dabei gedacht, da einfach reinzuplatzen? Ich meine, ich verstehe ja, dass du fertig bist, weil ich mit einer anderen zusammen bin, aber jetzt mal ehrlich: Das mit uns ist vier Monate her, verdammt nochmal! Du musst doch langsam mal kapieren, dass es vorbei ist, Süße.«

»Ach, Nick, bild dir bloß nichts ein! Dich würde ich nicht einmal mehr mit der Kneifzange anfassen.«

»Na, klar. Wenn du das sagst! Ich habe so was schon öfter erlebt. Die Ex kommt einfach nicht damit klar, dass es eine

Neue gibt. Läuft mir nach wie ein junger Hund, ruft mich zu jeder Uhrzeit an, fängt mich vor der Haustür ab, schickt mir Briefe. Aber das hier! Ha!« Nick schüttelt den Kopf. »So was habe ich noch nicht erlebt. Ihr zu sagen, ich sei verheiratet. Was soll der Scheiß? Was ist bloß in dich gefahren? Bist du verrückt geworden?«

Ich blicke stur geradeaus. Nick steht links neben mir und redet auf mich ein. Von diesem Punkt kann ich in den silbernen Fahrstuhltüren mein ruhiges Spiegelbild sehen, das mich anlächelt. Neben mir ist Nicks keifendes, knurrendes Profil. Gott sei Dank kommt endlich der Aufzug. Die Türen gleiten zur Seite, ich husche hinein und drehe mich zu Nick um.

»Tut mir leid, Nick, es war wirklich ein Riesenfehler …«

»Und wie es das war!«

»… eine Woche meines Lebens mit dir zu verschwenden. Fast alles daran bereue ich. Jetzt geh zurück zu deiner Freundin. Sie sieht aus, als könnte sie etwas Fürsorge gebrauchen.« Und wie im Film schließen sich die Türen genau in diesem Moment, gerade als Nick wütend die Stirn runzelt und noch etwas sagen will, gerade als Paris rechts aus dem Gang stürmt und auf ihn zusteuert. Und ich bin sicher verwahrt in dem nach unten fahrenden Lift. Ich habe meine Zeilen aufgesagt, der Vorhang schließt sich.

In der Fahrstuhlkabine werde ich mit meinem lebensgroßen Spiegelbild konfrontiert. Mein Gesicht glüht, ich grinse. Meine Haare sind gewachsen, und als ich meinen Kopf hin- und herdrehe, schwingen sie mit. Das Licht wirft Reflexe auf das glänzende Haar. Ich sehe wirklich gut aus.

»Das tut mir leid, Pfläumchen«, sage ich zu dem kleinen Bäuchlein im Spiegel. »Was für ein fieser Kerl. Du brauchst ihn nicht kennenzulernen, wenn du nicht willst. Versprochen.« Ich glätte das Oberteil über dem Bauch und drehe mich zur Seite, damit ich ihn besser betrachten kann. Er ist noch nicht groß, aber man kann ihn sehen, und das gefällt mir.

Es ist der folgende Montag, drei Tage später, ich komme gerade ins Büro. So wie ich mit leichtem Lächeln herumhüpfe, erkennt man, dass es mir heute verdammt gut geht. Der Stuhl von Platz 8 ist leer, mein Grinsen wird breiter. Wo sie wohl diesmal sind? Auf dem Herrenklo? Im Kämmerchen? Unter Jeans Schreibtisch?

»Worüber freust du dich denn so?«, fragt Chrissie, die plötzlich vor mir steht. Heute hat sie sich für ein enges weißes Oberteil und einen Jeansminirock entschieden, dazu kniehohe braune Stiefel. Es ist immer noch ein Schock, sie so gekleidet zu sehen. Im ersten Moment weiß ich nicht mehr, was sie gerade gefragt hat.

»Was?«

»Du hast so ein breites Grinsen im Gesicht! Es wundert mich nur, dich heute so glücklich zu sehen.«

Jetzt verstehe ich gar nichts mehr. »Was meinst du damit: Du wunderst dich? Warum sollte ich heute nicht fröhlich sein?«

Kann man ihren Gesichtsausdruck sehen? Es ist die Nummer »Tratschen oder Schämen«. Eine komplexe Miene, aber ich kenne Chrissie seit zwanzig Jahren und durchschaue sie sofort. Dieser Blick bedeutet, dass sie etwas gehört hat, wahrscheinlich über eine ihrer Freundinnen – am ehesten über mich –, und hin- und hergerissen ist zwischen einem Schuldgefühl, weil sie mich nicht verteidigt hat, und der Vorfreude, wirklich pikante Gerüchte weitergeben zu können. »Also, ich habe gehört …«

»Ach, ich weiß schon. Nicht nur Nick und Paris haben das ganze Wochenende lang gepimpert, die Buschtrommel war auch nicht untätig, was?« Im Kopf habe ich ein Bild, das wohl aus einem alten Film stammt: Jemand telefoniert, das Bild teilt sich, und man sieht zwei Personen am Telefon, dann teilt es sich erneut in vier Bilder, dann in acht, sechzehn und so weiter, bis so viele Menschen am Telefon tratschen, dass man sie nicht mehr erkennen oder zählen kann. Man hört nur noch das Rauschen Hunderter gleichzeitig sprechender Stimmen. »Also: Was ist?«

»Herrje, du weißt Bescheid mit Paris?«

»Klar. Das war's schon?«

»Ähm, nein, es gibt noch was. Aber nichts Schlimmes. Nur dass du auf der Weihnachtsfeier einen kleinen Streit mit Nick hattest und ihn angefleht hast, dich zurückzunehmen, er aber nicht wollte.«

»Ha! So war das natürlich nicht.« Das ist so weit entfernt von der Wahrheit, dass ich fast schon wieder im Land von Akte X bin. War es vielleicht doch so, und mein Gedächtnis wurde von einer höheren Macht manipuliert? Nein. Ich weiß ganz genau, wie es war. Aber zu meiner Überraschung stelle ich fest, dass es mir völlig egal ist. »Wer hat dir denn das erzählt?«

Kurz weicht Chrissies Blick zu meiner linken Schulter aus, dann kehrt er zu meinem Gesicht zurück. »Paris. Ist das schlimm?«

»Nicht im Geringsten, Chrissie.« Ich mache auf dem Absatz kehrt und rufe Val zu: »Wie immer, Val?« Sie nickt, ich gehe zur Tür. »Ach, hör mal, Chrissie! Ich wollte dir etwas erzählen. Kannst du heute Abend zu mir kommen, so gegen sieben? Sarah und Sue sage ich auch Bescheid.«

Ja, ich habe mich nach vier Monaten nun endlich entschieden, es den anderen mitzuteilen. Ich finde es unglaublich, dass es mir gelungen ist, meine Schwangerschaft so lange geheimzuhalten. Ich gebe sie nur ungern preis. Das hat aber mehr damit zu tun, dass nur Hector Bescheid wusste. Aber die Mädel sind meine Freundinnen: Ich schulde es ihnen, ehrlich zu sein. Auch wenn es spät kommt.

Um sieben Uhr laufe ich rastlos durch die Wohnung, nehme dies und das in die Hand, richte Kissen gerade, schaue in die Küche. Das Apartment sieht schon viel besser aus, nicht wahr? Ich muss gar nichts mehr aufräumen, und trotzdem schleiche ich herum. Natürlich genügt es nicht mehr den Anforderungen meiner Mutter, aber ich bin zu dem Schluss gekommen, dass ich meine Zeit sinnvoller verbringen kann, als jeden Tag eine Stunde und am Wochenende fünf Stunden zu putzen. Ich habe es im Griff, aber der strenge Zeitplan gehört der Vergangenheit an. Jetzt mache ich sauber, wenn es nötig ist, keine Minute früher. Manchmal auch erst später.

Susan ist schon da, und jetzt klingelt es, also kommt entweder Chrissie oder Sarah. Susan und ich haben gewettet, wer es ist, aber keiner kann gewinnen, weil wir beide überzeugt sind, dass es Chrissie ist. Ich gehe an die Gegensprechanlage. Wir haben recht: Es ist Chrissie.

»Ich bin gespannt, ob Sarah es schafft, bevor ich anfange«, sage ich und hole für Chrissie etwas zu trinken.

»Komm, los, Rach, erlös uns aus unserem Unwissen«, bettelt Chrissie. »Erzähl schon! Sarah kannst du's doch sagen, wenn sie kommt.«

»Lass sie in Ruhe, Chris«, sagt Sue. »Sie macht es so, wie sie es sich vorgenommen hat.«

»Ich will es euch allen zusammen sagen«, erkläre ich und reiche Chrissie das Glas. »Wir warten bis halb acht, dann rufe ich Sarah an und erzähle es euch hier und ihr am Telefon. Sie hat gesagt, Glenn müsste heute Abend wieder Überstunden machen, aber wenn er früh genug zu Hause ist, kommt sie her.«

»Schon wieder Überstunden?«, fragt Susan nachdenklich in die Runde.

»Uh, die Natur ruft«, sagt Chrissie und steht auf. Während sie auf der Toilette ist, klingelt es wieder an der Tür. Es ist Sarah.

»Anscheinend doch keine Überstunden«, sagt sie und lässt sich auf die Couch sinken. »Ich kann aber nicht lange bleiben, ich muss …«

»Zurück zu Jake, ja, wissen wir«, ergänzt Chrissie, die von der Toilette kommt. »So, Rach, los jetzt, es ist so weit!«

Gut. Jetzt gilt es. Ich muss ja nicht genau wiedergeben, was ich sage. Ist ja eh bekannt: Nick und der Getränkeautomat, das Restaurant, die heiße Julinacht. Aber man beachte die vier Frauen dort in meiner Wohnung, ihre unterschiedlichen Mienen, während ich meine Geschichte erzähle. Eine ist ganz neugierig, saugt alles in sich auf, legt sich schon zurecht, was sie am Montagmorgen auf der Arbeit verkünden wird. Eine andere freut sich ehrlich, klatscht sogar in die Hände wie ein Kind. Die dritte ist skeptisch, runzelt die Stirn, schüttelt sogar ein wenig den Kopf. Und die vierte – nun, das ist etwas schwieriger. Die vierte Frau fühlt so viele Dinge gleichzeitig: Nervosität, Aufregung, Freude, Angst, Ungeduld, Spannung, Sorge. Aber wenn man mich betrachtet und weiß, was ich erzähle, dann kann man wohl mit Fug und Recht behaupten, dass mein Gesicht wirklich glücklich ist.

15

Ich habe nie verstanden, wie man sich erstaunt beschweren kann, dass man von Weihnachten wieder völlig überrascht worden sei.

In jedem nicht-schwangeren Jahr meines Lebens – also bisher immer – habe ich direkt Anfang November mit dem Einkaufen der Geschenke begonnen und war bis Ende November damit durch. Am ersten Dezember stellte ich den Baum auf. In der ersten Dezemberwoche finden bereits Weihnachtsfeiern statt, die ziehen sich bis Heiligabend. Ich wurde noch *nie* von Weihnachten überrascht.

In diesem Jahr jedoch blicke ich eines Morgens bei meiner Frühstücksmelone zum Kalender und sehe, dass schon der 20. Dezember ist. Wie konnte das passieren? Ich habe gar nicht gemerkt, dass die Regierung den November abgeschafft hat.

Ich bin jetzt in der 22. Woche. Meine Freundinnen wissen Bescheid, und da Chrissie eine davon ist, weiß es ganz Horizon Holidays. Darunter Mitarbeiter, mit denen ich noch nie gesprochen habe. Hector, mir praktisch völlig fremd, weiß es. Die Frau im Laden in der Ecke am Ende meiner Straße weiß es. Wird wohl Zeit, es Mum und Dad zu sagen. Da in fünf Tagen Weihnachten ist, beschließe ich, es mir für den Feiertag aufzuheben.

Ich rufe sofort an, damit ich es mir nicht noch anders überlege.

»Hi, Mum, ich bin's.«

»Wer ist ›ich‹?«

»Ich, deine Tochter Rachel.«

»Rachel! Du lebst noch! Dave, Dave, es ist Rachel! Sie lebt noch!«

Ja, schon gut, ich hab's nicht besser verdient. Und wenn sie erfahren, welche Neuigkeiten ich Weihnachten habe, wird es noch schlimmer werden.

»Mum, ich habe überlegt, ob es in Ordnung wäre, wenn ich Weihnachten dieses Jahr bei euch verbringe.«

»Ja, natürlich, mein Schatz. Das wäre toll. Oma ist auch da, sie freut sich bestimmt, dich zu sehen. Möchtest du zum Essen kommen?«

Da fällt mir ein, dass ich mir vorgenommen hatte, Oma zu besuchen, als Wiedergutmachung dafür, dass ich sie bei Jean für tot erklärt hatte. So schlage ich zwei Fliegen mit einer Klappe.

»Ja, bitte. Dieses Jahr würde ich gerne schon vormittags kommen und den ganzen Tag bleiben, wenn es euch nicht stört.«

»Natürlich stört uns das nicht. Wir freuen uns schon darauf, mein Schatz. Gibt's was Neues?«

Habe ich schon erwähnt, dass meine Mutter Gedanken lesen kann? Manchmal macht sie mir wirklich Angst. »Bis Montag dann, Mum.«

Am letzten Arbeitstag vor Weihnachten haben wir eine kleine Weihnachtsfeier im Büro, am Freitag, dem 22. Dezember. Es gibt ein wenig zu knabbern und für jeden ein Glas alkoholfreien Wein, der wie Essig schmeckt. Jean präsentiert den diesjährigen Top-Verkäufer. Ich bin unter den ersten zehn und bekomme eine Glückwunschkarte. Val ist dritte, sie hat sich echt gesteigert. Sie erhält eine Flasche billigen Wein. Und Marion von der anderen Seite des Raumes ist auf Nummer 1 geklettert. Weißer Rum für sie. Niemand ist an Jeans alten Rekord herangekommen, Marion ist immer noch 122 Abschlüsse von meinem Rekord aus dem letzten Jahr entfernt. Aber sie hat trotzdem ein tolles Jahr hingelegt.

Paris nimmt nicht an unserer kleinen Weihnachtsfeier teil. Ihre Jacke hängt über dem Stuhl, aber Madame ist angenehmerweise abwesend. Seit sie hier angefangen hat, ist sie so oft nicht an ihrem Telefon gewesen, dass ihr schlechtes Jahresergebnis auf Platz 24 niemanden wundert. Zwischen ihr und den Teilzeitkräften sind nur sechs Plätze. Eine schlechte Leistung.

Sollen wir mal nachsehen, wo sie ist? Liegt im Kämmerchen auf dem Rücken? Nein. Kniet im Konferenzraum auf dem Boden? Auch nicht? Hockt auf Händen und Füßen in der Damentoilette? Auf der Herrentoilette? Sonderbarerweise ist sie dort nirgends. Da bleibt nur noch eine Möglichkeit.

Wenn wir drei Stockwerke höher zur Personalabteilung gehen, sehen wir, dass die meisten Büros und Schreibtische leer sind. Es ist kein Großraumbüro wie in der Verkaufsabteilung, aber die Büros haben Glaswände, man kann also sehen, dass Paris hier nicht ist. Weiter den Gang hinunter ist ein Besprechungsraum, wo sich die Personalabteilung einmal wöchentlich trifft, um, nun ja, Personalangelegenheiten zu besprechen. Offenbar halten sich alle in diesem Raum auf.

Da ist Leo, der Abteilungsleiter, und sein Assistent Carl. Chrissie behauptet, sie hätten eine Affäre, obwohl Leo seit zwölf Jahren verheiratet ist. Neben ihnen stehen Lauren und Pat und trinken etwas, ohne miteinander zu sprechen. Pat ist Laurens Mutter. Drüben am Fenster lehnt ganz allein Trent. Er ist ungefähr eins fünfundneunzig groß und wiegt sechzig Kilo. Außerdem hat er übelsten Mundgeruch. Ich gehe davon aus, dass es jeder im Raum riechen kann, aber wenn sich alle so weit wie möglich von ihm entfernen und nur ganz flach durch den Mund atmen, könnten sie überleben.

In der Tür zur Küche stehen Nick und Paris. Nick hat den Arm um ihre Schultern gelegt, Paris ihre Hand hinten in seinen

Hosenbund geschoben. Eigentlich hat sie hier nichts zu suchen, weil sie zum Telefonverkauf gehört, was auch jeder weiß. Wenn man genau hinsieht, merkt man, dass die Kollegen ihr heimlich Blicke zuwerfen und vorwurfsvoll die Lippen schürzen. Die Festlichkeiten fallen wegen der Fremden in ihrer Mitte dieses Jahr deutlich gedämpfter aus. Aber merken Nick und Paris das, wo sie nur Augen und Ohren für sich selbst haben?

Doch, ich glaube schon. Sie verziehen sich nämlich gerade in Richtung Herrentoilette. Wie romantisch!

Bis zum Tag nach Weihnachten ist Horizon nun geschlossen. Vor uns liegt die stressigste Zeit des Jahres, da ist es angenehm, zur Vorbereitung vier Tage frei zu haben.

Mit der Post bekomme ich ein paar Weihnachtsgrüße, die ich am Weihnachtsmorgen öffne. Eine Karte von Susan, eine von Chrissie, eine von meinem Onkel und meiner Tante aus Swindon. Es ist lächerlich, aber selbst mit vierundzwanzig Jahren bin ich enttäuscht, wenn ich morgens aufwache und keinen gefüllten Strumpf am Fußende meines Bettes finde. Der Weihnachtsmann kommt halt nicht zu Singles.

Kann man das kleine Paket auf dem Couchtisch sehen? Ich habe es absichtlich dort hingestellt, als es vor einer Woche eintraf, damit ich mich heute beim Aufwachen auf etwas freuen konnte. Seit sieben Tagen laufe ich nun daran vorbei, betrachte es sehnsüchtig und wünsche mir, es schon früher öffnen zu können. Klar, könnte ich auch, aber irgendwie wäre das nicht richtig.

Bevor ich es aufmache, halte ich es eine Weile einfach fest. Noch kann es alles sein und von jedem kommen. Solange es unberührt ist, kann ich mir einreden, es sei von Hector, und diese Vorstellung möchte ich nicht zerstören, indem ich es öffne.

Aber die Neugier siegt immer.

Es ist ein kleines Schmuckkästchen aus blauem Samt, in dem ein Paar hellblauer Tropfenohrringe liegt. Sie sind wunderschön, sie reflektieren das Licht, wenn ich mich bewege. Auf der Karte ist ein Pinguin, der sich vom Schlitten des Weihnachtsmanns ziehen lässt. Das Geschenk ist tatsächlich von Hector. Er schreibt: »Ich wünsche dir ein wahrlich zauberhaftes Weihnachtsfest und hoffe, dass im nächsten Jahr alles perfekt für dich läuft. H xx«

Ich finde es toll, dass er einfach mit »H« unterschreibt. Das wirkt so intim, als würden wir uns so gut kennen, dass man nur noch einen einzelnen Buchstaben braucht. Wo wir uns doch in Wirklichkeit völlig fremd sind.

Oder ist das Geschenk doch von Harriet aus der Marketingabteilung?

Ich trage die Ohrringe jetzt, habe meine Kleidung auf sie abgestimmt. Nun ja, zumindest das Oberteil. Ich bin immer noch mehr oder weniger auf den schwarzen Stretchrock angewiesen, aber mein Top ist blassblau. Wie sehe ich aus? Ich glaube, ich sehe immer noch ganz gut aus, wenn man bedenkt, dass ich mir seit Monaten keine Strähnchen und keine Wimpern mehr habe färben lassen. Außerdem wirkt es, als bewahrte ich irgendetwas Größeres in meinem BH auf. Diesmal wird Mum es mit Sicherheit merken, aber das ist in Ordnung.

Hier bin ich wieder, vor der Haustür meiner Eltern, die Stelle, wo für Sarah und Martin Kennedy die Erde bebte. Besonders rührend an Weihnachten, nicht wahr?

Es ist halb elf. In der Küche stehen Mum und Dad in einer Wolke aus Dampf und Alkoholgeruch. Beide haben Papphüte tief in die Stirn gezogen. Laut kichernd lesen sie sich gegenseitig die abgeschmackten Witze aus den Knallbonbons vor. Sie sind beide offensichtlich angesäuselt.

»Hör dir den an, Dave, hör mal! Wie nennt man einen Bumerang, der nicht zurückkommt?«

»Keine Ahnung, weiß ich nicht. Sag schon!«

»Einen Stock!«

Beide brechen in einen Lachkrampf aus, werfen den Kopf in den Nacken, lachen so heftig, dass zwischenzeitlich kein Ton mehr zu hören ist.

»Ist das schrecklich!«, ruft Dad und legt Mum den Arm um die Schulter. »Gib mir einen Kuss!«

»Hi, Mum! Hi, Dad!«, begrüße ich die beiden. Zusammen drehen sie sich zu mir um und rufen dann, ebenfalls aus einem Mund: »Rachel!« Ihre grinsenden roten Gesichter strahlen mich an wie auf einer billigen Weihnachtskarte. Ich bin jetzt fast in der 24. Woche und habe ein sichtbares Bäuchlein, aber keiner von beiden sagt etwas dazu. Das ist seltsam. Na, gut, denke ich mir, dann verkünde ich es ihnen beim Mittagessen.

Leichter gesagt als getan. Man kann nicht einfach spontan mit so was loslegen, man braucht eine Art Einleitung. Und vor so einer Einleitung muss sich erst mal eine Gesprächspause ergeben. Meine Oma ist auch da, und sie ist eine hartnäckige Plaudertasche. Wenn sie einmal angefangen hat, hört sie so schnell nicht wieder auf, egal wie lange es dauert und wie oft sie unterbrochen wird.

»So, Rachel, du siehst aber gut aus. Wie geht es deinem Freund? Hieß der nicht Tom? Das war so ein netter junger Mann. Er war letztes Jahr hier, nicht wahr, Clare? Er hat mich so an den Jungen erinnert, der gegenüber von Opa und mir wohnte, als deine Mutter noch ein kleines Mädchen war. Bevor ihr die Jugend gestohlen wurde.« Verbittert sieht sie zu meinem Vater hinüber, der ihr zuprostet. »Kannst du dich noch an ihn erinnern, Clare? Ich glaube, er hieß William. Du warst ganz lange in ihn verliebt.«

»Nein, ich kann mich an keinen William erinnern, Mum. Wer möchte Vanillepudding und wer möchte Eis?«

»Haben wir keine Brandybutter?«

»Nein, der hieß nicht William, das war der Junge, der nebenan wohnte, als ich ein kleines Mädchen war. Den ich meine, der hieß anders.«

»Du weißt genau, dass wir keine Brandybutter haben. Haben wir nie. Entweder Vanillepudding oder Eiscreme.«

»Aber er hatte so einen traditionellen Namen, vielleicht Philip oder Albert. Du musst dich doch an ihn erinnern, Clare. Er hatte Akne und einen Wellensittich.«

»Kann ich beides haben, Mum?«

»Uh, James, Vanillepudding und Eiscreme auf einem Teller?«

»Oder hieß der Vogel William?«

Mum versteckt immer noch Münzen im Pudding, wahrscheinlich ebenso sehr für mich wie für James, deshalb muss man beim Essen wirklich aufpassen. Fünf Minuten lang herrscht Schweigen am Tisch, weil sich alle darauf konzentrieren, sich nicht die Zähne abzubrechen oder Geldstücke zu verschlucken. Am Ende komme ich auf sechs Pfund, James sogar auf sieben, und selbst Oma schlägt sich nicht schlecht mit fünf Pfund. Mum und Dad haben alle Geldstücke, die sie fanden, direkt wieder zurück in den Pudding gesteckt, sodass die letzte Portion besonders gefährlich ist.

Der Tisch wird abgeräumt, die Teller abgewaschen und Kaffee gekocht. Wir setzen uns zum Fernsehen oder Dösen oder beides ins Wohnzimmer. James nimmt seinen neuen ferngesteuerten Panzer und geht nach draußen auf die Straße, um Verbindung zu den Nachbarskindern aufzunehmen und die Geschenke zu vergleichen. Es sieht aus, als würde der richtige Augenblick nahen. Ich habe Schmetterlinge im Bauch. Keine Ahnung, ob vor Angst oder vor Aufregung, es meinen Eltern zu sagen.

»Und, Rachel, wie sieht es bei dir aus?«, fragt Dad, lehnt sich zurück und trinkt einen Schluck Kaffee. »Wie läuft es?«

Perfekt. Ich schaue ihn und Mum an, lächle und sage: »Viel besser, als ich noch vor sechs Monaten dachte.«

»Wieso das, mein Schatz?«

»Ich habe richtig gute Nachrichten für euch. Mum, Dad, Oma, ich bekomme ein Baby.«

Mums Lippen verziehen sich zu einem breiten, offenen Grinsen. Sofort schaut sie zu Dad herüber, um seine Reaktion zu sehen. Er grinst auch und guckt Mum an. Dann wenden sich beide wieder an mich.

Dad sagt: »Oh, Rachel, mein Schatz, das ist ja herrlich!«

Mum sagt: »Ich werde Oma, ich kann es nicht glauben!«

Oma sagt: »Ich meine, William – das ist doch ein alberner Name für einen Vogel.«

»Wann denn? Wann ist es so weit? Im August? Juli?«

»Ähm, nein, ausgerechnet wurde der 20. April.«

»Der 20. April? Aber das heißt ja, dass du schon im fünften Monat bist. Hast du es denn gerade erst gemerkt?«

Ich wusste, dass das kommen würde. Deshalb habe ich auf der Fahrt hierher im Auto beschlossen, dass ich ihnen eine klitzekleine Notlüge auftischen werde, um keinem wehzutun. »Ja, vor ungefähr einer Woche.« Sie werden es ja nie erfahren, oder? Warum soll ich ihnen sagen, dass ich es schon seit August weiß und die Neuigkeit als Erstes mit einem völlig Fremden geteilt habe? »Ich hatte keine Ahnung, und als ich schließlich letzte Woche wegen leichter Bauchschmerzen zum Arzt gegangen bin, sagte der mir, dass ich im fünften Monat bin. Ist doch echt nicht zu glauben, oder?«

Oma mustert mich mit zusammengekniffenen Augen. »Nein, nein, ich liege völlig daneben. Der Vogel hieß Cyril. Der Junge hieß Henry. Henry Bateman. Das Letzte, was ich von ihm gehört habe, war, dass er im Gefängnis sitzt, glaube ich. Dein Tom hat mich so an ihn erinnert.«

Alle sehen Oma an, als hätte sie gerade einen wertvollen Gesprächsbeitrag geleistet.

»Ja, natürlich. Wo ist Tom eigentlich, Rachel? Er müsste

doch dabei sein, wenn du es uns erzählst. Oder sagt er es gerade selbst seinen Eltern?«

Auch mit dieser Frage habe ich gerechnet. Und diesmal sage ich ihnen die reine Wahrheit. Nun, jedenfalls einen Teil davon. »Nein, Tom ist gar nicht der Vater. Wir haben uns getrennt.«

»Oh, das ist aber schade. Er war so nett!« Oma hat keine Ahnung von Tom. Er hatte wollige Locken und nagte immer an der Haut um die Fingernägel. »Wer ist denn der Vater? Und wann können wir ihn kennenlernen? Kommt er später noch auf ein Glas vorbei?«

»Ähm, nein. Wir haben uns auch getrennt.« Warum soll ich erzählen, dass er bezüglich seines bevorstehenden Nachwuchses in seligem Unwissen schwebt? Oder dass er Weihnachten mit seiner Frau verbringt?

Mum ist enttäuscht. »Oh nein. Aber du beziehst ihn doch mit ein, oder?«

»Ich denke schon. Wir haben noch nicht richtig darüber gesprochen. Aber es ist ja noch viel Zeit, um das näher zu klären, nicht?«

»Pass auf, dass du Geld von ihm bekommst«, sagt Oma plötzlich. »Denn arbeiten wirst du ja nicht mehr können, oder? Es sei denn, du hast ein Kindermädchen, das tagsüber auf das Baby aufpasst. Aber die kosten Geld.«

Darauf habe ich noch überhaupt keinen Gedanken verschwendet. Ich weiß nicht, wie ich finanziell klarkommen werde, hatte aber nicht vor, Nick um Geld zu bitten. Darum kümmere ich mich, wenn das Kind auf der Welt ist. Wahrscheinlich wird es seine Frau doch erfahren müssen.

Später am Abend, als ich wieder zu Hause bin, hänge ich auf der Couch und gucke mir *Schlaflos in Seattle* an. Ich liebe diesen Film. Man kann ihn sich ansehen und sich gleichzeitig Sorgen über die Zukunft als alleinerziehende Mutter machen, die nicht genug Geld hat, ihr Kind zu ernähren, ohne den Faden zu verlieren. Es gibt nicht viele Filme, die ich mag und die nicht meine ganze Aufmerksamkeit fordern.

Wer kann sich noch an die kleinen Sorgenfalten erinnern, die an einem bestimmten heißen Juliabend über mein Gesicht huschten? Nun, sie sind wieder da, und diesmal verschwinden sie nicht. Ich habe mich entschieden, das Kind zu bekommen, und will meine Meinung nicht mehr ändern. Doch jetzt, nachdem ich es meinen Eltern und meinen drei Freundinnen erzählt habe, ist dieser Entschluss wie in Stein gemeißelt. Bisher wusste nur Hector Bescheid. Es kam mir vor, als spiele sich die Schwangerschaft in einem geheimen, unsichtbaren Teil meines Lebens ab, der keinen Bezug zur Außenwelt hat. Es griff nicht auf mein Leben über, berührte es eigentlich überhaupt nicht. Abgesehen von meinen Klamotten, die nicht mehr passten. Aber jetzt ist es so, als hätte ich das Kind bereits zur Welt gebracht. Es ist schon da, real, fassbar, es bewirkt Veränderungen, macht Unterschiede, beeinflusst die Denkweise und das Verhalten der anderen. Seitdem Mum und Dad Bescheid wissen, benehmen sie sich anders. Schnell wurden sie wieder nüchtern, und den Rest des Nachmittags gab es nur noch ein Gesprächsthema. Wie anders wohl das nächste Weihnachtsfest würde. Wie das Kind heißen solle. Ob es ein Mädchen oder ein Junge würde.

Der Film ist zu Ende. Ich habe mir eine heiße Schokolade gemacht und blättere durch die Elternzeitschrift. Wieder diese Fotos: rotes Gesicht, zusammengekniffene Augen, angewinkelte Beine. Mein Gott, kommt da eins von ihren inneren Organen raus? Ich schlage die Zeitschrift zu und werfe sie auf den Boden. Mein Blick fällt auf das blaue Samtkästchen, in dem die Ohrringe lagen. Ich nehme es in die Hand und halte es fest. In dem Moment – da! Hat es jemand gesehen? – glätten sich die Sorgenfalten auf meiner Stirn. Ich werde ihn anrufen. Ich muss mich für das Geschenk bedanken und sollte ihm zumindest frohe Weihnachten wünschen, da ich ihm weder ein Geschenk noch eine Karte geschickt habe. Verflucht, *warum* eigentlich nicht?

Bei Hector zu Hause meldet sich niemand. Wahrscheinlich ist er bei Sarah, trinkt was mit der Familie. Es ist halb neun. Ich versuche seine Büronummer, nur für den Fall. Wenn ich ihn da nicht erreiche, probiere ich es bei Sarah – nur um ihr frohe Weihnachten zu wünschen – und versuche aus ihr herauszubekommen, wer alles da ist. Ich könnte ihr sogar einen vorheulen, dass ich so allein bin, vielleicht würde sie mich dann zu sich einladen.

Beim zweiten Klingeln nimmt jemand ab. »McCarthy Systems, Hector McCarthy.« Er klingt müde und teilnahmslos.

»Hey, Hector! Hier ist Rachel! Frohe Weihnachten!«

Hector sitzt an seinem Schreibtisch und schließt die Augen. Zum ersten Mal an diesem Tag lächelt er. »Hallo, Rachel. Dir auch frohe Weihnachten! Mensch, tut das gut, deine Stimme zu hören!« Er schlägt die Akte zu, die er gerade studiert hat, und lässt sie achtlos auf den Schreibtisch fallen.

»Ich wollte mich für die Ohrringe bedanken. Vielen Dank. Sie sind wunderschön.« Geistesabwesend betaste ich sie.

»Tja, kein Wunder. Schließlich bist du auch …« Er räuspert sich. »Hattest du einen schönen Tag?«

»War nicht schlecht. Ich war bei meinen Eltern. Und du?«

»Ich bin fast den ganzen Tag hier gewesen.«

»Ach, Hector, warum das? Man sollte Weihnachten nicht allein herumsitzen.«

Er stößt einen tiefen Seufzer aus. »Ich habe es zu Hause nicht ausgehalten. Ich hätte nur nachgedacht und Trübsal geblasen. Nein, danke.«

»Aber was ist mit Glenn und Sarah? Warum bist du nicht bei denen?«

»Nee. Die haben schon das ganze Haus voll. Jede Menge

Freunde …« Er spricht nicht weiter. Ich sitze auf dem Sofa und denke, er könnte angenommen haben, dass auch ich bei Sarah bin. Ist er deshalb nicht hingefahren? Dann fragt er ganz leise: »Warst du da?«

»Nein.« Ich wusste ja gar nichts davon.

Hector stößt einen langen Seufzer aus, der sich anhört, als habe er lange die Luft angehalten. »Ah. Na gut.«

Impulsiv kommt es aus mir heraus. »Hör mal, Hector, hock doch nicht den ganzen Abend allein im Büro herum! Ich bin ganz allein – komm vorbei, dann trinken wir ein Glas auf Weihnachten! Wir können uns Gesellschaft leisten.«

»Das ist nett von dir«, sagt er mit einem Lächeln in der Stimme. Dann folgt ein längeres Schweigen, und ich habe sein Gesicht vor Augen: Mit zusammengepressten Lippen und gerunzelter Stirn überlegt er, wie er mir am besten absagen kann, ohne mir wehzutun. Dann atmet er langsam aus und sagt: »Aber ich glaube, das ist keine gute Idee, Rachel.«

Da habe ich wohl den Nagel auf den Kopf getroffen. Die Sache ist nur: Ich habe es mir zwar ausgemalt, aber nicht damit gerechnet, dass er wirklich absagen würde. Tief in mir – nun, so tief auch wieder nicht – war ich eigentlich überzeugt, dass er mich mag und mit mir zusammen sein will. Es ist so neu und beispiellos, dass mir ein Mann absagt. Obwohl ich sein Bedauern höre.

»Nein? Wieso denn nicht? Was …?«

»Es tut mir leid, wirklich, aber mir ist einfach unwohl dabei. Wegen dir und deinem …« Er unterbricht sich. Ich kann nicht sehen, dass er den Kopf fallen lässt und seine Stirn auf der Hand ruht, aber ich höre, dass seine Stimme wieder dumpf und teilnahmslos ist. »Es ist einfach zu …« Er schüttelt den Kopf und richtet sich wieder auf. »Ich hätte niemals … es tut mir leid, Rachel.«

»Was tut dir leid?«

»Ich wünschte mir nur …«, flüstert er.

»Was wünschst du dir?«, flüstere ich zurück, und Tränen schießen mir in die Augen.

»Ich wünsche dir … ich wünsche dir frohe Weihnachten, Rachel Covington. Pass gut auf dich und das Baby auf, ja? Ich wünsche dir aufrichtig, dass das neue Jahr so wird, wie du es dir erhoffst. Wiedersehen.«

Im Telefon klickt es, dann ist es still. Und ich sitze hier allein am Weihnachtsabend und weiß, dass dieser Abschied für immer gilt und ich nie wieder von Hector hören werde.

16

Der Rest der Weihnachtsferien vergeht wie im Fluge. Mum, Dad, Oma und James kommen am zweiten Feiertag mit Unmengen von Essen und einem Kinderwagenkatalog bei mir vorbei. Keine Ahnung, wo sie den an Weihnachten aufgetrieben haben.

»Alle Geschäfte haben heute geöffnet für den Winterschlussverkauf«, erklärt Mum. »Wäre besser, wenn du dir jetzt alles besorgst, solange es reduziert ist.«

Ich habe aber keine Lust zum Einkaufen. Noch vor sehr kurzer Zeit hätte ich gedacht: »Oh, Hector geht bestimmt mit mir einen Kinderwagen kaufen« und ihn ohne zu zögern angerufen. Ich nahm an, er sei fast genauso aus dem Häuschen wegen des Babys wie ich. Aber warum sollte er, verdammt nochmal? Ich bin ein Nichts für ihn, und dieses Kind ist nicht seins. Aus reiner Höflichkeit hat er Interesse gezeigt, so wie man es täte, wenn man zufällig die Schwester einer ehemaligen Kollegin treffen würde, die von ihrer Schwangerschaft berichtet.

Am 27. bin ich zurück im Büro. Die Neuigkeit über meinen Zustand zischt durch die Räume. Jetzt kann ich es nicht mehr rückgängig machen. Und plötzlich wissen alle ganz genau, wie ich stehen soll, sitzen soll, was ich essen und was ich vermeiden soll. Jeder hat einen Vorschlag zu Geburtsplanung, Kinderzimmereinrichtung, Brustwarzencreme und Sterilisator. Wer selbst schon mal Eltern wurde, möchte, dass ich es auf dieselbe Weise tue, und wer es niemals erleben wird, aber mal eine Frau kannte, die neben einer wohnte, deren Schwester auch ein Kind bekam, möchte mich von deren Methode überzeugen.

»Oh, Rachel, du solltest auf jeden Fall eine Wassergeburt machen«, sagt eines Morgens einer der Ms zu mir. »Die Cousine meines Freundes hat das getan, und sie fand es herrlich.«

»Du hast offensichtlich keine Fotos davon gesehen.«

»Was? Ähm, egal, sie hatte Musik im Hintergrund, es war warm und gemütlich, total entspannend. Sie meinte, sie würde es morgen wieder tun.«

»Hat sie denn morgen auch vor, sich die Zehennägel einzeln ziehen zu lassen?«

»Hä?«

»Schon gut. Okay, vielen Dank für den Tipp. Werde ich mir merken.«

»Ja, gut, aber sie meint, man müsste das Becken schon weit im Voraus reservieren, verstehst du?«

»Danke. Könntest du der Cousine deines Freundes bitte ausrichten, sie soll sich ins Knie ficken, ja? Super, danke.«

Das habe ich natürlich nicht gesagt. Ich reiße mich zusammen, was mir schwerfällt, aber es klappt.

Seit der Weihnachtsfeier habe ich Nick weder gehört noch gesehen. Paris grinst mich allerdings ständig selbstgefällig an. Entweder hat sie ihm geglaubt, dass ich gelogen hätte, was seine Ehe betrifft, oder es macht ihr nichts, und sie führt die Affäre weiter. Oder sie vögelt ihn so lange, bis sie sich entschieden hat.

»Nick, es hilft nichts, ich kann nicht mehr mit dir zusammen sein, wenn du verheiratet bist.«

»Und du findest, meine Pensionsfeier ist der richtige Zeitpunkt, mir das zu sagen?«

Offenbar ist sie noch nicht auf die Idee gekommen, dass in meinem Bäuchlein das Kind ihres Freundes steckt und in den nächsten rund zwanzig Jahren öfter mal im Weg sein könnte. Die dumme Kuh! Sie sind beide nicht gerade die Hellsten, nicht wahr? Dass ich meine Schwangerschaft so lange nach unserer kurzen Beziehung verkündet habe, muss ihn komplett verwirrt haben. Dabei muss man mich eigentlich nur ansehen, um zu wissen, dass es wahrscheinlich gegen Ende Juli passiert ist. Vielleicht verdrängen die beiden das. Na, von mir aus. Pfläumchen und ich brauchen jedenfalls keinen weiteren Kontakt zu Nick Maxwell. Schließlich liegt es an seinem Kontakt, dass ich überhaupt in dieser Situation bin.

Von Hector habe ich nichts mehr gehört. Ich habe auch nicht damit gerechnet, muss aber ständig an ihn denken. Wann immer zu Hause das Telefon klingelt, flitze ich hin. Wann immer ein Anruf auf der Arbeit hereinkommt, wünsche ich mir, dass er es ist. Schlecht bei meinem Job. Es ist furchtbar, ich muss darüber hinwegkommen. Er war wie ein Schutzengel, der mir am Tiefpunkt meines Lebens wieder auf die Füße half. Und jetzt hilft er jemand anderem, der es nötiger hat. Das war es.

Aber so einfach ist das nicht. Ich muss andauernd an ihn denken. Alles erinnert mich an ihn: Wenn das Baby in mir strampelt, denke ich an Hector, wie er mich im Pizza Hut ansah. Wenn ich die Hebamme besuche, denke ich an Hector und an unsere Fahrt ins Grüne direkt nach dem ersten Untersuchungstermin. Wenn ich auf meinem Sofa sitze, denke ich daran, wie er in der Nacht nach meinem Unfall hier geschlafen hat. Oh, Mann, das ist am schlimmsten, mir vorzustellen, wie er hier lag, nur wenige Meter von meinem Bett entfernt, und auf mich aufpasste.

Nur ein Schutzengel, mehr nicht.

Ich melde mich bei Sarah. Ja, noch ein Anruf nach draußen, aber das ist mir jetzt völlig egal. Ich will Hector nicht nachspionieren, ich möchte nur wissen, ob es ihm gut geht. Sarah weiß nicht mal, dass wir uns kennen, würde mir daher natürlich auch nicht Bescheid geben, wenn er krank oder tot wäre.

»Hi, Sarah, hier ist Rachel.«

»Oh, hallo, Rachel! Wie geht's dir?«

»Gut, danke. Sarah, wäre es in Ordnung, wenn ich heute Abend mal vorbeikomme? Ich würde mich gerne über Babys unterhalten und über all die Sachen, die ich brauche. Du kannst mir bestimmt alles erklären, was ich wissen muss.« Darauf springt sie mit Sicherheit an – es ist eine Gelegenheit für sie, ihr Wissen zu demonstrieren. Außerdem ist es ihr bevorzugtes Gesprächsthema.

»Ähm, doch, ich denke schon. Ich muss noch ein paar Sachen …, aber ich denke, es geht. Wann denn?«

Ich bin baff. Sarah scheint keine große Lust darauf zu haben. Ganz im Gegenteil: Ich würde sogar behaupten, dass sie von meiner Bitte ein klein wenig genervt ist.

»Sarah, ist alles in Ordnung? Du klingst ein bisschen geknickt.«

»Ja, doch. Wir sehen uns später, ja?«

Ich beschließe, gegen acht zu ihr zu fahren, weil ich annehme, dass Jake dann schon im Bett ist. Auf dem Weg zu ihr fahre ich bei einer Tankstelle vorbei und hole einen Karton Quality Street für Sarah und ein Stück Cheddar für mich, das ich schon im Auto aufreiße.

Während der Fahrt habe ich plötzlich das Bild vor Augen, wie Glenn auf dem Parkplatz von Sainsbury's die geheimnisvolle Frau umarmt. Es ist so seltsam, etwas über Sarahs Mann zu wissen, das sie nicht ahnt. Ich meine, dass er eine Affäre hat, ist eines der wenigen Dinge, die mir über ihn bekannt sind. Es vergiftet meine Gedanken. Ich kann Sarah nicht sagen, was ich weiß, weil Hector ja vorhat, mit Glenn darüber zu sprechen und ihn zum Aufhören zu zwingen, sodass Sarah es niemals erfahren muss. Aber ich werde immer diesen schwarzen Samen des Wissens im Hinterkopf haben. Er wird nie verschwinden.

Und wenn ich mir vorstelle, was mit Sarah und Jake passiert, wenn sie es herausbekommen sollte, dann wird mir übel. Dass Sarah versuchen würde, sich allein durchzuschlagen, immer knapp bei Kasse; Jake als Kind getrennter Eltern, der seinen Vater nur jeden zweiten Sonntag sieht. Ich mag nicht daran denken. Vielleicht hat Hector ja schon mit Glenn gesprochen, und das Ganze gehört der Vergangenheit an.

Als Sarah mir fünf Minuten später die Tür öffnet, weiß ich, dass dem nicht so ist. Ihr Gesicht ist blass und aufgequollen, sie hat dunkle Ringe unter den roten Augen. Ich gehe davon aus, dass sie Bescheid weiß. Aber sie hat ja keine Ahnung, dass ich unterrichtet bin. Und ich kann nicht durchblicken lassen, dass ich weiß, was los ist.

»Sarah, ist alles in Ordnung?«

»Alles Scheiße. Du siehst echt gut aus.« Sie kehrt um und geht durch den Flur zurück ins Wohnzimmer. Ich schließe die Haustür hinter mir und folge ihr.

Im Wohnzimmer schiebt Sarah einen Haufen Bücher, Spielzeug und Kleidung vom Sessel und setzt sich auf die Couch. Ich nehme an, der leere Sessel ist für mich bestimmt.

»Danke. Wo ist Jake?«

»Im Bett, Rachel. Es ist Viertel nach acht. Er ist sechs Jahre alt.«

Er ist sechs. Das muss ich mir irgendwo notieren. »Geht's ihm gut?«

Sarah zuckt mit den Achseln. »Wie immer: faul, unhöflich, gemein. Das Licht meines Lebens.« Sie sieht meinen Gesichtsausdruck und fügt schnell hinzu: »Aber du weißt ja, wie viel Freude er mir macht.«

Ich lächle dankbar. Sarah grinst, und kurz fühlen wir uns eng verbunden – wie damals in der Schule. Ich habe mich mit Sarah nicht mehr richtig amüsiert, seit sie … nun ja, seit sie Glenn kennengelernt hat.

»Komm mit in die Küche«, sagt Sarah und steht auf. »Wir können an der Hintertür eine rauchen.«

Ich traue meinen Ohren nicht: »Du rauchst?«

Erneutes Schulterzucken. »Warum nicht? Mein einziges Vergnügen, wenn ich abends allein zu Hause sitze.«

»Wo ist Glenn denn?«

Sie will gerade Teebeutel in zwei Becher hängen und hält inne. »Nun, er behauptet, er müsste arbeiten …«

Wie sich das hier entwickelt, gefällt mir ganz und gar nicht. Anscheinend hat Hector noch nichts wegen Glenn unternommen – oder Glenn hat nicht auf ihn gehört, und die Affäre läuft immer noch. Jetzt zittern Sarahs Lippen. Oh nein!

»Was ist, Sarah? Hast du was?«

Sie dreht sich um und schaut mir ins Gesicht, lehnt sich gegen den Küchenschrank. In ihren Augen glänzen Tränen. Sie zieht die Nase hoch.

»Vielleicht liege ich ja falsch, bestimmt sogar, ich schäme mich auch richtig dafür, weißt du, denn was ist, wenn er wirklich so viele Überstunden macht, um etwas mehr Geld für uns drei reinzubekommen? Aber manchmal, wenn er so spät von der Arbeit kommt, dann ist er einfach so … weißt du, und dann riecht er manchmal wie … ah … als wäre er bei … als wäre er bei …«

»Als wäre er was?«, frage ich, obwohl ich mir die Antwort denken kann.

»Als wäre er …« Sarah reibt sich die Augen und das Gesicht. »Als wäre er bei einer Frau gewesen.« Sie stößt einen tiefen Seufzer aus und lächelt mich schwach an. »Meinst du, ich übertreibe? Ich übertreibe doch, oder?«

»Hm …« Was um alles in der Welt soll ich jetzt sagen? So oder so verlieren wir beide. »Oh, Sarah! Das ist ja schrecklich, wie du dich fühlst. Kannst du denn wenigstens richtig schlafen?«

Sie schüttelt den Kopf.

»Kann ich mir auch nicht vorstellen. Du quälst dich mit etwas, das es vielleicht gar nicht gibt.« Lieber Gott, bitte verzeih mir, es ist zu ihrem Besten! »Hast du schon mit jemandem darüber gesprochen?« Gott schickt mir als Antwort einen blitzartigen Gedanken: »Was ist mit Glenns Bruder, hast du mal mit dem geredet?«

»Mit Hector? Nein, warum sollte ich?«

Seinen Namen laut ausgesprochen zu hören, das allein schon lässt mich innerlich zusammenzucken. »Na, ich dachte nur, vielleicht weiß er ja, ob da irgendwas …«

»Was?«

»Na ja, weil ihre Mutter vor kurzem gestorben ist, vielleicht hat das ja was damit zu tun.«

Kurz starrt Sarah mich kritisch an, und ich wappne mich für den beißenden Spruch, der jetzt unweigerlich kommen wird, beispielsweise: »Ja, klar, Rachel! Natürlich! Weil er seine Mutter verloren hat, ist er jetzt abends immer unterwegs und riecht nach Parfüm, wenn er heimkommt. Warum bin ich nicht selbst darauf gekommen?«

Aber dieser Spruch kommt nicht. Nein, Sarah sagt: »Ach, Rachel, daran habe ich gar nicht gedacht. Hector war in den letzten zwei Wochen wirklich komisch drauf. Weihnachten war er total fertig – gut, das ist verständlich, Glenn ging es nicht besser –, aber er kam nicht zum Essen vorbei, und er hat jetzt zum ersten Mal keine Freundin, die Sache mit Miranda ist ja längst vorbei. Seit Weihnachten ist er ganz verdrossen und still. Selbst Jake kann ihn nicht mehr aufheitern. Vielleicht ist er nicht einfach nur mürrisch, sondern leidet mehr unter Celias Tod, als ich gedacht hätte. Bei Glenn kann es ja genauso sein, aber ich habe es nicht gemerkt, sondern gleich etwas Schlechtes über ihn gedacht. In Wirklichkeit ist er verzweifelt, weil er seine Mutter verloren hat, und anstatt ihn zu trösten und zu unterstützen, bilde ich mir ein, er hätte eine Geliebte. Mensch, das zeichnet ja kein besonders gutes Bild von mir, was?«

Nach dem Wort »Miranda« habe ich nicht mehr zugehört. Blinzelnd sehe ich Sarah an, sie erwidert den Blick, erwartet offenbar eine Antwort. »Hm, tja«, sage ich und zucke unverbindlich die Achseln. »Lag es vielleicht an der Sache mit Miranda, dass Hector so mürrisch wurde?«

Sarah schüttelt den Kopf. »Glaube ich nicht. Ich meine, damals ging es ihm nicht gut, das weiß ich noch, er blies Trübsal, sprach kaum ein Wort. Aber im Sommer war plötzlich Schluss damit. Da war er fast über Nacht wieder der Alte. Wahrscheinlich war er der Meinung, die Zeit des Trauerns sei vorbei, das Leben müsse weitergehen, nehme ich an. Das war echt auffällig.«

»Ja?«

»Doch. In den letzten beiden Monaten war er wirklich gut drauf, lustig – bis kurz vor Weihnachten, meine ich. Nein, ich glaube, die beiden Männer leiden sehr darunter, dass ihre Mutter nicht mehr da ist. Es gibt doch verschiedene Trauerphasen, nicht? In den ersten beiden Monaten hatten sie es vielleicht noch gar nicht richtig begriffen, und jetzt …« Sarah grinst breit. »Jetzt geht es ihnen schlecht, weil die Mutter ihnen so fehlt. Das muss es sein! Danke, Rachel!«

»Schon gut.«

Sie greift in den Schrank und holt eine Dose mit der Aufschrift »Mehl« heraus. Darin ist eine kleine, zusammengefaltete Tüte Mehl, und darin befindet sich ein staubiges Päckchen Silk Cut mit zehn Zigaretten. Grinsend pustet Sarah den weißen Mehlstaub fort und geht zur Hintertür. »Kommst du mit?«

Die Zigaretten sind so mehlig, sie erinnern mich an die Scherzzigaretten aus der Kindheit, in die lediglich Pulver gefüllt war. Der Geschmack von Mehl, Tabak und Qualm verleiht dem Ganzen ein gesundes, selbst fabriziertes Aroma.

»Woher weißt du eigentlich, dass Glenns Mutter gestorben ist?«, fragt Sarah auf einmal und bläst einen Rauchkringel aus, vielleicht ist es auch ein Mehlkringel.

»Na, das hast du mir doch erzählt!«

»Oh, kann ich mich gar nicht dran erinnern.«

»Hast du aber. Woher sollte ich es sonst wissen?«

»Stimmt.«

Nach zwei Zügen habe ich das Gefühl, als könnte ich die gesamte Nahrung der vergangenen drei Wochen auskotzen, besonders die von gestern. Ich trete die Zigarette auf der Terrasse aus.

»He, Rach, was soll das? Die hätte ich noch rauchen können!«

»Entschuldigung. Hör mal, Sarah, du hast eben etwas von einer gewissen Miranda gesagt. Wer war das?«

Ganz schön plump, was? Aber ich kann an nichts anderes mehr denken. Mein Hirn hat sich an diesem Namen festgebissen, ich bekomme den Kopf nicht mehr frei. Mir fällt nicht mal eine bessere Frage ein. Doch da sich Sarah jetzt besser fühlt, ist sie bereit, über die Not eines anderen Menschen zu sprechen.

»Der arme Hector. Ich glaube, er hat sie wirklich geliebt. Miranda Waters. Er war über drei Jahre mit ihr zusammen. Wir dachten, sie würden heiraten. Der kleine Jakey als Blumenjunge, kannst du dir das vorstellen?« Sarah zieht wieder an der Zigarette.

»Und?«

»Hm. Letztes Jahr wurde sie plötzlich schwanger – nein, das Jahr davor. Ich freute mich so über ein zweites Baby in der Verwandtschaft. Über einen kleinen Cousin, mit dem Jake spielen könnte, weißt du? Nun ja, alles lief gut, Hector war ganz aufgeregt, und dann verschwand Miranda von einem Tag auf den anderen von der Bildfläche. War einfach weg.«

»Wahnsinn! Wie kam das denn?«

Sarah zuckt die Achseln. »Keine Ahnung. Hector hat nie was dazu gesagt, und wir wollten nicht fragen.«

»Ist sie … gestorben?«

»Nein, nein, das nicht! Sie hat ihn einfach verlassen. Oder er hat sie rausgeworfen. Echt keine Ahnung. Hector spricht nicht darüber. Nimmt auch ihren Namen nicht mehr in den Mund. Jedenfalls haben wir von Freunden einer Freundin gehört, dass sie das Kind verlor. Hector war total am Ende.«

»Wie furchtbar!«

»Ja, schon, aber in letzter Zeit schien er darüber hinweg zu sein. Trotzdem haben wir nie herausgefunden, warum sie sich trennten. Hatte wahrscheinlich mit Hectors Arbeit zu tun.«

»Was genau macht Hector denn?«

»Er hat doch draußen im Gewerbegebiet diese Computerfirma. Da ist er Tag und Nacht, alles andere ist für ihn zweitrangig. Daran sind bei ihm schon so einige Beziehungen zerbrochen.«

»Hmm.«

»Was wolltest du mich nun eigentlich über Babys fragen?«

»Ach, ja. Sollen wir reingehen? Ist kalt hier draußen. Und ich habe dir etwas Süßes mitgebracht, als kleines Dankeschön.«

»Das ist doch nicht nötig«, sagt Sarah und steuert sofort auf die Terrassentür zu.

»Ich weiß, aber ich habe mir sowieso Käse geholt, und da dachte ich …«

»Käse? Oh, Rachel, iss besser keinen Käse! Der hat viel zu viel Fett und Eiweiß!«

Puh, das war knapp! Irgendwie konnte ich Sarahs Argwohn zerstreuen, aber lange wird das nicht halten. Es ist, als ginge es von vorne los mit der Buchhalterin von Vals Mann. Val war ebenfalls bereit, auch jede noch so abstruse Erklärung zu glauben, die ihr vorgesetzt wurde, damit sie der Wahrheit nicht ins Auge sehen musste. Ich meine, wer zahlt seine Steuern schon wöchentlich? In meinen Ohren klingt das nicht besonders plausibel.

Aber bei Sarah war es genau dasselbe. Sie griff zum ersten Rettungsring, den ich ihr hinwarf. Aber sobald ihr wieder einfallen wird, dass Glenn schon zu Jakes Geburtstag, zwei Monate vor dem Tod seiner Mutter, mysteriöse Überstunden schob und durch Abwesenheit glänzte, wird es ihr allmählich dämmern. Es gibt nur eines, das ich tun kann. Es ist mir unangenehm, ihn nach so langer Zeit wieder anzurufen – drei Wochen sind vergangen –, und er hat sich Weihnachten mit solcher Endgültigkeit verabschiedet, aber ich habe einen berechtigten Grund für meinen Anruf. Ich versuche mir einzureden, dass ich nicht so eine traurige, verzweifelte Gestalt bin, wie sie mich tage- oder wochenlang verfolgten, nachdem ich ihnen gesagt hatte, sie sollten sich nicht mehr bei mir melden.

»Hallo?«

Ich erreiche ihn zu Hause. Er klingt sehr müde.

»Hallo, Hector, hier ist Rachel.«

»Rachel. Hallo! Wie schaffst du das?«

»Was?«

»Immer genau in dem Moment anzurufen, wenn es mir am schlechtesten geht, wenn ich dringend Aufmunterung brauche.«

»Ich weiß nicht ... Tut mir leid, soll ich es später nochmal versuchen?«

»Nein! Ich wollte sagen, nein, es ist völlig in Ordnung. Wie immer.«

»Ah. Gut. Wie geht es dir?«

»Ach, weißt du, so lala. Und dir? Und wie geht's dem Baby? Wird langsam größer, schätze ich, was?«

»Nicht schlecht. Ich hatte noch einen Geburtsvorsorgetermin bei Katy.«

»Ja? Und? Wie war's?«

»Super. Sie hat mir so eine kleine gelb-schwarze Flagge gegeben, die ich mir auf den Hintern pappen soll, wenn ich draußen unterwegs bin.«

Hector prustet laut los. »Oh, Rachel! Das hat mir echt gefehlt …« Er unterbricht sich. Ich würde so gerne hören, was er zu sagen hätte.

»Was denn?«, frage ich, will den Rest aus ihm herauskitzeln.

»Nichts. Schon gut. Wie war Silvester bei dir?«

»Tote Hose. Und bei dir?«

»Eigentlich gar nicht schlecht.«

»Echt?« Das wollte ich aber nicht hören.

»Ja. Hab ein paar Leute getroffen, die ich seit Ewigkeiten nicht mehr gesehen habe. War ganz lustig, wir haben uns alte Geschichten erzählt.«

Wenn ich mir vorstelle, dass er mit anderen Menschen zusammen ist, vielleicht sogar mit Miranda, rege ich mich auf und werde sauer. Plötzlich fällt mir etwas ein. »Du warst doch im Büro!«

»Ja, stimmt, wenn du's unbedingt wissen willst: Ich war im Büro. Ich kann dich nicht belügen, Rachel.«

»Also war es bei dir auch tote Hose.«

Wieder lacht er. »Allerdings. Ich war allein im Büro und habe eine E-Mail nach New York geschickt.«

»Ich war auch allein.«

Es gibt ein schwaches Geräusch, als hätte er sich auf seinem Platz aufgerichtet. »Ja? Wieso das denn?«

Ich zucke mit den Achseln, obwohl er mich gar nicht sehen kann. »Wer will denn schon mit einer feiern, die so aussieht wie ich?«

Er gibt ein kehliges Geräusch von sich, fast ein Knurren.

»Wie bitte?«

Hector räuspert sich. »Nichts. Ich kann es bloß nicht haben, wenn …«

Ich drücke den Hörer so fest ans Ohr, dass es rot wird und pocht. Es macht mich wahnsinnig, wenn er die Sätze nicht zu Ende spricht. »Ja?«

»Ach, nichts. Ich möchte nur, dass du glücklich bist, Rachel. Bist du das?«

Das klingt wieder nach »guten Freunden«. Bin ich glücklich? Jetzt gerade im Moment, zusammengerollt auf der Couch mit Hector McCarthy in der Leitung, jetzt schon. Meine Lippen sind nur Millimeter vom Hörer entfernt, und ich stelle mir vor, dass es bei ihm ebenso ist. Wir küssen uns sozusagen fast.

»Ähm …«

Hört sich an, als wollte er das Gespräch beenden. Schnell, lass dir was einfallen, Rachel! Dann erinnere ich mich, warum ich ihn überhaupt angerufen habe.

»Hector, ich war gerade bei Sarah und mache mir ein bisschen Sorgen um sie.«

»Ja? Geht's ihr nicht gut?«

»Doch, schon, sie ist nicht krank oder so. Aber sie ist ziemlich fertig und weint ständig. Sie glaubt, Glenn hätte eine Affäre.«

»Scheiße.«

»Allerdings. Ich dachte bloß, ob …«

»Ob ich schon mit Glenn darüber gesprochen habe?«

»Ja. Ich weiß, eigentlich geht es mich nichts an, das ist eine Sache zwischen Glenn und dir, aber Sarah ist eine meiner ältesten Freundinnen, weißt du? Glenn ist dein Bruder, und du liebst ihn, und sie ist für mich wie eine Schwester. Mein richtiger Bruder ist ein total nerviger Zehnjähriger, der nie länger als eine Minute an einer Stelle verharrt. Sarah ist sozusagen meine Ersatzschwester.«

»Ich finde es schön, dass sie dir was bedeutet. Mir ja auch. Und ich muss leider gestehen, dass ich untätig war. Ich weiß nicht mal genau, warum. Ich hatte es mir fest vorgenommen, aber dann starb Mum, und dann … Na ja, und seitdem habe ich mich eigentlich für nichts richtig interessiert. Tut mir leid, Rachel, ich habe dich enttäuscht.«

»Red nicht so einen Blödsinn! Ich habe doch gar nichts damit zu tun, wie sollst du *mich* da im Stich gelassen haben? Ich meine, wenn wir von Selbstlosigkeit sprechen, dann warst du der … ich, ich meine, du hast mich immer … du hättest mir nicht …« Oh, Mann, jetzt fange ich auch noch so an!

»Na, das freut mich«, sagte er, und ich höre das Lächeln in seiner Stimme.

»Danke.«

»Sehr gern geschehen. Hör zu, ich statte Glenn diese Woche einen Besuch ab, ja? Ich hätte nicht so lange warten sollen, insbesondere wenn Sarah langsam misstrauisch wird. Ich hoffe nur, dass ich nicht zu spät komme und noch was retten kann.«

»Ich auch.«

»Oh, Mann, ich werde so sauer, wenn ich daran denke, was er da macht. Das widerspricht all meinen Überzeugungen. In einer langjährigen Beziehung macht man nicht so einen Scheiß, schon gar nicht, wenn Kinder im Spiel sind, selbst wenn …«

»Was?«

Hector schweigt. Ich höre Geräusche, als bewege sich etwas. »Schon gut. Ich kann nicht richtig denken. Hör einfach nicht hin. Zu viel Arbeit, schätze ich.« Er hält inne, und ich will gerade etwas sagen, da fängt er plötzlich wieder an. Seine Stimme packt mich und zieht mich zu ihm hinunter, so dunkel und eindringlich ist sie. »Rachel, hast du es manchmal satt, immer alles richtig zu machen? Ich sehe immer nur Leute, die Sachen tun und sagen, die nur ihnen selbst nutzen, und diese Leute sind glücklich, genießen ihr Leben und scheinen alles zu haben. Und ich sitze Weihnachten allein im Büro, Silvester ebenfalls, zerreiße mich innerlich, will alles richtig machen. Herrgott, warum ist das so schwer? Wozu soll ich versuchen, ein guter Mensch zu sein, wenn es mir nur Not und Elend bringt? Habe ich denn kein Recht darauf, glücklich zu sein? Ist das nicht der Sinn der Sache, dass auch ich irgendwann mal glücklich bin?

Denn langsam habe ich es satt, ein guter Mensch zu sein, Rachel. Verdammt, ich habe es echt so was von satt.«

Kann man meine Gänsehaut sehen? Auf den Armen und im Nacken? Hectors Stimme ist immer tief und dunkel, aber jetzt klingt sie so verletzt und rau, so kehlig und heiser, dass ich keine Luft mehr bekomme und in einen Abgrund der Lust falle. Ich glaube nicht, dass ich da jemals wieder herauskomme. Irgendetwas macht ihn furchtbar unglücklich, er ist innerlich in Aufruhr, quält sich und braucht unbedingt Hilfe.

Das macht mich unglaublich an.

Jetzt schweigt Hector, ich höre nur seinen schweren Atem und habe das Gefühl, etwas sagen zu müssen. Ich glaube, er wartet auf meine Reaktion. Oder ist genauso erregt wie ich. Ich weiß nur, dass Hector ein guter Kerl ist und ich nicht will, dass er sich verändert.

»Aber du bist ein wirklich guter Mensch, Hector«, sage ich sehr sanft. »Du bist einer der besten Menschen, die ich kenne. Damit kannst du nicht einfach aufhören, denn dann wärst du nicht mehr Hector McCarthy. Und das wäre nicht fair. Der Welt gegenüber.«

Hector seufzt schwer. »Keine Ahnung. Was schulde ich denn der Welt? Was ist denn zur Abwechslung mal mit mir?«

»Was ist los mit dir, Hector? Du klingst so verändert.«

»Ach, Rachel, ich würde es dir so gerne sagen.«

»Dann tu es doch! Du weißt ja, wir kennen uns gar nicht. Du kannst mir alles sagen.«

»Nein, wir kennen uns wohl. Wir waren sehr lange Fremde füreinander, das weißt du genauso gut wie ich. Aber das kann ich dir nicht sagen. Nicht, solange … nein, nie. Tut mir leid.«

Ich habe die Augen geschlossen und lehne mich zurück. Man sehe sich mein Gesicht an: Die Lippen sind leicht geöffnet, die Wangen rot, der Kopf liegt im Nacken. Gibt es etwas Heißeres als einen leidenden Mann?

Wieder verfällt er in Schweigen. Mir bleibt nichts anderes übrig, als mich zu verabschieden, wenn ich es denn schaffe, die Worte herauszubringen. Doch in dem Moment bekommt sich Hector offenbar wieder in den Griff. »Hey, mir fällt gerade ein, übernächste Woche habe ich einen Termin mit Rupert bei Horizon. Sollen wir uns dann treffen?«

»Ja, wirklich?« Langsam tauche ich aus den Tiefen auf und öffne die Augen. »Wann denn genau?« Ich stehe auf, laufe in die Küche und nehme den Kalender vom Haken.

»Freitag in einer Woche, am 26.« Dann sagt er: »In zehn Tagen« und schreibt ein »R« in den Kalender in seiner Küche, und ich sage ebenfalls »in zehn Tagen« und schreibe ein »H« in meinen.

Hector steht in der Küche und fährt sich kopfschüttelnd mit der Hand durchs Gesicht. Er muss versuchen, sich auf andere Bereiche seines Lebens zu konzentrieren. Zum Beispiel darauf, mit Glenn zu reden. In letzter Zeit hat er zu viel schleifen lassen. Langsam kommt er an einen Punkt, wo es nicht mehr so weitergeht. Er greift nach seinen Autoschlüsseln und fährt direkt zu seinem Bruder, um wenigstens das zu klären.

Hier sieht man Glenn und Sarah. Sie hängen zusammen vor dem Fernseher, berühren sich aber nicht. Es hat gerade geklingelt. Sarah steht auf. Glenn schaut kurz zu ihr hoch, dann konzentriert er sich wieder auf den Film.

Sarah lässt Hector herein und bietet ihm etwas zu trinken an. »Du siehst müde aus«, sagt er freundlich. »Komm, *ich* hole uns was zu trinken.«

»Oh, danke, Hec! Toll!«

»Glenn, komm mal kurz und sag mir, wo die Gläser sind!«

Glenn blickt auf. »Das weißt du doch – die sind alle im Schrank neben den …«

»Zeig es mir«, wiederholt Hector bedeutungsschwer. Glenn müht sich vom Sofa hoch und folgt seinem Bruder in die Küche.

Hector schließt die Tür. »Ich muss mit dir sprechen.«

Glenn hebt die Augenbrauen. Er ist gelassen, unbekümmert. »Hec, hat das nicht etwas Zeit? Der Film ist wirklich gut.«

Hector geht zu seinem Bruder und sagt mit ganz leiser Stimme: »Ich weiß Bescheid über deine Geliebte.«

Es zuckt leicht in Glenns Gesicht. »Was für eine Geliebte?«

»Und ich will, dass damit Schluss ist! Auf der Stelle!« Hectors Gesicht ist ganz dicht an Glenn. Er muss sich bücken, um seinem Bruder in die Augen zu schauen.

»Du willst was?«, platzt es aus Glenn heraus. Endlich verliert er die Fassung.

»Du setzt deine Ehe aufs Spiel und schadest möglicherweise meinem Neffen. Dein Verhalten ist egoistisch und verantwortungslos. Ich lasse nicht zu, dass du allen wehtust, die du …«

»Du lässt es nicht zu? *Du lässt es nicht zu!* Für wen hältst du dich eigentlich? Du bist nicht mehr als mein beschissener Bruder, du bist nicht der liebe Gott oder so. Verflucht nochmal!«

Hector bleibt ruhig. Er will, dass Glenn ihm zuhört bei dem, was er zu sagen hat. Wenn er laut wird und schreit, würde Glenn nur fortlaufen.

»Du meldest dich bei dieser Frau und machst unverzüglich Schluss.«

»Das tue ich nicht!«

Hector holt eine Tasse aus dem Schrank und bereitet den Tee für Sarah zu, um sich abzulenken und ruhig zu bleiben. »Ich sage es noch einmal, Glenn, wenn du nicht …«

»Was? Was machst du dann, großer Bruder? Willst du mich zusammenschlagen? Mich zu einem Monat Hausarrest verdonnern? Na los, sag schon, welche Bestrafung hast du dir diesmal für deinen bösen kleinen Bruder ausgedacht?«

»Dann will ich mein Geld zurück.«

Glenns selbstzufriedene Miene fällt in sich zusammen. »Was?«

»Du schuldest mir Geld, Glenn. Ich will es zurück.«

»A… aber, das geht nicht.«

»Klar geht das. Es gehört mir.«

»Aber ich habe es nicht mehr.«

»Na, das ist ja eine Überraschung! Wofür hast du es ausgegeben? Für Ferien mit Sarah? Eine neue Spülmaschine? Oder ein neues Auto?«

Langsam scheint es Glenn unangenehm zu werden. Sein Blick schießt herum und bleibt schließlich an dem Becher neben dem elektrischen Wasserkessel hängen. »Sie ist … sie hat einen … einen teuren Geschmack.«

Hector kräuselt die Lippen. »Fünf Riesen? Du hast die gesamten fünf Riesen für deinen Spaß ausgegeben? Geld, das ich dir gegeben habe, weil du mein Bruder bist und weil ich dachte, es würde dir aus der Misere helfen? Ich dachte, ich würde Sarah und Jake unter die Arme greifen, damit es euch ein bisschen bessergeht, euren Stress ein wenig verringern, weil es das Einzige ist, was ich für euch tun kann. Mensch nochmal, Glenn! Du bist widerwärtig!« Hector wendet sich von seinem Bruder ab und bereitet Sarahs Tee zu. »Wenn du diese Affäre nicht auf der Stelle beendest, leite ich alle nötigen Schritte ein, um mein Geld wiederzubekommen. Hast du mich verstanden?

Glenn setzt ein hochnäsiges Gesicht auf. »Das würdest du nicht …«

Hector wirbelt herum. Sein Gesicht ist wutverzerrt. »Willst du mich auf die Probe stellen, Glenn?«, knurrt er und stürzt sich so schnell auf seinen Bruder, dass dieser zurückweicht. »Möchtest du wirklich sehen, wozu ich fähig bin? Ja?«

Glenn ist völlig eingeschüchtert. Er schüttelt den Kopf.

»Gut.« Hector reicht Glenn den Teebecher. »Jetzt bring den

Sarah und mach dir endlich klar, wie gut du es hast mit deiner Frau, deinem Sohn und deinem Haus. Denn glaub mir, du mieses Schwein, du hast wirklich alles. Und morgen früh wirst du als Erstes diese Frau anrufen und sie abservieren. Verstanden?«

Glenn nickt. Schweigend kehren sie ins Wohnzimmer zurück. Als sie eintreten, nimmt Sarah hastig wieder Platz und schaut keinen von beiden an. Glenn setzt sich neben seine Frau, jetzt so nah, dass sich ihre Schultern berühren.

17

Am nächsten Tag komme ich fast zu spät zur Arbeit. Ich stehe zwar rechtzeitig auf, mache mich rechtzeitig fertig, ziehe die Schuhe an und greife zu den Autoschlüsseln am Haken neben der Tür … aber sie sind nicht mehr da.

Sie hängen immer, ohne Ausnahme, an diesem Haken. Dafür wurde er eigens angebracht. Dad hat es auf Mums Vorschlag hin getan, damit ich nicht wegen der dummen Autoschlüssel zu spät zur Arbeit komme. Jeden Tag hänge ich sie dort in der Sekunde auf, da ich durch die Tür trete.

Mehrere Minuten lang werfe ich Sachen durch die Gegend und knalle die Türen, aber es hilft nicht. Nach beruhigendem Kreischen und Kopfschlagen finde ich die Schlüssel endlich in meinem Zahnputzbecher. Sie sehen ein wenig minzig aus. Kurz bleibt mir noch Zeit, mich zu fragen, wo wohl meine Zahnbürste geblieben ist, dann presche ich durch die Tür nach draußen.

Es ist schon fünf nach neun, als ich auf der Arbeit eintreffe. Alle sind bereits an ihrem Platz. Diesmal zucken nicht alle zusammen, das heißt, es wurde nicht über mich getratscht. Geht ja auch schlecht nach neun Uhr, oder?

An meinem Platz steht ein dampfender Becher heiße Schokolade. Dankbar lächle ich Val an und setze mich. Sie war beim Friseur – sieht nach Dauerwelle und Farbe aus. Steht ihr gut, sie wirkt jünger. Auf der anderen Seite der Trennwand ist Chrissie bereits mit gesenktem Kopf in ein Telefongespräch vertieft. Sie blättert im Katalog, sagt immer wieder »Ja ja«. Jean und Graham scheinen nicht gemerkt zu haben, dass ich zu spät bin. Nachdem ich kurz meinen Kuli gesucht und ihn schließlich in der Kaffeetasse von gestern gefunden habe, schalte ich auf »Frei« und nehme den ersten Anruf entgegen.

Das einzig Interessante an diesem Vormittag ist der Besuch von Vivien Attwood, Leiterin der Planungsabteilung. Sie kündigt eine Mitarbeiterbesprechung für Freitag, den 26. Januar, um halb sechs in der Kantine an. Und da sie nach Feierabend stattfindet, wird Mr. de Witter ein Buffet spendieren. Es herrscht Teilnahmepflicht. Ich erkundige mich, ob wir für die Überstunden bezahlt werden. Vivien verneint, deshalb würden wir ja etwas zu essen bekommen. Was wir an dem Abend an Essen sparen, sei unser Überstundengeld.

»Um was es dabei wohl geht?«, fragt Val, als Vivien in den sechsten Stock zurückgekehrt ist. »Wenn wir schon was zu essen bekommen, muss es wirklich wichtig sein.«

»Wahrscheinlich werfen sie uns alle raus«, sagt Marion. Wir schauen sie sprachlos an. Kann das sein? Und das Essen soll uns den Rauswurf versüßen? Da packen wir uns besser ein paar Tragetaschen voll, solange wir noch hier sind.

»Was wohl passiert, wenn man nicht hingeht?«, überlege ich laut. »Wenn wir kein Geld dafür bekommen, können sie uns doch nicht zwingen, oder?«

»Glaube nicht«, sagt Val.

»Aber du musst dahin, Rachel«, sagt Chrissie grinsend. »Du wirst es vom Oberboss persönlich hören, welche Farbe die neuen Kacheln auf dem Damenklo haben.«

»He, Chrissie!«, ruft der gruselige Steve von Platz 18. »Kannst du bitte wieder an dein Telefon gehen? Ich habe ein Gespräch für dich.«

Unsere spontane Pause ist vorbei, wir kehren alle an unsere Plätze zurück.

Etwas später fällt mir auf, dass es an Chrissies Tisch verdächtig still ist. Ich stehe auf und spähe über die uns trennende Wand. Da sitzt sie, den Kopf in den Händen geborgen, die Ellenbogen auf dem Tisch, und hat ihre Konsole auf »Besetzt« gestellt.

Ich bin gerade mitten im Gespräch und kann deshalb nicht mit ihr sprechen, klopfe also gegen die Wand, um Chrissie auf mich aufmerksam zu machen. Sie blickt auf, und ich erkenne voller Schreck, dass sie mich mit geschwollenen Augen voller Tränen ansieht.

»Haben Sie schon mal an Fuengirola gedacht?«, frage ich und hebe die Hände zu einer fragenden Geste. Chrissie schüttelt den Kopf. »Warum soll es unbedingt Europa sein?«, frage ich und gestikuliere wild, aber Chrissie winkt ab, runzelt die Stirn und stellt auf »Frei«, offenbar um mich loszuwerden.

Kurz darauf ist unsere Seite des Raumes mit dem Mittagessen dran. Man sieht mir an, dass ich einen Plan habe. Ich schaue mich nach Chrissie um, will mich unbedingt mit ihr unterhalten.

Wow, hat das einer gesehen? Ich wusste gar nicht, dass Chrissie so schnell sein kann, insbesondere in einem so engen Rock. Ehe ich mich versehe, ist sie durch die Tür in Richtung Aufzüge verschwunden.

So bleibt mir nichts anderes übrig, als wieder mit Val hinunter in die Kantine zu gehen. Höflich nicke und lächle ich, während sie mir von dem Fitnessstudio erzählt, das sie jetzt besucht, und von Finn, ihrem achtundzwanzigjährigen blonden Personal Trainer, der vor vier Jahren im Schwimmteam der New Zealand Commonwealth Games war. Doch ich höre kaum zu, derartig fasziniert bin ich von Chrissies Verhalten. Offenbar hat sie schlechte Nachrichten bekommen, aber was könnte das bloß ...

»... riesige Oberarme, wie Baumstämme ...«

Hin und wieder dringt ein Wort zu mir durch.

Als ich an meinen Platz zurückkehre, ist Chrissie bereits mit einem Anruf beschäftigt, sodass ich wieder nicht mit ihr sprechen kann. Ich beobachte sie im Stehen, während ich auf »Frei« stelle, falls sie in diesem Moment auflegt und reden kann.

Es gibt bestimmte Kunden, die gar nicht die Absicht haben, eine Reise zu buchen, sondern nur mit uns plaudern wollen. Einige sind richtige Stammkunden – Mrs. Holley irgendwo aus Schottland ruft ungefähr einmal pro Woche an, um sich über die Isle of Man beraten zu lassen, eine Miss Hatton hat eine Tochter in Australien, die sie noch nie besucht hat, Mrs. Harkness möchte gerne auf Kreta an einem Aquarellkurs teilnehmen, und Mr. Silverside schreit immer nur in den Hörer. Die Namen und Anschriften dieser Menschen hängen überall im Büro an der Wand – »Horizon Holidays' Horrorkunden« –, damit wir sie schneller identifizieren und keine Zeit mit ihnen verschwenden. Ich hatte mal Mr. Silverside dran, und der war so unfreundlich, dass ich ihn von selbst aus der Leitung geworfen habe. Im Moment habe ich wohl eine von den Frauen dran, denn sie quasselt jetzt schon ewig von ihrer Tochter in Australien, erwähnt aber nicht, wann sie fahren möchte.

»Welchen Teil Australiens möchten Sie denn besuchen?«, frage ich halbherzig, um sie an den Grund ihres Anrufs zu erinnern. Ich gebe ihr noch zwei Minuten.

Sian an Platz 9 ruft mir plötzlich zu, sie hätte ein Gespräch für mich. Ich handle schnell. »Also, da könnten wir Ihnen ein Pak –«

Gemerkt? Ich habe die Verbindung mitten im Satz gekappt. Das ist nicht so auffällig. »Stell durch, Sian!«, rufe ich zurück. Mein Telefon piepst, um den Anruf anzuzeigen.

»Hallo?«

»Hi, Rachel. Hier ist Hector.«

Wieder dieses Gefühl im Magen. Auf einmal ist dieser Tag

etwas Besonderes. Die Geräusche im Verkaufsraum treten in den Hintergrund, es gibt nur noch mich an diesem Ende der Leitung und ihn am anderen. Ich drücke das Headset an meinen Kopf. »Hi, Hector. Wie geht's dir?«

»Gut. Und dir?«

»Auch gut, danke.«

»Schön. Ich wollte dir bloß kurz sagen, dass ich gestern mit meinem Bruder gesprochen habe.«

»Gestern? Wow, das ging aber schnell! Was hat er gesagt?«

»Er hat es abgestritten.«

»Ah.« Kurze Rückblende zum Parkplatz von Sainsbury's letztes Jahr, als ich neben meinem Auto stand und sah, wie jemand in einer roten Weste eine Frau umarmte. Und wenn es gar nicht Glenn war? Ich habe ihn nicht von nahem gesehen. Habe ich mich möglicherweise geirrt? Ist Glenn doch unschuldig?

»Aber dann gab er klein bei und hat nur noch herumgebettelt.«

»Oh, Gott sei Dank!«

»Was?«

»Nein, ähm, ich wollte sagen, Gott sei Dank hat er es zugegeben. Weil du ihm dann befohlen hast, Schluss zu machen, stimmt's?«

»Ja. Ja, ich habe mein Bestes getan.«

»Glaubst du, er tut es wirklich? Schluss machen, meine ich?«

Hector seufzt. »Kann ich nicht sagen. Wenn nicht, habe ich wirklich keine andere Handhabe mehr. Ich habe ihm ein bisschen gedroht, weißt du, er musste mir versprechen ...«

»Ihm gedroht? Herrje!«

»Du brauchst gar nicht so zu staunen. Das war gar nicht einfach. Ich musste mir vorher alle drei Teile vom *Paten* reinziehen.«

»Alle drei?«

»Ja, nach Teil 1 und 2 habe ich mich ins Auto gesetzt, aber dann musste ich nochmal zurück und den letzten Teil gucken.«

Wir lachen. Ich habe das Headset immer noch so fest an den Kopf gedrückt, dass ich Hectors Atem höre. Nach einer Weile hört er auf zu lachen, so als falle ihm wieder ein, dass er eigentlich in einer ernsten Angelegenheit anruft.

»Hör mal, Rachel, wenn Sarah irgendwas zu dir sagt, oder wenn du das Gefühl bekommst, dass sie vielleicht … na ja, Bescheid weiß, oder wenn du dir Sorgen um sie machst« – er macht eine fast unmerkliche Pause –, »oder wenn du sonst irgendwas hast, egal was, dann rufst du mich an, ja?«

Wir nähern uns dem Ende des Gesprächs. Ich will noch nicht auflegen.

»Ich trage die Ohrringe.«

Überraschtes Schweigen. Dann sagt Hector: »Ja? Die stehen dir bestimmt toll.«

»Ja. Sie sind wunderschön. Seit Weihnachten habe ich sie nicht mehr abgelegt. Ich liebe sie. Vielen Dank dafür.«

»Freut mich wirklich, dass sie dir gefallen. Ich habe tagelang … Egal, tut mir leid, wenn das Geschenk ein bisschen unangemessen war, aber ich hatte sie abgeschickt, bevor ich wusste, dass …«

»Was?«

»Nun, das mit dir und Nick, du weißt schon, auf der Weihnachtsfeier.« Hector klingt unwirsch, unbehaglich.

»Auf der Weihnachtsfeier? Ich verstehe kein Wort – was hat die denn mit deinem Geschenk zu tun?«

»Stimmt, du hast recht, das eine hat nichts mit dem anderen zu tun. Es sollte mir egal sein, aber leider ist das bei mir nicht so. Liegt wohl an mir, bin halt altmodisch.«

Ich runzele die Stirn. Das ergibt doch keinen Sinn! »Was meinst du denn?«

»Ach, Rachel, die Sache ist so: Wenn ich mich für etwas entscheide, dann ganz oder gar nicht. Andere in meiner Lage würden vielleicht sagen, eine Freundschaft reicht ihnen, wenn nicht mehr drin ist. Aber für mich ist das die reinste Folter. Mich mit jemandem zu treffen, gemeinsam etwas unternehmen und dabei zu wissen, dass es nie mehr sein wird … Das ist einfach zu hart. Da halte ich mich lieber bedeckt, stehe es alleine aus, bis es nicht mehr wehtut. Denn irgendwann tut es nicht mehr weh. Das ist immer so.«

Will er mir etwas über Miranda und die Schmerzen erzählen, die er damals empfand? Die Möglichkeit, dass er von mir spricht, liegt in der Luft, aber ich erkenne sie nicht. Noch nicht.

»Hector, was meinst …?«

»Nein, bitte frag mich nicht, Rachel. Ich würde es dir so gerne sagen, aber ich kann nicht. Du hast beim letzten Mal gesagt, dass es nicht meine Art ist, und damit hast du recht. Ich habe das Gefühl, dazu verdammt zu sein, Menschen zu mögen, die mich nicht wollen. Na gut, das ist halt mein Schicksal, ich muss mich damit abfinden und es annehmen, es akzeptieren, weil ich, wie du gesagt hast, ein guter Mensch bin.«

»Ja, das stimmt, aber du bist nicht …«

»Es war mir ein Vergnügen, Rachel. Pass gut auf dich auf. Tschüss.« Damit legt er auf. Schon wieder.

Der restliche Tag bei Horizon ist völlig langweilig, nichts als öde Reisen, Reisen, Reisen. Um fünf Uhr zischt Chrissie ab, noch schneller als in der Mittagspause, wenn das überhaupt möglich ist. Ich muss also bis morgen warten. Wenn sie mit mir hätte reden wollen, hätte sie es getan. Gehen wir also zu mir nach Hause, wo ich mit einer Tüte Chips im Bett liege. Nicht so genau auf den Boden sehen, da könnten eventuell auch noch drei, vier leere Chipstüten liegen.

Ich versuche mich zu erinnern, was Hector heute sagen wollte, aber mir fällt nur ein, dass er von mir und Nick auf der Weihnachtsfeier sprach. Wieso ist es für Hector von Bedeutung, dass ich Nick und Paris dort überrascht habe? Wie oft und wie lange ich auch darüber nachdenke, es ergibt einfach keinen Sinn.

Und noch etwas: Woher wusste er überhaupt, dass ich die beiden auf der Feier ertappt habe? Ich habe es Chrissie erzählt, und sicher hat Chrissie es weitergetratscht, mit Sicherheit auch an Sarah, und die wird es bestimmt Glenn berichtet haben, aber soll der es Hector erzählt haben? Ich versuche mir vorzustellen, wie Glenn die erschütternde Nachricht verkündet: »Hec, ich muss dir leider sagen, dass eine Frau, die du nicht kennst, auf einer Weihnachtsfeier ihren Ex mit seiner neuen Freundin überrascht hat. Du musst jetzt wirklich stark sein, mein Großer.«

Nein, das ist doch albern. Niemand weiß, dass Hector und ich uns überhaupt kennen, weshalb ihm mit Sicherheit nichts von mir erzählt wird. Ich komme einfach nicht dahinter.

Mum sagt immer, wenn Aussehen Intelligenz wäre, wäre ich ein Genie. Ist wohl eine nette Art zu sagen, dass ich keines bin.

Als ich gerade die nächste Chipstüte aufreißen will, klingelt das Telefon. Pfläumchen schläft tief und fest, aber als ich mich zur Seite wälze, um aufzustehen, streckt es sich gleichzeitig in vier verschiedene Richtungen, unter anderem direkt in meine Blase. Uuh!

»Rachel, hier ist Sarah!«

»O Gott, Sarah, was ist los?« Sarahs Stimme ist schwer und belegt, voller Kummer und Tränen. »Ist etwas mit Jake?«

Sie schnieft mehrmals: »Nein, nein, Jake geht's gut. Es geht um Glenn.«

»Oh nein!«

»Du weißt doch noch, was ich dir gesagt habe, dass er manchmal, wenn er spät nach Hause kommt, dass er dann so …«

»Ja, ja, ich weiß.« Kalte Angst ballt sich in meinem Magen zusammen. Ich weiß, was jetzt kommt, und ich will es nicht hören. Trotzdem dränge ich Sarah, weiterzusprechen.

»Also, jetzt weiß ich es. Jetzt bin ich mir ganz sicher. Er hat auf jeden Fall eine Affäre.« Sie spricht die Worte ganz schnell aus, als sollten sie nur so kurz wie möglich in ihrem Mund sein.

»Ach, du meine Güte, Sarah! Das tut mir furchtbar leid. Was machst du jetzt?«

»Ich verlasse ihn. Zusammen mit Jakey. Haben wir sogar schon. Wir müssen irgendwo ein paar Tage unterkommen, da habe ich gedacht, ob wir vielleicht …?«

»Ja, klar, sicher, kommt her! Irgendwo finden wir schon einen Platz für euch.«

Sie seufzt vor Erleichterung. »Danke, Rach! Ich wusste, dass du einverstanden sein würdest – ich stehe schon vor deiner Tür!«

Sie ist total fertig. Ich weiß, es ist Glenns Schuld. Und da ist der kleine Jake, er folgt seiner Mutter überallhin, vergewissert sich, dass er sie allzeit fühlen kann. So blass und klein wie jetzt kam er mir noch nie vor. Ich frage mich, was er miterleben musste, bevor er mit Sarah das Haus verließ.

Sarah hat eine Tasche mit Kleidung und eine mit Spielzeug dabei. Besorgt beobachte ich, wie ein großes gelbes Plastikmikroskop herausfällt, aber Jake kümmert sich nicht darum. Der Gameboy, den er letztes Jahr zum Geburtstag bekommen hat, sein absolutes Lieblingsspielzeug, ist auch dabei, aber er würdigt ihn keines Blickes. Seine großen Augen sind auf seine Mutter gerichtet, die mit roten Augen weinend auf dem Sofa sitzt.

»Ich habe gehört, wie Glenn mit Hector redete«, erklärt Sarah leise. »Hector hat ihm gesagt, er solle aufhören, er wäre egoistisch und verantwortungslos. Und er würde Geld von Glenn zurückfordern, wenn er nicht Schluss machen würde. Also hat mein Mann sich anscheinend von seinem Bruder Geld geliehen, um diese Frau zu verwöhnen.« Ihr bricht die Stimme, sie schluchzt in die vorgehaltenen Hände.

»Nicht weinen, Mummy«, sagt Jake und sieht von seinem Platz neben ihr auf dem Sofa zu ihr auf. »Bitte nicht weinen!«

Doch entweder hört sie ihn nicht, oder sie ignoriert ihn. »Sieh mich an, Rachel«, sagt sie und schaut auf ihr Sweatshirt und ihre Jeans, die wohl vor ewigen Zeiten gekauft wurden. »Meinst du nicht, dass ich auch ein bisschen verwöhnt werden könnte? Und Jakey, was ist mit dem? Hat der nicht auch das eine oder andere Geschenk verdient?«

Ich sehe zu Jake hinüber. Er wischt sich die Nase mit der Hand und streift sie an meinem Sofa ab.

Schnell wende ich den Blick ab und schaue Sarah an, die fortwährend schluchzt und den Kopf schüttelt. Immer wieder sagt sie »Warum nur, warum?«, eher zu sich selbst denn zu mir. Nie im Leben werde ich versuchen, darauf zu antworten, selbst wenn sie das von mir erwartet.

Jake versucht, ganz erwachsen zu sein. Er streicht seiner Mutter über den Rücken, so wie sie es schon zahllose Male bei ihm getan haben muss, wenn er sich ein Knie aufschlug oder den Kopf stieß. Er nimmt ihr Gesicht zwischen seine kleinen Händchen und sagt: »Du musst jetzt stark sein, Mummy.« Es liegt auf der Hand, dass er keine Ahnung hat, was vor sich geht. Schwach lächelt Sarah ihn an und schließt ihn fest in die Arme, wiegt ihn hin und her, wie sie es früher mit ihm getan hat, als er noch klein war. Ich weiß nicht genau, ob sie damit eher ihn oder sich beruhigen möchte.

Später versucht sie, ihn in meinem Bett schlafen zu legen,

aber er will unbedingt, dass sie bei ihm im Zimmer bleibt. Während ich im Wohnzimmer ein bisschen hinter ihnen herräume, höre ich über den Flur Sarah leise und beruhigend murmeln, gefolgt von dem hohen Stakkato von Jakes verängstigter Stimme. Ich kann nichts verstehen, nehme aber an, dass sie ihm sagt, nein, sie könnten noch nicht zurück nach Hause, und ja, Hamster Mickey komme auch ohne Jake klar. Da Sarah nicht zurückkehrt, lege ich mich schließlich auf die Couch, die Beine angewinkelt. Mein geschwollener Bauch drückt mir unangenehm in die Rippen. Pfläumchen beschwert sich postwendend, stemmt sich gegen die Wände seiner inzwischen beengten Behausung. Als ich mich gegen die Sofalehne presse, um mehr Platz zu haben, gibt sie kein bisschen nach.

Die Flüchtlinge bekommen in der Nacht immerhin ein wenig Schlaf. Kann man das Geräusch hören? Mindestens einer der beiden schnarcht leise vor sich hin, als ich am nächsten Morgen zur Arbeit fahre. Ich spähe kurz ins Schlafzimmer, um mich zu vergewissern, dass alles in Ordnung ist: Sarah hat sich von ihrem Sohn weggerollt, ihr gekrümmter Rücken ist ihm zugewandt. Jake ahmt die Pose seiner Mutter nach, ein winzig kleines Bündel unter der Bettdecke, die Knie angezogen, den Mund leicht geöffnet. Ich schließe die Tür und gehe auf Zehenspitzen nach draußen.

Jetzt stecke ich in einer Zwickmühle: Soll ich Chrissie und Hector Bescheid sagen oder nicht? Über Hector denke ich erst nach, wenn ich genügend Zeit dafür habe.

Also Chrissie. Ich stelle mir ihr Gesicht und ihre Miene vor, wenn ich es ihr erzähle. Ist das ein teilnahmsvoller Gesichtsausdruck? Für mich wirkt er eher schockiert, aber auf gierige Weise. Ich tendiere zu der Ansicht, dass Chrissie zwar schockiert, entsetzt, teilnahmsvoll und höflich sein wird, aber dass ein sehr kleiner Teil von ihr, vielleicht sogar ein unbewusster, der gar nicht so klein ist, einen Kick davon bekommt. Vielleicht denke ich das über sie, weil ich, wenn ich völlig ehrlich sein soll, ebenfalls einen kleinen Kick bekam, als ich Glenn damals auf dem Parkplatz sah.

Puh, gut, dass ich das jetzt von der Seele habe. Es war zwar nur ein kurzes, flüchtiges Gefühl, und ich habe die ganze Zeit versucht, es bei Sarah wiedergutzumachen, aber es war da. Ich habe sie angerufen und sie viel öfter als sonst besucht, und jetzt schlafe ich auf meiner eigenen Couch und bin im sechsten Monat schwanger. Was kann ich noch tun?

Chrissie nichts davon erzählen. Das könnte ich tun.

Aber eigentlich sind wir vier – vier enge Freundinnen. Wenn eine von uns unglücklich wäre oder Hilfe bräuchte, und ich wäre die Einzige, die das nicht wüsste, dann wäre ich wirklich sauer, und zwar zu Recht, denke ich. Außerdem ist es schon ziemlich heuchlerisch von mir, Chrissie nur deshalb nichts sagen zu wollen, weil ich vermute, dass sie genauso reagiert wie ich.

Was Hector angeht, gibt es gar keine Frage. Glenn ist sein Bruder – er muss Bescheid wissen. Ich melde mich bei ihm, sobald ich im Büro bin. Unglaublich, dass ich sogar dankbar bin, einen Grund, eine Ausrede, zu haben, ihn wieder anzurufen!

Im Büro steuere ich sofort auf meinen Platz zu. Es ist sechs vor neun, also kann ich noch mit Hector sprechen, bevor die Anrufe zu mir durchgestellt werden, und mit ihm beraten, was wir tun können, um Sarah und Glenn in dieser Krise zu helfen. Wir können es langsam angehen lassen, uns in aller Ruhe unterhalten. Auf dem Weg an meinen Platz entdecke ich Chrissie an ihrem Schreibtisch. Sie sitzt vornübergebeugt da, telefoniert anscheinend schon. Als ich näher komme, blickt sie kurz auf. Ihr Anblick erschüttert mich. Sie ist nicht geschminkt und sieht aus, als hätte sie Tuberkulose. Unter den geschwollenen roten Augen hat sie dunkle Ringe. Ihr Haar ist leblos und hängt schlaff herab – es müsste mal dringend gewaschen werden –, außerdem trägt sie ein schmutzig weißes Kapuzenshirt und eine schlabbrige weiße Jogginghose.

Sie beendet ihr aktuelles Gespräch und grüßt mich apathisch.

»Hallo, Rach, alles klar?«

Ich halte inne auf dem Weg zu meinem Platz. Für einen Moment ist der Anruf bei Hector vergessen. »Chrissie, ist alles in Ordnung? Du siehst nicht gut aus.«

»Ich lasse meine Haut mal eine Weile in Ruhe, mehr nicht.«

»Aber du … ich meine, du siehst aus, als ob du … Hast du geweint?«

Chrissie hebt ihre Handtasche vom Boden auf und wühlt nach einem Taschentuch. »Na, gut, ich habe geweint. Ich habe eine schlechte Nachricht erhalten, mehr nicht.« Als ich auf sie zugehen will, hebt sie die Hand. »Hey, nicht so etwas Erschütterndes wie bei dir natürlich, aber es hat mich fertiggemacht, ja?«

Ich gehe trotzdem zu ihr und bleibe neben dem Tisch stehen. »Dachte ich mir. Du warst gestern schon so fertig, aber du warst weg, ehe ich mit dir sprechen konnte.« Heute ist sie auf jeden Fall für einen schnellen Abgang gekleidet – deutlich geeigneter zum Weglaufen als das Ensemble von gestern. Ich pflanze den Hintern auf ihre Tischkante. »Was ist denn?«

Sie putzt sich lautstark mit einem Taschentuch die Nase. Jim von Platz 14 schaut kurz auf.

»Nichts. Nur eine Enttäuschung, mehr nicht. Ich komme schon drüber weg – wie immer.«

Also ein Mann. Und zum ersten Mal in den zwanzig Jahren unserer Freundschaft glaube ich, Chrissie wirklich zu verstehen. Vor Nick hatte ich so was nicht erlebt und war immer ein klein wenig, nun ja, ungeduldig, wenn Chrissie oder Susan oder sonst wer dieses dämliche Drama am Ende einer Beziehung durchmachten. Warum konnten sie die Tatsache nicht einfach akzeptieren? Zu umgehen wäre sie nur, wenn man den Auslöser vermeidet; und das wäre deutlich schlimmer, als sich mit den Folgen herumzuschlagen. Wie zum Beispiel das Älterwerden: Was soll man deswegen klagen? Man kann es nur umgehen, indem man früh stirbt. Mum meint, mit neununddreißig würde ich das vielleicht anders sehen. Wenigstens wurde Chrissie von ihrem Enttäuscher nicht geschwängert.

»Tja«, will ich sagen, aber sie unterbricht mich.

»Ja, ich weiß, wenigstens bin ich nicht schwanger. Womit wir wieder bei dir wären.«

»Das war nicht fair.«

»Vielleicht nicht, aber nur weil es dich noch schlimmer getroffen hat, tut es bei mir trotzdem weh. Weißt du, wir vergleichen unsere Gefühle nicht ständig mit deinen, ja?« Kurz schaut sie mir in die Augen, dann wendet sie sich ab.

Ich glaube, diesen Gesichtsausdruck hat man bei mir bisher nur gesehen, als Dr. Kant mir im August die furchtbare beziehungsweise wunderbare Mitteilung machte. Es ist eine Mischung aus Schock, Verletztheit, Angst, Enttäuschung und, wenn ich ganz ehrlich sein soll, ist auch tief in mir die Erkenntnis meiner eigenen Dummheit dabei. Zum zweiten Mal in sechs Monaten. Was für ein Jahr!

Ich stolpere irgendwie um die Tische herum, vorbei an Val bis zu meinem Platz. Mein Hals tut weh, ich versuche krampfhaft, nicht zu weinen. Der vernünftige Teil in mir redet mir ruhig zu, mich nicht verrückt zu machen, Chrissie sei einfach nur traurig und verletzt und schlage deshalb auf alles ein. Aber momentan ist der vernünftige Teil in mir nicht besonders stark.

Ich halte den Kopf gesenkt, bis die Tränen getrocknet sind. Zum Glück finde ich in meiner Tasche ein altes, teilweise verklebtes Taschentuch, mit dem ich mir die Augen trocken wische und die Nase putze. In der Reihenfolge. Als ich aufschaue, steht auf meinem Tisch ein dampfender Becher mit heißer Schokolade. Dankbar schaue ich zu Val hinüber. Sie lächelt mich an.

Jetzt habe ich keine Zeit mehr, Hector Bescheid zu sagen. Ich sehe ein, dass ich ihn sofort anrufen könnte, wenn ich lediglich vorhätte, ihm von Sarahs Zustand zu berichten. Oder dass ich zwischen zwei Anrufen neunzig Sekunden lang mit ihm sprechen könnte. Genau das sollte ich tun. Aber ich möchte zehn, zwanzig, vierzig Jahre mit ihm telefonieren. Ähm ... Minuten. Ich meinte Minuten. Ich nehme mir vor, auf dem Heimweg anzuhalten und ihn auf dem Handy anzurufen. Dann kann Sarah mich nicht belauschen, und ich werde nicht durch eingehende Anrufe unterbrochen.

Als ich um fünf Uhr meine Konsole abschalte, drehe ich mich um, und Chrissie steht vor mir. Sie sieht furchtbar aus.

»Tut mir leid, Rach«, sagt sie sofort. »War nicht so gemeint. Ich bin einfach so sauer und stinkig wegen dieser Sache.«

»Schon gut. Das wusste ich ja. Hör mal, komm doch auf einen Tee mit zu mir! Wir können eine Flasche Wein aufmachen, und ich sehe dir beim Trinken zu.«

Chrissie lächelt dankbar und sagt, sie habe heute Abend nichts anderes vor.

Erst auf der Heimfahrt fallen mir zwei Umstände ein. Erstens: Sarah und Jake sind bei mir, ich muss also für vier Personen kochen – eigentlich sogar fünf, wenn man Pfläumchen mit einrechnet. Zweitens: Ich kann nicht zwischendurch anhalten und zwanzig bis vierzig Minuten mit Hector plaudern, während Chrissie in ihrem Wagen hinter mir wartet. Mist!

Als wir meine Wohnung betreten, werden wir von der Stimme eines Mannes begrüßt, der erklärt, wie man einen praktischen Stift und einen Zettelhalter in Form einer geköpften Leiche bastelt. Ich hoffe, es ist nur der Fernseher.

Im Wohnzimmer schaut Jake nicht »Art Attack«, sondern

hockt über einem Haufen Lego und spricht mit sich selbst. Er hat immer noch seinen Schlafanzug an. Die Hose ist hinten ein bisschen nach unten gerutscht, sodass man seinen winzigen, erstaunlich knackigen Popo sehen kann. Mehr als die kleinen Höcker seiner Wirbelsäule, die sich durch das Oberteil drücken, mehr als sein leises, unsinniges Geplapper, mehr als sein samtiger Nacken, das strubbelige Haar und sein Widerwillen aufzuschauen, als ich ihn begrüße, mehr als all das ist es sein kleiner Hintern, der mir eindringlich zeigt, wie zart, verletzlich und zerbrechlich dieser kleine Mensch ist.

»Hi, Jake. Was machst du da?«

Er antwortet nicht. Nun, er kennt mich ja kaum, auch wenn ich seine Patentante bin, und das ist allein meine Schuld. In diesem Moment wünsche ich mir plötzlich, dass er zu mir gelaufen käme, mir die Arme um die Knie schlingen und vor Freude, mich zu sehen, laut »Tante Rachel!« rufen würde, dass er sich durch meine Anwesenheit besser fühlen würde. Gleichgültigkeit ist unerträglich. Ich beschließe, ihn besser kennenzulernen.

Chrissie ist ganz still geworden, nicht wahr? Es macht den Eindruck, als würde sie sich über das erschrecken, was sie vor sich sieht: Jake im Schlafanzug in meinem Wohnzimmer, das Durcheinander von Lego und anderem Spielzeug, die Tragetasche, aus der T-Shirts von Spongebob und Spiderman-Shorts quellen, die Decke auf der Couch. Ihr erschrockenes Gesicht macht mich sofort stinksauer.

»Ist Sarah …?«

»Sarah und Jake haben hier übernachtet. Sarah hat Glenn verlassen.«

Chrissie wird kalkweiß. »Ach, du meine Güte! Warum?«

Sie bekommt einen gehetzten Gesichtsausdruck, weit aufgerissene, verängstigte Augen. Ich werde nicht schlau aus ihr. Das ist eine seltsame Reaktion. Was ist hier eigentlich los?

»Sie hat herausgefunden, dass er eine Affäre hat.«

Chrissie beginnt, den Kopf zu schütteln. »Oh nein, nein. Nein! Sie hätte ihn nicht verlassen dürfen …«

»Ich glaube, das war das Einzige, was sie tun konnte, Chrissie. Glenn hat sie und Jake wie Dreck behandelt, und ein wenig Selbstachtung ist ihr noch geblieben.«

»Aber … aber …«

»Nichts aber. Er ist ein Riesen-Arschloch, und die Schlampe, mit der er zusammen war, kann ihn behalten. Sie muss gewusst haben, dass er verheiratet war, vielleicht wusste sie sogar von Jake, aber es war ihr scheißegal. Scheinbar gehört sie zu den Menschen, die durchs Leben gehen und dabei nur an sich denken. Null Rücksicht darauf nehmen, dass das, was sie tun, Auswirkungen auf andere haben könnte.«

»Aber das war nicht … Ich wollte nicht …«

Langsam drehe ich mich zu ihr um. Flehend schaut sie mich an, und in dem Moment trifft mich die Erkenntnis wie ein Paukenschlag. Bilder von Dingen, die ich gesehen und gehört habe, zucken mir durch den Kopf: die Frau im weiten zitronengelben Oberteil, die Glenn auf dem Parkplatz umarmte, das verschwommene Profil der Frau im davonfahrenden Auto, Chrissie, die Gesprächen über Glenn und seine Überstunden aus dem Weg geht, wann immer davon die Rede ist, Chrissies neue Frisur, neue Kleidung, ihr neues Auto. Ekel ergreift Besitz von jeder Faser meines Körpers. Ich kneife die Augen zu, bemühe mich, vor Jake die Fassung zu bewahren.

»Raus!«, sage ich leise. »Ich kann nicht glauben, dass du so etwas tust. Das ist das Allerletzte.«

»Es tut mir so … so leid.«

»Spar dir das! Wir wollen dich hier nicht mehr sehen. Ich glaube, wir haben uns nichts mehr zu sagen.«

»Erzählst du es Sarah?«

»Das sollte ich. Aber ich finde, Sarah leidet schon genug darunter, dass ihr Mann sie betrogen hat. Ich sehe keinen Sinn darin, ihr zu sagen, dass sie auch noch von ihrer besten Freundin betrogen wurde.«

»Das weiß sie schon.« Sarah steht in der Küche. Durch die offene Trennwand hat sie offenbar genug mitbekommen.

Mit Tränen in den Augen dreht Chrissie sich zu ihr um. »Sarah, es tut mir so …« Das gewaltige Schuldgefühl hindert sie am Sprechen.

»Hau bloß ab, Christine!«, sagt Sarah, ohne sie anzusehen. »Hau ab!«

Christine unterdrückt ein Schluchzen, und Sarah geht zu Jake hinüber, der auf dem Boden hockt. Sie setzt sich neben ihn und legt die Hand auf seinen gebeugten Rücken. Endlich schaut er zu ihr auf, lässt sein Spielzeug fallen und klettert auf den Schoß seiner Mutter. Er schaut ihr ins Gesicht, sieht die Tränen und wischt sie mit seinen kleinen Fingern fort.

Chrissie kann den Anblick offenbar nicht ertragen. Sie geht zur Tür, ich folge ihr. »Komm nicht wieder, Chrissie. Sie will nicht, dass du sie um Verzeihung bittest. Versuch, das mit dir selbst auszumachen.« Ohne ein weiteres Wort schließe ich die Tür hinter ihr.

Als ich zurück ins Wohnzimmer gehe, kuscheln Sarah und Jake noch immer auf dem Boden. Jake singt ein Lied für seine Mutter, seine Stimme klingt ein wenig dumpf an Sarahs Schulter. Sie wiegt sich vor und zurück, Tränen fallen in sein Haar. Ich gehe schnell in Richtung Schlafzimmer.

18

Als ich ungefähr zwölf Jahre war, brachte mein Onkel Tony mir bei, auf seinem Klavier »Everybody Hurts« zu spielen. Ich konnte es ziemlich gut, ohne dabei die tiefere Bedeutung des Textes zu verstehen. Das hielt meine Mutter aber nicht davon ab, mich jedes Mal aufzufordern, es vorzutragen, wenn wir zu Onkel Tony und Tante Janet fuhren. Immer wenn ich den Refrain spielte, traten ihr Tränen in die Augen.

»Das stimmt wirklich«, sagte Tante Janet dann. »Jeder tut dem anderen mal weh.« Mum nickte, weinte und lachte gleichzeitig, und dann kam sie zu mir und schaute mich voller Bewunderung an, von meinem glänzend blonden Zopf bis zu meinen hübschen Fingernägeln. Sie streichelte mir mit den Fingerspitzen übers Gesicht und schüttelte traurig den Kopf. Ich weiß nicht, warum sie traurig war; ihr war nie etwas Schlimmes passiert. Mir genauso wenig.

Im Moment wollen mir die Melodie und der Text einfach nicht aus dem Kopf. Ich höre das Lied beim Einschlafen und auf dem Weg zur Arbeit. Wenn ich Reisen verkaufe, vergesse ich es ein paar Stunden lang, und wenn ich nach Hause fahre und Radio höre, denke ich an einen anderen Song – etwas Fröhliches, Aufbauendes, zu dem man so richtig abtanzen kann, vielleicht »Bat Out of Hell« oder etwas von The Killers. Dann komme ich nach Hause, sehe Sarahs Gesicht, und die alte Melodie von »Everybody Hurts« ist wieder da und übertönt alles andere.

Als ich heute Morgen aus der Dusche stieg, summte ich das

Lied, mit dem Hector und ich vor ein paar Monaten in seinem Wagen so viel Spaß gehabt hatten: »*I get knocked down, but I get up again, you ain't ever gonna keep me down.*« Singend lief ich durch den Flur, bewegte den Kopf im Rhythmus, tanzte ein wenig im Takt, freute mich über die gute Laune. Ich kam um die Ecke in die Küche, und da saß Sarah trübselig über einer Schüssel Porridge. Sofort brach die Musik in meinem Kopf ab, es gab eine kurze Pause, und dann setzten – na, klar – die düsteren, immer gleichen Noten von »Everybody Hurts« ein. Sie vertrieben jeden anderen Gedanken aus meinem Kopf. Ich habe sogar völlig vergessen, Hector anzurufen. Unglaublich, oder?

Ich quäle mich mit Schuldgefühlen, nichts gemerkt zu haben. Unablässig denke ich an all die Hinweise – meine Beobachtung auf dem Parkplatz, Chrissies Verhalten, ihr völlig neuer Look –, wie konnte ich das alles übersehen? Ich versuche, nicht allzu hart mit mir zu sein. Nicht jeder sieht sofort die Vergehen anderer Menschen. Außerdem bin ich schwanger.

»Was soll ich bloß machen?«, fragt Sarah unablässig und birgt den Kopf in den Händen.

»Durchhalten«, sage ich klug. »Reiß dich zusammen. Lass dich von deinen Freundinnen trösten.«

Chrissie ist seitdem nicht mehr auf die Arbeit gekommen. Anscheinend hat ihr Arzt sie wegen Stress krankgeschrieben. Hoffentlich kommt sie nie wieder zurück.

Dass Sarah und Jake bei mir wohnen, wird ein bisschen schwierig. Sie sind jetzt seit neun Tagen da, das heißt, ich habe neun üble Nächte auf dem Sofa hinter mir. Wie meine Wohnung aussieht! Kaum zu glauben, dass das alles von nur drei Personen kommt!

Nun, eigentlich nur von zwei. Mein Kram ist im Großen und Ganzen da, wo er immer ist.

Sarah hat nicht besonders viel mitgebracht, aber was sie dabeihatte, ist jetzt auf dem Boden verteilt. Morgens ist nie eine saubere Müslischüssel da, weil sie nicht hinter sich abwäscht, und uns geht ständig die Milch aus, weil Jake einen großen Becher vorm Zubettgehen bekommt, von dem der Großteil am nächsten Morgen weggegossen wird. Von mir.

Pfläumchen reagiert auf die neuerdings beengten nächtlichen Verhältnisse mit einer Umstellung seiner inneren Uhr. Jetzt ist es nachts meistens wach und übt Taekwondo, dafür schläft es tagsüber. Ich finde es herrlich, die Bewegungen des Babys in mir zu spüren, wenn es gegen die dehnbaren Wände seiner Behausung drückt, aber ich brauche dringend etwas Schlaf. Sieht man das? Ich bekomme schon dunkle Ringe unter den Augen!

Aber es macht mir nichts aus. Es macht mir nichts aus. Es macht mir nichts aus. Das ist so was wie mein Mantra geworden. Wenn ich es oft genug sage, glaube ich es irgendwann sogar. Nicht so einfach, wenn man morgens um drei von der Couch fällt oder barfuß auf einen Power Ranger tritt.

Jeden Abend eile ich nach der Arbeit nach Hause, aber ehrlich gesagt, meine Wohnung ist momentan nicht der beste Aufenthaltsort. Sarah ist so fertig, sie kämpft ständig mit den Tränen, und Jake lässt sie nicht aus den Augen. Rührend versucht er, sich um sie zu kümmern. Wenn die beiden nicht weinen, kuscheln sie miteinander. Jake fragt nicht mehr nach Glenn oder wann sie nach Hause zurückkehren. Ich glaube, er geht davon aus, dass meine Wohnung ihr neues Heim ist und dass er seinen Vater nie wiedersehen wird. Sarah hat sich wohl nicht getraut, ihm zu sagen, was los ist.

Als ich meine Konsole ausgeschaltet habe, müde zu meinem Mantel greife und schon an den selbstmordgefährdeten Abend denke, der vor mir liegt, fragt Val: »Kommst du mit?«

»Wohin?«

»Runter in die Kantine! Es ist doch Mitarbeiterbesprechung, hast du das vergessen?«

»Was, heute? Ich dachte, die wäre erst Ende des Monats.«

»Ja, und zwar heute, Rachel. Los, komm.« Eine Galgenfrist vor dem schwarzen Elend, das mich zu Hause erwartet! Sofort greife ich zu. Mit leicht beschwingtem Schritt begleite ich Val nach unten. Sie sieht gut aus in ihrem Wildlederrock und den kniehohen Stiefeln, und als wir den Aufzug erreichen, gesellt sich Keith vom Marketing zu uns. Keine Ahnung, warum er das macht – er ist nicht mein Typ, wird es auch nie sein. Aber dann merke ich, dass er Val nicht aus den Augen lässt, dass er neben ihr geht, sich ihr beim Gehen zuwendet, sodass sich ihre Schultern berühren. Vals Wangen sind leicht gerötet, ihre Augen funkeln. Sie sieht glücklich aus. Manchmal bin ich einfach zu dämlich.

Wenn Chrissie bloß hier wäre! Dann könnte ich sie einfach stehen lassen. Am liebsten würde ich ihr jetzt von Keith und Val erzählen; das würde sie bestimmt gerne erfahren. Eigentlich möchte ich nur, dass alles wieder so ist wie früher. Dann wären wir immer noch alle befreundet. Wieder wünsche ich mir eine Zeitmaschine.

In der Kantine wurden fünf Esstische der Länge nach nebeneinander an die hintere Wand gestellt, darauf stehen Schalen und Platten voller Essen. Auf den anderen Tischen liegen weiße Papierdecken, wahrscheinlich damit wir uns geehrt fühlen. Es gehen sogar Kellner in weißen Hemden mit Sektgläsern herum. Oder ist das trübe Zitronenlimo? Sieht aus, als hätte Rupert de Witter sich das Ganze etwas kosten lassen. Langsam frage ich mich, ob wir tatsächlich schlechte Nachrichten bekommen.

Ich habe neben Val und Keith Platz genommen, aber man betrachte uns genau: Wir sitzen da nicht zu dritt, sondern zu zweit und allein. Ich bin die, die allein ist. Val sitzt links neben mir, aber sie hat sich leicht Keith zugewandt, weg von mir. Zu meiner Rechten sind leere Stühle. Da sitze ich nun, ganz allein. Du meine Güte – ich bin unbeliebt!

Schauen wir uns einmal im Raum um: Ist da jemand, der neben mir sitzen möchte? Schnell, bevor jemand merkt, dass ich allein bin. Also, da sind Paris und Nick, die gerade ihre geöffneten Lippen aufeinandergepresst haben, sodass man gelegentlich ihre Zungen sieht, wie aus Eiern schlüpfende Schlangen. Jean ist nicht in Sicht – mit Sicherheit raucht sie draußen drei, vier Zigaretten auf einmal. Craig aus der Datenverarbeitung ist da. Er steuert auf mich zu, schaut nachdrücklich auf die leeren Stühle. Oh, da kommen Marion und Penny. Ich winke ihnen zu, und die beiden setzen sich zu mir.

Es geht los. Am anderen Ende des Raumes ist ein Mikrophon aufgestellt, und jetzt tritt eine Frau mit einem bangen Gesichtsausdruck darauf zu: Jenny Wright, Rupert de Witters persönliche Assistentin. Sie streckt die Arme in die Luft und lacht nervös, damit alle zu ihr hinübersehen und aufhören zu reden. Niemand hält sich daran, aber sie fängt trotzdem an zu sprechen. Neben ihr steht ein Hundert-Watt-Verstärker.

»Also gut, einen schönen guten Abend! Ich wollte mich nur kurz dafür bedanken, dass alle gekommen sind ...«

»Als ob wir eine Wahl gehabt hätten«, sagt Marion leise.

»... und ich hoffe, das Buffet da hinten entschädigt Sie in gewisser Weise für die Überstunden heute.«

»Nicht wirklich«, bemerkt Penny.

»Das Geld könnte man besser sparen, echt«, fügt Marion hinzu. Die beiden kichern.

»Bitte sorgen Sie dafür, dass jeder ein Glas Wein bekommt. Mr. de Witter wollte Sie alle hier versammelt haben, da er etwas Wichtiges sagen möchte. Außerdem würde er am Schluss gerne mit Ihnen anstoßen. Er ist gerade auf dem Weg hierher von einer anderen Besprechung. Also noch ein wenig Geduld, wir fangen so schnell wie möglich an. Holen Sie sich doch bitte etwas zu essen, solange Sie warten. Vielen Dank.«

Alle folgen mir zum Buffet. Wir suchen uns das Beste heraus und kehren an unsere Plätze zurück.

»Ich bin gespannt, um was es heute geht«, sagt Penny.

»Wir werden alle auf die Straße gesetzt, wette ich«, wirft Marion ein und stopft sich ein Würstchen in den Mund.

»Wettest du? Na gut, muss ich nicht mehr kochen.«

»Habt ihr diese Pilze probiert?«, frage ich. »Da ist irgendwas mit Knoblauch …«

»So was solltest du nicht essen, Rach«, rät Marion mir.

»Guten Abend!«, dröhnt es plötzlich aus den Lautsprechern. Wir schauen alle auf und sehen, dass Mr. de Witter eingetroffen ist, begleitet von einem großen, dunkelhaarigen Mann in einem Anzug. Bloß hat er das Jackett ausgezogen und die Hemdsärmel hochgerollt. Er trägt nicht einmal eine Krawatte, und eine Seite seines Hemds ist aus der Hose gekrochen.

»Wer ist das denn, hm?«, fragt Marion.

»Oje«, sagt Penny. »Hier sind Krabben drin.«

»Es tut mir leid, dass Sie warten mussten, wir werden das hier so schnell wie möglich über die Bühne bringen. Ich hoffe, das Buffet schmeckt Ihnen.«

»Ich reagiere allergisch auf Krabben.«

»Einige von Ihnen, vielleicht sogar alle, werden gemerkt haben, dass wir in den letzten sechs Monaten mit Statistiken und Fragebögen bei Mitarbeitern und Kunden Umfragen durchgeführt haben.«

»Wenn ich jetzt anschwelle wie ein Ballon, gibt mir dann einer von euch eine Adrenalinspritze?«

»Die Ergebnisse dieser Umfragen haben mir nahegelegt, dass unser Computersystem nicht so ist, wie es im 21. Jahrhundert sein sollte.«

»Hat noch jemand dieses schwarze Zeug hier genommen?«, fragt Marion.

»Wir holten uns Angebote von den besten Firmen ein, um diese Situation zu verbessern…«

»Iih, nee, das sieht aus wie kleine Augen.«

»Und die Firma, die uns das beste Angebot machte …«

Ich habe keinen Bissen gegessen. Meine Gabel schwebt in der Luft direkt über der Quiche auf meinem Teller. Meine Augen fixieren den großen Mann hinter Rupert de Witter. Mein Gesicht wird immer roter.

»Dieser Wein ist widerlich«, sagt Penny.

»Ich finde, er schmeckt ganz in Ordnung.«

»Machst du Witze?«

»Nein, mir schmeckt er.«

»Oh, Mann, du hast wirklich keine Ahnung von Wein.«

»… möchte ich Ihnen gerne den Vorsitzenden von McCarthy Systems vorstellen: Hector McCarthy!«

Rupert de Witter klatscht begeistert, und nacheinander fallen die Mitarbeiter im Raum ein. Ich habe noch immer die schwebende Gabel in der Hand. Der große Mann tritt vor, und jetzt kann ich deutlich erkennen, was ich vorher nur geahnt habe: Es ist tatsächlich Hector. Er lächelt in den Raum und nickt, wirkt aber ein wenig gehemmt und fährt sich immer wieder mit der Hand durch das Haar. Er hat mich noch nicht entdeckt.

Wieder spricht Rupert de Witter. Er bittet alle, mit ihm anzustoßen. Wie stehen auf und erheben die Gläser. Ich habe keins, deshalb stehe ich nur so auf. Das Bild einer älteren Tante in einem gemieteten Büro, die am Telefon aushilft und über die Trennwand lugt, um zu sehen, ob Hector da ist, kommt mir in den Sinn, doch ein anderes schiebt sich davor: Marmorsäulen und ein dicker Teppich, in dem man Fußabdrücke hinterlässt.

Auf einmal fällt mir auf, dass sich alle wieder gesetzt haben. Schnell setze ich mich ebenfalls hin.

»Vielen Dank, Rupert, und vielen Dank an Horizon Holidays«, sagt Hector. »Ich habe mich hier sehr gut aufgenommen gefühlt und freue mich auf die zukünftige Zusammenarbeit.« Er klopft seine Brust ab. »Irgendwo hatte ich mir doch etwas aufgeschrieben«, sagt er grinsend. Er wühlt in seiner Hosentasche und findet einen Zettel, den er erleichtert auseinanderfaltet. Er ist sehr klein und sieht aus, als sei er irgendwo herausgerissen worden. Es scheint mir, als wäre er auf einer Seite violett, demnach könnte er von einem ... ja, einem Schokoriegel stammen?

»Da ist er ja. Also, Rupert hat mich gebeten, Ihnen ein paar Worte zu dem neuen System zu sagen, das wir bei Ihnen installieren. Leider reichen ein paar Worte nicht annähernd aus. Das von mir entworfene System ist unglaublich leistungsstark und dennoch enorm einfach zu benutzen, sodass niemand von Ihnen Probleme damit haben wird. Mir sind die unterschiedlichen Bedürfnisse der Mitarbeiter bekannt, vom Telefonverkauf bis zum Produktdesign, und ich weiß, dass die Mitarbeiter häufig zwischen den Abteilungen wechseln. Deshalb habe ich versucht, alles in einem Paket unterzubringen, damit Sie, wenn Sie Ihre Einweisung erhalten haben, von einer Abteilung zur anderen ...« Er verliert den Faden. »Ähm ... zur anderen ...«

Er hängt. Ich schaue hoch und stelle fest, dass seine braunen Augen direkt auf mich geheftet sind.

»Ähm ... zur anderen wechseln ... ähm, wechseln können, von einer Abteilung zur anderen, ohne immer erneut eingewiesen werden zu müssen. Mein System deckt alle Anwendungen ab, darunter Buchungen und Reservierungen, Personalakten, Zahlungsmodalitäten und alles andere, was Sie hier machen.« Hector unterbricht sich und faltet seinen Zettel wieder zusammen. Rupert schaut ihn fragend an. »Danke.« Hector tritt vom Mikrophon zurück und geht nach hinten. Ich verliere ihn aus den Augen.

»Ah. Gut, vielen Dank, Hector. Wir sind dir wirklich dankbar, dass du das so kurz gehalten hast. Bestimmt werden alle in den nächsten Monaten viel über das neue System und seine Möglichkeiten erfahren.«

»Na, dann sollte es ja ein bisschen einfacher werden, was?«, sagt Penny und beißt in ihre Pizza.

»Ernsthaft? Ich glaube, man braucht bei so vielen Computern schlichtweg weniger Leute.«

»Ach, Marion, sei still!«

»Hallo, Rachel!«

Mein Kopf schnellt hoch. Er steht direkt vor mir, Hände in den Taschen, ein breites Grinsen im Gesicht.

»Hallo, Hector.« Kann man meinen Gesichtsausdruck sehen? Ich fühle mich wie Eisenspäne neben einem riesigen Magneten.

»Wie geht es dir?«

Ich muss den Kopf in den Nacken legen, um zu ihm aufschauen zu können. Aber ich werde nicht aufstehen. Nicht solange ich aussehe wie St. Paul's Cathedral.

Hector schaut sich um und zieht einen Stuhl vom Nebentisch heran. Ich merke, dass die Kollegen zuerst ihn und dann mich ansehen und nicken. Glauben sie, er wäre der Vater des Babys? Kurz frage ich mich, was er davon halten würde.

Hinter mir gibt es mindestens zwei schockierte Gesichter, aber ich drehe mich nicht zu ihnen um. Ich schaue Hector in seinen Hemdsärmeln an. Er hockt auf der Stuhlkante und beugt sich vor. Dann lehnt er sich plötzlich zurück, stopft das Hemd in die Hose und beugt sich wieder zu mir vor, die Hände ineinandergelegt, die Ellenbogen auf die Oberschenkel gestützt.

»Schön, dich zu sehen«, sagt er leise. Sein Blick wandert über mein Gesicht und meine Haare, nimmt alles in sich auf. »Wie geht's dir so?«

»Ging mir schon besser«, erwidere ich.

»Ja?« Er runzelt die Stirn.

»Ja. Als ich mal Ferien in Spanien gemacht habe, im Casino sehr viel Geld gewonnen und hinterher George Clooney am Strand getroffen habe.«

Hector grinst. »Dann war es ein guter Tag.«

»Der beste.«

»Du siehst gut aus. Hast du eine neue Frisur?«

Befangen betaste ich meine Haare. »Nein, habe bloß eine Zeit lang nichts gemacht. Ist eine Katastrophe.«

»Nein, nein, das sieht echt gut aus. Steht dir wirklich.«

»Danke.«

Er schaut sich nach Rupert um, sieht mich wieder an. »Wie geht's Pfläumchen?«

Ich grinse und tätschele liebevoll meinen Bauch. »Nicht schlecht, glaube ich. Hat mit Kampfsport angefangen.«

»Ja?«

»Und wie! Na ja, die Welt ist hart, nicht? Ein Baby muss sich verteidigen können.«

»Na, klar! Wie ist denn der Trainer?«

»Ach, sei nicht albern, Hector! Pfläumchen ist doch noch im Bauch, es hat keinen Trainer. Es lernt aus dem Buch.«

Hector lacht laut, und alle sehen sich neugierig nach ihm um. Ich habe das Gefühl, als sei ich beim Essen mit einem Prominenten entdeckt worden.

»Immer noch die alte Rachel. Heiterst mich auf, wenn es mir schlecht geht.«

Ich runzele die Stirn. »Das heißt, es geht dir schlecht?«

»Eigentlich immer. Außer wenn …« Er räuspert sich. »Egal, jetzt sind es nur noch drei Monate, nicht? Schon einen Namen überlegt?«

Natürlich habe ich das. Wenn es ein Junge wird, soll er Hector heißen. Ein Mädchen ebenfalls. »Nicht so richtig. Erst mal abwarten, wie es aussieht, finde ich. Vielleicht wird es ein Eric oder ein Toby.«

»Oder ein Cuthbert.«

»Nein, kein Cuthbert.«

»Wallace?«

»Nee.«

»Crispin?«

»Niemals.«

»Wie wär's mit Virgil?«

»Lieber sterbe ich.«

Wieder schmunzelt Hector. »Klar.« Er schaut zu Rupert hoch, der ihm Zeichen macht. »Hör mal, Rachel, ich muss los. Habe mich so gefreut, dich zu sehen.« Er nimmt meine Hand, hält sie zärtlich zwischen den Fingern und betrachtet sie eine Weile. Dann hebt er sie ein wenig an, so als wolle er sie an die Lippen führen, aber macht es nicht – natürlich tut er das nicht! »Pass auf dich auf, Rachel. Tschüss!« Er lässt meine Hand sinken, steht auf und geht.

Noch bevor er zurück bei Rupert ist, erhebe ich mich und verlasse den Raum wie ein Flusspferd auf Rollschuhen. Ich höre Penny und Marion hinter mir herrufen, aber ich will mich jetzt wirklich nicht ihren Fragen über ihn stellen. Wenn überhaupt jemals. Ich kann es nicht ertragen, Hector anzusehen und im selben Raum zu sein wie er, ohne bei ihm zu sein. Das bereitet mir fast körperliche Schmerzen und behindert meine Atmung. Ich muss hier raus, nach draußen, zu meinem Wagen.

Ich sitze im Auto, den Kopf auf dem Lenkrad, und weine. Jemanden zu lieben, der nicht dasselbe empfindet, ist einfach schrecklich. Ich lasse mir alles, was er gerade gesagt und getan hat, in Zeitlupe durch den Kopf gehen, immer wieder von vorne. Regelmäßig halte ich das Band an, damit mir kein Detail entgeht: eine Nahaufnahme seines Gesichts mit den Lachfältchen um die Augen, als er mich angrinst, sein Blick auf meine Hand in seiner, sein Gesicht, als er mich entdeckt und den Faden verliert. Ich habe doch am Anfang erklärt, wie gut ich darin bin – gut, dann eben *war* –, sexy und verführerisch zu sein und jeden Typen zu bekommen, den ich haben will, oder? Es versteht sich von selbst, dass ich deshalb auch ziemlich gut die Signale erkenne, wenn ein Typ an mir interessiert ist, obwohl ich, wie gesagt, generell davon ausging, dass jeder was von mir wollte. Und in meinen Augen sendet Hector deutliche Signale in meine Richtung. Also missverstehe ich entweder diese Signale, was möglich ist, weil es genauso gut das übliche Verhalten von »nur guten Freunden« sein könnte, oder er hat wirklich Interesse an mir.

Ich bin nicht oft ratlos, aber jetzt schon, als ich dort in meinem Auto sitze. Ich habe die Augenbrauen zusammengezogen, die Finger auf dem Lenkrad ausgestreckt. Und immer noch rinnen mir Tränen über die Wangen.

Nein, Moment mal! Es gibt noch eine dritte Möglichkeit. Er ist an mir interessiert, aber nicht an Pfläumchen. Na, klar! Als er mich damals im Sommer kennenlernte, da war ich dünn und verführerisch, da wollte er etwas von mir, aber jetzt, wo ich aussehe wie die große Schwester eines Blauwals, will er nichts mehr von mir wissen. Dass ich das Kind eines anderen in mir trage, stößt ihn ab. Das muss es sein.

Ich streichele über meinen Bauch, spüre die straff gespannte Haut. »Keine Angst, Pfläumchen, du bist jetzt das Wichtigste für mich.«

Wenn man fünf Minuten vorspringt, ist mein Auto nicht mehr auf dem Parkplatz von Horizon. Ich bin im Gewerbegebiet Ashton, sitze vornübergebeugt auf dem Fahrersitz, spähe schniefend durch die Windschutzscheibe in die Dunkelheit, um zu sehen, ob ich irgendwas finden kann, das nach McCarthy Systems aussieht. Wenn ich bisher hier war, bin ich immer nur zu meinem Arzt gegangen, und einmal war ich im Cream Tease, deshalb weiß ich nicht, was hier sonst noch so ist. Hector hat seine Büroräume bestimmt gemietet, bloß in größerem Umfang, als ich dachte. Ich will alle Schilder überfliegen, um zu sehen, welche Firma in welchem Gebäude sitzt.

Warum mache ich das überhaupt? Das ist reine Selbstquälerei. Aber ich möchte gerne alles über ihn wissen, so viel ich herausfinden kann, jede Kleinigkeit – wo er arbeitet, wo er wohnt, was er für Hobbys und Freunde hat –, ohne Verdacht zu erregen oder wegen Spionage verhaftet zu werden.

»Das Gemetzel« liegt reglos und still. Dort haben Hector und ich uns zum ersten Mal getroffen. Im Dunkeln sehen die Hunde aus, als seien sie gerade dem Höllenschlund entsprungen, aber da das Wasser abgestellt ist, sabbern sie wenigstens nicht mehr.

Ich bin bereits an jedem Gebäude vorbeigefahren und mache kehrt, um noch einmal von vorne anzufangen. Sarah und Jake brauchen mich zu Hause eh nicht; denen geht's schlecht, ob ich da bin oder nicht. Okay: Hier ist das Möbelhaus, der Handyladen, das Elektrofachgeschäft, und hier fangen die Büros an. Ich habe alle Schilder an allen Gebäuden nach dem Namen McCarthy abgesucht, aber nichts gefunden. Doch als ich zum dritten Mal wende und um die Ecke biege, sehe ich es.

McCarthy Systems hat kein kleines Schildchen. Deshalb habe ich es übersehen. »McCarthy Systems« steht in großen leuchtenden Buchstaben oben auf dem Gebäude selbst. Weil McCarthy Systems keine Büroräume in einem Bürogebäude gemietet hat, sondern das gesamte Haus einnimmt.

Ich halte am Straßenrand und steige aus dem Wagen. Wie groß dieser Laden ist! Ein vierstöckiges Haus mit verglaster Front und Mitarbeiterparkplatz. Wahrscheinlich gibt's da auch eine Kantine und Pausenräume mit Getränkeapparat und Wasserspender. Vielleicht auch eine Weihnachtsfeier und Mitarbeiter, die zu Hause mit McCarthy-Stiften an McCarthy-Schreibtischen sitzen und auf McCarthy-Papier schreiben. Und Hector – mein Hector – ist ihr Chef. Er ist der Ober-Ober-Ober-Chef aller Chefs. Mir bleibt die Spucke weg.

An einem anderen Ort, einem Ort, den man fühlen, aber nicht sehen kann, flattern zum ersten Mal die Lider über zwei schwarzen Augen und öffnen sich. Blind starren sie in die undurchdringliche Finsternis, warten auf den Augenblick, da das Licht auf sie trifft und sie mit Bildern erfüllt.

Ich trotte zu meinem Auto zurück und fahre nach Hause. Wieder laufen mir Tränen über die Wangen. Lassen wir mich eine Weile allein in meinem Auto heulen – muss man sich nicht ansehen – und kehren zurück zu Horizon Holidays. Vorne im Raum steht ein unruhiger Hector. Er hat einen Abteilungsleiter nach dem anderen lächelnd mit Handschlag begrüßt und jedem ein leichteres und besser organisiertes Arbeiten in einem quasi papierfreien Büro versprochen, sodass ihm jetzt die Gesichtsmuskeln schmerzen.

Er hatte gewusst, dass ich irgendwo sitzen würde, aber versucht, nicht nach mir Ausschau zu halten, sich auf seinen Auftritt zu konzentrieren. Kaum aber hatte er mich erblickt, die ich da so klein und niedlich (*klein?* wohl eher kugelrund) saß und mich mit Mühe vorbeugte, um an den Teller zu gelangen, wollte er nur noch mit mir sprechen, mich berühren, mein Haar riechen … Nein, das hätte er eh nicht tun können, nicht unter diesen Umständen. Man kann nicht öffentlich an anderer Leute Haar herumschnuppern. Er hatte versucht, mich zu ignorieren und seine kleine Rede fortzuführen, aber das war unmöglich gewesen. Er kam sich vor wie ein Alkoholiker oder ein Drogenabhängiger, der ohne seine tägliche Dosis nicht funktionierte.

Jetzt steht er verdeckt in der Ecke und beobachtet, wie die Mitarbeiter von Horizon sich an Essen und Wein gütlich tun – gestiftet nicht von Rupert de Witter, wie alle glauben, sondern von McCarthy Systems –, und versucht, die Gesichtsmuskeln zu entspannen. Aber er ist viel zu angespannt, am ganzen Körper. Unruhig tritt er von einem Bein aufs andere.

»Trink doch was, Junge!«, sagt Rupert und stößt ihn von hinten an. »Ist doch umsonst!«

Hector grinst. »Nein, danke, Rupe.«

»Was ist los?«

»Nichts. Muss bloß noch fahren, mehr nicht.«

»Ah.«

»Ehrlich gesagt, Rupe, habe ich leichte Kopfschmerzen. Wenn es dich nicht stört, würde ich gerne …« Er weist mit dem Kinn in Richtung Tür.

»Klar, Junge, sicher. Fahr ruhig! Wir sehen uns Montagmorgen!«

»Ja, bis dann. Tschüss!«

Dankbar klopft er Rupert auf den Rücken und macht sich dann auf den Weg durch die Menge zum Ausgang. Er sieht nach rechts und links, sucht verzweifelt die Gesichter ab. Nach wem er wohl Ausschau hält? Nach Ruperts Assistentin? Dem Leiter der Datenverarbeitung? Nach den Toiletten?

Nein, er sucht mich, nicht wahr?

Aber ich bin ja nicht da, sondern sitze im Auto und fahre mit roten, geschwollenen Augen und triefender Nase langsam vom Gewerbegebiet nach Hause. Zum Glück kann Hector mich nicht sehen. Plötzlich entdeckt er jemanden, den er kennt. Mit zusammengekniffenen Augen versucht er sich zu erinnern, woher er diesen Mann kennt. Es ist nicht lange her, da ist er sich ziemlich sicher. Und es muss bei Horizon gewesen sein. Aber wo? In einem Flur, in einem dunklen Flur während der Weihnachtsfeier. Als Hector beobachtet, wie dieser junge Mann das Mädchen neben sich küsst und streichelt, da verzieht er angeekelt das Gesicht. Schließlich wird ihm klar, wen er vor sich hat.

Es ist der Vater von Rachels Kind, das weiß er jetzt genau, und da hockt dieser Kerl und küsst ein anderes Mädchen. Hector wird erfüllt von rotglühendem Zorn. Mit geballten Fäusten und wildem Blick nähert er sich.

»Aufstehen!«, fordert er mit tiefer Stimme. Nick und die Frau drehen sich zu ihm um.

»Mr. McCartney – ähm – Sir. W—was …?«

»Stehen Sie bitte auf.« Fast knurrend stößt Hector es hervor. Die beiden erheben sich. Hector wendet sich an die junge Frau: »Sie nicht. Sie gehen besser nach Hause.«

Paris schaut Nick an, der sie mit einem Nicken entlässt. Dann blickt sie zu Hector auf, nimmt ihre Tasche und ihre Jacke und eilt zur Tür. Mehrmals sieht sie sich über die Schulter um.

Oh, Mann, ist das verführerisch, wenn Menschen einfach so gehorchen! Es ist gut, dass ich immer noch verheult im Auto sitze und Trübsal blase und nicht sehen kann, wie Hector den Raum beherrscht. Wahrscheinlich würde ich vor seinen Augen in Ohnmacht fallen.

Hector beugt sich vor und schiebt das Gesicht ganz nah an den jungen Mann heran. »Kommen Sie mit nach draußen, ja? Nur ganz kurz!«

Der junge Mann nickt und folgt Hector durch die Doppeltür in den leeren Eingangsbereich.

Hector dreht sich zu ihm um. »Sie sollten sich was schämen, verdammt nochmal!«

»W-w …?«

»Sie tragen Verantwortung, Sie mieses kleines Schwein! Was glauben Sie eigentlich, was Sie da tun?«

»Ich . . ich …«

»Hören Sie auf! Kann ja jeder sehen, was Sie da tun! Mit dem Mädchen rumzumachen, obwohl Sie wissen, dass Sie ganz woanders sein sollten.«

Nick hat einen klaren Moment und begreift, was los ist. Ein schwaches Lächeln erscheint in seinen Mundwinkeln. »Geht es darum, dass ich verheiratet bin? Weil das nämlich nicht …«

»Verheiratet!« Hector schlägt die Hände über dem Kopf zusammen. »Das wird ja immer besser!«

Beschwichtigend streckt Nick die Hand aus. »Nein, nein, so ist das nicht …«

»Ah, seien Sie still! Sie sind jämmerlich und ekelhaft. Warum sie bloß so einen Typen wie Sie will …« Er schüttelt den Kopf.

Nick schaut zur Tür hinüber, zu Paris. »Warum nicht? Und was haben Sie überhaupt damit zu tun?«

»Sie haben gar keine Ahnung von Ihrem Glück, Sie kleiner Mistkerl. Sie haben es nicht im Geringsten verdient.«

»Nicht?«

»Nein.« Hector senkt den Kopf und kommt ganz nah an Nick heran. Er ist mindestens zehn Zentimeter größer. »Jetzt hören Sie mir mal gut zu! Sie werden diese Beziehung sofort beenden, haben Sie das verstanden?«

»Sonst?«

»Muss ich das aussprechen? Ihnen ist doch wohl klar, wie viel Einfluss ich auf Rupert de Witter habe. Den Rest überlasse ich Ihrer Phantasie.«

»Wollen Sie mir drohen?«

»Ja.«

»Aber das können Sie nicht! Ich habe einen Vertrag …«

»Wollen Sie mich herausfordern?«

Nick zögert. »Nein.«

»Gut.« Böse starrt Hector ihn eine Weile an. Schließlich schreitet er davon, durch die Eingangstür auf den Parkplatz.

Nick schaut ihm nach, dann geht er durch die Doppeltür zurück in die Kantine, wo Paris auf ihn wartet.

»Du meine Güte, Nick, um was ging das gerade?«

Nick schüttelt den Kopf. »Echt keine Ahnung. Vielleicht hat er dieses Gerücht gehört, dass ich verheiratet sein soll oder so.«

»Aber was geht ihn das an?«

»Vielleicht hat er sehr hohe Moralvorstellungen und verurteilt jede Art von Ehebruch. Ich weiß es nicht, Süße. Ich weiß nur, dass er mir mit Kündigung gedroht hat.«

»Was?! Der ist doch verrückt!«

»Ja, ich weiß.« Nick legt den Arm um Paris' Schultern und spielt mit ihrem Haar. »Da bleibt mir nur noch eines übrig.«

Hier sehen wir Hector, der Horizon Holidays stinkwütend verlässt. Sein Gesicht ist verzerrt, immer wieder ballt er die Fäuste. Er denkt an den kleinen Mistkerl, der es scheinbar in Ordnung findet, eine Frau zu schwängern, und dann vor aller Augen mit einer anderen rumzumachen. Gütiger Gott, hätte Rachel die beiden sehen können! Ist sie vielleicht deswegen so schnell verschwunden?

Hector hält inne. Vielleicht ist sie ja gar nicht gegangen! Vielleicht ist sie nur zur Damentoilette gelaufen, um dort zu weinen. Er dreht sich wieder zum Bürogebäude um. Macht einen Schritt. Dann wendet er sich ab und geht über den Parkplatz zu seinem Wagen. Wenn sie auf der Damentoilette ist, dann ist sie bestimmt umringt von Freundinnen, die »Ach, du Arme« und »Wie schrecklich« sagen und verstohlen ihre Frisur im Spiegel prüfen. Da würde ihn Rachel weder wollen noch brauchen.

Aber was ist, wenn sie das mit Nick überhaupt nicht weiß? Eine Weile sitzt Hector im Auto mit dem Telefon in der Hand und starrt es an. Soll er es ihr sagen? Was geht ihn das überhaupt an? Nun ja, sie ist seine Freundin. Eine gute Freundin. Er ist ihr Freund. Das ist alles. Aber ist das wirklich alles? Gibt es noch einen anderen Grund? Nein, natürlich nicht. Dass Nick verheiratet ist – und Rachel daher nicht heiraten kann –, steht jetzt im Raum, aber Hector will einfach nur das Richtige tun. Er möchte nicht, dass Rachel verletzt wird. Na gut, gesteht er sich ein, er würde sich freuen, wenn dieser Nick aus dem Bild wäre, aber nicht um den Preis, Rachel zu verletzen. Also sagt er ihr besser nichts. Aber sie muss es erfahren. Was ist, wenn er an ihrer Stelle wäre? Würde er Bescheid wissen wollen? Aber ganz bestimmt! Und er wäre stinksauer, wenn jemand, den er für einen guten Freund hält, es wüsste und ihm nicht erzählen würde. Also gut. Er wird sie anrufen. In Ordnung.

Er wählt ihre Nummer zu Hause, die er sich nach ihrem Unfall notiert hat, und ist verblüfft, als nicht Rachel sich dort meldet.

»Oh, hallo. Spreche ich nicht mit Rachel Covington?«

»Einen Moment, ich hole sie.«

Er hört unterdrückte Geräusche, und dann wird ihm klar, dass er die Stimme kennt.

Sarah ruft mich ans Telefon, als ich die Arme bis zu den Ellenbogen in heißem Spülwasser habe. Ich ziehe die Gummihandschuhe aus und lege sie als dezente Aufforderung vor sie auf den Couchtisch. Dann greife ich zum Hörer.

»Ja?«

»Hallo, Rachel, hier ist Hector.«

»Hallo!«

Sarah setzt sich wieder aufs Sofa, die Gummihandschuhe tropfen auf den Teppich. Ich klemme mir den Hörer ans Ohr und gehe nach draußen auf den Flur.

»Hör mal, war das gerade Sarah am Telefon?«

Ach, du liebe Güte! Plötzlich fällt mir ein, dass ich in den neun Tagen, die Sarah bei mir wohnt, total vergessen habe, Hector Bescheid zu sagen. Nicht mal heute auf der Arbeit habe ich daran gedacht.

»Oh, Hector, das tut mir so leid, ich habe völlig vergessen, es dir zu sagen: Sarah hat Glenn verlassen.«

Mit quietschenden Reifen verlässt Hector den Parkplatz von Horizon und rast quer durch die Stadt. Zehn Minuten später ist er am Ziel – normalerweise braucht man doppelt so lange für die Strecke. Aber er weiß, wie unbequem die Couch zum Schlafen ist, und was er gerade erfahren hat, macht ihn richtig wütend.

Ich stelle mir gerne vor, dass es das Bild von mir auf der Couch ist, das ihn den Fuß aufs Gaspedal drücken lässt.

Er hämmert gegen die Haustür, bis sie geöffnet wird, dann marschiert er schnurstracks ins Wohnzimmer.

»Oh, hallo, Hector!«

»Ich habe gehört, dass deine Frau und dein Kind dich verlassen haben?«

Glenn starrt vor sich hin. »Ja, letzte Woche. Warum?«

»Weißt du, wo sie sind?«

»Nein. Ich weiß nicht mal, wo ich suchen soll. Ich meine, Sarah hat Kreditkarten und so, sie könnte überall sein. Ich bin immer so müde, könnte die ganze Zeit nur schlafen. Ich bin nicht mehr zur Arbeit gegangen, kann nichts mehr essen. Sieh mich doch an!« Beide betrachten Glenns schmutzigen grauen Morgenmantel. »Ich bin im Eimer. Total am Ende. Ich kann einfach nicht mehr …« Tränen treten Glenn in die Augen. »Die beiden fehlen mir, Hec, sie fehlen mir so sehr. Bitte hilf mir, Bruder.«

Hector seufzt. Der Anblick seines kleinen Bruders in diesem Zustand hat seine Wut ein wenig gedämpft. Er hatte Glenn zusammenbrüllen wollen, dass er ein egoistisches Schwein sei, aber jetzt liegt auf der Hand, dass Glenn für seine Taten leidet und auf eine Standpauke seines Bruders verzichten kann.

»Sie sind bei einer Freundin von Sarah: Rachel Covington.«

Glenn nickt. »Na, klar! Warum bin ich nicht selbst darauf gekommen?«

»Das ist eine Zweizimmerwohnung, Glenn. Sarah und Jake teilen sich das Bett, und Rachel schläft auf dem Sofa. Sie ist im sechsten Monat schwanger.«

»Oh. Wie soll ich helfen? Brauchen sie ein neues Sofa oder so?«

»Nein, natürlich nicht, du Spinner! Du musst raus aus dem Haus, damit sie hier wieder einziehen können.«

Glenn nickt überzeugt. »Ja, klar, sicher. Mache ich. Alles. Aber glaubst du, dass Sarah nochmal …?«

»Das weiß ich nicht, Glenn. Du musst ihr einfach Zeit lassen. Sie ist sehr verletzt.«

»Ich weiß, ich weiß. Das war so dumm von mir! Ich wollte nicht, dass es so läuft, wirklich nicht.«

»Ach, sei still! Man hat nicht rein zufällig eine Affäre. Du wolltest bloß nicht, dass Sarah es herausfindet und dich verlässt.«

Glenn macht ein verletztes Gesicht, dann sieht er bemitleidenswert aus. Er nickt. »Du hast recht, Hec. Ich bin das letzte Schwein.«

Hector legt ihm die Hand auf den Arm und unterdrückt ein liebevolles Lächeln. Das hat eine erstaunliche Wirkung auf Glenn. Sein Gesicht erhellt sich, so als würde allein das Wissen um die Unterstützung seines Bruders ihm helfen.

»Glenn, du musst versuchen, das wieder hinzukriegen, hast du verstanden? Du musst das wiedergutmachen.«

Wieder nickt Glenn, jetzt langsamer. »Das mache ich. Ich werde alles tun, um sie zurückzubekommen. Meinst du, ich kann mit ihnen sprechen?«

»Irgendwann schon. Jetzt noch nicht. Ich glaube, es geht den beiden deutlich besser, wenn sie erst mal wieder zu Hause sind. Lass ihnen eine Woche oder so Zeit, dann versuchen wir mal, etwas in die Wege zu leiten.«

»Gut.« Lautlos rinnen Glenn die Tränen übers Gesicht. »Ich habe Schluss gemacht, Hec. Ich schwöre es dir. Genau an dem Tag, als Sarah auszog. Bevor sie auszog. Es ist vorbei. Was soll ich bloß tun?«

Hector legt den Arm um seinen Bruder. »Du wirst hier ordentlich sauber machen, dich selbst auf Vordermann bringen und die ganze Angelegenheit klären, in Ordnung?«

Glenn nickt. »In Ordnung. Kann ich bei dir wohnen?«

19

Glenn zieht also bei Hector ein, sodass Sarah und Jake nach Hause zurückkehren können. An dem Abend ist es zu spät, um noch irgendetwas zu unternehmen. Deshalb einige ich mich mit Sarah, dass sie am nächsten Morgen ihre Sachen zusammenpackt und mit Jake bei mir auszieht.

Ich zähle die Minuten. Ich habe sogar schon Pläne gemacht. Sobald die beiden fort sind, werde ich mich ins Bett legen und ein Nickerchen halten. Mitten am Tag. Ich male es mir regelrecht aus: das weiche Bett, die kühlen, sauberen Laken, die weiche Matratze. Stille und Einsamkeit. Und Schlaf.

Es ist sechs Uhr am Samstagmorgen, dem Tag nach der Mitarbeiterbesprechung. Um halb sechs bin ich wieder vom Sofa gefallen, wodurch Pfläumchen aufwachte, nachdem es gegen zwei Uhr endlich eingeschlafen war. Ich im Gegensatz dazu nicht. Meine Lider fühlen sich an, als seien sie aus Jute, sie kratzen bei jedem Blinzeln über meine Pupillen, aber das stört mich nicht. Noch heute werde ich träge und schwer in meinem eigenen großen Bett liegen.

Ich habe Toast gemacht und stehe in der warmen Küche, gähne und lecke mir Nuss-Nougat-Creme von den Fingern. Draußen ist noch alles dunkel und ruhig, nur ein oder zwei Vögel beginnen verschlafen zu zwitschern, dazu das Surren des Milchmanns in seinem Elektroauto. Außer mir und Pfläumchen schläft die ganze Welt. Schön, dass nur wir beide wach sind und diesen friedlichen Moment zusammen genießen können. Ich finde es herrlich, dass ich von nun an immer jemanden haben werde, mit dem ich schöne Augenblicke teilen kann, mit dem ich sprechen kann, den ich umarmen kann, der in der kühlen Dunkelheit eines frühen Morgens oder in der schweigenden Einsamkeit der Nacht bei mir ist.

»Mann, war das eine verfluchte Scheißnacht!«, verkündet Sarah lautstark. »Dieses Kind hat mich die halbe verfluchte Nacht lang wach gehalten.«

Ich zucke zusammen und drehe mich zu ihr um.

»Ja, ich weiß, was du ...«

»Er klebt so an mir, ich kann mich nicht mal fünf Zentimeter von ihm wegbewegen.« Sarah gähnt. »Gut, dass du schon wach bist. Gibt's vielleicht was zum Frühstück? Ich nehme das, was du hast.«

Ich mache noch ein paar Toasts, die Sarah verschlingt, während ich das Geschirr vom Vorabend abspüle.

»Na, wo wir beide jetzt wach sind, können wir auch mit dem Packen anfangen, oder? Dann könntest du spätestens um ...« Ich sehe auf die Uhr. Es ist kurz vor sieben. »... halb elf zu Hause sein, denke ich. Du kannst es bestimmt kaum erwarten, zurückzukehren, was?«

Sarah zuckt mit den Achseln. »Kann sein. Ich muss mal wieder richtig durchschlafen, das fehlt mir. Dein Bett ist nicht besonders bequem, oder was meinst du?«

»Also, ich hab da immer ...«

»Außerdem ist es hier ja ziemlich eng für uns drei, nicht? Das soll keine Kritik sein – ich meine, du hast halt nur Platz für eine Person, nicht? Das ist ja auch super für dich, aber für uns ist es nicht so toll.« Sarah unterbricht sich, wohl weil ihr einfällt, dass ich nicht mehr sehr lange allein sein werde. »Ich meine, für dich und ein Baby ist natürlich genug Platz, aber nicht auch noch für uns.« Sie lächelt schwach.

In dem Moment habe ich das Gefühl, als komme gleich ein »Aber«. Sarah zählt all die Gründe auf, warum sie hier ausziehen müsste, aber wenn sie wirklich gehen wollte, würde sie nicht Gründe aufzählen, sondern bereits packen. Ich bin nicht so naiv zu glauben, dass sie nur aus Höflichkeit nicht den Eindruck erwecken will, sie könne nicht schnell genug heimkehren.

»Die Sache ist die, Rach«, sagt sie und weicht meinem Blick aus. »Ich habe noch nie allein gelebt.«

Das stimmt. Sie ist bei ihren Eltern ausgezogen und direkt bei Glenn ein. Ich weiß nur nicht, welche Bedeutung diese kleine Information haben soll.

»Du bist doch nicht allein. Jake ist bei dir.«

»Ja, klar, sicher, hab ich ganz vergessen. Wenn ein Einbrecher kommt oder die Gasleitung leckt, dann schicke ich ihn einfach los, nicht wahr?«

»Nein, natürlich nicht, aber was …?«

Sarah wird unruhig, versucht zu lächeln. Was ist das bitte für ein Gesichtsausdruck? Flehendes Bitten? Mir wird nicht gefallen, was als Nächstes kommt. »Was ich meine, ist … Ich möchte eigentlich nicht allein im Haus sein.«

»Aha.«

Wenn man niederschmetternde Enttäuschung sehen will, muss man sich jetzt mein Gesicht anschauen. Um meinen Kopf herum schweben kleine Traumblasen, in denen ich ausgestreckt auf meinem schönen großen Bett liege. Jetzt zerplatzt eine nach der anderen und verschwindet im Nebel. Nichts bleibt übrig. Ich sehe wieder Sarahs flehendes Gesicht vor mir, und das Fernglas in meinen Augen zoomt die kleine Couch (sie hat irgendwo in ihren Tiefen eine kaputte Feder, die sich sonderbarerweise genau in meinen Hintern bohrt, wenn ich darauf liege) und das Tohuwabohu dahinter heran, das früher einmal mein Wohnzimmer war.

Ich liebe meine kleine Wohnung, aber sie ist viel zu klein für so viele Menschen. Ich habe akzeptiert, dass ich in einigen Jahren, wenn das Baby sein eigenes Zimmer braucht, ans Umziehen denken muss. Aber fürs Erste hat sie die perfekte Größe. Solange es nur wir beiden sind, die hier schlafen. »Aber ich glaube wirklich nicht, dass es gut ist, wenn ihr noch länger bleibt – eben weil hier so wenig Platz ist. Wie du schon gesagt hast: Die Wohnung ist viel zu klein für mehr als eine Person – mit Baby.«

»Stimmt, du hast recht.« Glocken läuten, die Sonne kommt hervor, die Vöglein singen wieder. »Nein, ich habe überlegt, ob du vielleicht mitkommen und ein paar Tage bei uns im Gästezimmer wohnen könntest? Da steht ein Bett und ein Kleiderschrank, du hättest also alles. Und ich wäre dir wirklich dankbar. Bitte, Rach!«

Als wir siebzehn waren, erzählte Chrissie mir, sie sei lesbisch. Voller Schreck schaute ich sie an und dachte an all die Dinge, die wir zusammen erlebt hatten, die ich ihr erzählt hatte, die sie mir erzählt hatte, ich malte mir aus, welch irreparablen Schaden das unserer Freundschaft zufügen würde und dass sich von nun an alles ändern würde. Ich war total fertig.

Dann sagte sie: »Und ich habe deine Ohrringe mit den Türkisen verloren. Tut mir leid. Aber das mit dem Lesbisch-Sein stimmt nicht.«

Was Sarah mir jetzt vorschlägt, ist so viel besser als das, was ich befürchtet habe, dass ich auf der Stelle einwillige. Okay, ich weiß, kein Frieden, keine Einsamkeit. Aber im Moment habe ich erst mal Aussicht auf ein richtiges Bett – ein kleines reicht mir völlig – mit einer ordentlichen Matratze, mit Kopfkissen, Bettdecke und Laken. Die Traumblasen von mir in einem echten Bett steigen wie Feuerwerkskörper um meinen Kopf auf.

Die Abfahrt später – unglaublich, aber es ist fast halb *zwölf*, bis wir endlich loskommen! – ist eine Heimsuchung. Wenn wir anderthalb Stunden zurückspringen, können wir sehen, dass Jakes Spielzeug wieder in der Tragetasche ist, in der es herkam. Sie steht im Kofferraum von Sarahs Wagen. Die Klamotten ebenfalls. Meine Reisetasche steht seit zwölf Minuten nach acht auf dem Rücksitz meines Autos. Aber als Erstes fällt auf, was diesen zwei ruhigen, reglosen geparkten Fahrzeugen in der kalten Wintersonne fehlt: Menschen. Von uns dreien ist nichts zu sehen.

In der Wohnung steht Jake und will seinen Tieftaucher-Actionman aus der Tasche im Kofferraum haben, damit er ihn während der Fahrt in der Hand halten kann. Die Fahrt dauert übrigens zehn Minuten, falls ich es noch nicht erwähnt haben sollte.

»Ach, das schaffst du auch ohne ihn«, sage ich, und im selben Moment sagt Sarah: »Na, gut, Jakey.« Ich sehe mich wütend nach ihr um, aber sie ist schon auf dem Weg zum Auto, um das Spielzeug wieder auszupacken.

Der Tieftaucher-Actionman ist übrigens ein schwer fassbarer Knilch. Er ist nicht da, wo er sein sollte, sondern wird schließlich unten in der Legokiste aufgestöbert. Gut, dass er eine Sauerstoffflasche bei sich hat.

Eine Dreiviertelstunde, nachdem alles ins Auto gepackt wurde, wiederholt sich die Prozedur. Da fällt mir ein, dass ich Cosmo mitnehmen muss. Ich hole seine Transportbox vom Küchenschrank. Es ist eine große graue Plastikkiste mit Schlitzen, die das Licht hereinlassen, und einer Schwingtür aus schmalen Stahlrohren. Argwöhnisch beäugt Sarah sie.

»Wofür ist das denn?«, fragt sie.

»Das ist mein Schminkkoffer«, erwidere ich und öffne das Türchen. »Ich muss doch perfekt aussehen – man weiß ja nie, wen man trifft.«

Sie runzelt die Stirn, versteht die Ironie nicht oder findet es nicht witzig. »Das sieht aus wie eine Transportbox für Tiere.«

»Ja, Sarah, genau das ist es.«

»Wofür?«

Ich beiße mir auf die Zunge. Am liebsten würde ich sagen:

»Für zwei Löwen, zwei Giraffen und zwei Tauben«, aber ich verkneife es mir. Sarah weiß, dass ich eine Katze habe, genau eine Katze. Sie will nämlich nicht wissen, für wen die Box ist, sondern eher, wofür ich sie jetzt brauche.

»Er muss mitkommen, Sarah. Hier füttert ihn doch keiner.«

»Eine Katze im Haus, das geht nicht, Rachel. Was ist, wenn Cosmo am Teppich oder an den Möbeln kratzt und alles kaputt macht? Ich habe schon so genug Sorgen, das kann ich nicht auch noch gebrauchen. Außerdem: die ganzen Bakterien. Ich kann mich noch an die Toxoplasmose erinnern. Das ist ein ganz gefährlicher Virus, der kann bei Kindern zu Hirnschäden oder sogar zum Tod führen.«

»Mensch nochmal, Sarah, du hast über eine Woche mit Jake bei mir gewohnt, da hat er dich nicht gestört. Warum soll das bei dir anders sein?«

Sie zieht eine Schnute. »Und wenn er was kaputt macht?«

Ich kenne Sarahs Haus. Meiner Meinung nach kann Cosmo dort nicht viel Schaden anrichten, den Jake und die Zeit nicht schon verursacht haben. Die Milch-, Essens- und Saftflecke, die bei mir jetzt auf dem Wohnzimmerteppich prangen (*Nein, das stört mich nicht, das stört mich nicht*), würden bei ihr überhaupt nicht auffallen. Außerdem tue ich ihr einen Gefallen, wenn ich für ein paar Tage zu ihr ziehe. Wenn sie mich will, dann muss sie auch meine Katze nehmen.

Aber wenn der Ehemann der Freundin fremdgegangen ist, hält man ihr nicht auch noch vor, wie unvernünftig und egoistisch sie ist. Sie könnte drei Wohnwagen voller Penner in ihrem Vorgarten ausladen, vollgepumpt mit Drogen nackt durch den Garten tanzen und dabei bis zwei Uhr morgens laut Heavy Metal hören – die Nachbarn würden voller Mitleid hinter den Vorhängen stehen und zu ihren erschrockenen Gästen sagen: »Ihr Mann ist fremdgegangen.« Darauf würde der Gast verständnisvoll nicken: »Ah, verstehe.«

Vielleicht steckt dahinter die Auffassung, dass man, wenn der Mann fremdgegangen ist, eine Zeit lang ein wenig durcheinander sein darf. Oder es hat eher damit zu tun, dass man jemanden, der am Boden liegt, nicht auch noch tritt. Oder aber es haben alle zu viel Angst, einen Garten mit zehn stinkenden Pennern und einer nackten tanzenden Drogenabhängigen zu betreten?

Egal, ich versuche jedenfalls gerade, Sarah einen Riesengefallen zu tun, indem ich mein Heim aufgebe und quer durch die Stadt auf die andere Seite ziehe, um in einem fremden Bett zu schlafen, und das, wo ich hochschwanger bin und Sarah kompliziert, unvernünftig und egoistisch ist.

»Und wenn er in der Garage bleibt?«

Sarah schnalzt mit der Zunge, seufzt, denkt eine Ewigkeit darüber nach und sagt schließlich: »Na gut.«

Ich jage Cosmo in seine Box und habe große Schuldgefühle, gerade für ihn ein Exil ausgehandelt zu haben. Ist ja nur für ein paar Tage.

»Aber wenn er irgendwo hinkackt, machst du es sauber.«

Ich werde sie nicht daran erinnern, dass Toxoplasmose-Bakterien viel gefährlicher für ungeborene Kinder sind.

Als wir bei ihr ankommen, sind wir beide erleichtert zu sehen, dass das Haus blitzsauber ist und überall Vasen mit Schnittblumen stehen. Glenn hat sich offenbar große Mühe gegeben, damit Sarah sich daheim willkommen fühlt, auch wenn er sie nicht persönlich begrüßt. Es ist eine schöne Geste. Ich sehe Sarahs Gesicht an, dass Glenn einige Punkte gutgemacht hat, auch wenn sie vor sich hin murmelt: »Ein paar Blumen hinstellen, und dann ist alles wieder gut …?«

Cosmo schleicht durch den Garten, den Bauch auf den Boden gedrückt, den Schwanz tief unten. Ob ich ihn nochmal wiedersehen werde?

Ich trage meine Tasche nach oben ins Gästezimmer, wo ebenfalls ein Blumenstrauß steht. Das Bett ist frisch bezogen. Die Januarsonne fällt schräg auf die Laken, rückt das Bett sozusagen ins Scheinwerferlicht, sodass es größer zu werden scheint und das gesamte Zimmer einnimmt, bis ich nichts anderes mehr sehe. Es wirkt so weich und gemütlich. Die Steppdecke ist an den Ecken ordentlich festgesteckt, das Bett sieht so einladend aus wie ein Feld frischen Schnees.

Ich setze mich ans Fußende und hüpfe auf und ab, streife meine Schuhe ab und reibe die Füße aneinander. Dann gähne ich genüsslich, strecke mich und werfe mich rückwärts mit ausgestreckten Armen hin. Ja, dieses Bett ist sehr bequem, aber verglichen mit meinem kleinen Sofa wäre sogar Sarahs Küchentisch kuschelig. Nun, da ich es ausprobiert habe, sollte ich wieder nach unten gehen und nachschauen, ob bei Sarah alles in Ordnung ist. Aber wenn ich auf dem Rücken liege, kann ich nicht mehr richtig atmen, deshalb schiebe ich mich nach oben, bis mein Kopf auf dem Kopfkissen liegt, wälze mich auf die Seite und schließe die Augen. Entspannung und Erschöpfung breiten sich in mir aus, meine Glieder werden schwer. Ich stelle mir vor, alles sei aus warmem Blei, und versinke immer tiefer in der flauschigen, weichen Matratze.

Ein plötzlicher Stoß rüttelt mich wach. Vor Erstaunen reiße ich die Augen weit auf. Pfläumchen scheint da drinnen einen Wutanfall zu haben, schlägt mit Händen und Füßen um sich, ohne zu ahnen, wie sich das für mich anfühlt. Ich setze mich auf und lege die Hände auf den Bauch, fühle die Tritte unter der Haut. »Alles klar da drinnen?«, frage ich, und das Wehren hört kurz auf. »Kannst du mich hören, kleines Baby?«, frage ich voller Staunen.

»Gewöhn dich bloß nicht daran«, sagt Sarah, die gerade an der Tür vorbeigeht. »Wenn es einmal draußen ist, hört es nämlich nie wieder auf dich.«

Als ich auf die Uhr schaue, stelle ich verwundert fest, dass ich zweieinhalb Stunden hier oben gewesen bin. Ich gehe auf den Flur. Sarahs Schlafzimmertür schließt sich gerade, deshalb tappe ich nach unten, um zu sehen, was mein Patenkind so treibt.

Jake sitzt zusammengesunken auf dem Sofa im Wohnzimmer. Mit glasigen Augen schaut er eine sonderbare Sendung über einen Jungen, der wie ein Schwamm aussieht. Jake wirkt nicht sehr glücklich darüber, zu Hause zu sein. Das wundert mich. Ich dachte, in seiner gewohnten Umgebung, mit all seinem Spielzeug und den Büchern in Reichweite, würde er sich deutlich wohler fühlen. Aber er hängt mit abwesendem Blick auf dem Sofa und guckt fern. In einem Arm hält er etwas Braunes, Pelziges. Könnte ein Teddybär sein. Ich sehe, dass er am Daumen lutscht, was ich bei ihm nicht mehr gesehen habe, seit er vor über zwei Jahren in den Kindergarten ging. Und es hängt ein seltsamer Geruch im Raum – ein ziemlich unangenehmer, vertrauter, beißender Gestank, der schubweise zu mir herüberweht. Ich nehme an, dass er von draußen stammt.

»Hey, Jakey, was guckst du da?«, frage ich und trete schwungvoll ins Zimmer – ganz die perfekte Patentante. Er rührt sich nicht. »Ist das gut?«, versuche ich es, aber er antwortet nicht. Er schaut mich nicht mal an. Ich gehe zu ihm hinüber, und der Geruch wird stärker: ein durchdringender Ammoniakgestank. Plötzlich erkenne ich ihn: Urin. Ich werfe Jakey einen Blick zu. Seine Hose hat einen großen dunklen Fleck im Schritt.

O Gott, was soll ich jetzt tun? Mein erster Gedanke ist, Sarah zu rufen, aber sie ist noch im Schlafzimmer. Ich nehme an, dass sie ein Nickerchen hält, während Jakey Fernsehen guckt. Ich kann sie nicht stören. Ich habe nur zwei Möglichkeiten: ihn so da sitzen lassen oder mich darum kümmern.

Mit einem Blick über die Schulter gehe ich aus dem Zimmer nach oben. Nein, ich verdrücke mich nicht, ich lasse ein Bad einlaufen! Es hat doch niemand ernsthaft geglaubt, dass ich den Jungen so sitzen lassen würde, oder?

In Jakes Zimmer, ebenfalls wunderbar aufgeräumt, finde ich eine saubere Unterhose und eine neue Hose in der Kommode. Als ich gehen will, sehe ich auf dem Boden Schnipsel von einem grellroten, glänzenden Zettel. Daneben ein Pappkarton mit dem Schriftzug eines Spielwarengeschäfts. Es ist das einzige Unordentliche hier. Ich hocke mich hin, um es mir genauer anzusehen. An dem roten Papier hängt ein Schildchen, auf dem steht: »Jake, bitte pass für mich auf diesen Bären auf. Er heißt Bert. Er muss ganz viel gestreichelt werden. Alles Liebe, Daddy.« Der Karton wurde aufgeklappt oder -gerissen, der Inhalt herausgezogen. Kurz muss ich an diese Monsterfilme denken, in dem die Wissenschaftler einen leeren Käfig mit krumm gebogenen Gitterstäben vorfinden und sich besorgt umsehen. Bert ist bereits auf freiem Fuß.

Jake zu überreden, zum Baden nach oben zu kommen, ist gar nicht so schwer, wie ich gedacht habe. Ich muss nur sagen: »Komm nach oben in die Badewanne, Jakey«, und schon steht er auf. Noch immer hält er das braune Pelzteil umklammert. Ich nehme an, dass es sich um Bert handelt, der dankenswerterweise eingefangen und gezähmt wurde. Ich lasse Jake allein, als er sich auszieht und in das Schaumbad steigt. Als ich höre, dass er in der Wanne ist, klopfe ich an und gehe wieder hinein. In seinem Zimmer habe ich ein Buch namens »Harrys kleines Abenteuer« gefunden, mit dem setze ich mich auf die Toilette. Bert beobachtet mich aufmerksam von der Fensterbank.

»Soll ich dir etwas vorlesen?«, frage ich Jake.

»Ja, bitte«, sagt er, und ich freue mich wie ein Schneekönig. Er hat mit mir gesprochen! Und er scheint gute Manieren zu haben.

»Also gut. Dieses Buch heißt … Jakes kleines Abenteuer.« Beim Lesen ändere ich jedes »Harry« zu »Jake«, was gar nicht so einfach ist, wie es klingt. Ich gehe davon aus, dass Jake diese Geschichte schon gehört hat, denn ein- oder zweimal, als ich fälschlich »Aber Harry ging nicht nach links, wie sonst immer« lese, ruft Jake dazwischen: »Jake!« Er grinst mich an, und kurz fühlen wir uns eng miteinander verbunden. Vor Rührung kann ich fast nicht mehr weiterlesen.

Als die Geschichte zu Ende ist, sage ich Jake, er müsse jetzt aus der Wanne steigen, aber er stellt sich im Wasser hin und streckt mir die Arme entgegen, will herausgehoben werden.

»Soll ich dich rausheben?«

Er nickt.

»Was, einen großen fünfzehnjährigen Jungen wie dich?«

»Ich bin erst sechs.«

»Ah! Na, wenn das so ist …« Und ich stürze mich mit dem Handtuch auf ihn, wickele ihn ein und hebe ihn heraus. Er kichert nicht, aber lächelt ein wenig. Nur ein bisschen.

Zusammen rubbeln wir ihn ab, ziehen ihn an und gehen wieder nach unten, wobei wir nicht vergessen, Bert von der Fensterbank mitzunehmen. Jake wirkt so viel jünger als vor sechs Monaten auf seinem Geburtstag. Unter einem Arm trägt er Bert, den Daumen der anderen Hand hat er in den Mund gesteckt. Sein Haar ist noch feucht im Nacken, und sein schmaler Hals wirkt so zart und kostbar. Ich weiß nicht, ob es an meinem Zustand oder an der traurigen Situation liegt, aber plötzlich verspüre ich den starken Drang, diesen kleinen Jungen in die Arme zu nehmen und ihn vor jedem zukünftigen Unheil zu schützen.

Auf den letzten Treppenstufen gerät Jake ein wenig ins Straucheln. Er gewinnt sein Gleichgewicht zurück, indem er die Arme ausstreckt und Bert fallen lässt. Als der Teddybär auf dem Boden auftrifft, geschieht etwas Sonderbares: Das Tier spricht.

»Ich liebe dich, Jake«, sagt der Bär mit brummiger Bärenstimme.

Jake und ich halten inne, starren auf das Stofftier im Flur, als sei es von dem rastlosen bösen Geist eines längst verstorbenen Arztes besessen, der am Wochenende Menschen ausweidete und ausstopfte.

»Bert kann sprechen!«, ruft Jake schließlich und dreht sich mit großem, breiten Grinsen zu mir um. »Hast du das gehört?« Er springt die letzten Treppenstufen hinunter. Offenbar bin ich die Einzige, die glaubt, der Bär sei besessen. Jake hebt ihn auf und drückt ihm auf den Bauch.

»Ich liebe dich, Jake«, sagt der Bär. Diesmal höre ich, dass es keine seelenlose, dämonische Stimme ist, die einem Angst und Furcht einjagt.

»Ich liebe dich, Jake«, sagt der Bär immer wieder, so oft Jake auf seinen Bauch drückt. Nach dem fünften Mal bin ich mir sicher, wessen Stimme es ist, auch wenn sie ein wenig verändert und grummelnd bärenhaft klingt. Jake offenbar auch.

Nach zwei Stunden kommt Sarah nach unten. Ich habe mich bemüht, das feuchte Sofakissen so gut wie möglich auszuwaschen, es hängt draußen auf der Leine. Verwundert sieht Sarah hinaus, dreht sich dann stirnrunzelnd zu Jake um.

»Ich habe Kaffee verschüttet«, sage ich schnell und frage mich sofort, warum ich das tue. Sarah muss doch erfahren, dass Jake wieder angefangen hat, in die Hose zu machen. Das könnte etwas mit Glenns Auszug zu tun haben. Ich werde es ihr später sagen, wenn er im Bett ist. »Tut mir leid.«

Sarah zuckt mit den Achseln und geht zum Wasserkessel in die Küche.

Jake schaut zu mir hoch und lächelt mich an. Langsam fühle ich mich wirklich wie eine Patentante.

»Ich liebe dich, Jake«, sagt Bert plötzlich, und Sarah zuckt zusammen. »Was war das denn?«

»Das ist Bert«, erklärt Jake und drückt auf den Bärenbauch.

»Ich liebe dich, Jake.«

Sarah erkennt die Stimme natürlich auf der Stelle. Sie murmelt vor sich hin: »Ein paar Blumen und ein sprechender Teddybär machen noch lange keinen …«

Ich stelle fest, dass Jakes Verhalten sich ändert, sobald Sarah in der Nähe ist. Während sie schlief, war er definitiv munterer, nachdem ich ihn von der Glotze weggeholt hatte. Außerdem hat er zum ersten Mal gelächelt, seit die beiden bei mir in der Wohnung standen. Aber jetzt, da er neben seine Mutter gekuschelt vor dem Fernseher sitzt, ist er wieder in sich gekehrt und geistesabwesend. Seine Mutter die ganze Zeit so traurig zu sehen hat offenbar eine schlechte Wirkung auf ihn. Nach fast zwei Wochen mag er sich an die Abwesenheit seines Vaters gewöhnt haben, doch mit der Traurigkeit seiner Mutter kommt er nicht klar.

Wir bestellen Pizza. Keiner hat Lust zu kochen.

In den nächsten Tagen entwickelt sich eine seltsame Routine zwischen uns dreien. Ich wache meistens um sechs Uhr auf und wecke dann Jake, damit Sarah noch etwas länger schlafen kann.

»Guten Morgen, Harry!«

»Jake!«

Auf dem Weg zur Arbeit bringe ich ihn zur Schule. Es ist eine tolle Übung für mich. Inzwischen frage ich mich, warum ich immer geglaubt habe, ich könnte mich nicht mit ihm unterhalten.

Abends, wenn Jake im Bett ist, habe ich mir angewöhnt, ein heißes Bad zu nehmen. Die Wanne ist einer der wenigen Orte, wo ich im Moment bequem liegen kann, da die dicke Kugel an der Oberfläche treibt. Außerdem entkomme ich dort dem schwarzen Loch namens Sarah. Momentan saugt sie jedes Leben und Licht in sich auf. Fünf Minuten in ihrer Gesellschaft, und man wird lethargisch und angeödet. Sie ist wie dieses Ding in *Krieg der Sterne*, durch das die ganzen Besatzungsmitglieder untereinander zu streiten beginnen.

So läuft das ungefähr drei Wochen, wir können also ein bisschen vorwärtsspringen. Sarahs Gesicht ist anzusehen, dass sich ihre Laune nicht großartig bessert, aber ich habe das Gefühl, hier tatsächlich etwas helfen zu können. Jake spricht viel mehr, auch wenn er in der Nähe seiner Mutter immer noch still und traurig ist. Cosmo hat mit den Katzen aus der Nachbarschaft einen regen Bekanntenkreis aufgebaut. Ich bin stolz darauf, dass er sich raustraut und neue Freunde kennenlernt.

Immerhin schlafe ich hier genauso gut wie in meinem eigenen Bett, und außerdem ist es von Sarahs Haus ein bisschen näher zur Arbeit. Diese fünf Minuten bedeuten eine Menge, wenn man in der 32. Woche auf dem Heimweg ist.

Hier liege ich in der Badewanne und relaxe, beäuge die Spitze des Eisbergs vor mir. Bitte draußen bleiben, vor der Tür! Die Zeiten, da es mir nichts ausmachte, nackt gesehen zu werden, sind lange vorbei.

Pfläumchen hat nicht mehr viel Platz in mir, ständig versucht es, eine bequeme Stellung zu finden, es streckt die Arme und Beine, so weit es geht. Ich finde es herrlich, die Bewegungen unter meiner Haut zu beobachten, wie Kopf und Glieder auftauchen wie ein Seehundbaby in dunklem Wasser. Es ist das Sonderbarste, das ich je gesehen habe, ein Mini-Erdbeben in Zeitlupentempo. Mein Bauchnabel ist verschwunden, er ist nach außen geploppt, aber es gibt noch andere Veränderungen, die mich überraschen.

»Hey, Sarah, meine Brustwarzen sind ganz braun geworden«, verkünde ich, als ich zehn Minuten später im Bademantel ins Wohnzimmer gehe. Plötzlich erblicke ich Hector. Ich bleibe in der Tür stehen. Er sitzt im Sessel neben dem Kamin und lächelt mich an. Ich merke, dass ich rot werde.

»Sind das gute Nachrichten?«, fragt er, und ein schwaches Lächeln umspielt seine Lippen.

Ich nicke. »Ich habe es endlich geschafft, nach monatelangen Versuchen.«

»Du musst stolz drauf sein.«

Ich lache. »Und wie stolz ich bin!«

»Hector hat mir gerade erzählt, wie ihr euch kennengelernt habt«, sagt Sarah aus dem Hintergrund. »Du hast nichts davon erzählt, Rachel.«

Wir lächeln uns noch immer an. Ich setze mich neben Sarah aufs Sofa, ohne Hector aus den Augen zu lassen.

»Rach? Ich habe gesagt, du hast nichts davon erzählt, dass du Hector schon so lange kennst.«

»Ah, ähm, nein, nicht richtig. Ich meine, ich wusste lange nicht, dass er Glenns Bruder ist, und als es rauskam, da …« Mein Lächeln gefriert, als mir plötzlich einfällt, unter welchen Umständen wir die Verbindung zu Sarah und Glenn herausfanden. Das war im August, als ich mich verquatschte, ich hätte Glenn mit einer anderen Frau gesehen.

»Es war ungefähr zu der Zeit, als Mum starb«, eilt Hector mir galant zu Hilfe. »Und das war ungefähr zur gleichen Zeit, als du von deiner Schwangerschaft erfuhrst.« Er sieht mich an, und seine Stimme wird weich. »Wir kamen nicht sofort auf die Idee, alle Freunde zu alarmieren, dass wir uns kannten, nicht?«

Ich schüttele den Kopf.

»Ah«, macht Sarah. Sie hört eh nicht richtig zu. Es läuft eine Krankenhausserie, auf dem Bildschirm ist eine blutverschmierte Glasscherbe in einem Bein zu sehen. Hector und ich unterhalten uns weiter mit gesenkten Stimmen.

»Du siehst unglaublich gut aus«, sagt er zu mir. Ich weiß, dass er eigentlich meint: Du siehst aus wie ein Zirkuszelt!

»Hm, danke.«

»Ist alles in Ordnung? Ich meine …« Er neigt den Kopf in Sarahs Richtung. »Alles im Griff?«

»Oh ja, doch, läuft alles gut. Ich hab's von hier sogar noch kürzer zur Arbeit.«

»Aber weiter zum Krankenhaus.«

»Ja, aber das wird keine Chaosfahrt, wenn es so weit ist.«

»Wie kommst du denn hin? Wird Nick dich fahren?«

Ahnungslos sehe ich ihn an. Ich kann mich nicht erinnern, ihm den Namen des Vaters genannt zu haben. Oder doch? »Nein, nein. Ich habe noch nicht mal …«

»Hört mal, ihr beiden, ich bin total kaputt. Stört es euch, wenn ich ins Bett gehe?« Sarah wartet unsere Antwort nicht einmal ab, sondern verschwindet einfach.

Hector und ich sind allein. Wir schauen uns an, lächeln und blicken schnell wieder zur Seite. Wenn er mich so ansieht, fühle ich mich wie achtzehn, schlank und sexy, nicht wie ein aufgedunsener Fettkloß, in dem ein Baby schwimmt.

»Wie läuft es bei Horizon?«, erkundige ich mich.

»Gut so weit. Die Leute in der IT-Abteilung, die das Programm ausprobiert haben, sind zufrieden.« Er schweift ab. »Dich habe ich da aber nicht gesehen.«

»Ich war aber da! Komm, mich kann man nicht übersehen.«

»Nein, an dir sieht man sich nicht über«, sagt er, und ich bin ganz nervös, weil ich nicht genau weiß, was er damit meint.

»Du musst einfach genau hinschauen. Es gibt nicht viele Ecken, wo sich ein Mensch von meinen Dimensionen verstecken kann. Zum Glück bin ich im Telefonverkauf, da haben wir ein Großraumbüro. Ich weiß nicht, was ich tun würde, wenn ich in einem von diesen kleinen Kabuffs in der Datenverarbeitung hocken würde. Ich müsste wahrscheinlich dort sitzen bleiben, bis das Baby rauskommt.«

Als kleine Anerkennung meines Versuchs, einen Witz zu machen, schnaubt Hector durch die Nase. »Hör mal, Rachel! Du vernachlässigst dich doch nicht, oder?«

Ich schaue auf meinen ziemlich verblichenen, schäbigen orangen Morgenmantel mit dem blassen Eigelbfleck vorn, und mein fröhliches, verführerisches Lächeln verblasst. Wie konnte ich nur auf die Idee kommen, mich schlank und attraktiv zu fühlen? »Was willst du damit sagen?«

»Nein, nein, so meinte ich das nicht. Ich mache mir nur Sorgen, du könntest dich so stark auf Sarah konzentrieren, dass du dich selbst darüber ganz vergisst. Du solltest dich ausruhen, es locker angehen lassen, anstatt dir Gedanken um andere zu machen.«

»Ich weiß, aber …«

»Das ist für lange Zeit deine letzte Chance, dich um dich selbst zu kümmern.«

Ich weiß wirklich nicht, was ich darauf antworten soll. Hector hat sicherlich recht, aber ich fühle mich nicht gestresst oder müde. Außerdem ist Sarahs Gästebett sehr gemütlich. Das Baby stößt mir plötzlich mit dem Ellenbogen in die Rippen, wie um mich zu erinnern, dass ich etwas sagen muss. Ich ziehe die Luft ein und halte mir die Seite.

»Alles in Ordnung?«

Ich nicke schnell. »Ja, doch. Es bewegt sich nur wieder. Hat ganz schön spitze Ellenbogen.« Kurz zögere ich, schaue Hector an. Er ist nach vorne auf die Sesselkante gerückt, als wolle er jeden Moment aufstehen. »Möchtest du … es mal fühlen?«

Seine Augen weiten sich. »Darf ich?«

Ich nicke wieder, und Hector kommt vom Sessel zu mir aufs Sofa.

»Du musst schon näher heranrücken«, sage ich, und er schiebt sich direkt neben mich, sodass wir uns berühren, von den Schultern über die Arme bis zu den Oberschenkeln. Ich spüre die Wärme seines Beines an meinem. Wie nah mein Gesicht ihm ist! Und selbst hier kann man sehen, welche Wirkung er auf mich hat. Nervös schaue ich ihn an und wende den Blick wieder ab. Es ist schwer, aus dieser Entfernung jemandem in die Augen zu blicken.

Ich nehme Hectors Hand und lege sie vorsichtig auf meinen Bauch, dort, wo das Erdbeben stattfindet. Nach einer Weile spüre ich einen Druck von innen, und Hector erspürt ihn staunend von außen.

»Wow! Das ist genauso, wie ich es mir vorgestellt habe.«

Sonderbar, dass er sich vorstellt, wie sich mein Baby in meinem Bauch anfühlt. Ich erstarre, und er zieht seine Hand sofort zurück.

»Nein, nein, versteh das nicht falsch, ich meinte nicht bei dir.« Er löst sich von mir. »Vielleicht erkläre ich das besser.« Er beugt sich vor und schaut auf den Boden.

»Ich habe Miranda in der Firma kennengelernt. Einer meiner Abteilungsleiter engagierte sie für die Werbung. Eines Tages kam sie in mein Büro …« Hector lächelt schwach und schaut mit gesenktem Kopf zu mir hoch. »Ich will keinen Eindruck bei dir schinden oder arrogant oder eingebildet wirken, aber kannst du dir vorstellen, wie unpassend das war? Ich meine, glaubst du, dass ein Mitarbeiter aus der Werbeabteilung von Horizon einfach so ins Büro von Rupert de Witter gehen würde?«

»Niemals!«

»Eben, es gibt ein ungeschriebenes Gesetz, nicht wahr? Selbst die Abteilungsleiter kommen nicht einfach reingeschneit. Ich meine, ich gehöre nicht zu diesen abgehobenen Chefs, die keinen Kontakt zu den Mitarbeitern haben wollen. Ich gehe zu allen Besprechungen, ich achte darauf, mindestens einmal die Woche in jeder Abteilung gewesen zu sein.«

»Hm-m.«

»Nun, jedenfalls kam sie einfach rein. Ich musste ihr schon

mal begegnet sein, weißt du, als ich meine Runde drehte, aber ich konnte mich nicht recht an sie erinnern. Sie sagte mir, sie wäre Miranda Waters, und machte mich richtig an, direkt in meinem Büro. Ich hatte einen ganzen Stapel Arbeit auf dem Schreibtisch liegen, aber saß da mit dieser Frau und unterhielt mich mit ihr. Sie faszinierte mich.

Als ich abends das Büro verließ, stand sie da, ganz allein in der Lobby. Es stellte sich heraus, dass sie auf mich gewartet hatte. Ich meine, es war schon fast neun Uhr, sie musste also wirklich lange gewartet haben.« Hector reibt sich das Gesicht. »Ich schätze, sie hatte mich zu ihrem Projekt gemacht. Nun, nach sechs Monaten fand sie, wir seien wie füreinander geschaffen, und zog bei mir ein. Ich wusste nicht, wie sich das auf meine Mutter auswirken würde, verstehst du, aber Miranda wollte nichts von meinen Einwänden hören. Um ehrlich zu sein, artikulierte ich sie nicht besonders deutlich. Ich war schwach ... Also, es war nicht die große Liebe oder so, trotzdem waren wir insgesamt drei Jahre lang zusammen.« Hector betrachtet seine Hände. »Vor etwas mehr als zwei Jahren sagte sie mir, sie sei schwanger.«

Irgendwie hatte ich mir so was gedacht.

»Ich war ...« Hector schaut zu mir hoch. »Ich war perplex. Die ganze Zeit hatte ich Bedenken wegen unserer Beziehung, und dann sagt sie mir plötzlich, sie bekäme ein Kind. Natürlich konnte ich da nicht mehr sagen, dass ich mir nicht ganz sicher wäre, ob wir zusammenbleiben sollten, deshalb machte ich weiter, als wäre alles in Ordnung. Das einzig Gute an unserer Beziehung war zu dem Zeitpunkt das Kind. Ich freute mich darauf, war ganz aufgeregt, hatte nur diese Vorbehalte wegen Miranda. Manchmal war sie ein wenig ... labil. Sie ging ohne jeden Anlass in die Luft, und wenn ich mir vorstellte, welchen Stress ein schreiendes Baby macht ... Ich überlegte, ob das Miranda den Rest geben würde. Ich versuchte mir einzureden, dass es ihr guttun würde – dass die Verantwortung als Mutter sie zurück auf die Erde bringen würde, verstehst du?« Er lacht verbittert auf und schüttelt den Kopf. »Ich hätte mir keine Sorgen machen müssen. Ein oder zwei Monate später hatten wir einen Riesenkrach – einer von vielen –, und auf einmal behauptete sie, das Kind wäre gar nicht von mir. Dann stürmte sie aus dem Haus.«

Hector steht auf und geht zum Kamin hinüber.

Hier müssen wir einmal kurz innehalten. Beobachten wir genau Hectors Gesicht! Er leidet richtig, oder? Man beachte den Schmerz in seinen Augen, die Qualen und Ängste, die er ausgestanden haben muss. Ich liebe diesen Blick von ihm. Das merkt man schon, wenn man nur sieht, wie ich ihn mit den Augen verschlinge. Wahrscheinlich könnte jetzt George Clooney in Boxershorts hereinkommen und sagen: »Hey, Rach, schön dich zu sehen, wollen wir heiraten?«, ich würde ihn nicht mal bemerken.

»Was ich in dem Moment empfand, kann ich nicht mal ansatzweise beschreiben«, sagt Hector. »So mies habe ich mich noch nie gefühlt, weder vorher noch hinterher. Als sie die Tür hinter sich zugeschlagen hatte, stand ich im Flur meines Hauses und wollte nicht mehr weiterleben.«

»Ach, Hec!«

»Zum Glück hatte ich Mum. Sie gab mir einen Grund, nicht aufzugeben.« Er räuspert sich und dreht sich zu mir um. »Das war aber noch nicht alles. Am selben Abend kam Miranda nämlich zurück, total zerknirscht und reuevoll, und wir machten weiter.«

»Obwohl ...?«

»Ja, obwohl sie diesen unglaublichen Zweifel gesät hatte. Aber ich wünschte mir so sehr, das Kind sei von mir, dass ich es einfach verdrängte.«

»Was hast ...?«

»Ach, das Beste weißt du noch gar nicht. Mir war einfach nicht klar, wie krank Miranda tatsächlich war, verstehst du? Die Wochen vergingen, aber … aber sie nahm nicht zu. Blieb einfach wie immer. Sie war sehr dünn. Deshalb fragte ich sie irgendwann, ob sie beim Arzt gewesen sei, ob das Kind auch wachsen würde. Ich machte mir ernsthafte Sorgen um das Baby und um sie. Und sie sah mich an und sagte ganz ruhig und sachlich, als sei es das Normalste der Welt: ›Ach, du hast den ganzen Blödsinn mit dem Kind doch nicht geglaubt, oder? Ich bin nicht schwanger, du Spinner. Das habe ich mir ausgedacht.‹«

»Ist nicht wahr!«

»Ja, das dachte ich auch. Der ganze Aufstand, das Kind sei nicht von mir, und dann die Versicherung, das sei es doch, sie hätte es nur gesagt, um mich zu verletzen, und dabei gab es die ganze Zeit gar kein Kind. Ich war sprachlos. Im wahrsten Sinne des Wortes. Ich saß zwei Stunden in der Küche, um diese Nachricht zu verdauen. Dann trennte ich mich von ihr. Miranda zog aus und kündigte. Seitdem habe ich sie nicht mehr gesehen. Ich nehme an, sie wundert sich immer noch, warum ich mich so aufgeregt habe.«

Ich schaue Hector an. Ich weiß noch, dass Sarah mir von der »Geschichte mit Miranda« erzählt hat, aber sie hatte behauptet, Miranda habe das Kind verloren.

»Sarah hat mir gesagt, Miranda hätte eine Fehlgeburt gehabt.«

»Nun, um ehrlich zu sein, war es mir peinlich zuzugeben, dass ich mich so hatte täuschen lassen. Ich habe allen erzählt, es sei eine Fehlgeburt gewesen. Das war einfacher als die Wahrheit.«

»Aber warum hat sie …?«

Er schüttelt den Kopf. »Keine Ahnung. Es brachte ihr keinerlei Vorteile, das vorzutäuschen. Ich kann mir höchstens vorstellen, dass sie meine Zweifel an unserer Beziehung spürte und sich deshalb die Schwangerschaft einfallen ließ. Sie wusste ja, dass es irgendwann herauskommen würde, sie schob das Unvermeidliche nur vor sich her. Sie bemühte sich auch nicht, mir Symptome vorzuspielen, um es authentisch wirken zu lassen. Ich denke, manche Menschen glauben ganz fest an etwas, das sie sich wünschen, auch wenn alle Zeichen das Gegenteil beweisen.« Hector lächelt und sieht mich eindringlich an. Ich frage mich, ob er noch etwas anderes sagen will. »Jetzt weißt du Bescheid. Fast wäre ich einmal Vater geworden. Aber ich war nie einer. Das habe ich noch niemandem erzählt, nicht mal Glenn.«

»Danke, dass du es mir gesagt hast.«

»Wem denn sonst? Du bist die einzig völlig Fremde in meinem Leben.«

Am nächsten Tag beschließe ich, meine Schwangerschaft offiziell im Büro zu verkünden, insbesondere weil Hector mich mahnte, mir mehr Zeit für mich zu nehmen. Ich meine, natürlich wissen längst alle Bescheid – die Leute im Telefonverkauf sind ja nicht blind –, aber ich muss den Mutterschaftsurlaub und so weiter klären. Mir bleiben nur noch siebeneinhalb Wochen bis zur Geburt. Ich habe Zeit, kurz mit Jean zu sprechen. Hector hat mir gesagt, da ich schon seit sieben Jahren bei Horizon arbeite, sei mein Arbeitgeber verpflichtet, mir ein Angebot zu machen. Er meinte, es würde wohl auf so etwas wie achtzehn Wochen Mutterschaftsurlaub zu neunzig Prozent des Gehalts hinauslaufen, anschließend sechs Monate bei gesetzlichem Mutterschaftsgeld.

»Wie viel ist das denn?«, fragte ich. Er sagte, das seien rund fünfzig Pfund pro Woche, was meine Miete zu siebzig Prozent decken würde. Na, super! Er schlug mir vor, darüber nachzudenken, nach der Geburt Teilzeit zu arbeiten. Wenn ich wenig verdiene – was der Fall sein wird –, bekomme ich offenbar einen Steuerfreibetrag vom Staat. Außerdem erhalte ich rund fünfzehn Pfund Kindergeld pro Woche. Das wollen wir nicht vergessen.

»Ich muss mit dir einmal über den Mutterschaftsurlaub sprechen, Jean«, sage ich. Sofort fährt Graham von seinem Stuhl hoch und flüchtet ans andere Ende des Raumes.

»Uh, du wirst ja ganz schön rund«, sagt Jean und legt die Hand auf meinen Bauch. Ich zucke zusammen. Das ist so was von aufdringlich! Wenn man in anderen Umständen ist, wird man anscheinend zum öffentlichen Besitz.

»Wann ist dein Termin?«, fragt Jean.

»Mein Kind kommt am 20. April, Jean.«

»Und willst du es stillen?« Jetzt fragt sie schon nach meinen Brüsten!

»Hab ich mir noch nicht überlegt. Aber ich muss das mit dem Mutterschaftsurlaub klären.«

»Schon den letzten Arbeitstag ausgerechnet?«, fragt sie abrupt und sieht an mir vorbei.

»Ähm, also, ich dachte, so gegen Mitte oder Ende März. Brauchst du sofort das genaue Datum?«

»So schnell wie möglich, bitte.«

»Ah, gut. Und auf was habe ich Anspruch in Bezug auf …?«

»Keine Ahnung, das muss ich nachsehen. Ich kümmere mich drum.«

Tja, Jean ist kein besonders netter Mensch. Ich habe sie immer idealisiert – sie ist eine großartige Verkäuferin –, aber in Wirklichkeit ist sie echt unsympathisch. Ich schätze, um viel zu verkaufen, muss man unangenehm sein. Schließlich redet man den Leuten Schuldgefühle ein, damit sie sich von ihrem Geld trennen und etwas buchen, was sie gar nicht haben wollen. Wenn man seinen Ehemann/seine Ehefrau/seinen Verlobten wirklich liebt, dann gibt man gerne ein bisschen mehr Geld für die Flitterwochen/den Hochzeitstag/den Besuch bei der Tochter aus, oder?

»Wir zwingen doch niemanden, etwas zu tun, was er nicht will«, sagt sie immer, aber ich bin da anderer Meinung. Wenn jemand einen zweiwöchigen Urlaub in Las Vegas will, dann ruft er nicht an und erkundigt sich nach einer Woche an der Algarve, oder?

Wo ich schon hier stehe, können wir uns einmal kurz die Verkaufszahlen ansehen. Ich bin auf Platz 19 gerutscht. Val ist von Platz 3 wieder auf Nummer 14 zurückgefallen. Gut so. Offensichtlich hat sie wieder andere Sachen im Kopf, nicht nur die Arbeit. Marion ist immer noch auf Platz 1, und da! Paris ist an fünfter Stelle! Ich bin ganz froh, so weit unten zu sein.

Ich glaube nicht, dass Jean verheiratet ist oder Kinder hat. Ich nehme an, dass ihr uralter Verkaufsrekord bestehen bleibt, bis ein anderer sozial gestörter, einsamer Streber daherkommt und ihn bricht. Früher dachte ich, das würde ich sein. Jetzt bin ich froh, dass es nicht so ist.

Als ich zurück an meinen Tisch gehe, ist Val nicht da. Tatsächlich scheinen viele Kollegen nicht am Platz zu sein. Ich recke den Kopf über die Abtrennung und entdecke Val in einer anderen Ecke zusammen mit Simon, Mike und Martin. Sie hocken zusammen und studieren etwas. Da entdeckt Val mich und macht mir Zeichen, zu ihnen herüberzukommen.

»Hast du das gesehen?«, fragt sie kichernd, als ich hingehe.

Ich schaue mir an, was Val in der Hand hat: ein blauer Ordner mit losen Blättern. »Na, klar habe ich das.« Es ist die tägliche Umlaufmappe des Telefonverkaufs. Die Abteilung Produktdesign und andere Teile vom Verkauf lassen darin Nachrichten umgehen, wenn ein bestimmtes Reiseziel besonders beworben werden soll oder wenn es ein Sonderangebot gibt, über das wir Bescheid wissen müssen. Wir sollen alle jeden Tag hineinschauen, aber ich habe seit über einer Woche keinen Blick mehr hineingeworfen. Ich habe mich darauf konzentriert, den Kunden die Reisen zu verkaufen, die sie haben wollen.

»Hast du heute schon reingeguckt?«

»Nein, natürlich nicht«, sage ich lachend. »Sollte ich?«

»Dann bitte schön, hier ist ein Stuhl, lies es sofort, ich möchte dein Gesicht sehen. Und danach musst du dich vielleicht erst mal erholen.« Fragend schaue ich Val an und merke, dass sie eine Träne fortwischt. »Du lachst dich kaputt!«, fügt sie hinzu, zieht kichernd einen Stuhl heran und macht mir Zeichen, mich zu setzen.

Simon, Mike und Martin gehen schmunzelnd an ihre Plätze zurück. Erwartungsvoll hebt Val die Augenbrauen. Ich blättere bis zum heutigen Datum und beginne zu lesen.

27. Februar

Von: Nick Maxwell, Personalabt.
An: Alle Abteilungen

Darf ich bitte alle darauf hinweisen, dass es sich bei dem bösartigen Verbreiten unwahrer Gerüchte über andere um Verleumdung handelt, und wenn sich herausstellt, wer diese Gerüchte verbreitet, wird derjenige darauf angesprochen werden. Außerdem möchte ich hinzufügen, dass das oben angesprochene Gerücht, ich wäre verheiratet, völlig falsch ist und jeder Grundlage entbehrt. Wer es also verbreitet, sollte sich darüber im Klaren sein, dass ich mich davon nicht stören lasse, derjenige verschwendet also nur seine Zeit. Ich bin nicht verheiratet, ich wiederhole: ***nicht*** *verheiratet, also unterlassen Sie bitte zukünftig jede Wiederholung dieses Gerüchts.*

Vielen Dank für Ihre Aufmerksamkeit.

Mehrmals bestaune ich das Papier, dann lese ich es erneut. Ist das wahr? Hat Nick Maxwell tatsächlich ein Rundschreiben an ganz Horizon verfasst, um die über dreihundert Mitarbeiter zu informieren, dass ihn dieses Gerücht überhaupt nicht stört? Laut prustend lache ich los.

20

Kann man diesen seltsamen asymmetrischen weißen Schwabbelberg da drüben sehen? Das bin ich. Ich habe wieder einen Geburtsvorsorgetermin. Katy prüft gerade den Herzschlag des Babys.

Ich habe mich entschlossen, bis Ende März zu arbeiten, das sind nicht mehr ganz zwei Wochen. Nur noch zwei Wochen arbeiten! Es kommt mir so sonderbar vor, wenn ich mir vorstelle, dass Horizon Holidays früher alles für mich war – na ja, abgesehen von Partys, Schuhekaufen, Friseurbesuchen und den vierzehntäglichen Wachsbehandlungen – und ich es jetzt gar nicht abwarten kann aufzuhören. Wenn das Baby da ist, werde ich nur noch Teilzeit arbeiten und mir entweder eine Kinderfrau holen oder das Kind zu meiner Mutter geben. Katy meint, dass junge Mütter sozialen Kontakt zu Erwachsenen brauchen, um geistig gesund zu bleiben. Ich denke, sie will damit sagen, dass eine Frau verrückt werden kann, wenn sie vier Jahre nur mit einem Menschen zu tun hat, der nichts als isst, schläft und kackt. Das ist wahrscheinlich der Grund, warum zwei von vier Ehen geschieden werden.

Katy macht ihre Arbeit sehr gut, oder? Sie greift um meinen persönlichen Mount Everest, führt die Bänder unter mir hindurch, klettet sie zusammen. Sie findet den Herzschlag, misst ihn, vergewissert sich, dass er in Ordnung ist, notiert ihn, bindet mich wieder los, schiebt den Monitor beiseite und hilft mir hoch. Dabei fragt sie nach meinem Befinden.

»Nicht so gut. Eine Freundin von mir hat momentan große

Schwierigkeiten, deshalb wohne ich bei ihr im Gästezimmer. Das ist schon in Ordnung – ich glaube nicht, dass ich zu Hause in meinem eigenen Bett besser schlafen würde.«

Katy macht ein ernstes Gesicht. »Es geht aber nicht nur um den Schlaf, liebe Rachel. Ruhen Sie sich tagsüber auch mal aus?«

»Na ja, ich arbeite immer noch Vollzeit. Und meistens helfe ich Sarah abends mit ihrem kleinen Jungen. Und morgens. Sonst würde ihr die Bügelwäsche über den Kopf wachsen. Und das Staubsaugen und -wischen. Und zweimal in der Woche koche ich was. Aber nur was Einfaches, Spaghetti bolognese oder so. Nichts Besonderes.«

Katy nimmt meine Hände in ihre und reibt sie aneinander. »Es ist jetzt Zeit für Sie, nach Hause zurückzukehren, Rachel«, sagt sie, und ihrem Gesicht sieht man an, wie ernst sie es meint. »Ich erzähle Ihnen keinen Blödsinn. Sie werden sehr lange keine Möglichkeit mehr haben, egoistisch zu sein.«

Katy greift zu meinem rosa Ordner, in dem jetzt schon seit acht Monaten Notizen, Untersuchungsergebnisse und Kurven gesammelt werden.

»Also, heute ist der 19. März. Von jetzt an müssen Sie jede Woche zu mir kommen, bis die Kleine da ist.« Das Kleine, korrigiere ich Katy im Stillen. »Sie liegt leider noch mit dem Kopf nach oben und dreht sich wahrscheinlich auch nicht mehr. Sie müssen sich da also entscheiden, meine Süße.«

Ist das die Frage aller Fragen? Ob ein Kind von der Größe eines Basketballs durch einen »Kanal« von der Größe eines Handys gedrückt werden soll oder ob man sich drei Lagen des Bauches – Haut, Muskelgewebe und Gebärmutter, das alles halt – aufschneiden lässt und daraufhin schreckliche Schmerzen leidet und eine Zeit lang völlig ausgekocht ist. Hm.

»Ja, ich habe schon darüber nachgedacht. Viel. Fast ohne Pause.« Die Fotos aus den Elternzeitschriften huschen wie Beweismittel an meinen Augen vorbei. »Ich bin mir ziemlich sicher, dass ich einen Kaiserschnitt möchte.«

»Wirklich?«

»Nein, eigentlich möchte ich doch eine natürliche Geburt.«

Katy runzelt die Stirn. Sie glaubt, ich wolle sie ärgern. »Rachel?«

In diesem Moment beschließe ich, dass ich keins von beidem will. Ich habe meine Meinung geändert. Ich will das Kind doch nicht bekommen. Es bleibt einfach im Bauch.

»Gut, na also, kommen Sie nächsten Montag wieder, dann sehen wir nach, ob sie sich gedreht hat. Wenn nicht, machen wir einen Termin für den Kaiserschnitt. Vielleicht ist Ihr Kind in zwei Wochen schon da, Rachel!«

Wahnsinn! Ich glaube, ich bin nicht mal in zwei Jahren so weit, von zwei Wochen ganz zu schweigen.

Und so gehe ich mit dem Wissen zurück zur Arbeit, dass, was auch immer geschieht, der übernächste Freitag definitiv mein letzter Tag bei Horizon sein wird. Bis auf weiteres, meine ich. Im Moment nimmt die Geburt als solche in meinem Kopf so viel Platz ein, dass ich an nichts anderes denken kann. Es kommt mir vor, als müsste ich nur diese eine unangenehme Sache überstehen, und dann wäre alles vorbei, so wie bei einer Mandeloperation. Ich muss mir in Erinnerung rufen, dass mit der Geburt erst alles beginnt.

So, da sitze ich an meinem Platz und telefoniere, wie man erkennen kann. Nicht so genau hinschauen, sonst merkt man, dass im Display ein »A« steht, das bedeutet »Ausgehend«, weil ich nach draußen telefoniere, nämlich mit dem Sozialamt. Ich bitte die Frau, mir eine Liste der registrierten Tagesmütter zuzuschicken.

»Und wenn Sie schon dabei sind, könnten Sie mir auch alle Unterlagen für die Freigabe zur Adoption schicken?«

»Was?«

»War nur ein Witz.«

Da fühle ich einen kleinen Druck in mir, als hätte Pfläumchen ängstlich die Hand gegen mich gepresst. »Schon gut«, beruhige ich es zärtlich und streichele die Stelle. »Du bleibst bei deiner Mummy.«

Wir springen vor, bis ich um halb sechs nach Hause komme – besser gesagt: zu Sarah. Man sieht, dass ich nervös bin. Ich habe nämlich Angst vor Sarahs Reaktion, wenn ich ihr sage, dass ich ausziehe. Es geht ihr im Moment sehr schlecht, obwohl Jake und ich bei ihr sind. Wenn ich weg bin, hat sie nur noch Jake. Ich weiß nicht, ob sie mit dem Alleinsein klarkommt.

»Okay«, sagt Sarah.

Ich bemühe mich sehr, nicht sauer zu sein. »Hör mal, Sarah. Die Wahrscheinlichkeit ist sehr groß, dass ich mit Kaiserschnitt entbinden werde ...«

»Ja? Warum?«

»Es liegt verkehrt rum. Auf jeden Fall ...«

»Bei Jake hatte ich auch einen Kaiserschnitt.«

»Ja, ich weiß. Ich wollte dich nur fragen ...«

»Tut schweineweh. Die Frauen mit der natürlichen Geburt glauben, die Kaiserschnitte hätten es einfach, aber die haben keine Ahnung. Wenn man sich hinstellt, hat man das Gefühl, die Nähte reißen, wenn man hustet, glaubt man, man würde platzen ...« (mein Gesicht ist gerade kalkweiß geworden) »... und bei jeder Bewegung sticht es wie tausend Messer. Um zwei Uhr nachts aufstehen zu müssen, ist schlimm genug ohne den stechenden Schmerz im Bauch, wenn man versucht, das Baby hochzuheben oder es sich auf den Schoß zu legen. Und ich habe danach zwölf Wochen lang geblutet, echt!«

Ich schlucke mehrmals, versuche, Flüssigkeit zu produzieren, damit der Hals nicht so trocken ist. »Ich weiß, Sarah. Deshalb wollte ich dich fragen ...«

»Was?«

»Nun, ich überlege, ob ich mir eine Rückenmarkspritze geben lasse, damit ich alles mitbekomme, das heißt, ich darf jemanden mit reinnehmen, der meine Hand hält. Der Vater wird es nicht sein, deshalb dachte ich ... Willst du mit mir in den OP kommen und zusehen, wie sie mich auseinanderschneiden?«

Zum ersten Mal seit langer Zeit lächelt Sarah. »Wirklich, Rachel? Du möchtest mich dabeihaben?«

»Ja.«

»Sehr gerne!« Sie steht auf, kommt zu mir und umarmt mich. »Danke, dass du mich gefragt hast. Das wird der Hammer!«

Sarah und ich unterhalten uns lebhaft über die Schrecken der Geburt, die uns beiden bevorstehen, deshalb merken wir nicht, wie uns Jake vom Sofa aus mit dunklen, sorgenvollen Augen beobachtet. Jede Bewegung Sarahs verfolgt er mit vor Schmerz zusammengezogenen Brauen. Warum ist er wohl so aufgebracht? Weil er seine Mummy seit Wochen nur weinend oder stumm gesehen hat und er sich nichts anderes wünscht, als dass sie ihn umarmt und küsst und liebt wie früher? Und jetzt umarmt sie jemand anderen, nicht ihn oder seinen Daddy. Er möchte derjenige sein, der seine Mummy zum Lächeln bringt, er möchte derjenige sein, der umarmt wird. Er ist überzeugt, dass alles wieder gut wird, wenn sein Daddy nach Hause kommt. Dann wird seine Mummy wieder lachen und ihn lieben, und sein Daddy kann *Krieg der Sterne* mit ihm spielen, so wie früher.

»Ich liebe dich, Jake«, ertönt eine brummige Stimme. »Ich liebe dich, Jake. Ich liebe dich, Jake. Ich liebe dich, Jake.« Immer wieder drückt der kleine Junge auf den Bärenbauch und hält ihn sich vors Gesicht, die Augen voller Tränen. Unbemerkt steht er auf und stiehlt sich aus dem Zimmer.

Es dauert nicht lange, meine Sachen zusammenzupacken. Sarah hat mir einige von ihren alten Kleidern gegeben, die mir über die letzten Wochen bis zur Geburt helfen sollen. Ihre Schwangerschaftskleidung ist viel zu groß für mich, aber eine alte Stretchhose von ihr passt mir perfekt. Sarah ist einige Zentimeter größer als ich, sodass der Bund angenehm unter der Brust sitzt und die Hose trotzdem lang genug ist. Sarah macht kein allzu glückliches Gesicht, weil eine Alltagshose von ihr einer Frau im achten Monat passt.

Auf der Arbeit scheint man nicht mehr viel von mir zu erwarten, was eine Beleidigung ist, aber gleichzeitig sehr praktisch. Ich muss ein paar Sachen klären, solange ich noch denken kann, ohne dabei unterbrochen zu werden. Und die Frage, was ich mit Nick machen soll, ist nicht die unwichtigste.

In den letzten acht Monaten habe ich beachtlich viel Zeit mit der Überlegung verbracht, welche Rolle Nick im Leben des Babys spielen soll. Ich möchte eigentlich nicht, dass er einen auf Vater macht, und gehe davon aus, dass er das eh nicht will. Wahrscheinlich wird er sogar abstreiten, in irgendeiner Weise etwas mit dem Kind oder mir zu tun zu haben. Das Einfachste wäre wohl, es ihm schlichtweg nicht zu sagen und dafür zu sorgen, dass die beiden nie was voneinander erfahren. Aber in letzter Zeit, seit Pfläumchen ein immer größerer Teil meines Lebens wird und seine Gegenwart immer deutlicher fühlen lässt, finde ich, dass es nicht richtig ist, Nick nichts zu erzählen. Es ist nicht richtig für das Kind. Ehrlich gesagt, ist es mir piepegal, was Nick von der ganzen Sache hält – ob er entsetzt ist, ob es seine Ehe zerstört, ob er lacht oder jede Verantwortung abstreitet. Das werde ich nicht zulassen.

Katy sagt, dass jedes Kind das Recht hat, seinen Ursprung zu kennen, und das sind die Mutter *und* der Vater. »Geheimnisse, die geheim bleiben, richten auf Dauer nur Schaden an.«

Meine Kollegin Penny beharrt drauf, es Nick nicht zu sagen. »Auf gar keinen Fall! Sieh zu, dass du nichts mit ihm zu tun hast! Verbanne ihn aus deinem Leben. Er darf niemals wissen, dass er ein Kind hat. Einen Mann einzubeziehen, das führt nur zu Stress und Unannehmlichkeiten. Wir Frauen kommen auch allein zurecht …«

»Besser sogar«, sagt Sian, stellt sich hinter Penny und legt ihr die Hand auf den Arm, »besser als allein.« Penny dreht sich zu Sian um und lächelt sie zärtlich an. Hand in Hand verlassen die beiden den Raum. Ich nehme an, dass ihre Meinung nicht ganz objektiv ist.

Ich habe Sarah gefragt, was sie davon hält.

»Na, klar musst du es ihm sagen!«, schimpfte sie. »Der glaubt, dass er damit durchkommt, dieser miese Nichtsnutz! Hinter dem Rücken seiner Frau einfach so in der Gegend herumzubumsen! Das wird ihm einen Lehre sein, die er so schnell nicht vergisst, was? Dieser dreckige, verpisste Schleimscheißer!« Sie holte Luft. »Und du kannst ihn ausnehmen wie eine Weihnachtsgans. Du brauchst finanzielle Unterstützung. Du solltest ihm also schnell Bescheid sagen und sein Leben für alle Zeit kaputt machen, und dann lässt du ihn zahlen. *Lass ihn zahlen!*« Fast erwartete ich, dass Sarah den Kopf in den Nacken werfen und zu krachendem Donner wie eine Wahnsinnige lachen würde, aber die Vögel sangen einfach weiter, und die Autos fuhren wie immer vor dem Haus vorbei.

Ich glaube, dass auch ihre Meinung nicht mehr ganz so objektiv ist wie früher.

Ich habe Susan in ihrem Geschäft besucht, um mir von ihr einen Rat zu holen. Ich dachte, sie wäre neutraler als Sian, Penny und Sarah. Tatsächlich war sie so zurückhaltend, dass sie mir gar nichts dazu sagen wollte.

»Rachel«, sagte sie und faltete BHs zusammen. »Ich kann mir in keiner Weise anmaßen, dir auf diese Frage irgendwie zu antworten.«

»Was?«

Sie schaute mich an. »Dies ist eine der folgenschwersten,

wichtigsten, lebenslangen Entscheidungen, die du je treffen musst. Wofür du dich jetzt entscheidest, wird ein Leben lang Auswirkungen auf dich und das Kind haben. Deshalb finde ich, dass du sie ganz für dich allein treffen solltest.«

Vielleicht ist Susan so überzeugt, damals das Falsche getan zu haben, dass sie an keiner weiteren Entscheidung beteiligt sein möchte. Nie wieder.

Hier bin ich also, paddele durchs Schwimmbecken und grübele über das nach, was die anderen gesagt haben. Meine Eltern zu fragen, habe ich mir erspart. Sie würden wahrscheinlich nur sagen: »Du musst das tun, was du für richtig hältst, Rachel.« Ein völlig nutzloser Rat, wie jeder weiß, der schon mal einen ordentlichen, objektiven Rat von einem Menschen brauchte, den er als älter und weiser respektierte.

Während ich ziellos wie ein kleiner Eisberg im Schwimmbecken treibe, wird mir klar, dass es nur einen Menschen gibt, der mir einen wirklich vernünftigen, guten Rat geben würde, ohne zu versuchen, mich irgendwie zu manipulieren: natürlich Hector. Seitdem er mir von Miranda erzählt hat, habe ich ihn nicht mehr gesehen, und das ist schon drei Wochen her. Da ich nun wieder zu Hause wohne, besteht nicht mehr die Möglichkeit, ihn zufällig bei Sarah zu treffen. Ich rufe ihn nicht an, und er mich nicht. Aber er hat gesagt, ich könne ihn ansprechen, wann immer ich wolle. Ich darf also, aber es ist mir unangenehm. Ich kann die Vorstellung einfach nicht abschütteln, dass er die Augen verdreht, eine Hand über das Telefon legt, den Kopf schüttelt und zu seinen Kollegen sagt: »Entschuldigung, das ist wieder diese Verrückte, die mich ständig anruft. Ich weiß nicht, wie ich sie loswerden soll. Sie bekommt ein Kind.« Und dann sagt er fröhlich: »Hi, Rach! Wie geht es dir?«

Deshalb erledige ich das Nachdenken im Schwimmbad. Hier kann ich besser atmen, denn mein zusätzliches Gewicht wird größtenteils vom Wasser aufgefangen, sodass ich mich hier sehr wohlfühle. Ich liege auf dem Rücken und lasse mich treiben. Dabei stelle ich mir Nicks Reaktion vor, wenn ich es ihm sage.

»Ach, deshalb bist du so fett geworden!« ist eine Möglichkeit, obwohl ich davon ausgehe, dass Paris ihm die frohe Botschaft inzwischen überbracht hat.

»Na, und?« ist eine andere. Ich denke, damit käme ich ebenfalls zurecht.

»Hey, ich wusste, dass ich es kann! Was für ein super Sperma!« wirkt auch ziemlich reell, obwohl ich den Menschen, um ehrlich zu sein, gar nicht richtig kenne. Vielleicht tue ich ihm also Unrecht.

Als ich zu nah an den Beckenrand gerate, paddele ich mit dem Fuß und treibe rückwärts quer durch das Becken. Ich gehe einfach davon aus, dass die anderen Schwimmer Platz machen, wenn sie mich näher kommen sehen.

Eine Sache macht mir Sorgen, und zwar Nicks Frau. Auch wenn sie so langweilig und öde ist, dass ihr Mann ständig in den Armen anderer Weiber sein Vergnügen sucht, so ist sie doch unschuldig an all dem. Welche Folgen wird das für sie haben? Ahnt sie überhaupt, dass ihr Mann so treu ist wie ein Internetsurfer? Na, meine Sorge soll es nicht sein. Soll sie ihn doch verlassen, na und? Sobald sie es herausfindet …

Bah! Ich bin gegen irgendwas gestoßen. Angeekelt zucke ich zusammen. Ich bin mir sicher, für den Bruchteil einer Sekunde eine weiche Pupille an meinem Ellenbogen gespürt zu haben.

»Ah, o Gott, oh«, rufe ich, rudere mit den Armen, trete verzweifelt das Wasser, ehe mir klar wird, dass das gar nicht nötig ist, weil direkt unter mir der Boden ist. Ich stelle mich hin und schaue mich suchend um. Wogegen bin ich gestoßen?

Es ist Hector.

In diesem Teil des Beckens reicht mir das Wasser bis an die Achselhöhlen, worüber ich froh bin. Hector reicht es nur bis zum Brustkorb, worüber ich mich ebenfalls freue.

Können wir mal eben kurz innehalten und ihn in seiner Badehose betrachten? Ganz schön großer Kerl, was? Vergleichen wir ihn mit Nick Maxwell, als er vor sieben Monaten bei mir aus der Dusche kam. Gegen Hector sieht Nick ganz schön, weiß nicht, kümmerlich aus, oder? Meine Augen sind ungefähr auf Höhe seiner Brust. Ich strenge mich an, nicht auf seine Brustwarzen zu starren. Aber diese unbehaarte Haut ist herrlich. Und die breiten Schultern! Und die wohlgeformten Arme!

Oh, Entschuldigung. Wo war ich gerade?

Genau. Hector hat noch nicht gemerkt, wer vor ihm steht, da er beide Hände vor das linke Auge geschlagen hat. Das rechte ist ebenfalls geschlossen. Und ich stehe da und glotze ihn an.

»Das wird dich lehren, mir nachzuspionieren«, sage ich schließlich, als das fünfsekündige Schweigen langsam unangenehm wird.

Sein Kopf wendet sich meiner Stimme zu. »Rachel! Bist du das?« Trotz seiner Schmerzen verziehen sich seine Lippen zu einem Lächeln.

»Ja, du Spinner. Ich habe eine Waffe in der Hand, und sie ist auf deinen Kopf gerichtet.«

Er grinst breiter. »Stimmt, das ist Rachel. Wie geht es dir?«

»Bin bis zur Unkenntlichkeit angeschwollen. Und dir?«

»Zeitweise erblindet. Ich finde, du siehst gut aus.«

»Danke. Du dagegen siehst schlimm aus. Soll ich mal nachsehen?«

»Ja, bitte.« Er bückt sich und versucht, das Auge zu öffnen. Ich trete vor und will ihm ins Gesicht schauen, da berühren sich unsere nackten Arme. O Gott, wir sind beide fast nackt! Hier ist jede Menge unbedeckter Haut zu sehen, und meine kribbelt voller Hemmungen. Oder ist das Lust? Hector scheint auch etwas zu empfinden, da er vor mir zurückweicht.

»Ich kann nichts erkennen ...«

»Ich glaube, es geht schon wieder ...«

»Gut.«

»Ja. Ich denke, ich muss mal langsam raus. War eh lange genug im Wasser«, sagt er und will rückwärts zur Treppe gehen, steuert aber in die falsche Richtung.

»Okay. Tschüss!«

»Nein, warte! Trinkst du noch eine Tasse Kaffee mit mir?«

»Würde ich gerne, aber da ist bestimmt nicht genug Platz.«

Hector schmunzelt. »Treffen wir uns im Café?«

»Gerne. Aber du musst etwas mehr nach links gehen, wenn du aus diesem Becken herauswillst.«

Zehn Minuten später stehe ich in der Kabine, halte den Kopf nach unten und versuche verzweifelt, mein Haar zu föhnen, damit es nach etwas aussieht und nicht einfach nur glatt herunterhängt. Als ich mich wieder aufrichte, wird mir schwindelig. Fast falle ich um.

»Hören Sie, das sollten Sie in der Schwangerschaft nicht tun«, sagt ein vorbeigehender Fremder.

Hector ist vor mir im Café. Sein Haar ist noch etwas feucht und zerzaust, er trägt ein weißes T-Shirt und Jeans. Wenn man, so wie ich, seine Brust genau betrachtet, ahnt man, was sich unter diesem T-Shirt verbirgt. Als ich näher komme, erkenne ich, dass in seinem linken Auge mehrere Äderchen geplatzt sind. Ich beiße mir auf die Lippe und setze mich ihm gegenüber. »Das mit deinem Auge tut mir total leid. Es sieht wirklich schlimm aus.«

»Ist es aber nicht. Tut nicht weh.«

»Gott sei Dank. Da bin ich froh.« Vor mir auf dem Tisch steht eine dampfende Tasse Kaffee. »Ist die für mich?«

»Ja. Der Typ da hinten am Fenster hat sie dir ausgegeben. Kennst du ihn?«

»Nein. Aber ist nett von ihm.« Ich hebe dem Fremden am Fenster den Kaffee entgegen. Er schaut überrascht und lächelt.

»Sein Tag ist gerettet«, sagt Hector leise.

»Tja, ich versuche, jeden Tag eine gute Tat zu tun. Leider

weiß er wohl nicht, dass für mich momentan alles außer Wasser wie Spülmittel schmeckt …«

»Schon gut.« Hector springt auf. »Ich sehe mal nach, ob die hier Spülmittel haben.«

»Ich bin nicht krank, hörst du? Setz dich, ich gehe selbst.«

»Ich weiß, dass du nicht krank bist, aber bis du dich aus dem Stuhl gehievt hast, habe ich schon sechsmal Wasser geholt. Bleib einfach sitzen.«

Ich sehe zu, wie Hector locker mit dem Typ an der Theke plaudert, und muss automatisch lächeln.

»Weshalb machst du so ein gerührtes Gesicht?«, fragt er, als er zurückkommt.

»Nichts, ich denke nur, was für ein guter Freund du bist.«

Er hält inne, bevor er das Glas vor mich stellt, und sieht mir offen in die Augen. »Stimmt das?«

»Ich hoffe doch. Bist du das denn nicht?«

»Ich dachte, wir kennen uns gar nicht.«

»Nein, damit kannst du jetzt nicht mehr kommen. Wir kennen uns inzwischen seit acht Monaten.«

»Sieben Monate und zehn Tage.«

»Oh. Oh.« Ich trinke einen Schluck Wasser und versuche, nicht daran zu denken, was das zu bedeuten hat. »Ich bin echt froh, dass wir uns heute getroffen haben, Hector. Ich brauche nämlich einen Rat von dir. Ist das in Ordnung?«

»Was? Natürlich ist das in Ordnung. Ich freue mich, wenn du mich fragst, besonders da wir uns jetzt offiziell kennen. Ich bin sogar erleichtert. Ich hatte ein wenig Sorge, dass die Freundschaft uns auseinanderbringen würde.«

»Nichts kann den Bund der Freundschaft brechen, die in nichtssagender Gleichgültigkeit geschmiedet wurde.«

»Du hast ja so was von recht. Was kann ich für dich tun?«

»Du hast eventuell gehört, dass ich ein- oder zweimal den Namen Nick erwähnt habe, oder?«

Er nickt.

»Er ist der … der Vater.«

»Gut.«

»Gut. Also. Ich habe ein Dilemma. Was ich nämlich einfach nicht weiß … und du musst dabei bedenken, dass er unreif und unzuverlässig ist, und darüber hinaus – das gebe ich nur ungern zu – auch noch verheiratet …«

»Wirklich? Ach, du meine Güte!«

»Ja, dieses Schwein. So, jetzt weißt du genauso viel über ihn wie ich. Und wenn du das bedenkst, da wollte ich dich fragen, ob du meinst … findest du, ich sollte ihm von dem Baby erzählen?«

Hector spuckt eine Fontäne Kaffee aus und beginnt zu husten. Er presst die Lippen aufeinander, damit mich nicht noch mehr Flüssigkeit trifft. Schließlich fängt er sich wieder. »Er *weiß* es nicht?«

Aha. Hector ist offenbar der Ansicht, dass ich es ihm sagen sollte. »Na ja, ich habe ihn seit Monaten nicht mehr gesehen, also privat, meine ich, um richtig mit ihm zu sprechen. Ach, nein, seit letztem Jahr nicht mehr.«

»Wa–?«

»Das letzte Mal habe ihn Weihnachten getroffen, und damals sah ich noch aus, als hätte ich einfach nur zugenommen. Hatte ich natürlich auch, aber aus einem anderen Grund, als er dachte. Ich weiß natürlich nicht, was er gedacht hat, wenn er überhaupt drüber nachgedacht hat, wahrscheinlich nicht, denn als ich ihn zufällig traf, war er ziemlich in Anspruch genommen … Was ist? Warum grinst du so?«

»Steh mal auf!«

»Warum?«

»Bitte, Rachel, steh einfach auf!«

»Na, gut.« Ich stehe auf, und Hector kommt um den Tisch herum zu mir, sieht mir in die Augen, bleibt aber nicht stehen, sondern kommt so nah, dass er meinen Bauch berührt. Wir schauen hinunter und wieder hoch. Dann legt Hector mir die Hände auf die Wangen, seine Finger greifen um meinen Nacken, mit den Daumen streichelt er sacht mein Kinn. Schließlich beugt er sich vor und küsst mich. Einfach so, mitten im Café Waterside.

Ich bin auf dem Weg nach Hause. Wie ich aussehe! Als ob ich gleich platzen würde! Ich hüpfe auf dem Sitz herum, von links nach rechts und singe bei offenem Fenster unser altes Lied, so laut ich kann: *»I get knocked down, but I get up again, you ain't ever gonna keep me down!«*

Hector liebt mich! Er liebt mich seit Monaten, seit Jahren! Hat das jemand gemerkt? Alle Anzeichen waren da, nicht wahr? Ich habe sie doch richtig interpretiert, und das ist einfach herrlich, weil es bedeutet, dass er mich liebt – *er liebt mich!* Er hat es nur für sich behalten, weil er dachte, ich würde es noch einmal mit Nick versuchen wollen. Diesem Schlappschwanz. Er hat fast mein Leben ruiniert. Hat aber nicht geklappt! *Es hat nicht geklappt!*

Ich muss mich aufs Fahren konzentrieren. Kurz schaue ich in den Rückspiegel, und da sind die beiden Lichter von Hectors wunderschönen Scheinwerfern, ich lächle und winke ihnen zu. Liebevoll blinken sie mich an. Er liebt mich.

Als wir vor meiner Wohnung eintreffen, wartet er auf dem Bürgersteig auf mich und beugt sich zu mir herunter, um mich dort draußen auf der Straße zu küssen. »Ich kann nicht glauben, dass ich dich einfach küssen darf, wann ich will«, sagt er und gibt mir noch einen Kuss. Ich schwebe regelrecht.

Ich koche Nudeln mit Käse, wir essen im Schneidersitz auf dem Sofa. Wir sind uns so nah, dass sich unsere Köpfe fast berühren. Vielleicht kann man sehen, dass ich versuche, nicht auf »die Stelle« auf dem Teppich zu schauen, wo im letzten Juli diese Sache passierte. Ich habe das Gefühl, als könnte man die Umrisse von Nick und mir sehen, wenn man mit einem ultravioletten Licht darauf leuchtete.

»Erzähl doch!«, bitte ich Hector.

Er weiß genau, was ich meine, legt die Gabel beiseite und mustert mein Gesicht. »Ich glaube, fast vom ersten Moment an.«

»Beim Brunnen?«

»Nein, nein, ich meine, als wir zum ersten Mal zusammen sprachen, auf meinem alten Handy.«

»Echt? Wie, sofort? Ohne mich gesehen zu haben?« Das habe ich ja noch nie erlebt!

»Allerdings. Ich musste dich nicht sehen, um zu wissen, dass ich … dass du mir wirklich gefallen könntest. Oder ich mich in dich verlieben könnte.«

»Das kann doch nicht sein! Du kannst mich nicht geliebt haben, bevor wir uns sahen. Du willst mich veräppeln!«

»Nein, nein, ich meine ja nicht, dass ich mich sofort in dich verliebt habe. Ich wusste nur sofort, dass ich mich in dich verlieben *könnte*.«

Ich runzele die Stirn. »Das verstehe ich nicht.«

Hector lehnt sich ein wenig zurück und stützt das Kinn auf die Faust. »Ich versuch's mal zu erklären. Also, um ehrlich zu sein: Du hast mich inspiriert. Du inspirierst mich noch immer.«

Heiliger Bimbam, hat das einer gehört? So was hat noch niemand zu mir gesagt, noch nie! Ich inspiriere ihn! »Echt?«, frage ich flüsternd.

»Ja. Wirklich. Weil du …« Er schüttelt den Kopf. »Nein, ich meine …« Er runzelt die Stirn. »Na, gut. Hast du mal einen Witz gemacht bei jemandem, den du nicht kanntest, auf der Straße oder im Aufzug, und der kapierte ihn überhaupt nicht? Das ist so unangenehm! Ich erzähl dir mal ein Beispiel. Einmal stand ich in der Schlange vom Spielwarenladen, ist Jahre her, ich wollte eine Plastiktorte für Jake kaufen …«

»Weißt du nicht, dass er total heiß auf Biskuitkuchen ist, den er wirklich essen kann?«

»Nee, keine Ahnung. Der Arme. Jedenfalls stand vor mir in der Schlange eine Frau mit einem riesigen Kasten, in dem solch ein Erste-Hilfe-Set für Kinder war, komplett mit Verbänden, Stethoskop, Spritzen und so weiter. Wir standen drei oder vier Minuten hintereinander in der Schlange, und ich finde es immer unhöflich, so nahe neben jemandem zu stehen und nicht mit ihm zu sprechen. Deshalb schaute ich auf den Kasten in ihrer Hand und sagte: ›Ist wirklich besser, so was im Haus zu haben, nicht?‹«

Ich muss kichern. »Und? Hat sie gelacht?«

»Nein. Sie hat nicht mal gelächelt. Sie hatte nur diesen Blick drauf.«

»Welchen Blick?«

»Kennst du den nicht? Dieses schwache, gekünstelte Lächeln, das sagen will: Ich weiß, dass Sie mich angesprochen haben, aber ich kenne Sie nicht und habe Sie auch nicht verstanden, deshalb sprechen Sie mich bitte nicht noch einmal an.«

»Oh ja, ich weiß, was du meinst! Das mache ich ständig. Als ob man sagen würde: Ich bin zu höflich, um dich völlig zu ignorieren.«

Hector nickt wissend. »Ja, genauso ist das. Jedenfalls war das schauderhaft, weil diese Frau bestimmt dachte, dass ich nicht mehr alle beisammenhabe oder einer von diesen nervigen Leuten bin, die einen mit langweiligen Geschichten vollquatschen, wenn es kein Entkommen gibt, also zum Beispiel an einem Samstag kurz vor Weihnachten in der Kassenschlange, wenn an der Kasse eine Schülerin steht, die immer wieder klingeln muss, weil sie nicht weiß, wie man Kreditkarten durchzieht.«

»Also dauerte es lange, was?«

»Es wurden sogar Sandwiches und Tee gereicht.« Hector grinst.

»Aber du! Du kanntest mich nicht, wusstest nichts über mich oder was ich sagen wollte, und hast mich trotzdem nie so angeguckt, nicht mal beim Telefonieren hattest du diesen Blick drauf. Das spürte ich. An dem Tag, als wir zum ersten Mal sprachen, war ich beschwingt, fröhlich, optimistisch. Das war der Tag, als Rupert endlich den Vertrag für das Horizon-System unterschrieb. Deshalb machte ich spontan diesen kleinen Witz über Lösegeld für das entführte Handy. Ich erwartete gar nicht, dass du darauf eingehen würdest, rechnete eher damit, dass du sagen würdest: ›Hör mal, Junge, ich habe dein Telefon nicht geklaut und will kein Lösegeld dafür, aber wo du schon davon sprichst: Gibt es Finderlohn?‹ Aber nichts da. Du bist direkt hundertprozentig darauf eingestiegen.« Hector schüttelt den Kopf. »Das war wahnsinnig.«

»Echt?«

»Und wie! Das hat mich inspiriert. So meinte ich das. Da war jemand am Telefon, der die, wenn ich das hinzufügen darf, verführerischste Stimme seit Jahren hat, und dieser Mensch wollte ebenfalls Spaß haben. Da war jemand, der einen sinnlosen Witz nicht sinnlos fand. Der nicht zu beschäftigt und versunken im täglichen Trott war, um nicht ein bisschen albern zu sein. Die Gespräche mit dir waren ein Sonnenstrahl in meinem sonst trüben, düsteren Leben.«

»Wow!«

»Ich weiß. Ich konnte es nicht erwarten, dich kennenzulernen. Ich hatte Schmetterlinge im Bauch, als ich am Brunnen saß. Weißt du, dass ich schon um Viertel nach fünf da war? Wir waren erst um sechs Uhr verabredet. Aber ich konnte mich nicht auf die Arbeit konzentrieren, deshalb ließ ich es schließlich einfach sein. Als es endlich sechs Uhr wurde, war ich mit den Nerven am Ende. Mir war übel, ich schwitzte. Immerhin hatte ich vier Tassen Kaffee in dem Café getrunken.«

»Und ich habe mich gewundert, warum dein Auge so zuckt.« Das ist ein Witz, aber man beachte mein Gesicht: Ich kann den Blick nicht von Hector abwenden.

»Und dann sah ich dich endlich da sitzen. Du warst so klein und blass, so eingeschüchtert. Ich fühlte mich zu dir hingezogen, sobald ich dich erblickte, aber ich konnte natürlich nicht auf dich zugehen, weil ich dich ja erst offiziell treffen musste. Also musste ich dich ignorieren und warten, bis du offiziell auftauchtest. Als mein Handy in deiner Tasche klingelte …« Er unterbricht sich und schiebt mir das Haar hinters Ohr. »… da wusste ich, dass ich irgendetwas tun musste, um mit dir in Verbindung zu bleiben. Ich konnte mir nicht einfach das Handy zurückholen und dich niemals wieder sehen oder hören.«

»Ich bin so froh, dass du das nicht gemacht hast«, flüstere ich.

»Und ich erst, Rachel! Es ist unglaublich, wie kurz davor ich war, dich gehen zu lassen. Als ich Nick und dich auf der Weihnachtsfeier von Horizon sah …«

»Das habe ich dir doch schon erklärt.«

»Ich weiß. Ich weiß. Es war nur so …«

Könnten wir kurz einen Augenblick für uns haben, bitte? Wir brauchen unsere Privatsphäre, und man möchte ja nicht ständig sehen, wie wir uns küssen, oder? Ich kann es jedenfalls nicht haben, wenn andere das in der Öffentlichkeit tun.

»Weißt du was?«, sage ich schließlich. »Vor Jahren hat mir Sarah mal von dir erzählt. Du würdest Glenn total kontrollieren und dir einbilden, die ganze Welt würde sich allein um dich drehen.«

»Ja? Hm, das wundert mich ein bisschen. Ich dachte, Sarah würde mich mögen. Mit Sicherheit geht das auf Glenn zurück. Keine Ahnung, warum er so denkt.«

»Hast du ihm in letzter Zeit Geld geliehen?«

»Ja. Fünftausend.«

»Hast du ihm gesagt, er soll seine Affäre mit Christine beenden?«

»Ja.«

»Hast du ihm Druck gemacht?«

»Ähm, ja, wahrscheinlich schon.«

»Und da fragst du dich noch, warum er sagt, du würdest ihn kontrollieren?«

Hector grinst mich an. »Du kannst wirklich zaubern, was?«

»Na, klar! Was glaubst du denn, wie ich dich dazu gebracht habe, das Handy im Einkaufswagen liegen zu lassen?«

»Du warst das? Mann, bist du gut!«

»Das sagt man mir öfter. Möchtest du noch Pasta? Ist noch jede Menge übrig.«

»Ja, bitte. Schmeckt fantastisch.«

»Isst du denn nie was?«

»Seit Mum nicht mehr da ist, kümmere ich mich nicht groß ums Essen. Für eine Person zu kochen lohnt sich nicht.«

»Wohnt Glenn denn nicht bei dir?«

»Doch, aber der will nichts essen. Der hockt einfach nur rum und bemitleidet sich selbst. Er ist total im Eimer, das Haus ist im Eimer, alles ist im Eimer.«

»Sarah auch.«

»Ich weiß.«

»Findest du es nicht ein bisschen albern, dass die beiden in zwei verschiedenen Häusern sitzen und Trübsal blasen?«

Hector sieht mich an und streicht mir eine Strähne aus den Augen. »Was willst du damit sagen, du Zauberfee?«

Ich zucke die Achseln. »Keine Ahnung. Aber ich denke, wir müssen dafür sorgen, dass sie miteinander reden.«

Hector legt die Gabel beiseite und stellt den Teller auf den Couchtisch. »Du hast recht. Ich habe keine Lust mehr, immer und überall dieses lange Gesicht zu sehen. Momentan ist Glenn krankgeschrieben, deshalb hängt er mit dem langen Gesicht herum, wenn ich aus dem Haus gehe und wenn ich wiederkomme.«

»Komm, wir fahren zu Sarah«, schlage ich plötzlich vor. »Es ist furchtbar, dass es uns so gut geht und den beiden so schlecht.«

»So saumäßig schlecht.«

Ich muss lachen. Man sehe sich Hectors Miene an: Er hat wirklich die Nase voll, sich Glenns langes Gesicht anzuschauen, nicht? »Genau, saumäßig schlecht. Also, was meinst du? Sollen wir versuchen, bei den beiden ein bisschen zu zaubern?«

»Gut, wir fahren sofort los. Du kannst anfangen zu wirken.« Voller Staunen schaut er mich an. »Meine Rachel«, sagt er.

In Hectors gemütlichem Wagen döse ich ein. Ich habe den Sitz nach hinten gestellt und die Kopfstütze nach vorne. Der leise Motor und die weiche Fahrweise lullen mich schnell ein. Plötzlich reißt mich das grässliche, grausame Bild aufgerissener Haut und klaffender Wunden aus dem Schlaf, die wie schreiende rote Münder aussehen. Ich zucke zusammen und schlage klopfenden Herzens die Augen auf. Der Wagen hält, Hector beugt sich über mich, ganz nah, und streichelt meine Wange.

»Hallo«, sagt er.

»Hi. Wie lange habe ich geschlafen?«

Er schaut auf die Uhr am Armaturenbrett. »Ungefähr zwei Minuten.«

»Oh! Zwei Minuten?«

»Ja. Komm, wir sind da.«

Vor Sarahs Haustür lehne ich mich an ihn. Ich reiche ihm nicht mal bis zum Kinn. Hector senkt den Kopf und drückt die Lippen in mein Haar. Als Sarah die Tür öffnet, springen wir auseinander.

»Oh, hallo, ihr beiden.« Anscheinend wundert sie sich überhaupt nicht, uns zusammen zu sehen. Sie dreht sich um und geht schniefend den Gang hinunter. Habe ich erwähnt, dass sie rote, geschwollene Augen hat? Sie hat wohl gerade geweint.

»Was ist los, Sarah?«, frage ich sie im Wohnzimmer.

Sie schaut zu mir auf. »Och, mein Mann hat bloß eine Affäre mit einer meiner besten Freundinnen gehabt, habe ich das noch nicht erzählt?«

Es ist reichlich unordentlich im Wohnzimmer. Überall fliegen Spielzeug, Klamotten, schmutzige Teller und Tassen, Zeitschriften und Zeitungen herum, und mittendrin liegt Jake zusammengerollt auf dem Sofa und sieht fern. Ich schaue auf die Uhr. Es ist neun Uhr – er müsste längst im Bett sein.

»Hey, Harry, was guckst du?«, rufe ich ihm zu. Er rührt sich nicht.

»Harry?«, fragt Hector mich leise.

»Erzähle ich dir später.«

Sarah setzt sich wieder aufs Sofa, und Jake kuschelt sich an sie, bettet den Kopf auf ihren Schoß. Geistesabwesend legt sie ihm die Hand aufs Haar. Hector und ich nehmen in den Sesseln Platz.

»Glenn war hier«, sagt sie in den Raum hinein.

»Das ist gut«, sagt Hector. Ich beobachte Jake. Er sieht so blass und besorgt aus. Ein kleiner sechsjähriger Junge sollte sich höchstens Gedanken darüber machen, welcher Schuh an welchen Fuß gehört.

»Eigentlich nicht«, sagt Sarah. »Er will sich scheiden lassen.«

»Was?«, ruft Hector aus. Jake zuckt zusammen, aber seine Augen bleiben starr auf den Fernsehschirm gerichtet. Er blinzelt kaum. Sein Haar ist fettig und ungekämmt, er hat weder Socken noch Schuhe an.

»Ja, der hat Nerven! *Ich* müsste die Scheidung verlangen. Er meint, wir hätten unüberbrückbare Differenzen. Wahrscheinlich hat er recht. Beispielsweise will er in der Gegend rumvögeln, und ich habe was dagegen.« Freudlos schickt sie ein »Haha« hinterher.

»Ich werde mit ihm reden, Sarah«, sagt Hector. »Ich weiß genau, dass er das gar nicht will. Das ist nur so eine Trotzreaktion von ihm.«

»Hm, ich weiß nicht, ob die Idee wirklich so schlecht ist«, sagt Sarah traurig. »Warum sollen wir eine Beziehung weiterführen, wenn zwischen uns nichts mehr ist? Weißt du, Hector, wir sprechen nicht mehr miteinander, wir lachen nicht mehr, es heißt nur noch: ›Was gibt's zum Essen?‹, ›Hast du die Rechnung bezahlt?‹ oder ›Wir brauchen einen neuen Staubsauger.‹« Müde schüttelt sie den Kopf. »Ich glaube, wir sind einfach am Ende angekommen. Mehr nicht.« Tränen rinnen ihr über die Wangen, sie schnieft laut und wischt sie mit der Faust beiseite. Jake auf ihrem Schoß hebt den Kopf und schaut sie an. Als er die Tränen sieht, setzt er sich hoch, nimmt Bert, den Bären, und drückt ihn ihr in die Hand. »Ich liebe dich, Jake«, sagt das Stofftier mit Glenns Stimme. Jake beobachtet seine Mutter, aber Bert hat keine Wirkung auf sie. Er klettert vom Sofa und verlässt das Zimmer. Ich werfe Hector einen Blick zu und gehe dem Kleinen nach.

In seinem Zimmer kniet Jake vor einer großen roten Plastikkiste und wühlt darin herum. Er redet vor sich hin, deshalb gehe ich näher an die Tür heran, um ihn belauschen zu können.

»… Den Actionman mit Fallschirm, das ist der beste, und … und … und das große Piratenschiff. Nein, das ist zu schwer … Oscar Eule, das ist mein Lieblingstier, außer Bert. Vielleicht noch das Alphabetspiel. Und der Zerhacker von Bob dem Baumeister, der ist gut, und außerdem der Donnersaurier Megazord … Was ist mit dem Affen Maurice? Nein, der ist doof, der sieht nicht mal wie ein Affe aus, hat keinen richtigen Schwanz … der Spiderman-Ball …«

Jake hat mehrere Spielsachen aus der Kiste geholt und legt sie zur Seite. Dann lädt er sich alles auf die Arme, hat aber Schwierigkeiten, es festzuhalten. Offensichtlich hat er seine Lieblingsspielsachen gesammelt, aber wohin will er damit? Sein blasses Gesichtchen ist verzerrt vor Anstrengung. Mit den Armen voller Spielzeug steht er auf.

Ich verstecke mich im Badezimmer. Er steuert auf die Treppe zu, ich verberge mich hinter der Tür. Im Vorbeigehen höre ich ihn sprechen: »Meine besten Sachen, darf sie mit spielen, freut sich bestimmt. Sie kann mit allen spielen, egal was sie will, auch mit den anderen Sachen. Aber dies hier sind meine besten.« Dann steigt er die Treppe hinunter.

Ich hatte vermutet, Jake wolle davonlaufen und packe dafür die in seinen Augen wichtigsten Dinge zusammen. Alles, was er braucht, wenn er sich in einer Welt durchschlagen muss, wo hinter jeder Ecke ein Kindermörder lauern kann: ein Spiderman-Ball und Oscar Eule. Doch als ich auf Zehenspitzen hinter Jake die Treppe hinuntergehe, wird mir plötzlich klar, was er vorhat.

Er wankt ins Wohnzimmer, den Kopf im Nacken, um all die Sachen auch tragen zu können, läuft gegen die Tür, die Sofalehne, Hectors ausgestreckte Füße. Dann hockt er sich vorsichtig hin und lässt alle Spielsachen auf den Boden fallen. Neugierig sehen Hector und Sarah ihm zu. Hector schaut mich an. Ich stehe in der Tür, die Arme um mich geschlungen, und lasse den Tränen freien Lauf. Jake sucht den Actionman heraus.

»Mummy, willst du mit meinem Actionman spielen? Das ist mein bester. Du musst ihn in die Luft werfen, dann geht sein Fallschirm auf, und er fliegt nach unten. Guck!« Er hält seiner Mutter das Spielzeug hin, die es kurz betrachtet, dann entgegennimmt und es mehrmals in die Luft wirft.

»Danke, Jakey, das ist toll«, sagt sie und lächelt mit feuchten Augen. Sie legt das Spielzeug auf ihren Schoß. Jake sieht ihr zu, dann geht er zurück zu seinen Sachen. »Ich habe auch den

Donnersaurier Megazord. Hier, der verwandelt sich in drei verschiedene Dinosaurier.« Geschickt demonstriert er, was das Spielzeug kann, dann setzt er wieder alles zusammen und hält es ebenfalls seiner Mutter hin. Es wandert zum Actionman auf ihrem Schoß.

In den nächsten Minuten sehen wir voller Staunen zu, wie Jake ein Spielzeug nach dem anderen aussucht und es Sarah mit einer kurzen Beschreibung seiner Fähigkeiten anbietet. Bis Sarah sich schließlich vorbeugt, durch die Tränen lächelt und die Arme ausbreitet.

»Komm her, Jakey, komm her und drück mich ganz fest.«

Er legt das Magna Doodle beiseite und klettert auf Sarahs Schoß, schlingt die Arme um ihren Hals und drückt sein Gesicht an ihre Wange.

»Vielen, vielen Dank, Jake. Vielen Dank, mein kleiner Liebling.«

Hector und ich stehen auf und steuern auf die Tür zu.

»Sarah, wir gehen jetzt«, sagt Hector. »Bleib sitzen – wir finden selbst nach draußen. Sag mir Bescheid, wenn du was brauchst.« Sie nickt uns über Jakes Schulter zu. »Gut. Und ich rede mit Glenn. Versprochen.«

»Danke, Hec. Bis bald, Rach«, flüstert sie und reibt Jakes Rücken. Als wir zur Haustür gehen, höre ich Jakes Stimme: »Hast du dich gefreut, dass du mein Lieblingsspielzeug haben durftest, Mummy?«

Sarah lächelt und reibt seinen Rücken. »Oh ja, Jakey, ich habe mich sehr gefreut. Es war nett von dir, das alles für mich runterzuholen. Aber weißt du, ich bin erwachsen, und Spielsachen sind eigentlich nichts für Erwachsene.«

Jake zieht die Nase hoch und lehnt sich zurück, um seiner Mutter ins Gesicht zu sehen. »Aber Daddy hat immer *Krieg der Sterne* mit mir gespielt. Ich war Darth Vader, und er war Obi Wan Kenobi. Das haben wir immer gespielt.«

»Ich weiß, mein Schatz. Das würde ich auch gerne wieder machen. Aber Daddy ist im Moment nicht hier, nur wir beiden. Nur du und ich, die wilden Zwei. Okay?« Und sie nimmt ihn erneut fest in die Arme.

Schauen wir uns genau Jakes Gesicht über ihrer Schulter an! Kann man sehen, wie sich seine Augen weiter öffnen, sein Mund sich von trauriger Verzweiflung zu grimmiger Entschlossenheit hebt? Lautlos wispert er ein Wort in Sarahs Haar: »Daddy«.

21

Heute ist mein letzter Arbeitstag. Fürs Erste. Ich habe einen von Vivien Attwood unterschriebenen Brief, in dem steht, dass ich Anspruch auf achtzehn Wochen Mutterschaftsurlaub habe und danach Teilzeit arbeiten kann. Näheres sei zu regeln, wenn ich so weit sei. Ich solle anrufen und es mit Jean besprechen, sobald ich genau wisse, welche Arbeitszeiten mir und meinem Kind am besten passen.

Ist es zu glauben, dass ich mir darüber nicht mal Gedanken mache? Aber woher auch? Mir Gedanken um Geld und Arbeit machen, wenn ich aufgeschnitten werden soll, damit ein Menschenkind aus meinem Bauch gezogen wird? Wohl kaum. Ich habe keinen Platz im Kopf für irgendwas anderes.

»Mensch, Rach, dein Haar sieht ja heute furchtbar aus!«

»O Gott, Rachel, hast du gehört, dass wir alle fünfundzwanzig Prozent weniger Geld kriegen sollen?«

»Schnell, Rachel, in der Datenverarbeitung ist ein menschenfressender Dinosaurier, wir müssen das Gebäude verlassen!«

Alles läuft an mir vorbei. Ich hoffe nur, dass Val mir rechtzeitig Bescheid sagt, falls es brennt, weil ich weiß, dass ich nichts von den kreischenden Sirenen, dem eiskalten Wasser aus den Sprinkleranlagen und der Massenpanik auf den Treppen mitbekommen werde. Wenn die Feuerwehrleute durch die Tür stürzen, würde ich leicht kokelnd und tropfend an meinem Schreibtisch sitzen.

Der Eingriff ist übrigens nächsten Donnerstag. Habe ich das schon erwähnt? In sechs Tagen. Ja, am fünften April. Ein Datum, das von nun an für alle Zeit wichtig für mich sein wird. Der gute, alte fünfte April.

Als ich nach einer Pinkelpause an meinen Platz zurückkehre, klebt ein gelbes Papierquadrat an meinem Bildschirm, auf dem in Vals Handschrift steht: »Chrissie hat angerufen«. Auch Val hat heute ihren letzten Tag. Aber nur für eine Woche. Sie fährt morgen mit Keith an den Gardasee.

Ich nehme die Haftnotiz vom Bildschirm und betrachte sie kurz, dann zerknülle ich sie und werfe sie in den Papierkorb. Ich möchte momentan wirklich nicht hören, was Chrissie zu sagen hat. Jakes verzweifelter Versuch am vorletzten Abend, seine Mutter mit seinem Lieblingsspielzeug aufzuheitern, geht mir immer noch nach.

Ich werde Hector anrufen. Ich habe heute noch nicht mit ihm gesprochen. Und jetzt brauche ich keine Angst mehr haben, dass er ein Gesicht macht, als würde er denken: »Mein Gott, was will die schon wieder?« Ich hätte mir eh keine Sorgen machen müssen.

»Ich habe eine äußerst feinfühlige Mitarbeiterin am Empfang«, erklärte er mir gestern, als ich ihm erzählte, dass ich mir vorgestellt hätte, wie er inmitten von Kollegen am Telefon Grimassen schneide. »Ich kann ihr ohne weiteres auftragen, dass sie, wenn du anrufst, dir sagt, ich wäre in einer Besprechung oder unterwegs oder sonst was. Zack, erledigt.«

»McCarthy Systems«, meldet sich die Dame am Empfang. Ich versuche mir vorzustellen, wo sie sitzt, wie die Umgebung aussieht. Allem Anschein nach nicht an einem Sperrholztisch vor einer Trennwand. Jetzt stelle ich mir eine Yucca-Palme, Bilder vom Hafen von Sydney und einen schweren dunkelroten Teppich vor.

»Hallo, könnte ich bitte mit Hector sprechen?«

»Wer ist da bitte?«

»Rachel Covington.«

»Oh, Miss Covington, das tut mir leid. Mr. McCarthy ist zurzeit nicht im Haus. Soll ich ihm etwas ausrichten?«

»Nein, nein, schon gut. Sagen Sie ihm doch bitte nur, dass ich angerufen habe, ja?«

»Natürlich. Obwohl ich Sie warnen muss, dass er wohl erst nach dem Mittagessen ins Büro zurückkommt.«

Verdammt und verflucht! »Macht nichts. Danke.« *Mist!* Ich will *jetzt* mit ihm reden!

»Du solltest dich anders hinsetzen, Rach, sonst bekommst du Krampfadern!« Martin oder Mike geht vorbei.

»Mist«, sage ich laut zu ihm.

»Recht hast du.«

Ich weiß nicht, was ich machen soll. Ich versuche, keinen Anruf entgegenzunehmen. Da eilt mir Simon zu Hilfe.

»Rach, ich habe ein Gespräch für dich!«, ruft er so laut, dass alle, die gerade bei Horizon angerufen haben, um sich nach der Verfügbarkeit von Apartments zu erkundigen, es hören können.

»Nein, nein«, sagt Val, als ich an ihr vorbei zu Simons Schreibtisch gehe, »da war jemand vorm Fenster. Ich mache es schnell zu …«

Simon verdrückt sich für ein paar Minuten, damit ich in Ruhe telefonieren kann.

»Hallo? Hier ist Rachel.«

»Hi, ich bin's.«

Er sagt nicht mehr »Hier ist Hector«, um sich von anderen Männern abzugrenzen, die mich möglicherweise anrufen könnten. Das braucht er nicht mehr. Lächelnd lasse ich mich in Simons Stuhl sinken.

»Hallo, du!«

»Wie läuft es?«

»Viel zu langsam. Ich habe eben versucht, dich zu erreichen, aber deine Empfangsdame …«

»Moira.«

»Moira sagte, du wärst in den nächsten zehn Jahren nicht mehr im Haus. Hat das irgendwas zu bedeuten?«

Hector schmunzelt. »Ach, verdammt, ich hatte doch nur von zwei Monaten gesprochen. Zehn Jahre, das ist doch viel zu auffällig, oder?«

»Auf jeden Fall. Du musst deutlich subtiler sein, wenn du mich abservieren willst. Ich darf mir niemals ganz sicher sein, ob ich abgeschossen wurde oder nicht.«

»Wow! Du weißt, wovon du redest, was?«

»Allerdings. Aber hör mal, hast du mich aus einem bestimmten Grund angerufen? Ich dachte, du wärst erst heute Nachmittag wieder im Büro ...«

»Ja, stimmt, ich bin bis heute Nachmittag außer Haus. Das bin ich auch im Moment.«

»Ah ...«

»Genauer gesagt vor deinem Büro. Vor der Tür.«

»Ja?« Ich springe hoch und schaue zur Tür hinüber, kann aber niemanden entdecken. »Ich kann dich nicht sehen.«

»Dann sieh genauer hin!«

Ich schaue hin, die ganze Zeit, aber ... Oh, doch, Moment! Hat das einer gesehen? Da war gerade etwas! Ein Arm. Nur ein winkender Arm. Nein, er winkt mich herbei. Zu sich. Ich muss lachen.

»Nein, ich kann dich immer noch nicht sehen, aber aus irgendeinem Grund gehen gerade alle möglichen Leute zur Tür – vielleicht verdecken die dich.«

Der Arm verschwindet hinter der Tür, dann zeigt sich kurz ein Kopf.

»Du bist eine kleine Hexe, Rachel Covington! Das wusste ich in dem Moment, als ich dich da auf dem Brunnen sitzen sah mit den Höllenhunden hinter dir, die nur auf deinen Befehl warteten.«

»Stimmt. Ich habe ihnen befohlen, still zu stehen und zu sabbern, und sie haben mir gehorcht.«

»Kommst du zu mir?«

»Ich bin am Arbeiten, ja? Ich weiß nicht, ob … Na, gut.« Ich drücke auf »Beenden«, zerre das Headset herunter und stürme zur Tür.

Hinter der Tür kommt Hector mir entgegen und begrüßt mich. »Hi«, sagt er und senkt den Kopf, sodass sich unsere Gesichter ganz nah sind.

»Hi.«

»Komm mal mit! Ich habe was für dich.« Er nimmt meine Hand und führt mich zu den Aufzügen.

»Ein Geschenk?«

»Was? Oh ja, ja, ein Geschenk.«

»Oh, klasse. Kann ich es nicht sofort bekommen?«

»Nein. Es ist unten, du Dummerchen. Komm mit!«

Okay, wir sind jetzt im Lift, und die Türen schließen sich. Wir springen ein bisschen vor und gehen nach unten ins Erdgeschoss, wo wir wieder aus dem Fahrstuhl treten.

Hector führt mich durch den Flur zur Kantine, die so gut wie leer ist, zu einem Tisch in der Ecke.

Während er mich auf diesen Tisch zuführt, möchte ich, dass man sich noch einmal kurz an sein Bürogebäude im Gewerbegebiet erinnert. An den riesigen Glasbau mit dem firmeneigenen Parkplatz, den Wasserspendern und der betrieblichen Altersvorsorge. Ja, alles wieder da? Gut, wenn man das im Hinterkopf hat, was hat der Inhaber dieser Firma mir wohl als Geschenk besorgt? Ich schätze, dass er mindestens Millionär, wenn nicht Multimillionär ist, deshalb schließe ich die Möglichkeit nicht aus, dass er mir etwas gewaltig Großes gekauft hat. Und ich weiß nicht, ob ich das gut finde.

»Mach die Augen zu«, sagt er. »Los! Ich führe dich.«

»Gut, aber wenn du mich zehn Minuten mit geschlossenen

Augen mitten in einem Raum voller Menschen stehen lässt, finde ich das nicht lustig.«

»Keine Sorge. Ich verspreche dir, dass ich dich niemals absichtlich demütigen werde.«

»Wieso beruhigt mich das nicht?«

»Sollte es aber. Das habe ich bisher keiner versprochen.«

»Oh, ich fühle mich geschmeichelt. Obwohl, um ehrlich zu sein, bin ich nicht sicher, ob es gut ist, dass du das bei mir für notwendig hältst und sonst bei niemandem.« Vorsichtig tasten wir uns voran. Ich habe die Hände ausgestreckt, als würde ich Blinde Kuh spielen. Ich komme mir dämlich vor. »Kann ich jetzt die Augen aufmachen?«

»Einen Moment.«

»Hör mal, Hec, ich brauche keine Geschenke. Dein Versprechen, mich nicht zu demütigen, reicht mir völlig.«

»Rachel, meine geliebte Rachel, du hast mich zum ersten Mal seit Monaten, ja, seit Jahren glücklich gemacht. Ich bin stumm vor Glück, dass ich dich in meinem Leben habe. Ich möchte, dass du bei mir bleibst. Bitte lass mich dir hin und wieder eine Kleinigkeit schenken, ja?«

Wenn es etwas richtig Großes ist, zum Beispiel ein Auto, dann würde Mum zu mir sagen, ich solle einen auf Pretty Woman machen und ablehnen. Aber das will ich eigentlich nicht, und sowieso: Warum sollte ich? Ich bin schließlich keine bezahlte Freundin; ich bin aus freiem Entschluss hier. Aber ich will nicht, dass mich jemand für eine Absahnerin hält. Könnte man nämlich, angesichts dieses Moments.

Ist mein Gesicht zu sehen? Ganz ruhig und friedlich. Man kann sich nicht vorstellen, was für ein Tornado von Gedanken dahinter wirbelt, oder?

Hector führt mich zu einem Stuhl. Unsicher nehme ich darauf Platz. Ich höre ein schwache Bewegung, dann sagt er: »Du kannst die Augen aufmachen.«

Fast traue ich mich nicht. Das Bild von Richard Gere ist so lebendig. Aber als ich es tue, erfreut mich der Anblick von Hector hinter dem Tisch und zwei dampfenden Bechern. Ich schaue auf die Getränke, dann zu Hector hinüber. »Das ist … du hast mir eine … heiße Schokolade gekauft?«

Er nickt begeistert.

Ich streichle die Tasse. »Oh, Hector, die ist wunderschön! Das hättest du nicht tun müssen. Vielen, vielen Dank!«

»Das ist aber noch nicht alles.«

»Nein?«

»Nein. Tatsache ist, dass ich nur zehn Minuten weniger als du von Pfläumchens Existenz weiß, und na ja, ich mag den kleinen Stinker.«

»Ja?«

»Und wie. Also, aus diesem Grund habe ich dem kleinen Wadenbeißer ein Geschenk gekauft.« Hector greift unter den Tisch und holt ein Päckchen hervor, das in gelbes, mit winzigen weißen Schühchen verziertes Papier geschlagen ist. Auf einem Schildchen steht: »Liebes Pfläumchen, viel Glück für nächsten Donnerstag. Freue mich darauf, dich zu sehen. Gib deiner Mummy einen Kuss von mir. Alles Liebe, Hec.«

Lächelnd schaue ich Hector an, dann tätschele ich meinen Bauch. »Hör mal, ich mache das jetzt für dich auf, in Ordnung?« Dann reiße ich das Papier auf.

Hat man schon mal so etwas Tolles gesehen? Darin ist ein supersüßer weißer, samtiger Strampler mit kleinen silbernen Sternchen. Am Ende der Beine sind fünf Zentimeter lange Füßchen. Ein paar Sekunden halte ich ihn schweigend in der Hand und betrachte ihn, dann lege ich ihn auf den Tisch. »Der ist wunderschön«, flüstere ich. Spontan nehme ich ihn in die Hand, lege ihn mir in die Ellenbogenbeuge und über den Unterarm. »Guck, er passt.«

»Gefällt er dir?«

Ich schaue zu Hector auf, kann ihn aber vor Tränen kaum erkennen. »Er ist perfekt.« Noch einmal blicke ich auf den friedlich in meinen Armen ruhenden Strampler, der auf seinen Inhalt wartet. Da fällt mir wieder ein, dass heute mein letzter Arbeitstag ist und ich Nick noch nichts von Pfläumchen erzählt habe.

»Du hast meine Frage im Schwimmbad letztens gar nicht beantwortet.«

»Welche Frage meinst du?«

»Ob ich es Nick sagen soll – dem Vater.«

Hector stößt den Atem aus. »Ah ja. Ich erinnere mich. Es kommt mir nur so seltsam vor, dass er immer noch nichts davon weiß.«

»Wirklich?«

Hector beugt sich vor. »Rachel, er ist der Vater des Kindes. Er hat ein Recht, das zu wissen. Und seine Verwandten sollten ebenfalls von dem Enkelkind, Neffen, Cousin erfahren ... oder von dem Brüderchen oder Schwesterchen.«

Ah ja, natürlich. Nicks andere Kinder. Sicher, ich weiß nicht genau, ob es noch weitere gibt, aber wer eine Ehefrau hat, kann auch Kinder haben. Pfläumchen wird bestimmt auch von seinen Halbgeschwistern wissen wollen, was bedeutet, dass ich irgendwann Nicks Frau kennenlernen muss. Jedes Jahr wird es Stress und Ärger geben, wo Pfläumchen Weihnachten feiert, wahrscheinlich die nächsten sechzehn Jahre, bis es alt genug ist, selbst zu entscheiden.

»Ja, ich weiß. Ich habe öfter darüber nachgedacht, als du dir vorstellen kannst. Eigentlich war mir klar, dass ich es ihm früher oder später sagen muss; ich wollte nur wissen, wie du das siehst. Deine Meinung ist mir wichtiger als jede andere.«

Wir leeren unsere Tassen und stehen auf. Ich halte noch immer den Strampelanzug im Arm. »Hast du Lust, heute Abend mit mir zu essen?«, fragt Hector plötzlich.

»Ja. Wo?«

»Ich hole dich von der Arbeit ab.«

»Gut. Danke für die Schokolade und für dieses süße Teil. Das ist echt niedlich.«

»Das freut mich.«

Zurück an meinem Platz, möchte ich jedem zeigen, was ich bekommen habe, aber alle sind fleißig am Telefonieren. Paris beobachtet mich ungerührt, ich grinse ihr freundlich zu. Val ist nicht da, wahrscheinlich auf dem Klo oder bei einer ihrer täglichen Stippvisiten in der Marketing-Abteilung.

Um fünf Uhr fahre ich zum letzten Mal meinen Terminal herunter. Ich glaube, ich habe heute zwei Reisen verkauft, aber eigentlich ist mir das vollkommen egal. Ich sammle alles ein, was mir gehört, nämlich eine Zeitschrift in der Schreibtischschublade und meinen Betty-Boop-Becher. Als ich mich umdrehe, steht Val vor mir, umringt von den anderen Kollegen. Vor ihr auf dem Tisch ist ein großes Paket mit einer riesigen rosa Schleife.

»Rachel, wir haben gesammelt und dir ein paar Sachen für das Baby gekauft. Es sind Windeln drin, Decken, Fläschchen, ein Schaukelwippe – die musst du erst aufbauen – und ein paar Sachen zum Anziehen.«

»Oh …« Ich lege die Hand vor den Mund und bin zu überwältigt, um etwas zu sagen.

»Fast jeder vom Telefonverkauf wollte etwas beisteuern, es haben sich auch Kollegen aus den anderen Abteilungen beteiligt. Ich finde, das ist ein schönes Zeichen dafür, wie viele Leute dir alles Gute wünschen. Alles Gute, Rachel. Wir werden an dich denken.« Sie gibt mir einen Kuss auf die Wange und streicht mir über den Arm. Und nach Val kommen alle, mit denen ich in den letzten sieben Jahren gearbeitet habe, zu mir und verabschieden sich mit einem Kuss. Simon, Sian, Penny, Marion, Jean, Graham, Mike, Martin, und sogar Paris kommt vorbei. Sie gibt mir keinen Kuss und verzieht den Mund kaum zu einem Lächeln, aber sie gibt mir die Hand und wünscht mir alles Gute. Na, das wünsche ich ihr auch. Ich hoffe nur, sie benutzt Kondome.

Den alten Zeiten zuliebe mache ich nochmal auf schwaches Weib und frage Martin, ob er das Paket für mich zum Auto tragen könnte. Zu diesem Anlass ist das schon in Ordnung, oder? Schließlich ist es sauschwer, und ich trage schon etwas anderes mit mir herum.

An meinem Auto lehnt ein hübscher großer Mann. Es ist natürlich Hector. Als wir näher kommen, richtet er sich zu voller Größe auf. Ich merke, dass er Martin mit zusammengekniffenen Augen und gerunzelter Stirn taxiert.

Martin stellt die Kiste auf der Motorhaube ab. »Soll ich sie dir in den Kofferraum packen?«

»Nein, ist gut so, Martin, danke. Das kann Hector machen. Aber ich bin dir wirklich dankbar, dass du sie für mich runtergetragen hast.«

Martin wirft Hector einen Blick zu und nickt. »Na, gut, ich bin dann weg. Alles Gute, Rach. Komm bald wieder!« Noch ein kurzes Küsschen auf die Wange, dann eilt er zu seinem eigenen Wagen.

»Wer war das denn?«, fragt Hector sofort.

»Martin.«

»Aha«, macht er und sieht meinem Kollegen nach. »Und was ist das?« Er weist mit dem Kinn auf das Paket.

»Das ist mein Abschiedsgeschenk. Ich habe noch nicht reingeguckt, aber es muss eine Menge fürs Baby drin sein.«

»Ach ja?« Naserümpfend hebt er das Paket an und prüft das Gewicht. »Aha.«

»Nein, Hector McCarthy, du bist doch nicht …« Auf einmal bekomme ich keine Luft mehr. Eine eiserne Klammer schließt sich um mich, mein Magen verkrampft sich wie eine Faust. »Uooh!«

Hector ist hinten am Auto, stellt das Paket in den Kofferraum. Sein Kopf fährt hoch. »Was ist?«

Ich bekomme kein Wort heraus. Das Verkrampfen tut nicht weh, aber es lässt mein Herz laut in meinen Ohren und im Hals schlagen. Es fühlt sich an, als wäre etwas so fest um meinen Körper gewickelt, dass mein Blut nicht mehr fließen kann und mein Herz deshalb immer heftiger schlägt, um es in Bewegung zu bringen.

Hector steht neben mir. »Ist alles in Ordnung?«

Ich nicke und versuche zu lächeln.

»Ich rufe den Krankenwagen«, sagt er entschlossen, bleibt aber untätig stehen. »Soll ich?«

Ich schüttele den Kopf, obwohl ich mich wie eine Maschine fühle, in die eine Eisenstange geschoben wurde. Eine Weile stehe ich regungslos da. Schließlich löst sich die Verkrampfung, und ich kann wieder ausatmen. Hector umklammert meine Oberarme und sieht mir ins Gesicht.

»Hey, das war komisch«, sage ich und will zuversichtlich lächeln.

»Was war das? Was ist passiert?«

»Ich glaube, das war eine Braxton-Hicks-Kontraktion. Bin mir ziemlich sicher.«

»Eine bitte was?«

»Braxton-Hicks-Kontraktion, sogenannte Frühwehen. Das ist angeblich völlig normal.«

Langsam stößt Hector den Atem aus. »Frühwe– ... oh, Mann! Wie kommt das denn? Ich meine, woher weißt du denn, ob es richtige oder falsche Wehen sind?«

»Keine Ahnung. Und du?«

»Ach, woher denn!«

Eine Weile betrachtet er mich voller Entsetzen. »Okay, in den nächsten sechs Tagen entfernst du dich nicht mehr als fünf Minuten von einem Krankenhaus.«

»Gut.«
»So. Zum Abendessen. Hast du Hunger?«
»Oh ja!«

Ich folge ihm in meinem Wagen über die Umgehungsstraße zum Stadtrand, wo es sehr dörflich und ländlich wird. Nachdem wir in einem Kreisverkehr abgebogen sind, wird die Straße plötzlich schmal und verläuft zwischen Hecken und Feldern. In der Ferne sind ausgedehnte bauernhausähnliche Anwesen zu erkennen. Immer wieder kann man durch eine Öffnung in der Hecke kurz einen Blick auf imposante dreistöckige Steinbauten werfen, vor denen glänzende Autos stehen, dazu ein riesiger Vorgarten mit einer geschwungenen Auffahrt und in Form geschnittenen Hecken.

Nach einer guten Viertelstunde auf dieser Straße blinkt Hector und biegt rechts in einen Feldweg ein. Ein seltsamer Ort für ein Restaurant. Ich kann mir gar nicht vorstellen, dass viele Gäste den Weg hierher finden. Es sei denn, es ist einer von diesen richtig teuren exklusiven Läden, den nur ganz ausgewählte Menschen kennen, wo die Angestellten den Gast mit Vornamen begrüßen und man einen Stammplatz hat. Oje, für so was bin ich gar nicht angezogen. Ich trage eine schwarze Leggings und ein ausgedehntes, schlabberiges Oberteil.

Nach einer Weile tut sich links eine große Öffnung in der Hecke auf. Hector fährt hinein. Ich folge ihm zu einem gewaltigen alten Bauernhaus aus Stein, vor dem sich eine Kieszufahrt und ein gepflegter kreisförmiger Rasen befinden. Hector hält an, steigt aus und schaut mir lächelnd entgegen. Ich bin mir ziemlich sicher, dass das kein Restaurant ist.

Die Diele drinnen ist ungefähr so groß wie meine Wohnung. Sie hat einen massiven Holzboden und eine breite Treppe, die sich nach oben windet. Hector nimmt meine Hand und führt mich in die Küche, die fast so groß ist wie ein Fußballstadion.

»Möchtest du etwas trinken?«, fragt er.

»Wenn du jetzt losgehst, habe ich bestimmt Durst, bis du wieder zurück bist«, sage ich und schaue mich staunend um. Über einer von Barhockern umringten Kücheninsel in der Mitte des Raumes hängt ein Gitter mit Pflanzen und Kräutern. Ich setze mich auf einen der Hocker. An einem Ende der Küche steht ein schwerer Holztisch mit sechs Stühlen und einer großen Schale mit grünen Äpfeln in der Mitte. Die Wand hinter dem Tisch ist aus Glas und gibt den Blick frei auf etwas, das wie ein Golfplatz aussieht. Es ist kurz vor sechs, es wird schon dunkel, aber die Sonne ist noch deutlich zu sehen. Dunkelrot verschmilzt sie mit dem Horizont. Der Himmel um sie herum ist noch hell, aber außerhalb ihrer schwachen Strahlen ist er dunkelblau. Kurz wird das weite Feld in goldenes Licht getaucht, und durch die Fenster fallen die tiefen Strahlen und bringen die Staubflöckchen in der Luft zum Funkeln.

»Einfach nur Wasser, oder?«, fragt Hector und geht zur anderen Seite des Raumes.

»Ja, lieb von dir.«

Er geht mit einem Glas zum Kühlschrank, der ungefähr die Größe meines Autos hat, und befüllt es aus einem Wasserhahn außen in der Tür. Anschließend gibt er eine Zitronenscheibe und einen Eiswürfel hinzu und stellt das Glas vor mich hin.

»Gefällt es dir?«, fragt er und stützt die Ellenbogen auf die Theke vor mir.

Ich trinke das Wasser. »Die Zitrone verleiht dem Wasser einen gewissen …«

»Ich meine die Küche. Das Haus. Was hältst du davon?«

»Ich weiß, was du meintest. Ich bin sprachlos, Hector. So was habe ich noch nie gesehen.«

Er grinst, scheinbar zufrieden mit meiner Antwort. »Danke. Ich habe lange über den Gelben Seiten gebrütet, bis es so aussah.«

Wir unterhalten uns über das Haus, während er das Essen zubereitet. Als er das Anwesen vor fünf Jahren kaufte, war es offenbar völlig runtergekommen. Hector hat es nach eigenen Plänen umgebaut, auch das eindrucksvolle Fenster ist seine Idee gewesen. Während wir essen, schiebt Glenn den Kopf um die Ecke. Er hat eine kleine, weiße Tüte in der Hand, die oben zugebunden ist.

»Alles klar, Hec? Oh, hi, Rachel.« Er scheint sich kein bisschen zu wundern, mich hier zu sehen. »Chinesisch«, sagt er und hebt die Tüte hoch.

»Schön«, sagt Hector, und Glenn verschwindet. Hector sieht mich an. »Verstehst du, was ich meine? Dieses lange Gesicht ständig, wohin ich auch gucke. Das macht mich ... Rachel, ist alles in Ordnung?«

Die Verkrampfung ist zurückgekehrt, sie raubt mir den Atem, drückt mir auf die Lunge. Ich lege die Hand auf den Bauch, er ist knüppelhart, darüber die dünne, gespannte Haut. Ich nicke, kann im Moment nicht sprechen. Hector legt mir die Hand in den Nacken. Als es aufhört, richte ich mich auf und atme durch.

»Echte oder falsche?«, fragt er sofort.

»Es gibt nur eine Möglichkeit, das herauszufinden«, sage ich und esse weiter.

»Ja? Was denn?«

Ich kaue eine Weile. »Also, wenn das Baby plötzlich rauskommt, waren es echte.«

»Oh, Rachel! Ich meine es ernst. Ich mache mir Sorgen um dich.«

Ich lächle. »Musst du nicht. Selbst wenn das echte Wehen sind, bleibt noch jede Menge Zeit. Ich habe unzählige Zeitschriften gelesen.«

»Oh, gut, das beruhigt mich sehr.« Hector isst ein bisschen, dann fragt er: »Wie fühlt sich das an?«

»Was, die falschen Wehen?«

»Ja, das, was du gerade hattest. Wie ist das so?«

»Hm. Mal überlegen. Ah, ich weiß. Hast du mal diesen Film über Gorgonen oder Titanen oder so gesehen? Mit dieser Frau, die kein Haar, sondern Schlangen auf dem Kopf hatte? Wie hieß die nochmal?«

Hector runzelt die Stirn. »Medusa?«

»Genau. Also, in diesem Film ist Medusa so hässlich, dass man angeblich auf der Stelle zu Stein wird, wenn man ihr in die Augen schaut.«

»Ja ...«

»Der Film geht so, dass der Held sich irgendwann Medusa stellen und gegen sie kämpfen muss, ohne ihr in die Augen zu blicken.«

»Sonst wird er ...«

»... zu Stein. Genau. Deshalb hält er ihr sein glänzendes Schild entgegen, und Medusa schaut hinein und sieht ihr eigenes Spiegelbild ...«

»Jetzt erinnere ich mich!«

»... und in dem Film gab es diese armselige Sechziger-Jahre-Effekte, wo sie ganz langsam grau wird, so wie ein Schwamm, der sich mit Wasser vollsaugt, und dieses Grau kriecht ihre Arme und Beine hoch, nimmt ihren ganzen Körper ein, bis sie schließlich ganz aus Stein ist?«

»Ja.«

»So, genau so fühlt sich das an.«

Sprachloses Schweigen. Dann sagt Hector: »Wow.«

Auf dem Tischchen in der Diele klingelt das Telefon. »Entschuldigung«, sagt Hector, steht auf und geht hin. Er hat hervorragende Manieren, nicht wahr? Er kommt mit dem Apparat zurück in die Küche und setzt sich auf den Hocker, bevor er auf die grüne Taste drückt.

»Hallo? Oh, hallo, Sarah!« Er hört zu. Ich kann sehen, wie

sein lächelndes, entspanntes Gesicht sich verhärtet und immer grauer wird. Er zieht seine Hand zurück und wendet sich mit vor Schrecken geweiteten Augen ein wenig von mir ab. »Warte mal, warte, sag das nochmal, nur langsamer ...« Hector steht auf, macht zwei Schritte, kehrt um, geht zurück. Ich weiß, dass etwas wirklich Furchtbares passiert ist.

»Alles klar, hör zu, wir kommen so schnell wie möglich.« Er legt die Hand um die Sprechmuschel, als wolle er die Person am anderen Ende trösten. »Warte auf uns, Sarah, ja? Warte einfach.«

Er legt auf, läuft in die Diele und ruft mit einer Stimme, die sich anhört, als habe er Kieselsteine im Hals: »Glenn! Glenn, komm runter! Komm sofort runter!«

Damit eilt er zurück zu mir in der Küche, nimmt meine Hand und hilft mir auf die Füße. »Komm, Rachel, schnell, wir müssen los. Komm!«

»Mein Gott, Hector, was ist denn passiert?«

In der Diele steht Glenn auf halber Treppe. Er blickt unsicher. Hector legt die Hand aufs Geländer, schaut zu seinem Bruder hoch und sagt leise: »Es geht um Jake, Glenn. Er ist verschwunden.«

22

Immer wieder kommen mir ungebetene Bilder in den Sinn, wie sehr ich mich auch bemühe, sie zu verdrängen. Wir sind in Hectors Auto, zu dritt, er fährt zu schnell und doch nicht schnell genug zu Sarah. Wir schweigen. Vorne sitzen Hector und Glenn. Die Anspannung im Wagen ist so groß, dass ich fast erwarte, Blitze von einem Bruder zum anderen knistern zu sehen.

Ich kann Glenn nicht länger anschauen. Sein Anblick tut mir weh. Selbst von hinten wirkt sein Kopf gequält, seine Schultern angespannt. Eine Hand hat er auf den Mund gedrückt. Er ist eine einzige große Wunde, so als hätte ihn jemand bei lebendigem Leib gehäutet.

Ein Lastwagen setzt sich vor uns auf die Straße, wir müssen verlangsamen. Glenn und Hector beugen sich unwillkürlich leicht nach vorne, wollen den Lastwagen, den Verkehr beschleunigen. »Na, komm«, sagt Hector vor sich hin. »Mach schon …«

Wir treffen bei Sarah ein. Jedes Licht im Haus brennt, es glüht im Dunkeln wie ein Leuchtfeuer für ein verlorenes Kind. Glenn springt aus dem Wagen und hetzt zur Tür, die sofort aufgerissen wird. Sarah fällt ihm in die Arme, schluchzt, versucht zu sprechen, doch ihre Stimme ist fast nicht zu verstehen.

»Da draußen … ist nicht gekommen … wusste nicht, was … dunkel … ist nicht gekommen …« Glenn bringt sie zurück ins Haus, Hector und ich folgen den beiden.

Drinnen sitzt Sarah vornübergebeugt auf der Sofakante und

nestelt an ihren Fingernägeln herum. Man betrachte ihr Gesicht, sie hat diesen irren Blick drauf, als habe sie dem Grauen ins Gesicht geschaut. Glenn sitzt neben ihr, sie halten sich an der Hand. Hector kniet sich vor die beiden.

»Kannst du mir sagen, was passiert ist, Sarah?«

Sie nickt. Dann schluckt sie, holt Luft und senkt die Stimme, um nicht hysterisch zu kreischen. Es klingt, als versuche sie verzweifelt, sich unter Kontrolle zu behalten, doch als gleite ihr dennoch alles durch die Finger.

»Wir ... haben zu Abend gegessen ... so gegen halb sechs. Ich ... ich hab die Teller weggeräumt ... Jake ...« Sie schnappt nach Luft, hält die Hand vor den Mund und schließt die Augen. Dann reißt sie sich zusammen, um weiterzuerzählen. »Jakey ... ging nach oben in sein Zimmer. Ich ... ich hab gelesen ... ich hab einfach gelesen. Ich dachte nicht ... ich habe einfach nicht nachgedacht. Nach ungefähr ... einer Stunde bin ich hochgegangen, um nachzusehen, ob er ... aber ... er war nicht ... er war nicht in seinem Zimmer. Glenn, er war nicht in seinem Zimmer. O Gott, wo ist er bloß? Wo ist mein kleiner Jakey? Er ist so klein, Glenn, er ist doch noch ein Baby ...«

Sie weint lautlos an Glenns Schulter.

»Hast du die Polizei verständigt?«, fragt Hector.

Sarah hebt den Kopf. Ihr Gesicht ist aufgequollen und blass. »Nein, hab ich nicht ... Ich hab nicht dran gedacht. Ich hab sofort bei dir angerufen.«

»Gut. Glenn?«

Glenn nickt und steht auf, nimmt das Telefon mit nach draußen in den Flur. Nach wenigen Sekunden hören wir seine Stimme, tief und eindringlich. Hector dreht sich wieder zu Sarah um.

»Hast du überall im Haus nachgesehen?«

Sie nickt. »Ja. Es gibt nicht viele Orte, wo man sich hier verstecken kann ... Ich hab überall nachgesehen. Ich bin sogar ...

nach draußen in den Garten gelaufen und hab unter allen Büschen geguckt, hinterm Schuppen …«

»Auch im Schuppen?«

»Nein, nein, da ist ein Schloss vor.«

Hector nickt. »Hast du eine Vorstellung, wohin er vielleicht will? Zu einem Freund? An einen besonderen Ort? In seinen Lieblingspark?«

Sarah schüttelt den Kopf. »Nein, nein, das kann ich mir gar nicht vorstellen. Er würde niemals allein losgehen …«

Hector legt ihr die Hand auf den Arm. »Sarah, er hat es aber bereits getan. Er ist nach draußen gegangen, nicht? Kannst du dir irgendeinen Grund dafür vorstellen?«

Fast unmerklich zuckt ihr Blick zu der Stelle auf dem Sofa, wo gerade noch Glenn gesessen hat. »Höchstens …«

Hector folgt ihrem Blick, versteht, was sie meint, und nickt. »Gut. Hast du die Telefonnummern von seinen Freunden?«

»Ja, aber warum …?«

Er sieht mich an. »Rachel, kannst du die anrufen? Nur für den Fall?«

Ich nicke, aber Sarah mischt sich ein. »Nein, nein, das ist sinnlos, er wüsste gar nicht, wie er da hinkommen soll.«

»Das weiß ich, Sarah. Aber wenn er die Adresse kennt oder auch nur den Namen der Straße … dann könnte ihn jemand …« Er unterbricht sich, ist unsicher, ob er aussprechen soll, was er denkt. »Dann könnte ihn jemand mitnehmen …«

Sarah reagiert gar nicht. »Das macht mir am meisten Angst.«

Hector nimmt ihre Hand. »Sarah, versuch dir einfach klarzumachen, dass so gut wie jeder Mensch da draußen ihm helfen wird, wenn er ihn findet, ja? Die meisten Menschen sind gut.«

Sie nickt stumm, aber es ist kein großer Trost.

Als Glenn zurückkommt, steht Hector auf. »Was sagt die Polizei?«

»Sie ist unterwegs. Wir sollen in seinem Zimmer nachsehen, ob irgendetwas fehlt. Wenn er fortgelaufen ist, gibt uns das, was er mitgenommen hat, vielleicht einen Anhaltspunkt, wo er hinwill.«

»Gut. Sarah, kannst du mal mit Rachel nach oben gehen und nachsehen – guckt in allen Zimmern nach –, Glenn und ich sehen uns hier unten um. Schreib dir alles auf, was deiner Meinung nach fehlt.«

Etwas tun zu können macht alles etwas besser. Sarah spürt es auch. In uns ist eine gewaltige Menge angestauter Energie, Adrenalin, ein Bewegungsdrang, der jetzt endlich etwas nützt. Jakes Zimmer sieht noch genauso aus wie vor zwei Tagen. In den Regalen klaffen keine ersichtlichen Lücken. Wir gehen hinein und schauen uns um.

»Was meinst du?«, frage ich Sarah. Sie hat die Arme um sich geschlungen, ihr Mund ist geöffnet und verzerrt, als würde sie weinen, was sie jedoch nicht tut.

Sie schüttelt den Kopf. »Ich kann nicht denken. Ich weiß nicht ...«

»Gut, also: Was ist sein Lieblingsspielzeug?«

Hilflos schaut sie mich an. »Ich weiß nicht ...«

»Schon gut, Sarah, dein Kopf funktioniert im Moment nicht richtig. Was ist mit dem Teil, das du ihm letztes Jahr zum Geburtstag geschenkt hast, der Gameboy?«

Sie nickt. »Ja, der wahrscheinlich.«

»Wo liegt der immer?«

Sarah geht zum Bett. »Normalerweise hier auf dem Nachttisch. Er spielt damit im Bett.«

Nun, der ist auf jeden Fall nicht mehr da. »Könnte er ihn sonst noch irgendwo aufbewahren?«

Sarah schüttelt den Kopf. »Das schon, aber er lag noch heute Morgen hier. Ich glaube nicht, dass er heute damit gespielt hat. Normalerweise höre ich es nämlich, weil das Ding so piepst.«

»Also hat er den anscheinend mitgenommen. Fällt dir sonst noch was auf, das fehlt?«

Sie schaut sich im Zimmer um, schüttelt den Kopf, versucht sich zu erinnern. »Ach, der Bär, den Glenn ihm geschenkt hat, der fehlt auch. Der sprechen kann. Den hat er immer bei sich. Und sein Rucksack. Der kleine grüne Froschrucksack. Der hängt immer am Fußende vom Bett. Jetzt ist er weg.«

Es ist schwer, sich vorzustellen, wie ein sechsjähriger Junge mit einem bestimmten Vorsatz seinen Gameboy und einen Teddybären in einen Froschrucksack packt. Dass er es heimlich getan hat, ist für mich am schwersten zu begreifen, geschweige denn für die arme Sarah.

Glenn und Hector unten ist nichts aufgefallen, was fehlen könnte. Sarah schaut im Kühlschrank und in den Lebensmittelschränken nach und weint, als sie feststellt, dass fast ein ganzer Biskuitkuchen und eine kleine Packung Coco Pops fehlen. Der kleine Jake glaubt, dass er für sein Vorhaben etwas zum Essen braucht, und packt deshalb einen Kuchen und Cornflakes ein.

In Sarahs Portemonnaie fehlen fünf Pfund, außerdem ist ihr Handy nicht mehr da. Als Hector das hört, ruft er es sofort an, aber es ist nicht eingeschaltet.

»Natürlich nicht«, sagt Glenn verbittert und sackt unter fast unerträglicher Enttäuschung zusammen. »Woher soll ein Sechsjähriger auch wissen, dass es eingeschaltet werden muss?«

»Also«, sagt Hector. »Glenn und ich fahren jetzt mit dem Auto los und suchen Jake. Kommt ihr beiden mit der Polizei klar, wenn die gleich eintrifft?«

»Sicher.«

Hector schaut mich an und macht mir ein Zeichen Richtung Flur. Ich folge ihm aus dem Zimmer. Er streicht mir über den Arm. »Ist alles in Ordnung?«

Ich nicke.

»Hör mal, glaubst du, dass du dich um Sarah kümmern

kannst, solange wir weg sind? Ich meine, wenn wir ihn finden … es könnte ja eine schlechte Nachricht …«

»Wird es nicht.«

Er nimmt mein Gesicht in beide Hände. »Rachel, nochmal: Kannst du dich hier um Sarah kümmern, wenn eine schlechte Nachricht kommt?«

Was soll ich darauf sagen? Niemand weiß von sich, ob er mit so einer Situation zurechtkäme, und es sollte jedem erspart bleiben. Ich möchte mir nicht mal ansatzweise vorstellen, wie das wäre. Mir ist, als würde das Nachdenken darüber es bereits wahr machen. Aber ich muss Hector antworten, damit er sich konzentriert auf die Suche machen kann. Er will sich nicht darüber den Kopf zerbrechen, was hier geschieht, während er unterwegs ist. Deshalb nicke ich, auch wenn ich alles andere als überzeugt bin, dass ich damit klarkomme. Ich vermute eher, dass ich total ausflippe, dass ich keinen klaren Gedanken fassen kann und niemandem eine Hilfe bin, am wenigsten meiner Freundin Sarah, wenn sie die schlimmste Nachricht hört, die man im Leben erhalten kann.

»Gut«, sagt er und lächelt mich an. »Ich habe mein Handy …«

Ich nicke abermals. »Ich rufe dich sofort an, wenn er auftaucht.«

Traurig streicht Hector mir über die Wange und zögert kurz, dann dreht er sich um und geht zur Haustür. »Los, komm, Glenn!«

Die beiden Männer gehen.

Kaum sind sie fort, wird mein Bauch wieder hart und raubt mir den Atem. Und diesmal merke ich, wozu diese Kontraktionen tatsächlich in der Lage sind. Sie dauert diesmal länger, ist härter und beginnt langsam, richtig wehzutun. Ich beiße die Zähne aufeinander und balle die Fäuste, halte die Luft an, bis es vorbei ist. Dann stelle ich den Wasserkessel an.

Tausend Bilder gehen mir durch den Kopf, während ich darauf warte, dass das Wasser kocht: eine zitternde kleine Gestalt zusammengerollt in einer dunklen Ecke, die Arme um sich geschlungen, Kuchenkrümel und Tränen im Gesicht; Autos, die zu schnell über düstere Straßen rasen, weil sie nicht erwarten, zu dieser Uhrzeit plötzlich einen Sechsjährigen mit weit aufgerissenen Augen zu sehen; böse Menschen aller Art, die sich fragen, wie sie sich diese Entdeckung zunutze machen können. Ich weiß, dass Jake sich inzwischen nach seiner Mummy sehnt, dass er friert und Angst hat, verloren und allein ist, dass er den Heimweg nicht mehr kennt und glaubt, nie wieder nach Hause zurückzufinden. Ich schüttele den Kopf und bringe zwei Tassen Tee ins Wohnzimmer. Als ob das Sarah irgendwie helfen würde … Aber ich weiß nicht, was ich sonst tun soll.

Sie steht am Fenster, starrt auf die dunkle Straße, hält mit einer Hand den Vorhang zurück. Ich höre ihre Stimme, leise murmelt sie vor sich hin, und nach einer Weile kann ich verstehen, was sie sagt: »Wo bist du, Jake, wo bist du nur?«

»Ich habe dir einen Tee gemacht, Sarah«, sage ich und halte ihr die Tasse hin.

Sie nimmt sie mir ab. »O Gott, Rachel, er ist irgendwo da draußen. Wo ist er nur? Was passiert mit ihm? Was muss er mitmachen, in diesem Moment?« Ich schüttele den Kopf, doch sie erwartet gar keine Antwort von mir. »Und warum ist er gegangen? Was denkt er sich dabei? Wie ist er bloß auf die Idee gekommen, dass er das tun muss? Wo will er hin? Er kennt sich doch gar nicht aus, nirgendwo.«

Sie lässt den Vorhang fallen und geht wieder zur Couch, stellt den Becher neben sich auf den Boden.

»Er hat so viel Angst im Dunkeln, dass nachts immer die Lampe von Thomas, der kleinen Lokomotive, brennen muss«, sagt sie dann.

Ich beuge mich vor und streiche ihr über den Arm. »Sarah, denk doch mal an die ganzen Mütter und Väter da draußen. Es sind Abertausende. Viel, viel mehr als ... andere Leute. Viel mehr gute Menschen als schlechte. Ich meine, was würdest du tun, wenn du einen Sechsjährigen findest? Du würdest ihn doch in Sicherheit bringen, oder?«

Sie schaut mich an und nickt.

»Und so wird es wahrscheinlich sein. Irgendjemand findet ihn und bringt ihn direkt zur Polizei. Es ist höchst unwahrscheinlich, dass irgendwas Schlimmes ...« Als ich ihren Gesichtsausdruck sehe, halte ich inne. Allein die Worte »irgendwas Schlimmes« machen uns klar, was ihm alles zustoßen könnte. Ich weiß, dass es mehr gute als schlechte Menschen gibt, aber es ist schon dunkel. Die guten Menschen sitzen jetzt zu Hause in Sicherheit, während die Ratten und Nachtschwärmer die Herrschaft über die Straßen übernehmen, bis die Sonne wieder aufgeht.

Beschützend streichle ich meinen Bauch. Ich sehe Sarah an und weiß, dass es ihr Ende sein wird, wenn Jake nicht überleben sollte. Bis jetzt war mir nicht klar, wie verletzlich man ist, sobald man ein Kind hat. Man ist völlig abhängig von seinem Wohlergehen. Wenn den Eltern etwas zustoßen sollte, kommt das Kind irgendwann darüber hinweg. Doch niemals wird man über den Verlust eines Kindes hinwegkommen können.

Meine morbiden Gedanken werden durch die Türklingel unterbrochen. Sarahs Kopf schießt hoch. Bange schaut sie zur Tür. »Ich gehe schon«, sage ich, springe auf die Füße, eher wie ein Elefant, und eile zum Eingang. Durch das Glas sehe ich, dass zwei Polizeibeamte draußen stehen. Es ist möglich, dass sie schlechte Nachrichten für uns haben.

»Guten Abend, Mrs. McCarthy. Ich bin Lorna Daniels, und das ist mein Kollege Steve Sparks.« Im ersten, völlig überraschten Moment will ich sagen: »Oh nein, wir sind noch nicht verheiratet.« Dann wird mir klar, dass sie Sarah meint. Natürlich.

»Ich bin nicht Mrs. McCarthy. Sie ist hier drinnen.« Ich mache den beiden Zeichen, mir durch den Flur zu folgen. »Gibt es etwas Neues?«

»Nein, noch nicht Mrs. …«

»Nein, Miss. Rachel Covington.«

»Aha. Nein, Miss Covington, bisher leider noch nichts Neues, aber ich bin sicher, dass er wieder auftaucht. Das ist meistens so.«

Ich halte inne. »Entschuldigung, was haben Sie gerade gesagt?«

»Ich habe gesagt, das ist meistens so.«

»Aha. Das heißt also, Sechsjährige hauen ständig von zu Hause ab, ja?«

»Ähm, nun, nicht so …«

»Und Ihrer Erfahrung nach kommen sie ganz gut allein zurecht da draußen, nicht wahr? Über Nacht?«

Wir stehen vor der Wohnzimmertür. »Ähm …«

»Sie gehen davon aus, dass es irgendwo eine kleine Gemeinde gibt, wo die ganzen kleinen Ausreißer hingehen und aufeinander aufpassen, oder? Sich abwechselnd die Milch warm machen, sich gegenseitig Gute-Nacht-Geschichten vorlesen. Die lähmende Angst vertreiben.«

Die beiden schauen sich an, dann sagt Steve Sparks: »Miss Covington, meine Kollegin wollte sie bestimmt nicht beleidigen …«

»Es geht um Folgendes«, unterbreche ich ihn. »Jakes Eltern möchten nur, dass man ihr Kind findet. Sie brauchen kein ›Dem geht es gut‹ oder ›Er taucht bestimmt wieder auf‹, solange ihr geliebtes Kind allein da draußen in der Nacht ist.«

Lorna Daniels wird rot. Sie sagt: »Ich entschuldige mich, Miss Covington. Ich wollte wirklich niemanden verärgern.«

Dann gehen die Beamten ins Wohnzimmer.

Ich höre, wie Sarah aufsteht. Angstvoll fragt sie, ob man etwas gehört habe, und die Stimme, die ihr antwortet, sagt ruhig und leise, dass man ihr noch nichts sagen könne, aber alle Streifenwagen in der Gegend benachrichtigt worden seien. Sobald einer etwas höre, würde es weitergegeben. Es folgt eine Pause, als würde etwas nicht gesagt, und ich stelle mir vor, dass Lorna Daniels die Lippen zusammenpresst, um keinen Satz von sich zu geben wie »Machen Sie sich keine Sorgen, Mrs. McCarthy«. Dann fragt die Beamtin Sarah, ob sie eine Tasse Tee wolle.

Ich glaube, es bringt nicht viel zu erzählen, was in den nächsten Stunden im Haus passiert. Sarah sitzt leise weinend auf dem Sofa und kaut an den Fingernägeln. Sie bekommt einen Tee nach dem anderen gebracht, aber jede Tasse wird auf dem Boden neben ihr kalt. Sie steht auf und geht zum Fenster, schiebt den Vorhang zur Seite, schaut nach draußen. Sie kehrt zum Sofa zurück und setzt sich. Dann steht sie wieder auf. Die Zeit vergeht quälend langsam. Irgendwann ist es fast elf Uhr nachts, und Jake ist immer noch nicht gefunden.

Springen wir hinüber zu Hector und Glenn, die sich im Auto anschnauzen. Von außen können wir nur zwei blasse, stirnrunzelnde Gestalten ausmachen, die fast am Armaturenbett kleben.

»Hier, bieg hier ab!«, ruft Glenn und weist auf die Straße zu seiner Linken. »Da ist seine Schule.«

»Bei der Schule waren wir schon«, sagt Hector und fährt geradeaus weiter.

»Na, und? Vielleicht ist er in der Zwischenzeit hingegangen.«

»So machen wir das also? Wir gucken die ganze Nacht an Stellen, wo wir schon waren?«

»Hast du vielleicht eine bessere Idee, großer Bruder?« Glenn wird lauter.

»Ich glaube nur nicht, dass es sehr sinnvoll ist, immer wieder dahin zu fahren, wo wir schon waren.« Hector ebenfalls.

»Was schlägst du dann verdammt nochmal vor?«

»Ich habe keine Ahnung, Glenn. Willst du vielleicht fahren?«

»Nein«, gibt er grimmig zurück. Er muss in der Lage sein, in jeden dunklen Winkel zu spähen, wo ein kleiner Junge hocken könnte.

»Gut. Sag mir, wo seine Freunde wohnen!«

»Oh, Mann, verdammt nochmal! Wozu das denn? Er weiß doch gar nicht, wie er da hinkommen soll, selbst wenn ich es wüsste!«

»Glenn, trau deinem Sohn ein bisschen mehr zu, verflucht nochmal! Kinder saugen Informationen in sich auf wie ein Schwamm. Wahrscheinlich würdest du dich wundern, wie viel Wege er kennt, weil er im Auto immer gut aufgepasst hat.«

»Gut, schön. Scheißegal. Einer wohnt auf der Albion Road, das weiß ich noch. Einer wohnt in der Nähe der Schule, in Mayfleet Close.«

Glenn sieht etwas und zuckt zusammen. Er weist auf eine Abbiegung rechts. »Warte, da hinten ist ein Süßwarengeschäft, da geht Sarah manchmal nach der Schule mit ihm hin.«

»Da sind wir schon hergefahren, als wir das erste Mal an der Schule waren«, sagt Hector mit übertriebener Geduld. »Hör zu, Glenn, wir müssen herausfinden, wieso er überhaupt auf diese Idee gekommen ist. Was macht er denn normalerweise, wenn er etwas Süßes haben möchte?«

»Schon gut, gut.«

Sie verfallen in unbehagliches Schweigen. Glenn sitzt vornübergebeugt da, blinzelt in die Dunkelheit, sein Kopf ist ständig in Bewegung, er guckt nach rechts, nach links, nach hinten, wieder nach vorne. Hector würde am liebsten Gas geben. Das überwältigende Gefühl, seinen kleinen Neffen so schnell wie möglich retten zu wollen, pumpt ihm das Adrenalin durch die Adern und lässt sein Herz doppelt so schnell schlagen wie sonst. Aber er weiß, dass er ganz langsam fahren muss, damit sie jeden noch so kleinen Schatten sehen, der sich in einen Eingang drückt oder unter einer Hecke kauert. Er umklammert das Lenkrad so fest, dass seine Finger ganz weiß werden.

Im Schneckentempo fahren die Brüder durch die kalten Straßen, manchmal beruhigt, weil wenig Menschen unterwegs sind, dann wieder aus demselben Grund beunruhigt.

»Was war das?«, blafft Glenn plötzlich.

»Wo?«

»Da hinten, neben dem Briefkasten!«

»Wie sah es denn aus?«

»Verflucht nochmal, Hector, *dreh um*!«

Im Haus bekommt Steve Sparks eine Nachricht über Funk.

»Entschuldigen Sie«, sagt er, steht auf und verlässt das Wohnzimmer. Eine unverständliche Stimme knistert im Funkgerät an seiner Schulter.

Sarah zuckt zusammen und sieht ihm mit aufgerissenen Augen nach. Sie steht auf und will ihm folgen. Lorna Daniels erhebt sich ebenfalls und hält Sarah am Arm fest. »Warten Sie lieber kurz, Sarah«, sagt sie freundlich.

Mit wildem Blick schaut Sarah die Polizeibeamtin an.

Daniels nickt. »Wenn es Neuigkeiten gibt, kommt er sofort zurück und sagt es Ihnen. Es wird schon ...« Mit einem schnellen Blick auf mich verkneift sie sich das Ende des Satzes. Kurz sehen wir uns in die Augen, dann putze ich weiter den Spiegel über dem Kamin. Aus lauter Verzweiflung, nichts tun zu können, habe ich angefangen sauber zu machen.

Mit unergründlicher Miene kommt Sparks zurück ins Zimmer. Drei bange Gesichter sehen ihm erwartungsvoll entgegen.

»Man hat seinen Rucksack gefunden«, verkündet er mit ausdrucksloser Stimme.

Bei den ersten Worten springt Sarah mit einem leisen Schrei auf. Sie schaut mich hilflos an.

»Was bedeutet das?«, fragt sie, und auch ich stelle mir diese Frage. Sarah blickt Sparks flehend an. Werfen wir einen kurzen Blick auf Daniels! Hat es jemand gesehen? Für den Bruchteil einer Sekunde stand in ihrem Gesicht starre Angst bei Sparks' Nachricht. Aber sie reißt sich zusammen, setzt wieder ihr zuversichtliches Lächeln auf und greift Sarah am Arm.

»Das hat gar nichts zu bedeuten, Sarah. Lesen Sie nichts hinein, wirklich nicht. Es bedeutet nichts.«

Aber wir haben ihr Gesicht gesehen, nicht wahr? Wir wissen, dass sie lügt.

Wieder knistert das Funkgerät. Alle fahren zusammen. Im ersten Moment reagiert Sparks nicht, so als wisse er, dass das, was nun kommt, nichts Gutes sein kann. Er wirft seiner Kollegin einen bedeutungsschweren Blick zu, dann zieht er sich wieder in den Flur zurück.

Dreiundzwanzig Sekunden lang leben Sarah und ich in der Überzeugung, dass Jake tot ist. Meine Kopfhaut erstarrt, mein Mund ist trocken und brennt. Sarahs Augen können nicht mehr sehen, ihre Ohren nicht mehr hören. Ich nehme nur noch ein donnerndes Rauschen wahr. Alles Licht im Raum schließt sich um das Einzige, das ich nicht ansehen kann: Sarahs panisches Gesicht.

»Sie haben ihn gefunden! Sie haben ihn!«

Sparks kommt zurück ins Wohnzimmer gelaufen. Er springt hinüber zu Sarah und schlingt die Arme um sie, drückt sie fest an sich. Mich rührt seine Freude über diese wunderbare Nachricht. Sarah umfasst seinen Arm und sieht dem Beamten in die

Augen, als müsse sie sich vergewissern, dass er tatsächlich die Wahrheit sagt.

»Ihr Mann hat vor ein paar Minuten angerufen …«

»Glenn … hat …?«

»Er hatte den Rucksack gefunden, auf dem Bürgersteig vor Jakes Schule. Zehn Minuten später kam ein weiterer Anruf von einem Bürger, der sagte, er habe gesehen …« Sparks unterbricht sich kurz, überlegt, spricht dann weiter. »Er habe etwas weiter einen kleinen Jungen gefunden. Die Beschreibung passt auf die, die Sie von Jake gegeben haben.«

Was hat der Zeuge gesehen?, frage ich mich. Und warum muss es auf Sarahs Beschreibung passen? Warum fragt man Jake nicht einfach nach seinem Namen?

»Steve, was haben die noch gesagt?«, fragt Daniels ruhig. »Wo wurde er gefunden?«

Ich verstehe nicht, warum das momentan wichtig sein soll.

»Wie geht es ihm?«

Diese Frage ist schon besser.

»Und wo ist er jetzt?«

Sehr gute Frage.

Sparks löst sich von Sarah. »Er wurde ins Krankenhaus gebracht«, erklärt der Polizist mit Blick auf Sarah.

»Wie?«

»Er wurde verletzt«, fährt Sparks fort.

»Was?« Sarah schlägt die Hand vor den Mund. Es sieht aus, als würde sie sich jeden Moment übergeben. Ich lasse das Staubtuch fallen und eile zu ihr. Sarahs Beine geben nach, sie sinkt zu Boden.

23

Wir sitzen im Fond des Polizeiwagens und rasen zum Krankenhaus. Sirene und Blaulicht sind eingeschaltet, im Auto kann man sein eigenes Wort nicht verstehen. Wir hören nichts, wir können nicht miteinander sprechen, wir können nicht mal denken. Und doch ist die heulende Sirene die perfekte Untermalung für die drückenden Schmerzen in meinem Bauch. Wollte man sie mit Geräuschen darstellen, wären dies genau die richtigen.

Bevor wir das Haus verließen, erzählte uns Steve Sparks, was er erfahren hatte. Offensichtlich war der Autofahrer, der den Krankenwagen rief, hinter einem Motorrad über die Church Road gefahren. Er behauptete, der Motorradfahrer sei plötzlich seitlich ausgewichen und habe stark geschlingert, und im selben Moment sei etwas auf den Bürgersteig geprallt. Er nahm an, dem Motorradfahrer sei etwas aus der Tasche gefallen. Tatsächlich jedoch war es so, dass ein sechsjähriger Junge von einem Motorrad angefahren und blutend und ohnmächtig im Rinnstein liegen gelassen wurde. Der Zeuge fuhr noch gute hundert Meter weiter, konnte aber das Gefühl nicht abschütteln, dass irgendetwas nicht stimmte. Deshalb drehte er um und fuhr zurück. Einige Minuten lief er im Dunkeln auf und ab, bis er schließlich unter einer Hecke Jakes lädierte kleine Gestalt fand. Er bekam einen Schock, denn offenbar glaubte er, Jake sei tot. Ich weiß, wie sich das anfühlt. Er rief den Krankenwagen und fuhr dann mit ins Krankenhaus, sodass er inzwischen weiß, dass Jake nicht tot ist. Sparks und Daniels werden sich mit ihm unterhalten, wenn wir da sind. So Gott will, werden sie auch mit Jake selbst sprechen können.

Als Sparks sagte, man habe Jake in der Church Road gefunden, dachte ich als Erstes, der Kleine sei auf dem Weg zur Schule gewesen, da die in der Nähe ist. Aber warum sollte er abends allein zur Schule wollen? Je länger ich darüber nachdenke, desto mehr bin ich davon überzeugt, dass er ein anderes Ziel hatte.

Sparks sagte, es könnte sein, dass er vor seinem Unfall von jemandem mitgenommen und in der Church Road abgesetzt wurde. Es ist reine Theorie, aber es klingt doch sehr unwahrscheinlich, dass jemand so etwas tun würde, ohne die Polizei zu benachrichtigen. Zumindest hätte man sich vergewissert, dass der kleine Junge sein Ziel sicher erreicht.

»Uuoh«, mache ich. Man sieht meinem verzerrten Gesicht an, dass mich erneut dieser reißende Schmerz durchfährt. Doch niemand hört mich. Nicht mal ich selbst. Das Heulen der Sirene ist lauter als meins, und wenn ich ehrlich bin, hilft mir das Stöhnen ein bisschen, wenn mich der Schmerz im Griff hat.

Ich komme nicht auf das Nächstliegende, auf das, was bestimmt jeder längst vermutet. Nächsten Donnerstag habe ich einen Kaiserschnitt. In sechs Tagen. Am guten, alten fünften April. Ich bin schon angemeldet, es geht also gar nicht anders.

Fünf Minuten später erreichen wir das Krankenhaus. Sarah benimmt sich, als stünde sie in Flammen. Sie stürzt praktisch aus dem Polizeiwagen, noch bevor er angehalten hat, und rast in die Notaufnahme. Ihre hochschwangere Freundin watschelt in Begleitung von zwei Polizeibeamten unbeholfen hinterdrein.

Als wir eintreffen, drehen sich alle im Wartezimmer interessiert zu mir um. Die dunkelblauen Polizeiuniformen ziehen sofort alle Blicke auf sich.

Sarah steht am Aufnahmeschalter, hat anscheinend gerade laut Jakes Namen genannt.

»Würden Sie bitte etwas leiser sprechen?«, sagt die Schwester hinter der Glaswand. »Hier sind ein paar sehr kranke Menschen.«

»Ich weiß«, sagt Sarah ganz langsam. »Zum Beispiel mein sechsjähriger Sohn. Könnten Sie mir bitte sagen, wo er ist?« Sie sieht aus, als würde sie der Schwester am liebsten sämtliche Haare ausreißen.

Da entdeckt die Krankenschwester die beiden Polizeibeamten. Sie lächelt Steve entgegen. »Alles in Ordnung, Steve?«

Sarah beugt sich zum Schalter hinunter. »Jake McCarthy«, presst sie durch die Zähne hervor.

Es stellt sich heraus, dass er auf die Intensivstation im dritten Stock verlegt wurde. »Folgen Sie der gelben Linie«, erklärt die Krankenschwester und weist auf den Boden.

Wir folgen der Linie bis zum Fahrstuhl. Als wir im dritten Stock aussteigen, nimmt uns die gelbe Linie wieder in Empfang, beruhigend vertraut. Tröstlich. Sarah rennt beinahe und hört nicht auf zu reden.

»Ich kann das nicht glauben, Rach, er wurde verletzt. Mein armes kleines Baby war ganz allein unterwegs und wurde von jemandem verletzt, und ich konnte ihm nicht helfen. Hier bin ich noch nie gewesen, ich war nur auf der Entbindungsstation, die ist unten im Erdgeschoss, gut, dass die da unten ist, denn wenn du hochschwanger bist, hast du keine Lust, drei oder vier Treppen hochzulaufen, falls der Aufzug kaputt ist. O Gott, hoffentlich geht es Jake gut. Ich kann die Vorstellung einfach nicht ertragen, dass er ganz allein ist und sich nach seiner Mummy sehnt und ich nicht da bin.«

Die beiden Polizeibeamten folgen uns. Ich nehme an, dass der Mann, der Jake gefunden hat, oben auf der Intensivstation auf seine Vernehmung wartet. Mir gefällt es nicht, dass dieser Fremde in der Nähe unseres Jungen ist. Ja, danke, dass Sie ihn gefunden haben, aber jetzt kümmern Sie sich um Ihren eigenen Kram, und machen Sie, dass Sie nach Hause kommen.

Klingt das undankbar? Das soll es nicht sein. Bloß habe ich nun, da wir Jake so lange fast verloren glaubten, das überwältigende Bedürfnis, ihn zu beschützen. Ich will jedem die Augen auskratzen, der ihm wehtut. Und als wir vor einem Bogen stehen, über dem ein Schild die Intensivstation ankündigt, hege ich diese Gefühle auch für den Mann, der ihn gefunden hat und jetzt dort herumhängt, wo ihn keiner haben will. Am liebsten würde ich ihm sagen, dass er uns nur im Weg ist, dass es sich um eine Familienangelegenheit handelt und wir unsere Privatsphäre brauchen, deshalb solle er sich bloß ...

»Nick!«

Direkt hinter dem Bogen sitzt auf einem gesprungenen orangefarbenen Plastikstuhl, der mit schwarzem Klebeband repariert wurde, vornübergebeugt Nick Maxwell. Er sieht blass aus, nicht? Und irgendwie klein. Sein Gesichtsausdruck ist verängstigt, bang, seine schönen Augen sind groß und dunkel, seine Lippen zittern, als würde er jeden Moment losweinen. Als er mich erblickt, reißt er die Augen noch weiter auf. Muss er auch, um mich ganz zu erfassen.

»Rachel! Was machst du denn hier?« Nick steht auf und kommt neugierig auf mich zu. Ein wenig legt sich die Anspannung in seinem Gesicht. Was war das gerade? Etwa Erleichterung? Ist er erleichtert, mich zu sehen? Warum?

»Ich bin mit meiner Freundin hier. Ihr kleiner Sohn hatte einen Unfall. Und du?« Sarah ist an mir vorbei zum Schwesternzimmer geeilt.

»Du wirst es nicht glauben. Ich habe eben einen verdammt furchtbaren Unfall miterlebt, direkt vor mir. Ein Motorradfahrer hat einen kleinen Jungen am Straßenrand angefahren. Direkt vor meinen Augen. Es war schrecklich. Das Schwein hat nicht mal angehalten.«

Ich starre ihn an. Ich möchte nicht, dass der verdammte Nick Maxwell der Held dieser Geschichte wird. »Du? Du hast ihn gefunden?«

Er starrt zurück. »Ja, ich. O Gott, Rachel, es war so schrecklich. Ich dachte …« Er bricht ab, registriert, was ich gesagt habe, und bemerkt die beiden mich begleitenden Polizeibeamten, die jetzt näher kommen. »Moment mal! Ist deine Freundin …? Ist das ihr Kind?«

Ich nicke.

»Gott! So klein ist die Welt.«

»Wir würden Ihnen gerne ein paar Fragen stellen«, sagt Lorna Daniels und tritt vor.

»Klar, natürlich«, sagt Nick und rückt näher an mich heran. »Ich habe dem Beamten am Telefon aber schon alles gesagt.«

Er schaut mich an, als würde er sich wünschen, dass ich bei ihm bleibe. Doch die beiden Uniformierten warten erkennbar darauf, dass ich mich entferne, also komme ich ihrem Wunsch nach.

Erst als ich beim Schwesternzimmer um die Ecke gebogen bin, wird mir klar, dass ich komplett vergessen habe, Nick heute auf der Arbeit aufzusuchen (mein Gott, war das heute?) und ihm von seiner kurz bevorstehenden Vaterschaft zu erzählen. Ich drehe um und spähe um die Ecke. Er spricht mit Sparks und Daniels. Er streckt den Arm empor und neigt den Kopf zur Seite, macht offenbar vor, wie Jake auf dem Boden lag, als er ihn fand. Vielleicht ist momentan nicht der beste Zeitpunkt.

Die Intensivstation ist eine leise, schwach beleuchtete Welt, wo man mit gedämpfter Stimme spricht und langsam auf weichen Sohlen geht, damit der Friede nicht von lauten Stimmen oder Schritten gestört wird. Hier gibt es keine ratternden Essenswagen und klappernde Teller; die Patienten werden flüssig ernährt.

Ein sehr junger Krankenpfleger zeigt mir Jakes Bett. Mit vorsichtigen Schritten und angehaltenem Atem nähere ich mich ihm. Sarah sitzt auf einem Stuhl daneben, hält Jakes kleine weiße Hand und streicht ihm das Haar aus den Augen.

Mit bloßem Oberkörper liegt Jake auf dem Rücken, über seine Beine sind Decken gebreitet. Er wirkt hier völlig fehl am Platz. Die Schläuche, die in ihm verschwinden, sind viel zu groß für ihn. Sein Körper ist viel zu klein für das Bett. Riesige Maschinen pumpen vor sich hin, Pieptöne blinken auf einem Bildschirm. Jakes Augen sind zugeklebt. Es sieht aus, als würde ihm die Behandlung eher schaden als nützen.

»Sarah«, flüstere ich voller Schrecken, als ich mich dem Bett nähere. Tränen verschleiern meinen Blick. Ich kann es nicht ertragen, ihn anzusehen, doch genauso wenig kann ich den Blick von ihm abwenden. Eine Gesichtshälfte ist von der Stirn bis zum Kinn aufgeschrammt. Man sieht das rohe Fleisch. Auf den Armen und der Brust sind Blutergüsse, die langsam blau werden. Aber das sind kleinere Verletzungen, die heilen werden. Was mich wirklich erschreckt, ist der riesige Verband um Jakes Kopf.

Sarah sieht aus, als hätte ihr jemand das Blut aus den Adern gesogen. Sie ist leer, eine farblose, leblose Hülle.

Eine Krankenschwester kommt herbei und lächelt. »Sind Sie seine Mutter?«, fragt sie Sarah leise. Die nickt stumm, ohne den Blick von Jakes weißem Gesichtchen abzuwenden. »Machen Sie sich keine großen Sorgen wegen seiner zugeklebten Augen. Das ist nur, um sicherzustellen, dass sie geschlossen bleiben, solange er bewusstlos ist.«

»Bewusstlos?«

Die Krankenschwester streicht Sarah über den Arm. »Ich hole jemanden, der mit Ihnen spricht.« Sie entfernt sich.

»Guck ihn dir an, Rach«, flüstert Sarah. »Wie klein er ist ... sein Körper ... so zerbrechlich, so ... ungeschützt. Wie konnte so ein kleiner, zarter Junge ganz allein überleben? Sie beugt sich vor und drückt die Lippen auf Jakes starre Wange, verharrt dort eine Weile. Selbst als sie sich von ihm löst, setzt sie sich nicht hin, sondern bleibt über ihn gebeugt stehen. »Das wird schon wieder, mein tapferer kleiner Junge«, sagt sie. »Mummy und Daddy sind jetzt bei dir, und alles wird wieder gut. Das verspreche ich dir.«

Ich erstarre. Du liebe Güte! Glenn! Glenn und Hector, um genau zu sein. Die beiden sind immer noch auf der Suche, sie machen sich Sorgen, haben Angst. Ich schaue Sarah an, die die Wange ihres Sohnes streichelt. Ich muss die beiden anrufen und hierher bestellen. Ich berühre Sarahs Arm. »Sar, ich gehe Glenn anrufen und –« Ich verstumme, weil mein Bauch sich zusammenzieht, alles einschnürt, mich abschneidet. Ich schlinge die Arme um den Bauch und spüre die eiserne Kugel unter der Haut. Mein Kopf pocht, der Schmerz wirft mich fast von den Füßen. Ich beuge mich über das Bett, klappe zusammen, kneife die Augen zu, unfähig, mich zu bewegen, bis der Schmerz irgendwann nachlässt und mich freigibt.

Ganz in der Nähe, an einem unerreichbaren Ort, sind kleine schwarze Augen weit geöffnet, winzige Ärmchen drücken hilflos gegen Wände. Ein kleines Herz schlägt schneller vor Angst, als das empfindsame Wesen spürt, dass irgendetwas anders ist. Die Wände engen es ein, drücken und kneifen, und die puppengleichen Beine versuchen vergeblich, sich zu strecken. Unablässig pressen die Wände auf Wangen, Schultern, Arme und Füße. Der Körper kann sich nicht mehr bewegen. Er hält inne und wartet.

»Alles in Ordnung, Rach?«, flüstert Sarah und wendet kurz den Blick vom Gesicht ihres Sohnes ab. Ich nicke.

»Doch, schon gut, sind nur Vorwehen. Kein Problem. Ich gehe jetzt Glenn anrufen.«

Sie wendet sich wieder Jake zu. »Ach, ja, Glenn. Ruf ihn bitte an. Daddy ist gleich hier, kleiner Mann. Dauert nicht mehr lange.«

Ich spaziere los, eine Hand in den Rücken gestemmt, der wahnsinnig wehtut. Das muss die Aufregung sein, sage ich mir, obwohl ich es langsam selbst nicht mehr glaube.

Im Gang bei den Aufzügen ist ein Münztelefon. Auf dem Weg dahin komme ich an dem kaputten orangefarbenen Stuhl vorbei, aber Nick und die Polizisten sind nicht mehr da. Kurz überlege ich, was das zu bedeuten hat. Wurde er vielleicht verhaftet? Hat er eventuell selbst Jake angefahren und die Geschichte mit dem Motorradfahrer erfunden, um seine Schuld zu vertuschen?

Nein, das glaube ich nicht. Er ist ein mieser, hinterhältiger, verlogener Mistkerl, aber ein sehr umsichtiger Fahrer. Und eben schien er mir wirklich fertig zu sein.

Ich gehe weiter, reibe mir geistesabwesend das Kreuz und atme hörbar durch den Mund. Der junge Krankenpfleger, der eben im Schwesternzimmer auf der Intensivstation war, kommt auf mich zu. Er grinst mich an. »Alles Gute!«, sagt er mit einem Augenzwinkern, als wir uns begegnen.

»Danke«, will ich sagen, aber dann weiß ich nicht, ob er den Anruf meint, Jakes Genesung oder etwas anderes …

Nein, das geht jetzt nicht. Ich muss Glenn und Hector anrufen. Das Baby kommt erst nächsten Donnerstag. Am fünften April. Nicht jetzt, jetzt geht das nicht, hier ist zu viel los. Das sind nur Vorwehen.

Mein angespannter Gesichtsausdruck sagt etwas anderes.

Beim ersten Klingeln meldet sich jemand auf Hectors Handy.

»JA?« Es ist Glenn, der da ins Telefon schreit. Die Fahrgeräusche sind sehr laut.

»Glenn, hier ist Rachel. Jake wurde gefunden. Er ist hier, er lebt.«

Kurzes Schweigen. Im Hintergrund höre ich Hector hektisch rufen: »*Was?*«

»*WO SEID IHR?*«, schreit Glenn.

»Im Edward-Krankenhaus. Kommt so schnell wie möglich … Aaaaargh!« Diesmal bleibt mir die Luft weg. Heißer Schmerz fährt mir sengend durch den gesamten Körper, und mein Bauch ist das Epizentrum. Ich krümme mich, so gut ich kann, weiß instinktiv, dass der Schmerz nachlässt, wenn ich ihn umarme, ihn zulasse. Ich atme schwer. Bei jedem Ausatmen entringt sich mir ein leises Wimmern. Ich halte den Hörer noch in der Hand, vernehme Glenns Stimme, er ruft meinen Namen, dann befiehlt er Hector, zum Krankenhaus umzudrehen. Es macht klick, die Leitung erstirbt, und ich lasse den Hörer los. Er baumelt an seiner Metallschnur.

»Alles in Ordnung bei Ihnen?« Das ist eine Männerstimme ganz in der Nähe, aber ich kann nicht hochschauen und antworten. Der Schmerz ist überall. »Okay, hören Sie zu, warten Sie einfach, ich hole Ihnen einen Stuhl. In Ordnung?« Ich kann nicht mal nicken. »Warten Sie, es dauert nicht lange …« Die Stimme entfernt sich, und mit ihr verschwindet der Schmerz, zieht sich zurück wie die Flut. Für einen Moment konzentriere ich mich auf meinen Bauch, und kann schon nicht mehr glauben, dass der Schmerz gerade wirklich so schlimm war. Ich schüttele den Kopf und habe ein schlechtes Gewissen, weil dieser Mann gerade losgelaufen ist, um mir einen Stuhl zu holen, obwohl es mir eigentlich wieder gut geht. Das wird peinlich, wenn er zurückkommt; vielleicht verdrücke ich mich einfach. Ich nehme den Telefonhörer und hänge ihn ordentlich ein, dann drehe ich mich um, will wieder zurück zu Sarah und Jake.

Hinter mir steht ein Pfleger – es ist der von eben – mit einem Rollstuhl. Breit grinst er mich an. »Los geht's. Setzen Sie sich hierhin, dann bringe ich Sie auf die Entbindungsstation.«

»Oh nein, das ist noch nicht so weit. In sechs Tagen habe ich einen Kaiserschnitt, ich muss zurück zur Intensivstation. Meine Freundin …«

»Intensivstation? Nein, meine Liebe, ich bringe Sie jetzt in den Kreißsaal. Unverzüglich.« Gekonnt dreht er den Rollstuhl in Richtung Aufzug.

Ich komme mir vor, als würde ich entführt. »Nein, nein, bitte! Ich muss wirklich zurück zu meiner Freundin auf der Intensivstation. Ihr kleiner Sohn liegt da. Sie ist ganz allein. Ich kann sie nicht …«

»Hören Sie, machen Sie sich keine Sorgen, ähm …?«

»Rachel.«

»Rachel. Es ist alles in Ordnung. Ich gehe gleich zurück und sage Ihrer Freundin, wo Sie sind. Ja?«

»Aber sie ist …«

»Sie weiß, dass Sie schwanger sind, oder?«

»Ja, aber …«

»Na, dann versteht sie das, oder? Sie hat selbst einen kleinen Sohn, dann weiß sie wahrscheinlich nur zu gut, dass Babys zu den unpassendsten Zeiten geboren werden.«

Wir verlassen den Aufzug und folgen nun der weißen Linie. Ich komme mir vor wie ein mieser Betrüger, weil ich herumgefahren werde, obwohl es mir einwandfrei geht, aber es ist schon eine Erleichterung, das Gewicht nicht mehr schleppen zu müssen. Gott sei Dank konnte ich Glenn und Hector noch sagen, wo Jake ist, bevor die Schmerzen einsetzten. Nun ist Glenn bald bei Sarah, sodass sie nicht mehr lange allein sein wird.

»Aaargh!« Urplötzlich ist der Schmerz wieder da, und die Welt um mich herum verblasst. Ich bekomme keine Luft mehr, spüre nur noch Schmerzen, immer stärker, Welle auf Welle, pochend, stampfend, zerschmetternd. In den Ohren habe ich ein Rauschen, und ich weiß, dass sich so der Tod anhört. Ich weiß, dass ich sterbe, und ich will es sogar. Ich will den Tod, weil mir dann nichts mehr wehtut.

»… aus, ein und aus, schön tief atmen, so langsam wie möglich, ist gleich vorbei, sehen Sie? Gut gemacht.« Als ich in die Welt zurückkehre, eine Welt ohne Schmerzen, merke ich, dass wir stehen geblieben sind, und der Krankenpfleger mit ruhiger, hypnotischer Stimme vor mir kniet und mir die Hände hält. Das ist sehr beruhigend – wenn ich das bloß schon eher gemerkt hätte.

Jetzt stehen wir vor dem Kreißsaal. Ein bisschen anders als die schwach beleuchteten, stillen Gänge der Intensivstation, nicht? Hier laufen viele Menschen umher, rufen sich etwas zu, bringen Dinge hierhin und dorthin. Wer hat das gerade gehört? Etwas Großes, Metallenes ist zu Boden gefallen. Kurz darauf ein kräftiger Fluch. Und dann zerreißt ein angsteinflößendes, schrilles Geheul die Luft. Es wird so laut, dass sich mir die Nackenhaare aufrichten und Tränen in die Augen treten.

»Da wären wir: Kreißsaal«, sagt der Pfleger und schiebt mich zum Schwesternzimmer. »Ich muss jetzt gehen, aber man kümmert sich um Sie.« Ich habe das Gefühl, als habe er mich in der tiefsten Hölle abgesetzt und verlasse mich nun. »Wie heißt Ihre Freundin?«

In dem Moment, als die blutgefrierenden Schreie nachlassen, erzähle ich ihm schnell von Sarah. Der Pfleger eilt davon. Voller Sehnsucht schaue ich seiner Gestalt nach.

»Aha, was haben wir denn da? Alles in Ordnung mit Ihnen, Schätzchen?«

Eine neue Krankenschwester ist aufgetaucht, sie trägt eine dunkelblaue Uniform. Auf ihrem Namensschild steht »Rosie«, und rosig ist sie wirklich. Sie ist beleibt und hat einen dicken Zopf, aus dem sich krause rotblonde Locken kringeln. »Wie heißen Sie, meine Liebe?«

»Rachel Covington. Ich habe nächste Woche einen Kaiserschnitt, am fünften April. Ich habe hier also noch nichts zu suchen.«

»Aha«, sagt sie und sieht mich an. »Es ist nur so, meine Liebe: Mein Kollege, der Sie hergebracht hat, sagt, dass Sie alle drei, vier Minuten heftige Wehen haben. Stimmt das?«

»Na ja, ich habe nicht auf die Uhr geguckt, aber sie waren schon ziemlich stark.«

»In Ordnung. Also, können Sie mir sagen, in der wievielten Woche Sie sind, Schätzchen?«

»In der siebenunddreißigsten.«

»Aha. Dann ist ihr Würmchen also ein kleines bisschen zu früh dran. Keine Sorge, das macht ihm überhaupt nichts, versprochen.«

Bis jetzt hatte ich mir keine Sorgen gemacht.

»Und wer ist Ihr behandelnder Arzt, mein Täubchen?«

»Dr. Kantha–« Ein weiterer grimmiger, erdrückender Schmerz reißt mich entzwei und raubt mir die Sprache.

»Tut es jetzt weh, meine Liebe?«

Ich antworte nicht.

»Das verstehe ich als ein Ja, oder? Schon gut, atmen Sie einfach aus, schön langsam, genau so, sehen Sie? Schon vorbei. Also, Dr. Kant, sagten Sie? Gut. Bringen wir Sie in einen Kreißsaal.«

Die Krankenschwester erfasst die Griffe und fährt mich in Richtung der Schreie. Die Geräusche sind unerträglich. Ich frage mich, von welch schrecklichen Höllenqualen sie verursacht werden. Sarah glaubt, die Frauen mit Kaiserschnitt seien schlecht dran, aber ob sie schon mal so was wie das hier gehört hat?

»Ah, eine unserer Damen veranstaltet heute einen ganz besonderen Radau, was? Die Arme. Wäre besser, wenn sie sich die Kraft fürs Pressen spart. Wäre klüger.«

Rosie fährt mich in einen leeren Raum. »Da wären wir. Also, Sie legen sich jetzt hier drauf, Schätzchen, ich komme gleich mit dem Arzt wieder. In Ordnung?« Und damit ist sie weg.

Ich bin momentan erkennbar nicht in der Verfassung, schnell mal irgendwohin zu hüpfen, schon gar nicht auf dieses Bett. Für mich sieht es eher aus wie ein Folterinstrument.

Die nächste Wehe kommt – ja, ja, natürlich waren es die ganze Zeit Wehen –, und ich falle gegen das Bett. Der Schmerz zieht mir in die Leisten und in die Oberschenkel, und ich kauere mich hin, halte mich mit einer Hand am Bett fest. Ich verliere jedes Gefühl dafür, wo ich bin und was vor sich geht, ich beiße nur die Zähne aufeinander, spüre jede meiner Zellen, warte, dass der Schmerz vergeht. Was ist, wenn keiner weiß, dass Pfläumchen eine Steißlage ist, und sie mich zwingen, das Kind normal auf die Welt zu bringen? Wenn sie erwarten, dass das Köpfchen rauskommt, während seine Füßchen sich in meinem Becken verheddern? Was ist, wenn das nicht geht? Warum lassen mich alle im Stich?

Da ich mich in Windeseile in eine Vierjährige zurückverwandle, begeben wir uns wohl besser wieder auf die Intensivstation und sehen nach, wie es dort läuft. Sarah hatte Besuch von dem Arzt, der Jake behandelt, und von einem sehr jungen Krankenpfleger, der ihr mitteilte, dass ich auf der Entbindungsstation sei. Sie registriert die Information, dann lässt sie sich wieder durch den Kopf gehen, was der Arzt gesagt hat. Eine schwere Gehirnerschütterung mit inneren Schwellungen, wahrscheinlich hervorgerufen durch den Aufprall des Kopfes auf dem Boden. Jakes Kopf auf dem Boden. Sarah bekommt das Bild nicht aus dem Sinn.

»Soweit wir sehen können, sind seine Verletzungen nicht so schlimm. Er hat sich den Arm gebrochen, aber das ist ein unkomplizierter Bruch. Im Moment halten wir ihn bewusstlos. Die Lungenmaschine atmet für ihn, damit sein Hirn ruhen und heilen kann. Wir überwachen ihn ununterbrochen. Sobald die Schwellung im Hirn entsprechend zurückgegangen ist, lassen wir ihn aufwachen. Dann werden wir auch sehen, ob es längerfristige oder permanente Schäden gibt.«

Sarah erschaudert, als sie sich diese Worte wieder durch den Kopf gehen lässt. Hirnschaden. Sie rückt näher an ihren kleinen Sohn heran und packt seinen Arm. »Bitte, bitte«, flüstert sie mit Tränen in den Augen. Sein Gesicht ist so blass wie nie zuvor, abgesehen von den aufgeschürften roten Stellen. Immer wieder sieht Sarah in Zeitlupe vor sich, wie Jakes süßes, kleines, zartes Gesicht auf den Boden prallt und weiterrutscht, wie die Haut abgerissen und sein Arm gebrochen wird. Sie kann diesen Film einfach nicht abschalten. Sie zwingt sich, an die Schmerzen und die Angst zu denken, die ihr geliebtes Kind in dem Moment empfunden haben muss, dann schließt sie die Augen. Tränen laufen ihr über die Wangen.

»Mein Gott!«, ertönt ein Schrei hinter ihr. Sarah reißt die Augen auf. Glenn und Hector kommen auf sie zugeeilt.

»Oh, Glenn!«, sagt sie, steht auf und läuft ihm entgegen. Er schlingt die Arme um Sarah, hält sie kurz fest, löst sich von ihr und nähert sich dem Bett. Glenn hat den Froschrucksack in der Hand und legt ihn vorsichtig ans Fußende. Jakes Füße reichen nicht an ihn heran.

»Was sagen die Ärzte?«, fragt er mit zittriger Stimme und registriert die blauen Flecken, die Schrammen, die zugeklebten Augen, den einschüchternden Verband.

»Er hat eine Gehirnerschütterung und Schwellungen im Kopf. Er ist im künstlichen Koma, damit sich sein Hirn erholen kann. Wenn die Schwellung zurückgeht, lassen sie ihn aufwachen, und dann kann man erst sagen, ob er irgendwelche … Schäden zurückbehalten hat.«

»Schäden?« Voller Schreck sieht Glenn Sarah an. »Meinst du einen Hirnschaden? Die glauben, er hat vielleicht einen Hirnschaden? O Gott!« Er beugt sich über das Bett, legt die Wange an Jakes, streicht ihm zärtlich das Haar aus der Stirn.

»Oh, Jakey, mein kleiner Jakey, mein süßer kleiner Junge. Es tut mir so leid.« Eine Weile starrt er auf Jakes zugeklebte Augen, dann dreht er sich zu Sarah um. »Alles in Ordnung?«

Sie nickt, dann verzieht sie das Gesicht und beginnt zu weinen. Glenn geht auf sie zu, nimmt sie fest in die Arme und wiegt sie sanft.

»Oh, Glenn, das ist alles meine Schuld, ich hätte auf ihn aufpassen müssen. Ich habe nicht mal gemerkt … Es tut mir so leid.«

»Nein, nein, Sarah, es ist meine Schuld«, gibt Glenn zurück, den Mund in ihrem Haar. »Ich bin derjenige, der im Unrecht ist, nicht du. Ich habe dir die Hölle auf Erden beschert, euch beiden, ich habe es nicht verdient … ich kann nicht … Sarah, ich liebe dich. Ich will mich nicht scheiden lassen. Du hast mir so gefehlt. Du und Jake, ihr seid das Beste in meinem Leben. Ich möchte euch nicht verlieren.«

Sarah schnieft und zieht den Kopf zurück, um Glenn ins Gesicht zu sehen. »Du hast mir auch gefehlt.«

Beide beugen sich vor und drücken ihre Stirn aneinander.

Lassen wir sie kurz in Ruhe. Sehen wir uns Hector an. Was ist das für ein Gesichtsausdruck? Er steht ein paar Meter abseits und schaut sich nervös um. Was er wohl sucht? Irgendetwas scheint ihm große Sorgen zu machen. Er wendet sich nach links, sucht den Raum ab, dreht sich wieder um, späht im schwachen Licht in alle Ecken des Krankensaals, in die anderen Betten, den Gang. Schließlich fragt er Glenn und Sarah: »Ähm, ich will euch ja nicht stören, aber wisst ihr vielleicht, wo Rachel ist?«

Vierzehn Sekunden später hastet Hector über den Gang zu den Aufzügen. Er drückt mehrmals auf alle Tasten, aber in den folgenden zwei Sekunden hält kein Fahrstuhl an, und so stürzt er durch die Tür daneben ins Treppenhaus, nimmt zwei, drei, manchmal vier Stufen zugleich.

Nach zwei Treppen sprengt er durch die Tür in die erste Etage und sprintet den Gang entlang. Mit bis zum Hals schlagendem Herzen sucht er nach Schildern, die ihn zum Kreißsaal führen. Schnell wird ihm klar, dass er gar kein Schild braucht, sondern einfach nur den schrillen, unmenschlichen Schreien folgen muss. Vor Angst richten sich seine Nackenhaare auf. Er fragt sich, ob eine der Stimmen mir gehört.

Als er der weißen Linie folgt, schießt ihm kurz durch den Kopf, wie viele Füße schon vor ihm über diesen Gang gelaufen sind, um schnell an der Seite der geliebten Frau zu sein, die das gemeinsame Kind zur Welt bringt. Und er fragt sich, wie viele Männer einer Frau zur Seite eilten, die das Kind eines anderen zur Welt brachte. Aber für ihn fühlt es sich nicht wie ein fremdes Kind an.

Beim Schwesternzimmer schreit er Rachels Namen fast laut heraus, wartet dann unruhig zehn Sekunden, während die Schwester im Computer nachsieht. Schließlich führt sie ihn tiefer hinein in diesen Höllenschlund voller Geschrei und Gefluche.

»Sie sind bestimmt ganz aufgeregt. Das erste Kind?«, plaudert sie mit ihm, scheinbar unempfänglich für die Foltergeräusche um sie herum.

»Ich halte das nicht mehr aus, verdammte Scheiße! Ich kann nicht mehr, holt endlich dieses Scheißteil aus mir raus, schneidet mich auf, bitte, bitte, schneidet mich einfach auf, holt es raus, holt das Scheißding raus!«

»Ja«, sagt Hector geistesabwesend und erschaudert.

Die Schwester führt ihn durch eine Tür, und er findet sich in einem kleinen Raum wieder, in dessen Mitte ein hohes Bett steht. Es hat Stäbe auf beiden Seiten, unten Pedale und ist von vielen Apparaten umgeben. Er betrachtet das alles, ehe er die blasse Gestalt im Bett bemerkt.

»Hector!« Mein Gott, wie freue ich mich, ihn zu sehen! »Gott sei Dank, dass du da bist!«

Er schaut von der Tür zu mir hinüber, sein Gesicht eine Mischung aus Sorge und Erleichterung. »Rachel, da bist du ja!« Er tritt ans Bett und umarmt mich. Er ist ganz feucht und verschwitzt vom Laufen. Seine Arme um meinen Rücken sind warm und stark, er riecht so beruhigend. Hector sieht mich an. »Ist alles in Ordnung?«, fragt er sanft und streicht mir mit dem Daumen über die Wange.

Ich nicke. »Hat mich noch nicht zerrissen. Weißt du, wie es Jake geht?«

»Unverändert, glaube ich. Hast du gehört, dass er in der Church Road gefunden wurde? Das ist in der Nähe seiner Schule, nicht? Wo wir auch den Rucksack gefunden haben. Mensch, wir müssen an ihm vorbeigefahren sein, und er lag da ...«

»Denk nicht so was. Es ist nicht deine Schuld.«

Er reibt sich den Hinterkopf. »Ich kann nicht anders. Ich habe diese Bilder im Kopf, die wollen einfach nicht verschwinden.« Er schließt die Augen. »Der arme Kerl! Er muss wirklich verzweifelt gewesen sein.«

»Weißt du, wer ihn gefunden hat?«

»Nein. Ich habe noch nicht mit der ...«

»Nick Maxwell.«

Hector starrt mich an. »Was, meinst du etwa ...?« Sein Blick zuckt zu meinem dicken Bauch. Ich nicke. »Wahnsinn! Wow. So klein ist die Welt. Hey, hast du ihn hier gesehen?«

»Ja.«

»Und was hat er gesagt, ich meine, wegen ...?« Wieder zeigt er auf meinen Bauch. Ich beiße mir auf die Lippe und mache ein verschlagenes Gesicht. Zumindest fühle ich mich verschlagen. Hector sieht mich tadelnd an. »Du hast es ihm doch gesagt, oder? Hast du es nicht gesagt? Ach, Rachel, das ist nicht gut.«

»Hector, ich habe es völlig vergessen. Momentan vergesse

ich ständig alles. Heute Morgen habe ich auch was vergessen.«

»Ja? Was denn?«

Ich sehe ihn an. »Hab ich vergessen. Sag ich ja gerade.«

»Ah ja, gut. Verstehe. Aber wie konntest du das vergessen, wo du es doch direkt vor dir herträgst?«

»Also, auf der Arbeit habe ich es vergessen, und als ich Nick eben oben sah, wollte ich es ihm sagen, aber da musste er mit der Polizei sprechen. Das schien mir einfach der falsche Zeitpunkt zu sein.«

»Gut, sehe ich ein. Aber du musst es ihm bei der nächstmöglichen Gelegenheit sagen. Wenn nicht noch eher.«

»Ich mache es, sobald ich das hier hinter mir habe.«

Die Krankenschwester kommt mit einem Rollwagen voller Folterinstrumente zurück. »Gut, Rachel, meine Süße, gleich geht es Ihnen schon viel besser.« Ich betrachte die Geräte und bezweifele es irgendwie. »Die Anästhesistin ist unterwegs, sie gibt Ihnen eine Rückenmarkspritze. Soll der Papa dableiben?«

»Ja.« Ich sehe Hector an, der unbehaglich den Rollwagen beäugt. »Ist das in Ordnung?«

Er lächelt mich an und merkt, dass ich ihre Annahme, er sei der Vater, nicht korrigiert habe. »Aber sicher, Rachel, Süße. Solange ich nichts tun muss.«

Hector ist einverstanden, mich in den OP zu begleiten. Ich bin mir nicht sicher, ob ihm das so ganz behagt, aber er konnte sich eigentlich gar nicht weigern. Sarah ist anderweitig beschäftigt, und allein will ich nicht da hinein. Eine derartige Angst habe ich noch nie gehabt. Ich weiß, dass ich keine Schmerzen haben werde, aber mich macht das Wissen fertig, dass Teile von mir ans Tageslicht gezerrt werden. Unablässig muss ich an den Schnitt denken, den sie in mich ritzen werden, ein sehr, sehr tiefer Schnitt, der durch Fleisch- und Muskelgewebe geht. Für einen gewissen Zeitraum werde ich eine zusätzliche Öffnung haben. Schon allein bei dem Gedanken daran muss ich mich fast erbrechen. Bloß bin ich von der Brust abwärts gelähmt, und Kotzen ohne Unterstützung der Bauchmuskeln ist so gut wie unmöglich. O Gott, hoffentlich wird mir nicht schlecht, während sie mich von links nach rechts aufschneiden. Hinterher verliere ich dabei noch ein paar Teile.

So, hier liege ich nun flach auf dem Rücken im OP. Die Szene könnte aus *Emergency Room* stammen: große kreisrunde Lichter über mir, außerhalb meines Gesichtsfeldes bewegen sich Personen. Ach, wenn George Clooney doch hier wäre!

Vor einer halben Stunde habe ich ein Beruhigungsmittel zu trinken bekommen. Es soll mich derart locker machen, dass ich bei vollem Bewusstsein ertrage, wenn mir ein Loch in den Bauch geschnitten wird. Hätte man mir eine ganze Schachtel Diazepam und eine Flasche Gin zum Runterspülen gegeben, hätte es vielleicht geklappt. Hector ist gerade kurz verschwunden. Ich glaube, sie wollen anfangen. Hoffentlich beeilt er sich und kommt schnell zurück!

Hört jeder dieses Summen, oder habe nur ich das im Ohr? Nein, nein, es ist wirklich da. Unter den Hals wird mir ein grünes Tuch gehängt, dahinter geht irgendetwas vor sich. Wie sonderbar das ist, hören zu können, was da los ist, ohne es zu fühlen.

»Können Sie es herzförmig schneiden?«, rufe ich. Sie schmunzeln, aber ich weiß, dass sie das gesamte Haar entfernen.

An meiner rechten Schulter taucht ein Krankenpfleger mit blauem Kittel und Mundschutz auf und bückt sich auf Höhe meines Kopfes. Ich schaue ihn an, weil ich denke, er möchte in meine Pupillen sehen, um zu prüfen, ob sie vergrößert sind oder nicht, oder was auch man da kontrollieren muss, und da erkenne ich mit einem Schreck, dass es Hector ist.

»Huh, erwischt, Dr. Kildare.«

»Danke. Die Batman-Kostüme waren schon alle weg.«

Es gibt ein Geräusch, als würde schweres Gewebe geschnitten, dann fängt die Liege an zu wackeln, sodass das grüne Tuch vor mir zittert. Beunruhigt betrachten wir es.

»Was für einen Eindruck hat Sarah auf dich gemacht?«, frage ich Hector schnell, um das Thema zu wechseln.

»Als ich sie sah, war Glenn bei ihr, also ging es ihr wahrscheinlich besser als vorher.«

»Oh ja, klar. Hoffentlich geht alles gut.«

»Hoffe ich auch. Als ich loswollte, lagen sie sich gerade in den Armen. Deshalb bin ich voller Hoffnung.«

»Gott sei Dank.« Es ertönt ein lautes, saugendes Geräusch, wie ein Staubsauger, der Wasser aus einer Schüssel schlürft. Hector räuspert sich.

»Bedeutet das jetzt also, dass die falschen Wehen, die du eben hattest, doch richtige waren?«

»Na, das will ich aber hoffen. Ich möchte das alles am Donnerstag nicht nochmal durchmachen.«

»Leuchtet mir ein. Ich bin am Donnerstag eh beschäftigt.«

»Ja? Was hast du vor?«

»Zuerst sitze ich am Bett eines Herz- und Lungentransplantierten, um halb zwei ist eine Hysterektomie dran.«

»Wow, du bist ja gefragt. Vielleicht solltest du hier Vollzeit arbeiten.«

»Nee, damit lässt sich kein Geld verdienen.«

»Aber die Arbeit macht glücklich.«

»So, da wären wir, Rachel. Sehen Sie mal, wer hier ist!«

Das war der Arzt. Hector und ich verstummen. Unser Blick wandert hoch zum Rande des Tuchs. Der Arzt ist so gerade zu sehen, er trägt eine Maske und eine Kopfbedeckung wie Hector und hält etwas hoch, etwas Rosablaues, Rotweißes, und ich begreife auf einmal mit einem Adrenalinstoß, dass das mein Baby ist, das Leben, was in mir war, das ist mein Pfläumchen, mein geliebtes kleines Pfläumchen. Die Hände des Arztes greifen unter den Armen um die Brust, seine Fingerspitzen berühren sich vorn fast wieder, die kleinen rosa Beinchen sind angezogen, die Knie rund und zart, die Knöchel verschränkt, der Kopf hängt zur Seite, das rote Gesichtchen ist verzerrt. Aus dem Bauch kommt ein riesiger blauer Schlauch, der hinter dem Tuch verschwindet. Plötzlich hebt sich ruckartig ein Ärmchen und fällt wieder herunter. Mein Baby hat mir zugewinkt!

Der Arzt schneidet den blauen Schlauch durch und reicht mein Kind jemandem hinter mir, der irgendetwas mit ihm anstellt. Dann gibt eine Schwester mir das schwere, warme kleine Bündel und legt es mir auf die Brust.

»Da ist sie, Rachel, Ihre kleine Tochter. Ist sie nicht wunderschön?«

»Tochter?«

Ich betrachte das winzige Gesichtchen, nur Zentimeter von meinem entfernt, und spüre heiße Atemstöße, die mich wie Gebete streicheln. Mir stockt der Atem.

»Oh, meine kleine Tochter. Meine süße kleine Tochter! Hallo, mein hübscher Schatz! Ich bin deine Mummy.«

24

Kann sich jemand erinnern, dass ich mal gesagt habe, letztes Jahr sei ich glücklich gewesen mit meinem begehrten, verführerischen Leben voller Partys, Klamotten und Frisuren? Sagte ich damals wirklich »glücklich«? Das stimmt eigentlich nicht. »Total bescheuert« würde es eher treffen. Dass ich glaubte, ein perfektes Leben zu führen, heißt ja nicht, dass es tatsächlich tadellos war. Es bedeutet nur, dass ich es nicht besser wusste.

Ich möchte nicht unbedingt, dass alle zusehen, wie ich wieder zusammengenäht werde. Springen wir also ein paar Stunden vor zur Neugeborenenstation.

Man stelle sich einen abgedunkelten, stillen Bereich mit abgetrennten Nischen vor, in denen schläfrige Mütter selig ihr schlummerndes Baby im Bettchen betrachten, vorsichtig eine Decke über den kleinen Körper ziehen, zärtlich über die rosigen Wangen streicheln, den samtweichen Kopf berühren.

Auf der Neugeborenenstation ist es völlig anders.

Es schreien immer mindestens zwei Babys gleichzeitig, denn wenn eins anfängt, weckt es das nächste auf, das seinerseits den Nachbarn aus dem Schlaf reißt, und so weiter, ein Domino-Effekt. Andersrum funktioniert das aber nicht. Ein gesättigter Bauch, der seinen Besitzer hurtig ins Land der Träume schickt, wirkt sich leider nicht auf die anderen aus. Und je mehr Kinder wach sind, desto mehr Mütter sind natürlich damit beschäftigt, sie wieder zu besänftigen. Der Raum ist erfüllt vom betäubenden Dröhnen leiser, beruhigender Stimmen.

Die Station liegt im Halbdunkel. Es ist gerade genug Licht,

dass sich die Krankenschwestern gefahrlos bewegen und alle wach halten können.

»Machst du dieses Wochenende Überstunden, Abby?«, fragt eine vorbeieilende Frau mit lauter Stimme, begleitet vom Schwappen der Bettpfanne.

»Weiß ich noch nicht. Mark will zu den Monster Trucks.«

Die Station besteht aus jeweils vier Betten auf beiden Seiten von riesigen Nischen, von denen es drei oder vier gibt. Mir wurde das erste Bett links in der dritten Nische von der Tür zugewiesen. Man muss am Schwesternzimmer vorbei, dann bin ich in der Nische direkt gegenüber. Hier, da liege ich erschöpft auf dem Rücken und mache große Augen. Zwei Betten in der Nische sind leer, im Moment schläft nur eins der Babys und seine Mutter – eins wird gerade gestillt –, sodass es bei uns im Moment herrlich ruhig ist. Noch.

Man kann ruhig ein wenig näher herankommen. Ganz nah! Jetzt schaut euch meine Tochter an! Ist sie nicht das Unglaublichste, Schönste, Wunderbarste, was man je gesehen hat? Ihr Gesicht ist perfekt oval, ihre vollen Lippen sind wie zum Küssen gemacht. Die Jungs werden vor ihrer Tür Schlange stehen, genau wie bei ihrer Mutter. Und hat man schon mal solche Wimpern gesehen?

Dass jetzt keiner sagt: »Ja, bei Nick Maxwell.« Das ist nicht gerade hilfreich.

Die Mutter gegenüber schaut zu mir herüber, während ihr Kind trinkt. Vielleicht will sie reden, aber ich kann mich noch nicht aufsetzen, deshalb blicke ich unentwegt zur Seite, in das durchsichtige Bettchen meiner schlafenden Tochter, wache über sie, beschütze sie vor allem Übel. Meine Beine sind noch betäubt, wenn also ein Übel kommt, muss ich ganz laut schreien.

Es ist vier Uhr morgens. In den nächsten drei Stunden werde ich praktisch unbeweglich sein, springen wir also vor und schauen uns an, was alle anderen am Geburtstag meiner Tochter machen.

Um sechs Uhr steht Hector auf und stellt sich singend unter die Dusche. Da steht er, massiert sich fröhlich das Shampoo ins Haar, die Augen fest geschlossen, während ihm der weiße Schaum übers Gesicht läuft, vom Kinn auf die Brust fließt und von dort auf seinen Bauch ... Okay, hier ist Schluss.

»I get knocked down, but I get up again, you ain't ever gonna keep me down!«, singt er laut. Ich muss grinsen – das ist unser Lied, nicht wahr? Hector hat nicht viel geschlafen, seit er vor dreieinhalb Stunden ins Bett ging. Die Ereignisse des Tages drehten sich unentwegt in seinem Kopf. Plötzlich hört er auf zu singen, und sein Gesicht wird ernst und besorgt. Und da flackert auch ein kleines Schuldgefühl auf, oder? Ich wette, er denkt gerade an Jake und schämt sich, weil er so gute Laune hat.

Jetzt ist er aus der Dusche gestiegen und trocknet sich ab, ich denke, wir sollten ihm seine Würde lassen und nachsehen, was Sarah und Glenn inzwischen erfahren haben.

Da sind die beiden, sie sitzen auf Plastikstühlen zu beiden Seiten von Jakes riesigem Bett. Die Intensivstation ist das komplette Gegenteil zur Neugeborenenstation: friedlich, ruhig, dunkel. Aber Sarah und Glenn haben dennoch kein Auge zugetan.

Man sehe sich das Gesicht der armen Sarah an: Sie ist nicht mehr so blass, aber hat dunkle Ringe unter den Augen, die einzige Farbe in ihrem Gesicht. Sie legt den Kopf aufs Bett und den Arm über Jakes Beine. In bestimmten Abständen zuckt sie zusammen und schaut auf, mustert ihren Sohn von oben bis unten, prüft jeden Zentimeter von Jake, von seinem Verband bis zu den Zehenspitzen. Nachdem sie ihn geschlagene fünf Minuten angestarrt hat, lässt sie den Kopf langsam wieder sinken. Zum ersten Mal macht ihr seine völlige Bewegungslosigkeit Angst.

Glenn hat auch nicht geschlafen. Jetzt, um sechs Uhr, sitzt er wieder im Stuhl gegenüber von Sarah, betrachtet Frau und Sohn, die Hände zwischen den Knien gefaltet. In der Nacht ist er immer wieder durchs Zimmer gelaufen, hat aus dem Fenster geschaut, seine Frau betrachtet, Jakes Fuß berührt. Ob er sich wohl für all das verantwortlich fühlt? Geschähe ihm verdammt recht.

Nur Jake schlummert selig vor sich hin.

Jetzt sind wir wieder auf der Neugeborenenstation. Es ist halb acht. Die Krankenschwestern entscheiden, dass es Zeit zum Aufstehen ist, und öffnen die Vorhänge in jeder Nische zu einem frischen »Guten Morgen, die Damen!«, als hätten wir alle schnarchend viel zu lange im Bett gelegen, weit über die Zeit hinaus, da wir als wohlerzogene Frauen auf den Beinen sein sollten. Überall spähen völlig übermüdete Augenpaare widerwillig von den Kopfkissen auf.

Die Mutter gegenüber kommt, einen Morgenmantel übergeworfen, hoffnungsvoll auf einen Plausch zu mir herüber. Ich bin von der Taille abwärts immer noch ohne Gefühl, wenn ich also Aufmerksamkeit oder Gesellschaft will, bin ich vollkommen darauf angewiesen, dass jemand zu mir kommt.

»Könnten Sie mal kurz für mich auf Keanu aufpassen, ja?«, sagt sie zu mir, die ich quasi in Beton gegossen bin. »Will nur eben eine rauchen.«

»Ich kann mich nicht bewegen«, sage ich, aber sie ist schon fort.

Mein Gott, diese tauben Beine sind total nervend. Ich würde wirklich gerne rübergehen und mir ihr Baby ansehen, nur damit ich feststellen kann, dass mein Kind viel hübscher ist.

Ich kann es nicht erwarten, meine kleine Tochter endlich richtig in den Armen zu halten. Als sie geboren wurde, legte man sie mir oben auf die Brust, aber da war sie viel zu nah an meinem Gesicht, um sie richtig betrachten zu können. Von hier aus kann ich nur den Arm ausstrecken und sie in ihrem Bettchen streicheln, ihr den Rücken reiben, wenn sie schnieft, aber irgendwann kneift mir das Seitenteil des Bettchens in den Arm. Der kleine Rücken ist so fest, so perfekt. Ich kann die Schulterblätter und die einzelnen Rückenwirbel und winzigen Rippen ertasten, die sich bei jedem Atemzug bewegen. Wenn ich die Finger spreize, kann ich den Rücken umspannen. Er passt genau in meine Hand.

Erinnern wir uns an das grüne zweidimensionale Bild, das Hector und ich vor vier Monaten bei der Ultraschalluntersuchung betrachteten. Ist es nicht erstaunlich, dass es sich als ein lebender, warmer, atmender Mensch mit eigenen Knochen und Lunge, Blut und Haaren entpuppt hat?

Meine Finger werden taub. Woran das wohl liegt? Vielleicht reagiere ich allergisch auf die Narkose, und meine Luftröhre schwillt an, verschließt sich und erstickt mich im Bett. Es könnte sogar ein Blutklumpen oder so sein, der sich in diesem Moment langsam und bösartig zu meinem Herzen durcharbeitet, wo er die ganzen kleinen Klappen blockiert und einen Herzinfarkt verursacht. Dann bin ich bereits kalt, wenn die Frau gegenüber vom Rauchen zurückkommt. Ich rufe nach einer Schwester.

»Nehmen Sie den Arm aus dem Bettchen«, sagt sie, als sie zwei Minuten später kommt. »Sie blockieren die Blutzufuhr.«

Es ist nicht viel los, wir können kurz einen Blick auf die Fenster werfen. Alle sind geschlossen, sogar verriegelt. Unglaublich, oder? Zuvor hatte ich gefragt, ob man eines öffnen könnte, weil es hier so heiß sei – neugeborene Babys sind in drückender subtropischer Hitze scheinbar gut aufgehoben –, aber die Schwester sagte mir, man dürfe die Fenster »wegen der Säuglinge« nicht öffnen.

»Wie meinen Sie das?«

»Nun, wir möchten ja nicht, dass die Babys aus dem Fenster

fallen, oder?«, sagte sie, als hätte sie mit eigenen Augen die Tragödie erlebt, als diese schwachen, nichts ahnenden kleinen Geschöpfe gemeinsame Sache machten. Sie sah mich mit bedeutungsvoll erhobenen Augenbrauen an, als müsste ich es eigentlich besser wissen. Ich schaute zurück, und mir lief die Musik von *Mission Impossible* durch den Kopf, dazu das Bild von einer entschlossenen Babyriege, die eine Räuberleiter macht, um das Fenstersims zu erklimmen, damit sie alle den ersten Blick auf die Welt da draußen werfen können.

Ich glaube, ich muss noch eine Menge über das Muttersein lernen.

Uh, hat das jemand gesehen? Es ist komisch, aber ich glaube, meine Zehen haben sich gerade bewegt. Ich merke es selbst gar nicht, es ist eher so, dass ich mir einbilde, sie hätten gezuckt. Wow. Gott sei Dank dafür. Vielleicht kann ich gleich aufstehen.

Springen wir eine Stunde vor. Es ist jetzt fast neun Uhr, und da sitze ich mit meinem geliebten Pfläumchen in den Armen! Als meine Füße auftauten, hatte ich nicht an die stechenden Schmerzen im Bauch gedacht, die folgen würden. Ich bekam ziemlich schnell ein starkes Schmerzmittel.

Schwer und warm liegt meine Tochter in meiner Armbeuge. Sie hat ein wenig zu essen bekommen und schläft jetzt wieder. Ich finde es herrlich, dass sie sich bei mir so sicher fühlt. Ihr Körper und meiner passen gut zusammen.

Kann man sehen, was sie anhat? Es ist der kleine weiße Strampelanzug mit den Sternen, den Hector mir gestern in der Kantine geschenkt hat. Sie sieht darin wie eine Prinzessin aus, nicht? Einfach perfekt. Ich halte ihren Fuß in der Hand. Er ist kleiner als eine Maus.

Am Fußende des Bettes steht jemand. Ich fahre zusammen. Aber es ist nur Sarah. Sie sieht blass und müde aus. Ich schätze, dass auch sie nicht viel Schlaf bekommen hat.

»Sarah! Hi! Komm und setz dich.« Lächelnd betrachtet sie meine Tochter und streichelt ihr zärtlich die Wange.

»Sie ist wunderschön, Rachel. Total süß.«

»Danke, Sarah. Wie geht es Jake?«

Sie setzt sich und wird lebhafter. »Als Erstes heute Morgen kam der Arzt und nahm ihn mit zu einer Untersuchung. Er sagte, die Schwellung sei so stark zurückgegangen, dass sie ihn aufwachen lassen würden.« Sarahs Augen füllen sich mit Tränen. »Vor ungefähr zwanzig Minuten hat er die Augen aufgemacht und nach einem Eis gefragt.«

»Oh, Gott sei Dank, Sarah!« Ich beuge mich ein wenig vor und lege einen Arm um sie. Ich grinse wie von Sinnen.

»Ja.« Sie nickt, aber kann nicht weitersprechen. Ich halte ihr die Hand, während sie weint. »Ich kann dir gar nicht sagen …«

Ich schaue Pfläumchen an. Sie muss es gar nicht sagen.

»Hast du mit ihm darüber gesprochen, warum er weggelaufen ist?«

Sarah schüttelt den Kopf. »Nein, noch nicht. Die Church Road ist in der Nähe seiner Schule, ich kann mir nur vorstellen, dass er aus irgendeinem Grund dorthin wollte. Das ist irgendwie komisch.«

»Sarah, du weißt aber, wohin die Church Road noch führt, oder?«

»Ja, zur Yew Avenue. Warum?«

»Denk mal nach! Die Yew Avenue wird hinter dem Hickham-Kreisverkehr zur Umgehungsstraße, nicht? Und was ist auf der anderen Seite der Umgehungsstraße zur Church Road?«

Einen Augenblick schaut sie mich an, denkt nach. Dann reißt sie plötzlich die Augen auf und zieht laut die Luft ein. »Mill Lane? Meinst du Mill Lane?«

Ich nicke. Wer kann sich noch erinnern, dass ich gestern nach der Arbeit mit zu Hector gefahren bin? Da bogen wir auf eine ländlichere Straße ab, von Feldern gesäumt, wo große

Bauernhäuser zwischen den Hecken aufblitzten. Das war die Mill Lane. Sie ist in der Nähe von Hectors Haus.

»Ist nur eine Theorie, Sarah. Du musst mit ihm darüber sprechen, aber es leuchtet nicht richtig ein, dass er mitten in der Nacht versucht hat, zur Schule zu gehen, hm?«

»Nein. Wahrscheinlich hast du recht. Ach, du Güte, er wollte einfach nur seinen Vater sehen, nicht? Ach, mein armes, kleines Würmchen.« Sie reibt sich die Augen.

»Weißt du, wer ihn gefunden hat?«

Sarah schüttelt den Kopf.

»Nick Maxwell.«

»Wer ist das?«

Ich blicke bedeutungsschwer auf Pfläumchen.

»Was, meinst du …?«

Ich nicke, und Sarah reißt die Augen noch weiter auf. »Das ist ja unglaublich!«

»Ich weiß. Er hat das Ganze beobachtet – den ausweichenden Motorradfahrer, Jake, wie er hinfiel …« Plötzlich habe ich lebhaft vor Augen, wie Jakes kleine Gestalt aufs Pflaster geschleudert wird, mit dem Kopf auf den Asphalt, wie er weiterrutscht und sein Gesicht, seine samtenen Wangen, von der groben Oberfläche aufgerissen werden. Das Bild, das Sarah die ganze Nacht wach gehalten hat.

»Ich weiß. Gott sei Dank, dass es jemand beobachtet hat – hoffentlich finden sie den Motorradfahrer. Er muss doch gemerkt haben, dass er etwas angefahren hat.«

»Natürlich! Man merkt schon, wenn man mit dem Motorrad einen Igel überfährt, ein Kind erst recht, auch im Dunkeln.«

»Das habe ich auch gedacht. Ach, Rachel, hoffentlich kann sich Nick an die Einzelheiten erinnern. Ich hoffe, sie finden das Schwein, das meinem Jungen wehgetan hat, und stecken ihn für alle Zeiten in den Knast.«

Da habe ich so meine Zweifel, aber das werde ich Sarah nicht sagen. »Ja, ich auch.«

Sarah schweigt eine Weile, dann schaut sie mich an. Sie ist jetzt ruhiger, nicht wahr? Friedvoller, als ich sie seit Wochen gesehen haben. Es ist eine Erleichterung.

»Weißt du was, Rachel? Wenn ich drüber nachdenke, bin ich mir nicht mal sicher, ob mich das noch interessiert. Verglichen mit allem anderen, was passiert ist, ist das jetzt gar nicht mehr so wichtig. Jake lebt, es geht ihm gut. Alles andere ist mir egal. Klar, er ist verletzt, aber das heilt alles. Ich bin einfach so froh, dass er keinen schlimmen geistigen Schaden davongetragen hat, der ihn sein ganzes Leben lang begleiten wird.«

Ich bin auch froh darüber.

»Und Glenn kommt zurück zu uns.«

Sarah wirft mir einen Seitenblick zu, als rechne sie damit, dass ich das missbillige, was ich aber nicht tue.

»Ich freue mich für dich, Sarah. Jake ist bestimmt ganz aus dem Häuschen.«

»Ja, er wird sich freuen, nicht? Besonders wenn wir ihm sagen, dass wir nach Disneyland fahren.«

»Wow!«

Sarah sieht erschöpft aus. Sie bewegt sich schwerfällig. Aber ihre Augen glänzen, sie strahlt von innen. Ihr Leben ist wieder so, wie es vorher war. Zusammen mit Jake und Glenn.

Bevor mein zweiter Besuch kommt, muss ich telefonieren. Ich kann immer noch nicht sehr gut laufen, aber glücklicherweise gibt es ein Münztelefon auf Rädern. Die Frau ist wieder im Bett gegenüber, zum Glück, weil ihr Baby zu zetern beginnt. Sie lässt es heulen und bringt mir mit einem Lächeln das Telefon herüber.

»Rat mal, wo ich bin?«, sage ich, als sich am anderen Ende jemand meldet.

»Im Krankenhaus?«, fragt meine Mutter. Wie macht sie das bloß?

»Ja, stimmt. Und hier ist jemand, der dich kennenlernen möchte.«

Kurze Pause. Dann: »Du liebe Güte! Ich bin Oma! Du lieber Gott! Wo bist du? In welchem Krankenhaus? Auf welcher Station? Ich bin schon unterwegs!«

Ich konnte ihr nicht mal sagen, dass es ein Mädchen ist.

Mein nächster Besuch erscheint. Zum Glück hat die Krankenschwester kurz vorher den Katheter gezogen und den Pipibeutel unter dem Bett hervorgeholt und entsorgt. Ein durchsichtiger Plastikschlauch mit Urin quer über der Bettdecke ist nicht gerade das schickste Accessoire. Mein Rücken ist dem Türbogen zugewandt, durch den man die Station betritt, sodass ich nicht sehe, dass sich meinem Bett aus dieser Richtung jemand nähert. Als ich mich mit Pfläumchen auf dem Arm leicht umwende, sehe ich, dass am Fußende meines Bettes eine große Gestalt steht und uns beobachtet. Ich fahre zusammen. Ich bin viel schreckhafter als früher, da ich mir nun um mehr Sorgen machen muss als lediglich um meine Frisur.

»Oh!«

»Wie geht es dir, Rachel?«, fragt der Mann, doch sein Blick ist auf das Baby gerichtet, nicht auf mich. »Was hast du da?«

Er legt einen riesigen lilafarbenen Dinosaurier ans Fußende, den ich nervös beäuge. Er ist dreimal so groß wie Pfläumchen und kann sie bestimmt ersticken.

»Ein kleines Mädchen. Eine Tochter.«

»Eine Tochter«, flüstert er, vielleicht eher zu sich selbst denn zu mir. »Eine Tochter.« Bilde ich mir das nur ein, oder ist er ein bisschen größer als im letzten Sommer?

»Was machst du hier, Nick?«

Er sieht mich an. In der Hand hält er einen Blumenstrauß mit Narzissen und Krokussen, der mich an Frühling und neues

Leben erinnert. »Komm, Rachel, das weißt du doch. Das ist auch meine Tochter.«

Mir wird kalt. Ich drücke Pfläumchen enger an mich. Ich habe das Gefühl, dass sie mir ganz allein gehört. Ich weiß nicht, wie er darauf kommt, aber er hat mit der ganzen Sache nichts zu tun, also fast nichts jedenfalls. Er bildet sich doch wohl nicht ein, dass er jetzt bloß vorbeikommen braucht und dann ...

»Darf ich mich hinsetzen?«, fragt er und hockt sich auf die Bettkante. Eine Krankenschwester kommt, um mir frisches Wasser in den Krug neben dem Bett zu füllen. Nick sieht ihr lächelnd nach. Sie wird rot und lächelt zurück, zögert kurz.

»Sie ist wunderschön, nicht?«, sagt die Schwester zu Nick. Ich bin offenbar unsichtbar.

»Oh ja«, sagt er und strahlt sie auf seine selbstsichere, fast arrogante Art an. Himmel nochmal, warum haut er nicht ab? Ich will ihn hier nicht, will ihn nicht in der Nähe meiner Tochter.

Schließlich geht die Schwester. Anerkennend schaut er ihr nach, dann dreht er sich wieder zu dem Baby und mir um. Kurz überlegt er, wie er den Faden wieder aufnehmen soll.

»Wie geht es dem kleinen Jungen?«, fragt er auf einmal.

»Er ist wieder wach«, sage ich barsch. Ich füge nicht hinzu: »Auch ohne deine Hilfe«, denn es ist Nick ja irgendwie doch zu verdanken. Aber das empfinde ich nicht. Für mich ist es, als sei er persönlich verantwortlich für Jakes Verletzungen.

»Oh, Gott sei Dank«, sagt er, sichtlich erleichtert. »Ich habe die ganze Nacht kein Auge zugetan. Die ganze Zeit ging mir durch den Kopf, wie der Kleine aussah, als ich ihn fand, der verdrehte kleine Arm, das Blut im Gesicht ...« Nick verstummt und blickt eine Weile auf seine Hände. Du lieber Himmel, was macht er für ein Gesicht! Weint er etwa gleich?

»Nick, es geht ihm gut. Er hat eine Gehirnerschütterung, aber ansonsten geht es ihm klasse. Wirklich.«

Er nickt, hält jedoch den Kopf gesenkt und die Lippen aufeinandergepresst. »Danke«, flüstert er.

Ich warte einen Augenblick, bevor ich frage: »Konntest du der Polizei den Motorradfahrer beschreiben?«

Er nickt, räuspert sich und sieht mich an. »Ja, ganz gut sogar. Ich bin schon vor dem Unfall ein paar Minuten hinter dem Motorrad hergefahren, daher hatte ich das Kennzeichen gesehen. Ich weiß es nicht mehr auswendig, aber mir fiel auf ...« Seine Stimme verliert sich, Farbe steigt ihm in die Wangen.

»Was? Was ist dir aufgefallen?«

»Mir fiel auf, dass man aus den Buchstaben ein Wort bilden konnte, also besser gesagt den Namen einer Automarke.« Da ich die Stirn runzle, fährt er mit seiner Erklärung fort.

»Es war ein S, dann drei Zahlen, dann AAB. Ich habe längere Zeit drauf geschaut, und mir fiel auf, dass man aus den Buchstaben ›SAAB‹ machen kann. Die Polizei meint, dass sie den Fahrzeughalter damit findet.«

»Oh ja, gut.« Es entsteht eine kleine Pause, in der keiner von uns was sagt.

»Ich dachte gerade an dich, an das Baby, als der Unfall geschah«, erklärt Nick plötzlich. Anscheinend kann er Gedanken lesen. »Gestern auf der Arbeit wollte ich mit dir sprechen, aber das war schwer – du warst unten in deiner Abteilung, und ich war oben und hatte keine richtige Ausrede, nach unten zu gehen, weißt du? Ich wollte kein Aufsehen erregen, aber es war unmöglich, dich allein zu erwischen, ohne andere Leute ...«

»Paris meinst du?«

»Ja, schon. Ich wollte nicht, dass sie erfährt ... dass sie es mithört ...« Er hält inne und schaut mich ernst an. »Ich liebe sie, Rachel.«

»Aha.«

»Ja.« Bei dem Gedanken an Paris lächelt er. »Ich bin hergekommen, weil ich mit dir über ... na, über alles reden wollte. Ich bin der Vater deiner Tochter. Habe ich ausgerechnet. Das stimmt doch, oder?«

Jetzt ist es so weit. Dies ist der Moment, in dem ich Pfläumchen in diese oder jene Richtung schicke. Ich persönlich möchte Nick Maxwell nicht in meinem Leben haben. In diesem Moment könnte ich es leugnen und wäre ihn für immer los. Aber was würde das für das Kind bedeuten? Ich schaue Nick an, dann blicke ich auf die Kleine hinunter, die wohlig in meinen Armen liegt, und sehe, dass ihre glänzenden schwarzen Augen geöffnet sind und mich anschauen. Ich versinke in der Tiefe und kann fast lesen, was dort steht. Sie fleht mich an, das Richtige zu tun. Sie kann nicht sprechen, nicht für sich eintreten, sie muss sich auf mich verlassen, auf ihre Mutter, ihre erbitterte Beschützerin, die ihr hilft und das tut, was richtig für sie ist. Wie kann ich diesen Augen widerstehen?

Ich lächle Nick an. »Willst du sie mal halten?«

Zu seiner Ehrenrettung muss ich sagen, dass er leicht verblüfft und hocherfreut ist. Vielleicht war er doch nicht zu hundert Prozent überzeugt, der Vater zu sein. »Darf ich?«, fragt er und streckt die Arme aus.

»Du musst nur das Köpfchen stützen.« Ich lege meine Tochter in die Arme ihres Vaters, lasse sie aber nicht los.

»Schon gut, Rachel. Keine Sorge.« Nick senkt den Kopf und schaut ihr ins Gesicht. Widerwillig ziehe ich meine Arme zurück. »Hallo, ähm–« Er schaut mich fragend an. »Wie heißt sie eigentlich?«

Heiliger Bimbam! Daran habe ich noch gar nicht gedacht! Ich nenne sie schon die ganze Zeit Pfläumchen, aber mit so einem Namen kann sie ja nicht zur Schule gehen. »Keine Ahnung. Im Moment noch Pfläumchen.«

»Pfläumchen? Na, gut. Hallo, Pfläumchen! Ich bin dein

Vater.« Aus irgendeinem Grund bin ich echt froh, dass er nicht »Daddy« sagt. Der Vater, das genau ist er. »Es ist total der Hammer, dich kennenzulernen.« Grinsend sieht Nick mich an. »Die Nase hat sie von dir.«

Er sagt genau das, was man hören will, nicht?

»Ja, findest du? Ich finde, sie hat eine total süße Stupsnase, aber ich kann keine Ähnlichkeit feststellen.«

»Doch, doch, gar keine Frage. Sie ist genau wie du! Eine wunderhübsche Maus.«

Ach, du liebe Güte! Sieh mich einer an: Ich werde rot. Der Typ weiß wirklich, wie man eine Frau becirct, nicht? Und ich bin echt jämmerlich! Mensch, Rachel, reiß dich zusammen!

»Seit wann weißt du es eigentlich? Du hast die ganze Zeit kein Wort gesagt.«

Er hält den Kopf gesenkt. »So ungefähr seit Weihnachten, als ich dich da gesehen habe, glaube ich. Ich hatte Gerüchte gehört, und dann sah ich, dass du zugenommen hattest. Da kamen mir schon Gedanken, aber sicher war ich erst, als du der Personalabteilung den Geburtstermin mitgeteilt hast.« Er grinst mich schief an. Nein, diesmal hat es keine Wirkung. »Ich arbeite in der Personalabteilung. War nicht schwer, vom 20. April zurückzuzählen.«

»Warum hast du mich nicht darauf angesprochen?«

Ein kurzer Blick zu mir hoch, dann zurück auf Pfläumchens schlafendes Gesicht, als könne er es nicht ertragen, die Kleine *nicht* anzusehen. Ich kenne das Gefühl. Während der gesamten Gesprächsdauer haben wir die Augen auf sie gerichtet.

»Nun, auf der Arbeit konnte ich mit dir nicht darüber reden …«

»Wegen Paris?«

»Hm, ja, auch, außerdem wollte ich nicht, dass alle über meine persönlichen Angelegenheiten Bescheid wissen.«

»Gut, aber warum hast du mich nicht angerufen?«

»Ich habe deine Nummer verloren.« Nick zuckt mit den Achseln. So tut er einfach die Woche des Elends ab, die ich im letzten Sommer durchlitt.

»Aber die steht auf meiner Personalakte in der Firma. Du bist in der Personalabteilung, du hättest sie einfach nachschlagen können.«

»Ja, ich weiß, du hast recht. Ich hab sie sogar rausgesucht und sie mir aufgeschrieben. Ich wollte dich an dem Abend von zu Hause aus anrufen, aber irgendwie war es komisch. Ich war mir nicht ganz sicher, dass ich ... keine Ahnung. Ich wollte mich nicht einmischen. Nein, das stimmt auch nicht richtig.« Seufzend schaut er mich an. »Ich wollte nicht ...«

»Du wolltest nicht, dass deine Frau es erfährt«, beende ich mit verdrehten Augen den Satz für ihn.

»Herrgott nochmal, du nicht auch noch! Wer hat bloß dieses bescheuerte Gerücht in die Welt gesetzt?«

»Sei leise!« Einige Mütter und ihr Besuch schauen zu uns herüber. »Hör zu, du brauchst mir nichts mehr vorzumachen. Hier ist niemand, dem du was vorspielen musst. Du kannst mir einfach die Wahrheit sagen.«

»Mein Gott, jetzt zum letzten Mal: Ich bin nicht verheiratet!« Auf einmal herrscht auf der gesamten Station Ruhe, noch mehr Köpfe drehen sich neugierig zu uns um. Nicks Worte schweben eine Weile in der Luft, dann lösen sie sich auf wie Rauch. Ich konzentriere mich darauf, Pfläumchens Decke gerade zu rücken.

»Na, gut«, flüstere ich böse. »Und wer war dann bitte schön die Frau, die ans Telefon ging, als ich dich anrief? Deine Putzfrau vielleicht?«

»Wann genau hast du angerufen?«

»Ach, irgendwann letztes Jahr, kurz nachdem wir ... Ist doch egal. Die Frage ist: Wer war da am Telefon? Sie hat sich mit Mrs. Maxwell gemeldet. Erklär mir das mal!«

Nick seufzt, rutscht herum, streichelt Pfläumchens weiches Bein. Dann schaut er mir ins Gesicht. »Dann warst du das also die ganze Zeit. Nur weil …« Er schüttelt den Kopf. »Du hast recht, das war nicht die Putzfrau.«

»Was?«

»Das war meine Mutter.«

Ich starre ihn an. Auf einmal sieht Nick sehr, sehr jung aus, wie er da mit unserer Tochter im Arm sitzt, den Kopf gesenkt, die glatten Wangen leicht gerötet. »Deine Mutter? Aber ich dachte …«

»Ich weiß, was du dachtest. Aber du hast dich geirrt, Rachel. Ich bin erst neunzehn.«

»Neun–?«

»Ja, Herrgott! Neunzehn! Nächste Woche werde ich zwanzig.«

Heilige Scheiße! Der Junge ist neunzehn! Mann, das ist ja fast verboten. Aber wenn man ihn ansieht: die vollen, sinnlichen Lippen, die langen schwarzen Wimpern, das wunderbare Haar … du lieber Gott.

»Ich habe mich nie für älter ausgegeben, oder?«

»Hm, nein, das nicht, aber du hast auch nie gesagt, dass du ein neunzehnjähriger Schüler bist, der bei seiner Mutter lebt, oder? Mensch, Nick, ich weiß gar nicht, was ich dazu sagen soll. Jetzt bist du Vater geworden, aber kaum alt genug, um einen auf die Kleine trinken zu dürfen.«

»Ich bin kein Kind mehr, Rachel. Habe ich mich wie ein Kind verhalten? Hast du auch nur eine Sekunde lang gedacht, dass ich erst neunzehn bin? Ja?«

»Nein, das nicht, aber …«

»Na, bitte. Wie viele Jahre jemand wirklich auf der Welt ist, ist uninteressant. Wichtig ist, wie man sich fühlt, was man tut. Die Reife zählt, nicht die gelebten Jahre.«

Ich bin ganz still und nachdenklich geworden. Ich überlege,

wie Nick im letzten Sommer war. War er reif? Hat er sich wie ein verantwortungsbewusster Erwachsener verhalten? Eigentlich nicht.

»Du bist nicht alt genug, um Vater zu sein, Nick. Ja, du hast recht, es geht um die Reife, nicht um die Jahre, aber dir fehlt beides.«

»Warum?« Er macht tatsächlich einen Schmollmund!

»Weil du dich nicht sehr reif benommen hast, oder? Zuerst mal war dein Verhalten zum Ende unserer Beziehung sehr kindisch: mich einfach zu ignorieren, ohne jede Erklärung.«

»Und?«

»Und zweitens hast du mich geschwängert. Das ist total verantwortungslos und unreif, oder? Dein Argument zur geistigen Reife zieht nicht. Vergiss es.«

Mit vorgeschobener Unterlippe betrachtet er unsere Tochter. Dann sieht er mich an. »Du Heuchlerin!«

»Was?«

»Du! Du bist eine totale Heuchlerin. Ich weiß, dass du zig Männer sitzen lassen hast, ohne ihnen einen Grund zu nennen. Ja, ich habe bei Horizon mit anderen über dich gesprochen. Mindestens drei haben mir erzählt, dass du Schluss gemacht hättest, indem du dich einfach nicht mehr gemeldet hast. Und du machst mir Vorwürfe, dich geschwängert zu haben, als ob du selbst nichts damit zu tun gehabt hättest?«

Ich glaube, diese Frage muss niemand beantworten.

Ich betrachte Nick kurz. »Du bist also nicht verheiratet, sondern bloß neunzehn.«

»Fast zwanzig. Aber ja, so ist es.«

»Hm. Ich muss zugeben, so sonderbar es ist, das erleichtert die Situation ungemein.«

»Ja? Warum?«

Ich schüttele lächelnd den Kopf. »Du würdest mir nicht glauben, wie sehr ich wegen deiner armen Frau mein Gewissen erforscht habe. Welche Auswirkung das Baby auf eure Beziehung haben würde, wo das Kind Weihnachten feiert, wie es mit seinen Halbgeschwistern zurechtkommen wird. Und so weiter.«

Nick reißt die Augen weit auf.

»Herrje«, sagt er kopfschüttelnd. Dann noch einmal: »Herrje.« Im Moment scheint er nicht in der Lage zu sein, etwas anderes von sich zu geben.

»Gut, kann ich sie jetzt bitte zurückhaben? Ich glaube, sie will wieder zu ihrer Mummy.« Ich strecke die Arme aus und wackle mit den Fingern.

»Tschüss, Pfläumchen«, sagt er und reicht sie mir. »Fürs Erste.«

Ich sehe ihn durchdringend an. »Was soll das heißen?«

»Rachel, ich möchte zu ihrem Leben gehören. Das kannst du mir nicht verwehren. Ich bin ihr Vater.«

Scheiße. Genau das habe ich befürchtet. Auch wenn die Vorstellung, dass Nick sein Kind regelmäßig sieht, viel von ihrem Schrecken verloren hat, da nun seine Frau von der Bildfläche verschwunden ist.

»Gut. Das bekommen wir schon irgendwie hin. Aber sie lebt bei mir.«

Er hebt abwehrend die Hände. »Klar, natürlich! Das ist auf jeden Fall das Beste.« Ja, weil ein Kleinkind mit Erbrochenem auf dem Schlafanzug einen romantischen Abend im Nu zunichtemachen würde.

»Gut.«

»Und ich gebe dir Geld für sie. Das will ich, es ist richtig so.«

Hm, vielleicht ist er doch reifer, als ich dachte.

Ich lächle ihn an, er beugt sich vor und streicht Pfläumchen über den Kopf. »Danke, Nick.« Dann gebe ich ihm einen kleinen Kuss auf die Wange. Kurz schauen wir uns in die Augen, dann wenden wir den Blick ab und betrachten die Schönheit unserer Tochter. Beinahe berühren sich dabei unsere Köpfe.

Wen ich nicht sehen kann, alle anderen aber schon, ist Hector. Er steht hinter dem Torbogen und betrachtet uns mit einem gequälten Gesichtsausdruck. Er hat eine Tragetasche dabei, nicht? Sie sieht ungeheuer sperrig aus. Aber jetzt macht es den Eindruck, als sei er sich seiner Sache nicht mehr hundertprozentig sicher. Er schaut auf die Tüte, dann hinüber zu Nick Maxwell auf meiner Bettkante, der mein Kind in den Armen hält und sich an dem intimen Augenblick erfreut. Und als Hector zuschaut, beuge ich mich vor und küsse Nick auf die Wange.

Es ist jetzt Viertel nach neun vorbei. Gehen wir zwei Stunden zurück und sehen uns an, was Hector gemacht hat, seit wir ihn beim Duschen verließen.

Wir wissen, dass er früh auf den Beinen war. Hier ist er jetzt, steht mit einer Tasse Kaffee neben dem großen Glasfenster in seiner Küche. Die Uhr zeigt halb acht, es dauert also noch Stunden, ehe die Besuchszeit im Krankenhaus beginnt.

Eine halbe Stunde später ist er immer noch da, er hat den Staubsauger herausgeholt und saugt das Wohnzimmer. Immer wieder schaut er zur Uhr hinüber. Irgendwann ist es halb neun, und er sitzt im Auto und fährt in die Stadt. Die Geschäfte öffnen erst in einer halben Stunde. Hector stellt sich vor den Laden und starrt achtundzwanzig Minuten auf die geschlossene Tür, bis der Filialleiter kommt und ihm aufmacht. Eine Stunde verbringt er in dem Geschäft, wägt diesen ganz besonderen Kauf ab, dann legt er noch einen zweiten Zwischenstopp ein, bevor er schließlich zum Krankenhaus fährt.

Im Erdgeschoss steigt er in den Aufzug, dann zögert er, wen er zuerst besuchen soll. Seine Sorge um Jake kämpft mit der Freude auf mich, und er stellt sich vor, die Neugeborenenstation sei direkt neben der Intensivstation. Das eine ist ein heller, sonniger Ort, erfüllt von lachenden Gesichtern und fröhlichen Schwestern, die Vasen mit frischen Blumensträußen bringen, das andere ein dunkler, schummriger, stiller Trakt, wo die Krankenschwestern verbissen dreinschauen und nichts als Schläuche, Thermometer und Bettpfannen in den Händen halten. Jetzt weiß er es: Zuerst muss er zu Jake. Sein Finger wandert zur 3, zögert kurz und kehrt zur 1 zurück. Hector hält inne, dann wandert sein Finger wieder hoch und drückt entschlossen auf die 3.

Auf der Intensivstation marschiert er schnell in die Nische, in der Jakes Bett steht, biegt um die Ecke und bleibt erschrocken stehen. Das Bett, in dem Jake gestern Nacht bewusstlos lag, ist leer, die Decken sind am Fußende zusammengefaltet, die Laken liegen in einem Haufen auf dem Boden. Daneben steht ein großer Wäschekorb auf Rädern, aus dem weitere gebrauchte Laken hängen. Hector dreht sich um und schaut sich panisch auf der Station um. Er entdeckt eine Krankenschwester und eilt zu ihr.

»Der – der Junge, der kleine Junge, Jake McCarthy, der hier lag, in diesem Bett ... Wo ist er? Er ist doch nicht ...?«

»Ach ja, der kleine Jake. Er ist vor ungefähr einer Stunde nach unten verlegt worden.«

»Nach unten?«

»Ja. Er kam heute Morgen zu sich, deshalb meinte der Arzt, er könnte auf die Kinderstation verlegt werden. Da sind andere Kinder, und es ist viel fröhlicher dort.«

»Oh, danke, vielen Dank!« Hector streicht ihr über den Arm und eilt auf den Fahrstuhl zu.

»Äußerst gern geschehen«, erwidert die Krankenschwester und schaut ihm errötend nach.

Dies ist die Kinderabteilung. Viel fröhlicher hier, oder? Mit bunten Bildern von Tigger und Winnie-Puh an den Wänden.

Hector entdeckt Jakes Bett. Als er herantritt, sitzt Jake aufrecht in den Kissen und isst ein Eis. Sarah und Glenn sitzen lächelnd links und rechts von ihm.

»Hec!«, ruft Glenn und umarmt seinen Bruder. »Schau ihn dir an, Hector! Sieht er nicht toll aus?«

Hector betrachtet Jakes mit Eis verschmierten Mund und seine strahlenden Augen und muss zustimmen. »Mein Gott, Glenn. Er sieht super aus. Ist er denn …?«

»Angeblich keine Auffälligkeit auf dem Hirn-CT. Er ist gesund, völlig gesund. Der Arzt meint, er hätte starke Knochen.«

Hector schaut von Glenn zu Sarah und Jake. Jake ist noch sehr blass, aber lebhaft. Eifrig schaufelt er mit dem Löffel das Eis aus der Schüssel, die Sarah ihm hinhält. Der andere Arm hängt in einer Schaumstoffschlinge um seinen Hals. »Alles klar, Jakey? Schön, dass du wieder dabei bist! Wie geht's dir?«

»Ich bekomme Eis zum Frühstück und Eis zum Mittagessen und Eis zum Abendessen«, berichtet Jake begeistert. »Und dann fahren wir nach Disneyland.«

»Wow, das klingt ja super! Du hast aber großes Glück, was?« Der Junge nickt. Leise sagt Hector zu Glenn: »Glaubst du, es besteht die Gefahr, dass er das Abhauen mit all den Geschenken verbindet und es nochmal versucht?«

Glenn zuckt die Achseln. »Kann sein. Aber eher verbindet er es mit Angst und Schmerzen und das Heimkommen mit den Geschenken. Auf jeden Fall wird es nicht nochmal vorkommen. Das lassen wir nicht zu, Sarah, nicht wahr?«

Sarah schaut ihren Mann an und lächelt. »Niemals.«

»Super«, sagt Hector, »ich habe ihm nämlich auch ein Geschenk mitgebracht!«

Und jetzt ist er hier, steht vor der Neugeborenenstation und beobachtet Nick und mich. Als er vor wenigen Augenblicken durch den Gang eilte, war noch alles in Ordnung, war alles perfekt, hatte er ein aufgeregtes, kribbelndes Gefühl im Bauch. Ganz früh heute Morgen begann Pfläumchens Leben, und auch Hector will ein ganz neues Leben beginnen. Sein altes Leben voller Einsamkeit und Sorgen, in dem er sich nur um seine kranke Mutter kümmerte, ist zu Ende. Hector hat ein breites Grinsen im Gesicht, er schwingt die Einkaufstüte und grüßt jeden, der ihm begegnet, mit einem freundlichen »Guten Morgen!« Lächelnd sieht man ihm nach, er steuert ja auf die Neugeborenenstation zu. »Da, ein junger Vater«, denken alle. »Wie süß.«

Aber dann erstarrt alles und wird grau, als er die Station erreicht und Nick an meinem Bett sieht. Schlimmer noch als dieser Anblick ist die Tatsache, dass ich mich in seiner Nähe wohlzufühlen scheine und Nick das Baby im Arm hält. Mit einem Schlag wird Hector klar, dass das Kind nicht seine Tochter und er gar kein frischgebackener Vater ist. Er ist nichts für dieses Baby. Er sackt in sich zusammen und weicht spontan einige Schritte zurück.

»Ist alles in Ordnung?«, fragt eine Stimme. Eine fröhliche Schwester steht mit einer Vase voller Blumen hinter ihm. Genau wie er es sich hier vorgestellt hat.

»Ich arbeite daran«, sagt er und lächelt die Schwester an, die leicht errötet und sein Lächeln warmherzig erwidert.

»Brauchen Sie Hilfe?«, fragt sie, obwohl sie selbst schwer beschäftigt ist.

Hector verbeugt sich leicht. »Sie sind sehr freundlich ...« Er schaut auf ihr Namensschild. »Maggie. Aber das müsste eigentlich ich Sie fragen.«

Sie errötet noch mehr. »Oh nein, vielen Dank, das ist Blödsinn, ist doch keine Arbeit.«

Wieder neigt er den Kopf, dann schaut er zurück zu meinem Bett. Nick ist noch da, sieht aber aus, als wolle er gerade gehen. Er ist aufgestanden. Jetzt hat Hector einen uneingeschränkten Blick auf Pfläumchen in meinen Armen und kann sehen, dass sie den kleinen weißen Strampelanzug mit den Sternen trägt, den er mir gestern geschenkt hat. Der Anblick erfüllt ihn mit Stolz. Fast fühlt er sich schon wieder wie zuvor. Als Nick sich verabschiedet, zucken Hectors Finger an der Einkaufstüte. Er holt ein kleines rotes Samtkästchen heraus, das er in seine Jackentasche gleiten lässt, dann geht er zuversichtlich um die Ecke zu meinem Bett.

Der dritte Besucher an diesem Morgen ist Hector. Er kommt nur wenige Sekunden nach Nicks Abschied herein. Hector ist bei weitem der willkommenste Gast. Ich habe heute schon so viel gelächelt, dass mein Gesicht wehtut, doch als ich ihn erblicke, wird mein Grinsen noch breiter.

»Hector! Oh, ich freue mich so, dich zu sehen!« Er kommt ans Bett, beugt sich vor und gibt mir einen warmen Kuss auf den Mund. Sein Gesicht bleibt zum Küssen nah.

»Guten Morgen, meine Hübsche. Wie war es?«

»Ich habe kein Auge zugetan, und die Kleine auch nicht, aber es war die tollste Nacht meines Lebens.« Hector beugt sich über das Bett und streicht Pfläumchens Rücken. »Ach, ich freue mich so, dich zu sehen.« Es ist Samstag, dennoch hat er sich schick in Hemd und Krawatte geschmissen. Ich runzele die Stirn. »Willst du gleich noch zur Arbeit?«

Er schaut mich mit ernstem Gesicht an. »Nein, Rachel. Wieso fragst du?«

»Anzug und Krawatte? Du siehst aus, als müsstest du zu einem Vorstellungsgespräch.«

Er lächelt und setzt sich auf die Bettkante, wo zuvor Nick gesessen hat. Nur kommt er viel näher. »Natürlich bin ich fein angezogen. Heute ist doch ein wichtiger Tag, oder? Pfläumchens erster Tag auf dieser Welt. Ich werde sie bald richtig kennenlernen, wenn sie aufwacht.«

»Ah.« Ich habe einen Kloß im Hals. Ist es nicht einfach wunderbar, dass er sich schick anzieht, um einen guten Eindruck auf meine zehn Stunden alte Tochter zu machen?

Doch jetzt wird er nervös. Er räuspert sich. »Ähm, Rachel, es gibt noch einen Grund, warum ich mich heute so schick gemacht habe.«

»Ja?«

»Ähm, ja.« Er greift in seine Jackentasche und zieht die Hand wieder hervor. »Aber alles der Reihe nach.« Er stellt die Einkaufstasche aufs Bett und holt eine niedliche Plüschschnecke hervor, auf die verschiedene Flicken genäht sind. In dem Stofftier klingelt ein Glöckchen, als Hector es mir reicht. »Ich habe ein Geschenk gekauft für … für wen eigentlich? Wie heißt sie? Sie kann doch nicht ihr Leben lang Pfläumchen heißen, oder? Da machen die Kinder in der Schule sie bestimmt fertig.«

»Ruby. Sie heißt Ruby.«

»Ruby? Ein schöner Name. Gefällt mir.« Er sieht die Kleine an. »Hallo, kleine Ruby. Ich freue mich unheimlich, dich wiederzusehen. Ich hoffe, dir gefällt das Geschenk.« Vorsichtig stellt er die Schnecke ans Fußende des Bettes und streichelt mit einem Finger über Rubys Kopf. »Du bist so hübsch«, sagt er so leise, dass ich es fast nicht hören kann.

»Ja, das ist sie, nicht?«

Er schaut mich an. »Ich meinte dich, Rachel.« Er macht ein ernstes Gesicht. Seine Hand fährt wieder in die Jackentasche. Auf einmal habe ich das Gefühl zu wissen, was jetzt kommt, aber gleichzeitig habe ich große Angst davor. Hector rutscht vom Bett und kniet sich davor. Auf der Station ist es ganz still geworden. Ich merke, dass sich alle Köpfe nach uns umdrehen, aber ich habe nur Augen für Hector, für den Mann, den ich ein ganzes Leben lang schon liebe – Rubys Leben.

»Rachel, du hast mich inspiriert, du tust es noch immer, und das wird wohl niemals aufhören. Ich liebe dich, wie ich noch niemanden geliebt habe. Ich möchte keinen Augenblick mehr ohne dich leben. Bitte, bitte, darf ich dein Mann und Rubys Papa sein?«

Ich breche in Lachen aus, vielleicht ist es auch ein Schluchzen oder beides. Dann nicke ich voller Überzeugung, lache und weine gleichzeitig. Hector springt auf und nimmt mich in die Arme, und die ganze Station klatscht und jubelt. In dem Moment kommt meine Mutter herein und weckt alle Babys auf.

Shanna Swendson

Hex and the City

Ein zauberhafter Roman

Aus dem Amerikanischen von Birgit Schmitz

Deutsche Erstausgabe

Band 16965

Magische Mission in Manhattan

Katie tauscht ihr Kleinstadtleben gegen den Glanz New Yorks ein. Doch ihr Büroalltag als Marketingassistentin ist wenig glamourös. Während sie irgendwann fürchtet, zu durchschnittlich zu sein, um in dieser Stadt Erfolg zu haben, erkennen andere ihre Stärken. Katie erhält ein phantastisches Jobangebot und entwickelt sich zur Geheimwaffe einer sehr traditionsreichen Firma. Auch in der Liebe scheint es jetzt auf magische Weise voranzugehen …

Ein bezauberndes Großstadtmärchen. Nie zuvor machte es so viel Spaß, Frösche zu küssen!

Fischer Taschenbuch Verlag

fi 16965 / 1

Shanna Swendson

Alles außer Hex

Roman

Aus dem Amerikanischen von Birgit Schmitz

Band 17717

Katie Chandler, die gegen jeglichen Hokuspokus immun ist, arbeitet bei einer magischen Firma. Bei einem Einbruch werden geheime Unterlagen gestohlen. Katie ermittelt. Doch allmählich schwindet ihre Immunität gegen Magie, und sie erliegt dem Charme von allem Möglichen in ihrer Umgebung. Katie muss ihren natürlichen Instinkt mobilisieren, um den Einbruch aufzuklären, ihre Kraft wiederzuerlangen und den Zauberer ihrer Träume zu gewinnen.

Ein modernes Märchen im vorweihnachtlichen Manhattan: lustig, phantasievoll, magisch und sehr süß.

Fischer Taschenbuch Verlag

fi 17717 / 1

Cecelia Ahern

Für immer vielleicht

Roman

Band 16134

»Wir haben zweimal nebeneinander vor dem Altar gestanden, Rosie, zweimal! Und jedes Mal auf der falschen Seite!« Rosie und Alex kennen sich, seit sie fünf Jahre alt sind. Das Schicksal hat sie zu mehr als besten Freunden bestimmt, das scheint jedem klar – nur dem Schicksal nicht ...

Mit »Für immer vielleicht« legt Cecelia Ahern ihren zweiten großartigen Liebesroman vor: romantisch, witzig, spannend und voller Gefühle.

»So viel Spaß beim Lesen.«
Brigitte

»Intensiv und einfühlsam.«
Hamburger Abendblatt

Fischer Taschenbuch Verlag

fi 16134 / 2

Cecelia Ahern

Vermiss mein nicht

Roman

Band 16735

Sandy Shortt hat ihr Leben lang nach vermissten Menschen gesucht. Bis sie eines Tages selbst verschwindet – an einen geheimnisvollen Ort, den alle nur »Hier« nennen ...

Fantasievoll, spannend und tief berührend macht sich Cecelia Aherns großer Roman auf die Suche nach dem Leben und der Liebe.

»Ein liebenswerter Roman, mit vielen heiteren,
aber auch melancholischen Passagen,
über eine Frau auf der Suche nach sich selbst.«
NDR

»Einfach bezaubernd!«
Für Sie

Fischer Taschenbuch Verlag

fi 16735 / 2

Susanne Fröhlich

Familienpackung

Roman

Band 15735

Wie kriegt man die drei großen Ks – Kinder, Küche und Karriere – mit den drei großen S' – Spaß, Spitzenfigur und Supersex – unter einen Hut? Bestsellerautorin Susanne Fröhlich weiß Bescheid: mit Witz, Humor und einer extragroßen Portion Selbstironie!

»Amüsant, sexy und gnadenlos ehrlich!«
Für Sie

Fischer Taschenbuch Verlag

fi 15735 / 1